空山

阿來

【上】

目次

第一卷　隨風飄散　5
第二卷　天火　129
第三卷　達瑟與達戈　291

第一卷　隨風飄散

一

那件事情過後好幾年，格拉長大了，當恩波低著頭迎面走來，直到兩人相會時，才抬起布滿血絲的眼睛瞪他一眼時，格拉已不再害怕，也不再莫名愧疚了。這不，從起伏不定的從磨坊到機村的路上，一個人遠遠地迎面走來，先是一頂戴著氈帽的頭從坡下冒出來，載沉載浮，然後是高聳的肩膀，之後，整個魁梧的身軀像魔鬼從地下升起，並迎面壓迫過來。

開初，格拉總是感到害怕，總是感到莫名愧疚的。但現在不了。他抬起臉來，雖然心裡仍然有些發虛，但眼裡噴吐出仇恨的火苗，逼得那雙布滿血絲的大眼睛，仇恨的神色被猶疑所取代，然後，眼睛就和腦袋一起低垂下去了。

這一老一少的兩個男人總是在這條路相逢，每一次都有這樣一番無聲的交鋒。最初，少年格拉是戰戰兢兢的失敗者。如今情形有些逆轉，是有些未老先衰的恩波，認命一般垂下腦袋避開少年人銳利的眼光。

所有這一切，都是因為一個少年的死。這個少年小格拉四歲。這個少年是恩波的兒子。恩波兒子九歲時，在年關將近的時候給鞭炮炸傷了。因為傷口感染，過完年不久就死去了。

九歲的少年被一枚鞭炮炸傷，是一件尋常事情，當時一幫興奮的孩子一轟而散，留下那個受傷的瘦弱蒼白的少年在小廣場中央哭泣，這哭泣與其說是因為疼痛還不如說是受到了驚嚇。這個少年是容易受到驚嚇的，他的綽號就是兔子嘛。兔子哭著回家去了。這件事情本該這樣就過去了。但從漢曆新年，到藏曆新年，兔子脖子上纏著的白布條一天天變髒，人也一天天萎頓下去。村西頭的柳林抽芽的時候，他虛弱地對奶奶說：「我要死了。」

果然，那天晚上，他就死了。

兔子死前，村子裡就起了一種隱約的傳說，炸傷兔子的鞭炮是從格拉手中扔出去的。傳說就是這樣，雖然隱約，卻風一樣無孔不入。格拉想，他們錯了，我沒有鞭炮，沒有父親，也沒有哥哥給我搶來鞭炮。他隔著樹籬問兔子的奶奶：「你相信是我扔的鞭炮嗎？」

老奶奶抬起昏濁的眼睛：「你是和他一樣可憐的孩子，不是你。」

但當他第一次看見兔子的父親，看見他眼裡噴吐的怒火，就幾乎相信是自己奪去了兔子的生命。聲音細小的兔子，身體瘦弱的兔子。總是靜靜地跟著奶奶坐在陽光底下的兔子終於死去了，在火葬地那裡化成了一股青煙隨風飄散，永遠也不會出現在村中的廣場上了。那個下午，天空中柳絮飄蕩，格拉揹著一小袋麵粉從磨坊回家，在路上碰見了兔子的父親恩波。

恩波少年時跟從在萬象寺當喇嘛的舅舅江村貢布出家，又於新曆一千九百五十六年和江村貢布一起被政府強制還俗，是村裡少數幾個識文斷字的人。比他更有學問的人，只有喇嘛江村貢布。

江村貢布是一個有書卷氣的先生。恩波因此也有著與其魁梧身材不太相稱的善良眼睛和常帶笑意的面孔。

但現在迎面走來的恩波，魁梧的身子被悲傷壓彎，方正的面孔被仇恨扭曲了，清澈的雙眼布滿了鮮紅的血絲，那眼光像刀子一樣冰，火炭一樣燙。格拉站下來，喉頭動了動，想說點什麼，但恩波仇恨的雙眼盯著他，使他雙唇怎麼也張不開來。他聽見聲音在自己肚子裡：「奶奶說，兔子不是我殺死的。」肚子裡的聲音當然只有自己能聽見。恩波走過去了。那天晚上，格拉躺在羊皮褥子上還感到心窩陣陣作痛。後來，兔子蒼白的臉上，掛著羞怯的笑容在他夢裡出現了。兔子細聲細氣地說：「他們冤枉你了，鞭炮不是你扔的。」

格拉呼一下坐起來：「那你說是誰？柯基家的阿嘎、汪欽兄弟，大嗓門洛吾東珠的兒子兔嘴齊米，還是……」

這真是一個奇怪的夢境，格拉每念出一個名字，兔子背後便出現一張臉，然後，那些帶著強悍神情的臉便把兔子包圍了，他們一起發出了聲音：「說，是誰！」

兔子的臉愈來愈白，愈來愈薄，像張紙一樣飄走了。他叫了一聲阿媽。但阿媽不在屋裡，肯定是又到打麥場上去了。那些芬芳的乾草垛，是男歡女愛的好地方。格拉的淚水嘩嘩地流了下來。

格拉不知道是不是因為自己是一個私生子，才倍受孤立，以至受到這天大的冤屈。正因為如此，看到村子裡兩個還俗僧人眼裡常閃著和善的亮光，臉上帶著平和的微笑，他便感到親近與溫暖。江村貢布還俗時有五十出頭了，回到村裡也一直獨身。格拉喜歡看到他單獨碰見母親桑丹這種「拴不緊腰帶的女人」時那和善面孔上浮現出的尷尬神情。這種女人對一個僧人來說是充滿邪惡的，是羅剎魔女。但這個魔女並不去勾引他，侵犯他。這個女人只是時常露出動人的癡笑，而且她的癡笑並沒有特定對象。她也喜歡口裡念念有詞，同樣，她的這些絮叨也沒有特定的對象。

格拉曾想像過那個還俗和尚恩波是自己的父親。但是，恩波娶了漂亮的勒爾金措。生下了弱不禁風的兔子。兔子被一枚鞭炮取走了性命。人們都傳說，這枚鞭炮是從格拉手裡扔出去的。

格拉呼喚母親，母親出去了，到有芬芳乾草垛的打麥場上去了。月光照進屋子，他把手伸到窗下，這手從來沒有觸摸過一枚包著大紅紙的鞭炮，一枚會發出與其身量絕不相稱的巨大聲音的鞭炮。但現在，他真切地感覺到，在這恍惚的月光下，一枚鞭炮，一個事件，真的從他的指尖炸開了，他恍然看到血淌下來，一種銳利的痛楚，撕裂了肺腑。

二

勒爾金措漂亮，但村裡好多男人都不願娶她。她細腰白臉的漂亮，不是機村占主流地位那種健壯的美。老人們嘆息，說要是擱在解放前，這樣纖弱狐媚的美麗，早引得不事生產的土司頭人打馬上門了。但在全體人民都下到莊稼地裡，還擔心填不飽肚子的年代，誰還能欣賞這樣的美感呢？「再不採摘，這朵花就要枯萎了。」恩波的母親這樣嘆息。她自己也曾是個濃眉大眼的美人，他還俗的兒子除了身材一派陽剛之氣，源自其母的濃眉大眼更使他顯得英俊孔武。

那年春天，恩波母親再一次滿懷憐憫拉著勒爾金措的手說：「再不來採摘，這朵花就要白白枯萎了。」

這時，勒爾金措的楊柳細腰已經像水桶一樣粗壯了。只是老奶奶害了白內障雙眼不大看得清楚罷了。在機村，女人們到了五十歲上，只有其中極少數人能變得更加火眼金睛，她們中的大多數心慈口軟的，便日漸顯得糊裡糊塗了。勒爾金措人長得纖細，神經也跟著纖細，恩波母親一雙老手，撫過她的手背，發出粗糙沙沙聲，她有些害怕，便抽身跑開了。

老奶奶側耳傾聽，聽到裙裾的悉嗦聲，還聽到風吹動麥田，聽到風送來杜鵑在春天深處的鳴叫。她笑了：「這個害羞的孩子！」

她不知道，勒爾金措跑去一頭扎進她兒子懷裡，擰了，掐了，又哭了笑了：「恩波啦，阿媽這麼心疼我，快把我娶回家去吧！」

恩波心事重重找到舅舅：「師傅你打我吧。」

江村貢布說：「我不是不想打你，是怕打你的時候，打死了你身上的蝨子。侄子啊，不能你犯了戒條讓我也跟著犯，這不是弟子之道啊！」

江村貢布說完背著手穿過在風中起伏的麥地往村子那邊去了。她的妹妹，當年機村的大美人，坐在水泉邊那叢老柏樹下用昏花的眼睛向這邊張望。當今的世事，大睜著一雙好眼睛的人，識文斷字的人都看不清，你又能看見什麼呢？江村貢布心裡這麼嘆息著，走向他的親妹子，說：「恭喜呀，好妹子，要抱孫子了。」

「恩波可是和尚，佛祖會降下懲罰吧。」

江村貢布望望幽藍的天，小聲說：「放心吧，佛祖這些年上別的地方去了。」

說到佛祖的時候，她其實是有口無心的，但當她明白兒子真的跟勒爾金措相好了時，就哭暈過去了。這時，正要把這件事情向母親大人稟報的恩波沿著麥田中央的小路走了過來。正在抽穗的麥子從兩廂裡彎著腰，幾乎把整條小路都掩住了。魁梧的恩波急急地從中闖過，正在揚花的麥穗上，一片片花粉飛濺起來，在陽光下閃爍著細密的光芒。江村貢布還看見：麥苗深處的露水也被身材魁梧像一頭野獸的光頭男人碰得飛濺起來，這情景真是美好，讓他感動得都也要暈過去了。在寺院禪修時，得到啟悟時也無非是這樣的喜樂吧。他趴在水泉上，含了一口清洌甘甜的泉水，噴在妹妹臉上。她打個激靈，醒過來，茫然望了一陣頭頂上籠罩著水泉的柏樹巨大的樹冠，又咧嘴要哭。江村貢布把她扶起來：「好妹子，你看。」

於是，恩波母親也看見了，兒子正急迫地邁著大步穿過麥田，他擺動的腿和一雙大手，碰得揚花的麥穗上花粉四處飛濺，許多採集花粉的蝴蝶也給驚飛起來，高高低低地泊在風中。這情景的確有感染力，在她眼中，這個人臉孔方正，目光明亮，就像剛剛降臨人間的天神一樣。兒子剛走到跟前，她又哭起來：「兒啊，給我把那個可憐的女人娶回家來吧。」

這時，遠處傳來了哐哐的鑼聲，有人在麥田邊轟趕與人民公社搶奪收成的猴子與鳥群。這是西元一千九百五十八年的夏天。這時，才四歲多的格拉正磨磨嘰嘰地提著一只裝了一點糌粑的口袋走過來。他看見了村裡最和善的三個人坐在水泉邊老柏樹的陰涼下。他剛去磨坊，在那裡，任隨一家推磨的人，都會施捨給他一點糌粑。她阿媽桑丹不好好勞動，從生產隊分到的糧食就少，夏天將盡，秋天未到，母子倆已經斷糧了。

江村貢布招招手，格拉吸溜一下鼻涕走到三個人跟前。

恩波的母親伸出手來，摸摸口袋：「嗯，孩子，你今天運氣不錯。」

格拉笑了，恩波說：「瞧瞧，笑得跟他媽媽一模一樣。」

確實，格拉的笑容，就是乃母沒心沒肺，沒羞沒惱的無賴模樣。

額席江——也就是恩波的母親憐愛地撫摸著格拉的腦袋，說：「可憐的孩子有什麼過錯呢？」然後，她從袍子深處掏出一塊黏了麻籽的餅，掰下一小塊，遞到他手上，「可憐的孩子，等我的小孫子出世，我叫他跟著你玩，你就要有一個玩伴了，啊！」

格拉啃一口餅，笑著跑開了。跑到家門口的時候，桑丹正倚著門框，露著滿口整齊的白牙，沒心沒肺，沒頭沒腦地燦爛地笑著。

這年第一場雪下來的時候，兔子就出生了。這消息就像雪一樣清新潔淨。雪花紛紛揚揚落下來，落在村東頭那叢遮蔽著泉水的老柏樹上，落在伸向更東邊的起伏不定的磨坊路上，落到各家院落中落光了葉子的枝條虬勁的核桃樹上，落在木瓦覆蓋，或黃泥鋪成的屋頂上，落到村子的每一個角落，格拉望著漫天飄舞的雪花，心裡迴響著額席江奶奶的聲音：你有一個玩伴了，你有一個玩伴了。

他咯咯地笑出了聲。

母親問他：「好兒子，笑什麼？」

格拉沒有說話，依然咯咯地笑個不停，桑丹也跟著咯咯地笑了。這場雪，來得快，去得也快，太陽鑽出了雲層，陽光稀薄地降臨大地。人群出來了，愈來愈多的腳印，來去縱橫，潔淨雪地變成了髒污的泥濘。這時，人群中傳開的消息使格拉的心情也像沾上泥的雪，變得髒污而沉重了。人們都在隱隱約約地傳說，勒爾金措剛生下的兒子，哭聲細弱，連品咂乳頭的氣力都不夠，怕是活不下來。整個冬天，一場場雪下來，這個消息一直在這樣流傳。他也注意到，恩波澄澈的大眼睛中出現了細細的血絲，他鼓足勇氣走到這個男人面前，卻什麼也說不出來。恩波沉溺在自己的問題，漠然地看他一眼，走開了。

機村的房子都是兩層或三層的石頭建築，三層的建築上兩層供人起居，下一層是畜圈，而兩層建築的人家畜圈都在房子的外邊，畜圈便建在樹籬圍出的院落裡。牛羊都收歸生產隊以後，私人的畜圈裡便只有允許自有的幾頭奶牛了。

恩波家便是這樣一幢兩層的石頭房子。畜圈占去了院落的大半。院子剩下的一半有兩株蘋果和一棵花紅。樹下有一畦茴香和一畦大蒜。冬天，果樹的葉子落盡了，樹下的土凍得泛白。但畜圈裡鋪滿乾草，陽光落在上面，暖和而柔軟，太陽升得更高一些，奶牛留下的腥臊味蒸騰起來，使畜圈顯得更加溫暖。這時候，有些閒暇的人會坐到院中畜圈裡的乾草上，在陽光金黃的暖意中做些手工活。集體化以後，人們的閒暇愈來愈少，坐在畜圈裡享受陽光的，只有一些老人了。格拉家靠著生產隊倉庫搭建起來的偏房沒有院子，也沒有自己家的畜欄。桑丹不好好下地勞動，常常跑到誰家沒人的畜欄裡，坐在那裡梳理一頭長長的油亮黑髮。恩波家的院子是她常去的地方。因為恩波家院子裡的陽光好，還因為，如果到了午飯時她還不回家，人家會端點吃的出來給她。格拉也是吃百家飯的。有時，混到中午還沒有吃的，便會趕到那裡，與桑丹一起，用恩波家的午餐。恩波的母親額席江把一個木盤端出來，兩碗清茶，一塊麵餅和兩三個烤土豆，不豐盛，量也不是太夠，但畢竟夠兩個人對付到太陽落山回家晚飯了。

但是這一年，恩波家有了新的女主人。女主人漂亮的臉上，常常對這不速之客擺出難看的顏色，桑丹便不再去恩波家的院子了。一天，格拉從恩波家路過，隔著樹籬，額席江問：「孩子，你和你阿媽還好吧？」

格拉沒有回答，機村不可能對他娘倆特別好，他也就對所謂好與不好沒什麼感覺。人們總是議論現在的日子過得好不好。一派人說，日子過得沒有以前好，一派人說日子過得比以前好了很多很多。

好日子派與孬日子派形成了一種分野，好日子派受到上面支持，永遠占著上風。但格拉對此沒什麼感覺。額席江隔著樹籬說：「你等等。」然後，有些跌跌撞撞的回到屋裡，把一塊帶著膠凍的熟牛肉放在他手上。她的神情，動作都顯得老態龍鍾了。

要在往常，格拉早對著牛肉下口了，但他這時只是呆呆地望著額席江。額席江張開不知什麼時候掉了門牙的嘴笑了：「你是看我老了嗎？」

格拉這才咬了一口牛肉。

「我都當奶奶了，當了奶奶的人能不老嗎？」額席江一半是認命，一半是心滿意足地笑了。

格拉這一口下得更大，大得把自己都噎住了，但他鼓圓雙眼，伸長青筋畢現的脖子，一使勁，把梗在喉嚨裡的牛肉囫圇地吞下去了。就在一夜之間，額席江就從一個壯健的婦人變成老太婆了。這在機村是一個普遍的現象。一個壯年的男人或女人，因為一件什麼事情，突然變成一個老頭或老奶奶了。老頭抽著嗆人的菸袋，一口一口往牆角吐著口痰。一個厲害的健婦，挺直的腰背一下佝僂下去，銳利明亮的眼睛也渾濁暗淡了。一代又一代的機村人，好像都是這樣老去的。只是面對額席江，少年人第一次發現了這樣一個讓他感到有些震驚的事實。但他的注意力很快就轉移到了手裡這一大塊熟牛肉上。牛肉是隔夜就煮好的，上面帶著一汪汪透明的膠凍，這是濃濃的湯汁凝成的。格拉一面往家走，一面吸溜著這些膠凍。這些膠狀物在他嘴裡化開，帶著讓人感到幸福的濃厚的牛肉與香料味道。

也正因為有了這些膠凍，才使格拉沒有在路上就把牛肉吃光。他母親也才分享到了這份幸福。

三

這麼一大塊牛肉留下來的幸福回憶，足以促使格拉每天數次經過那個樹籬圍起來的院落。終於等到有一天，額席江出現在院子裡了。

她安然地坐在金黃的乾麥草上，懷裡抱著那個嬰兒。老奶奶搖晃著身子，把自己變成一個晃動不已的搖籃，搖籃裡是那個幸福無邊嬰兒。老太婆抬起頭來，她的眼睛終於從嬰兒身上離開了，落在了格拉身上。格拉露出討好的笑容，但老奶奶的眼光又收回去，落在了嬰兒身上。她從懷裡掏出一小塊酥油，掐下一點，放在嘴裡潤化了，一點點塗抹在嬰兒的額頭上。她一邊塗抹，一邊從嘴裡發出些音節含混，表示無限憐愛的聲音：「哦哦，嘖嘖，呵，呵呵。」

格拉推開樹籬門走進院子，走到額席江身邊。老奶奶嘴裡還在哼哼不已。格拉的眼睛落在了她隨手放在身邊的那一塊酥油上。酥油正在陽光下融化，洇濕了一小片乾草，油潤的乾草散發出特別的香味。格拉出手很快，等老奶奶再來掐酥油的時候，他已經用舌頭把那一小塊東西，在口腔裡翻攪了好幾圈，然後一伸細長的脖子，咕嚕一聲吞到了胃裡。

老奶奶再來掐酥油，只是伸過一隻手來，眼光仍然落在額頭油光錚亮，眼睛骨碌碌轉動的嬰兒臉上。

老奶奶自言自語說：「奇怪，酥油不見了。」

這時格拉已經矮著身子竄回樹籬外了。

格拉含不住滿口油香，咯咯地笑了。老奶奶耳背，沒有聽見孩子的笑聲。卻驚起了站在樹籬上的一隻老鴰。老鴰嗚哇一聲，呼呼地搧動著翅膀飛走了。老奶奶對嬰兒說：「哦，酥油被老鴰偷走了。」

格拉再次走進院子，老奶奶又對格拉說：「老鴰把酥油偷走了。」

老奶奶又對他說：「來，看看我們家的小兔子。」

格拉伸出手，指頭剛剛挨到嬰兒那塗滿酥油的額頭，便飛快地像被火燙著了一樣縮回來。他從來沒有接觸過如此光滑，如此細膩的東西。生活是粗糙的，但生活的某一個地方，卻存在著這樣細膩得不可思議的東西，讓這個三歲小孩習慣了粗糙接觸的手指被如此陌生的觸感嚇了一跳。

老奶奶笑了，把格拉的一個指頭拉過來，塞到嬰兒手邊，嬰兒那光滑細膩的手把這根手指緊緊抓住了。格拉不知道一個嬰兒的手，還有這樣緊握的力量，還帶著這樣的溫暖。他不習慣這樣的柔滑與溫軟。一用力，把自己的手指掙了出來。嬰兒哭了起來。嬰兒的哭聲像一隻小貓在淒然叫喚。

「快把手給他，看我們家的兔子他有多喜歡你。」

格拉是個野孩子，架不住讓人這麼喜歡，一溜煙跑開了。

這個冬天，還有接下來的春天、夏天和秋天，他再沒有跨進過這個院子。再次走進這個院子，已經是下一個冬天快要過完的時候了。過了又一個冬天，格拉又長大了一歲。

和往常一樣，經過恩波家時，格拉眼望著院子，不覺加快了步子。還好，他告訴自己，老奶奶不在院子裡，剛趺趺撞撞走路不久的兔子也不在院子裡。他鬆了一口氣，剛放緩步子，腳就碰到了一個什麼柔軟的東西。腳像被火燙了一樣縮了回來。兔子坐在地上，張著嘴向他傻笑。他剛想抬腿溜掉，老奶奶像從地底冒出來一樣出現在院子裡，一臉警覺：「你這個野孩子，不能領著我家兔子到處亂跑。」

這下，輪到格拉也像兔子一樣，張大了嘴巴露出一臉傻相。一個剛剛學會走路的孩子怎麼可能跟著他這麼一個野孩子四處亂跑？村裡又有哪一家的大人會讓自己家的孩子跟一個野種四處亂跑？

老奶奶很快換上了一臉慈祥的笑容：「好了，別發愣了，把弟弟從外面帶回來。」

兔子先伸出小手，格拉猶猶疑疑地握住了。這手還是很柔軟，但沒有第一次接觸時那麼柔軟了，更重要的是，這手不再像前次那樣溫暖，而是一派冰涼。格拉聽見自己喉嚨裡發出了比那小手更為柔軟的聲音：「來吧，弟弟，來吧，兔子弟弟。」

這天，在恩波家的院子裡，老奶奶給了他一小塊乳酪。

春天很快就來了，很快，春天又過去了。到夏天的時候，格拉真是覺得兔子是自己的弟弟了。兔子長得很快。跟著格拉滿村子跑。第一次，格拉帶著兔子出那院子時，老奶奶驚叫一聲：「格拉！你怎麼能帶兔子去那麼遠的地方。」

格拉帶著兔子快快地往回走。

老奶奶卻又收起了臉上驚詫的表情，揮揮手，說：「去吧，去吧。」

走出院子就進了村。穿過一段曲裡拐彎的巷子，經過兩三家人的籬牆，天地豁然開朗，就是村中廣場了。格拉的家，是依著生產隊倉庫厚牆搭出來的兩間偏房，門正對著廣場，不像別的人家有樓，有院子，也沒有白樺木拌子豎起來，用柳條結結實實紮緊的樹籬。將近中午，村子裡非常安靜，牛羊上山，大人們下地了，只有桑丹無所事事地倚在門口，慵懶地，迷人地坐在門口的太陽底下。看到格拉手中牽著兔子，桑丹的眼睛一下就亮了，儘管這樣，她也只是懶懶地招了招手。格拉把兔子帶到母親跟著。桑丹抱著兔子就親吻起來，嘴裡同時發出了愜意的哼哼。她說：「哦，讓我看看，這麼小的娃娃，哦讓我親親，小小的娃娃。」

親完了，桑丹臉上又浮現出慵倦的神情，揮揮手：「哦，格拉，把這個娃娃帶走吧。」

格拉問母親：「阿媽，大人們都下地了，你怎麼不去勞動呢？」

桑丹定定地看著兒子，眼裡慢慢浮起迷茫的神色，好像這是一個她自己也無法回答的深奧至極的問題。這是格拉第一次問自己的母親這樣的問題。這個問題藏在心裡很久很久，這回終於脫口而出了。格拉知道，媽媽要是下地幹活，村裡人會對他娘倆更好一些，媽媽要是跟著村裡人一樣下地幹活，就能從生產隊分到更多的糧食，還能分到牛肉、羊肉與酥油。這些分配都是在倉庫門口進行的，也就是在他們娘倆沒有樹籬遮掩的家門口進行的。生產隊分給他們一些糧食，都是出於全村人的憐憫，如果還想分到肉，分到油，那就是這娘倆生出不該有的奢望了。

過了些日子，格拉帶著兔子走得更遠，到村子後面的山坡上，趴在森林邊的草地上，吃早熟的野草莓了。兩個孩子吃飽了草莓，格拉就問：「兔子，跟格拉哥哥一起，好不好玩。」

兔子鼓著大眼睛，伸著細長的脖子，點了點頭。

兔子一生下來，就長得很瘦弱。機村的孩子大多長得頑健，即便生下來很瘦弱，只要多吃東西，也就很快變得皮實強壯了。但兔子不行，稍吃多一點東西，就拉稀拉掉了。兔子時常都是病怏怏的，整天顯得無精打采。說話也像個特別害羞的女孩子細聲細氣。

格拉又說：「那我天天帶你出來玩。」

兔子這才細聲細氣地說：「我要格拉哥哥天天帶我出來玩。」

兔子有些累了，兩個人在草地上躺下來歇上一會兒。兩個小人一躺下去，草棵便高出了他們的身子，在腦袋上方迎風搖晃。風的上面，是很深的天空，偶爾有片雲緩緩飄過，像一堆洗淨了又撕得蓬鬆鬆的羊毛。搖搖擺擺的草棵上，有許多蟲子在上上下下奔忙。螞蟻急匆匆地，上到草梢頂端，無路可走了，伸出觸手在虛空中徒然摸索一陣，又返身順著草棵回到地上。揹著漂亮硬殼的瓢蟲爬得高了，一抖身子，多彩的硬殼變成輕盈的翅膀。從一棵草渡向另一棵草，從一叢花飄向另一叢花。草棵下面，有身子肥胖的螞蚱，草棵上面則懸停著體態輕盈的蜻蜓。

格拉對兔子說：「你閉上眼睛吧，閉上眼睛才能好好休息。」

「我想休息，可我不想閉上眼睛。」兔子額頭上薄薄的皮膚皺起來，臉上顯露出成人們常有的那種疑慮憂傷的神情，「但我累，我的心臟很累。大人都說我命不長。」兔子死去後，格拉總會想起兔子這天說話時成人般的神情。可他只是一個三歲的孩子，女人一樣細聲細氣說話的孩子。從這一天起，兔子的成長就定形了，長成了一個有著一顆大人那樣容易受累的心臟，脖子細長、雙眼魚一樣鼓凸的孩子。

一種很深的憐憫從內心深處泛起，那感覺升起來，升起來，沖到腦門那裡，又折返向下，使格拉眼睛泛潮，鼻子發酸。他張開手掌，一邊一隻，把兔子的雙眼罩起來，說：「好朋友，你休息吧，這樣也就像閉上了眼睛一樣，」然後，他的口氣從命令轉向了乞求，「我們做好朋友吧。我沒有朋友，你也沒有朋友。」

兔子細聲說道：「好，我們是朋友了。」

格拉自己感動起來了，他帶著驕傲的神情領著兔子剛進村，便對倚在家門口的母親喊道：「阿媽，我跟兔子弟弟是朋友了！」

桑丹抱起兔子一陣猛烈的親吻：「好啊，好啊，我家格拉有朋友了，有一個好弟弟了。」

兔子眼露驚惶的神情，拚命蹬著一雙小腳，要逃出這個女人的懷抱。但他哪裡掙脫得出來，於是，一張嘴，放聲哭了起來。這個太陽穴上總有暗色的脈管在突突跳動的孩子，說話時細聲細氣，哭聲卻哇哇地，像隻大嗓門的烏鴉。桑丹一鬆手，兔子從她懷裡滑下來，還是格拉眼明手快，搶先把兔子扶住了，他才沒有摔倒在地上。他太陽穴上的脈管跳動得更劇烈了，好像就要衝破菲薄而又透明的皮膚，格拉感到了害怕，說話也帶上了悲聲：「求求你，不要哭，不要哭了，你要是不想害死我們，你就不要哭了。」孩子慢慢收住了哭聲，抽抽嗒嗒時，更有這口氣下去，下口氣不一定能上來的感覺。那藍色的脈管鼓突得更高了，蜷曲在他蒼白的皮膚上，像條令人噁心的蟲子。孩子每艱難地抽咽一下，那條蟲子就蠕動一下，每一下，都像是要從那薄薄的皮膚底下拱出來了。格拉這回是真的害怕了。要是這條蟲子拱破皮膚，那就一切都完了。他腿一軟，跪在了地上，雙手捧著孩子的臉，一邊哀求著，一邊不斷用嘴親吻著那條蟲子。而這時，他那寶貝母親卻一個勁地傻笑著。

兔子終於平靜下來，桑丹從屋子裡搜羅出一切可以填進孩子嘴裡的東西，把兔子的嘴巴塞得滿滿當當。桑丹放聲大笑，兔子也跟著咯咯發笑。但格拉只感到身子發軟，背靠在牆上一動不動。他只覺得這個脆弱的孩子令他害怕。他不要再招惹兔子了。

大人們從地裡收工回來，兔子還沒有回家。額席江奶奶靠著牆根睡著了。恩波把她搖醒，老奶奶臉上露出驚惶的神情：「孩子，孩子呢？」

然後，兔子的父親恩波，母親勒爾金措，舅爺江村貢布都撲出了院子，急急地出現在廣場上，勒爾金措呼喚兔子的聲音，就像這個孩子已經死去，親人正在叫魂一樣。很快，這個尋找孩子的隊伍又加入了兔子的表姐、表哥。桑丹抱著兔子從屋裡出來，她對著迎面向他跑來的這家人開心地笑著說：「以後你們大人下地，就把他放在我們家，這個小娃娃太好玩了。」

她沒有得到回答，孩子卻被人劈手搶了過去。

然後，一大家子人簇擁著那個瘦弱的娃娃離開了。黃昏降臨了，村莊上空炊煙低低地瀰散。桑丹一個人孤獨地站在廣場上。有輕輕的風吹起，把一些細細的塵土，從廣場這邊吹到那一邊，又從那一邊吹到這一邊。

空中的晚霞格外燦爛。

桑丹回到屋子裡，臉上還帶著意猶未盡的笑容。她歡快地叫道：「格拉，明天你早點領兔子來我們家。」

格拉沒有說話。

桑丹拿出烙好的餅，盛一碗茶：「好兒子，吃飯了。」

「阿媽你不要煩我，我不想吃。」

桑丹自己吃起來，吃得比平常都要香甜好多。其間，她一直都在說，那個娃娃真是太好玩了，太好玩了。格拉告誡自己，不能討厭傻乎乎的母親。但這樣一個沒心沒肺，看不出別人神情中山高與水低的母親，又確實是讓自己的獨生兒子感到討厭的。但格拉知道，從來到這個世上的那一天，自己就注定要與這個全機村的人都看低看賤的女人相依為命。所以，他在忍無可忍的時候，也只是說：「阿媽，你好好吃飯，不要再說別人家的事情了。」

桑丹正鼓著腮幫嚼著一大塊餅，聽到兒子的話，她加速咀嚼，然後鼓著她那雙好看卻又迷茫的眼睛，一伸頸子把餅嚥了下去。她張開嘴，想要說話，卻打了一個很響的嗝。一團熱乎乎酸溜溜的氣息朝格拉撲面而來，差點就讓他嘔吐了。格拉生於貧賤骯髒的環境，卻對各種氣味有天生的敏感。這種敏感，讓他對桑丹身上的一些氣味，對於機村的許多種氣味，都感到難以下嚥——這些氣味常常讓他噁心不已，常常在背人的地方哇哇地嘔吐。

兔子的奶奶見過他這種莫名的嘔吐，嘆著氣對人說，這種娃娃從來命不長。她說，這種娃娃在別的地方就是天承異稟，「可是，你們知道我們機村是什麼嗎？一個爛泥沼，你們見過爛泥沼裡長出筆直的大樹嗎？沒有，還是小樹就在泥沼裡腐爛了。知道嗎？這就是眼下的機村。」沒有人接老奶奶的話。沒有人敢接這個話。

老奶奶的話跟工作組講得不一樣，跟報紙上講得不一樣，跟收音機裡講得也不一樣。老奶奶的話引得一些更有資歷與權威的人發出了嘆息，他們說：「這樣糊塗的老奶奶嘴裡說出格言一樣的話，不吉利呀！」

格拉母子從來不會聽到機村的主流社會裡流傳的種種說法。他們只是活著而已，格拉只是時常莫名其妙地感到噁心而已。格拉只是時常克制著對桑丹不敬的想法，讓她至少在家裡，有一個母親的大致模樣。

現在，她對著格拉的臉，打了一個嗝，又打了一個嗝，一團團濕熱的，酸腐的氣息撲面而來，使他胃裡十分難受。好在，她終於不打嗝了。那塊餅終於落到了胃的底部，她終於說話了，臉上帶著十足的天真：「但那個娃娃確實好玩啊！」

格拉無話可說，只是無可奈何地叫了一聲：「阿媽，我不想說話，我難受，我要吐了。」這個沒心沒肺的女人，翻了翻眼睛，說：「那你就吐吧，吐出來就舒服了。」

格拉奔到門外，彎著腰，大聲地乾嘔幾下，一股酸水湧了上來，湧到半途又退回到胃裡，退回到身體的深處，繼續在那裡湧動著咬齧著什麼。格拉的淚水湧了上來，為了不讓淚水流下來，他仰起臉看天，天上的星星因此暈化出來了水汪汪的不確定的明亮鑲邊。

格拉無助地倚靠在門框上，看著滿眼星光轉動，母親依然在背後的火塘邊往嘴裡填充著食物。這個女人真是天定了該生在飢餓年代的尤物，有食物的時候，她可以一直不知疲倦沒有飽覺地吃下去，沒有食物的時候，三兩天粒糧不進，她連人需要吃飯都想不起來。格拉在母親的咀嚼聲裡，聽見自己在心裡默默地說：「我覺得難受，我要死了。」

他這樣在心裡念叨，而且因為這念叨感到了些許快感的時候，整個村莊在星光下寂靜無聲，一幢幢石頭寨樓，黑黢黢地聳立在夜色裡。

格拉知道，自己這種莫名的悲傷在機村是不可能得到回應的，現在，他覺得自己恨這個村莊。他恨自己的母親，遠山遠水地從不知道的什麼地方流浪而來，突然出現在村人們面前，把他生下來，生在這樣一個冷漠的村莊。他想問問母親，她從哪裡來，也許在那裡，人們的表情和藹生動，就像春暖花開一樣，那裡，才是他所不知道的故鄉。夏夜裡，羊皮褥子暖烘烘的，他躺在底下，像一個瀕死的老人，想，我就要死在機村這個異鄉了。

格拉睡著了。直到睡著以後，這個克制的娃娃，眼角的兩顆淚水才盈盈地滑落下來，落到了枕上。然後，他真的夢見了春暖花開，夢見一個片片的花，黃色的報春，藍色的龍膽與鳶尾，紅色的點地梅，他奔向那片花海，因為花海中央站著他公主一樣高貴，豔麗的裙裾飄飛，目光像湖水一樣幽深的母親桑丹。但他只感到眼前一片強光閃過，桑丹一聲尖叫，他醒了。他踢蹬著雙腿被人揪著胸口舉在半空裡，手電筒的強光直直地照著他的雙眼。

強光後面，是一個咬牙切齒的聲音：「小雜種，你幹的好事，你幹的好事。」

小雜種，

小雜種，

小雜種，

小雜種！

小雜種！

格拉清醒過來了，他聽出來了，這是兔子父親恩波，那個還俗和尚的聲音。

他嚇壞了：「我不是小雜種，是是，我是小雜種，叔叔把我放下來吧。」

但那個聲音陡然一下提高了很多：「我要殺了你！」

格拉的耳膜被這一聲怒吼震得嗡嗡作響，卻聽見一聲更加歇斯底里的叫聲：「不！」然後，桑丹像一隻發狂的母獅撲了上來，把拎著格拉的人和格拉一起，重重地撲到了地上。手電筒滾到一邊，照亮了很多條人腿，然後，母親哭號著把格拉的腦袋摟到了自己的懷裡，格拉感到了母親柔軟的乳房：「我的兒子，格拉，是你嗎，我的好兒子。」

格拉靠在母親的懷裡：「阿媽，我在，我在這裡。」

又一枝手電筒打開了，射向躺在地上的這一對母子，和那個狂怒的氣喘吁吁的還俗和尚。

「誰也不准動我的兒子！」桑丹歇斯底里地大叫，但人們看著她被手電筒光照亮的裸露的胸脯，轟然大笑起來，格拉仍然驚魂未定，緊緊地靠在母親的懷裡。但母子倆還是被那些人強行分開了。

四

這個夜晚，一輪大大的滿月高掛在天上，朦朧的山影站在遠處。這個夜晚，一向平靜的機村瘋狂了。全村的男女老少都從睡夢中起來，站滿了廣場。一群成年男人狂暴地推搡著格拉這個小小的，驚慌失措的娃娃往村外走，手電筒吐出的光柱左右晃動，刺穿黑夜，還有人在明亮的月光下燃起了火把。

格拉跌跌撞撞地走著，腳步稍微慢一點，就有橫蠻的手掌重重地推在他背上。他不時跌倒，很快就被人提著領口從地上拎起來：「小雜種，快走！」

很多聲音從身後雜遝而起，都是有關他的各種稱謂，小害人蟲，小爬蟲，小壞蛋，小魔鬼，從人們口中吐出來，在他頭頂上炸響，格拉眼前晃動著一張張機村人的臉，先是一批比自己大一些的男孩子：柯基家的阿嘎、汪欽兄弟，大嗓門洛吾東珠的兒子兔嘴齊米。當然，還有他們擔任著村裡各種領導的父兄的聲音。那麼多狂暴的聲音，那麼多又狠又重的手，將他推向村外的野地裡。格拉突然想到了前些天公社電影隊來放的一部電影，一個長鬍子的壞蛋，就是這樣被憤怒的人群推向了村子的外面，被從「肉體上消滅了」，他一轉身，抱住了最為憤怒的兔子父親的腿：「阿媽呢？阿媽桑丹你快來救我！」

但他沒有聽到母親的聲音。

人群中爆發出一陣冷酷的轟笑，恩波劈手把這娃娃提了起來：「沒有人殺你，小兔崽子，你說，白天你帶我們家兔子去了什麼地方？」

格拉這才曉得，現在兔子正躺在自己的小床上抽搐著胡話不已，說是有一個花仙子告訴他人間太苦，要帶他到天上去了。小兔子還說，自己本是從天上來的，現在想回美麗的天上去了。大人們一想，自然是那個有母無父的野孩子格拉把他帶到野外，讓什麼花妖魅住了。

於是，全村人都為一條小生命而激動起來了。在這個破除迷信的年代，所有被破除的東西，卻在這個月光皎潔的夜晚一下就復活了。一切的山妖水魅，一切的鬼神傳說，都在這一刻輕而易舉就復活了。那些積極分子、民兵、共青團員和生產隊幹部，這一刻，都沉浸在了鄉村古老的氣氛中，懷著對一個可憐的小娃娃同情而瘋狂了。恩波晃動著手電筒，那柱強光落向那裡，恩波就問：「你們碰沒碰過這花？說！大聲點，狗東西，老子聽不見！」

手電筒光柱籠罩住一簇風信子，格拉帶著哭腔說：「是。」

單瓣的，紅的，白的風信子被一群腳踐踏入泥中。

手電筒光柱籠罩住一棵野百合，格拉帶著哭腔說：「是。」

喇叭一樣漂亮地仰向天空的百合被眾人的腳踐踏為花泥。

還有蒲公英，還有小杜鵑，還有花瓣美如絲綢的綠絨蒿，那些夏天原野上所有迎風招揚的美麗，都因為據說有一個魅人的花仙寄居而被踐踏為泥了。

格拉哭了，他再次抱住了恩波的雙腿：「叔叔，告訴花仙，不要帶兔子走，讓花仙把我帶走吧。」

恩波似乎有些不忍，但人們還在鼓譟，於是，他用力一抬腿，叫聲「去」就把那纏人的娃娃甩開了。繼續用紙符鎮那可能被踐入爛泥的花之魂了。後來，人們就像不知怎麼就聚集起來一樣，轟然一聲又散開了。日後，不管格拉怎樣回憶當時的情景，都覺得是這些人像鬼魅一樣，轟然一下就散開了。剩下他一個人驚魂未定，渾身作痛，躺在村外被刻意踐踏的草地上，火把的餘燼漸漸熄滅，瀰漫在空氣中的煙火氣散盡了。格拉躺在地上，四周無比寂靜，這時的他真願相信這個世界真有花妖，同時，他又知道，這樣的美麗的神祕這個世界上根本不可能有。一個人都厭於居住的世界，神仙是不會居住的，妖精們既然能耐無窮，想必也不會願意居住。

天上星瀚流轉，夜空深邃蔚藍。世界上所有的地方都在同樣美麗天空的籠罩之下，但為什麼有的地方人們生活得安樂祥和，有的地方的人們卻像一窩互相撕咬的狗。

格拉站起身來，吐掉嘴裡的泥巴，罵道：「雜種！」然後學著村裡那些出身純正的年輕人，那些當了基幹民兵和共青團員年輕人的樣子，搖搖擺擺地往村裡走去。走了一段，覺得自己走不出那種不可一世橫行霸道的樣子，又罵了自己一句：「小雜種！」就回復到自己平常走路的樣子了。

推開了機村那扇唯一永遠不鎖的門，吱呀一聲，一方月光跟著溜進屋裡。這屋子就是有人，也顯得空空蕩蕩。現在，屋裡沒有人，更給人一種冷清空寂的感覺。格拉倒在牆角的羊皮墊子上，往另外那牆角看了一眼。團成一堆的被子像一個人縮著肩頭坐在那裡，本來，這時那團被子應該展開了，緊緊地裹在那個可憐女人的身上。看著母親無論春夏秋冬都緊裹著被子的樣子，格拉知道那是怕冷的樣子，也只有在這個時候，格拉會心疼地覺著自己的母親真是一個可憐的女人。

而在這個露氣深重的夜晚，這個女人卻不在屋裡，她也受到了驚嚇，在外面什麼地方遊蕩去了。要是以往，格拉又要心疼了。但發生了今天這一連串的事情後，他的心變得麻木了。他只是覺得累，拉開被子蓋上身子的同時就睡著了。早上醒來，那種麻木並沒有稍稍減輕一點。

沒有人燒茶，他自己撥開火塘裡的灰燼，灰白的冷灰下露出幾枚深紅色的火炭，在上面搭上細柴，猛吹幾口，火苗便竄起來。格拉又往火塘裡添上些粗柴，火塘裡的火苗便呼呼抽動，屋子裡茶香和糌粑的香氣四處流溢。吃飽了東西，格拉喝著茶，等那一塘火慢慢燃盡，只剩下些通紅的火炭，才用灰燼把這些火炭深埋起來。格拉直起腰出了門。他把門帶過來，扣上鐵絲絞成的搭扣，在鎖眼裡別上一根木棍，算是鎖好了門，然後，便向村外走去。經過恩波家門外的柵欄時，看見屋頂上冒著淡淡的青煙，院子裡沒有人，蘋果樹上掛著亮晶晶的露珠。

格拉往前走，一些人家的女人正在擠奶。這些格拉都不是看見的，遠遠的看見有人，他就深深地垂下頭去，為的是躲開別人投來的目光。但他聽見了，在人手每一下用力的擼動下，新鮮的奶汁一股股猛烈地射入奶桶的聲音。他還聞到了略帶點腥味的甜蜜奶香。格拉從氤氳的奶香中穿過去，繼續往前走。

格拉又走過一戶人家，這家屋子旁邊的自留地裡種著蔓菁，地裡沒有花，但有幾隻早起的蜜蜂在嗡嗡地飛來飛去。格拉想到了蜜蜂們那排列整齊的乾淨房子，淺淺地笑了一下。

然後，他就來到圍在幾棵老柏樹下的水泉邊上了，水泉邊上沒有人，只有一汪冷冽的泉水輕輕地漾動在深重的樹蔭裡，格拉感到涼氣四起，便加快了步子。走過水泉，走出那叢老柏樹深重的蔭涼。這就算是走出機村了。一條大路在明亮的陽光下通向前面漸漸敞開，又漸漸深切的山谷。

格拉在毫無準備的情況下，離開機村出門遠行了。這一天，他沒有遇見一個人。所以，當走到中午，樹上有一隻鳥聒噪個不停時，他以為這鳥是在勸他回機村去，他才開口說：「不，我不回去，我阿媽不在了，我要去找我的阿媽。」

說完這句話，他才清楚的意識到，確實，他阿媽從昨天晚上就不見了。於是，一行熱淚從他臉上流了下來。

在下一個路口，格拉遇見了一條流浪狗，格拉又對這狗講：「機村不是我阿媽的家，所以也不是我的家，我阿媽回老家去了，我去找她，找到她，我也就找到老家了。」

那隻流浪狗眼光茫然看了格拉一陣，腳步輕快地朝機村的方向跑去了。格拉嘆了口氣，又上路了，背朝著機村的方向。

五

恩波家的兔子病好了，又由他奶奶帶到院子裡，坐在蘋果樹下一小團蔭涼裡，這已經是格拉和他母親同時從機村消失的好些天以後了。

機村這麼小，但兩個無所事事的人從機村消失，不再在村子裡四處晃悠了，卻不曾被任何一個人注意到。也許有人注意到了，卻假裝沒有注意到。也許還有更多的人都注意到了，卻沒有吱聲。消失就消失吧。這樣兩個有毛病的人，在機村就像是兩面大鏡子，大家都在這鏡子裡看見相互的毛病。

兔子的病好了以後，恩波，恩波的一家心裡都有些沉甸甸的，他原是一個出家人，如果不是形勢所迫，如今還會在廟裡一心向佛。現在，廟已經被平毀，金妝的佛像也被摧毀了。毀佛的那一天，已經還俗的僧人最後一次被召回廟裡，和那些還頑固地堅持在廟裡的僧人們站在廟前的廣場上。大殿的牆拆掉了，金妝的如來佛像上撲滿了塵土，現在雨水又落在上面，雨水愈積愈多，一道一道沖開塵土往下流，佛祖形如滿月的臉上盡是縱橫的溝壑了。

一個巨大的繩圈套在了佛祖的脖子上，長長的繩子交到了廣場上這些還俗和未還俗的僧人們手上，有人手舞著小紅旗，吹響了含在口中的哨子。這次，僧人們沒有用力。已經髒污的佛像仍然坐在更加髒污的蓮花座上。一個紅衣的喇嘛被人從僧人隊伍中拉了出來，戴上手銬，由民兵看管起來。吉普車前站著荷槍的士兵表情肅穆。

紅旗再次揮動，口哨再次響起，僧人們悶悶地發一聲喊，佛像脖子上的繩套拉緊了，僧人們再聲嘶力竭地發一聲喊，佛像搖晃幾下，轟然倒下了。揚起的塵土，即便像蘊著火的煙，也很快被細細雨澆滅了。摔爛的佛像露出了裡面的泥，和黏著黃泥的草。僧人們跌坐在雨水裡，有了一個人帶頭，便全體沒有出息地大哭起來。據說，被銬起來那個喇嘛很氣憤，氣憤這些人這麼沒有出息。但這也僅是傳言而已。因為以後，就沒有誰再見過這個喇嘛了。

恩波每每想起那天的情景，心裡就有些怪怪的感覺，特別是想起一群僧人在雨地裡像女人一樣哭泣，心裡更是彆扭得很。佛像倒下就倒下了，山崩地裂的事情並沒有發生。作為僧人的恩波便在心裡一天天死去，一個為俗世生存而努力的恩波一天天在成長。

但是，發生了那天晚上的事情，恩波心裡那種彆扭的感受又回來了。這種彆扭的感受甚至讓他覺得，下雨天，坐在濕冷的泥地上，像娘們一樣，像死了親娘老子一樣，咧著嘴就哭，簡直就是一件有些幸福的事情。

過去，大家都覺得，這來歷不明的一母一子在機村，是一件好事。生活這麼窘迫，有這兩個可憐人作對照，日子就顯得好過些了。人人都看不起這兩個人，但是，從對待這兩個人的方式上，機村也暗地裡把人分出了高下。原來，恩波一家有兩個還俗的僧人，還有一個善良的老媽媽，一個漂亮的勒爾金措，加上這家人從不欺負格拉母子，所以，用張洛桑的話說，「這一家人好，在機村人心裡那桿秤上，份量是很足的。」

聽了這話的人都會說：「瞧瞧，又拿他的寶貝東西來打比方了。」

對，張洛桑曾經是機村唯一一桿秤的主人。這桿秤曾經讓他在機村享有很高的地位。但後來有了人民公社。人民公社做的第一件事情，就是建立了一個大倉庫，並在倉庫裡掛上了一大一小兩桿嶄新的秤。張洛桑在機村的影響才日漸衰微了。但他還是常常用他的寶貝秤打比方。而對恩波一家的比方是機村人公認為最貼切準確的一個。

恩波知道再回到廟裡已經不可能了，便力圖把心裡那桿秤弄得平平地過著自己的日子。但是，那天對格拉的狂暴使心裡那桿秤不再那麼平衡了。自己那樣對待格拉那樣一個小可憐算是什麼行為呢？

終於有人注意到，那個狂亂的招魂之夜後，格拉和他媽媽一起，都從機村毫無聲息地消失了。機村那麼小，機村的日子又那麼了無生氣。所以，一道謠言往往也像閃電一樣，把晦暗的日子照亮，給平淡的日子增添一點生氣。何況兩個人的消失不是謠言，而是一個事件。從第一個發現者，到最後一個知道的人，最多也就不過半天時間。恩波心裡那桿秤的一頭墜下去，墜下去，最後，沉甸甸的秤砣重重地落在心底，震得腹腔生痛。

傳言一遍遍在村裡流轉，流轉時還繞著當事者打旋。人嘰嘰喳喳過去，又嘰嘰喳喳過來，像平地而起的旋風一樣。這柱旋風就是不在當事者那裡停頓。但恩波當然曉得，人們的議論都針對著他。人們眼光裡的意味也愈來愈深長了。那眼光無非是說，是他這個大男子漢把一對貧弱無依的母子逼走了，恩波在人前有些抬不起頭了。他一個人去了廣場邊上那兩母子所住的小屋。門沒有上鎖。門扣上插著一根草棍。他伸出的手還沒摸到門扣，草棍就從扣鼻中滑下來，掉在了地上。門開的時候，咿呀一聲響，像一隻貓被踩痛的叫喚。屋子裡空空蕩蕩。火塘裡灰燼是冷透了的灰白。回到家裡，他長吁短嘆。只有病弱的兔子依在他懷裡的時候，他心裡好過一些。他親親兒子，突然正色對妻子說，「烙餅，多烙些餅，我要出門，也許是遠門。」

舅舅說：「去吧，佛的弟子要代眾生受過。佛在塵世時，就代眾生受過。」

恩波說：「眾生的罪過裡也有我的罪過。」

妻子表情堅定地和麵，燒熱了鏊子，烙餅，一張又一張。直到上了床，女人的淚水才潸然而下，嚶嚶地伏在男人胸前哭了。哭完，又起身烙餅。

早晨天剛亮，他就揹著一大褡褳的乾餅子上路了。第一天，他走過了三個村莊。第二天，走過一個高山牧場。第三天，是一個滿是漢人的伐木場。第五天頭上，他就要走出這個縣的邊界了。邊界是一條河，河上自然有一座橋，幾個懶洋洋倚著橋欄的人把他攔住了。先是一個鴨舌帽扣得很低的人說：「喂，那個人，站住。」

聲音從帽子下面傳出來，可能是衝他說的，因為除了他橋上沒有別的行人，但他看不見那人的臉，所以也不敢斷定話是衝他說的。他繼續往前走。那幾個懶洋洋的傢伙一下子敏捷地衝了上來，眨眼之間，就把他的胳膊反扭到身後去了。褡褳掉到橋上，餅一個個從散開的袋口滾出來，在杉木橋板上滾得碌碌作響。受到驚嚇的恩波一使勁掙扎，就從許多隻手上掙脫出來。他邁開結實的雙腿向橋的另一頭奔跑。身後，響起了清脆的鋼鐵的聲音，他知道那是拉動槍栓的聲音。恩波站住了。並且像電影裡的敵人一樣舉起了雙手。身後，傳來一陣轟笑。笑聲和著腳步聲一陣風一樣將他包圍起來，一隻有力的拳頭重重地落在了他的鼻梁上，他沉重的身體摔倒在橋上。

許多張臉自上而下向他逼來，發出同一個聲音：「還跑不跑！」

他想說，不跑了。但鼻子裡的血流出來，把他嗆住了。這是第五天頭上的事情。第十天，他回到了村子裡。他突然推開家門，一家人抬頭看他，臉上露出了吃驚的神情。他訕訕一笑，在火塘邊坐下來。妻子問：「餅吃完了？」

他說：「他們把我攔住了，我沒有證明，沒有證明的人不准隨便走動。」

老奶奶突然說：「那你的餅呢？」

「都滾到橋下，掉河裡了。」

「你掉到河裡了？」

「餅，餅子滾到河裡了。」然後小聲說，「聾子。」

老奶奶說：「你小時候走路就愛跌跤。」

以後，機村的男人都會開玩笑說，他媽的，我真想出趟遠門。馬上就有人接嘴說，狗屁，你沒有證明。人群中便爆發出一陣大笑。只有恩波不笑。通常，開這種玩笑的時候，是在村供銷社門口。所謂供銷社，就是生產隊倉庫隔出一間來，對著小廣場開出一個有兩扇木門的窗口。掌櫃是漢人楊麻子。楊麻子過去是個溜村串戶的小貨郎，到山裡賣點針頭線腦，收點藥材皮毛。貨郎擔上總是掛著一把鐵珠子鐵框的算盤。他也是機村來歷不明的人物之一。機村人只記得，那年他前腳到這個村子，後腳，解放軍也來了。從此，一個人可以隨意浪遊世界的時代結束了。他就在這個村子裡待下來，不走了。不想這一待已經是十幾個年頭了。

後來，公社要在機村建立一個供銷社，要找一個會寫字算帳的人。村裡的領導是屬意於還俗喇嘛江村貢布的，但他並不願意。有兩個人出來競爭這個職位。先是有著全村唯一一桿秤的張洛桑。這在人們是意料之中的事情。接著楊麻子拿著當年那把鐵算盤出現了。結果張洛桑敗給了楊麻子。從此，每個月，楊麻子坐著村裡的馬車去一趟公社，回來，那個窗口的木門敞開了，女人們從那裡買回茶葉、鹽，一點針頭線腦。男人們便席地坐成一圈，享用每人一月二兩的配給酒。過去，村裡人都是自家釀酒，如今糧食都交了公糧，集中到倉庫裡，一馬車一馬車拉走，拉回來的，就是每月一人二兩白酒。這麼一點酒，不等拿回家，就讓男人們圍坐在廣場上喝得一乾二淨了。恩波這個還俗僧人，既然結婚破了色戒，喝點酒解悶開心也是自然而然的事情了。恩波幾口酒下肚，就滿臉通紅，那雙劍眉下澄明有神的眼睛不一會兒就布滿血絲，露出惡狠狠的光芒。不再像個佛家弟子了。開初人們都害怕他這種眼光。但他也無非語無倫次地說些醉話，露出些不明所以的傻笑而已。

這天正是每月裡那個喝酒的日子，打到酒的男人們一個個在廣場上坐下來，很快就圍成了一個大大的圈子。酒倒進一只畫著天安門的搪瓷缸子裡，一圈下來，缸子裡的酒就見底了。機村不大，二十多戶人家，也就是那麼三四十缸子酒。很多人喝到後來都是意猶未盡的樣子。但對恩波來說，有十多口酒下肚，他已經醉了。上手的張洛桑把缸子傳到他手上時，提醒他說：「少喝點吧，反正都醉了。」但他又露出了一臉傻笑，仍然是深深地一大口。

張洛桑就說：「媽的，醉都醉了，也不曉得少喝一口？」

恩波這段時間心情不爽，便收斂了笑容說：「你少說一句，我就少喝一口。」

張洛桑劈手就把恩波的領口封住了，恩波也抬手封住了對方的領口。

下一圈酒轉回來，兩個人還坐在那裡，咬牙較勁，表面上看紋絲不動，屁股卻在泥地上蹭出一個小坑。酒一停轉，大家才發現這兩個人較上勁了。但是沒有人來勸阻，要是兩個人真想打上一架，勸阻是沒有什麼用處的。如果不想真打，那就更沒有必要勸阻了。兩個人就那樣較著勁僵在了那裡。還是出來續酒的楊麻子說：「算了，算了。喝酒，喝酒。喝酒是高興的事情嘛。」

楊麻子是漢人，藏語帶著奇怪的口音，這種口音是機村人經常性的玩笑題材之一。

張洛桑大著舌頭學著他說：「算了，算了。」

恩波也夾著舌頭說：「喝酒，喝酒。」

兩個人一起放聲大笑，同時鬆開了對方。

楊麻子說：「對了嘛，對了嘛，這樣子就對了嘛。」

恩波突然瞪圓了雙眼：「麻子，你為什麼不滾回你的老家去，嗯？」

麻子正用酒提往碗裡續酒，聽了這話，他的手僵住了，剛才還喧嚷不已的人們一下子安靜下來。麻子臉上的肌肉抽動幾下，迅即又恢復了平靜。他又往下續酒。嘴唇還抖抖索索地說：「二十八斤了。不，不，是二十八斤半了。鄉親們，二十八斤半了。」

恩波知道自己又說了錯話了，總體來說，機村還是一個好客的村子，不然，機村就不會有這麼些來歷不明的人。

楊麻子還在斟酒：「二十九斤，二十九斤半了。」

但大家還是不說話，各種各樣奇怪的眼神緊緊逼視著那個說了錯話的人。恩波感到自己的腦袋都快要炸開了。要是人們再這樣緊盯著他，再不開口說話，他整個人都要炸開了。其實，那句話才出口半句，他就已經後悔了，但話還是出口了，內心裡有個魔鬼把他牢牢控制住了。

終於，有人發出了聲音。

是張洛桑開口說話了：「今天機村的男人都在這裡了，我要問一句話，是不是機村再也容不下走投無路的人了。大家曉得，我的父親也是漢人，也是楊麻子一樣走到村子裡就不想再走的貨郎。」

大家都說，不，不，再說你的父親還給我們帶來了機村很長歷史上一直是唯一的一桿秤。

「可是，有人把桑丹母子逼走了，現在又想把楊麻子逼走。」

大家都發出一致的聲音：噢──

那意思是說，這話有些過分了。就在這個時候，一陣風起來，捲起了廣場上的草屑與塵土，人們慌忙彎腰，伸手，做出掩住酒碗的動作，其實，只有一個人手上真正端著酒碗。大家都喝得一些酒意了。風過之後，大家都為這個下意識的動作轟笑起來。突然砰然一聲響亮，原來，是久不住人的桑丹家的木門自己脫離了門框，倒下了。

倒地的門煽起一陣風，吹起一點塵土和草屑，使人們又想起了離開機村已久的格拉母子。想起這對母子，大家的視線又集中到了恩波身上。恩波真想張大了嘴痛哭一場。能夠眼淚一把，鼻涕一把痛哭一聲，那是多麼痛快的一件事情啊！但這除了徒然惹人恥笑之外，又有什麼作用呢？酒碗傳到他手上，他一仰脖子把剛斟滿的一碗酒，全部灌進了嘴裡。可能不等酒全部落下肚裡，恩波就像一只立不穩的口袋一樣倒在了地上。

恩波一倒地，人們埋怨的對象沒有了，又有人想起了那扇莫名其妙倒地的門，這時天已黃昏，太陽一落山，傍晚的風中便有陣陣的寒意起來，突然有人說：「有鬼吧。」

人們便覺得那寒意爬到背上了。

「這兩母子死了？」

「他們的魂回來了？」

「呸！死了，魂還要回來？因為我們機村人對他們特別慈心仁愛嗎？」

天慢慢黑下來，西北方靠著阿吾塔毗雪山的天上出現一片緋紅明亮的晚霞，但在這山谷中的低處，夜色水一樣低到高掩了上來。把環坐在廣場上的人們身子掩入了黑暗，只有仰天向上的臉，還被遠處的霞光一點光亮照著。酒還在一圈圈傳遞著，那帶著強烈辛辣的液體無法抵抗住隨夜色一樣升起來的寒意。何況這個時候還有人說起了鬼魂。鬼魂沒有形體，至少人們從來沒有見過鬼魂是個什麼樣的形體，但這會兒在廣場上喝酒的這些男人，卻分明感到了它。這東西它沒有形體，有的是冰涼的爪子，隨著寒意一起從每個人的背上慢慢升上來。

楊麻子把最後一提酒斟酒碗裡，很響地落上了供銷社窗戶上鋪板。然後，他把一雙手背在身後，人們就聽著他手裡那串鑰匙叮叮咚咚地響著走遠了。

張洛桑狠狠往地上唾了一口：「各位，回家去吧，酒沒有了，媽的，這身子，酒也暖不過來了。」這時，機村的男人們一個個身子異常沉重，像浸飽了水的木頭。人們一個個撐起沉重的身子，習慣性地望一望阿吾塔毗雪山後面正燒成黑色的紅霞。搖搖晃晃地回家去了。

張洛桑踹踹躺在地上的恩波：「小子，起來，回家去了。」但恩波昏睡不醒，張洛桑就說：「媽的，一點酒能醉成這樣，也他媽是種福氣。」他還想再說什麼，但看見人們正在走散，沒有人想聽他說話，這樣他說話也就沒有了什麼意思，也就搖晃著身子回家去了。

恩波依然滿身塵土，沉沉地睡在地上。

六

天將半夜，就在家裡人開始擔心的時候，恩波回家來了。

聽到院子的柵門被推開，額席江老奶奶盯著兒媳嘆了口氣說：「酒醉的男人回家了，天哪，女人的命啊，先是等著丈夫回家，然後是等兒子，要是命再長一些，也許還要等著孫子回家。」

躺在奶奶懷裡的兔子抬起頭來：「不，我不會喝酒，我不讓奶奶，媽媽和我的老婆在家裡等我。」

奶奶愛憐地揉揉孫子的頭髮：「哦，好孩子，你說你不喝酒，除非你不再長大。只要你要長大，你就會的，那是男人的命。」

勒爾金措說：「哦，媽媽，不要對孩子說這些。」

這時，那個男人沉重的腳步響著上樓來了，但奶奶還是說：「不要教訓我，不要教訓我，他們男人有自己的命運，就像我們這些可憐的女人也有自己的命運一樣。記住，這些男人跟我們一樣可憐。」

這時，一直對這些議論充耳不聞，只是專心撚動手中念珠的江村貢布沉沉地呻吟了一聲：「哦！」一直搭拉著的眼皮也抬起來，他的眼光把大家的目光都引向了樓梯口。

那裡，一張被塵土和自己的嘔吐物弄得髒污的臉，一張無論多麼髒污都掩不住蒼白與驚恐的臉正從樓梯口那裡升上來。他走到火塘邊，把一股寒氣也帶到了大家中間。

他妻子的臉一下子變得比他更蒼白了：「親愛的，發生什麼可怕的事情了。」

「對不起，舅舅，我想信佛不信鬼，但我確實看見鬼了。」

「哦，恩波。」

「我確實看到鬼了。」

「什麼？」

「格拉走了，和他那弱智母親四處流浪。」

「孩子，每個人都有自己的命運，也許流浪就是他們的命運。」

「可是，」恩波很費勁地抬起雙手，捂住臉，淚水從指縫間湧出來，「可是，他們死在流浪路上了，他們沒有食物，沒有暖和的衣服，不友好的村莊會放狗追咬他們，孩子們會跟在他們身後起鬨，扔石頭，他們沒有證明，連四處流浪的權力都沒有。他們死在路上，無處可去的鬼魂只好回機村來了。」

「他們……你是說，桑丹和格拉，他們真回來了？」

「回來了，他們的鬼魂回來了。」

「桑丹和格拉的鬼魂像什麼樣子？充滿了怨艾還是……」

「親愛的舅舅，我沒有看見。」

「那你看見了什麼？」

「火。」

「火？」

「火。是的，我們喝酒的時候，門自己倒下了。我心裡難過，喝多了，酒醉醒來，看見他們家熄滅很久的火塘裡燃起了火。」說完這句話，恩波深深地嘆口氣，掩在臉上的手慢慢垂下。他把乞憐的眼光轉向大家。眼光每接觸到另一個人的眼光，那深深的自責與恐懼就傳達到每一個人心上。一家人泥塑般定著，斂聲屏息，火塘裡火苗伸伸縮縮，把每一個人的身影投放在牆上，放大，縮小，縮小，又放大。恐懼，像深夜的寒氣一樣，悄然爬上了背心。一家人就這樣坐著，直到窗戶上透進灰白的曙光。

江村貢布撐起身子，收拾起一罐牛奶，一坨茶磚，一小袋麥麵：「如果真是鬼魂回來的話，鬼魂也是需要撫慰的。他們肯回到機村，說明他們在外面過得比在機村還要糟糕。」江村貢布看看臉色灰白的恩波，「親愛的侄子，走吧，給那兩個可憐的人念幾句超生的經文。」

兩個人下樓時，聽見背後響起了女人的啜泣聲。走出院門的時候，兔子也跟了上來。恩波讓他回去。兔子不幹。恩波嘆了口氣，伸出手，把兒子冰涼的小手牽起來，一家三代三個男人向村子中央走去。剛走了幾步，隔著稀薄霧氣，看見了桑丹隱約的身影。三個男人屏息跟了上去。隔著霧氣，那身影隱隱約約，確有幾分鬼氣，但是，前面傳來嚓嚓的腳步聲，卻又不該是一個鬼影發出來的。

三個男人跟著那個身影走進廣場。

走到小屋跟前，桑丹站住了。三個男人也站住了。桑丹彎腰把那扇不推自倒的門豎起來，然後，才慢慢跨進屋去。屋子裡黑洞洞的，從外面看不見她進去後做了些什麼。恩波只是聽到桑丹發出一聲歡快的驚呼，然後的，響起了格拉的哭聲，再之後，桑丹的哭聲也撕心裂肺般地響了起來。機村人看慣的是她永遠燦爛，永遠傻乎乎的笑容，這回，是第一次聽見她的哭聲。

「鬼。」恩波怕冷一樣顫抖著。

「不是鬼，我知道是格拉哥哥回來了。」兔子說。

恩波的大手把兔子的嘴巴捂住了。

這時，屋子裡的哭聲也止住了，恩波的感覺是好像他在捂住了兔子嘴巴的同時，也捂住了那兩個鬼魂的嘴巴。三個男人就那樣站在早晨的霧裡，傾聽著屋子裡的動靜。哭聲止住了，兩個人開始喃喃地說話，就像怕講不上話一樣搶著說，說得都像是有些喘不上氣來了。但任外面的人怎麼豎起耳朵細聽，都聽不清到底在講些什麼。這對母子絮絮叨叨，爭先恐後，含糊不清的說話聲中，那口熄滅已久的火塘生起了火，愈燃愈大，這回，兩張被火光照亮的臉真真切切地出現在恩波一家三個男人眼前。桑丹的臉平靜而深情，雙眼緊盯著兒子，臉上的淚水潸然而下。格拉欣喜的臉上笑容燦爛，也有兩行淚潸然而下。

然後，桑丹又大放悲聲了。

恩波雙手合十：「佛祖啊，謝謝你的蔭庇，讓桑丹母子活著回來了，佛祖啊，洗清我的罪孽吧。」然後，淚水從他那雙漂亮有神的眼睛裡奪眶而出。

格拉也哭起來：「阿媽，你這麼些年上哪裡去了？」

這回屋外的人能聽清楚屋裡人說的話了。

「我害怕。兒子，我害怕。」

「我到處找你，可是到處都找不到你，才回來了。」

「我們走了多少地方啊。我以為他們那些人把你殺死了，我害怕，我就到處走。但我已經無路可走了，就又回來了。想不到上天沒有拿走我的兒子，上天把我的兒子還給了我。」

「上天也不會搶走我的阿媽，我到處找你找不到，自己也無路可去了，剛剛回來，睡了一覺，一睜開眼睛，阿媽就在眼前了。」

恩波顯得很衝動，馬上就想衝進屋子裡去，但是，他剛一抬腿，就被江村貢布舅舅緊緊拉住了：「讓他們幸福一會兒吧。」

江村貢布把茶、鹽和麥麵放在門邊，拉著恩波和兔子悄悄退後，退到足夠遠的時候，才轉過身來。這時，他們才赫然發現，差不多整個機村的人都集中到廣場上來了，在濕漉漉的霧氣中，靜靜地站著，甚至恩波的媽媽與老婆，都站在人群中間。當恩波轉身過來時，勒爾金措把兔子緊緊地抱在懷裡，嚶嚶地啜泣起來。

更多的女人發出了低低的啜泣。

村裡每一戶人家都帶來了一點東西，同時也帶來了他們歉疚的心情。他們悄悄地把帶來的東西放在了門口，轉身離開的時候，歉疚的感覺消失了一點，但沒有完全消失，心裡卻生出一點莫名的溫暖。人群散開的時候，霧氣也慢慢散開了一些。太陽升上了天空，穿過霧氣的陽光帶著稀薄的溫暖。

這天整個村子的人都遲遲沒有下地，小學校上課的鐘聲也遲遲沒有敲響，散開的人群都從不同的地方關注著同一個地方，就是那兩間整個機村最低矮簡陋的偏房。

霧氣完全散盡了，母子倆也終於從屋子裡出來了。機村的陽光在幾百天以後，又一次流淌在他們身上，照亮了他們的臉龐。他們身上的衣服很破爛，但機村的水已經把他們的臉洗得乾乾淨淨。格拉長高了很多，瘦了許多的臉上有了一種堅定的，甚至有點凶狠的神情。桑丹還是那麼漂亮，看著她臉上依然掛著燦爛的沒心沒肺的笑容，大家都有些懷疑剛才是不是真的聽見她傷心的哭泣了。

當她看見堆在門旁的那麼多東西：茶葉，鹽，酥油，麥麵，舊衣服，碗，柴刀……甚至還一盒萬金油，一匣火柴，一瓶煤油，一把門鎖，立即發出一聲驚喜的歡呼，人們又聽到了她無憂無慮的銀鈴般的笑聲。她歡笑著，一趟趟把這些東西搬回屋子裡：「兒子，快來幫我啊！」

每搬一趟，她都對兒子叫上一聲。但格拉慢慢坐在了門檻上，母親每進出一次，他只是不情願地傾側一下身子。他只從那堆東西裡拿起了那把鎖，他的目光第一次抬起來，掃視這個離開許久的村子。即便人們都離得遠遠的，被他目光掃到的人，都把目光避開了。整個村子都躡手躡腳，輕言細語，沉浸在一種贖罪的氛圍中。

陽光不是很強烈，就那麼暖洋洋地照耀著，把遠處的群山罩在有點發藍的，灰濛濛的光幕後面。陽光落在水上，水看上去變得有些黏稠了。陽光落在石頭上，石頭一動不動，好像正沉緬於自己的某種思想。陽光落在地上，甚至細細地塵土都一動不動，被風吹得累了，終於躺了下來，要好好休息一下。

機村那簇石頭房子，頂上覆蓋的灰白色木瓦，也被陽光照耀著，閃爍著沉著而堅硬的金屬的光澤。好些年了，機村的上午從來沒有被這樣的靜謐光顧過了。這樣一個變動不居的年代裡，這樣直抵人內心，在人內心深處，發出些特別聲響的靜謐真是好多好多年沒有過了。所以，生產隊長也不敢站在廣場中央來，劈開嗓子大喊：「出工了！」

來自外鄉的小學老師也沒有站出來敲響上課的鐘聲。

通過敞開的門，可以看見他們往碗裡倒滿了茶，居然還垂首靜默片刻，才開始往茶裡化上酥油，從火塘邊拿起烤熱的餅，一口熱茶，一口麵餅，慢慢吃了起來。在這個過程中間，兩個人居然還不時抬頭相視微笑，輕聲交談，吃著百家施捨的飯食，卻是一派從容高貴的感覺。

整個機村都屏息等待著他們慢條斯理地吃完他們重回機村後的第一頓飯，等到他們收拾好吃食站起身來。先是桑丹走出了屋子。雖然沒有人知道她的確切年紀，但她應該還很年輕，應該不到四十歲的年紀，但她原先烏黑的頭髮已經全部變白了。使人感到怪異的是，她的臉還是像一個姑娘的臉一樣光潔而又紅潤，她走到門口，就像從來沒有離開過一樣不在意地往廣場上打量一眼，就靠著牆坐下來，解開辮子梳頭了。

格拉也走了出來，他吃力地把倒在地上的門板豎起來，慢慢挪動到門框裡，想把它卡回門斗裡去，但費了幾次勁，都沒有成功。他試了最後一次，細瘦的胳膊終於吃不住勁了，門扇又重新重重地倒在了地上。格拉自己也跟著躺在了門板上。這時，他看見村裡的男人們圍了上來。恩波伸出手，格拉也伸出手，恩波輕輕一使勁，就把他拉了起來。男人們笑了起來，恩波露出雪白的牙齒，沒有笑出聲來，格拉也露出了滿口的白牙，慢慢咯咯地笑出聲來。

男人們七手八腳，就裝上了門板，恩波嘴裡銜著幾枚鐵釘，光頭在太陽下閃閃發光，揮動著錘子把一枚枚鐵釘砸進門框，給這扇門裝上了一副結實的鐵扣，格拉就在一邊靜靜地看著他。

他轉過頭來看見比自己兒子大不了多少的格拉說：「好了，不要傻看了，把鎖拿來。」

格拉返身取來了鎖。

「試試。」

格拉就把門鎖上了。

聽到落鎖的聲音，桑丹突然回過頭來說：「不用上鎖，我們不走了。」

格拉打開了鎖，也低聲說：「是，我們不走了。」

恩波張開寬大的手掌，把格拉尖尖的頭頂罩住了，喉頭嚅動幾下，艱難地開口了：「孩子……」

格拉卻低低地歡叫一聲，跑開了。因為他看見兔子打開了他們家院子的柵欄門，朝這邊走了過來。格拉迎著跑了上去，把依然伸著細長脖子，額頭上藍色脈管突突地跳個不停的兔子攔腰抱了起來。然後，兩個孩子都咯咯地笑了起來。

恩波笑了，廣場上的人們都笑了。生產隊長這才放開嗓子大喊一聲：「上工了！」

小學校清脆明亮的鐘聲也敲響了。

人們都四散而去，只有桑丹還坐在那裡，梳她一頭雪白晶瑩的頭髮。

江村貢布最後一個離開廣場。這個還俗喇嘛拿著鋤頭像拿著禪杖，靜靜地站在那裡，看著桑丹細細地梳完最後一綹白髮，抬起那張永遠年輕的臉對他燦然一笑，才轉過身，往村西的地頭走去。太陽從背後照過來，江村貢布看見自己杖鋤的影子走在自己的前面，說：「妖孽。」

他又跟著影子走出一段，回過頭去看見白髮晶瑩的桑丹還在目送著他，又說：「生逢濁世，天生妖孽。」

七

格拉母子在前年的夏天離開，第二年夏天，沒有回來，第三年夏天快要到來的時候，他們回來了。

他們不在的差不多兩年時間裡，機村的日子雖然一如往常，但給人的感覺是變得緩慢了。特別是對恩波一家，事實更是如此。如果你不去感覺，日子依然白天黑夜地轉換，但你一去感覺它，它就突然咯噔一下，像一台運轉中的機器，被什麼東西卡住了一樣。黃昏時分，恩波一想到突然消失的桑丹母子兩個，心裡就會這麼咯噔一下難過起來，這種說不出的難過瀰漫在黃昏時分淡藍色的山嵐裡，瀰漫在灰濛濛的村莊上。日子就像一條繩子套住的腿一樣，再也不肯前進了。

格拉母子回來了，恩波家籠罩在一派節日的氣氛裡。他們備好了從別人家用兩斗糧食換來的一罈酒，鍋裡煮好了肉，肉湯裡烹煮的豌豆和覺瑪發出誘人的香氣。肉煮熟了，額席江把切成大塊的肉垛在盤子裡，噓噓地往手上吹著涼氣，眉開眼笑地吩咐：「該去請我們的客人了。」

恩波兩口子走到樓梯口，兔子叫起來：「我也要去，我要去請格拉哥哥。」

勒爾金措有些擔心地看著丈夫，恩波痛快地一招手，說：「來吧，來吧，就是因為你把人家嚇走的，你去把他們請回來吧。」兔子一聲歡呼，跑到父親跟前。父親一下就把兒子提起來，架在了肩頭上。兔子先是發出了一聲驚叫，隨即又咯咯的笑了。

一家人穿過廣場，快走到格拉家門口時，兔子在他父親肩頭上掙扎一下，恩波就把他放了下來。那扇新修好的門關著，門板的縫隙裡，透出彤紅的火光。恩波抬手準備叩門，看到妻子與兒子都躲到他身後去了。他心裡暖暖的，衝他的兩個親人笑笑，篤篤的敲門了。

桑丹前來應門，火塘裡的火苗歡笑一般呼呼抽動著，彤紅的火光照亮了門前這個光頭寬臉的男人身上。這個男人想說什麼，卻沒有說出來，只是咕嚕一聲嚥了口唾沫。桑丹臉上顯出驚恐的神情。這個男人又嚥了一口唾沫，還是什麼都沒有說出來。

但桑丹臉上已迅速換上了驚喜的神情，她歡叫一聲：「格拉，有鄰居來看我們了。」話音未落，她的吻就落在了恩波臉上。恩波還沒回過神，她的吻又依次落到了恩波家每一個人的臉上。恩波有些尷尬，擦了一把臉上並不存在的口水，這時，桑丹已經吻到了最後一個，吻到兔子那裡了。她彎下腰，抖索著嘴唇，去搆矮小的臉色蒼白的孩子。她的嘴唇就要碰到孩子額頭了，兔子怯怯一笑，躲開了。桑丹再次去搆，兔子又讓她撲了個空。

額席江拉住了她：「桑丹啦，孩子害怕，算了吧。」

兔子看著走出屋門的格拉笑了，桑丹的臉上卻布滿了害怕的神情，她喃喃地說：「害怕，他害怕什麼？他是害怕我嗎？」

說話間，她的身體就有些搖晃了，恩波一家人看見這情形，都僵站在原地，失去了反應。還是格拉上前來把母親扶住了，說：「阿媽，你不要害怕，沒有人需要害怕我們，你也不要擔心別人害怕我們。」

格拉這個孩子的聲音沙啞，沉悶，甚至有點兇狠，非常接近成人的嗓音。這聲音，對桑丹很有撫慰作用，她的臉色又變得正常了：「兒子，快請客人到家裡坐吧。」

格拉眼光凶狠地瞪著恩波：「阿媽，我們家又破又小，沒有人想去坐的，那只是配我們這樣的人待的地方。」

恩波這才走到了格拉面前，他的眼光裡混合著惱怒與羞慚：「格拉，格拉媽媽，你們回來，我，還有我們一家都太高興了，我們就是害怕你們不再回來了，害怕永遠也不曉得你們兩個去了什麼地方。以前的事情，都是我的不對，我們一家專門賠禮來了。」

說完這句話，恩波像一個卸下重負的人，長長地嘆了口氣，眼裡的神情又和緩下來，他伸出手撫摸著格拉的腦袋，嗓音也有些沙啞了：「孩子，你們娘倆在路上肯定受過很多罪，我來賠禮了。」

恩波把腰深深地彎了下去，在他身後，他的一家幾口，都把腰深深彎下去。當他們直起腰來時，格拉的氣一下洩光了，紅著眼圈站在那裡，不知道該說什麼或該幹點什麼了。

還是兔子磨磨蹭蹭地走到他跟著，怯怯地叫了一聲：「格拉哥哥。」

格拉這個野孩子，眼中熱淚終於奪眶而出，把兔子緊緊抱在了懷裡。但當他去吻兔子時，兔子把臉別開了：「不，公社衛生院的醫生說了，誰都不可以親我。」

「兔子，醫生把你的病看好了？」

「醫生說，我沒有病，就是身體不好，機村的人都不講衛生，親吻會把病傳染給我。」

「兔子，你怎麼沒有長高？」

「我的身體不好，醫生說等我身體好了，就可以長高。」

「那就快點長高吧。長高了跟人打架就不害怕。」

「我不打架，打累了對身體不好。」

格拉挺挺胸脯：「好，以後我幫你打。」

兔子咯咯地笑了，蒼白的臉上浮起淺淺的紅暈。

江村貢布挺挺胸脯：「呃，我說，現在該把客人請到家裡去了吧。」

「對，對，」恩波做出恍然大悟的樣子，「格拉，還有桑丹，家裡做了一些吃的，你們務必要賞光啊！」

兔子已經拉著格拉走在前面了。

額席江走到桑丹面前，躬身，做了一個請的手勢，桑丹也施施然回了禮。額席江伸出手來，但她用手斂起衣服的下襬，躬躬身，示意主人走到前面，然後才挪動步子跟了上去。江村貢布和恩波夫婦三個人走到最後面。勒爾金措說：「她那衣服還用牽起來嗎？下面的鑲邊都沒有，連腳脖子都遮不住，不牽也不會拖到地上嘛。」

恩波皺了皺眉頭：「人家愛牽就牽唄。」

勒爾金措意猶未盡：「命賤得像畜牲，還擺貴婦的架子。」

江村貢布說：「別說，這個女人，這作派真還像是貴婦出身呢。」

走在前面的桑丹好像聽到了這句話，她的身體抖索了一下，顯出立即就要萎頓下來的樣子，但她只是稍稍住了下腳，又挺直軟下來的脖子，臉上浮出淺淺的笑容，提著並不需要提起的衣裾，施施然往前走了。

從此以後，機村就流傳開一個說法：桑丹是一個逃亡中的貴族千金。同時，人們還注意到一個過去從來沒有人注意到過的細節，這個女人身上有一個包是從不離身的。人們想起來，她剛到機村的時候，這個包四周是柔軟的麂皮，中間是五彩的錦緞。但今天，皮子上的顏色磨掉了，錦緞也褪盡了色彩，整個包都變成了土灰色，有個角上還打上了藍布補丁。人們都說，那個包裡盡是上等的珠寶。不止一個人聲稱，看到過夜斗三更的時候，那破房子的窗戶上放射出了五彩的珍寶的光芒——是珍珠、瑪瑙、珊瑚、貓眼石和海藍寶石交織放出的光芒。

從此，桑丹再從人們面前走過，人們的眼睛就都落在這個包上了。

桑丹對此渾然不覺，依然那樣臉上帶著茫然的笑容，眼神空洞地施施然從人群中走過。只有少數幾個過於好色的男人還能把眼睛停留在她漂亮的臉上，停留在她那好像從來沒有黑過的光亮的白髮上。其它人的眼睛，都落在那個包上了。

但沒有人敢動這個包一根指頭。

也不知道從那張嘴裡傳出來的，說桑丹逃亡出來時，這些珠寶讓巫師封過符咒，誰要敢動一根指頭，這個指頭就會得無名腫毒，最後齊根爛掉。

這年天氣很奇怪。已經到了夜晚雨水淅瀝，白天豔陽高照，四野裡鮮花開放的時候了，但天空卻讓不知哪裡來的有氣無力的風吹成了土黃色的，每個人都感到臉，嘴，和眼睛都硌滿了塵土。細細的塵土從天上落下來，把整個日子變成了土黃色。機村的日子雖然過得貧困，天空卻總是藍的，空氣總是新鮮的。現在空氣卻像是從陳年日子的縫隙裡散發出來，有一股嗆人的味道。

這一年，機村人全都患上了眼病。早上醒來，很多眼屎把眼皮緊緊黏住，要吐一點口水慢慢潤開，才能睜開眼睛。出了門的人們互相看見，都發現對方眼裡布滿了血絲。每個人都在迎風流淚，每個人的眼角都開始潰爛。還是公社衛生院派發下來很多眼藥水，人們的眼睛又突然之間好了。醫生一鄉來講解說，要是在這樣的天氣裡，戴上一種特別的眼鏡，就可以不得這種眼病了。醫生自己就戴著一副這樣的眼鏡。人們排在這位把眼睛藏在玻璃鏡片後面的醫生面前等著領取眼藥水的時候，人們發現，桑丹就在旁邊看著，臉上還是帶著那沒心沒肺的笑容，那雙眼睛還是那樣清澈澄明，好像什麼都看見了，又好像什麼都沒看見。於是，她那從來都莫名所以的笑容，好像都帶上深意了。

後來，人們就把醫生所講，大家的眼病是前所未有沙塵天氣所致的話忘記了。都說，給珠寶包封咒的巫師法力太強了，人們只是多看了兩眼，就都得了毛病。使大家更為憂心忡忡的是，知道一個人揹著那麼大一包珠寶，誰又能忍住不去多看兩眼呢？

這個情況甚至鄭重其事的反映到了生產隊幹部那裡。現在機村是人民公社的一個生產大隊，有黨支部，團支部，有貧協有民兵，每一個組織都有本村人出來充任幹部。本村的群眾把這種擔心反映給本村變成幹部的那些人，其實人家也一樣為此而憂心忡忡。於是，人們去請教江村貢布喇嘛也就順理成章了。村幹部們也在等待有一個說法。

江村貢布端著喇嘛架子：「這個，新社會是反封建的，我已經不搞封建迷信了。」

恩波說：「鄉親們都為難呢，就替大家解解吧。」

「你沒看見天上下沙子了嗎？嘁，這是什麼世道，天上都下下來沙塵了。塵土是地生的，現在天上也生出塵土了。」江村貢布憤憤地說，「看看這是什麼世道吧。」

兔子突然說：「我問過格拉哥哥，他也不曉得裡面有什麼。」

「嘁，那裡面有什麼，讓他打開看看不就曉得了。」

這時，天上滾過低沉的雷聲，山上的樹在風中起伏，流淌其上的陽光像忽明忽暗，像海上的波浪。

好像是雷聲使恩波恍然大悟：「奇怪，格拉也沒得眼病啊。」

江村貢布說：「要是他再生雙嬌氣的眼睛，那這個世上，他就沒有辦法活下去了。」

恩波平常是很通曉事理的，這回子，卻讓要救民於水火的豪氣給撐住了，氣昂昂地說：「看就看，大不了瞎了我這雙眼睛。」甩開大步穿過廣場，朝倚門而望的格拉兩母子走去。

又一陣子雷聲中，大顆大顆的雨水落下來，砸在房頂上，砸在地上，濺起陣陣輕煙，就從這煙塵裡，也可以看出，那十多天裡，天上下下來了多少塵土。恩波撞開強勁雨腳朝前走，雨水一顆顆在他頭頂劈劈啪啪迸散開來，好像他是傳說中從水底升上來的野獸一樣。雨腳愈來愈綿密，把廣場這邊的人們的視線遮斷了而在廣場那一邊，桑丹正睜大了眼睛，看著那個孔武的光頭男人撞開雨簾，走了過來。

桑丹搖搖格拉的肩膀，手指著前方：「看！」

格拉看見了，說：「雨水把塵土味道洗乾淨了。」

桑丹說：「看，那個人！」

格拉說：「哦，是兔子的爸爸。」

桑丹還在讚歎：「哦，天神哪，那個男人真是漂亮。」然後，桑丹向著雨中闖過來的那個男人張開了雙臂，她的眼裡閃動著令人目炫的神采，她自己也像是從上天降臨下來的一樣。但，就是這個動人的姿態，把那個男人嚇住了。那個男人猛然一下止住了腳步，他停得那麼猛，以至於站住後，身子還猛然搖晃了一下。他站住了，隔在一片雨簾的後面。雨水猛烈在落在他們之間，落在整個村子上面，洗去了塵土和塵土燥烈嗆人的氣味。

格拉說：「阿媽，那是兔子的爸爸。」

桑丹只是喃喃地說：「多麼漂亮的男人，多麼漂亮，你看他是多麼漂亮。」

但她神情恰恰使那個男人因為害怕而止步不前了。格拉奔跑過去，拉住了恩波的胳膊：「叔叔，進屋裡去躲躲雨吧。」

恩波說：「不，我，我就不過去了。」

「那你來幹什麼？」格拉的眼裡慢慢浮起了敵意，「那麼多男人都來找她，你也是的吧，看，她已經在召喚你了，快去吧，你快去吧！」

「不，格拉，不是你想的那樣。」

「看，你看看她的樣子吧，你們不是都把她看成一條母狗嗎？母狗的尾巴豎起來了，快去吧。」

恩波揪住了格拉的胸口，一下就把他提起來，舉到跟自己一樣高的地方，說：「你給我記住了，小子，你恩波叔叔跟那些男人不一樣，你也不能這樣說自己的母親，就算她真是一條狗，也是你的母親！」格拉細瘦的長腿蹬踢了兩下，但一點用也沒有，他還是給牢牢地舉在空中，在鞭子一樣抽打著的雨腳裡。密密的雨，明亮的雨從高高在天上降落下來。

格拉看到恩波眼光由凶狠變得柔和，最後，他幾乎是悄聲說：「記住，不要學著別人的口吻說你的母親。」

要不是雨水正迅速的小下來，格拉就不會聽到這句話了。

格拉的心也軟下來，說：「叔叔，你把我放下來吧。」

「我的話你記住了。」

「我記住了。」

恩波這才把他放下來。隔著愈來愈稀的雨腳，他又深深地望了桑丹一眼。桑丹呻吟一聲，身子順著門框，柔軟地滑下去，跌坐在了門檻上。恩波伸出寬大的手掌，抹一把頭上的雨水，回身走了。

雨水說停就停，陽光落在滿地水窪上，閃閃發光。恩波繞過一個個水窪，回到廣場那邊等候的人群裡。

「你看見了？」

「真的有珍寶嗎？」

「都是些上等貨吧。」

只有他妻子說得與眾不同：「你真動了她的東西？讓我看看你的手。」

恩波任勒爾金措拉起手來左右端詳，笑而不答。他的目光抬起來，越過所有人的頭頂，看著廣場的那一邊，其實他也沒有真看廣場那邊的桑丹，他的眼光還要更高一點，那是還未化盡雪的阿吾塔毗峰，現在，一碧如洗的山腰正升起一道鮮豔的彩虹。

人們並不看彩虹，也沒有看見恩波正在看彩虹，只是一個勁地問：「你看見了嗎？」

「真的有珍寶嗎？很多珍寶？」

「都是些上等貨嗎？」

恩波喃喃地說：「是的，很多很多，那個女人，她滿懷珍寶。」

「漂亮嗎？」

「很漂亮嗎？」

恩波把注視著彩虹的目光收回來，說：「漂亮，比那道彩虹還要漂亮。」

人們又變得憂心忡忡了，大家都把臉轉向江村貢布：「尊敬的喇嘛啊，這個女人真有珍寶，這可真是麻煩了。」

喇嘛含笑說：「一個地方有珍寶聚集，說明上天還沒有拋棄這個地方。」

「可是，可是……」

「可是，你還是想個辦法，不要讓我們再生眼病吧。」

「醫生已經把眼病給我們治好了。」

「可是還會再生的。」

江村貢布只好拿來一塊過去包裹經卷的黃布，縫成一個布袋，說是只要包裹在桑丹那個包外面，就不用擔心什麼了。「當然，」他說，「誰要真去動人家的東西，打開這個布袋，我就什麼都不敢保證了。」

都說，眼睛都看不得的東西，誰還有膽子用手去動啊。江村貢布又說：「不過，眼睛不看了，誰又敢保證不心裡惦記？」

眾人又問，那又會怎麼樣呢？

江村貢布肅然說：「也許惦記多了，會得心口痛的毛病吧。」

人們都肅然地嘆道：天哪！

八

格拉母子重返機村這一年，是機村歷史上最有名的年頭之一。

在機村人的口傳歷史中，這一年叫做公路年。也有講述者把這一年稱為汽車年。但一般認為，還是叫做公路年更準確一些。因為這一年，從初春開始，一直都響著隆隆的開山砲聲。一條簡易公路就從地圖上稱為成阿公路的主線上分出一個小岔，一點點向機村延伸過來。直到冬天，才有卡車開了進來。如果要叫汽車年，從這條公路從修通到後來基本廢棄的那些年頭，才合適叫做汽車年。

開山砲聲愈逼近，機村人們就愈激動，就像每一個人從此都會開上一部汽車代步，就像汽車一到，這個被宣稱已經發生翻天覆地變化，人人都已可過上了幸福生活的時代就要真正到來了一樣。生產隊組織村裡人去築路工地上勞動。很多年輕人都穿上節日裝束，好像不是去勞動，而是去鄰近的城鎮街上閒逛一樣。

看來還得在這裡先講講機村的地理了。

和機村相鄰的城鎮有兩個。三十里外刷經寺鎮，屬於另外一個縣。統轄機村的公社所在地梭磨在五十里外。機村人常去的城鎮是刷經寺，不僅是因為近，還因為這個鎮子大，過去機村人崇奉的寺院也在這個鎮的範圍內。一條順著大河的公路把這兩個地方連接起來，但機村去這兩個地方，都要順著流經機村大河支流，走到河流交匯處，上了公路，向西北或向東南，去這兩個鎮子中的一個。

現在，那條順著大河的公路，分出一個岔，向機村一天天伸展過來。

開山砲聲隆隆作響，晴朗的天空下升起來一道道粗大的塵柱，村子裡的人，山上的動物，都會跑出來看那些塵柱升起又消散。特別是環抱著村莊的山上，每到這個時候，猴子、鹿、獐、野豬、岩羊，有時甚至還有熊和狼，聽到砲聲，都會從隱身的密林中出來，跑到樹林稀疏的山梁上，朝山下那頻頻作怪的地方張望。猴攀在樹頂抓耳撓腮，鹿在深草中伸長頸項，熊總是懶洋洋的目空一切，蹲踞在高聳的岩石之上。

既然山林中機敏警覺的動物們都這樣好奇而興奮，人們的興奮也就更加順理成章了。因為，人們不斷地被告訴，每一項新事物的到來，都是幸福生活到來的保證或前奏，成立人民公社時，人們被這樣告知過。第一輛膠輪大馬車停到村中廣場時，人們被這樣告知過。年輕的漢人老師坐著馬車來到村裡，村裡有了第一所小學校時，人們也被這樣告知過。第一根電話線拉到村裡，人們也被這樣告知過。電線很長，電話機卻只有唯一一部，安在了大隊支部書記家裡，就像過去寺院裡的菩薩一樣被供了起來，黑色的機器身上蓋上了一塊深紅色的絲絨，支部書記把電話摇把卸下來掛在身上，要用的時候，才插上去。電話裝上已經兩年多了。沒有哪個村民使用過這部電話。村民也沒有什麼消息要傳遞到那些有電話人的耳朵裡。他們的消息都在沒有電話的人群裡傳遞。電話偶然會響起一次。都是叫村幹部去公社開會。

這部電話只傳來過兩次不是開會的消息。一次，村小學老師家裡出了事，老師接了電話，就離開了差不多一個月，回來，整個人瘦了一圈。後來聽說，是他在比刷經寺更大的城市裡當老師的母親自殺了。還有一次，電話裡傳來消息，說是有台灣特務空降，機村能走動的人都上山去搜索，結果什麼都沒有找到。總之，那台電話裡並沒有傳來天國的福音，或者類似天堂的福音。

而公路修過來時，上面的宣傳和人們的感覺就像是從天上將要懸下來一道天梯一樣。

並不是人人都在憧憬汽車到來的日子，並不是人人都在想像坐在汽車上迎風飛馳的美妙感覺。

格拉和恩波兩個人就對沉溺於美妙想像的人們嗤之以鼻。他們持這樣的態度，當然是出於他們個人都有過離開村莊遠行的經驗。現在，這兩個人因為這相同的立場而親近了很多。或者說，過去的芥蒂，因為相同的不樂觀的態度而徹底消除了。

恩波說：「汽車，汽車，就是現在老天開眼，給你生出一對翅膀來，沒有一紙證明，你也什麼地方都去不了。」

格拉走過更多地方，學著外面那些決定一個人可以去那裡不能去那裡的人的口吻說：「呃，我就不明白，這些傻乎乎的蠻子，有什麼必要四處走動，東張西望，既然什麼都看不明白，不知道這些蠻子還傻乎乎地東張西望看些什麼？」

兩個人這些玩世不恭的說法，惹得情緒高漲的眾人不高興了。但是，又沒有人能出來反駁他們。大隊長格桑旺堆出來制止，但是，這個人從來都不是機村的重要人物，即便現在當了大隊長，他也不是機村的重要人物。機村的重要人物過去是工作組，現在是民兵排長索波。索波人年輕，純潔堅定，滿腦子新思想，不像大隊長和支部書記兩個上年紀的領導與村裡人有那麼多的人情世故。

索波對格桑旺堆說：「大隊長，這兩個人滿口落後言辭，破壞大家修公路的決心，應該制止他們。」

格桑說：「他們就是嘴上說說，手上並沒偷懶。」

索波哼了一聲，自己走到恩波身邊。恩波正搬動一大塊石頭，索波說：「你站住。」

恩波沒有站住，抱著石頭慢慢挪動步子，一直走到新炸出的路基邊，一鬆手，那塊岩石滾下了高高的路基，在陡峭的山坡上，滾得愈來愈快，一路撞折了許多樹木，還像犁一樣翻開了草皮，把底下的黑土翻了出來。

索波說：「我跟你說話呢，你沒有聽到嗎？」

「你的話總是很有勁道的，」恩波拍拍手上的泥土，「你看，一路砸下去，碰上去什麼，都死掉了。」

「汽車要來了，共產黨給我們藏族人民造的福，你不高興嗎？」

「我高興，以前我只看過一次汽車，是去找格拉的時候，本來，我還會看到很多汽車，但我沒有證明，他們把我逮住了。」

「你對新社會心懷不滿。」

「如果汽車開來了，載著我們到過去去不了的地方，人人都會很高興。」

格拉走過來，拍打著雙手，喊著：「車票！車票！錢，錢，買車票！」那滑稽的樣子，逗得人們大笑起來。格拉模仿著人們並沒有見過的某種人物的作派，一臉傲慢，「笑吧，露著你們的白牙吧，傻笑吧。想坐車嗎，錢，傻蠻子，把錢拿出來，怎麼？才五毛錢，傻瓜，一邊涼快去吧，證件！證明！想上車的人把證件拿出來，怎麼，沒有證明，來人！把這個壞蛋抓起來！」

人們哈哈大笑，格拉笑了，恩波也笑了。

只有索波不笑，格拉說：「報告排長，你看大家都很高興，你也高興一點吧。」

人們再次大笑。

笑過之後，人們都沉默下來，回味著什麼。汽車要來是確實的，但是，他們沒有錢，沒有證明這個事實也是確實的。太陽開始落山了，開山砲炸下來的石頭很快搬完了。機村人回村時候，築路隊的工人揹著炸藥，手上挽著導火索來了，往岩石縫裡裝填炸藥。人們離開工地不遠，迎著夕陽在山坡上坐下來，看著點燃導火索的工人，嘴裡含著鐵哨，吹出尖利的聲音，跑開了。然後，屁股下的草地輕輕顫動一下，幾道煙柱沖天而起，爆炸聲猛然響起。岩石嘩啦啦垮了下來，經過一天勞動，騰出的那段路面，又被石頭掩沒了。

人們感歎炸藥不可思議的強大力量。

索波總結性地說：「這就是新社會的力量。」

其實，新社會的力量是人人都曉得的，因為早在開修公路以前，新社會就帶著不可思議的力量降臨了。

恩波拍拍索波的肩膀，索波身體還不像真正的成年人那麼結實，這一拍帶著很大的力量，使他的身體搖晃起來，這使他不免有些尷尬，恩波笑了：「夥計，沒關係，你也會愈來愈有力量的。」

索波咬著牙從牙縫裡發出了聲音：「你這個落後分子。」

「我落後有什麼關係，反正有了汽車我也什麼地方都去不了，你可要先進，將來不要說坐汽車……」

「還會有人派飛機接你上北京城！」

格拉接嘴說道。

「你這個野種。」索波切齒說道。

「人人都曉得的事情，還用你說嗎？」格拉咧開嘴，嘻嘻地笑著。

知道跟這個野種糾纏下去，只能讓自己大傷顏面，索波轉臉威脅恩波：「跟這種小流氓勾結在一起，沒有什麼好下場。」

恩波翻了翻眼皮，好像要抬眼看他，卻只翻到一半，又把眼皮垂下去，懶得去看這個傢伙了。

人們起身回村，格拉一個人高高興興地奔跑在眾人面前，伸開雙臂，斜著身子，作出巨鳥展翅盤旋的那種姿態，順著青青的草坡往下跑，嘴裡發出機器的聲音：「嗚——嗚嗚——飛機來了，飛機來接人上北京了。」

有人笑罵道：「這個小兔崽子。」

「這哪裡什麼飛機叫，明明是餓狼的叫聲嘛。」

「傻瓜，飛機叫是不換氣的，你換氣了！」

機村處在某一條飛機航線上，天氣晴朗的中午時分，可以看到比五、六隻鷹還要大些的飛機，翅膀平伸著一動不動，銀光閃閃，嗡嗡叫著慢慢橫過頭上的天空。

九

公路修通的時間一拖再拖，從當年十月國慶日，拖到十一月，再拖到天寒地凍的十二月，終於，在這一年的春節前，修通了。這個消息給正在準備過年的機村增加了一點節日前的喜慶氣氛。

廣場上，人們三三五五地紮在一起，東家向西家打聽想不想自己悄悄釀一點酒，機村缺糧，私下釀酒原則上是被禁止的。也有人在商量，年關近了，要不要請喇嘛到家裡念一念平安經消災經什麼的，「雖然說新社會，破除封建迷信，但年還是舊的，小小的意思一下。」

這些事情，在這樣一個時代裡，不要說真的去做，就是小小地這麼議論一下，因為違禁，便刺激得人生出一種很興奮的感覺了。冬天的太陽懶懶地照著，那麼一種氣氛正好傳達一種隱密的興奮，一種類似偷情一樣的感覺。人們繼續三三五五紮在一起，交頭接耳地議論，打探，商量，都是如何讓這個年過得不那麼平淡，無論是在物質上還是精神上都過得稍稍豐富一點的意思。而往往是這個時候，格拉家裡平常都向著廣場開著的門卻關閉了。平常總是顯得沒心沒肺的桑丹怕冷一樣蜷在牆角裡，很瑟縮的樣子，一雙眼睛不時骨碌碌轉動著，驚惶又明亮。而且，她不要格拉看她。

兒子的眼光一落在她身上，她就哆哆嗦嗦地說：「你不要看我，兒子，求求你不要看我，我病了。」

格拉就把頭垂下去，垂下去，用吹火筒拔弄著火塘裡的灰。格拉剛抬起頭來，她又說：「不要看我，我病了，不能出門給你找吃食了，你自己去吧，快過年了，各家各戶都有好東西了。」

格拉從身後拉過一塊什麼東西，作為枕頭，蜷起腿，側著身子躺下了。睜眼瞪著火塘裡抽動的火苗，人便有些恍惚了。就好像是餓暈了的感覺。其實，格拉並不餓，年底，生產剛分了糧食，村裡人不是這家便是那家，隔三岔五地總要送些七零八碎的東西來。是廣場上一天濃過一天的過年的氣氛把這兩個孤苦的人，封在屋裡出不去了。

格拉看著抽動的火苗，有些恍惚的時候，聽到母親桑丹一聲沉重的嘆息。他動了動身子，嘴裡夢囈一般發出了聲音：「阿媽。」

桑丹答應了。

格拉突然問：「我外公像什麼樣？」

桑丹一下緊張的繃直了身子。但格拉仍然靜靜地蜷縮在火塘邊上。其實，格拉心裡已經吃了一驚，因為他一直不許自己去問母親這些問題。他好像一生下來就知道不能問母親這些問題，而且也知道，即便問了也不可能得到答案。但今天，這些話就這樣從他嘴裡溜了出來。

格拉又聽到自己問：「人家都說你揹著一大口袋珍寶，是真的嗎？」

桑丹依然沒有回答。

但她從牆角那裡挪過來，坐下，把兒子頭下的破東西拿掉，讓他的腦袋枕在自己的腿上，她的手指插進了格拉那一頭蓬亂的頭髮中間，輕輕地梳理，格拉剛剛清醒過來的意識又有些恍惚了。母親彎下身子，很溫軟的東西頂在他肩頭那裡，他知道，那是哺育過他的偉大乳房，當母親抖索的嘴唇落在他的臉頰上，大滴大滴的熱淚也落在他的臉上。

母親嗚咽著，像一頭帶著轟轟熱氣的母獸：「兒子，我的兒子。」

格拉沒有應聲，但他的眼角，也有大滴的熱淚流淌下來，一顆又一顆，落在地板上，竟然發出了啪噠啪噠的聲響。

這時，門咿呀一聲響了。一個人悄無氣息，像個影子一樣飄了進來。格拉知道，是他在村裡唯一的朋友兔子進來了。

格拉立即從母親懷裡掙出來，坐直了身體，說：「兔子弟弟，你來了。」

這一年來，長高了一些的兔子，額頭上還是蚯蚓一樣爬著藍色的脈管，聲音還是細細的，怯怯的：「格拉哥哥，下雪了。」

格拉轉臉就通過沒有掩上的門，看見了外面陰沉的天空，風中，有些細碎而不成樣子雪花散亂地飛舞著。格拉就像一個大人一樣說：「把門關上，兔子弟弟，這雪下不下來。只是風吹得煩人。」

兔子掩上門，席地坐下來，很從容的樣子。但一開口，又帶著小姑娘般的羞怯了：「格拉哥哥，你怎麼不出去玩了？」

格拉總要在兔子面前做一副大男子漢的樣子，他拍拍腦袋：「這些天，這裡面他媽的不舒服，休息幾天，等你們過完年，就好了。」

兔子說：「都說過年前汽車就要來了。」

「你聽誰說的。」

「誰都在說，」兔子也在有意無意模仿格拉學大人說話的樣子，「真煩人，人人都這麼說，想不聽都不行。」

那樣子惹得桑丹咯咯地笑了。格拉抬眼看看母親，桑丹像被噎住一樣，突然就把笑聲吞了回去。格拉發現，不知道從什麼時候起，母親有點害怕自己了。他有點心痛母親，但又有些得意於母親對自己的這種敬畏。

「汽車來又怎麼樣？載著機村人進城吃酒席嗎？」自從那次流浪回來，格拉一開口說話，總會很容易就帶著一種憤怒的語氣。

兔子有些害怕了：「你為什麼生氣？」

「對不起，對不起，兔子弟弟，」格拉趕緊放緩了語氣，「汽車要來就來吧，兔子，我告訴你，汽車要是拉這些人進城，也不是去吃飯！去幹什麼——你不曉得，以後帶你出去走走，你就曉得了——他們開會，一天到晚開會！開完會遊行，然後，各自回家，吃飯，想都別想！」說到這裡，他氣憤的語調又出來了。

兔子說：「我不喜歡開會，人太多了，醫生說，我不能去人太多太鬧的地方，我的心臟不好。」

「可你還是忍不住要去人多的地方？」格拉語氣帶著譏誚的意味。

「我一個人會害怕，跟奶奶一起待著也會害怕。醫生說，我這顆心可能會突然一下子就不跳了。」

兔子可憐巴巴地說。

「哦，兔子弟弟，我跟你說著玩的，你跟我不一樣，想到人多的地方去就去吧。只是不要讓他們欺負你。汪欽兄弟、兔嘴齊米那幾個壞蛋，還有那些跟著他們跑的傢伙，要是他們欺負你，我去收拾他們。那幾個傢伙還是害怕我的。」說到這裡，格拉自己也有些得意地笑了起來。

「可是我阿媽就是不想讓我跟你玩。」

「那你阿爸呢？」

「阿爸，還有奶奶說可以跟你玩。」

「還有你們家那個喇嘛呢？」

「阿媽找阿爸吵，舅爺什麼話都不說。舅爺不喜歡說話。」

格拉笑笑，沒有說話。

「奶奶和阿爸還說，過年時要請你們到我家來，阿爸說，他對不起你們。」

「但是你阿媽不幹。」

「阿媽是不高興，但阿爸說，不能什麼事都聽女人的。」兔子把嘴巴附在格拉耳朵上，「阿媽哭了，阿媽說，阿爸喜歡上你的阿媽了。」

格拉咯咯地笑了：「阿媽，兔子的阿爸喜歡上你了。」

聞聽此言，桑丹自己就像尋常那樣沒心沒肺地笑了，笑著笑著，她看著兩個孩子眼裡露出了若有所思的神情，然後，她突然止住了笑聲，一隻手握成拳緊緊頂在嘴上，不再發出一點聲音了。

兔子說：「她不高興了。」

格拉說：「我倒是高興她知道不高興，我也高興你阿爸喜歡上了她。」

兔子說：「我不會告訴我阿媽。」

格拉說：「他媽的。」

兔子也學著說：「他媽的。」

格拉說：「你說粗口了。」

兔子很開心地咯咯笑著：「是，我說粗口了。」

格拉說：「這下，你的喇嘛舅爺，你的和尚老爹要不高興了。他們是識文斷字的人，他們不喜歡人說粗口。他媽的，要是他們曉得我教你說粗口，你就不要想再跟我玩了。」

「他媽的。」兔子又說。

「閉嘴吧，你他媽的。」

兔子可不願意閉嘴，不住聲地說：他媽的，他媽的，他媽的，愈說愈興奮，蒼白的臉腮泛起了紅暈，額頭上的藍色血脈高高鼓突起來。格拉覺得那藍色脈管再往高鼓就真要爆炸了。他害怕了。說：「不要說了。」

但他不聽，他的眼裡有什麼光芒燃燒起來了，眼珠慢慢定住不動了，可他還在一個勁地念叨，一邊念，還一邊笑，弄得自己都要喘不過氣來了。

格拉一躍而起，把這個著了魔一樣的兔子撲在身上，手緊緊地捂在他嘴上。他咬住了他的手指，一股鑽心疼痛使格拉渾身發顫，嘴裡咝咝吸著冷氣，但他一點也沒有鬆手。直到兔子不再發出吱吱唔唔的聲音，不再彈動他那雙細瘦的雙腿。格拉才長吐一口氣鬆開了雙手。

這時，桑丹驚叫了一聲，或者說，是剛剛驚叫出口，又把下半聲強收回去了。她圓睜著驚恐的雙眼，手捂在嘴上，渾身顫抖不已。

格拉這才看見，兔子躺在地上，雙腿緊緊蜷著，兩手攤開，嘴邊冒出些白色的泡泡，眼睛翻著眼白，昏過去了。

格拉俯下身來，搖晃他，拍打他，拍打他，搖晃他，親吻他，咒罵他：「兔子，我求求你醒過來，兔子，你求求你不要害我，你不要死，求求你不要死，要死也不要死在我們家裡，他媽的，我求你起來，我求你滾起來，把你該死的眼睛動起來，他媽的，你阿媽說得對，你不該跟我玩，你該跟村裡別的人去玩，他媽的，他媽的，你只要醒過來，我一定不再讓你們一家人鬧心，不再跟你玩了。」

但兔子一動不動，格拉癱坐在地上，用哀怨，憤恨，而又無可奈何的眼光看了母親一眼，無聲地哭了起來。

而桑丹只是擺出一副無辜的樣子，楚楚可憐的樣子，坐在那裡，在命運之神的注視之下，像冬天還掛在樹上的枯葉一樣簌簌地顫抖著。

格拉仰起臉來，想看看神靈是不是在天上。但他連天空都沒有看見，只看見被煙火薰得黑黑的屋頂，屋頂的一些縫隙裡，這裡那裡，斷斷續續透進來一些光，一個將雪未雪的下午黯淡的天光。

這個時代神靈已經遠遁了。

這時，門被人敲響了。桑丹和格拉都一下坐直了身子。然後，門被推開了一點，風無形但有力的身子趁起往裡拱，要把門完全打開，但敲門的人伸手把門帶住了，只從那道門縫裡探進半張臉，那是恩波的臉，這張臉上帶著不太自然的笑容：「請問，兔子在這裡嗎？」

屋子裡的兩個人都張大了嘴巴，卻沒有發出一點聲音來。

好在從光線明亮的外面往屋子裡看，一時間還看不清楚什麼，屋子裡的人卻看見恩波本來就大的眼睛睜得更大了：「請問，兔子到你們家來過嗎？」

格拉把嘴闔上，又把嘴張開，但還是什麼聲音都沒有發出來。

「兔子告訴我，說要來找格拉哥哥玩，兔子，該回家了。」

格拉好像聽見了兔子細弱的聲音：「我在，阿爸，我在。」

這時，格拉嘴裡終於發出聲音了，好像在跟那個聲音爭辯：「不，他不在，恩波叔叔，兔子不在。」

同時，他覺得身子僵硬冰涼，像是鬼魂附體一樣。

但是，恩波笑了，說：「我知道你這個孩子喜歡開玩笑。」

躺在地上的兔子已經站起身來，死過去一次的兔子又活了過來，他繞過格拉，走到父親跟前，聲氣細弱地說：「阿爸，我跟你回家。」

格拉喃喃地說：「恩波叔叔，以後我不跟兔子玩了。」

恩波騰出手，把兔子抱起來，風把門完全擠開了。很多光也隨之擠進來。恩波高大的身子差不多把這扇門完全堵住了。他說：「沒有關係，你們可以一起玩，高興一起玩，就一起玩吧。」

恩波轉過身，帶上門，把明亮的光線也一起帶走了。格拉還聽見兔子在對他親愛的父親說：「阿爸，我告訴了格拉哥哥，你要請他們去我們家過年。」

格拉喃喃地說：「不要，不要。」他抱著腦袋，聽見自己在心裡不斷說，不要，不要，不要你們來玩，不要你們請我們吃飯。不要，不要，不要啊！

他挪到蜷在牆角的母親那裡，把迴響著奇怪聲音的腦子靠在母親的懷裡。

母親的兩隻手，一隻五指分開，插進了他蓬亂的頭髮裡，一隻，輕輕地撫摸著他的臉頰。母親只是說：「我可憐的娃娃。我的好娃娃。」

然後，雪就下下來了。

雪下得那麼綿密，天空一下子就暗了下來。雪一直在雲層上累積著，直到天空再也承受不住，終於崩塌下來了。

格拉嘆了一口氣，緊繃繃的身子在母親懷中慢慢軟了下來。

十

雪整整下了一個晚上。

厚厚的雪被把整個機村悄悄地覆蓋了。這個夜晚因此顯得十分溫暖。這個夜晚因此一點也不像要出什麼不好事情之前的夜晚。

格拉很久沒有睡過這麼香甜的覺了，對即將到來的禍事沒有絲毫的預感。甚至當太陽升起來，雪地上反射的乾淨光芒把屋子照得一片明亮，他還安詳而香甜地睡著。

把格拉驚醒過來的是小學校的鐘聲。

鐺鐺的鐘聲在這個雪後的早晨，在這個光線明亮，空氣清新，四野在陽光下銀光閃閃的早上顯得那麼清脆明亮。格拉像是受到了驚嚇，一個打挺就坐了起來。

屋裡的光線是這麼明亮，亮得連火塘裡的火苗都隱身不見了，只聽見它們伸展抖動，吞嚥空氣的嚯嚯聲音。機村人把這聲音叫做火苗的笑聲。火塘充分燃燒，火苗發出低嗓門的男人一樣的笑聲，從來都是一個吉兆。格拉翻身跑出門外，把臉埋在乾淨的雪裡。當他看見自己的臉在雪地上留下了那麼髒污的印子時，不禁咯咯地笑了。他捧起雪，在臉、脖子和手上使勁搓揉。捧起來，是潔白滋潤的雪，雪在他肌膚上融化，變成髒污的水滴落在地上。

當鐘聲再次響起，格拉從雪地上直起腰來，那張臉已經十分地容光煥發了。格拉高興時總有些饒舌。他說：「奇怪，小學校已經放假了，誰還在敲鐘啊。」

聽到鐘聲，從圍繞著廣場的一幢幢房子的窗口上探出來一個個腦袋，對著廣場的一道道門也吱吱紐紐地打開了。

人們看到，是民兵排長索波在敲鐘。

格拉想都沒想，舌頭就在口腔裡轉動了：「奇怪，能當民兵排長就能當小學老師了。」

索波看村裡人都被驚動了，便被村裡那些半大的小孩簇擁著走到廣場中央，口裡噴著白煙，向村裡人宣布一個重大的消息：今天，汽車就要進村了！索波喊一聲：「好消息，公社來了電話，汽車今天就要來了！」

孩子們歡呼著，簇擁著民兵排長向村口跑去。

當然，這群孩子中不會有格拉和兔子。

剩下的人們行動遲緩一點，但不到半個鐘頭，差不多全村的人都聚集在村口了。那裡原來是座煨桑的祭台，因為擋住了汽車進村的路，被平掉了。潔白的雪在人們的腳底咕咕作響，在陽光下開始融化。村子四周的雪野仍然一派耀眼的寂靜，某一棵樹上厚厚的雪被陽光曬開了，嘩啦一聲散開，落到地上。新修的公路，順著河谷蜿蜒著，靜靜地躺在雪被下面。人們靜靜地袖手站立，腳下融化的雪浸濕了靴底，還是一動不動。

融化最快的是路上的雪，山坡上，田野裡，一條條小路黝黑的身影開始一段段現身。那條公路也很快顯出身來，公路邊的溪水也因為融雪水的匯入而顯得混濁了。

人們就這樣站到了中午，還沒有見到汽車的影子。都慢慢踱回村子去了。格拉也慢慢回家去了。路上，兔子有些憂傷地說：「格拉哥哥，汽車不會來了吧。」

「不來就不來吧。」在兔子面前，格拉常常裝出大男人那種滿不在乎的語氣。

「我擔心汽車不來。」兔子說。

「為什麼？」

兔子說：「我不知道，但我就是擔心。」

格拉像個大男人一樣，逼著嗓子嘎嘎地笑了：「不來就不來吧，你等看瞧吧，來了，跟你，跟我，都不會有什麼好處。」

「你以為汽車會拉不要錢的棒糖，不要錢的錢來啊？」

兔子沒有說話。

然後，兩個人就分手回家了。這是格拉在兔子受傷前見的最後一面。事情過去很久，格拉常常回想這一天兩個人分手的情形，都發現自己對接下來發生的嚴重事件毫無預感。中午時分，地上的雪化得差不多了，空氣中充滿了新鮮的水的氣味，陽光也不再那麼刺眼。兔子走開幾步，又返身回來，叮囑格拉：「要是汽車來了，我沒有聽到，你要來叫我啊。」

格拉作出不耐煩的樣子，揮揮手說：「快回家去吧，我記住就是了。」說完，就逕直回家了。回到家裡，才發現桑丹緋紅著臉，一雙眼睛亮亮地，鬆軟的身子透著慵倦坐在火塘邊上。這對格拉來說，並不是一個陌生的情形，又有一個男人到家裡來拜訪過了。格拉心裡罵了一聲，臉卻像大男人一樣什麼也沒有表現出來。「你沒有和大家一起去等汽車嗎？」

桑丹吃吃地笑了，嬌氣說：「你們不是什麼都沒等到嗎？」

格拉有些噁心地想道，這嬌氣的笑聲，是獻給那個男人柔情的餘緒與尾聲。但他口裡也只是淡淡地說：「我餓了。」

桑丹這回的動作利索了，迅速起身，魔法一樣變出一塊新鮮的肉來，她嘴裡快樂地哼哼著，用刀把肉片薄，灑上鹽，烤在了火上。格拉狼吞虎嚥的連吃了三大塊，桑丹看著他一口口把肉撕開，嚼碎，嚥下，那對待男人的柔情，才慢慢變成了對待兒子的母性的眼光。等兒子吃飽了，她自己才吃起來。格拉看著母親的眼光裡，充滿了一種憐憫的味道，母親也帶著一種有點悲憫的眼光看著自己的兒子。這，也差不多就是一種類似於幸福的感覺了。

格拉聽見自己笑出聲來。

母親把額頭緊緊抵在兒子的額頭上，也笑出聲來。

兩個人的笑聲都動聽，都帶著沒心沒肺的苦中作樂的味道。

格拉突然感覺到自己特別想問母親是誰，是一個什麼樣的男人送來了鹿肉，但他只是咯咯地笑著。這時，母親說話了：「兒子，還想吃更多的鹿肉嗎？」

「要過年了，我想。」

「那我們要過一個很多鹿肉的年了。」

母親告訴他，有一個人打了一隻鹿，藏在村後山上，總被黃昏的太陽照得更加腥紅的巨大岩石旁邊，一株熊做過窩的雲杉的樹洞裡。格拉想，接下來，母親就該告訴他把鹿肉藏在樹洞裡的那個人是誰了。但她沒有再說下去，而是把一條口袋，一根繩子，一把砍刀塞給他。格拉帶著隱隱的失望，出門上山去了。

每往上爬一段，他就停下步子，抬頭望一望那塊突出在林木中間的赭紅色的巨大岩石。每當這個時候，那個疑問就會爬上心頭：那個男人是誰？那是個什麼樣的男人？

每當心頭浮上這個問題的時候，他的心頭便浮出一個男人的形象。但很快，他搖搖頭，把這個形象否決了。他這樣搖頭有兩個意思，第一，他從來不允許自己想這個問題，但現在卻老是想到這個問題，這成了他一個甜蜜的煩惱；第二，他真的不喜歡所有這些在腦子裡過了一遍的男人是他的父親。當他最後一次抬頭仰望時，那個巨大的紅色岩石已經就在眼前了。這其實是大半山上一個寬敞的平台，岩石就矗立在這個雲杉林環繞的草地中央。機村沒有人知道這個台地是很多萬年前冰川運動所造成的，也沒有人知道，這塊紅色的岩石，是冰川從更高的山頂上運下來的。冰川變成洪水，湧向山下時，這塊石頭就被永遠像一個異類留在了此地。格拉當然也不知道這個。他只是在走上這個台地邊緣，看見這塊紅色岩石十分高大的矗立在眼前時，腦子裡想到了最後一個男人。

他就是兔子的老爹！

格拉為自己這想法吃驚得差點失聲叫了出來。

他又搖了搖頭，就把這個想法從腦子裡甩出去了。草地上四布著水窪，格拉對著水窪中自己的臉露出了一個滿意的笑容。能夠隨時隨地把什麼不好的不應該的想法從腦子裡甩出去，是生活教給他的一個特殊的本領，正是這個本領使他能夠比較快樂地生存下去。

比起這個本領來，在森林中找到一棵特別的樹就不是什麼大本事了。

樹洞裡並沒有一整頭鹿，但兩條鹿腿，也足夠他和母親過一個很好的年了。兩條鹿腿裝進口袋，紮好袋口，用揹繩繫在背上，準備起身下山時，恩波的形象又來到了他的腦子裡。格拉笑了：「我不相信，那時你在寺院裡沒有還俗呢，再說，你也是村裡不會打獵的男人中的一個。」

說完，他就揹起鹿肉下山了。

兩腿鹿肉的份量對一個少年人來說，是太沉重了。他不斷坐下來休息。只要他一坐下來，脫離了背上的重負，恩波就又鑽到他腦海中來了。格拉說：「老哥，不可能的，你不要來煩我了。我承認，我有點願意你是我老爹，但你也知道我的老爹不會是你。」

「不，兔子弟弟，我喜歡你，但你不是我真正的弟弟。再說了，你阿媽不會喜歡。」

「恩波先生，謝謝你，請你走開，求求你了，請你走開，你不是我的老爹，我再說一次，你不是我的老爹。」

每一次坐下來休息，格拉都在心裡爭辯著。要不是他終於望見了村子，望見一個龐然的物體順著新修的公路，正嗡嗡叫著向村子裡移動，這種爭辯不知會是一個什麼樣的結果。

汽車！汽車真的來了。

他想往山下奔跑，但背上的東西太沉重了，使他無法加快步伐。他又一次把背上的口袋倚在一個土台上休息了。這時，村子裡的人們已經聽到了汽車的聲音，人們全部湧到村口，從高處望下去，一個一個的人影都變得扁平了。這些扁平的人影快速移動，迎面奔向汽車，又跟著汽車奔跑。汽車停在了村中的廣場上，人們圍著汽車打旋。看著這景像，那個冷靜的格拉登場了。他有些疲倦地看著山下，想，他們一定很新奇，很激動，一定以為，有了汽車，明天的日子就是另外一種樣子了。但他格拉小小年紀，卻比好多成年人都見多識廣。他見過很多汽車，也坐過汽車，但更多的時候，是作為一個無助的人，在流浪的路上，落在疾馳而去的鋼鐵巨獸後面，淹沒在它巨大，說不清是香是臭的燃油味道和瀰天的塵土裡。

格拉看見，車頭前面，冒起了股股藍煙，響起了密集的槍聲般的聲音。格拉知道，這是鞭炮的聲音。在漢人的世界裡，每當有什麼喜慶的事情，人們都會炸響一串串的鞭炮。這下，機村的人們是大開眼界了。身後的樹叢裡，許多受驚的鳥飛了起來。格拉靜靜地坐在那裡，一動不動，直到村子裡的慶典結束了。汽車又搖搖晃晃地開走了。廣場上一些人散開了，一些人仍然盤桓不去。格拉才又起身往山下走。這時，陽光離開了山下的低地，一點點往山上爬，林間的風準時起來了，轟轟的林濤聲一波波傳向遠方，又重新從林間升起。這時，回望那塊岩石，已經沒有那般高大，一身腥紅卻被夕陽染得更加濃重。

沒有了陽光的村子，灰濛濛地沒有生氣，這裡那裡的背陰處，還留下一些斑駁髒污的殘雪，讓格拉心裡一派淒涼。

格拉走進村子裡的時候，夜幕已經降臨了。

整個村子都包裹在鞭炮燃放後的硝煙味和雪後深重的寒意中。大人們都回家去了，只有那群孩子，還處在興奮中，他們無目的地尖叫，奔跑，互相撕打。不時的點燃一顆兩顆鞭炮。格拉快走近家門的時候，他們就往他身前扔了一顆，那顆鞭炮蛇一樣嘶嘶作響，噴吐著藍色的火焰急速旋轉，格拉剛剛轉過臉去，那鞭炮就在他身前「砰」一聲炸開了。

格拉的耳朵被震得嗡嗡作響，那些本該可以是他朋友的孩子轟笑一陣，又帶著他們莫名其妙的激動跑開了。

這個晚上，格拉和母親一起把兩條鹿腿上的肉剔下來，灑上鹽，醃起來。剔出來的骨頭，熬在大鍋裡，肉湯沸騰了，發出歌唱一般的聲音，香氣隨之在低矮的屋子裡瀰散開來。喝下兩大碗肉湯，連夢境都是溫暖而安詳的。半夜格拉醒來一次，覺得胃暖洋洋的，就想，明天要請兔子來喝這肉湯。

他一點都不曉得，兔子受傷了。鞭炮第一次在機村出現，就把兔子炸傷了。慶祝通車的鞭炮炸過後，留下的大堆紙屑裡，還有許多未曾炸響的鞭炮，成了孩子們手中的玩物。一顆鞭炮不知從誰的手裡扔出來，把兔子炸傷了。

鞭炮從天而降，落在了兔子脖子裡，兔子嚇傻了，站在那裡一動不動，直到那枚鞭炮在他頸子上炸開了一道深深的傷口，他那張白臉被爆炸的白煙薰黑了，他依然一聲不吭，搖晃了幾下身子，便慢慢跌坐在地上，再一仰身子，倒在了地上。

無論以後的人們怎麼描述當時的情景，這一點都是一成不變的，就是說，至始至終，兔子都沒有發出一點聲音，鞭炮還沒有爆炸，他就嚇得魂飛天外了。

格拉喝了一肚子鹿肉湯，差不多有些幸福地沉溺於溫暖夢境時，嚇昏了的兔子剛剛把飛走的魂魄收了回來。

魂魄一收回來，他就感到疼痛了。

疼痛中的兔子看到阿媽漂亮的臉，這時已經被仇恨扭曲了。她看見兔子清醒過來，發出了呻吟，就說：「好兒子，告訴我，是誰把你炸傷的。」

兔子搖搖頭，用乞求一般的眼光看著母親，細聲說：「你不要問我，我不知道，我沒有看見。」

「不，兒子，你不能這樣，你肯定看見了。」

兔子轉過臉，把乞求的眼光朝向父親：「阿爸，我真的沒有看見。」

恩波也說：「要是看得見，他不就能躲開了嗎？」

兔子吐一口長氣，緊張的神情鬆弛下來。但他隨即就聽見阿媽對阿爸說：「我肯定是那個野種。」

恩波說：「我不想你亂說別人。」

兔子說：「阿媽，求求你了，格拉哥哥一下午都不在。」

恩波說：「我們已經對不起人家一次了。」

勒爾金措說：「我看你們都中了邪了。」

這事情，就發生在格拉溫暖安詳的夢境邊緣，但他卻一點也沒有感到正在逼近的危險。

第二天，陽光很好，格拉沒有看見兔子。第三天，還是沒有看見。這是新年前的最後一天了。雖然日子過得沉悶而又艱難，但新年將到時，總會帶來一點微弱的希望，正是這點，會讓人顯得比尋常日子更加興奮一些，這就是所謂新年的氣氛了。更何況，今年，機村通往外部的道路開通了，從新的道路上開來了汽車，人們就有了雙重的興奮的理由。格拉也有些興奮，他不是因為汽車，而因為那兩腿鹿肉，那兩腿鹿肉後面藏著的那個神祕的男人。但他還是覺得這種興奮是不完整的。這一年的最後陽光就要下山的時候，他才一拍額頭想起來，他已經兩天多沒有看到兔子，看到兔子的家人了。一問，人家才告訴他，兔子受傷了。一家人都帶著這個寶貝上刷經寺鎮看醫生去了。還有人開玩笑說：「你不曉得嗎？人家說是你扔的鞭炮炸傷了他。」

格拉笑笑，他習慣了機村的人沒事拿他開心，也沒有往心上去。他還饒舌說：「好啊，誰說是我炸的，我把那張嘴也炸了。」

村裡那群孩子：阿嘎、汪欽兄弟，兔嘴齊米，索波走了紅後，他的弟弟長江也入夥了。長江父親給起的名字叫多吉扎西，但索波領他到小學校報名的時候，就給他起了一個新的名字：長江。

大人們散去時，這群比他稍大一些的孩子就圍了上來，惡狠狠地說：「就是你扔鞭炮炸傷了兔子。」

他們跑開後，格拉打了一個寒噤，風從雪山上下來，吹在背上，帶著深深的寒意。格拉搖搖頭，笑了，自己對自己說，他們放鞭炮時，我到山上揹肉去了，悄悄的，誰也不知道，我怎麼會炸傷兔子呢？但這樣，也並沒有讓他驅走背上的寒意。

新年到來的最後一個黃昏，格拉來到村口，原來有一個祭壇，現在成了敞開的路口的地方，向著通向山外的路瞭望，直到夜幕落下，也沒看到空蕩蕩的路上，出現一條人影。

新年第一天，全村人都聚集在廣場上喝酒歌舞，格拉和桑丹都關在屋子裡沒有出門。

第二天早上起來，桑丹烙了餅，就濃釅的鹿肉湯。格拉喝得渾身暖洋洋的出門，這時太陽已經升得很高了。他剛剛打開門，索波的弟弟長江就衝到他面前，衝他齜牙咧嘴地一笑，高聲喊道：「是你炸傷了兔子。」

格拉猝不及防，被嚇了一跳，辯解似地說：「不，我沒有，我不在。」

那麼多張臉圍過來了，從四面八方，上面下面看著他：「說，你到哪裡去了？」

「我，我到山上去了。」

「全村人都在等著看汽車，你到山上去了？你騙鬼吧！」

「說，你到山上幹什麼去了？」

「我……你們管得著嗎？」

然後，這些孩子發一聲喊，像炸了窩的馬蜂一下就散開了。他們手裡端著木頭削成的長槍短槍，嘴裡突突突突模仿著槍聲，學著電影裡的戰鬥場面，向著假想中一群不堪一擊的敵人掩殺而去。有人被石頭絆倒了，卻裝出中了子彈的樣子，喊一聲共產黨萬歲，又從地上爬起來，呼嘯著衝殺而去。

格拉突然感到一種清晰的痛楚，而且清楚地知道，這不是他自己的痛楚，他對痛楚已經十分習慣了，他是感到了兔子弟弟的痛楚。他問桑丹要一塊最大的醃鹿肉。

桑丹說：「你想烤著吃還是煮了吃。」

格拉說：「我要去看兔子。他們用鞭炮把他炸傷了。」

「誰把他炸傷了？」

「鞭炮。」

桑丹吃吃地笑了：「兒子騙我，鞭炮那麼好玩，不會炸著人的。」

格拉說：「我不想說了，你快取鹿肉吧，我要到刷經寺去看兔子，鞭炮把他炸傷了。他那麼膽小一個人，肯定被嚇壞了。」

桑丹把肉取來了。格拉接過來就想走。桑丹卻用不庸置疑的口吻說：「先把這塊肉洗乾淨。」桑丹說這話時，臉上出現了一種很清醒明白的神情，就是這種從未有過的神情，讓格拉不由得不乖乖地按她的吩咐做。格拉洗好肉，桑丹又吩咐他洗鍋了。格拉依然照做了。洗鍋洗肉的同時，格拉眼角的餘光一直留在桑丹臉上，他注意到，她臉上一直就掛著這種清醒明白的神情，看他把肉，把鍋洗得乾乾淨淨。

肉煮在鍋裡後，桑丹說：「我知道你在想什麼。」

格拉在想，新鮮就是乾淨，還用這麼洗嗎，整個機村都不會有人做這種事情，自己家裡更是沒有幹過這樣的事情。但為了桑丹臉上那一本正經的神情，他媽的就幹一次惹人笑話的事情吧。他故意說：「你怎麼知道我在想什麼？」

「我告訴你，兔子的爸爸，舅舅，人家是識文斷字的斯文人，什麼事情都是有講究的，」桑丹說，「如今哪，什麼都不講究，倒成了規矩了，所以你不曉得。所以我要教給你。你要記住，對有講究的人，你還是應該講究的，讓人家曉得，你還是懂得規矩禮數的。」

格拉一邊嘴裡含混地答應，一邊偷眼去看桑丹，見臉上的神情不僅是清醒明白，而是一派莊嚴。一陣風把門吹開了，明亮的光線從門外湧進來，格拉抬起頭來，看見太陽把大把大把金色的光線，從高高的天上向他拋灑。這是新年的第一天，他想，這一年或許是一個好的年頭。桑丹或許就要從她那種懵懂迷糊的狀態中清醒過來了，或者說，她已經清醒過來了。

鍋裡的肉煮開了，肉的香氣，湯裡花椒和小茴香好聞的氣味在屋子裡瀰漫開來。

格拉希望母親繼續往下說，桑丹就如了他的期望繼續說：「如果講究的話，湯裡還該加上印度來的咖哩，或者是漢地來的生薑。煮好的肉要放在銀盤子裡，盤子擺在塗了金漆的木案上。」

格拉屏住了呼吸，也許母親就要記起或者說出她出身的祕密了。

桑丹嘆了口氣，「如今這些規矩都沒有了，我們都變得像野人一樣了。」她絮絮地念叨著，野人，野人，格拉心痛地看到，她的眼光又在這絮叨中變得迷離了。但她迅速又回復到清醒的狀態，振作了口氣說：「好孩子，肉煮好了，帶著它上路，去看你的好朋友吧。」

她還起身把他送到門前。

十一

格拉揹著那塊肉，走三十多里路，來到了刷經寺鎮上。

不用打問，鼻子狗一樣尖的他，憑氣味找到了醫院。這是他在流浪的那一年多裡養成的本事。他不識字，認不得招牌。那些小城鎮就在鄉野的包圍之中，但小城鎮中的人卻對來自鄉野的人十分傲慢。所以，他一般也不去向這些人打聽什麼事情。醫院，是鎮子上最容易用鼻子聞出氣味的地方之一。那裡具象的氣味是消毒藥水的氣味。抽象的氣味是死亡的氣味。除此之外，鎮子上的飯館和加油站都有著同樣鮮明的具象與抽象的氣味。

格拉走進醫院，卻被告知，那個被鞭炮炸傷的孩子，只是昨天晚上來包紮好傷口，就走了。

格拉往回走的時候，已經黃昏時分了。他覺得肚子有些餓。便憑著一雙好鼻子找到了飯館。這家飯館的格局和他去的那麼多飯館的格局一模一樣。具體的氣味是泔水的氣味，抽像的氣味是過了今天就沒有明天那種慵倦而又厭世的氣味。幾張油乎乎的桌子，售票窗口，取菜窗口，一個涼菜與麵點櫥櫃，油乎乎的推拉的玻璃窗上寫著菜單與價格。一個拴著藍布圍裙的男人坐在玻璃後打盹。格拉敲敲窗戶，對著那個驚醒過來的傢伙微笑。那人推開了窗戶，打了一個哈欠，格拉眼明手快，伸手抓出了一條鹵牛舌，那人眼裡露出了吃驚的神情，但他的哈欠還沒有打完，嘴巴沒有闔上以前，他可伸不出手來，眼睜睜地看著格拉又從他眼下，抓出了兩隻包子。然後，那個野孩子才轉身向門外跑去，快到門口的時候，還撞倒了一張椅子。等他咆哮出聲，提著菜刀追到門外時，只看見夜色已降落在鎮子空蕩蕩的街道上了。

格拉跑到鎮子外面，放慢腳步，臉上帶著狡黠的笑意，開始享用剛剛到手的東西。這個格拉和待在機村不動的那個格拉是不同的兩個傢伙。走在路上，有著豐富流浪經驗的那個格拉又回來了。或者說，在機村待煩了的格拉又感到流浪生活中最為快意的那一面了。他腳步輕快地走在大路上。天上星星一顆顆跳出天幕，他聽見腳步嚓嚓作響。這樣的路一直延伸下去，真就要走到綴滿寶石般星光的天堂裡去了。要不是兔子被炸傷了，這塊鹿肉還沒有送出去；要不是今天，那個一向稀裡糊塗的桑丹突然顯得清醒明白，開始像一個母親一樣教育自己的兒子了，格拉肯定就這樣一直走下去，不要再回那個狹小貧困，讓人心靈蒙塵的機村了。

回機村時，整個村子都睡過去了。看著恩波家黑洞洞的窗戶，格拉想，兔子弟弟，我明天拿著新鮮鹿肉來看你。獵鹿的這個男人，肯定就是我的父親呢。

回到家裡，他又是很久不能入睡。這個年頭歲尾，一切好像都預示著有什麼重大的事情就要發生了。那個隱身多年的男人送來了鹿肉，桑丹又露出了好像會清醒過來的苗頭。他夢裡，好像也老在思索這些事情。

大年初二，格拉就是滿懷著這樣一些對於未來的美好期待，懷著對兔子弟弟的溫暖感情出門的。

但是，當他穿過機村廣場，來到恩波家的院子裡時，他卻敲不開那厚重的木門了。他敲了一遍又一遍，但樓上去的人卻全像死去了一樣，沒有一點聲音。他有了一種不祥的預感：兔子弟弟的傷勢惡化了，或者，他已經死了。好像是為了驅除這突然襲來的恐懼，他大聲地叫了起來：「兔子，開門！兔子弟弟，開門！我來看你來了！」

「恩波叔叔，請開門！我來看兔子弟弟！」

但樓上沒有一點聲音。他又叫了勒爾金措阿姨，額席江奶奶，還學著兔子弟弟的口吻叫了江村貢布舅爺，但樓上依然不祥地沉默著。倒是村子裡的人聽著他先是著急，後來是有些悲戚的不斷懇求的聲音，圍了好些人在這家人的柵欄外面。這些人愈聚愈多，沉默不語，像天葬台上等待分享屍體的鷹鷲一樣。

這麼多人圍在一起，不是因為同情與憐憫，他們的日子太過貧乏，也太過低賤，並被訓練得總是希望從別人的悲劇中尋求安慰。後來，那群孩子出現了：阿嘎、汪欽兄弟，兔嘴齊米，後入夥的索波的弟弟長江。他們因為十幾年前新畫定的出身，因為他們翻了身的父兄在村裡橫行，是一群更生猛的特殊年代哺育的鷹鷲。格拉每呼喊一聲，柵欄外的他們就跟著應和一句。

開門！

開門！開門！

開門，開門，開門！

開門，開門，開門，開門，開開開開開門！

格拉絕望地感到，本以為在這個新年對他露出了一道縫隙的命運之門，其實就像眼前這道門一樣，依然對他緊緊關閉，而且任憑他千呼萬喚，也永不開啟。他把頭靠在恩波家的門上。這門被太陽和煦的陽光照曬著，那溫暖的感覺，本是陽光賜予的，卻像是從木頭內部散發出來的。但這曾經對他敞開的門又對他緊緊閉上了。他已經沒有力量再叫喚下去了。即便這扇門背後，就是命運之神本身，他也不能呼喚下去了。

但他不能停下來，這麼多人毫不同情地站在那裡，等待著他精疲力竭的那個時刻。這是他們心照不宣，不約而同的共同願望。所以他不能停下來，他都想倒在地上死在這些人面前了，但他還是把頭抵在門框上，差不多只是在自言自語了：「兔子弟弟，開門，我來看你了，我給你送鹿肉來了。」

「恩波叔叔，我曉得，肯定是他們告訴你，是我用鞭炮炸傷了兔子弟弟，但我那時候上山揹鹿肉去了。」

「額席江奶奶，汽車來的時候，我在山上啊！」

他就一直這麼喃喃自語著，阿嘎、汪欽兄弟、兔嘴齊米和現在叫了長江的扎西多吉他們還在身後起鬨：「大聲一點，你說什麼我們聽不見！」

「求恩波和尚原諒你吧，你炸傷了他的兒子。」

「嘿！樓上的人，聽見沒有，炸傷你們乖兒子的人，他請罪來了！」

格拉知道，他的心臟都要被仇恨炸開了，這時，他要是有那樣有威力的東西，可以把這些人全部炸死，要是他有那種力量，就是需要把炸死的他們再炸死一遍，他也一點不會手軟。但他沒有威力無窮的武器。

現在是一隻羊面對著一群狼。

還是桑丹把他從人群中救出來了。桑丹把他的腦袋緊緊摟在懷裡，說：「來，我們回家，我們回家。」

他不敢去看母親的臉。

面對母親，他羞愧難當。面對這冷酷的人群，他一樣羞憤難當，連頭也不抬，任由桑丹摟著回家去了。他只是喃喃地說：「阿媽，你曉得我上山揹鹿肉去了，我沒有鞭炮，我沒有炸傷兔子。」桑丹說：「閉嘴，閉嘴，你看這麼多人，這麼多人。」直到穿過了人群，桑丹才說：「我曉得，我曉得，我曉得你的意思。」然後，母親大滴大滴的淚水就落下，砸在他頭上了。格拉仰起臉，桑丹還在說著什麼，她的嘴唇哆哆嗦嗦地飛快地蠕動著，卻發不出聲音來了。她的嗓子像往常一樣，一遇驚嚇就瘖啞了。

格拉的心像被誰撕扯著一樣疼痛：「阿媽，阿媽，你不要生氣，不要害怕呀！」

桑丹的嘴唇還在抖抖索索地蠕動，剛剛露出些清醒明白神情的眼神，又變得空洞而又迷茫了。回到家裡了，桑丹還緊緊地攥著他的手，好像不這樣，他就會永遠消失一樣。

起先，格拉還掙扎了一陣，因為他想回到現場，他要把那些可惡的人，那些把不實的罪名加在他頭上的人，殺掉一個兩個，以至更多。雖然他內心知道，面對那個眾多的，強大的，還有政府站在後面人群，自己其實沒有這樣的力量。

他想，那麼，就讓我死掉算了。但母親是那麼緊張的攥著她，他的身子也就慢慢地軟了下來。從昨天到今天，發生了這麼一連串的事情，他已經太累太累了。他身子癱軟發麻，連動動手腳的力氣都沒有了。就癱在母親身上，睡過去了。

剛睡過去，不舒服的夢就來了。他睡得很淺，是因為實在太累了才睡過去的。但他緊張的神經並沒有休息。所以，他甚至覺得自己還是醒著的。他甚至在想，夢見的情景到底是夢，還是正在發生的事情。他看見經過這一連串事情後疲憊至極的格拉癱在地上，但意識清醒的格拉站起來，輕輕一下就把那扇叩不開的厚重木門推開了。恩波面容嚴竣，站在樓梯口上。他的眼神悲戚，眼白通紅。看到他，他充血的眼睛裡燃起了怒火。他伸出手來，一下子就把格拉舉在了半空中。他說：「你禍害了我的兒子。」

格拉嘴裡唔唔地發不出聲來。

恩波卻把一雙充血的眼貼上來：「你為什麼要禍害我家兔子。」

格拉依然發不出聲音。

恩波又說：「我們一家人對你這麼好，結果，你還要禍害我的兔子。」

格拉掙扎著醒來，但疲憊的身體又把他帶向睡眠，帶向令人壓抑的夢境。在這夢境中，那個謊言包圍著他。恩波一家人都擺出有恩於他，而他卻有負於他們的恩情的樣子，或者責問，或者什麼也不說，只是把哀怨的，無辜的，憤怒的神情不斷拋送給他。不要問鞭炮是不是他扔的，就是這種責問與神情，格拉就覺得自己是一個犯了滔天大罪的人了。

要讓一個與生俱來便被視為賤民的人產生罪惡感，是再容易不過的事情了。

結果，睡眠中的他也得不到休息。這樣連續折騰兩天，格拉也生病了。他的身子緊緊的蜷曲著，分不清自己是醒著還是睡著。當他意識清醒一點時，桑丹把肉湯餵到他嘴裡，這反而使他把肚子裡更多的東西吐了出來。

他發燒了，額頭燙得像塊烙鐵。

當他再陷入那可怕的夢境時，卻能發出聲音了。他一直在高燒中囈語不止。一會兒哀哀低訴，一會兒亢奮地爭辯，一會兒，又在憤怒的咒罵。話題只有一個，人們放鞭炮時，他不在現場。就算他在，也不會去拿鞭炮來放，因為他認為汽車的到來也沒有什麼好慶祝的。再說，就算是他放了鞭炮，他唯一不會去炸的人，就是兔子弟弟。他不斷翕動的嘴唇起泡了，泡潰爛後，又結成了痂，他再說話，把痂掙開，就滲出絲絲的烏血。

起初，桑丹緊緊地抱著他。直到他連說話的力氣都沒有了，便安安靜靜地躺在那裡，臉色蒼白，偶爾，空中的眼睛裡聚起一點亮光，那時他的心裡仍然在爭辯著。

桑丹害怕他，遠離開兒子，蜷曲著身子縮在另一個牆角上。揪心地聽著兒子粗重的呼吸。又過了大半天，那粗重的氣息也沒有了，他的雙眼也閉上了。

安安靜靜的桑丹，仔細傾聽，卻沒聽到兒子的呼吸聲再響起來。她只聽到門外人們走動，玩笑，歌唱，嬉戲的聲音。就在這些聲音裡，格拉靜靜地躺著，就像死去了一樣。

格拉依然躺在那裡，一動不動，不言不語。甚至面孔上的污垢也無法掩住那灰色的蒼白，一點一點滲透出來。

桑丹突然像被火燙了一樣跳起來，蓬頭垢面衝出門外。機村因為新年而無須為生產隊幹活的人們，大多都無所事事地聚在廣場上，懶洋洋地或坐或站，享受冬日的陽光。事後好多人都記得，桑丹闖到了他們中間，眼露凶狠光芒。她像一頭絕望的母狼一樣從荒蕪的叢林中跳將出來，長聲天天的控訴般的慘嗥把天空都撕裂了。

好多人都聚集到了他家門前。格拉躺在地板上，聽到那麼多聲音，慢慢睜開了眼睛，看到這麼多機村的鄉親圍過來，格拉想，也許有人會發善心，把他送到刷經寺的醫院裡去。吃藥，打針，搶救，甚至這些都用不著，只要讓他聞聞醫院裡藥水的味道，說不定他的病都會好起來，於是，他黯淡的眼裡燃起了希冀的亮光。但沒有一個人從屋外走進來，只是從門上，從窗口探進腦袋來，看上一眼，嘆一口表示愛莫能助的氣，就縮回去了。

或者說：「哦，看樣子，他病得不輕。」

「噓，我看他要死了。」

「也好，死了就了了。」

「是啊，這個娃娃，是不該到這個世界上來的。」

「這個可憐的女人，不該帶他到這個世界上來的啊。」

格拉的眼睛絕望地閉上了。他們說得對，他再也不想看見這世上的任何東西了。他閉上眼睛，就把外界射入的光明阻斷了。但他的心臟還在跳動，腦海裡還有意識的亮光，這個光是他自己不能關斷的，只能看上天的意願了。

他也不能關閉自己的耳朵，所以他能聽見桑丹在喃喃地哀求：「救救我的娃娃。」

「求你們發發善心，告訴他，兔子不是他弄傷的。」

「只要你們說不是他幹的，他就會好起來。我的兒子跟我都是賤命一條，只要你們誰去告訴他，那事不是他幹的，連藥都不用，他就會好起來。」

但沒有人回應他，人們一如往常保持著他們居高臨下的沉默。

桑丹的口氣變化了。

「你們中間有人自己曉得，是哪隻髒手把一只鞭炮扔在了兔子的頸子上，我向上天保證，要天天詛咒這隻手像一段樹枝一樣枯死，像一塊臭肉一樣爛掉。」

「我還要詛咒你們……」

她的詛咒把內心虛弱的人群驅散了。

這是新年的第四天。

四顧無人，平常無心無肺，無羞無恥的桑丹在這一天變成了一頭凶狠的母狼，她蓬頭垢面地衝進了恩波家的院子。大聲哭罵，樓上依然靜悄悄地，就像這家人一夜之間都變聾變啞了一樣。在桑丹漸漸嘶啞的哭罵聲中，這新年第四天的夜晚降臨了。這一天晚上，整個機村都像死去一樣沉默不語。

據說，村裡每一個孩子在火塘邊都受到大人的責問，但這種責問很有意思。沒有人問鞭炮是不是自己家的孩子扔的，而是說，看來，這個可憐的格拉確實可能是被冤枉了，「那麼，你看見是誰扔出的那枚鞭炮嗎？」

這些鬥爭年代成長起來的孩子們結成了堅固的同盟。這樣子的責問不可能撬開他們的嘴巴。大人們心裡有著的小小不安，因為他們曾經求證過了，也就消失不見了。

又據說，天黑以後，恩波家樓上有人下來了。

有人說：「是喇嘛江村貢布下樓來，對桑丹說，他們家並沒有人說兔子是格拉炸傷的。但村子裡的鄉親們都這麼說，特別是村子裡的孩子們都這麼說，他們不能不信，也並不全信。只是以後，他們一家人真的不希望讓這兩個孩子在一起玩，這兩個可憐的孩子是相沖相剋的命。」

村裡一直傳說，江村貢布喇嘛還悄悄給了桑丹一粒珍貴的丸藥，而且還是一個過去的活佛親自加持過的。

就是這粒丸藥把格拉的命救了過來。

傳說嘛，有人傳說就有人置疑。置疑的人又製造新的傳說，他們說，那天下樓的不是江村貢布喇嘛。而是恩波。而且，恩波是被兔子催著下樓的。兔子這個善良孩子在桑丹的哭喊聲中，嚇走的遊魂回到了體內。他說：「那鞭炮不是格拉哥哥扔的。」

勒爾金措說：「那麼，你看見是誰扔的？」

「我沒有看見。」

「你沒看見怎麼肯定就不是他扔的？」

兔子哭了：「阿媽，求求你不要這麼說話，我害怕。」

勒爾金措看著孩子的父親：「聽見沒有，他害怕，這個世道，害怕的人，假仁假義的人，是活不下去的。」說這話時，這個漂亮的女人神情莊嚴，像個宣喻真理的女神一樣。

這一刻，恩波對這個女人生出了敬懼之心。因為，她宣喻的真理不是佛說的真理。也不是一個舉心向善的人應該信奉的真理。而這樣的真理正在大行其道。

兔子撐起了身子，說：「我起誓，要是格拉哥哥真扔了這枚鞭炮，不是我，就是他會死去。」

孩子的這個毒誓把大人們都驚呆了。傳說，被嚇跑了的遊魂剛剛歸來的兔子站起來，對父親伸出手，說：「你跟我來一下。」

父親便聽話地站起身來。

「跟我下樓去一下，我要說句話給格拉哥哥的媽媽。」

恩波便牽著兔子下樓了。

據說，兔子脖子上纏著在刷經寺醫院裡上的白色繃帶，靠在門框上，有氣無力地對著桑丹微笑。

桑丹撲通一下對著兔子跪下了，說：「你好就好，你好就好。」

兔子說：「格拉的媽媽，你回去吧，告訴格拉哥哥，我曉得讓我流血的不是他，他其實應該曉得，我不會相信是他。」

「可是我的兒子要死了。」

「不會的，我發過誓，他不會死。因為弄傷我的不是他，等我傷好了，我們還要一起玩耍。我愛他。」

聽了這話，桑丹感動得涕淚縱橫，抱著兔子的頭一陣狂吻，直到兔子靜靜地說：「格拉的媽媽，你回家去吧。」

恩波也說：「不是我們做大人的狠心，大家都這麼說，不由我們不信啊！既然孩子都這樣說，你就安心地回去吧。」

桑丹從地上爬起來，回家傳話去了。傳說桑丹把這些話學給格拉聽，格拉長長嘆息一聲，安心地睡過去，燒慢慢開始消退了。

有了這些傳說，機村這個年就過得有些滋味了。以前過年，有廟會，有傳統歌舞，但這些都是舊社會的東西，在新社會裡，上面說，這些東西應該隨舊社會消失了。於是，這些舊東西真的就消失了。新社會的新年就變成了純物質的新年，年前來的汽車拉來了配給的每人半斤白酒，一斤花生，和每人五十顆棒糖。這是這個純物質的新年裡機村人享用到的全部好東西。當然，還有因兔子不知為誰所傷而生出的謠言，以及因這謠言而生出的不同傳說。機村看上去依然死氣沉沉，但人心卻在暗地裡被這些傳說所激動著。

大年初七，大病初癒的格拉扶著牆壁慢慢走到了屋子外面，有氣無力地靠牆坐在羊皮褥子上，他的眼皮顯得很沉重，一些人故意在他面前來來去去，他都好像沒有力氣把那眼皮抬起來一點。

就是這一天，又生出了一個新的傳說。說格拉的病所以好起來，不是因為恩波一家人原諒了他，也不是因為受傷的兔子本人發的毒誓。而是一天半夜，一個神祕的男人溜進了那間小屋。那個男人帶來了一小塊早已絕跡多年的鴉片膏。菸膏化了水，給格拉灌下去一點，他的心就安靜下來，高燒也慢慢退去了。這是過去機村人對付一些小病小痛的常用辦法。這個辦法管用了。

這個男人是格拉的親生父親是肯定無疑的了。

但這個男人是誰呢？人們都這樣問。

這個傳說真是太精彩了，人們的好奇心進一步被激發起來。但回答並不令人滿意。據說，連桑丹自己也不曉得這個男人是誰。人們說，在桑丹床上來來去去的男人太多了，她又是呆呆傻傻的那麼一個人，怎麼弄得清楚哪個是哪個啊。更重要的是，那些男人去的時候，都是黑燈瞎火的，桑丹也不可能看清他們的臉。

初七一過，人們就該下地勞動了。本來冬天無事可幹，但上面讓把村後南坡上的樹林伐倒，開荒種地。於是冬天人們也有事可幹了。男人們把樹一棵棵伐倒，女人們把這些樹堆起來，架在火堆上猛燒。開春後，大地化了凍，把這燒焦的地犁上一遍，過去的林地就可以種上莊稼了。村裡那群野孩子：阿嘎、汪欽兄弟、兔嘴齊米和現在叫了長江的扎西多吉，從伐倒的樹木中間，撿到許多比籃球還大的鳥巢。他們將這些鳥巢倒扣在頭上，臉上裝出鬼怪恐怖的樣子，呼嘯而來呼嘯而去。

機村安靜下來了。

村後的山坡上傳來斧子斫伐大樹的聲音。除了千年大樹轟然倒地的聲音，村子裡就再也沒有別的聲音了。明亮的陽光傾瀉下來，給冬天的日子帶來一些稀薄的暖意。

格拉能夠想像那些大樹倒地時的情形。斧子鋒利的刃口一下又一下砍進大樹的根部，一塊塊新鮮的帶著松脂香味的木屑四處飛濺。樹身上的斫口愈來愈深，最後那點木質再也支撐不住大樹沉重的身軀，那點木質發出人在痛苦時呻吟一樣的撕裂聲，樹身開始傾斜，樹冠開始旋轉，轟然一聲，許多斷裂的樹枝與針葉，還有地上的苔蘚飛濺起來，一棵長了千年以上的大樹便躺倒在地上了，再也不會站在曠野裡，呼風喚雨了。

十二

公路修通以後，上面的領導再來機村，就坐著吉普車了。

領導在機村毀林開荒的現場開了會。領導表揚了機村人苦幹精神，同時也指出，這麼好的樹木，就投入火堆中一燒了之，太浪費了。偉大的社會主義建設需要這些樹木。公路修通了，這些樹木可以運到山外為社會主義的雄偉大廈添磚加瓦。機村的男人們因此又多了一項沉重的勞動。他們把一段段的樹木抬到公路邊上，等待汽車來把這些沉重的木頭運走。這是機村人八輩子都沒有夢見過的勞動方式。現在，他們沉悶的嗓子哼著新學會的號子，來協調步伐，汗流滿面，把木頭抬到可以坐上汽車運往山外的地方。

看來，有些悲觀的論調所言不差，公路修通了，機村人還是用雙腳走路，而且因為汽車的開通而擔負起這從未有過的勞役。很多人的肩膀磨破了，流出些血水倒還沒有什麼，反正皮肉是可以重新長出來的。但腳上穿的牛皮靴子，在這極端負重的情形下，比平常費了很多倍，這個損失可沒有人來幫他們補償。

桑丹的眼睛更混濁了。她一個人總是坐在那裡絮絮叨叨。但沒有人聽得出她到底在說些什麼。連格拉也不知道。這天，格拉看見太陽出來了，便出來坐在羊皮褥子上曬太陽。他身上的氣力在一點點恢復。但他心裡卻像一座空空蕩蕩的老房子一樣。要是心裡不是這樣一種奇怪的感覺，他的身體恢復還會更快一點。他還是連眼皮都懶得抬起來一下。連額席江奶奶帶著怯生生的兔子走到面前了他都沒有發現。

直到兔子怯生生地叫了他一聲。他才慢慢坐直了身子。

額席江奶奶躬身摸摸他的額頭，說，好了，好了就放心了。格拉卻感到那雙皺巴巴手上的皮膚像紙一樣沙沙作響。

兔子又叫了一聲格拉哥哥。

格拉才抬眼去看他。奇怪的是，他沒有料想中的激動。他看見兔子脖子上纏著的白色繃帶又已油乎乎地很髒了。他懶懶地露出一點笑容，說：「你的繃帶髒了。」

兔子眼裡卻湧上了淚花：「格拉哥哥受苦了，我知道不是你。」

格拉淡淡地說：「你把這話告訴你家裡人就可以了，現在，你奶奶也聽見你說的這話了。我曉得不是我扔的。」

兔子說：「我曉得你愛我。」

格拉眼裡也有了些淚花：「但是那些人他們不准，你家裡也一樣，他們也不准。」

說完這句話，格拉長吐了一口氣，真正平靜下來了。要是這病好不了，真要死去的話，他也把該說的話對最該說的那個人說出來了。

額席江手上皺巴巴的皮膚沙沙作響，又放在了他的額頭上：「可憐的孩子，你什麼都懂。」她沒有說他們一家人誰都不會怪罪於他，將來，他和兔子還是好朋友，而是順著他的口氣說，「乖孩子，你也會懂得孩子的媽媽與爸爸的苦處的。」

而桑丹還在一邊絮絮叨叨。

兔子問奶奶：「格拉的阿媽在說什麼？」

「我知道她在說什麼，她說，都說新社會是好世道了，但人們吃穿都沒變，要幹的活卻愈來愈多。」

桑丹看看額席江奶奶，眼裡好像帶上了一點會心的笑意，讓人覺得是她對別人的破譯表示同意。

然後，她又自顧自地飛快地翻動著嘴唇自說自話了。

額席江點頭說：「我想我懂得她說的。她說，都說過去的社會是把人分上等下等的，怎麼今天也有人什麼不幹，修了這麼寬的馬路，坐著汽車來來去去，比過去的大人物騎在馬上還要威風八面？」

格拉冷冷地說：「好了，你們回你們自己家裡去吧。她的那些話都是胡說八道。」

額席江又稱讚了格拉一句，隨即，她眼裡露出驚慌的神情，說：「兔子，格拉說得對，我們該回去了，大人們回來，看見我們在這裡，又要怪罪我們兩個了。」話音未落，她就拉著孫子的手，起身離開了。格拉看見兔子步子踉蹌地跟著奶奶走，一邊不斷回頭，一臉委屈與不解的表情。

這是格拉最後一眼看見兔子。以後，再回想起來，眼前就會看見那張頻頻回顧的蒼白小臉，和脖子上髒污的繃帶。這揮之不去的回想總讓他痛徹心脾。

而在當時，格拉覺得一件重大的事情已經了結了。村裡人又看到他四處晃蕩了。他在山上的林邊安上套子，弄一些野兔啊，山雞啊回去煮了，給母親解饞。他對眼神混濁，絮叨不止的母親大聲說：「看兒子也可以給你弄肉回來吃了！」

桑丹用混濁空洞的眼睛看他一眼，手裡拿著大塊的肉，又露出了沒心沒肺的笑容。

「以後，再有人送肉給你，都不能要了。」格拉大聲喊道，「再有人送肉來，你就告訴他不要再送了，你的兒子長大了！」

桑丹把肉塞進口裡，貪婪地咀嚼。

格拉又喊：「你記住了！」

桑丹停住了咀嚼，好像在努力思索兒子這些話的真正意義，但好像什麼都沒有想明白，就又貪饞地吃了起來。

格拉並沒有著急，看著這種情景，他有些悲哀，但他這樣的人，不可能再因為一點悲傷的事情而憤怒了。照樣上山獵取他有能力獵取的小獵物。在山上遇見恩波是在一個中午，在村裡人伐木開荒的附近的樹林裡。那裡，有一塊小小地林間草地。在那塊林地中間，常有一群褐馬雞出沒，格拉注意那裡已經很久了。這天，他準備到這塊林間草地野雞出沒的灌叢小徑中下兩個套子。但沒想到，他會在那裡看見了恩波。中午時分，直射的太陽把林間草地上軟綿綿的枯草照出金屬般的光亮。他正彎腰下套子的時候，聽見大野獸一樣沉重的腳步響了過來。他仍彎腰在灌木叢中，但身上的肌肉與神經都繃緊了。一進入山林，他自己也像是一隻機警敏捷的野獸。然後，他聽見了一聲沉重嘆息。

原來是一個人，原來是恩波。

這個被抬木頭的重活弄得疲憊不堪的前和尚，一下就躺倒在草地上。有好長時間，這個把身子癱在草地上的男人一動不動，很久才又發出了一聲無奈的嘆息。然後，他坐起身來，晃動著右邊那隻還不習慣木頭沉重份量的肩膀。他在溫暖的陽光下，脫去一件外套，再脫襯衣時，發現襯衣和肩上的傷口黏結在一起了。

這個男人嘴裡咝咝地倒吸著涼氣，一點點把襯衣從傷口上揭下來。最後，他有些生氣了，悶著嗓子哼哼了一聲，把襯衣從肩上扯了下來。格拉看到了他的光頭上滲出的汗水，因此感到了他的疼痛。他仰起臉，對著天空露出了對命運不解並不堪忍受的痛苦神情。要是上天真的有眼，看見這樣的神情，也不會不動惻隱之心。

但人們說得對，就算天上真有神靈，也移座到別的土地與人民頭頂的天空中去了。

格拉從灌叢中直起身來，朝恩波走去，目光落在恩波正滲出膿血的肩頭上。

看清了來人，恩波臉上吃驚的神情消失了。

他有些木然地看著格拉朝他走來。格拉對他笑了一下，但笑得很尷尬，很難看，很艱難。恩波也要回應一個笑容，但他還沒有笑出來，就把笑容硬生生地收回去了。這一來，格拉已經到嘴邊的問候的話也硬邦邦地梗在喉頭，吐不出來，也嚥不回去了。兩個人就這樣默默對視著，臉上表情僵硬，眼裡的神情卻千變萬化：自責，憤怒，同情，哀怨，委屈，無奈，憐憫和追問交替出現，相互包含。身子四周，披覆著深綠針葉的杉樹聳立四周，陽光落在草地上，蒸發著水分的枯草發出細密聲響。

恩波終於吃不住這種眼光了。他別開臉，飛快地穿好衣裳，飛快穿過草地，有些跌跌撞撞的身影就消失在樹林中了。

格拉覺得自己要流淚了。他向著天空仰起臉，在這個他媽冷酷無比的世道裡流淚是沒有什麼用處的。那一圈用高大的杉樹樹冠鑲邊的天空中，有些稀薄的，被高天上的冷風撕扯和驅趕的很細碎的雲彩飛過。格拉的淚水慢慢流下來了，你他媽的真有意思，眼淚說來就來了。格拉又走回灌叢中，從浮土上看到馬雞在自己的小徑上走過時留下的印跡。他一下一下伸縮著頸項，臉上作出很莊重的神情，模仿著馬雞在林中悠閒踱步時特別的姿態，手上卻一直忙活著，在正好是馬雞那一伸一縮的腦袋的高度上安好了柔軟的繩套。這時，他像是被誰扼住了喉嚨一樣，低沉地哼哼一聲，翻倒在地上。這是馬雞中了圈套的樣子。他倒在地上，上半身身微微抬起，頭被假想中的繩套吊在樹上，雙腿猛烈蹬踢，雙手像鳥翅一樣痙攣般的猛烈撲扇。

最後，他很悲戚地在喉嚨深處哼了一聲，一翻眼白，身子僵住，死去了。他媽的，那只即將上套的馬雞和那些已經上套的馬雞，就是這樣掙扎著死去的。格拉躺在地上，用手撫摸著自己的頸項，好像那個地方真的被繩套勒住了一樣。他躺在地上，瘋狂地笑了，一直笑到真像被繩套勒住了脖子一樣喘不上氣來了，直到笑得淚流滿面，他媽的，笑出來的眼淚不算是對這個冷酷的世界的乞求與哀告。

恩波沒有走遠，聽到格拉弄出那許多動靜時，又不放心地走了回來。這個孩子那複雜的表情與眼神使他放不下心來。他走回來，正看見格拉安好了繩套，自己扼住自己的脖子，倒在地上模仿野雞上套和死亡。跟格拉差不多大小的孩子，只知道害怕死亡，而這個孩子，已經把生命在死神逼近時的恐懼，掙扎，甚至意識到死神不可逃避時的放棄與解脫體會到這樣一種程度，真是令人心寒。直到看到格拉流出了那麼眼淚，才心裡一鬆，就好了，好了，哭一哭就好了，這才一狠心，轉身走出樹林，回到抬木頭的行列中去了。

接下來的日子裡，這兩個人都互相迴避著不要見面了。只要這個人遠遠地看見了另一個人的身影，這個人就會選擇另外的路徑。

恩波一家，也都有意回避著格拉。

格拉也他媽的不再惦記他們了。有時，可以看到兔子怯生生地跟在那群野獸一樣的孩子身後，他脖子上依然纏著髒污的繃帶。如果說那群總是粗野地呼嘯而來又呼嘯而去的孩子，像是一個旋風，而他總不在旋風的中間，他總是在邊緣，像是被旋風從中心甩出來的一塊雜物，零落而孤單。

十三

又一個春天來到了。

溪流上的冰蓋融化了，土地解凍了，甦醒了，四野裡流動著沃土有些甘甜的氣息。樹木也甦醒了，在剛解凍的土地裡伸展開根鬚，拚命地吮吸，把盡量多的水分送上高處的樹幹和樹枝，蕭瑟了一個冬天的樹林梢頭泛出了淺淺的綠意。

這個春天開始的時候，格拉扔鞭炮炸傷了兔子的謠言好像也止息了。雖然說，格拉還會有意無意地聽到兔子傷勢起伏的消息。他的傷口化膿了，人發燒了。但過幾天，這孩子又出現了。那是說，他的傷口又長好了，燒也退了。其實，就是沒有這個傷口，他也經常發個燒啊，拉個肚子啊什麼的。春天，樹木啊，野草啊正恢復生機，但卻是動物正孱弱的時候，就看村裡那群現在由江村貢布喇嘛放牧的羊吧，經過一個冬天，這些羊都很瘦弱了，吃著剛露頭的可口青草，胃又受不了，拉稀，加上春風一吹，凍得硬邦邦的骨頭都酥軟了，好不容易熬過了冬天的羊，走著走著，腿一軟，跪倒在地上，再也起不來了。

在格拉眼中，兔子很像那些熬不過春天的羊。

要是他是格拉這樣沒人看顧的野孩子，早就曝屍荒野了。好在他有人看顧，奶奶、爸爸、媽媽和舅爺。一年四季都好吃好喝侍候著，都成長得這樣吃力而艱難。

過一段時間，會從山外開來幾輛卡車，把抬到公路邊的木頭拉走。這時，男人們還要肩扛背頂把這些沉重的木頭裝上卡車。村裡這群孩子，就圍著卡車奔跑，尖叫，歡笑。兔子站在遠一點的地方，靜靜地待著，站得累了，他就坐在地上。有風起來的時候，不放心的額席江奶奶就出門來尋，帶他回家。

格拉站在別人都看不到他，而他看得到別人的更遠的地方。

他整天在林間奔忙，在林間搜尋著各種動物足跡，得心應手地設置著各式各樣的死亡陷阱。他自己差不多都變成一個野人了。每天，他只是從那些樹林的間隙裡，看著人們勞碌奔忙。至少在這樣的時候，他比那些人幸福，或者說，至少有這樣一個時候，他要比所有的機村人都要幸福，因為眼下所幹的事情，是他所想要幹的，而且有著不斷的收穫。但那些人，被沉重的勞動壓彎了腰桿，一天勞碌下來，只是由別人舔著筆尖，在一個小本子上記下幾個工分。

砍木頭已經成了村裡男人們一項經常性的勞動。

開荒地上的樹抬完後，砍伐的對象變成了村東向陽山坡上，那些漂亮修長的白樺樹。這片漂亮的樹林是村裡的神樹林。村裡那眼四近有名的甜水泉的水脈就來自那片白樺林下。

但現在，上面來人要機村人對這片樹林動刀斧了。公社的，林業局的幹部，還有來自更遠更大地方的建設委員會的幹部坐著好幾部吉普車來到了村裡，在廣場上召開了全村的群眾大會。這個大會像所有的群眾大會一樣，先鬥爭村裡的四類分子。然後，聽上面來的人念大張的報紙。然後，人們就知道上面又要讓自己幹些以前沒有幹過的事情了。

要是不幹事情，或者只幹過去幹過的事情，那還是新社會嗎？

這話是新一代的積極分子，民兵排長索波說的。新社會也真是厲害，誰也沒有見過它的面，它從來不親自幹任何一件事情，它想幹事情的時候，總能在機村找到心甘情願來幹這些事情的積極分子。據說，不只是機村，在機村附近的村落裡也都是這樣，甚至比機村附近的整個山地都還要廣大許多的整個中國都是這樣。那麼，這個新社會是比舊社會人們相信的神靈都還法力強大了。

新社會派來的幹部說，那些白樺樹林要伐掉。

積極分子索波們都表示同意，說早就該伐掉了。大會中斷了，擁護號召的積極分子被幹部們召集到生產隊的倉庫裡開一個小會。全村的成年人——也就是人民公社社員們繼續坐在廣場上。倉庫裡的小會開完了，幹部們的吉普車屁股後冒一股青煙，繼而揚起大片的塵土。吉普車開遠了，轉過幾道彎，消失在峽谷深處了。送行的積極分子們還興奮得滿臉紅光。轉身，社員大會繼續進行。大隊長講不清楚小會的內容，就由年輕的，能夠更迅速領會上級意圖的索波來傳達那個小會的精神。

索波說，現在，在四川省會的城市，正在興建一個肯定比所有的黑頭藏民眼睛看到過，和腦子能夠想像出來的宮殿都還要巨大的宮殿。這個宮殿，是獻給比所有往世的佛與現世的佛都要偉大的毛主席的。

下面有人問：「那就是說，毛主席就要住在那座宮殿裡了？」

「不，」索波臉上露出了譏諷的神情，說，「你這個豬腦子，毛主席住在北京的金山上，那裡有更加巨大輝煌的宮殿。他老人家怎麼會住到一個省城裡呢？」

「那為什麼還要在那裡蓋一個大房子呢？」

「笨蛋，是宮殿。宮殿肯定是大房子，但不是所有大房子都是宮殿。」索波不但是一個積極分子，而且，在這些事情上，他是比機村這些蒙昧的人要懂得很多很多，「那個宮殿，只是獻給毛主席，祝他萬壽無疆的，宮殿的名字就叫萬歲宮！」

人群中嗡地一聲，發出了樹林被風突然撼動的那種聲音。

「那不就是，那不就是封建迷信嗎？」恩波從人叢中站起來，「不是說，相信人靈魂不死，說人能活比一百年還久的時間，都是封建迷信嗎？」

人群中又嗡地一聲，突然而至的風又撼動了密密的森林。

索波回答不了這個問題，但他也可以不回答這個問題，處在目前的地位上，他只需做出一個威脅性的神情就夠了。於是，他睜圓了眼睛，扭一扭脖子，帶著含有深意的笑意說：「哦，看來還俗和尚有話要說，恩波同志，我請你再說一遍，剛才我沒有聽清楚。」

旁邊有人伸出手來，拉著恩波坐下了。

索波清清嗓子，說：「大家聽清楚了，獻給領袖的萬歲宮裡要有來自全省各地的最好的東西。我們有什麼？我們要獻上山坡上那些樺樹！」他詳細宣布了，這些樺木要切成整齊的段子，要光滑端直，沒有啄木鳥啄出的洞，沒有節疤，要一般粗細，口徑太小與太大都不合規格。「毛主席喜歡整整齊齊的東西，知道嗎，他喜歡整整齊齊的東西！」

第二天，村東頭的山坡上，就響起了斧子的聲音。斧子的聲音打破了那漂亮樹林的平靜。一株株修長挺直的白樺樹，吱吱嘎嘎旋轉著樹冠，有些不情願地轟然倒下。一直為這些樹捉蟲治病樹醫生的啄木鳥飛走了。兔鼠們慌慌張張地四散奔逃，狐狸，喜鵲，還有膽小的林麝都挪窩了。一頭被驚擾的熊憤怒了，向伐木人猛撲，被幾發步槍子彈打倒了。有了一頭大熊的肉，加上一點酒，對樺林開斧的那一天，就成了一個小小的節日。

這一天被機村人永遠記住，還因為，就在開斧的這一天，有人奔上山來，然後，把慌慌張張的恩波叫下山去。

過了好多年以後，當時的人們都上了年紀，都會回憶說，我們對樺林開斧的那一天，恩波家頭一個孩子就不行了。他們說，那個孩子是活不下去的，他是來收債的，收完債他就走了。他出生以後，他媽媽就沒有再懷孩子，但他一走，半年不到，他媽媽的肚子就挺起來。勒爾金措一口氣在五年裡生下來三個孩子，而這三個孩子——兩個女孩一個男孩都身體強壯頑健無比。當然，這一切都是後話了。

話說這一天，兔子吃完了奶奶特意為他熬的滋補肉湯，就聽見了窗外那群野孩子的呼哨聲，他站起身來，準備下樓，好像又有些猶豫不決。額席江聽見他用困惑不解的聲音叫了聲奶奶。

奶奶沒有抬頭，她說：「我曉得，你其實還是喜歡和格拉在一起，可我有什麼辦法呢？你跟我一樣，都不想讓你的媽媽爸爸不高興。哎，他們心裡都是很苦的，你，還有我這樣沒用的人，能做的就是不要讓他們更加地不高興。」

格拉用吃驚的聲音又叫了一聲：「奶奶。」

奶奶這才抬起頭來，她看到孫子的本來就蒼白的臉，這時更是白得像一張沒有印字的紙。兔子的手把髒污的繃帶扯下來，從傷口上抓下來一把什麼，向她伸了過來。

不祥的感覺一下就把奶奶擊中了。

孩子臉色白得像地獄裡的鬼魂一樣。這個鬼魂把無助的手向她伸了過來。兔子裡面潰爛的傷口徹底爆開了。他把沾滿膿血的手，向著奶奶伸來，整個身子也倒了過來。奶奶抱著倒在懷裡的昏迷的孩子，連連呼喚天神與佛祖的名字。但她並不能聽到回應。只有那個爆開的傷口，慢慢地溢出膿血。在這麼長的日子裡，那個從外面已經合攏的傷口，卻在裡面腐爛。最後，像一枚成熟的果實一樣，炸開了。

兔子又睜開了一次眼睛，又輕輕地叫了一聲奶奶，他輕聲地說，現在，他感到舒服了。

但奶奶知道，生命，正在離開這個孱弱的身體，這個從一降生就使自己和家人都飽受折磨的瘦弱的軀體。奶奶再次抬起頭，向上仰望，但她什麼也沒有看見。沒有看見來接引這個可憐孩子靈魂的神靈，也沒有看到靈魂的飛升。她這才嚶嚶的哭了起來。

兔子將死的消息飛快地傳遍了全村，但一個孩子來到人世與離開這個人世，從來不是一個什麼了不得的事件。人們只是嘆息一聲，說：「他的罪遭完了。」

「他家人的罪遭完了。」

除了恩波一家人匆忙地奔回家去以外，所有的工作都沒停下來。恩波是最後一個回到家裡的。兔子已經昏迷過去，一看那張臉，就曉得他再也不會醒過來了。勒爾金措好像害怕一樣，遠遠坐在火塘的另外一邊，一臉木然。江村貢布喇嘛坐在孩子身邊，念誦著為靈魂超度的經文。恩波把孩子的手抓在手裡，這小手是多麼細弱而冰涼啊。額席江打來一盆水，恩波拿起毛巾，一點點把他的小手，他的小臉，擦拭乾淨。從擦拭乾淨的地方，從蒼白的皮膚下面，正滲透出死亡灰色。

這個時候，格拉還在林子中間奔忙。這段時間，他和母親吃了那麼多的野禽肉。他覺得自己在林中奔走，愈來愈靈巧有力，而他那瘋瘋顛顛的母親，一張臉上，竟滲透出了好看的紅潤。這樣健康的紅潤，在當今的機村就是從年輕姑娘臉上也難以見到了。有時，那張與白髮共生的紅潤就是格拉見了也有種不好的感覺。所以，村裡人都說，桑丹可能是個妖怪就沒有什麼好奇怪的了。

兔子生命垂危的消息在機村傳開的同時，那個謠言又復活了。人們不說兔子要死了。而是說，看看，恩波家的兔子，終於叫那個妖怪生的小雜種害死了。

黃昏時分，格拉帶著這一天的獵獲物，從林子中回來時，他看見人們對著他指指點點，就知道，有什麼不好的事情發生了。他生著一雙野獸般靈敏的鼻子，很快就嗅出了空氣中的惡意，這種惡意使他非常不安。桑丹把野雞開了膛下鍋的時候，石頭就砸在了他家的門上。然後，他聽見了那群野孩子在唱：「格拉，格拉，殺兔子的格拉！桑丹，桑丹，吃兔子的桑丹！」

格拉腦袋轟然一下，知道是兔子出事了。

他一拉開門，好幾塊石頭就飛了過來。一塊石頭擊中了他的額頭，他搖晃一下身子站住了。血從他捂住傷口的指縫間流了出來。格拉露出凶惡的神情。那群孩子呼嘯一聲跑遠了。他們繼續用整齊的調子唱：

格拉，格拉，
殺死兔子的格拉！
桑丹，桑丹，
生吃兔子的桑丹！

而那些成年人，都站在自家門前，對發生在眼前的事情熟視無睹。憤怒之極的格拉去追打這些孩子，這些孩子見他追來就一轟而散。當他停止追擊的時候，就又聚集起來，歌唱了。

這聲音也傳進了恩波家的石樓裡，一遍兩遍三遍。勒爾金措也開始隨著這符咒的節奏念叨起來了：「格拉，格拉；桑丹，桑丹。」

她這樣念叨的時候，臉上驚惶的神情被仇恨替代了。本來，她不但自己坐得遠遠的，連眼光都躲避著這個方向。現在，她慢慢轉過臉來，嘴裡不停不息：「格拉，格拉，桑丹，桑丹。」而眼光定定地落在恩波身上。那眼光很複雜。裡面有著很多很多的話。勒爾金措的眼睛好些年沒有這樣說過話了。這讓恩波恍然想起，以前，這個女人是一個美女。美好的眼睛都是會說話的。後來，這個美女嫁給了他，這個美女生了兔子，她的眼睛就不說話了。今天，她的眼睛又活過來了，但主調不再是愛與憐憫，而是仇恨與對他這個丈夫的埋怨。

窗外的人還在唱著散布懷疑與仇恨的歌。

一個人要走了，這個世道還要把仇恨與懷疑的種子作為臨別的禮物，他們是要兔子把這帶滿了孽緣的種子帶到另外一個世界去嗎？恩波不斷地搖著頭。兒子正躺在他懷裡，他可以清楚地感到生命的熱力正離開兔子瘦弱的身體，但他心裡竟有些寬慰。按過去的寺廟裡學來的關於死亡的知識，兔子的靈魂這時已經離開身體了，這時的靈魂已經把藉助肉體的感官連接世界的通道關閉了。靈魂變成了一個只傾聽自己的輕盈的自在的東西。所以，兔子已經聽不見那些惡毒的詛咒一樣的歡歌了。

想到這些，恩波終於把頭抵在兒子還有著細弱心跳的胸前，淚水洶湧而出。就在這時，他感到兔子生命短暫的歷程結束了。他慢慢收住了淚水，把兒子遺體輕輕放在地板上，屋子裡一下就靜下來，看著他用一塊布把兔子從頭到腳蓋起來。這塊布一蓋上，從此，有著骨肉親情的人就永遠陰陽相隔了。布蓋到兔子臉上的時候，恩波的手慢下來，他把眼光轉向了勒爾金措，但孩子的媽媽又把臉別開了。恩波就把那塊布蓋上了。

就在這時，一陣清晰的痛楚襲上恩波心頭。那塊布蓋在兔子身上，就像下面什麼都沒有，布就直接蓋在地板上一樣。恩波的眼淚又湧出來：「看，他是多麼瘦小啊！也好，他活著也真是受罪，兒子，你來到我家，遭了大罪了，現在好了，孽債已了，找一個世道好的地方轉生去吧。」

孩子的媽媽好像對兒子的離去渾然不覺，仍然跟著外面的人念叨：「格拉格拉，桑丹桑丹。」但那念叨已經變得愈來愈機械了。恩波抓住她的肩膀，猛烈搖晃幾下，她才倒在恩波懷中，撕心裂肺地哭了。她邊哭邊念叨：「恩波，我苦命啊，不苦命怎麼會嫁給你。恩波，我苦命，不苦命怎麼會生下這樣的孩子。天哪，我苦命啊，不苦命怎麼會讓一個野種把我兒子殺死了！」

恩波想制止妻子，但這個可憐的女人，發洩一下也是好的。再說，兔子的死，格拉好像確實脫不了干係。恩波是和尚出身，相信命數，相信那枚鞭炮不是格拉有意扔的。如果真是格拉扔的，那也是冥冥之中的神祕力量叫他扔出來的。

安靜了片刻的窗外，這時又響起了那幫孩子囂張的歌唱。恩波站起身，推開了窗戶，他要向這些人宣布兔子已經死了。他要對這些狼一樣嗥叫的人說，死亡就是解恕和寬恕。這樣的話，他不止要講給外面的那些人聽，也要講給可憐的妻子聽，同時也講給自己聽。但他的寬恕之道在如今這個世道已經沒有什麼力量了。他一推開窗戶，就看見了暴行——由一群本該天真快樂的孩子集體施行的暴行。

他看見了那群歌唱的孩子。他們就聚集在他家院子的柵欄外面，搖晃著身子，入迷地歌唱著。這時，格拉像一頭潛行的狼一樣，出現在他們身後。隔著夜色，恩波不可能看到他滿臉淚水，也不可能看到他眼露狼一樣的凶光。但從那身姿上，就看到了一種凶狠的味道。格拉嘴裡發出一聲可怕的嘯叫，一頭就向他們撞了過去。好幾個孩子被撞翻在地上，發出了痛苦而驚懼的叫聲。但他們很快就站起身來。向格拉撲了過去，拳腳齊下。

這情景把想做寬恕宣喻的和尚恩波驚呆了。

額席江伏在另一個窗口上慟哭，枯乾的雙手舉向上天，歌唱一般痛哭：「可憐的兔子，上天告訴老天爺一聲，如果這個下界不是他的下界，那就請他眷顧一下。我的兔子啊，你升天的靈魂，你問問老天爺，你一定要問他一問，他老人家總不能讓所有人都墮入畜道吧！」

人們這才知道，兔子已經死了。

那群野獸一般的孩子住了手，氣喘吁吁地抬眼去看那長聲哭訴的老人。格拉從地上爬起來。他伸手擦臉，不但沒把臉上的屈辱與憤怒抹掉，反而把溢出嘴角與鼻孔的血抹了個滿臉。用鞭炮殺死他的好朋友兔子的那個人就在這群人中間，製造了最初謠言的那個人就在這群人中間。「兔子弟弟死了？」他問，那些人臉上真的露出了兔子就是他殺死的那種神情，人多力量大，這種統一的神情就是定論，就是宣判。他的憤怒消失了，眾口一詞的力量使他生出了一個真正罪人的感覺。像罪人那樣害怕，像罪人那樣小心翼翼地問：「兔子弟弟真的死了？」

「是的，是你殺死了他！」他們齊聲向他喊。

「不，不是我，」他的辯解是那麼無力，像一個真正兇手的辯解那樣軟弱無力，「不是我。」

「是他，是他！」這群孩子沉寂了片刻之後，又歡勢起來了，他們對著現身在樓上窗口的恩波，用索波麾下的民兵訓練時喊口令一樣整齊的聲音喊：「是他，是他！」

格拉來到了恩波家的窗下，他仰起臉來，看見恩波正目無表情地俯視著他。格拉的犯罪感更強了。

他絕望地對著上面喊：「恩波叔叔，他們說的是假話，你曉得他們說的是假話！」

恩波臉上沒有一點表情。

格拉繼續哭求：「恩波叔叔，你開開恩，讓我來看看兔子弟弟吧！」

恩波臉上依然沒有表情，額席江奶奶卻尖叫起來：「不！你們這些這些催命鬼走開！」

憤怒使格拉抖得像一片冷風中的枯葉，一雙看不見的手那麼有力，狠狠地把他的喉嚨扼住了，但他更感到害怕，他乞求般地喊道：「奶奶，兔子親口說的，鞭炮不是我扔的，你在場，你聽見了！」

額席江本來耳朵就背，這時，在一片人聲喧譁中，就更是什麼都聽不見了。格拉想把聲音提高一些，但就像夢魘一般，什麼東西重重地堵在心口上，他嘴裡發出的聲音，連自己都快聽不出來了。他想再喊，但樓上的人縮回了身子，把窗戶緊緊關上了。

圍觀的人們，有的上樓去守靈，剩下的就散開回家了。格拉就坐在恩波家的院子裡，手腳像死人一樣冰涼。

十四

第二天早上，兔子就被火葬了。

地點就在原來的天葬台旁邊。機村的天葬，已經好多年沒有舉行了。天葬是一個人用軀體對這個世界最後一次的施捨，天葬還包含著藉鷹翅使靈魂升天的強烈願望。不論施捨還是升天，都帶著強烈的宗教色彩。而今，寺廟頹圮，天堂之門關閉，日子蒙塵。人們內心也不再相信這個世界之外還有什麼美好存在了。

天葬的習俗也就無聲無息地消失了。

漢地的土葬方式傳來了，雖然人們都害怕死後被埋入黑暗冰涼的地下，成為蛆蟲的食物。但連死去的天葬師都被埋入了地下，別人也就沒有什麼好說的了。火葬只是一種潦草的葬法。就像兔子一樣死因乖張的人才會送去火葬。和一大堆乾柴比起來，兔子的身軀實在是太小太小了。

天矇矇亮時，參加火葬完畢的男人們已經回到了村裡。恩波在火塘邊坐下時，感到家裡壓抑的氣氛已然鬆動了。舅舅和老媽媽臉色平靜安詳。勒爾金措甚至對他淺笑了一下。他從懷裡把帶到火葬地的陶罐從懷裡掏出來，那本是家裡的鹽罐。

勒爾金措指指罐子，小聲問：「他，也回來了？」對那個離開的人，稱呼已經改變了，是他，而不是兔子了。

恩波覺得自己也淺淺地笑了一下，說：「不，沒有回來，本來我是要帶他回來的。」

平常難得說句話的江村貢布說：「其實，這樣最好。」

沒有了兔子，一家人沒有了需要特別照顧的對象，都安詳地坐在那裡。聽恩波描述熊熊的大火如何包圍了高高柴堆上那個小小的身體。他說，那感覺不是一個人的身體被焚燒，而被呼呼抖動的火焰托舉起來。火苗灼熱的舌頭伸縮一陣，那個可憐的身軀就變小一點，就像一個人被一件件脫去衣服一樣。最後，當那個巨大的柴堆都燒得通紅了，火堆塌陷下來，那個軀體就消失了。

他們一直等到火堆燃盡。照例，灰堆裡會扒拉出來一些骨頭的碎屑。但在這些灰燼就要冷透的時候，一陣風吹來，把這些灰輕輕吹起來，散布到四野裡。吹盡了那些灰，風也停了。結果，地上，除了燒成了赭紅色的硬邦邦泥土外，什麼都沒有剩下。

「真是奇妙啊！」恩波用這句讚歎奇蹟的口吻結束了他的故事。

「上天把他帶走了。」

「他那麼善良，那麼脆弱，那麼敏感，本不是屬於人間的啊。」

「他讓我們忘了他，」江村貢布總結說，「那我們就忘了他吧。」

額席江把那個本來要裝骨殖的陶罐又重新裝上了鹽，剛倒出來的鹽，還沒有找到一個合適容器，就堆在一張誰也不認識一個字的《人民日報》上。鹽沙沙地倒回了罐子，奶奶拍拍手說：「好啦，上天把上天的人收走了。我們家會有健康的孩子降生了。」她故作輕鬆的語氣裡其實也有真正的輕鬆。

勒爾金措似有深意地看了恩波一眼，臉孔比往常生動了許多。

江村貢布又說：「要是還想把這艱難的日子過得好一點，還要把那個扔鞭炮的人也忘掉才是啊。」

「不。」

「不。」

江村貢布的話音未落，恩波和勒爾金措都很堅定地說。說完，他們都互相會心地互望了一眼，眼裡都露出了無比堅定的神情。這個男人和女人同在一個床上睡覺，都好久都沒有這樣彼此看過一眼對方了。失子的疼痛消失得比預想要快，但仇恨的種子一旦落到心裡，就很難從裡面取出來了。江村貢布在寺廟的時候，深研細究過很多佛教經典，裡面都是勸善之道，但他現在知道，一旦仇恨的種子埋進心裡，那些教喻是多麼空洞無力啊。

江村貢布並沒有因向善教喻的無力而悲傷太久。當今之世，這些教喻正被新社會從生活中徹底清除，考究教喻本身有力與無力還有什麼意義呢。前喇嘛搖了搖頭，就把自己解脫了。

因為家裡死了人，生產隊派了人特意傳話來說，准他們幾天假，休息兩三天，緩過氣來再去上工。

「羊倌一休息，羊群就餓死了。」江村貢布出了門，不一會兒，坐在屋裡的人也就聽見他趕著羊穿過廣場，雜遝的蹄聲中傳來羊們聽上去總顯得悲哀無助的咩咩的叫聲。

勒爾金措輕聲說：「我累了，生產隊准我不下地播種，我想睡一會兒。」說完，就一歪身子把頭靠在了丈夫腿上。

恩波說：「他們也准我不上山砍樹，你就靠著我好好睡吧。」

奶奶看見多年來都像陌生人一樣這對夫妻，又倚偎在一起了。她雙手合十，對著看不見的神靈做了一個感謝的手勢，說：「你們歇著，我出門去走走。」

她回到自己房間裡，換了一身乾淨的衣服。

額席江出門時看見，喇嘛江村貢布放牧的羊群已經散開在山坡上了。她說：「哦，我可憐的兄弟。」

出了村，她慢慢地往火葬兔子的地方爬去。她知道，有一個人鬼影一樣跟在她身後。她知道那個人是誰。但她沒有心思理會。這個人雖然還生活在村裡，從此，跟他們就沒有什麼關係了。只是因為家裡來了那個如今已經離去的人，這個人才走進了他們的生活。現在，這個人回天上去了。這個野種就跟他們沒有什麼關係了。走了一段，她感覺到這個人還跟在自己身後，就低聲說：「狗要跟在有骨頭的人後面，跟在一個沒用的老奶奶身後，有什麼用處呢？」

她聽到格拉在身後，沙啞著嗓子叫了一聲奶奶。但她沒有回頭，因為她告訴自己什麼都沒有聽見。在需要聽不見的時候，她就是一個耳背的老人。這一天，她都坐在剛剛火葬了一個人的地方，看著那片燒成一片赭紅的焦土。赭紅的焦土周圍，是一圈烤焦了的草。這圈草的周圍，就是這個季節一片青綠的草地了。奶奶就坐在青草地上，看著那片紅色的泥土，上面，確實像恩波所說的那樣，沒有一點灰燼，不管是木柴的灰燼還是那個軀體的灰燼。

她禁不住嘆了一聲：「燒得真乾淨啊！」

額席江端端正正地坐在那裡，出一會神，又讚了一聲：「走得真乾淨啊！」

她看看天空，再看看山下那個灰濛濛的村莊，那裡一個個日子都蒙滿了塵垢，她突然生出一個念頭，不想再回到那種日子裡去了。在她背後，一塊突起的岩石就是原來天葬的地方。新社會還沒來，她的丈夫就從那裡離開了這個村子。也像他未曾謀面的孫子一樣，走得乾乾淨淨，連一粒塵土都沒有留下。她本來想對這個人說點什麼，但這個人已經走了十多年了，她連他的大致模樣都想不起來了。跟一個連模樣都看不清的人說話真是太不可思議了。

那麼，她就什麼都不用說了。

本來，她出門的時候，換了一身乾淨的衣服，是因為到這樣的地方，要對死者的靈魂表示敬重。但現在，她突然就不想回去了，她也要走了。早知道這樣，她該把壓了多年箱子底的首飾戴上一點。但沒戴就沒戴吧。好在，她還帶了一把木梳。本來，她是想，再也不用帶一個病殃殃的孩子，要找一個清靜的地方坐下來，好好梳梳頭。

村裡的老年人一個個都蓬頭垢面，好像一個老年人就應該是這樣的。這時，她感到那個孩子走到身後來了。她說：「那麼，你就過來，坐下來吧。」

格拉就從躲著的地方來到了面前。

「坐下吧。」

格拉就坐下了：「奶奶，你知道，不是……」

奶奶豎起手指，噓了一聲，說：「你看，他走了，乾乾淨淨地走了。你就不要再說了。」

格拉哭了起來：「你也不相信我。」

奶奶說：「兔子已經受完了他的苦，你的苦還沒有受完。說這些是沒有用的。兔子說不是你都沒有用，我說又有什麼用呢。」

格拉說：「那我怎麼辦啊！」

「來吧，替我梳梳頭吧，我沒有力氣把手舉起來那麼久了。」

格拉就替奶奶梳頭，一下一下，每一下，都會拉斷一些雪白的頭髮。奶奶都把這些頭髮收起來，仔細地纏繞在手指上，纏滿了一根手指，又去纏另一根手指。糾結的頭髮慢慢鬆散，柔順了。在太陽底下，閃爍著一點絲質的光芒了。奶奶說：「我年輕的時候，頭髮很漂亮的。有些男人，只從背後看看我緞子一樣閃光，瀑布一樣懸垂的頭髮就愛上我了。」

格拉說：「哦。」

「他們還編了我頭髮的歌呢。」

格拉還是說：「哦。」

奶奶就有些生氣了：「哦，哦，你就只會說啞吧都會說的兩個字嗎？哦，見鬼，我也說這個字了，不怪你，不怪你，現在的人已經不會為眼前的事物讚美和歌唱了。我都要走的人了，還對你發什麼火呢？可憐的格拉，我不對你發火了。」

「奶奶，為什麼我不想惹人生氣，人家卻老對我生氣呢？」

「我不知道。」

「為什麼我不想幹壞事，但壞事總是我幹的？」

「我累了，孩子，不想再費腦子了。兔子，還有兔子的爺爺都乾乾淨淨地走了，你把我的頭梳好，我也要乾乾淨淨地走了。」

格拉說：「我也不想待在機村，但我沒有辦法走開，走開了也要讓人給趕回來，再說，還有我的阿媽，如果沒有她，我真的也要走了。」

奶奶呵呵地笑了兩聲，什麼都沒有說。她和格拉說的是兩個意思。當年，恩波去尋找格拉母子，幾天後，他狼狽地回來，說到處都有人把住路口和橋梁，沒有一張紙符，就不允許去別的地方，他覺得那是兒子編出來的一個故事，一個讓自己從不體面的事情中解脫出來的一個藉口，如今聽格拉說這話，才曉得這事情是真的。上天憐憫，在臨走之前，心裡存著的一個大疙瘩也解開了。

「那他們為什麼不讓人想去什麼地方就去什麼地方呢？」

「我想那些把守路口的人他們也不知道。」

「可憐的人。」

「但他們打起人來真狠啊！」

「可憐的人總是互相折磨的。」兩個人都沉默著，梳子一下又一下，梳齒在頭髮間穿梭，使一切糾結的清爽，使一切夾纏的柔順。奶奶嘆了一口氣，「可憐的格拉。你要好好長大。」

「奶奶，我會長大的，等我長大了，我要把有些人殺了。」

「孩子，也許等你長大了，就不這麼想了。」

格拉的額頭皺起來，臉上露出很老氣的神情，「是他們逼我這樣想。他們不會放過我的，我也不會放過他們。現在，我的力氣還小，我還要照顧我阿媽。」

這時，頭梳完了。格拉沒有想到梳掉了那麼多頭髮，奶奶頭上還留下了這麼多，本來他以為，等他把這個頭打理完，上面什麼也不會剩下了。格拉說：「你說年輕時你的頭髮很漂亮，現在我相信了。」

奶奶說：「可惜沒有一面鏡子。」

格拉說：「你回家時再照吧。」

奶奶望望天，伸出整整齊齊纏繞著銀髮的手指，在陽光下旋轉，那些頭髮就閃出緞子一樣的閃光。她咯咯地笑了，說：「你看，這些頭髮血氣還旺著呢。她的主人是可以再活的，可她不想活了。這個世道沒有什麼可以指望的東西了。」

格拉說：「奶奶你等等，我下山去取一面鏡子。」

奶奶說：「你坐下。坐到我面前。」

看著格拉這個野孩子如此順從安靜地坐在他面前，額席江奶奶臉上露出了滿意的笑容。她用手撫一撫光可鑒人的頭髮，挺直了腰身，把散開的衣裾斂到盤坐著的腿下，說：「我有些話要告訴你。我要走了，我一走，就沒有人告訴你這些話了。」

現在，格拉好像懂得了奶奶這句話的含義，大滴的淚水從臉上滑落下來。奶奶絮絮地交代了。就讓他走，他就下山去了。

走到半路，他停了一下，他覺得，就是這個時候，不想再回到機村艱難日子裡的奶奶離開了。他記起了奶奶最後的交代，不要去告訴任何人，他們自己會曉得的。格拉就沒有告訴。格拉還記得奶奶說：「如果以後，還有人因為兔子的事情記恨你，你也不要感到太冤曲。至少，像我們家的恩波，他自己心裡也是非常難過。」一說完這個，奶奶又笑了，格拉覺得，額席江奶奶此時的笑容，跟桑丹那標誌性的糊塗的笑已經很相像了。但奶奶說出來地話卻前所未有的清醒，她說：「兔子這樣的人，不是白白來到這個世上的，他是來收債的，過去我們欠了他的債，我已經還清了，你，恩波，還沒有還清。還有人正在欠下新的債。」

十五

奶奶的葬禮，格拉沒有去參加。

自此以後，格拉就按照奶奶的囑咐，從村子裡隱身了一樣。只要他不想見村裡的人，村裡的人自然沒有人牽掛著他。他早出晚歸。一清早，他就出門了，潛入了林中。他整天都在山林中追尋獵物。熟悉了獸蹤鳥路，但凡在他下了套子的地方，沒有一個過路的活物能夠倖免。下好套子，他總是蹲伏在附近，直到獵物中了機關。他看著獵物在死亡的圈套裡拚命掙扎。一旦鑽進了套子，這樣的掙扎就顯得很徒然了，那只能使脖子上的繩套勒得更緊，只能使死神更快地降臨。

每天，他都在林中進行這無聲的獵殺。

他甚至想，這樣不停手地殺下去，要不了多久，這些林子裡，就不會再有活物了。但他從春天殺到夏天，又從夏天殺到冬天，林子裡野物也沒有減少的跡象。隨著他對森林祕密的洞悉，反而覺得可供獵殺的野物是愈來愈多了。好像是他的獵殺，刺激了野物們生殖力。只要他停下腳步，豎起耳朵，便能聽到這裡那裡，都有野物們的動靜。一隻野兔正在奔跑，三隻松雞在土裡刨食，一隻貓頭鷹蹲在樹枝上夢囈。而他，每天只要一隻獵物就夠了。

每天。他來到林中，天才慢慢亮起來。對他這樣一個熟練的獵手來說，白天還十分漫長。他慢慢在林中行走，看看那群猴子新的猴王產生沒有。有隻鷂子的窩被風吹歪了，有窩冬眠的熊，洞口偽裝得不是很好，他要加上一些東西，幫忙掩藏起來。太陽出來，草地上的霜化開。他就會下套子了。下好套子，他就在附近等著。等待的時候，他故意把腦子停下來，騰空了，不去想別的事情。太陽把草地曬得暖和了，他就會倒在草地上睡過去。睡過去的時候，他也警告自己不要做夢，果然，他就不做夢。這些都是額席江奶奶臨走的時候交代他的。凡是奶奶囑咐的事情，他都照著去做，而且，都不費什麼勁都做到了。

他想，既然人們把人死說成上天，那他相信，上了天的奶奶並沒有走遠，就在天上的某個地方關照著他。但他看看天空，卻只看見天空深深的藍，看見風驅趕著雲，一會兒從東邊飄到西邊，一會兒，又從南邊飄到北邊。

這天，他又去看望那頭鹿。那頭鹿被一個大人下的套子夾傷了雙腿。格拉把那個獵人的套子毀掉，救下了那頭鹿。開始，他去看牠的時候，牠會害怕地跑開一段，又回過頭來向他張望。但後來，人和鹿的距離一天天靠近了。直到有一天，他把手伸出去，那頭鹿也沒有跑開。鹿子水汪汪的大眼睛眨巴著，顯出天空和天空中的雲影，他再走近一些，就從鹿眼中看見了自己。一個蓬頭垢面的，眼神機警的野人。

鹿子溫暖的舌頭伸出來，舔著他的手，一股幸福的暖流貫通了他全身，他說：「鹿啊，沒有人做我的朋友，你就做我的朋友吧。」

從此，他就有一頭鹿做朋友了。

他帶去鹽給鹿抹在嘴唇上，鹿很喜歡，他帶去酥油，塗抹在鹿被套子勒出的傷口上，鹿也很喜歡。鹿一喜歡，就伸出舌頭，舔他的手，他的臉，他也十分喜歡。喜歡那種幸福一般的暖流，從頭到腳，把他貫穿。

這期間，桑丹又懷上了一個孩子，後來，她消失了幾天。當她滿臉蒼白再出現時，肚子裡的東西已經沒有了。但格拉每天的獵物，很快就把母親滋養過來了。不到一個月，她的頭髮又有了光澤，臉上又有了紅潤，只是，他沒有辦法再讓母親眼睛裡的光亮匯聚起來，使他對世上的事情表示特別的關注了。

格拉對母親說：「桑丹啊，你的眼神要這樣就這樣吧。奶奶臨走的時候說，」說到這裡，他看見桑丹歪起了頭，好像在思索什麼，眼神也好像要匯聚起來了，但這只是片刻功夫，母親臉上又顯出茫然而又空洞的笑容，「奶奶臨走的時候說，要是你不這樣，也許你是整個機村心裡最苦的人。」

母親還是那樣沒心沒肺地笑著。

不知不覺間，奶奶和兔子就走了一年了。

又一個春天到來的時候，正像奶奶對他預言的一樣，勒爾金措生下了一個女兒。

那天，奶奶在坐化之前對他說：「等到他們生下新的孩子，就會忘記對你的仇恨了。」

從這天起，格拉增加了獵物數量。每天夜晚，等天黑盡了，人們關上了朝向廣場的沉重的木門。他才悄悄地潛回村子，把一隻獵物掛在恩波家門口。有時，那幢透出一點昏黃光亮的屋子安安靜靜。有時，那個屋子裡會傳出嬰兒啼哭的聲音。這時，格拉就會在恩波家院子的樹籬邊多站上一會兒。這聲音很像林子裡總在懸崖覓食的青羊幼羔的叫聲，也很像兔子小時候的哭聲。

回到家裡，格拉會對母親說：「奇怪，兔子降生時，我才是四歲大的孩子。這麼大的小孩是記不住事情的。」

桑丹說：「是啊。」

格拉又說：「算了，不跟你說這些，反正我覺得我是記住了。」

桑丹眼裡顯出憐愛的神情，叫一聲：「格拉。」

「我的好阿媽，你還認得我就已經很不錯了。」格拉很老氣地說。

桑丹就咯咯地笑了。就像一個混沌未開的孩子。

春暖花開的時候，生產了一個女兒的勒爾金措又下地勞動了。她和恩波這對曾經顯得像陌生人一樣的夫妻，現在又恩愛如初——比起新婚時節，這對夫妻的恩愛中還加進了一種深深的憐惜。在機村，人與人之間的冷漠與猜忌構成了生活的主調。所以，這對夫妻這種顯得過分的恩愛使他們成為了異類。但他們已經下定決心要不管不顧地過好自己的日子了。

有傳言說，是前喇嘛，他們的江村貢布舅舅，運用法力，在他們身上下了一個凡人看不見的罩子，把他們和這個時代隔離開，從此，他們就生活在自己的世界裡了。有嗅覺靈敏的人，感到了這種說法的惡毒。生活在罩子裡就幸福，否則就不幸福，這就是對社會主義的惡毒攻擊。但是，傳言的特性就是，人人都聽到過這種說法，人人都轉述過這種說法，但誰都不知道那個始作俑者是誰。傳言依然被人們津津樂道地傳布著。從一個人到另一個人的嘴上，從一個人到另一個人的心裡。

這就是機村的現實，所有被貼上封建迷信的東西，都從形式上被消除了。寺廟，還有家庭的佛堂關閉了，上香，祈禱，經文的誦讀，被嚴令禁止。宗教性的裝飾被剷除。老歌填上歡樂的新詞，人們不會歌唱，也就停止了歌唱。但在底下，在人們意識深處，起作用的還是那些蒙昧時代流傳下來的東西。文明本是無往不勝的。但在機村這裡，自以為是的文明洪水一樣，從生活的表面滔滔流淌，底下的東西仍然在底下，規定著下層的水流。

生活就這樣繼續著，表面氣勢很大地喧譁，下面卻沉默著自行其是。

聽到那個關於罩子的傳說，格拉感到高興。他想既然他們關在罩子裡，既然罩子裡就是一個自足的世界，既然罩子外面的事情與他們無關，那麼，他的出現也就不會刺激到恩波與勒爾金措了。

也許，就像奶奶說的一樣，當他們有了一個新的孩子，以前的事情，就應該被忘記了。

奶奶的預言很多都應驗了。

那個罩子，再加上奶奶的預言，使格拉覺得自己去見恩波的時機成熟了。他是一個人，而不是一頭野獸，不應該再每天都待在森林裡了。他的頭頂上也有一個更大的罩子。這是機村人集體的仇恨。奶奶說了，只要從恩波那裡打開一道縫隙，這個罩子就可以打開了。

這時候，大地回春，四野已經一派新綠。地裡都播上了青稞、小麥和豌豆。黑土地潮濕鬆軟，等待著翠綠的新苗破土而出。太陽一出來，把土地照得暖烘烘的，黑土地醉人的略帶甘甜的氣味混合著水氣升騰起來。男人們還在為遙遠的萬歲堂砍伐樹木。漂亮的白樺木一棵棵被放倒，每棵都只取最筆直漂亮的一段。男人們把這些木頭抬到公路邊，等待汽車進山，把他們砍下的木頭拉到比他們所有人去過的地方還要遙遠的大山的外邊。

他們已經差不多砍去整整一面山坡的樹木了，但汽車還不斷開來，他們已經不去想像那萬歲堂是一個多麼巨大的宮殿了。有機村以來，所有砍去的樹木都趕不上為那個萬歲堂所砍去的樹木。開初，索波那樣的跟時代合拍的人總是充滿深情去想像。但樹愈砍愈多，他們也就失去想像的能力了。

格拉設計了很久他重新在機村的白晝現身的時機，最後，決定是在有汽車來裝載木頭的時候。機村人看到汽車已經不再驚喜不已了。但汽車每次來，村裡的人還是會聚集起來。不是想看汽車，而是不看汽車又有什麼好看呢。

這天，他看到兩輛卡車順著公路開來了。男人們把木頭一段段抬上車，他就從山林裡出來了。他裝作順便路過的樣子，等待機村的人們發現他。第一次，從高高的路基上跳下來，吹著口哨從人群邊上走過。但人們沒有發出驚呼。不是沒有人看見他，但人家只是抬了抬眼睛，又一臉漠然地把目光轉到別處去了。格拉就木然地站在那裡。他看見了一張又一張熟悉的臉，但那些人都沒有看見他。他們就是把目光轉到他身上時，也像是他並不存在一樣，目光輕易就穿過他，落到他身後的草叢或石頭上了。

格拉走開了，回到林中，又從林中出來，他要重新走上一遍，讓機村的鄉親重新發現他。

格拉覺得前一次不被人發現，是因為他突然從林中出來的緣故。所以，這次他準備走得更遠一些。於是，他就從村子的井泉那邊過來。這樣，他就要在空蕩蕩的毫無遮攔的大路上行走很長一段時間，這樣，人們就有足夠的時間發現他了。而且，這條大路還會與通往磨坊的路交匯一次，說不定，不等那些人發現，他就會被迎面從磨坊來，或者往磨坊去的人發現了。

果然，當他從那叢老柏樹籠罩著的井泉邊出來時，就看見一個人從磨坊那邊的路上過來了。

而且，他直覺到這個人就是恩波。他不但記不起來剛才還在裝車的地方看見恩波，反而覺得好長一段時間來，他老在這條路上遇到這個傢伙。他覺得在好多年裡，他一直在這條路上遇到這個傢伙。那件事情過後好幾年，格拉長大了，當恩波低著頭迎面走來，直到兩人相會時，才抬起布滿血絲的眼睛瞪他一眼時，格拉已不再害怕，也不再莫名愧疚了。這不，從起伏不定的從磨坊到機村的路上，一個人遠遠地迎面走來，先是一頂戴著氊帽的頭從坡下冒出來，載沉載浮，然後是高聳的肩膀，之後，整個魁梧的身軀像魔鬼從地下升起，並迎面壓迫過來。

開初，格拉總是感到害怕，總是感到莫名愧疚的。但現在不了。他抬起臉來，雖然心裡仍然有些發虛，但眼裡噴吐出仇恨的火苗，逼得那雙布滿血絲的大眼睛，仇恨的神色被猶疑所取代，然後，眼睛就和腦袋一起低垂下去了。

這一老一少的兩個男人總是在這條路相逢，每一次都有這樣一番無聲的交鋒。最初，少年格拉是戰戰兢兢的失敗者。如今情形有些逆轉，是有些未老先衰的恩波，認命一般垂下腦袋避開少年人銳利的眼光。

所有這一切，都是因為一個少年的死。這個少年小格拉四歲。這個少年是恩波的兒子。恩波兒子九歲時，在年關將近的時候給鞭炮炸傷了。因為傷口感染，過完年不久就死去了。

九歲的少年被一枚鞭炮炸傷，是一件尋常事情，當時一幫興奮的孩子一轟而散，留下那個受傷的瘦弱蒼白的少年在小廣場中央哭泣，這哭泣與其說是因為疼痛還不如說是受到了驚嚇。這個少年是容易受到驚嚇的，他的綽號就是兔子嘛。兔子哭著回家去了。這件事情本該這樣就過去了。但從漢曆新年，到藏曆新年，兔子脖子上纏著的白布條一天天變髒，人也一天天萎頓下去。村西頭的柳林抽芽的時候，他虛弱地對奶奶說：「我要死了。」

果然，那天晚上，他就死了。

兔子死前，村子裡就起了一種隱約的傳說，炸傷兔子的鞭炮是從格拉手中扔出去的。傳說就是這樣，雖然隱約，卻風一樣無孔不入。格拉想，他們錯了，我沒有鞭炮，沒有父親，也沒有哥哥給我搶來鞭炮。他隔著樹籬問兔子的奶奶：「你相信是我扔的鞭炮嗎？」

老奶奶抬起昏濁的眼睛：「你是和他一樣可憐的孩子，不是你。」

但當他第一次看見兔子的父親，看見他眼裡噴吐的怒火，就幾乎相信是自己奪去了兔子的生命。聲音細小的兔子，身體瘦弱的兔子。總是靜靜地跟著奶奶坐在陽光底下的兔子終於死去了，在火葬地那裡化成了一股青煙隨風飄散，永遠也不會出現在村中的廣場上了。那個下午，天空中柳絮飄蕩，格拉背著一小袋麵粉從磨坊回家，在路上碰見了兔子的父親恩波。格拉像被一粒火炭燙著了一樣，跳到路邊。垂手像等待命運之神一樣，等待著那個認為他殺死了他的兒子的男人走到面前，等待從未出現過的惡運降臨在頭上。

格拉屏住了呼吸，絕望而平靜地等待著。他凝神靜聽著嚓嚓的腳步聲逼近了，他甚至聽到了野獸一樣呼哧呼哧的粗重的喘息聲。但那個人卻在不遠處停住了腳步。然後，腳步聲又響起來，卻愈響愈遠了。格拉有一種恍若夢境的感覺，在這夢中一樣恍惚的情景中，格拉睜開了雙眼，環顧四周，從三個方向過來的路都空空蕩蕩。不遠處的樹叢中，有布穀鳥在悠長地叫喚。格拉晃了晃頭，那情形真是一個夢境啊。他是有點害怕，但所以避而不見，是因為聽從了額席江奶奶坐化前的交代。奶奶說，等恩波和勒爾金措有了新的孩子，他們心裡的猜忌與仇恨就消失了。

格拉端著肩膀，又晃了晃腦袋，就把那個夢魘般的情形甩出去了。

他一身輕鬆地順著空蕩蕩的大路向前走去。很快地，他看見了裝滿了木頭的卡車車廂上站著的人。大路一直往前，前方的卡車和人群就從他的視線裡升起來。很快，他就走進了人群。但還是沒有人看見他。但他把一切都看見了。他看見，勒爾金措用一條漂亮的兜布背著新出生的女兒，那個女兒眉眼間一點也看不出與兔子有一點相像的地方。他說：「嘿，你真漂亮！」

孩子受到驚嚇，哭了。

恩波聽見哭聲，過來哄他的孩子。他對恩波做了一個差不多算是諂媚的笑臉，但他好像沒有看到一般。他又變了一張委屈的臉，他還是視若無睹。他有些擔心了。走到卡車那裡，看到樺木都整整齊齊地裝好了。他摸摸那些新鮮的木頭茬口，能感到木頭的氣味，但摸不到木頭的質感。他有些害怕了。難道自己是一個鬼魂嗎？好像為了印證這一切，一個幹部模樣的人拎著一筒紅色油漆走過來，直接就穿過了他的身體。每一個圓圓的木頭茬口，正好讓他畫上一朵鮮紅的葵花。那個人在眾目睽睽之下，先畫上一朵空心的葵花，再在花的中央，畫上一顆鮮紅的心。他一口氣畫出了好幾十朵相同模樣的花，然後放下筆，拍拍手說：「好了，這下，這些木頭真正是獻給萬歲堂的木頭了。」

格拉突然明白過來，那天，他已經跟著奶奶一道走了。

明白了這一點，他就感到，魂魄開始消散了。他勉力再次走到恩波面前，其間，臉上做出不同的表情，但恩波沒有看見。勒爾金措也沒有看見。只有他們新生的女兒好像看見了，對格拉露出了一個含義並不明確的笑靨。他想，奶奶說得對，他們已經把仇恨忘記了。

格拉還想看看母親桑丹，但他只往前走了兩步，就覺得腳步飄起來，然後，有清脆的鳥鳴隨清風飄過來，他所有意識都消散了。

第二卷　天火

一

多吉躍上那塊巨大的岩石，口中發出一聲長嘯，立即，山與樹，還有冰下的溪流立刻就肅靜了。岩石就矗立在這座山南坡與北坡之間的峽谷裡。多吉站在岩石平坦的頂部，背後，是高大的喬木，松、杉、樺、櫟組成的森林，墨綠色的森林下面，苔蘚上覆蓋著晶瑩的積雪。岩石跟前，是一道冰封的溪流。溪水封凍後，下瀉不暢，在溝谷中四處漫流，然後又凝結為冰，把一道寬闊平坦的溝谷嚴嚴實實地覆蓋了。溝谷對面，向陽的山坡上沒有大樹，枯黃的草甸上長滿枝條黝黑的灌叢。草坡上方，逶迤在藍天下的是積著厚雪的山梁。

多吉手中一紅一綠的兩面小旗舉起來，風立即把旗面展開，同時也標識出自身吹拂的方向。時間是正午稍後一點，陽光強烈，風飽含著力量，從低到高，從下往上，把三角旗吹向草坡，和積雪山梁的方向。

多吉猛烈地揮動旗子，沿著溝谷分散開的人群便向他聚集過來。

他揮動旗子的身姿像一個英武的將軍。有所不同的是，將軍發令時肯定口齒清楚，他口誦禱詞時，吐詞卻含混不清。也沒有人覺得有必要字字聽清，因為人人都明白這些禱詞的內容。

多吉是在呼喚火之神和風之神名字。呼喚本尊山神的名字。他還呼喚了色嫫措裡的那對金野鴨。他感覺到神靈們都聽到了他的呼喚，來到了他頭頂的天空，金野鴨在飛翔盤旋，別的神靈都凌虛靜止，身接長天。他的眉宇間掠過淺淺的一點笑意。

他在心裡默念：「都說是新的世道，新的世道迎來了新的神，新的神教我們開會，新的神教我們讀報紙，但是，所有護佑機村的舊的神啊，我曉得你們沒有離開，你們看見，放牧的草坡因為這些瘋長的灌木已經荒蕪，你們知道，是到放一把火，燒掉這些灌木的時候了。」

神們好像有些抱怨之聲。

的確，舊神們在新世道裡被冷落，讓機村的人們假裝將其忘記已經很久了。

多吉說：「新的神只管教我們曉得不懂的東西，卻不管這些灌木瘋長讓牧草無處生長，讓我們的牛羊無草可吃。」

他嘆息了一聲，好像聽見天上也有回應他嘆息的神祕聲音，於是，他又深深嘆息了一聲，「所以，我這是代表鄉親們第二次求你們佑護。」他側耳傾聽一陣，好像聽見了回答，至少，圍在岩石下向上仰望的鄉親們從他的表情上看到，他好像是得到了神的回答。在機村，也只有他才能得到神的回答。因為，多吉一家，世代單傳，是機村的巫師，是機村那些本土神祇與人群之間的靈媒。平常，他也只是機村一個卑微的農人。但在這個時候，他傴僂的腰背繃緊了，身材顯得孔武有力。他混濁的眼睛放射出灼人的光芒，虬曲的鬍鬚也像荊刺一樣怒張開來。

「要是火鐮第一下就打出了火花，」多吉提高了嗓門，「那就是你們同意了！」說完這句話，他跪下了，拿起早就備好的鐵火鐮，在石英石新開出的晶瑩茬口上蒙上一層火絨草，然後深深的跪拜下去。

神靈啊！
讓鐵與石相撞，
讓鐵與石撞出星光般的火星，
讓火星燎原成勢，
讓火勢順風燃燒，
讓風吹向樹神厭棄的荊棘與灌叢，
讓樹神的喬木永遠挺立，
山神！溪水神！
讓燒荒後地來年牧草豐饒！

唱頌的餘音未盡，他手中的鐵火鐮已然與石英猛烈撞擊。撞擊處，一串火星迸裂而出，引燃了火絨草，就像是山神輕吸了一口菸斗，青煙裊裊地從火絨草中升起來，多吉小心翼翼地捧著那團升著青煙的火絨草，對著它輕輕而又深長地吹氣，那些煙中便慢慢升起了一叢幽藍的火苗。他向著人群舉起這團火，人群中發出齊聲的讚歎。他捧著這叢火苗，通了靈的身軀，從一丈多高岩石頂端輕盈地一躍而下，把早已備好的火堆引燃。

先是紅樺白樺乾燥的薄皮，然後，是苔蘚與樹掛，最後，松樹與杉樹的枝條上也騰起了火苗。轉眼之間，一堆巨大的篝火便燃燒起來了。風藉著火苗的抖動，發出了旗幟般展動的聲音。

幾十枝火把從神態激越莊嚴的人們手中伸向火堆，引燃後又被高高舉起。多吉細細觀察一陣，火苗斜著呼呼飄動，標示出風向依然吹向面南朝陽，因雜灌與棘叢瘋長而陷於荒蕪的草坡，他對著望向他的人群點了點頭，說：「開始吧。」

舉著火把的人們便沿著冰封峽谷的上下跑去。

每個人跑出一段，便將火把伸向這秋冬之交乾透的草叢與灌木，一片煙障席地而起，然後，風吹拂著火苗，從草坡下邊，從冰封溪流邊開始，升騰而上。剩下的人們，都手持撲火工具，警惕著風，怕它突然轉向，把火帶向北坡的森林。雖然，溝底封凍溪流形成的寬闊冰帶是火很難越過的，但他們依然保持著高度的警惕。每一個人都知道，這火萬一引燃了北坡上的森林，多吉蹲進牢房後，也許就好多年出不來了。

就因為放這把山火，多吉已經進了兩次牢房。

今天，上山的時候，他從家裡把皮襖與毛毯都帶來了。有了這兩樣東西壓被子，即使在牢房裡他也能睡得安安心心，暖暖和和了。大火燃起來了，從溝底，被由下向上的風催動著，引燃了枯草，引燃了那些荒蕪了高山草場的堅硬多刺的灌叢，沿著人們希望它燒去的方向熊熊燃燒。來年，這些燒去了灌叢的山坡，將長滿嫩綠多汁的牧草。

燒荒的滾滾濃煙升上天空，這大火的信號，二十多公里外的公社所在地都可以看到了。要不了幾個時辰，公安開著警車就會出現在機村，來把多吉捕走。

這個結果，多吉知道，全村人也都知道。

眼下，大火正順風向著草坡的上端燃燒，一片灌叢被火舌舔燃，火焰就轟然一聲高張起來，像旗幟在強勁的風中強勁地展開。這些乾燥而多脂的灌叢燒得很快，幾分鐘後，火焰就矮下去，矮下去，貼著空地上的枯草慢慢遊走，終於又攀上另一片灌叢，燭天的火焰又旗幟一般轟轟有聲高張起來。人群散開成一線，跟著火線向著山坡頂端推進。用浸濕的杉樹枝把零星的餘燼撲滅，以防晚上風變向後，把火星吹到對面坡上的森林中間。

多吉一個人還留在峽谷底下，他端坐在那裡，面前一壺酒已喝去了大半。他沒有醉，但充血的眼睛裡露出了凶巴巴的神情。人們跟著火線向著山梁上的雪線推進，很快，好些地方的火已經燒到雪線，自動熄滅了。正在燃燒的那些地方也非常逼近雪線了。那些跟蹤火頭到了雪線上的人完成了任務陸續返回谷底了。人們回來後，都無聲無息地圍在他的四周。他繼續喝酒，眼裡的神情又變得柔和了。

一場有意燃起的山火終於在太陽快要落山時燃完了。人們都下到谷底來，默默地圍坐在多吉的身邊。多吉喝完了最後一滴酒。他把空壺舉到耳邊搖搖，只聽見強勁的山風吹在壺口，發出嘘嘘的哨聲。多吉站起身來。環顧一下圍著他的鄉親，大家看著他，眼裡露出了虔敬而痛惜的神情，連大隊幹部和村裡那些不安分的年輕人都是如此。他滿意地笑了。不管世道如何，總有一個時候，他這個知道辨析風向，能呼喚諸神前來助陣，護佑機村人放火燒荒，燒出一個豐美牧場的巫師，就是機村的王者。

他慢慢站起身來，馬上就有人把他裝著皮襖與毛毯的搭褳放在了毛驢背上，他說：「公安還沒來嗎？」

大家都望望山下，又齊齊地搖頭，說：「沒有！」

「他們總是要來的，我自己去路上迎他們吧。」然後，他就拍拍毛驢的屁股，毛驢就和主人一起邁步往山下走去。

人群齊齊地跟在他後面，走了一段。

多吉停住腳步，把手掌張開在風中，他還搧動寬大的鼻翼嗅了嗅風的味道：「大家留步吧，想我早點回來，就守在山上，等月亮起來再下山回家吧。」然後，他眼裡露出了挑釁的神色，說，「如果要送，就讓索波送我吧，」索波是正在竄紅的年輕人，任村裡的民兵排長也有些時候了，「如果我畏罪逃跑，他可以替政府開槍。當然我不會跑，不然今後牧場荒蕪就沒人頂罪放火了。」

這個傢伙狂傲的本性又露出來了，惹得民兵排長索波的臉立即陰沉下來。雖然能夠感覺到陰冷的牢門已經向著他敞開了，但做了一天大王的多吉卻心情不錯，他對冷下臉去的索波說，「小伙子，不要生氣，也是今天這樣的日子才輪著我開開玩笑，我不會跑，我是替你著想，公安來抓我，由你這個民兵排長把我押到他們面前，不是替你長臉的事情嗎。然後，你把我的毛驢牽回來養著就行了。」

關於多吉當時的表現，村人分成了兩種看法。

一種說，多吉不能因為替牧場恢復生機而獲罪，就如此趾高氣揚。

但更多的觀點是，索波這樣的人，靠共產黨翻身，一年到頭都志得意滿，就不興多吉這樣的人得意個一天半天。但這些都是後話了。

卻說當下索波就停住腳步，扭歪了臉說：「什麼?!我答應把毛驢給你牽回來就不錯了，還要我給你養著！」

索波話音剛落，人們的埋怨之聲就像低而有力的那種風拂過了森森的樹林：「哦——索波——」

但索波梗起細長的脖子，坐在了地上，仰臉望著天空，一動也不動了。

「哦——」埋怨之聲又一次像風拂過陰沉的樹林。

多吉知道，自己沉浸在那揮舞令旗，呼喚眾神，引燃火種的神聖情境中太久了。現在，那把激越的火已經燒過，山坡一片烏焦，作為一種新時代的罪證赤裸而廣大地呈現在青天白日下，這裡那裡，還冒著一縷縷將斷未斷的青煙。多吉終於明白，雖然放火的程式與目的都是一樣的，在這個新時代裡，這確乎是一種罪過了。

他嘆了口氣，從驢背上解下搭褳，扛上自己的肩頭，對著大家躬躬身，獨自向山下走去。

這時，警車閃著警燈，開進了村裡。大家看見走出很遠的多吉，向著正要上山的公安揮手，向他們喊話，說自己會下去投案，就不辛苦他們爬上山來了。幾個公安就倚在吉普車上看著他一步步從山上下來。

多吉走到山下，公安給他戴上手銬，把搭褳裝上車子，就開走了。

大隊長格桑旺堆說：「今天回去，就寫證明，大家簽字，把他保出來吧。」

格桑旺堆又說：「媽的，送保書的時候，可沒有小汽車來接，只好我自己走著去了。」

有個年輕人開玩笑說：「那你就騎多吉的毛驢去吧。」

結果那個年輕人被他父親狠狠打了一個嘴巴。年輕人在縣裡上農業中學。眼下學校放了假，老師們關起門來學習批判，學生便都回鄉村來參加生產。年輕人梗起脖子，想要反抗，但被更多的眼光壓制住了。風把山坡上的黑色灰燼揚起來，四處拋灑。在這風中，黃昏便悄然降臨了。

天一黑下來，正好觀察山上有無餘火。但一片漆黑中，看不到火星閃爍或飛濺。星星一顆顆跳出天幕，然後，月亮也升上天幕，山峰，山梁，都以閃光的冰雪勾出了美麗的輪廓，甚至深沉在自身暗色中的森林的邊緣，也泛出瑩瑩的藍光。燒荒過後的地方，變得比夜更黑，更暗，就像突然出現在這個世界中央的無底深淵。

望著這片漆黑無光的地方，這片被火焰猛烈灼烤過的土地，已經在嚴冬之夜完全冷卻下來，不會被風吹起火星，把別的林地也燒成眼下這樣了。於是，人們放心地下山回家。只等來年，被燒去了雜灌的牧場上長滿豐美的青草。

這時，多吉已經被押到了公社，派出所長老魏叫人開了手銬，讓他坐在自己的桌子跟前。還叫人端來了一茶缸開水。

老魏嘆口氣：「又來了。」

多吉有些抱愧地笑笑：「我要不來，不成材的小樹荒住了牧場，牛羊吃不飽，茶裡沒有奶，糌粑裡沒有油，日子不好過呀！」

「這麼一說，你倒成英雄了。」

多吉笑笑，說：「這樣的事，做了，成不了英雄，不做，大家都要說巫師失職了。」

「那你可以不做這個巫師。」

「這是我的命，我爸爸是巫師，所以我就是巫師。」

「那你兒子也是巫師了。」

「你們共產黨一來，沒人肯嫁巫師，我沒有兒子，以後，牧場再被荒住，就是你們這些共產黨自己操心了。」他還找補了一句後來成為他惡攻證據的狠話，他說，「你們什麼都改造，該不會讓牛羊都改吃樹吧？」就為這句話，在這篇小說將要描寫的那場大火燒起來的時候，將會讓老魏幹不成公安，而帶給他本人的惡運，更是他當時無法想像的。

這句話剛說完，就有年輕公安厲聲喝道：「反動！」

但老魏沉默半晌，說：「真的，不放這把火就不行嗎？」

多吉倒是很快就接上了嘴：「就像你不逮我不行一樣。」

老魏揮揮手，說：「帶下去，不要讓他凍著了，明天一早送到縣上去。」

多吉說：「我還是多待一兩天，大隊的保書跟著就會送來，我跟保書一起到縣上吧。」

年輕公安說：「保書送來你就不蹲牢房了？」

「那怎麼可以呢？在牢房裡過年好，有伴。我想還是跟往常一樣，開春了，下種了，隊裡需要勞力了，我就該回去了。」

老魏嘆了口氣：「只怕今年不是往年了。」

多吉眨眨眼：「冬去春來，年年都是一樣的。」

年輕公安提高了聲音：「偉大的無產階級文化大革命開始了！全國山河一片紅，今年怎麼還是往年！」

多吉搖搖頭：「又是一件我不懂的事情了。」

因為放火燒荒，多吉與老魏他們打交道不是一次兩次了。第一次，他很害怕，第二次，他很委屈，現在，這只是到時候必須履行的一道例行公事了。當初對他也像現在這年輕人一樣凶狠的老魏倒是對他愈來愈和氣了。多吉帶人燒荒，是犯了國家的法。法就像過去的經文一樣明明白白把什麼能做什麼不能做寫在紙上。但這兩者也有不一樣的地方。一個人的行為有違經書上的律例，什麼報應都要等到來世。而法卻是當即兌現，依犯罪的輕重，或者丟掉性命，或者蹲或長或短的牢房。

機村人至今也不太明白，他們祖祖輩輩依傍著的山野與森林，怎麼一夜之間就有了一個叫做國家的主人。當他們提出這個疑問時，上面回答，你們也是國家的主人，所以你們還是森林與山野的主人。但他們在自己的山野上放了一把火，為了牛羊們可以吃得膘肥體壯，國家卻要把領頭的人帶走。機村人這些天真而又蒙昧的疑問真還讓上面為難。所以，每次，他們不得不把多吉帶走，關進牢房，但又在一兩個月，或者兩三個月後，將這個傢伙放了出來。每次，多吉都得到警告，以後不得再放火了。第一次，機村三年沒有放火，結果第四個年頭上，秋天沒有足夠牧草催肥的羊群在春草未起之前，死去了大半。這一年，母牛不產崽，公牛拉不動春耕的犁頭。才又請示公社。公社書記曾在剛解放的機村當過工作隊長。沒有說可以，也沒有說不可以，機村人便在他的默認下放火燒荒。多吉還是只關了兩個月，但公社書記卻戴上右傾的帽子，丟掉了官職。以後，多吉就連村幹部也不請示，自己帶著機村人放火燒荒了。

二

多吉想到自己一進牢房，就讓好些上面的人為難，心裡還有些暗暗得意。所以，在公社派出所臨時拘留所的鐵床上，他很快就睡熟了。第二天一早，他還睡得昏昏沉沉，就被塞到吉普車裡了。車開出一段了，多吉慢慢在清晨的寒冷中清醒過來。按慣例，老魏會等到全村人簽名畫押的保書送來，再一併送到縣城的大牢裡去。這已經是一個不成文的規矩了。

兩個年輕公安一臉嚴肅，多吉喉頭動了幾次，終於問出聲來：「老魏呢？不是還要等保書嗎？」年輕公安臉上露出了輕蔑的神情：「老魏？老魏。還是想想你自己吧。」兩個年輕人還顯稚嫩的臉上露出了凶惡的神情。這種神情比凍得河水冒白煙的寒冷早晨還要冰冷。

這使多吉心裡湧起了不祥的預感。他不想相信這種預感，但是，他是一個巫師，是巫師都必須相信自己的預感。巫師的預感不僅屬於自己，還要對別人提出預警：危險！危險！

但這個巫師不知道危險來自什麼地方。

直到吉普車進了縣城，看到不知為什麼事情而激動喧囂的人群在街道上湧動，天空中飄舞著那麼多的紅旗，牆上貼著那麼多紅色的標語，像失去控制的山火，紛亂而猛烈，他想，這大概就是他不祥預感的來源了。他不明白，這四處漫溢的紅色所為何來。吉普車在人流中艱難穿行。車窗不時被巨大的旗幟蒙住，還不時有人對著車裡揮舞著拳頭。這些揮舞拳頭的人，一張張面孔向著車窗撲來，又一張張消逝。有的憤怒扭曲，有的狂喜滿溢。

兩個年輕公安很興奮，也很緊張，多吉一直在猜度，這巨大的人流要湧向哪裡，但他沒有看到這股洪水方向。更讓他看不明白的是，他們的憤怒好像也沒有方向，就像他們的狂喜也沒有一個實在的理由一樣。

多吉把心裡的疑問說出來：「為什麼一些人這麼生氣，一些人又這麼高興？」

兩個年輕公安並不屑於回答一個蒙昧的鄉下人愚蠢的問題。

多吉也並不真想獲得答案。所以，當牢房的鐵門哐啷啷關上，哢嗒一聲落上一只大鎖後，他只聳了聳肩頭，就一頭倒在地鋪上睡著了。他睡得很踏實。在這個拘押臨時犯人的監房裡，人人好像都驚恐不安。只有他內心裡還懷著自豪的感覺。他沒有罪。他為全村人做了一件好事。這件好事，只有他才可以做。正因為這個，他才是機村一個不可以被小視的人物。特別是到了今天，很多過去時代的人物：土司，喇嘛們都風光不在的時候，只有他這個巫師，還以這樣一種奇特的方式被機村人所需要。

他就像共產黨幹部一樣，也是為人民服務的。

連續幾天，他睡了吃，吃了睡。醒了，就靜坐在從窗口射進來的一小方陽光裡，安詳，而且還有隱隱的一點驕傲。對同監房那些驚恐不安的犯人，他視若不見。

這種安詳就是對那些犯人的刺激與冒犯。

但是，第一個對他動手的傢伙，一上來，就被他一拳打到牆角裡去了。然後，他第一次開口說話：「不要打攪我，我跟你們不一樣，不會跟你們做朋友。」

他只要把這句話說出來，人們就知道他是誰了。在這個他已經數次來過的拘留所裡，他已經是一個故事裡的人物了。

每次，他進到監房裡，都只對犯人說同一句話。這句話是他真實的想法，但再說就有一點水分了。他說：「我來這裡，只是休息一些時候，平時太累，只有來這裡才能休息一些時候。鄉親們估摸我休息得差不多時，就來接我回去了。」

傳說中，他是一個能夠呼風喚雨的巫師，犯人們自然對他敬而遠之了。

醒來的時候，坐在牢房裡那方唯一的陽光裡，他很安詳，但他的睡夢裡卻老有擾動不安的東西：不是具像的事物，不是魔鬼妖精，而是一些旋動不已的氣流，有時暗黑沉重，有時又絢爛而熾烈。多吉在夢裡問自己，這些氣流是什麼？是自己引燃的遍山火焰嗎？是想把火焰吹得失去方向的風嗎？他沒有想出答案。

拘留所就在縣城邊上，高音喇叭把激昂的歌聲，口號聲，隱隱地傳進監房。過去，最多三天，就有人來提審他了。員警們也在天天開會，天天喊口號，這些執法者中間，也躁動著一種不安的氣氛。為了抗拒這種不安的情緒，多吉閉上眼睛，假想員警已經來提審他了。他們給他戴上手銬，把他摁坐在一張硬木椅子上。

面前的桌子後面，坐著兩個員警，一個人說話，一個人寫字。

問話的人表情很嚴肅，但說話已經不像第一次那麼威嚴了：「又來了？」

「我也不想來，可是雜樹長得快，沒辦法。」

「看來你還是沒有吸取教訓。」

「我吸取了，但那些雜樹沒有吸取。」

「那你曉得為什麼來了？」

「我曉得。護林防火，人人有責，可是我卻放火。」

「你又犯罪了！燒毀了國家的森林！」

「可是……」

「可是什麼?!」

「可是，你們的國家還沒有成立這些森林就在了呀。」

「胡說！中華人民共和國沒有成立以前，這裡也是國家的！」

「是，我胡說。但你的話我還是沒有聽懂。」
「笨蛋！」
「是，我笨，但不是蛋。」
「你燒了國家的樹林，而且，你是明知故犯。你知罪嗎？」
「我曉得你們不准，但不燒荒，機村的牛羊沒有草吃，就要餓死了。我沒有罪。」
然後，他又被押回監房。如果幾次，審問，同時教育，執法者知道這犯法的人不能不關一段時間，以示國家的利益與法令不得隨意冒犯，但是，這個人又不是為了自己而犯罪，機村的全體貧下中農又集體上書來保他。於是，就作一個拘留兩三個月的宣判。宣判一下來，他就可以走出監房，在監獄院子裡幹些雜活了。他心裡知道，這些員警心裡其實也是同情他的。所以，他幹起活來，從不偷懶耍滑。
這一回，他在半夢半醒之間把自己弄去過堂，覺得上面坐著公社派出所的老魏。老魏苦著臉對他說：「你就不能不給我們大家添這個麻煩了嗎？」
多吉也苦著臉說：「我的命就是沒用的雜樹，長起來，被燒掉，明明曉得要被燒掉，還要長起來，也不怕人討厭。」
「可現在不一樣了！現在有國家有法！」
「其實也一樣，牛羊要吃草，人要吃肉吃奶。」
老魏就說：「這回，誰也保不了你了。」
他醒來，卻真真是做夢了。

夢剛剛醒，監房門就被打開了。兩個員警進來，不再像過去那麼和顏悅色，動作利索兇狠，把他雙臂扭到背後，咔嚓一聲就銬上了。手銬上得那麼緊，他立時就感到手腕上鑽心的痛楚，十個指頭也同時發脹發麻。接著背後就是重重一掌，他一直竄到監房外面，好不容易才站住了，沒有摔倒在地上。

他們直接把他扭進了一個會場。

他被推到台前，又讓人摁著深深彎下了腰。口號聲中，有年輕人跳上台來，拿著講稿開始發言。發言的人一個接著一個，他們都非常生氣，所以，說話都非常大聲，大聲到嗓子都有些嘶啞了。多吉偷眼看到派出所的老魏垂頭坐在下面，一副擔驚受怕的樣子，他想問問老魏，有什麼事情會讓這麼多人都這麼生氣？

這時，他沒有感到害怕。

雖然，每一個人發言結束的時候，下面的人就大呼口號，把窗玻璃都震得哐哐響。他感到害怕，是老魏也給推上來了，站在了他這個罪犯的旁邊。當初他手下的年輕員警上來發言時，講到憤怒處，還咣咣地搧了老魏兩個耳光。老魏眼裡閃過憤怒的光芒，但聲震屋瓦的口號聲再一次響起來，老魏梗著的脖子一下就軟了。

再後來，這個拘留所的所長也給推了上來。造反的員警們甚至七手八腳地動起手來，扯掉了他帽子和衣服上的徽章。所長低沉地咆哮著掙扎反抗，但他部下們的拳頭一下一下落在他身後，每一記重拳下去，所長都哼哼一聲，最後口鼻流血，軟軟地倒在了地上。

所長和老魏的罪名都是包庇反革命縱火犯，致使這個反革命分子目無國法，氣焰囂張，一次一次放火，向無產階級專政挑戰。多吉被從來沒有過的犯罪感牢牢地抓住了。他一下子跪倒在了老魏與所長的面前。他剛剛對上老魏絕望的雙眼，什麼也來不及說，什麼東西重重地落在了他頭，嗡一聲眼前一片金花飛起，金花飛散後，他就什麼都不知道了。

再次醒來時，他先感到了頭頂的痛，手腕的痛，然後，是身下水泥一片冰涼。屋子被刺眼的燈光照得透亮。他曉得自己是被關進單間牢房了。他算是這個拘留所的常客，知道關進這個牢房來的人，如果不被一槍崩了，這輩子也很難走出這牢房了。

他非常難過，不是因為自己，而是因為老魏與所長。他難過得覺得自己就要死了。他不吃不喝，躺在地上，等待死神。兩天後，死神沒有來臨，神志反而愈來愈清醒了。他想站起來，但沒有力氣站起來。於是，他爬到監房門口，用額頭把鐵門撞得哐哐響。門開了，一個員警站在他面前。他說：「老魏。」

「住口！」

他說：「是我害了老魏嗎？」

那個員警彎下腰來，伸手就鎖住了他的喉頭：「叫你住口！」

多吉的喉頭被緊緊鎖住，但他還是在喉嚨裡頭說：「老魏。」

員警低聲而凶狠地說：「你要不想害他，就不准再提他的名字！」

那手便慢慢鬆開了。多吉喘息了好一陣子，身子癱在了地上，說：「我不提了，但我曉得，你和老魏都是好人。」

員警轉身，鐵門又哐啷啷關上了。多吉想曉得這個世界突然之間發生了什麼變故，使員警們自己人跟自己人這麼惡狠狠地鬥上了。他絕望地躺在冰冷的水泥地上，淚水慢慢沁出了眼眶。淚水使燈光幻化迷離，他的腦子卻空空蕩蕩。

他又用頭去撞那鐵門，員警又把門打開。

多吉躺在地上，向上翻著眼睛說：「我犯了你們的法，你們可以槍斃我，但你們不能餓死我。」

員警又是哐啷一聲把鐵門碰上，到晚上，真有水和飯送進來了。

時間慢慢流逝，有一天，懸在牢房中央那盞明亮刺眼，嗡嗡作響的燈，一聲響亮炸開了。隨即，牢房裡便黑了下來。牢房裡剛黑下來的時候，多吉眼前還有亮光的餘韻在晃動，然後，才是真正的黑暗，讓人心安的黑暗降臨下來。多吉緊張的身體也隨即鬆弛下來。他想好好睡上一覺。但腦子裡各種念頭偏偏蜂擁不斷。多吉這才明白，原來是那刺眼的燈光讓他不能思考。這不，黑暗一降臨，他的腦子立即就像風車一樣轉動起來了。

如今這個世界，讓人看不明白也想不明白的變化發生得太多太快，即使他腦子轉動起來，也把眼下正在發生的事情想不清楚。這個世界上發生的事情，早在一個尋常百姓明白的道理之外，也在一個巫師自認為知曉的一切祕密門徑之外。多吉利用熄燈的寶貴時間，至少想明白了這樣一件事情，也就不再庸人自擾，便蜷曲在牆角，放心睡覺了。

他不曉得自己這一覺睡了多長時間，看守進來換壞掉的燈他還是睡著的，但那燈光唰一下重新把屋子照得透亮時，他立即就醒過來了。人一認命，連樣子都大變了。他甚至對看守露出了討好的笑容。

看守離開牢房時說：「倔骨頭終於還是軟下來了？」

送來的飯食的分量增加了，他的胃口也隨之變好。剛進來的時候，他還在計算時間，但在這一天亮到晚的燈光下，他沒有辦法計算時間。到了現在，當他已經放棄思考的時候，時間的計算對他就沒有什麼意義了。

三

這是一千九百六十七年。私生子格拉死去有好幾年了。所以在這個故事開始時，又把那個死去後還形散神不散的少年人提起，在此並不包含因此要把已寫與將寫的機村故事連綴成一部編年史的意思。只是因為，這場機村歷史上前所未有的大火，是由格拉留在人世的母親桑丹首先宣告的。

這場毀敗一切的大火，燒了整整一十三天。

格拉死後好久，他那出了名的沒心沒肺的母親並不顯得特別悲傷。

人們問：「桑丹，兒子死了，你怎麼連一滴眼淚也沒流呢？」

桑丹本來迷茫的眼中，顯出更加迷茫的神色：「不，不，格拉在林子裡逮兔子去了。」

「我家格拉在山上給林妖餵東西去了。」

人們問：「不死的人怎麼會跟林妖打交道呢？」

桑丹並不回答，只是露出癡癡的，似乎暗藏玄機的笑容。

她這種笑與姣好面容依然誘惑著機村的男人。有時，她甚至還獨自歌唱。人們說：「這哪是一個人，是妖怪在歌唱。」

這個女人，她的頭髮全部變白了，卻少女黑髮一般漾動著月光照臨水面那種令人目眩神迷的光澤，讓人想到這些頭髮一定是受著某種神祕而特別的滋養。她的面孔永遠白裡泛紅，眼睛像清澈而又幽深的水潭。襤褸的衣衫下，她蛇一樣的身段款款而動，讓人想起深潭裡傳說的身子柔滑的怪物。就在機村背後半山上松林環繞的巨大台地中，的確有這樣一個深潭。那個潭叫做色嫫措。

色嫫是妖精，措是湖。色嫫措就是妖怪湖。

兩個地質勘探隊來過，對這個深潭有不一樣的說法。一個說，這個深潭是古代冰川挖出來的深坑。另一個說，這個深坑是天上掉下來的石頭砸出來的。

地質隊也不過順口一說罷了，他們並不是為這個深潭而來。

那個時代，機村之外的世界是一個可以為一句話而陷入瘋狂的年代。當然，這句話不是人人都可以講的，而是必須出自北京那個據說可以萬壽無疆，因此要機村貢獻出最好樺木去建造萬歲宮的那個人之口，才能四海風行。

這兩個地質隊，一隊是來看山上有多少可以砍伐的樹木。另一隊是來尋找礦石。他們只是在收起了丈量樹木的軟尺和敲打岩石的錘子，以及可以照見地面與地底複雜境況的鏡子時，站在潭邊順便議論一下而已。

這些手持寶鏡者都是有著玄妙學問的人哪。

起先，機村有人擔心，這些人手中的鏡子會不會把色嫫措裡金野鴨給照見哪。他們好像沒有照見。但是，湖裡的寶貝有沒有受到鏡子的驚嚇，那就誰也不知道了。

這才到了這個故事真正開始的這一天。

這個機村歷史上前所未見的乾旱的春天。

機村的春天本該是這樣到來的。先是風轉了方向，西北方吹來的風縮回冷硬的鋒頭，溫暖溫潤的東南風順著敞開的河谷吹拂而來。在這一天比一天暖和的風的催促下，積雪融化，堅冰融化，凍結一冬的溪流發出悅耳的聲音。暖暖的太陽光下，樹木凍得發僵的枝幹，日益柔軟，有一點風來，就像動情的女人一樣，搖搖晃晃。土地也甦醒了，一點點地潮濕，一點點地鬆軟，犁頭把肥沃的土地翻開，種籽從女人們的手裡撒播下去，然後，幾場細雨下來，地裡莊稼就該出苗了。

但是，在這前所未見的乾旱春天，地裡的莊稼雖然出了一點苗，但天上降不下來雨水，老是高掛著明晃晃的太陽，那些星星點點的綠意便無力連綴成片。有風起來的時候，莊稼地裡不見綠意招搖，反倒揚起了股股塵煙。

綠意不肯滋蔓，日子仍像莊稼正常生長的年頭一樣流逝。播下種子後，就該是修理柵欄的時候了。機村莊稼地靠山的一邊，都圍著密實的樹籬。林子裡的野物太多，要防著牠們到地裡來糟蹋莊稼。

修理柵欄的時候，間或會有人把手搭在額頭上，向著遠處的來路張望。有時，這個張望的人還會念叨一句：「該是多吉回來的時候了。」

這一天，有一個人正這樣念叨時，看見遠遠的河口那邊高高地升起一柱塵土。塵土像一根粗壯的柱子升起來，升起來，然後，猛然傾倒，翻滾的煙雲在半天中瀰漫開來。但卻沒有人看見。

央金站起來身來，一手扠著這個年紀說來很粗壯的腰，一隻手抬起來，很俐落地在額頭上做了一個擦汗的動作，然後喊：「看，汽車來了！」

人們轟笑起來。因為胖乎乎的央金這個動作像她的很多動作一樣，都是刻意模仿來的。她模仿的對象是報紙上的照片，是電影裡的某個人物，或者宣傳畫上的某種造型。

央金不管這個，不等人們止住笑聲，她已經往公路上飛奔而去了。她的身後，揚起了一股乾燥的塵土。更多的人跟著往山下跑，在這個乾旱的春天裡，揚起了更多的塵土。

往汽車上裝樺木的男人們還記得，那天的樺木扛在肩上輕飄飄的，乾旱使木頭裡的水分差不多都丟失乾淨了。

汽車一來，全村人幾乎都會聚集到那裡。這和以前那些日子一模一樣。甚至還有人問司機：「你看到多吉了嗎？」

那個時代的司機派頭比公社幹部還大，所以，這樣的問題他根本懶得回答。

頭髮雪白，臉孔紅潤的桑丹也癡癡地站在人群裡。不一樣的是，這時，人們頭上，好像有一股不帶塵土味道的風輕輕地掠過去了。人們都抬了一下頭，卻什麼都沒有看見。天上依然是透著一點點灰的那種藍，風裡依然有著乾燥的塵土的味道。只有桑丹細細地呻吟一聲，身子軟軟地倒下了。

有人上去掐住她的人中，但她沒有醒來。

還是央金跑到溪邊，含了一大口水，跑回來，噴在她臉上，桑丹才慢慢睜開眼睛，說：「我的格拉死了，我的格拉的靈魂飛走了。」

央金翻翻白眼，把臉朝向天空：「你終於明白過來了。」

桑丹眼睛對著天空骨碌碌地打轉，說：「聽。」

央金說：「桑丹，你終於明白你家格拉走了，你就哭出來吧。」說著，她自己的淚水先自流出來了。這個姑娘跟她的媽媽一樣好出風頭，心地卻不壞，愛恨分明，但又頭腦簡單。她搖晃著桑丹的肩頭，「你要明白過來，你已經明白過來了，你就哭出來吧。」

桑丹堅定地搖著頭，咬著嘴唇，沒有哭出聲，也沒有流下一滴淚水。然後，她再次側耳傾聽，臉上出現了似笑非笑的表情。這種神情把央金嚇壞了，她轉過臉去，對她母親阿金說：「你來幫幫我。」

「你能幫她什麼？」

「我想幫她哭出來。」

阿金說：「你們都小看這個人了，誰都不能幫她哭出來。」

桑丹漠然地看了阿金一眼，阿金迎著她的目光，說：「桑丹，你說我說得對吧？」桑丹緊盯著她的眼睛裡射出了冷冰冰的光芒。天上的陽光暖暖地照著，但阿金感到空氣中飄浮的塵土味都凝結起來了，她隱隱感到了害怕。但這個直性子的女人又因為這害怕而生氣了。共產黨來了，新社會了，人民公社了，雖說自己還是過著貧困的日子，但是窮人當家作主，自己當了貧下中農協會的主席，過去的有錢人彎腰駝背，也像過去的窮人一樣窮愁潦倒了。這個神祕的女人據大家推測，也是有錢人家的大小姐，今天落到這個地步了，自己幹麼還要害怕她呢？

於是，她又說：「桑丹，我跟你說話呢，你怎麼不回答？」

桑丹又笑笑地看了她一眼：「我的格拉真的走了？」

「嘁！看看，她倒問起來我來了！告訴你吧，你的格拉，那個可憐的娃娃早就死了。死了好，不用跟著你遭罪了！」

「是嗎？」桑丹說。

「是嗎？難道不是嗎？」

桑丹漂亮的眼睛裡好像漫上了淚水，要是她的淚水流下來，阿金會把這個可憐的人攬到自己懷裡，真心地安撫她。但這個該死的女人仰起臉來，向著天高雲淡的天空，又在仔細諦聽著什麼。她的嘴唇抖抖索索翕動一陣，卻沒有發出悲痛難抑的哭聲，而是再一次吐出了那個字：

「聽。」

而且，她的口氣裡居然還帶著一點威脅與訓誡的味道。

阿金說：「大家說得沒錯，你是個瘋子。」

桑丹潭水一樣幽深的眼睛又浮起了帶著淺淺嘲弄的笑意，說：「聽見了嗎，色嫫措裡的那對金野鴨飛了。」

她的聲音很低，就像是在自言自語，但在現場的所有人都聽見了。

「桑丹說什麼？金野鴨飛了？」

「金野鴨飛了？」

「她說色嫫措的保護神，機村森林的保護神飛走了。」

「天哪！」貧協主席阿金臉上也現出了驚恐的神色。

央金扶住了身子都有些搖晃的母親說，「阿媽，你不應該相信這樣的胡說！」她還對著人群搖晃著她胖胖的，指頭短促的小手，說：「貧下中農不應該相信封建迷信，共青團員們更不應該相信！」

「你是說，機村沒有保護神的嗎？」

「共產黨才是我們的救星！」

「共產黨沒來以前呢？機村的眾生是誰在保護呢？」

央金張口結舌了：「反正不能相信這樣的鬼話！」

大家都要再問桑丹怎麼會說出這種話來。

央金和民兵排長索波這幫年輕人要責問她為什麼在光天化日下宣傳封建迷信？

更多的村民是要責問她，機村人憐憫她收留了她，也不追問她的來歷，而她這個巫婆為何要如此詛咒這個安安靜靜存在了上千年的古老村莊。傳說中，機村過去曾乾旱寒冷，四山光禿禿的一片荒涼。色嫫措裡的水也是一凍到底的巨大冰塊。後來，那對金野鴨出現了，把陽光引來，融化了冰，四山才慢慢溫暖滋潤，森林生長，鳥獸奔走，人群繁衍。現在，她卻膽敢說，那對金野鴨把機村拋棄了。

怒火在人們心中不息地鼓湧，但又能把這麼一個半瘋半傻的女人怎麼辦呢？只能眼睜睜地看著她帶著悲戚的神情離開了人群。

人們看著她搖搖晃晃的背影。而且，全村的人都聽到了她哀哀的哭聲，她長聲夭夭地哭著說：「走了，走了，真的走了。」

不知道她哭的是自己的兒子還是機村的守護神。胸膛被正義感充滿的年輕人想把她追回來，但是，從東邊的河口那邊，從公路所來的方向，一片不祥的黑雲已經升騰起來了。

黑雲打著旋，絞動著，翻滾著，擺出一種很凶惡的架勢，向天上升騰。但相對於這晴朗的昊昊長空來講，又不算什麼了。

本來，這種柱狀的黑雲要在夏天才會出現。夏天，這雲帶著地上茂盛草木間茵蘊而出的濕氣，上升上升，轟隆隆放著雷聲，放出灼目的蛇狀電閃，上升上升，最後，被高天上的冷風推倒，轟然一聲，山崩一樣倒塌下來，把冰雹向著地上的莊稼傾倒下來。

問題是，現在不是夏天，而這個春天，空氣中飄浮著如此強烈的乾燥塵土的味道，地面上怎麼可能升起來這樣的雲柱呢？人群騷動一陣，慢慢又安靜下來了。雖然心裡都有著怪怪的感覺，但是，看到那柱黑雲只在很遙遠的河口那邊翻騰，並沒有像夏天帶來冰雹的黑雲，那麼迅速地攀升到高高的天空，然後群山傾頹一樣一下子崩塌下來，掩住整個晴朗無雲的天空。

裝滿樺木的卡車發出負重的嗚嗚聲開走了，人們回到村子午飯完了，再懶洋洋地往山坡邊修補柵欄的時候，抬頭看看，那柱黑雲還在那裡。黑雲的底部，還是氣勢洶洶地翻捲而上，但到了上面，便被高空中的風輕輕地吹散了。晴朗的天空又是那邊廣闊無垠，那黑雲一被風吹散，就什麼都沒有了。水氣充盈的時候，天空的藍很深，很滋潤，但在這個春天裡，天空藍得灰撲撲的，就像眼下這蒙塵的日子，就像這蒙塵日子裡人們蒙塵的臉。

太陽落山時，深重的暮色從東向西蔓延，那柱黑雲便被暮色掩去了，而在西邊，落山的太陽點燃了大片薄薄的晚霞。這樣稀薄而透亮的晚霞，意味著第二天，又是一個無雨的大晴天。

老人們嘆氣了，為了地裡渴望雨水的莊稼，為了來年大家的肚皮。這種憂慮讓人們感到從未見過的那柱黑雲包含著某種不祥的東西。望望東邊，夜色深重。

夜幕闔上的時候，那柱黑雲就隱身不見了，就像從來就沒有出現過一樣。

四

多吉再次被提出牢房時，雙腿軟得幾乎都不會走路了。

高音喇叭正播放著激昂的歌曲。這是多吉不會聽的歌。對於一個機村人來說，歌曲只有兩種，或者歡快幸福，或者訴說憂傷。而這些歌曲裡卻有股惡狠狠的勁頭，好像要把這世界上的一切都抹去，只讓自己充斥在天地之間。

但這顯然又是很難做到的。這不，多吉只是掀了掀鼻翼，就聞到了春天的氣息。樹木萌發的氣息，土地從冰凍中甦醒過來的氣息。他想像不出，在那沒日沒夜的燈光下，他已經待到春天了。往年的這個時候，他已經回到機村了。

他不沾地氣已經很久了。現在，他雙腿抖抖索索地站在陽光下，溫暖蜂擁而來，地氣自下而上，直沖肺腑與腦門，使他陣陣眩暈。好幾次，他都差點倒下。但他拚命站穩了，久違的陽光與地氣使他漸漸有了站穩雙腳的力量。

犯人一個個提出牢房，一個個雙手反剪，用繩子緊緊綁了起來。

綁起來的犯人每兩個被押上一輛卡車。車廂兩邊貼上了鮮紅的標語，剛寫上的大字墨汁淋漓。多吉數了數，一共有八輛卡車。一前一後的兩輛汽車上，站滿了全副武裝的軍人和臂戴紅袖章的年輕人，這些年輕人同樣全副武裝。裝著犯人的卡車上，是戴上了紅袖章的員警。每一輛汽車都發動了。發動機轟鳴著，噴射出嗆人的氣味把來自腳下土地和四周山野的春天氣息完全淹沒了。

多吉在押著犯人的第二輛車上。

第一輛車上的兩個犯人背上，插著長長的木牌。多吉的木牌更寬大，不同的是這木牌是沉沉地掛在胸前，掛牌子的鐵絲勒在脖子上，墜著他的頭深深地低了下去。

戒備林嚴的車隊沿著順河而建的街道往縣城中心開。他又見到了被押來縣城那天所見到的標語與旗幟所組成的紅色海洋。躁動的，喧騰的，憤怒中夾雜著狂喜，狂喜中又摻和了憤怒的紅色海洋。過去，他多次來過縣城，從來沒有見過這樣多的人蜂擁在街上，也從來沒有見過這麼多的人同時亢奮如此，就像集體醉酒一樣。這情景像是夢魘，卻偏偏是活生生的現實。

一路的電線桿子上都掛著高音喇叭。喇叭裡喊一聲：「無產階級文化大革命萬歲！」那一根電線上的串著的喇叭因距離產生延遲效應，造成一個學舌應聲的特別效果：「歲！歲！歲！歲！歲！」

喇叭排到盡頭的地方，是黛青色的群山發出回聲：「萬歲——歲——歲——歲——！」

廣場上更是人山人海，翻飛的旗幟還加上了喧天的鑼鼓，他們好像是在一個巨大的慶典上。犯人一押上台子。上面有人聲音宏亮地振臂一呼，下面，唰一片戴著紅色袖章的手臂舉起來，口號聲響得恐怕連他們自己喊都聽不明白了。

他們又唱了非常激昂，非常憤怒的歌。

然後，宣判就開始了。多吉不太懂漢語，但他聽到了一些很嚴重詞：反革命、反動、打倒、消滅、死刑。

聽到死刑兩個字的時候，下面又是林濤在狂風中洶湧一樣的歡呼。他看到旁邊的那個犯人腿一軟，昏過去了。他也跟著腿軟，但架著他的兩個人一使勁，才沒有癱坐在地上。場子上太喧鬧了，他聽不清楚誰被判了死刑，誰被判了無期，誰被判了有期。

他的腦子裡已經一片空白了，還是嚅動著乾燥的嘴唇，問架著他的人：「我也要死嗎？」

「你們這些反革命都該死！」

這時，下面整齊地唱起歌來。犯人在歌聲中被押上汽車。這回，一路上的高音喇叭停了。幾輛新加入車隊的吉普車上拉響了淒厲的警報。車隊沒有開回監獄，而是向著野外開去了。

多吉想，真是要拉他們去槍斃了。車隊出了縣城，在山路上搖晃很久，開到了一個鎮子，在那裡停下來，人們立即就聚集起來了。這裡，沒有人喊口號，人們只是默默的聚集在車隊周圍，帶著一點好奇，帶著一點憐憫，看著車上被五花大綁的犯人。多吉突然開口說：「我要尿尿。」

「就尿在褲子裡吧。」

多吉就不再說話了，但他也不能尿在褲子裡，要是這樣的話，將來就是死了，也會留下一個不好的名聲。人們會說，機村那個巫師臨死之前，嚇得尿在褲子裡了。

他想，那我就拚命忍住吧。果然就忍住了。

車隊又拉響警報，上路了。在下一個鎮子，等警報聲安靜下來，尿意又來了。多吉又說：「我要尿尿。」

這次，人家只是白了他一眼，懶得再回答他了。

車隊又嗚嗚哇哇往前開了。多吉突然想到，這樣忍下去，也許到真正槍斃他們的時候，子彈穿進頭顱的那一瞬間，意識一鬆，肯定要尿在褲子裡。這樣，在他身後，人們仍然會說他是一個膽小鬼，這消息肯定還會傳回機村，那麼，他這一世的驕傲就徹底毀掉了。

所以，他一路都在說我要尿尿，我要尿尿。尿得乾乾淨淨的，就可以體面地上路了。開始他低聲懇求，後來，他便憤怒地大聲吼叫了。車隊停下來。一大團布塞進了他的嘴裡。他就拚命掙扎，用頭去撞人，撞車。結果，他被人一腳從車上踹了下去：「你尿吧！」

但他的雙手被緊縛在背上，他無法把袍子撩起來，也無法把褲子解開。

「怎麼，難道要老子替你把雞巴掏出來？」

他嘴裡嗚嗚有聲，拚命點頭。這麼一折騰，他真是有些憋不住了。

那些人也被這漫長的，無人圍觀的遊行弄得有些疲憊了，正好拿他醒醒神。他被揪著領口推到公路邊的懸崖上，下面二三十米深的地方，是流暢自如的河水，翻騰著雪白的浪花。一個人把他往前猛一推，他一下雙腳懸空，驚叫出聲。人家又把他拉了回來。

驚魂甫定的他，聽到這些人說：「這下尿出來了！」然後是轟轟然一陣大笑，蓋過了河水的咆哮。

多吉腦子裡也是轟然一聲，暖乎乎的尿正在褲子裡流淌，而且，他止不住那帶著快感的恣意流淌。

他怒吼一聲，嘴裡的布團都給噴吐出來了。這巨獸一般的咆哮把這些人都驚呆了。然後，多吉回頭看了這些人一眼，縱身一躍，身體便在河風中飛起來，他感到沉重的肉身變得輕盈了，那浪花飛濺的河水帶著久違的清新之氣撲面而來。

等那些人明白過來，多吉已經縱身跳下了懸崖，消失在河水中了。他們一齊對著河水開槍，密集的槍聲過後，河水依然什麼事情都沒有發生一樣，翻湧著雪白的浪花。

多吉在河裡消失了。

有人抬手看了看表，時間是上午十點半。

這也是機村大火燃起來的第一天。

五

這一天，還發生了一件奇怪的，讓索波和央金這批年輕人非常氣憤的事情也值得一說。

大隊長格桑旺堆病了。他發病時正是做飯前禱告的時候。

飯前禱告是一件很古老的習慣。

因此禱告也是一個很古老的詞，只是在這個新時代裡，這個古老的詞裡裝上了全新的意思。這時禱告的意思，已經不是感謝上天與佛祖的庇佑了。本來，村裡每一家火塘上首，都有一個神龕，裡面通常供有一尊佛像，一兩本寫著日常祈禱詞的經書，有時還會擺著些需要神力加持的草藥。當然，那都是好些年前的事情了。這些神龕都空了好些年了。但人們過了太久有神靈的日子，上頭發動大家破除封建迷信時，很多人只是搬掉了龕裡的菩薩，但龕還留在那裡。這就像什麼力量把你心裡的東西拿掉了，並不能把裝過這些東西的心也拿掉一樣。人們看著這龕就像看著自己空落落的心一樣，所以，總是盼著有什麼東西來把這空著的地方填上。

人們這一等，就是好些年。

文化大革命開始不久，空了許多的神龕便有了新的內容與形式。

神龕兩邊是寫在紅紙上的祝頌詞。左邊：偉大領袖萬壽無疆；右邊：林副統帥身體健康。中間，是一尊石膏塑成的毛主席像。上面還抽人去公社集訓，學回來一套新的祈禱儀式。

儀式開始時，家庭成員分列在火塘兩邊，手裡搖晃著毛主席的小紅書。程式第一項，唱歌：「敬愛的毛主席，敬愛的毛主席，你是我們心中的紅太陽。」一等等，等等。程式第二項，誦讀小紅書，機村人大多不識字，但年輕人記性好，便把背得的段子領著全家人念：「革命不是請客吃飯。」老年人不會漢話，只好舌頭僵硬嗚嚕嗚嚕跟著念：「革、命，不是……吃飯！」

或者：「革命……是……請客……」

程式第三項，齊誦神龕對聯上的話，還是年輕人領：「敬祝偉大領袖毛主席萬壽無疆！」

搖動小紅書，合：「萬壽無疆！萬壽無疆！」

領：「敬祝林副主席身體健康！」

搖動小紅書，合：「永遠健康！永遠健康！」

最後，小紅書放回神龕上，喝稀湯的噓噓聲，筷子叩啄碗邊的叮叮聲便響成一片。

大隊長格桑旺堆就在這時犯病了。先是面孔扭曲，接著手，腳抽搐，然後，他蜷曲著身子倒在地上，翻著白眼，牙齒得得作響。

在機村人的經驗中，這是典型的中邪的症狀。赤腳醫生玉珍給他吃了兩顆白色的藥片，但他還是抽搐不已。玉珍又給他吃了一顆黃色的藥片，還是沒有效果。新方法沒有效果，就只能允許老方法出場了。這就像沒有新辦法解決牧場荒蕪的問題，只好讓巫師出來呼神喚風，用老辦法燒荒。

老辦法其實也是改良主義的。

格桑旺堆被扶坐起來，主席小紅書當經書放上頭頂，柏樹枝的熏煙中，又投入了沒藥、藏紅花和醒腦的鼻菸末，然後，從紅經書上撕下帶字的一頁，燒成灰調了酒，灌進了病人的嘴巴。格桑旺堆猛烈地打了幾個噴嚏，身體慢慢鬆弛下來，停止了抽搐。

這是暫時的緩解之計，根本之道還是要送到公社衛生院去打針吃藥。馬牽來了，但筋疲力盡的大隊長根本坐不穩當。月光涼沁沁地從天上流瀉下來。格桑旺堆軟軟地像一只空口袋一樣，從馬背上倒下來。

清淺溪水一樣的月光瀉了滿地，他就躺在這涼沁沁地月光裡，嘴裡嗚嚕嗚嚕地，一半是呻吟，一半是哭訴：「哎喲，我要死了，我要死了！」

格桑旺堆是一個好人，也是一個軟弱的人。他是一個好人，所以機村人才擁護他當機村的領頭人。他是一個軟弱的人，所以，一點點病痛會讓他裝出十分的痛苦模樣，更不要說現在本已病到八九分的時候了。只要有力氣，他就會一點都不惜力地大聲呻吟，把自己的痛苦告知世人。眼下，大家倒真擔心他這麼叫喚會用盡了對付病痛的力氣。於是，他的妻子俯下身子，親吻他的手，他的女兒也俯下她的身子，親吻他的額頭。這個人很不男子漢的地方就是痛苦的時候就需要這樣的安撫。

他終於安靜下來了，臉色蒼白，眼神無助而絕望。

他用耳語般的聲音說：「痛。」

他說痛不是感覺，而像是說一個名字，「痛，它在走，這裡這裡，這裡，這裡。」他的手指著自己一個又一個關節，一會兒腳踝，一會兒是脖子，再一下，又到了手腕。好像那痛是一隻活蹦亂跳的精靈。

猛一下，他握住了自己左手的一根手指：「這裡！」

然後，如釋重負地長吐一口氣，「我捉住它了！」

有人忍俊不住，低低地笑出聲來。

人們把他扶上了擔架，抬起來，往河口敞開的方向，公社所在地去了。

送行的人們走到村口，還看到他抬起身子，向著村民們揮了揮手。

擔架慢慢走遠，消失在遠處霧氣一樣迷茫的月光中了。這時，人們又注意到了幾乎已經忘記的那片不祥的連天黑雲。現在，那片黑雲還停在那裡。黑雲的上端，被月光鑲上了一道銀灰的亮邊，而在黑雲的底部，是一片緋紅的光芒。

傳說中說，對於不祥之物，最好的辦法就是裝作不知道它，看不見它。那片黑雲也是一樣，這麼久沒人看它，它就還是下午最後看它時那副樣子。現在，這麼多人站在村口，抬眼看它了，那片紅光便閃閃爍爍，最後抽風一樣猛閃一下，人們便真真切切地看到，大片旗幟般招展歡舞的火焰升上了天空，把那團巨大的黑雲全部照亮了。

那片紅光使如水月色立即失去了光華，落在腳前，像一層稀薄的灰燼。

人群裡發出一陣驚呼。

然後，人們聽到了一陣奇怪的聲音。不是自己驚呼的回聲，而是驢的叫聲。是多吉那頭離開主人很久的驢。牠站在村口一堵殘牆上，樣子不像一頭驢，而像是一頭孤憤的狼，伸長了脖子，長聲叫喚。

這個夜晚有如不真實的夢境。

在這似真似幻的夢境中，那頭驢躍下牆頭，往河口方向跑去了。不久，驢就趕過了擔架。人們在牠背後大聲呼喊，叫牠停下，叫牠和同村的人們一起趕路，但牠立著雙耳，一點也不聽這些熟悉的聲音親切而又焦灼的招呼，一溜煙闖入到前面灰濛濛的夜色裡去了。

人們都很納悶，這頭驢牠這麼急慌慌地要到哪裡去呢？要知道，眼下這個地方，已經出了機村的邊界，機村的大多數人都很少走出過這個邊界，更不要說機村的牲畜了。這頭驢為什麼非要在深更半夜闖到陌生的地界裡去呢？這事情，誰都想不明白。

但現在不是從前，隨時都有讓人想不明白的事情發生。所以，眼下這件事情雖然有些怪誕離奇，但人們也不會再去深究了。

但擔架上的那個病人卻有這樣的興趣：「什麼跑過去了？是一頭鹿嗎？我聽起來像鹿在跑。」格桑旺堆是村裡數一數二的好獵手，拿著獵槍一走進樹林，他就成了一個機警敏捷而又勇敢的傢伙，與他平時在人群中的表現判若兩人。

「是多吉的驢！」

「多吉的驢？」

「是多吉的驢。」

病人從擔架上費力地支起身子，但那驢已經跑到無影無蹤了。病人又躺下去，沉默半晌，突然又從擔架上坐起身來，說：「肯定是多吉從牢房裡放出來了！」

「不是說他再也回不來了嗎？」

格桑旺堆說：「我們不知道，但這好畜牲知道，牠知道主人從牢裡出來了！」他還想再說什麼。但那陣陣抽搐又襲來了。他痛苦呻吟的時候，嘴裡發出羊一樣的叫喚。機村人相信，一個好獵手，命債太重，犯病時口中總要叫出那些野物的聲音，眼下這羊叫一樣的聲音，就是獐子的聲音，是盤羊的聲音，是鹿，是麂，是差不多一切草食的偶蹄類的野物的垂死的聲音。一個獵人一旦在病痛中叫出這樣的聲音，就說明死神已經降臨了。

病人自己也害怕了：「我要死了嗎？」

人們沒法回答這樣的問題，他們只是把擔架停下來，往格桑旺堆嘴裡塞上一根木棍，這樣，他再抽搐，就不會咬傷自己的舌頭了。

擔架再上肩時，行進的速度明顯加快了。病人的抽搐一陣接著一陣，突然他大叫一聲：「停下！」

擔架再次停下。

「放下！」

擔架慢慢落在地上。剛才還抽搐不已，彷彿已經踏進死亡門檻的病人哆嗦著站了起來：「我看見多吉了！」

他的手指向公路的下方。

格桑旺堆的手指向對岸：「那裡！」

那裡是一片草地。草地上除了幾叢雜灌黑黑的影子什麼都沒有。草地邊緣，是櫟樹與白樺混生的樹林。側耳傾聽，那些樹木的枝幹中間，有細密而隱約的聲響，畢竟是春天了，只要吸到一點點水分，感到一點點溫暖，這些樹木就會拔枝長葉，這些聲響正是森林悄然生長的交響。

多吉不在那裡。

但病人堅持說，他剛才確實看見了，多吉和他的驢，就在那片草地的中間。然後，只有在狩獵時才勇敢堅強的病人自己躺在擔架上，像一個娘們一樣哭泣起來：「我看見的是鬼魂嗎？多吉，我看見的是你的鬼魂嗎？我也要死了，你等著我，我們一起去投生，一起找一個好地方投生去吧！」

「多吉兄弟，我對不起你，機村也對不起你，你卻現身讓我看見，是告訴我不記恨我是嗎？」

「多吉，我的好兄弟啊！你可要等著我啊！」

喊完這一句，他就暈過去了。

這時，東方那片天空中閃閃爍爍的紅光又爆發了一次，大片的紅焰漫捲著，升上天頂。人們的臉被遠處的火光照亮，而地上，仍是失去光澤後彷彿一切都被焚燒，只剩下灰燼般的月色傾灑在萬物之上。

六

第二天，格桑旺堆才在公社衛生院的病床上醒過來。

他睜開眼睛，腦子裡空空如也。

只看見頭頂上倒掛著的玻璃瓶裡的藥水，從一根管子裡點點滴下，流進了自己的身體。這可是比巫術更不可思議的法子。流進身體的藥水清冽而冰涼，他想，是這冰涼讓他清醒過來。

他知道自己再一次活過來了。他讓自己發出了聲音，這一次，是人的嘆息，而不是野物的叫聲。看護他的人是他的侄子，招到公社來做護林員已經兩年多了。他父親給他的名字是羅吾江村，文化大革命一開始，很多漢人開始更改自己的名字，他也把名字改成了漢人的名字：羅衛東。

羅衛東俯下身子問他：「叔叔你醒了？」

格桑旺堆笑了：「我沒有醒嗎？」他還伸了伸不插膠管的那隻胳膊，感到突然消失的力量正在回到自己的身體。

「我是說你肯定是真正清醒了嗎？」侄子的表情有些憂心忡忡。

格桑旺堆想，可憐的侄子為自己操心了：「好侄子，放心吧，我好了。」

侄子的表情變得莊重嚴肅了：「聽說，你看見多吉了？」

「我看見了，可他們都說沒有看見！你有他的消息嗎？」

「叔叔，領導吩咐了，等你一清醒，他們就要找你問話。」

「是老魏嗎？不問話他也會來看我。」

侄子看他一眼，什麼也沒說，轉身出去了。又走回來，興奮地說：「我進專案組了！」

「什麼？」

羅衛東什麼也沒有說。

格桑旺堆當然不曉得，老魏已經被打倒了。羅衛東出去搬來兩把椅子擺上，然後，兩個一臉嚴肅的公安就進來了。兩個人坐下來，一個人打開本子，擰開筆帽，說：「可以了。」

另一個便架起了二郎腿：「你叫什麼名字？」

「我是機村大隊的大隊……」

「問你叫什麼名字！」

「格桑旺堆。」共產黨的工作幹部，對他這樣的人，從來都是客客氣氣的，但這兩個人卻不是這樣，想必是他們不曉得自己的身分，「我是機村大隊……」

「這個我們知道！問你什麼回答什麼！」

「你生的什麼病？」

「中邪。」

「胡說，是癲癇！你不是大隊長，不是共產黨員嗎？怎麼相信封建迷信？」

「我……」

「昨天，你碰到什麼事情了嗎？」

「昨天？對了，昨天，肯定有什麼地方的森林著火了，機村都能看見火光，還有很大的煙。」

「還有呢？」

「還有就是我中……，不對不對，我生你們說的那個病了。」

「癲癇！還有呢？」

「還有，還有，沒有了。」

「有！」

「我不敢說？」

公安臉上立即顯出了捕獲到重大成果的喜悅，那個人他俯下身子，語調也變得親切柔和：「說吧，沒關係，說出來。」

一直悶不語的羅衛東也面露喜色：「你說吧，叔叔。」

格桑旺堆伸伸脖子，嚥下了一大口唾沫：「你們又要批評我，說我信封建迷信。我不該信封建迷信。」

「說吧，這次不批評。」

「我看見了一個遊魂。」

「誰的遊魂。」

「巫師多吉。」

「為什麼你說是遊魂？」

「他一晃眼就不在了，而且只有我這個病人看見。病人的陽氣不旺，所以看得見，他們年輕人身體好，陽氣旺，所以就看不見。」

「真的是多吉？」

「是我們村的多吉。請你告訴我，公安同志，你們是不是把他槍斃了？」

公安沒有回答他的話，而是叫護士拔掉了輸液管，說：「只好委屈你一下，跟我們到你看見他的地方走一趟！說說情況，回來再治病吧。我們保證把你的病治好。」

「可是他的病？」進了逃犯緝捕專案組的侄子還有些擔心叔叔的身體。

「走資派都能推翻，這點小病治不好？」

格桑旺堆差不多從床上一躍而起：「走，我跟你們去！」

兩個嚴肅的公安都忍不住笑了起來。

吉普車順著昨天晚上的來路搖搖晃晃地開去了。格桑旺堆一想起多吉，又變得憂心忡忡了：「同志，多吉是不是死了？」

對方沒有回答。

他又問：「你們把他，斃了？」

「你說呢？」

「他有罪，搞封建迷信，但他搞封建迷信是為集體好。」

這個公安是一個容易上火的人，這不，一句話不對，他的火騰一下就上來了：「你這是什麼話！你還像一個共產黨員嗎？替縱火犯說話！告訴你，他跑了。要是真把他斃了，他還能跑嗎？才判了他六年，他還跑，這樣的人不該槍斃嗎？」

被訓得這麼厲害，格桑旺堆一點都沒有生氣，他倚靠在軟軟的座椅上，長出了一口氣，說：「該殺，該殺。」

他使了一個小小的計謀，喊停車的地方，並不是在昨晚看到多吉那個地方。但跟昨晚那地方非常相似，也是一塊草地，一面臨近奔流的溪水，三面環繞著高大挺拔的櫟樹與樺樹的混生林地。

吉普車轟鳴著，闖過清淺溪流，開上了那片林間草地。

一回到山野，格桑旺堆身上便充滿了活力。他眼前又出現了多吉和他忠誠的毛驢站在草地中央，站在月光下的情景。原來，那不是鬼魂，他從監獄裡逃回機村來了。他站在草地中央，跺跺腳，十分肯定地說：「我看見他就站在這裡！」

但是，這鬆軟的草地上，除了倒伏下去的去年枯草，和從枯草下冒出頭的今年的青草芽，沒有任何人踐踏過的痕跡。

兩個公安四周轉了圍，沒有看到任何可疑的形跡。

格桑旺堆看著他們困惑不解的眼光，用腳使勁跺跺草地，草地隨之陷下去一點。但當他抬起腳來，草地就慢慢反彈回來，恢復成原來的樣子。

公安自己也用力跺了跺，草地照樣陷下去，又反彈回來。

他們又坐上吉普車，車子朝著來路開去。這時，迎面便是那片巨大深厚的黑雲聳立在面前的天幕上。格桑旺堆說：「這麼大的煙，該要多大的火啊！」

專案組的人都不說話。

「要燒燃了真正的森林才會有這麼大的火。」

他們還是不說話。

格桑旺堆也想住嘴，但就是管不住自己的嘴巴：「我們燒荒也會有好大的煙，但風一吹，就什麼都沒有了。」他其實想說，多吉沒死，我太高興了，多吉悄悄回來了，讓我看見，我太高興了。

但他只是說：「我們燒荒都是冬天剛到的時候，這個季節，把一片片森林隔開的冰雪化了，燒起來就止不住了。所以，我們只在冬天燒荒。」

「你的話也太多了。國家的森林燒了你很高興嗎？」

這句話把格桑旺堆問住了，他慚愧地低下頭。只要燒的是森林，不管它是不是國家的，他都不會高興。森林一燒，百獸與眾禽都失了家園，歡舞的火神用它寬大的火焰大氅輕輕一捲，一個興旺的村莊就會消失不見，大火過後，泉眼會乾涸，大風會沒遮沒攔，使所有的日子塵沙蔽天。

「有沒有人去撲滅那大火。」格桑旺堆還想起來，離開公社的時候，看到很多人聚集在小學校的操場上開會，聽人在高音喇叭裡講話，於是他又問，「那麼開會的人，他們沒有看到大火燃起來了嗎？」

「那是國家的事情，國家的事情要你來操心？」

「你們呢？你們也沒有看見？」

「我們的任務是抓那個逃犯。」他們的臉又沉了下來。

格桑旺堆不想再說什麼了。多吉不就是放了一把只有好處沒有壞處的火嗎？他們都這樣不依不饒，為什麼對正熊熊燃燒的大火卻視而不見？

他打了一個冷顫，好像看到令人不寒而慄的結局清清楚楚地擺在了他的面前。他好像看到了機村遭受覆滅的命運。無論如何他也不肯隨車回去治病了。他要回到村裡，做好迎接大火的準備。他是這個村的大隊長，如果這個劫難一定要來的話，那他就要和全村的人共渡難關。

公安把車停下，說：「這會兒看你，又像個有覺悟的共產黨員了。」

強勁的風從東邊的河口吹來，風中帶著濃重的煙火味道。黑色的雲頭再次高漲。早先黯淡下去的紅光，這時又抽動著，升上了天邊。格桑旺堆說：「天哪，災禍降臨了。」

說遠，轉身便往回機村的路上去了。

他不想回頭，但不回頭也知道，背後，黑煙要遮蔽天空，火焰在獰笑著升騰，現在，連周圍的空氣都在為遠處火焰的升騰與抽動在輕輕顫抖了。

他猛走一陣，畢竟是剛剛走下病床，那股氣一過去，他的腿又軟了下來。這個人，一有病苦，就自怨自艾。這不，他剛一想到雙腿發軟是因為剛剛離開病床，便嘆息一聲，一屁股跌坐在地上了。

後來，他想這是天意。

溪流對面，正是昨天夜裡多吉與他的驢出現的那片草地。一個好獵人，熟悉山野裡每一個地方。山野裡有很多相像的草地，只有這一塊，靠著溪流有一眼溫泉。因為溫泉常常淹在溪水下面，很少有人知道。但林子裡的鹿都知道這個地方，牠們受了傷，就會來到這裡，牠們知道溫泉裡的硫磺會殺死細菌，治好傷口。

格桑旺堆笑了，看來，多吉這個傢伙也知道這個地方。那麼，他也受傷了，不然，他從監獄裡逃出來，幹麼不先回村裡，卻到了這個地方？想到多吉一個人回到自己的村子，只有一頭驢跑去接他，格桑旺堆的淚水就流下來了。

他大喊了一聲：「多吉！」

對面的山岩響起了回聲。

他又站起身來用更大的聲音，大喊了一聲：「多吉。」

那片草地依然空蕩蕩的，沒有多吉，也沒有他那頭忠誠的毛驢出現。

現在，他的雙腿又有了力量，他站起身來，又喊了一聲：「多吉，機村讓你遭難了！」

喊完這一嗓子，他就轉身急急地往機村去了。他痛痛快快地流著眼淚，痛痛快快地念叨：「多吉，我該在這裡等你，但你看到了，機村要遭大災了，我得回去了，我得和鄉親們在一起，機村只好對不起你了！我昨天晚上看到你，以為你死了，以為是你的遊魂回來了，但你沒有死，你是好樣的，你一定要活下去啊！」

多吉確實沒有死，他就躺在林子裡一個山洞裡。

他跳入湍急的河水後，就什麼都不知道了。恢復知覺時，發現自己躺在一個寬廣的沙灘上。他跳下去的那個地方，河水很深，才沒有傷了性命。但隨著河水一路沖下去，身上撞出了許多傷口。他忍著痛苦，在鋒利的岩石上弄斷了繩子，這才發現，一隻手臂斷了。解開繩子時發出椎心的痛楚。但是，除非死去，他就得忍住。

他忍住了，所以，他活下來。感謝這河水。他站起身來，發現河水居然把他沖到了跟機村流出的溪流交匯點上。他掙扎著順著溪流往村子方向走。路上，公安的車拉著警報來去好幾次。但他在樹林裡，十分安全。因為林子太大了，所以，這些人他們只能在窄窄的一條公路上來來去去。以這樣的方式，他們永遠都不可能找到他。

當他躺在林子中間鬆軟的落葉上休息的時候，看見了天空中升起滾滾的濃煙。他想，難道縣城裡那些翻捲不已，火焰一樣熾烈的旗幟像真的烈火一樣冒出濃煙了嗎？

風帶著嗆人的煙火味吹過來，樹林搖晃起來。樹林的搖晃都帶著深深的不安。這氣味讓他確切地知道，是什麼地方的森林失火了。

他甚至為自己頗帶幽默感的聯想感到自責了。那些人吃飽了飯，不幹正事，要中了邪魔一樣去搖晃那些旗幟，那是他們自己的事情。這些森林，已經在這片土地上存在了千年萬年，失去這些森林，群山中眾多的村莊就失去了依憑。好在這天太陽很好，身上的衣服很快就乾了。但他的身子依然沒有停止顫抖。這是因為冷，更因為餓的緣故。但他沒有吃的東西。他用鋒利的石片在樺樹上砍出一道口子，含糖的樹汁就慢慢滲了出來。每年春天，大地一解凍，樹木就拚命地從地下吸取水分與營養，然後才能展葉開花並結出種子。在這眾多的樹木中，唯有樺樹的汁水富含糖分。但是，今年天旱，樹幹裡的汁液也沒有平常的年份那麼豐富。但這沒有什麼關係，他只要多在兩三棵樹上弄出些口子來就可以了。

喝飽了樺樹汁，身子暖和過來，他又弄下一圈堅韌的柳樹皮，把自己的斷臂包裹起來。然後，在陽光下迷迷糊糊地睡了一覺。太陽落山後，他就往村子的方向前進了。天黑下來，他乾脆走到了大路上。

剛開始走動，傷口扯得十分疼痛。但他必須趁夜走回村子裡去，趁夜去取回一些必須的東西。快走不動時，他想，要是毛驢在身邊該有多好啊。就這樣一想，前面就傳來了毛驢得得的蹄聲。他覺得可能是自己意識不清了。經過了這麼些亂七八糟難於理喻的事情，一個人沒有瘋掉，已經非常不錯，聽到點稀奇古怪的聲音又有什麼值得奇怪的呢？

和格桑旺堆相反，多吉是一個樂觀主義者。

但這世事十分奇怪，上面那些人，相信自己無所不能，所以應該喜歡他這樣的樂觀主義者，但是，他們偏不。他們把未來看得十分美好，而把當下看得萬分險惡，所以，他們喜歡那些喜歡怨天尤人的傢伙。

蹄聲得得地由遠而近，最後，毛驢真的站在了他的面前！

多吉感動得像一個老太婆一樣絮叨著：「是你嗎，真是你來接我了嗎，我的好孩子，我的好朋友。」

毛驢掀動著鼻翼，噴出溫暖的氣息，嗅他的臉，嗅他的手，嗅他的腳。他把手插在毛驢腦門上那一撮鬃毛裡，感到了牠腦門下面突突跳動的血管。然後，他跨上了驢背。不用說話，毛驢就轉過身子，往村子的方向去了。他稍稍安下了心，人立即就昏昏沉沉了。

毛驢停下腳步的時候，他清醒過來，聽到了由遠及近的腳步聲。剛剛避到對岸的草地上，還沒有進入樹林，那些人就到了。稀薄的月光下，憑著朦朧的身影，他就看出了是自己村裡的鄉親。他聽見了格桑旺堆虛弱的聲音。擔架停下來時，他和毛驢循入了樹林。

他嗅到了溫泉上硫磺的味道。這真是治傷的好地方。但他現在不能停留。他催著毛驢，回到沉睡的村子，摸回自己家裡，取了一件皮襖，一些吃食，草藥和刀具。然後，回到那片草地。他囑咐毛驢白天要在林中，不能在草地上現身，然後，自己先在溫泉裡洗淨了傷口，回到山洞，燃了一小堆火，吃了東西，就沉沉地睡去了。

聽見叫喊聲醒來的時候，他一下握緊了手中的刀子。

要是有人要抓他回去，像昨天一樣折騰自己，那他一定要拚個你死我活。他很快就聽清楚了，那是格桑旺堆在叫他。但他沒有出來回答。然後，他動都沒動一下，不知為什麼，他相信，這個人和別的村幹部不大一樣，不會跑來加害於他。

他並不知道，格桑旺堆把公安引到一個錯誤的方向上，暗中保護了他。

他只是翻了一個身，又沉沉地睡過去了。

七

第三天，遠處的大火已經燒得更厲害了。

大火起來的時候，必有大風跟著起來，與火場還隔著好幾座山頭的機村也感到風愈來愈大。風還吹來了樹木與草被燒焦的碎屑。這些黑色的，帶著焦糊味的碎屑先還是稀稀拉拉的，到下午的時候，就像雪片一樣，從天空中降落下來了。

這些碎屑有一個俗名：火老鴰。

火老鴰飛在天上，滿天都是不祥的烏黑，逼得人不能順暢的呼吸。火老鴰還有一個厲害之處。這些被風漫捲上天空的餘燼中，總有未燃盡的火星，這些火星大多都在隨風飛舞的過程中慢慢燃盡，然後熄滅。但總有未燃盡的火星會找到機會落入乾燥的樹林，總會有落入樹林的火星恰好落在易燃的枯葉與苔蘚上，也總會有合適的風吹起，煽動火星把枯葉與苔蘚引燃。

所以，在當地老百姓的經驗中，當一場森林大火攪動空氣，引起了大風，大風又把火老鴰吹向四面八方時，這場森林大火就已經失控了。接下來，要燒掉多少森林，多少村莊，那就只能聽天由命，由著大火自己的性子了。

機村和許多群山環抱的村莊一樣，非常容易被火老鴰引燃。

乾冷的風吹了一個冬天，村莊的空氣裡已經聞不到一點點水的滋潤味道，接踵而來的這個春天，也沒有帶來滋潤的空氣與雨水。灼人的陽光直射在屋頂的木瓦上，好像馬上就要冒出青煙了，這時，要是有一點未熄的火星濺落其上，馬上就會騰起歡快的火苗。更不要說，村子中央的幾株巨大的柏樹和杉樹枝杈上，還掛著許多風乾的青草。這個冬天雪下得少，牛羊天天都可以上山，所以，剩下許多的飼草。那正是四處飛舞的火老鴰非常喜歡的落腳之地。

格桑旺堆趕回村子，看到果然沒有人採取任何防範措施。

孩子們聚在村口，看遠處天際不斷騰起的火焰。

而大人們都聚集在村子中央的廣場上開會。

現在，機村人遇到什麼事情，沒有工作組也會自己聚起來開會了。格桑旺堆想，這麼大的危險逼近的時候，大家開開會，商量商量也是應該的。但他沒有想到，大會根本沒有討論他以為會討論的內容。

民兵排長索波見大隊長回來了，才不情願地從權充講台的木頭墩子上下來：「大隊長你來講吧，公社來了電話，兩個內容：第一，多吉這個反革命縱火犯脫逃了，全村的任何一個人，只要發現他回來，立即向上面報告！第二，」索波把手指向正從河口那邊燃過來的大火，「大家都看見了，國家的森林正在遭受損失，上面命令我們立即組織一支救火隊，趕到公社集中，奔赴火場！」

有人看不慣這個野心勃勃的傢伙：「你不是讓大隊長講嗎？自己怎麼還不住口呢？」

「多吉是為了機村犯的事，我們怎麼可以把他又交給公安！」

這些話，索波根本就充耳不聞。他說：「大隊長，撲火隊由我帶隊，機村的年輕人都去，多吉就交給你了，一定不能讓他跑掉！」

格桑旺堆皺了皺眉頭，臉上卻不是平常大家所熟悉的那種憂心忡忡的表情。他伸手在空中抓了一把，真的就撲到一隻火老鴰。他把手掌攤開在索波面前，那是一小片樹葉的灰燼，然後，他提高了嗓門：「鄉親們，這個，才是眼下我們最要操心的！」

下面立即有很多人附和。

「現在，男人們立即上房，把所有的木瓦揭掉，女人們，把村子裡所有的乾草都運出村外！樹下的草，還有羊圈豬圈裡的乾草，都要起出來，運出村外！」

人們聞聲而動，但索波卻大聲喊道：「民兵一個都不准走！」

好些年輕人站住了，臉上的表情卻是左右為難。

索波又喊：「央金，你們這些共青團員不聽上級的指揮嗎？」

索波的父親上來，搧了他一個耳光，人群裡有人叫好，但他的第二個耳光下來的時候，老人的手被他兒子緊緊攥住了。索波一字一頓地說：「你這個落後分子，再打，我叫民兵把你綁起來！」

他父親被驚呆了，當他兒子去集合自己隊伍的時候，還抖索著嘴唇說不出話來。他知道，自己在這個村子裡，不會再有做一個男人的臉面了。

民兵隊伍，還有共青團的隊伍集合起來，但老人們一叫，又有些年輕人脫離了隊伍。

索波語含威脅：「你們落後了，墮落了！」

他又衝到格桑旺堆面前：「你要犯大錯誤了！」

格桑旺堆也梗著脖子喊：「你就不怕大火燒到這裡來嗎？」

索波冷笑：「火在大河對岸燒！你見過會蹚過大河的火嗎？誰見過火蹚過大河？」

格桑旺堆有些理屈，又現出平常那種老好人相。

張洛桑卻接口說：「我見過。」

「你這個懶漢，我問你了嗎？」機村有兩個單身男人，一個是巫師多吉，一個是張洛桑。巫師是因為他的職業，而張洛桑是因為，懶。一個人吃飯，不用天天下地勞動。

張洛桑淡淡一笑，懶洋洋地說：「你又沒有說懶人不准答你的話。」

索波惹得起大隊長，卻惹不起這樣的人。

還是激動得臉孔發紅，髮際沁汗的胖姑娘央金過來喊：「排長，隊伍集合好了！」

索波趁機下台，帶著他的隊伍往村外去了。走到村外的公路上，他們唱起了歌，歌聲卻零零落落。但他們還是零零落落地唱著歌，奔燒得愈來愈烈的火場去了。

格桑旺堆看著年輕人遠去，尋常那種猶疑不決的神情又回到臉上。

張洛桑走上前來，說：「老夥計，幹得對，幹得好！」

「那大家快點幹吧！」

機村的中央，小樹不算，撐開巨大樹冠，能夠遮風擋雨的大樹共有五棵。兩棵古柏，三棵雲杉。幾棵大樹下乾燥的空地上，就成了村子裡堆放乾草的地方。婦女們撲向這些乾草堆的時候，繞樹盤旋的紅嘴鴉群聒噪不已。遠處的火勢愈來愈烈，還隔著幾道山梁呢，騰騰的火焰就使這裡的空氣也抽動起來，讓人覺得有些喘不過氣來。婦女們抱著成綑的乾草往麥苗長得奄奄一息的莊稼地裡奔跑，那些受到驚嚇的紅嘴鴉群就跟隨著飛過去，女人們奔回樹下，鴉群又哇哇地叫著跟著飛回來。

男人們都上了房，木瓦被一片片揭開，乾透了的木瓦輕飄飄地飛舞而下。露出了下面平整的泥頂。機村這些寨子用木瓦蓋出一個傾斜的頂，完全是為了美觀，下面平整的泥頂才具有屋頂所需的防水防寒的功能。人們還在房子的泥頂上灑了很多水，擺上裝滿水的瓷盆、木桶和泥甕。

忙完這一切，格桑旺堆直起腰，臉上露出了滿意的笑容。這時，黃昏已經降臨了。但這個黃昏，藍色的暮靄並沒有如期而至。那淡藍的暮色，是淡淡炊煙，是心事一般彌望無際的山嵐。這個黃昏，人們浮動在暮夜之中的臉和遠處的雪山都被火光映得彤紅。平常早該憩息在村中大樹上的紅嘴鴉群一直在天空聒噪，盤旋。格桑旺堆吩咐每一戶都要在樓頂上安置一個守夜的人，如果發現飛舞的火老鴰讓什麼地方起火，就趕緊通告。

這天晚上，機村的每個人家，都把好多年不用的牛角號找出來了。

解放前，山裡常有劫匪來襲，報警的牛角號常常吹響。解放後，這東西已經十多年沒有用場了。人們把牛角號找出來，站在各自的房頂上嗚嗚哇哇試吹了一氣。

格桑旺堆站在廣場中央，剛當上村幹部時的自豪感又回來了。這感覺使他激動得雙手都有些微微發顫。可惜，那種自豪感在他身上只存在了最初三五年，接下來，他就不行了，老是跟不上形勢的發展。形勢，形勢。他現在都怕聽到這個字眼了。讓人想不明白的是，地裡的莊稼還是那樣播種，四季還是那樣冬去春來，人還是那樣生老病死，為什麼會有一個看不見摸不著的形勢像一個脾氣急躁的人心急火燎地往前趕。你跟不上形勢了，你跟不上形勢了！這個總是急急趕路的形勢把所有人都弄得疲憊不堪。形勢讓人的老經驗都不管用了。

老經驗說，一畝地長不出一萬斤麥子，但形勢說可以。

老經驗說，牧場被雜灌荒蕪了，就要放火燒掉，但形勢說那是破壞。老經驗說，一輩輩人之間要尊卑有序，但形勢鼓勵年輕人無法無天，造反！造反！

但是，現在，格桑旺堆看著天際高張著呼呼抽動的火焰，看著剛攤開手掌，就飄落其上的火老鴰，那些森林被焚燒時，火焰與風噴吐到天空的黑色灰燼，非常滿意於自己採取的這一切措施。忙活了整整一天，格桑旺堆這才想起已經潛逃回來的多吉。多吉那所空了許久的房子靜悄悄趴在村邊。院子的柵欄門已經倒下了。地上隱隱有些開敗的蘋果花瓣。格桑旺堆一伸手，沉重的木門咿呀一聲應手而開。一方暗紅的光芒也跟著投射進來。

格桑旺堆差點要叫主人一聲，但馬上意識到主人不在家裡已經很久了，伸手在柱頭上摸到開關，電燈便亮了。

他輕輕在屋子裡走動，立即就看到了地上浮塵中那雙隱約的腳印。他在心裡得意地說：「老夥計，你不曉得我有一雙獵人的好眼睛？」

那串腳印上了樓，他笑笑，跟著上樓，看到火塘旁邊的一只櫃子被人打開過，鹽罐被挪動了位置，他還看到，牆上掛刀的地方，空出了一塊，這個人還拿走了床上的一塊熊皮，一套打火的工具。

格桑旺堆放下心來了，一個機村的男人，有了這些東西，在山林裡待多長時間都沒有問題。

他又回家拿了一大塊豬油，一口袋麥麵，還有一小壺酒，如果多吉真的有傷，這酒就有大用場了。山裡有的是七葉一枝蒿，挖一塊根起來，和酒擦了，什麼樣的跌打瘀傷，都可以慢慢化開。他拿著這些東西，往村外走去。走出一段，他又折了回來。

回頭的路上，被火光映紅的月亮升起來，他把手背在背後，在暗紅的月光下慢慢行走。在這本該清涼如水的夜晚，他的臉頰已經能感到那火光輻射的熱度了。他想，災難降臨了。他想，在這場災難中他要把機村保全下來。在這個夜晚，他像一個上面下來的幹部一樣，背著手莊重地走在回村的路上。

四周的一切，都是那麼不安。樹林裡的鳥不時驚飛起來，毫無目的在天空盤旋一陣，又落回到巢裡。一些動物不安地在林子裡跑出來，在暗紅的月光裡呆頭呆腦的看上一陣，又竄回到林子裡。連平常稱雄於山林，總是大搖大擺的動物，都了像亂了方寸。狼在月明之夜，總是久久蹲立在山梁上，對著空曠的群山歌唱般嗥叫。但今天晚上，狼卻像餓慌了的狗一樣，掀動著鼻梁，搖晃著尾巴，在空曠的大路上奔走。熊也很鬱悶，不斷用厚實的手掌拍打著胸腔。

溪流也發出了很大的聲音，因為大火使溫度升高，雪山上的融雪水下來，使溪水陡漲。大火愈燒愈大，一點也看不出來，開去打火的人，做了點什麼。火燒到這樣一種程度，恐怕人也很難做出什麼了。大火，又爬上了一道新的山梁。

格桑旺堆就在這時發下誓願：只要能保住機村，自己就是獻出生命也在所不辭。發完這個願，他的心就安定下來了。他還對自己笑了笑，說：「誰讓你是機村最大的幹部呢？」

他已經忘記，因為老是跟不上形勢，他這個大隊長的地位，正受著年輕人的巨大挑戰。再說，他要是死了，他們也就用不著跟一個死人挑戰了。

他還是放心不下多吉。回到村子，他敲開了江村貢布喇嘛家的門。

他兒子恩波起來開的門，格桑旺堆只是簡短地說：「請喇嘛下來說話。」

江村貢布下來了，格桑旺堆開門見山：「我要請你去幹一件事。」

「請講。」

「多吉回來了。」

江村貢布眼睛亮了一下，沒有說話。

「他是逃跑回來的，公安正在到處抓他。他恐怕受傷了，我要你去看看他。」

江村貢布說：「喇嘛看病是封建迷信，我不敢。」

格桑旺堆說：「你是怨恨我帶人鬥爭了你。」

江村貢布眼睛又亮了一亮，還是沒有說話。

「那你就怨恨我吧。但多吉一個人藏在山裡，我放心不下，我不敢叫赤腳醫生去，我信不過這些年輕人，只好來求你了。」然後，他自己笑了起來，「你看，我鬥你因為我是機村的大隊長，求你也是因為我是機村的大隊長。」

江村貢布轉身消失在黑暗的門洞裡，格桑旺堆等了一會兒，這位還俗的前喇嘛又下來了。他加了一件衣服，還戴了一頂三耳帽，肩上還多了一副小小的褡褳。

兩人默默地走到村口，江村貢布停下腳步，說：「該告訴我病人在哪裡了吧？」

格桑旺堆說：「答應我你什麼人都不告訴，連你家裡的人。」

江村貢布點點頭。

格桑旺堆把自己備下的東西也拿出來，交給江村貢布，告訴了他地方，並說：「去吧，要是有人發現，你就把責任推到我的頭上，正好洩洩你心裡對我的邪火。」

江村貢布鄭重地說：「你肯讓我做這樣的事，我已經不恨你了。」說完，轉過身就上路，他的身影很快就消失在夜色中了。

這天晚上，格桑旺堆睡得很沉。

快天亮的時候，他做了一個夢。在這個夢中，他有兩個角色。開初，他是獵人，端著獵槍，披著防水的粗牛毛毯，蹲在一個山口上，他在等待那頭熊的出現。他已經有好幾次夢到這頭熊了。因為，這是他獵人生涯中，唯一一頭從他槍口下逃生的熊，而且，這頭熊已經連續三次從他的槍口下逃脫了。現在，他在夢中，蹲伏在樹下，綁腿紮得緊繃繃的，使他更覺得這雙腿隨時可以幫他在需要的時一躍而起。接著，那頭熊出現了，這次，牠不躲不閃逕直走到他跟前，像人一樣站起來，鬱悶而煩燥地拍著胸膛說：「夥計，大火把空氣燒焦了，我喘不過氣來，你就給我一槍吧。」

格桑旺堆說：「那我不是便宜了你嗎？我想看著你被大火追得滿山跑。」

大熊就說：「那就火劫過後再見吧。」

格桑旺堆來不及回答，就在夢中變成了另外的一個角色。準確是說，是在夢中變回了他大隊長的身分。夢中的大隊長焦急萬分，因為他看到村裡那幫無法無天的年輕人身陷在火海當中了。索波，央金，還有好些村子裡的年輕人，他們臉上狂熱的表情被絕望和驚恐代替了。他們的周圍，是一些高大的樹木，火焰撲過來，那些樹從下往上，轟然一聲，就燃成了一枝枝燭天的火炬。焦急萬分的他要撲過去救他們。但是，一棵滿含松脂的樹像一枚炸彈一樣砰然一聲，炸開了。一團火球迎面滾來，把他拋到了天上。

他大叫一聲，醒了過來。先是聽到床墊下的乾草絮語一般索索作響，然後感到額頭上的冷汗正涔涔而下。他睜開眼睛，看到射進窗戶裡的陽光像是一面巨大的紅色旗幟在風中抖動！

八

一夜之間，大火就越過了大河，從東岸燒到了西岸！

大河從百多公里外的草原上奔流下來，本是東西流向的。到了機村附近，被大山逼著轉出了一個巨大的彎。河水先北上一段，再折而向南，又變回東西流向。

大火，就起在這個巨大的彎弓似的轉折上。

河的南岸就是那個半島，半島頂端森林茂密。半島的後半部靠近縣城。縣城周遭的群山經過森林工業局一萬多人十多年不休不止的砍伐，只剩下大片裸露的岩石，和泥石流在巨大的山體上犁出的寬大溝槽了。所以，大火起來的時候，忙於史無前例的偉大鬥爭的人們並沒有十分在意。反正有彎曲的大河畫出了疆界，那大火也燒不到哪兒去。燒過的樹林，將來砍伐，連清理場地的功夫都可以省去了。但是，森林畢竟是國家財產，誰又能不做做搶救的樣子？

這個時代，把人組織成整齊隊伍的效率總是很高。很快，一隊隊整齊的隊伍就唱著歌，或者乘車，或者步行，奔失火的地點去了。而且，這些隊伍還不斷高呼著口號。但沒有一句口號是有關保護森林的，那樣就沒有政治高度了。

提出的口號是：

「捍衛無產階級文化大革命！」

「捍衛無產階級司令部！」

但這上萬人的救火大軍並沒有開進森林，而是一卡車一卡車拉到森林沒有失火的大河這一邊，沿著公路一線展開，眺望對岸的大火，並且開會。

這場山火起因不明，一個乾旱的春天，任何一點閃失都可以使山林燃燒起來。

但所有的會議都預先定下調子：階級敵人破壞！人為放火！

所有會議都只有一個目的，把這個暗藏的階級敵人揪出來。據說，有三個人因為具有重大嫌疑被抓起來，押回縣裡，投進了監牢。一個，混在紅衛兵隊伍裡，卻沒有一個人認識他，他自己聲稱是從省城大學裡來的造反派，來這裡是為了傳授造反經驗，但沒有人相信他，而被斷定是空投下來的台灣特務。那些年頭，確實有降落傘，或者大氣球不時從天上落下，但是，除了一些傳單，收音機，甚至糖果隨之落下，從來沒有見過有人跟著掉下來。這些東西，也確實是從台灣升上天空，一路順風飛行，飛到這裡，風遇到高大的雪山，無力翻越，降下山谷，這些東西也就跟著降落下來了。

還有一個，好多人都知道是個瘋子。這個養路工人，老婆跟一個卡車司機私奔，他的腦子就出問題了。他是一個打過仗的轉業軍人。時時都有想幹一番驚天動地大事的想法。一部卡車翻了，他會聲稱，是他推到河裡去的。一段泥石流下來，掩沒了公路，他會聲稱，是他把山最後一點可以支撐這些累累泥石的筋脈挖斷，才導致這樣的結果。公路一阻斷，卡車堵到好幾公里長。他會對著這長蛇陣呵呵大笑。會還沒開，看到上千人聚集在平常沒有幾個人的道班來，帳篷把所有空地都占滿了。他又樂得哈哈大笑，宣稱是自己放了這把火。全道班的人都來證明他是一個瘋子，但沒有用，瘋子還是被一繩子綁了，讓幾個戴紅袖章的人押走了。

更沒有人想到，公社林業派出所的老魏也在這三名縱火嫌疑犯之列。這個指控是他手下造反的員警提出來的。他的縱火嫌疑是推論出來的。第一，他數次對機村的縱火犯多吉的罪行進行包庇與開脫，這是前科。而近因是他對無產階級文化大革命有嚴重牴觸情緒，對運動中失去了所長職務心懷不滿。

起初，老魏堅決不承認這個指控。但是，當他要被帶走時，他提出如果讓他留在火場，他就承認這個罪名。他說：「我懂得這些山林的脾氣，又常跟當地老百姓打交道，也許能對你們有什麼用處，來減輕我的罪過。」

這樣，他才在火場了留了下來。

這時，大火距離他們只有兩三座小小的山頭了。灼熱的氣流一股股迸射過來，所到之處，人掩面而走，闊葉樹上剛剛冒出的一點新芽立即就萎縮成一個烏焦的小黑點，參天的老松樹幹上凝結的松脂滋滋融化。看到這情景，留下來的老魏提出建議：「看見了吧，對面坡上，那些老松要趕緊派人砍掉！」

「故弄玄虛，山裡這麼多樹，為什麼只砍那些松樹？」

老魏指指身邊這些滋滋冒油的松樹：「就為這個。」他要來一把斧子，對準一個突起的樹瘤，狠狠地砍了下去。融化的松脂立即湧了出來。老魏說：「這樣的松脂包就是一個炸彈。」

但沒有人聽他的。

他又提出了下一個建議：「請你們把那個多吉找出來。」

「那個反革命畏罪自殺了！」

「我想他沒有死，只要給他平反，宣布無罪他就會從山林裡走出來！」

「讓他出來幹什麼？」

「雖然我們有這麼多人，只有他最知道山風的方向。」

「山風的方向？」

「就像毛主席指引運動的方向，火的方向是由山風指引的。」為了這句話，老魏挨了造反派兩個重重的耳光。

河對岸的大火轟轟烈烈。河這邊緊鑼密鼓地準備召開一個誓師大會。河邊排開了百來個新紮的木筏，只等誓師大會一完，人們就要乘著木筏衝過河去，迎戰大火。山坡上很快挖出了一個巨大的土台，土台前面豎起的柱子不為支撐什麼，而是為了張貼大紅標語。標語一左一右，十六個大字：「與天奮鬥，其樂無窮！與地奮鬥，其樂無窮！」

土台旁邊，幾輛並排的卡車頂上，高音喇叭播放著激昂的歌曲。這時，大火越過最後幾個小山頭，撲向了河岸邊的山坡。大火從小山背後起來之前，曾經小小地沉寂了一下，浪頭一般的聳動翻捲的火焰沉入到山谷裡看不見了，空氣被火焰抽動的聲音也好像消失了，灼人的熱度也降低了一些。但這種寂靜只維持了很短一段時間，然後，轟然一聲，火焰陡然從小山背後升了上來，高音喇叭裡的歌聲消失了，應和著火焰抽動的節奏發出刺耳的滋拉聲。火焰升上去，升上去，升上去，一直升到火焰的根子就快要離開樹梢了。火焰要是再這樣繼續上升，那就飄在天上成為霞光，慢慢消散了。人們都屏息靜氣，看著烈焰升騰上升，那毀滅的力量裡包含的宏大美感很容易跟這個動亂時代人們狂躁的內心取得共振。人們禁不住為那狂歡一般的升騰發出了歡呼！

上升的火焰把低地上的空氣都抽空了，缺氧的輕度窒息反而增加了肉體的快感。人們先是伸長脖子，然後踮起腳尖，也要一起往上，往上，在一種如癡如醉的氛圍中，臉上的表情如夢如幻。

但是，正像這個時代的許多場景一樣，這種歡騰不能永遠都是輕盈的飛升。火焰自身所帶的沉重品質就使它不能永遠向上，它就像一道排空的巨浪在升高到某個極限時崩潰了。一股氣流橫壓過來，滾燙，而且帶著沉沉的重量，把踮腳引頸的人群壓倒在地上了。

空氣更加劇烈地抽動，嚯嚯作響。

火焰的巨浪崩潰了！落在河岸邊大片依山而上的樹林上。那些樹不是一棵一棵依次燃起來了，而是好幾百棵巨大的樹冠同時燃成耀眼的火球。然後，才向森林的下部和四周瘋狂擴展！

大火燒得那麼歡勢，狹長谷地裡的空氣迅速被抽空，以至於大火本身也被自己窒息了。火焰猛然一下，小了下去，現出火舌舔噬之後的樹木。那些樹木的頂部都被燒得焦黑，樹木下部的枝葉，卻被烈焰灼烤出了更鮮明的青綠。大火小下去，小下去，好像馬上就要熄滅了。被熱浪擊倒在地的人們慢慢緩過氣來，但隨著新鮮空氣的流入，火焰又轟然一聲，從某一棵樹上猛然炸開，眨眼間，眾多樹木之上又升騰起一片明焰的火海！不要說樹林，就是空氣，也熱得像要馬上爆炸開來了！

人們都像被誰扼住了喉嚨一樣喘不過來了，再次被強大的氣浪壓倒在地上。

有人勇敢地站起來，要像戰爭電影裡那些英雄一樣振臂一呼，但那手最後卻沒有能舉向空中，而是捂向自己的胸膛倒在了地上。

人群順著公路，往峽谷兩頭潰散了。直到空氣不被大火吸走的地方才停下腳步。這時，大火已經從樹冠上端燒到河邊。大火又把自己窒息了一次。再燃起來的時候，已經沒有茂盛的樹冠供它瘋狂舞蹈了。於是，火龍從空中轉到了地面。一棵又一棵的千年老樹從下而上，燃成一枝枝巨大的火炬。大火的推進變慢了一些，顯得更從容不迫，更加勢在必得。一棵又一棵的樹自下而上燃燒，大部分的樹燒光了枝葉，就熄滅了。樹幹飽含松脂的松樹枝葉燒光後，巨大的樹幹卻燃燒得更加猛烈。

那些樹幹裡面還像埋藏著火藥一樣，劈劈啪啪地不斷有火球炸開。耀眼的火光每閃耀一次，都有熊熊燃燒著的木頭碎屑帶著哨聲四處飛舞。間或有一次猛烈的爆炸，便是火球本身飛射出來。松樹的爆炸愈來愈猛烈，有火球竟然飛越過了三、四十米寬的河面，引燃了河岸這邊的山林。

最初的幾個火點，被奮不顧身衝上去的人們撲滅了。但是，在那麼稀薄的空氣中，大多數人都躲在很遠的地方，真正的勇士都倒下了，像一條條離開了水一樣的魚張大了嘴，拚命地呼吸。

老魏也躺在這些人中間，在這次喘息和下次喘息之間念叨：「我提醒過的。我提醒過的。」

人們這才記起，眼下這局面，他確實是提醒過的。

好幾雙手同時伸出來搖晃著他：「現在該怎麼辦？」

他無奈地搖搖頭：「還能怎麼辦，不要管我，大家逃命吧。」

老魏被人架起來，大家一起逃到了安全的地方。

山谷裡沉寂了片刻，燃燒的老松再次猛烈爆炸，把一個巨大的，在飛行中一分為三的火球拋到了茂密的樹林中。本已燃到盡頭的大火又找到了新的空間，歡快地蔓延開來。

老魏被召到那台充當臨時指揮部的救護車上，本來問罪於他的領導現在需要他的意見了。

老魏是打過仗的老兵，他說：「滅火不能打近身肉搏戰。後撤吧。」

「後撤？那不是逃跑嗎？」

「不是逃跑，你們也看到了，這麼大的火人是近不了身的，後退，找合適的地形搞一個防禦帶，把大火的去路阻斷。」

「後退到哪裡？什麼樣的防禦帶？」問話者不再是氣焰逼人的審問式的口氣了。

躺在椅子上緩過氣來的老魏坐直了身子，說：「怪我說得不清楚，防禦帶的意思就是用人工把連綿的森林砍出一條空地，讓火燒不過來。我曉得你們的意思是這需要多少人，需要砍多少樹木，但只有這麼一個辦法，再說藉一點地勢，溪溝呀，湖水呀，山岩呀，草坪呀，耕地呀，這樣，可以少費很多功夫。」

「可是，一條大河都阻不住……」

「防火帶還要避開有這種松樹的地方。」說著，說著，老魏又支援不住了，重新躺在了長椅上。

「這條防火帶該在哪裡？」

「這要滿足兩個條件，一個有地形可以依靠，再一個，靠距離贏得時間。」

「你乾脆說個你認為合適的地方吧。」

「機村。」老魏又說，「還有，打防火帶，要請林業局的工程師指導。」

「這些反動權威都打倒了。」

老魏苦笑：「那就像我一樣，戴罪立功吧。」老魏還想進一步提出要求，「要是讓老書記也……」

「你想把所有被打倒的人都請回來，趁機復辟是吧？」

老魏只好閉嘴不說了。

醫生來給老魏服了藥，輸上液，就在車上參加了指揮部布署幾千人的撲火隊伍如何開往機村的會議。

黃昏時分，第一支隊伍開進了機村。

大火就在河的兩岸繼續猛烈燃燒。

九

大火越過了河流這道天然屏障後，就燒到了機村東南面巨大的山峰背後。離火更近的機村反而看不到高張的火焰了。大片的煙霧幾乎遮住了東南面的全部天空，穿過煙塵的陽光十分稀薄，曙光一樣的灰白中帶一點黯淡的血紅，大地上的萬物籠罩其中，有種夢境般離奇而荒誕的質感。

空氣也不再那麼劇烈地抽動了，但風仍然把大火拋向天空的灰燼從天空中撒落下來，就像一場沒有盡頭的灰黑細雪。還不到兩天時間，機村的房頂，地上，樹上，都覆蓋上了一層稀薄的積塵，更加重了世界與人生都不再真實的質感。

莊稼地裡最後的一點濕氣都蒸發殆盡，快速枯乾的禾苗反倒把最後一點綠意，都蒸發到了枯葉的表面，所以，田野反而顯得更加青翠了。

格桑旺堆伸手去撫摸那些過分的青碧，剛一觸手，乾枯的禾苗就碎裂了。面對此情此景，格桑旺堆感到自己還笑了一笑。但他並沒有因此責怪自己。中國很大，這個地方糧食絕收了，政府會把別的地方的糧食運來。他也只是因為一個農人的習慣，因為擔心才到莊稼地裡來行走。他擔心村裡出去的年輕人的安全，他特別不放心索波，這是個冒失而不知深淺的傢伙，而他被鼓動起來的野心更會讓他帶著夥伴們不顧一切地冒險。十幾年前，他也是索波一樣的積極分子。那時，共產黨剛剛使他脫去了農奴的身分。和索波一樣，他最初當的也是民兵排長。然後是高級合作社社長，公社化後，就是生產大隊的大隊長了。共產黨幫助他這樣的下等人翻了身。造了土司頭人的反。但索波這樣的年輕人起來，卻是共產黨造共產黨的反，這就是他所不明白的事情了。

他想，自己是愛共產黨的，但現在的共產黨好像不如當年的共產黨那樣喜歡他這樣的人了。他想，他們只是永遠喜歡年輕人嗎？想到這裡，他竟然又笑了一下，這回是因為心裡的迷茫與失落之感。

他明白，這樣的情形下，索波們其實早就不需要他來操心了。

但他還是共產黨培養的領頭人，理所當然地要擔心機村能不能平安度過這場劫難。

格桑旺堆自己都知道，他並不是一個聰明的人。但他總是能讓夠各種各樣的人都來支持他。關於機村的森林，他倚靠的向來就是兩個人。一個，公社派出所的老魏；一個，就是會辨別山間風向的巫師多吉。現在，老魏被人造了反，多吉逃出監獄藏在山裡，再也不能拋頭露面。他決定還是要去探望一下多吉。這樣的時候，有一件事情可幹，他的心裡反而可以安定一些。

一路上，他不斷因為口渴而停下來，趴在溪邊大口地喝水。大火還沒到，但空氣卻被烤灼得十分乾燥了。當他跪在溪邊潮濕鬆軟的泥地上，高高地蹶起屁股，把臉貼向清涼的水面，聽見清水咕咕地流進喉嚨，把一股清涼之氣沁入肺腑時，卻沒來由地想自己正從山林裡出來，舉起獵槍，瞄準了這頭在溪流邊上痛飲不休的熊。沒想到，這樣的時候，這些水酒一樣讓他產生醉意，恍然中，都不知道自己是一個獵人還是一頭熊了。

這讓他感到更多的不祥，他馬上焦躁地起身上路，直到乾燥的空氣使他胸膛著火，逼迫他在溪流邊再次俯下身來。同時，他靈敏的獵人耳朵也聽得出來，就在四周的林子之中，許多動物不是為了覓食，也不是為了求偶，而僅僅是因為與人一樣，或者比人更加強烈的不安，在四處奔竄。

動物們有著比人更加強烈的對於天災的預感。

多吉洗了溫泉，在傷口上用了藥，躺在乾燥的山洞裡。見到大隊長也不肯抬起身子，臉上還露出譏諷的笑容：「看你憂心忡忡的樣子，天要塌下來了嗎？」

平常，他對多吉的這種表現心裡也是不大舒服的，但今天，看見這個逃亡中的傢伙，還能保持他一貫的倨傲，竟然感到喝下清涼溪水時一樣的暢然：「我放心了，多吉啊，你還能像這個樣子說話，我就放心了。」

多吉並不那麼容易被感動：「牧場上草長好了，肥的是人民公社的牛羊，那是你的功勞，罪過卻是我的。你是怕我死了，沒人替你做了好事再去頂罪吧。」

「你的功勞我知道，機村人全都知道，上面的領導老魏他們都知道。」

多吉猛地從地鋪上坐起身來，但臉上倨傲的神情卻消失了：「老魏，老魏被打倒了！我呢？他們想槍斃我！」然後，他又沮喪地倒在鋪草上，「我看你這個大隊長也當不了幾天了。」

「但我今天還是——人民政府任命的大隊長！」

「咦，你這個傢伙，平常都軟拉巴嘰的，這陣子倒硬氣起來了！」

格桑旺堆的眼睛灼灼發光：「機村要遭大難了！我要讓機村躲過這場大難！」

「你是說山林裡的大火嗎？你還沒有見過更厲害的大火。縣城裡那麼多人瘋了一樣舞著紅旗，要是看到那樣的大火，你就沒有信心說這樣的話了。」

「……」

多吉沉入回憶，臉上浮現出恐懼的神情，他喃喃地說：「山林的大火可以撲滅，人不去滅，天也要來滅，可人心裡的火呢？」他搖搖頭，突然煩躁起來，「你走，操心你自己的事情去吧，不要再來找我了。機村的多吉已經是一個死人了。」

格桑旺堆堅定地說：「我沒有時間久待，但你要給我好好活著。為了機村的平安，我會來找你的。想死，還不容易嗎？只要機村平安度過了這場劫難，我願意跟你一起去坐牢，一起去死。」

然後，他頭也不回走出了山洞，說到死，他心裡一下變得一片冰涼，在這呼入胸膛空氣都像要燃起來的時候，這冰涼讓他感到一種特別的快感。他這樣不說聲告別的話就走出山洞，是不想說出自己的預感。他最近才犯過一次病。每次犯病，他都會看到死神灰白的影子。這次，突然而起的大火使滿天瀰漫如血的紅光，使他更加堅信死期將至的是那個夢境。那頭熊蹲踞在夢境中央。那頭熊是他多年的敵手。這樣的敵手，是一個獵手終生的宿命。

和這頭熊第一次交手，他就知道，自己遭遇獵人宿命般的敵手了。那一次交手，那頭熊掙出了他設置的陷阱。正常情況下，逃出陷阱的野獸一定會慌忙地逃之夭夭。但這頭熊沒有。格桑旺堆從空洞的陷阱中撿起幾根熊毛，打量著一點浸濕了泥巴的血跡時，聽到了熊低沉的叫聲。抬起頭，他就看到了那頭熊，端端正正地坐在頭頂老樺樹的樹杈上。

格桑旺堆呆住了。

那頭熊只要騰身一躍，就會把他壓在沉重的身子底下，他連端槍的機會都沒有。但那頭熊只是不懊不惱地高坐在樹上，小小的眼睛裡射出的光芒，冰錐一樣鋒利而冰涼。這對獵人來講，是一個更嚴重的挑釁。所以格桑旺堆不能逃走，他只能站在那裡，等著熊泰山壓頂般壓下來。死於獵物之手，也是獵人善終的方式之一。

熊卻只是伸出手掌，拍了拍厚實的胸膛，不慌不忙地從樹上下來，從從容容地離開了。這段時間，獵手都站在熊的身後，他有足夠的時間舉起槍來，把這獵物殺死十次八次。但格桑旺堆卻只是站在原地。他已經死去一次了。他沒有看到熊的離去，而是恍然感到時間倒流一樣，看到已經被身軀龐大的熊壓成肉餅的那個人像被仙人吹了口氣，慢慢膨脹，同時，把擠壓出身外的那些血，那些亂七八糟的東西都吸回體內，骨頭嘎巴嘎巴復位，眼睛重新看見，腦子重新轉動，但那頭熊已經從容消失於林中了。

時間一年又一年過去，他又與這頭熊交手幾次，因為仇恨而生出一種近乎於甜蜜的思念。本來，這個獵物與獵人之間的遊戲還要繼續進行下去，最後成為這個村落中英雄傳奇中的一個新的部分。但是，這個故事看來必須倉促結束了。

當他做了那個夢，就知道，熊已經向他發出最後決鬥的約定了。看來，山林大火讓熊像所有的動物一樣，感到了末日來臨，所以，牠要提前行動了。格桑旺堆只能接受這個約定。只是，這個故事如此倉促地走向結局，在機村傳奇裡就只是非常單薄的一章了。

走在回村的路上時，格桑旺堆才對不在身旁的巫師說：「多吉，我看你跟我都躲不過這場劫難，還是想想為了保護機村，我們最後還能做點什麼吧。」

這時，一輛又一輛的卡車從後面超過了他，卡車揚起的塵土完全把他罩住了。機村的公路修通以來，還從來沒有一次來過這麼多卡車。他這麼想著的時候，卡車還在隆隆地一輛輛從身後開過去，這就比機村的公路修通以來，所有來過的卡車都多了。

長長的車隊開遠了，格桑旺堆卻覺得腳下的地皮還在顫動不已。他加快了腳步，卸空了人貨的長長的車隊又迎面開回來了。

趕回村裡時，廣場上已經搭好了幾個軍綠色的帆布帳篷。大的那座在中央，幾座小一點，呈一個半圓拱衛著最大的那座。最大的那一座上面還豎起了一面鮮豔的紅旗。格桑旺堆在帳篷門口站了一會兒，以為會有人來請他進去。但那麼多人表情嚴肅地進進出出，繞過他，就像他是一根木樁。

然後，索波也來了。也和他像一根木樁一樣站在一起。同樣也沒有人理會他。

索波是個容易生氣的年輕人。站了不一會兒，他果然就生氣了。並把怒氣轉移到了大隊長身上：「請問，有人招呼過你，讓你站在這兒傻等嗎？」

格桑旺堆慢慢搖搖頭：「沒有，我只是想，也許領導需要我們幫點什麼忙也說不定。」

索波從鼻子裡哼了一聲，說：「害得我也跟著站在這裡傻等。」

說完，就逕直鑽到帳篷裡去了。不一會兒，就和一個領導一起出來了。領導打量一下木樁一樣站在那裡的格桑旺堆：「原來你是大隊長，我還以為是一個看稀奇的老鄉。」

索波挺挺胸：「我是基幹民兵排長，請領導分派任務。」

「還是年輕人靈光一些，好吧，你把民兵組織起來，分成幾個小組，準備好給上山的隊伍帶路吧。」

格桑旺堆想說，帶路的事情還是年紀大些的人穩當，但他還沒開口，領導就率先走在頭裡，很快他們就走到了村口：「我們一定要把火堵在這裡，還要來很多人，比你們一輩子見過的人加起來還要多，還要搭很多帳篷，」領導扠著腰一揮手，把村外那些青苗稀疏的莊稼地都畫了進去，「帳篷會把這些地都搭滿……」

「可是地裡都長著莊稼。」

「不要操心你的莊稼，來那麼多人都有吃的，怕你村裡這麼點人沒吃的？我們這麼大個國家！你只管多準備乾草鋪床，多打灶。」說完，領導就回到大帳篷裡去了。

領導說得沒錯，多少年後，人們都還會津津樂道，大火期間機村那非常短暫熱鬧非凡的好時光。那段時光，物質供應充足，有電影，還有歌舞團的表演。索波說，將來共產主義到來後，就每天都是這個樣子了。

卡車隊每開來一次，都卸下來許多人，許多帳篷。這些人跳下車，都站好整齊的隊伍，唱一陣歌，這才奔向已經用白灰撒出一道道整齊方格的地方，搭起新的帳篷。機村所有人都出來了，跟在這些人後面，看他們唱歌，架好漂亮的四四方方的帳篷，又大家一起唱著歌，把帳篷裡地面上的浮土踩實了，鋪開機村供應的乾草，再在乾草上鋪開被褥。這還不夠，又在帳篷裡拉開一道繩索，掛上乾乾淨淨的毛巾，幾塊木板又很快變成一個長架，上面一字擺開了搪瓷面盆，盆子裡還有一只搪瓷茶缸，和一只閃著銀光的鋁飯盒。這天下午，差不多所有的機村人，都忘記了正漸漸進逼的大火，不是因為有了這些人，機村人就覺得有了倚靠，而是這片以難以想像的速度建成的帳篷城，建成這個帳篷城時所瀰漫的那種節日般的氣氛，把習慣了長久孤寂的機村人全部牢牢吸引住了。那情景可真是壯觀哪，同時挖成的幾十口大灶，都吐出了熊熊的火舌。又大又深的鍋架上去，不一會兒，就熱氣騰騰，瀰漫開大米、熱油以及各種作料的香氣。整個機村都因此沉醉了。

這麼新鮮盛大的場景，讓機村人短暫沉迷一下，實屬正常。

快吃飯時，首先是什麼東西都歸置得最為整齊的解放軍排好隊唱起了歌。然後，是戴著紅袖章的紅衛兵隊伍。然後，是頭戴著安全帽盔，穿著藍色工裝的伐木工人的隊伍。他們唱歌，手持銀光閃閃的鋁飯盒，走到飯鍋前，盛滿熱騰騰的米飯，走到菜盆前，又是一大瓢油水充足，香氣四溢的好菜。一些膽大的孩子，飛跑回家拿來的傢伙，也裝得滿滿當當。

黃昏降臨了，白晝的光芒黯淡下去，飯菜香味四處飄蕩，沸騰的人聲也暫時止息了。

直到這時，彷彿是轟然一聲，燭天大火的紅光又從東邊天際升騰起來。好多人，差一點都讓飯給噎住了。那片紅光，當人們都抬頭去看它時，卻又慢慢黯淡下去了。大火好像是慢了下來，不像剛爆發時那麼氣焰囂張了。

晚飯過後，很多台汽油發電機同時發動起來，所有帳篷裡面瞬時燈火通明。同時有三個地方掛起了銀幕，開到機村撲火的工人、紅衛兵和解放軍排好各自的方隊，坐在中央，四周便是機村的百姓。電影裡人們正常活動一會兒，就有風吹動銀幕。於是，故事裡所有的人，都跟著幕布飄動起來。風一停止，那些人又變得端正莊嚴了。

電影裡的戰鬥正在激烈進行，卻突然變成默劇了。機關槍噴吐著火舌，衝鋒的人們大張著嘴巴，卻沒有一點聲音。這個時代的人，很容易就會處於憤怒而興奮的狀態，下面立即響起尖利的口哨聲。

這時，喇叭裡傳來一個人輕輕的咳嗽聲。然後，用平板板的聲音說了兩個字：「通知。」

騷動的人群立即就靜默了。只有電影機裡膠片一格格轉過去的吱吱聲。

那平板的聲音又說：「開會通知。」

然後是一長串名字。念到名字的人就從觀眾中站起來，集中到一起。通知最後提到了機村的人。那個人沒有念他們的名字，而是念出了大隊長、支部書記、民兵排長、貧協主席和婦女主任這些職務。

所有這些人集中到指揮部的大帳篷裡開會。會上說，明天，每一支隊伍都要開上山，從山腳的河邊開始直到山上的雪線，各自負責一段，砍出一條防火道。會上說，估計大火燒過來還要三、四天時間。要搶在這段時間之前，把這條防火道砍出來。工人，解放軍和紅衛兵一共有十八個中隊，每個中隊都要求機村派出兩到三名嚮導。民兵排長索波挺身出來領受了這個任務。格桑旺堆說：「也許，我派些年紀大的人，他們對火更有經驗。」

但是領導說了：「我想，還是民兵們更精幹一些。你看山上那麼多人，你還是多組織人往山上送飯吧。」

散了會出來，電影已經散場了。遠處的天際仍然彤紅一片。格桑旺堆停下腳步對索波說：「那火說來就來，還是年紀大的人更有經驗。」

索波從鼻子裡哼了一聲，說：「隊長是說放火的經驗吧。」

格桑旺堆不是一個堅強的人。他所以當上大隊長，不是因為他有多麼能幹，而是因為解放的時候，他是機村最窮困的人。使上面失望的是，這樣一個人卻沒有這個時代所需要的足夠的仇恨。仇恨是這個時代所倚重的一種非常非常重要的動力。但這個人內心裡缺少這樣的力量。不止是格桑旺堆，機村那些從舊社會過來的窮苦人，都缺少這樣的力量。但現在，具有這種力量的年輕一代成長起來了。索波就是其中最惹眼的一位。

索波父親一直身體孱弱，年近五十時才得了這個兒子。所以，兒子也就如乃父一樣身體虛弱，稍微用點力氣額頭上就青筋畢現。但他父親脾氣卻是好的。索波卻常因為一點什麼事情看不順眼就動氣，一動氣額頭上也青筋畢現。

按老的說法是，這樣的人要麼不得善終，要麼就會禍害鄉里。所以，直到今天，索波都當了民兵排長，這傢伙要是老不回家，他那風燭殘年的老父親就會咳著喘著，拄著個枴杖來找他。

這天晚上，這老傢伙已經吭吭哧哧地村裡轉了好久了。他聽到兒子語含譏誚地問：「隊長你是說放火的經驗吧。」

以往遇到這種質問，格桑旺堆是會退縮的，但這回他沒有。他說：「放火的經驗也是防火的經驗。」

「是嗎？那為什麼上面要把多吉投入牢房呢？」

「你……你……」格桑旺堆都氣得說不出話來了。

「你這個畜牲！」索波的父親舉起了枴杖，但他那點力氣，已經不在年輕的話下了。枴杖落在身上時，索波只把手輕輕一抬，老傢伙就自己跌坐在地上了。「你這個樣子還想打我？」年輕人扔下這句話，氣哼哼地走開了。

格桑旺堆趕緊去攙扶老人，但這老傢伙坐在地上，不肯起來。他先是罵自己那不孝的兒子，罵著罵著話頭就轉到了格桑旺堆身上：「共產黨讓你當了機村的頭人，可你，你有半點過去頭人的威風嗎？看看你把機村的年輕人都慣成什麼樣子了。」

格桑旺堆不吭氣，把老傢伙扶起來：「我送你回家吧。」老傢伙枴杖也不要了，任由他扶著跌跌撞撞往家裡走。一路上，他都像個娘們一樣哭泣：「看吧，年輕人成了這個樣子，機村要完了。」

「機村不會完，年輕人比我們能幹。修公路，修水電站，他們那麼大的幹勁，他們學會的那些技術，我們這些人是學不會的呀。」

「機村要完了，誰見過大火燃起來就停不下來，你見過嗎？你沒有見過，我沒有見過，祖祖輩輩都沒有見過。雷電把森林引燃，燒荒把森林引燃，打獵的人抽袋菸也會把森林引燃，但誰見過林子像這樣瘋狂的燃燒。機村要完了，機村要完了。」

「是沒有見過，但你見過公路修到村子裡嗎？祖祖輩輩見到過汽車，見到過水電站機器一轉，電燈就把屋子和打麥場照得像白天一樣嗎？」

「不要對我說開會時說得那些話，我聽不懂，我只看見年輕人變壞了，我只看見大火燃起來就停不下來了。」

「大火會停下來了的，你沒有看見嗎？來了那麼多的人，他們是來保衛機村的。」

老傢伙止住了哭泣，在這被火光染得一片暗紅的夜色中，他的眼睛閃閃發光：「扯雞巴蛋，護佑機村森林的那對金鴨子已經飛走了。機村要完了。」

「誰也沒有見過金鴨子……」

「你不要假裝不知道山上湖泊裡的那對金鴨子，你不要假裝不知道是你們把那些漂亮的白樺林砍光了，金鴨子才飛走的。」

村子裡是沒有見過那對金鴨子。但人人都曉得村後半山上的湖裡住著一對漂亮的金鴨子。這對金野鴨長著翡翠綠的冠，有著寶石紅的眼圈，騰飛起來的時候，天地間一片金光閃閃。歇在湖裡的時候，湖水比天空還要蔚藍。這對護佑著機村的金野鴨，不是用眼睛，而是用心看見。牠們負責讓機村風調雨順，而機村的人，要保證給他們一片寂靜幽深的綠水青山。

但是，機村人沒有做到這一點，機村人舉起了鋒利的斧子，日復一日，月復一月，年復一年，不是為了做飯煮茶，不是為了烤火取暖，不是為了一對新人蓋一所新房，不是為了豐收的糧食修一所新的倉房，也不是為新添的牲口圍一個畜欄，好像唯一的目的就是揮動刀斧，在一棵樹倒下後，讓另一棵樹倒下，讓一片林子消失後，再讓另一片林子消失。所以，金野鴨一生氣，拍拍翅膀就飛走了。

剛開始砍伐白樺林的時候，機村人就開始爭論這些問題了。

索波說：「扯雞巴蛋，一對野鴨要真這麼厲害，還不曉得這些木頭砍下來是送到省城修萬歲宮嗎？」

這個話題不是尋常話題，所以馬上就有人挺身質問：「那你是不相信有金野鴨嗎？」

還有人說：「是機村人都相信有金野鴨。」

雖然這對野鴨的存在從來就虛無縹緲，即便如此，就是索波這樣新派得很的人也不敢在這個話題是跟大家太較真了。其實，他更不敢在內心裡跟自己較真，問自己對這對野鴨子是真不相信還是假不相信。

但他相信國家的需要是一種偉大的需要，卻不知道砍伐這些樹木會引來什麼樣的後果。老年人愛說，村子四周的山林開始消失的這些年裡，風吹得無遮無攔了，但風大一些有什麼關係呢？老年人還抱怨說，砍掉這麼多的林子，一些泉眼消失了，溪流也變小了。但機村就這麼一點人，連一眼泉水都喝不了，用不完，要這麼多的水幹什麼呢？再說，老年人總是要抱怨點什麼的，那就讓他們抱怨好了。在索波們看來，這些老年人更為可笑的是，他們居然抱怨砍掉了林子後，村子，村子四周的荒野沒有過去美麗了。索波們聽了這種話，都偷偷暗笑。美麗，這些面孔髒污的老傢伙，連自己家院子裡和村道上的牛糞豬糞都懶得收拾一下的老傢伙們，嘴裡居然吐出這樣的詞來。

索波的父親就是這樣一個老傢伙。

這老傢伙哭泣著走到了家門口，最後收了淚很嚴肅地對格桑旺堆說：「你是一個好人，但你不是機村的好頭領。」

「這個我知道。」

「那就讓別人來幹吧。」

「你的兒子？」

老傢伙哼哼地笑了，笑聲卻有些無奈的悲涼：「他倒真是日思夜想，說夢話都想，可他是那個命嗎？你格桑旺堆不行，是你沒有煞氣，鎮不住人，但大家都曉得你心腸好。可是，我家那個雜種，想要抗命而行，這樣的人沒有好結果，沒有好結果的！」

說完，老傢伙推開了房門，一方溫暖的燈光從屋裡投射了來，但老人的話卻又冷又硬：「所以，我恨你！」

然後，房門關上了。光亮，與光亮帶來的溫暖立即就消失了，格桑旺堆獨自站在別人家的院子裡，身心都陷入了黑暗。

十

山火沒有在人們預料的時間裡到來。

而且，那瘋狂的勢頭也減弱了不少。不要說白天，就是晚上，也幾乎感不到遠處火焰的熱力與光芒了。

大火擾亂了春天的氣流，使山野裡刮起了風。風從高處，從機村所處的峽谷深處，從那些參差的雪峰上吹下來。擋在火前進的方向上。使火不斷回溯，不斷回頭去清掃那些瘋狂推進時燒得不夠徹底的地方。這有點像正在進行的政治運動，開初轟轟烈烈的場面慢慢平靜下來，但這並不意味著運動過去了，而是轉入了深處，在看不見的地方繼續進行更有效的殺傷。大火快速推進的時候，差不多是腳不點地的，只是從原始森林的頂端，從森林枝葉繁盛的上部越過。大火還想繼續那樣的速度，但曾經幫助其推進的風現在卻橫身擋在了前面。風逼著大火返身而回，回到那些燒過的森林，向下部發起進攻。下部是粗大的樹幹，再下面，是深厚的乾燥了一冬的苔蘚，當火從樹幹上深入地下，在那些厚重的苔蘚與腐殖層中燒向盤繞虯曲的樹根之網時，這片森林就算是真正的毀滅了。

如果不是人們老是開會的話，這風的確為保住機村的森林贏得了時間。

機村守舊一些的人們會嘆息一聲說，金野鴨已經飛走了。卻沒有人問一問，野鴨怎麼可以從一片冰凍的湖上飛出來。追逐新潮的年輕人們卻為前所未見的場景而激動著。

老派的人，如還俗喇嘛江村貢布之類嘆息說，看吧，人一分出類別來，世上就沒有安穩的日子了。他的這種說法有一個遠古傳說的來源。這個傳說，其實是大渡河上游峽谷地區的部族歷史。流過機村的河流，正是大渡河上游重要的支流之一。所以，這個傳說，也是機村人的歷史。這個傳說，一開始就用了一種嘆息而又憂鬱的調子。說，那時，家養的馬，與野馬剛剛區別開來，然後，因為馴服野馬與調教家養馬的技藝，人也有了智性與力量的區別。這是人除了男人與女人這個天造的分別外，自己造出的第一種分別。自從有了這種分別，人世便失去了混沌的和諧，走向了各種紛紜的爭訟以及因此而起的仇恨與不安。

按那個傳說的觀點看來，所謂人類的歷史，就是產生出對人實行不同分別的歷史。過去，是聰明或者愚蠢，漂亮或者醜陋，貧窮還是富有，高貴還是低賤，後來，是信教或者不信教，再後來，是信這個教還是那個教，到如今，是進步還是落後。而嘆息的人們總是被新的分類分到下面，分到反面的那一堆人。

分到正面的人，年輕，有朝氣，有野心，只為新鮮的東西激動，而不為命定要消逝的東西悲傷。風壓住火的時候，那些嘆息的人仍然在嘆息，說，天老爺都來幫忙了，還不趕緊上山，把寬寬的防火道打出來。

其實，那條防火道下半部已經打出來了。卡車運來了一輛輛比卡車更沉重的推土機。機村的山坡，下半部較為平緩。這些推土機揚著巨大的鐵鏟，吼叫著，噴吐著黑煙，鐵鏟所過之處，草地被翻出了深厚的黑土，灌木林被夷為平地。一棵棵被伐倒的大樹，也被巨大的鐵鏟推下山澗。山坡的上部，森林最為茂密的地方，有著巨大力量的機器卻上不去了。在機村年輕人眼裡，這些機器便是新時代的象徵。是這些機器使他們在始終壓迫著他們的老輩人面前挺起了胸膛。索波把這些年輕人分成小組，帶著打防火道的隊伍上山。這些隊伍伐樹不用斧子。他們用機器驅動的鋸子，一棵棵大樹，被鋸倒時，都做出非常不情願的姿態，吱吱嘎嘎地呻吟著，還在天空下旋動著樹冠，好像這樣就可以延遲一點躺倒在地的時間。但是，最終還不是轟然一聲，枝葉與塵埃飛濺，倒在了地上。然後，鋸子斧子齊上，被肢解，被堆放在一起放火燒掉。

要是就這樣一口氣幹下去的話，後來的一切都不會發生。

但人不會這樣。

連老天爺都來幫忙的時候，人卻來自己為難自己了。

上山開工就因為開誓師大會遲了半天。

每一個人也都顯出很焦急，很為祖國寶貴的森林資源憂心忡忡的樣子，但沒有人說我們不是來開會的，我們要拚命護住這片森林。

還是每天都要停下工來開會。

而且，那會開得比砍防火道更加鄭重其事。要在沒有檯子的地方搭個檯子，檯子要有漂亮的頂篷，頂篷下要掛上巨大的領袖畫像，檯子兩邊還要插上成列的紅旗。有風時，紅旗劈劈啪啪展開，沒有風的時候，紅布就軟軟地貼著旗桿垂下來，像是兩列小心靜立的侍者。開會前要唱歌，唱完歌坐好了，要拿出小紅書來誦讀毛主席語錄。然後，領導才開始講話。領導講話和平常人講話不同，字與字之間有很大的間隙。這個間隙中，喇叭裡會傳出風吹動麥克風時的嗡嗡迴響。而句與句之間的停頓就更長了，可以聽到講話聲碰到對面山壁後激起的回聲。其間還不斷有人站起來，領頭三呼萬歲，四呼打倒。群眾也跟著山呼萬歲與打倒。機村的人圍在會場四周。索波手下一幫青年民兵，卻編入了工人的隊伍。會場上呼口號的時候，本來只有領口號的那個人會站起身來，群眾只是坐著應和而已。但機村這幫年輕人：柯基家的阿嘎、汪欽兄弟，大嗓門洛吾東珠的兒子兔嘴齊米，當然還有胖姑娘央金，卻都站起身來，聲嘶力竭地呼喊著。喊完坐下前，還都得意地掃視一下場外圍觀的同村的鄉親。這樣的時候，圍觀與參與其事，的確是非常非常重大的分別。

開會，開會。

先是前面說到的誓師大會。接下來，還有總結會，反革命分子批鬥會，學習會。所有會都大同小異。都是喊口號，唱歌，集體誦讀語錄，都有人在台上，領導是講話，反革命分子是交代。

防火道愈往上，隊伍花在上山路上的時間就愈多。索波覺得上了山就不下去，不是可以多幹活嗎？他把這個想法說了出來。結果，工人老大哥們都睜大了眼睛瞪著他：「這麼冷的天，連床都沒有，住在山上？你瘋了。」

索波露出殷勤的微笑，急切而耐心地用不利索的漢語解釋：「有山洞，燒大堆火，叫山下送吃的來。」

「這樣就可以了？」

他拚命點頭：「是的，是的，我們打獵的時候，就是這樣。」

聽完這句話，領隊的躲到一邊去了。一個同樣年輕的工人放下手裡的鋸子，脫掉手套，走過來，說：「你可以，我們就可以嗎？」

這種口氣裡也顯示了人的分別。那是工人與農民的分別。更是文明與野蠻的分別。

他其實是機村最早意識到這種分別，並且對這種分別十分敏感的年輕人。他也明白，這種分別不會取消，一個人可以做的，就是通過努力，把自己變到分別的那一邊去。

儘管他心裡明瞭這一切，但對方的這種表現仍然讓他十分難過。

還是一個好心人安慰了他：「年輕人，林子燒了還可以再長，再說，這林子又不是你們家的。」

索波想，機村就是靠這片林子的佑護安靜地存在著。但他又覺得自己不應該這麼想，因為，機村人世世代代都是這麼想的。但不這麼想，他的腦子裡又能想起些什麼呢？

「你是想，這林子是你們村的，是吧。不對，只不過你們村恰好在這片林子裡。這些林子都是國家的。」索波何嘗沒有聽說過這種說法。林業派業所的老魏一天到晚都在人們耳邊來叨咕這句話。機村人說，這些林子是我們祖祖輩輩看護存留下來的。但老魏嚴肅地說不對，林子是國家的，不止是林子，天上地下所有的一切，只要國家一來，就都是國家的財產。老魏說，以前你們覺得這些林子是你們的。是因為國家沒有來。現在，國家一來，一切都是國家的了。況且，老魏已經被打倒了。

索波眼前的這個人，也是一個被打倒的工程師。平常他都沉默不言，眼神空茫悲傷，這時卻激動起來，「再說，這個國家都要毀掉了，你真以為還有人會在乎這片林子嗎？」這時，他模糊的眼鏡片後雙眼射出了灼人的光芒。這個來安慰別人的人，自己倒激動得不行了。

索波說：「你，你，不准你說反革命話。」

那人眼鏡片後的光芒更加灼人，他逼過來，說：「你看看，大家是開會認真，還是幹活認真？」

索波不得不承認大家還是開會更加認真。

「想想你自己，是幹活認真還是開會認真？」

索波想了想，的確，自己也是開會時更加認真投入。想到這裡，他對自己有點害怕了。要是那人再追問下去，不知會是一個什麼樣的結果，但那人只是得意地一笑，到一邊幹活去了。這一天，索波幹得特別賣力。而他知道，這樣幹的目的，是因為那個人幾個問題一問，他一向自認清晰的腦子，有些糊塗了。

因為幹得過分賣力，不多一會兒，他就大汗淋漓了。這樣幹活是為了不想思考，但腦子其實是停不下來的。他越是拚命幹活，就越發見出大多數人幹活都是懶洋洋的。索波是個容易對別人不滿意的人。眼下，他就對那些不拚命幹活的人感到不滿意了。但他們是工人，是幹部，都比他身分高貴。那些人不好好幹活，不為就要燒過來的大火著急，也沒人注意到機村的民兵排長在拚命幹活。索波渴了，感到嘴裡又澀又苦。

他覺得自己該停下來了，但他已經作出了這樣拚命的姿態，所以不知道怎樣停下來才算是合適。他希望胖姑娘央金會來心疼他一下。但這個平常總是轉著他轉，像隻花喜鵲一樣嘰嘰喳喳的姑娘，卻被那些穿藍工裝的年輕工人迷住了。這會兒，她正把工人的安全帽戴在頭上，臉上露出幸福的表情，把她的同村鄉親，平常總讓她春心激盪的民兵排長忘記了。索波從來沒有真心喜歡過她，但她現在的這副模樣，卻讓他嘴裡苦澀的味道去到了心上。

太陽愈來愈高，慢慢爬到了天空的中央。自從大火燃起以後，熾烈明亮的太陽帶上了一種暗紅的光芒。而且，那種暗紅的中間，還有一片片閃爍不定，忽隱忽顯的黑色暈斑。

終於有人大喊一聲：「送飯的來了！」

大家便都扔下了手裡的工具。刀、斧、鴨嘴撬、手鋸、電鋸立即躺滿一地。索波也長嘆了一口氣，和手裡的斧子一起躺倒在地上，躺在一地剛從樹上劈下的新鮮木茬上。白花花的茬片散發著新鮮木頭的香氣，索波就躺在這些香氣中間，嘴裡又苦又澀，呆看著太陽上面飄動著的黑色暈斑，耳朵邊還響著央金跟別人調笑時銀鈴般的笑聲。央金人不漂亮，但身體長得火爆，聲音也非常好聽。

山下果然傳來了尖利的哨聲。的確是送飯的隊伍上來了。哨聲是讓上面停止工作，以免倒下的樹，滾下的木頭，把人砸了。

所有人都有了真正的興奮，都站起身來向著山下引頸長望。

送飯的任務都分派給了機村人，現在他們就揹負著食物，由一個手裡搖著綠色三角旗，口裡吹著尖利哨子的穿藍工裝的人引領著上山來了。

藍工裝吹著哨子，搖晃著手裡的小旗走在前面，機村人躬腰駝背，身揹重負沉默著跟在後面。有大膽的機村人問藍工裝，為什麼他什麼東西都不揹。藍工裝得意地一笑，說：「我的責任大，我是安全員。」

提意見的人是張洛桑：「那也可以多少揹一點。」

其實，張洛桑也不是真對這個藍工裝有意見，在機村，他算是一個見多識廣的人物，所以，見到合適的機會，總要把這一點顯示出來。

藍工裝不以為怪：「革命分工不同嘛。都是為了保護國家的森林財產。」

格桑旺堆碰碰張洛桑，意思是叫他閉嘴。他卻更來勁了，瞪大了雙眼，故意提高嗓門：「我們這不是給他們的人送東西嗎？」

藍工裝站下了，嚴肅了表情說：「這位農民兄弟，這位少數民族兄弟就不對了，如果硬要分一個彼此的話，我們不是來替你們保護森林的嗎？我們來替你們撲火，該你們請客對不對？可連吃帶睡的東西都是我們自己帶來的。就讓你送送吃的，還這麼多屁話。」

這一大通道理繞下來，張洛桑就答不上話來了。一來，這林子一會兒是國家的，一會又變成了機村的，權屬有些問題。二來，張洛桑雖是機村漢語好的人，但水準也沒有高到可以順溜地把這一大通複雜難繞的道理講出來。張洛桑都做了啞吧，何況其他人在漢話面前，本來就形同啞吧的人。於是，漢語輕易取得了勝利。機村人復又陷入外界人常常感到的那種沉默。

藍工裝說聲：「走。」

大家又身揹重負喘著氣默默地跟在了他的後面。

哨聲又響起來，刺耳，而且明亮，而且得意洋洋。

很快，就可以看到工地上那些停下活計，站在山坡頂上往下引頸長望的人了。但藍工裝卻坐在了草地上，說：「呀，太陽把這草地曬熱了，屁股真舒服啊！休息一下。」

看見下面停下來，上面開始著急地呼喊，但藍工裝再次示意，大家都把背上的東西靠著山坡，坐下來休息了。陽光落在深藍色的冷杉林上，落在林間的草地上，落在潺潺流淌的溪流上，安靜，深長。陽光落在人們揹負的食物上，熱力使那些食物散發出香氣。烙餅的香氣，饅頭的香氣，煮雞蛋的香氣。敏銳的鼻子還能嗅到其中鹽的味道，糖的味道和肉餡的味道。山下，正不斷從山外拉來整卡車整卡車的食物。機村靠著水泉的莊稼地邊上，挖出的幾十口土灶，從晚到亮，火力旺盛，熱氣蒸騰。

當上面不再呼喊的時候，藍工裝起身了，把一直揮動的綠旗別在腰上：「這下他們真累了。幹活沒有累著，喊飯倒是喊累了。走吧。」

十一

工人們一面抱怨吃食的單調，一面往嘴裡塞著烙餅，一瓶瓶的罐頭也打開了。除了牛羊肉，打開的罐頭裡那些水果，魚，和蔬菜，機村人夢裡也未曾見過。索波也在風捲殘雲般吃著。其他的機村人見了那些東西就反胃，打嗝。這些日子，機村提前進入了共產主義，所有人家都在大食堂裡吃飯。吃完，還夾帶著不少的東西回家。這些東西裡，首選的目標就是這些稀罕的罐頭。在家裡，他們不停地吃這些罐頭。

央金嘴裡也塞滿了東西，她鼓著腮幫大嚼，卻也沒有忘了關照鄉親們：「你們怎麼不吃，吃吧。」

大家都搖手。剛才就因為胃脹，所以爬起山來，前所未有地吃力。這會兒，見人們這麼大吃大嚼，就覺得胃裡更是滿滿當當了。

只有張洛桑還願意說話：「不管我們，管你的索波哥哥吧。」

索波卻把央金遞上來的一塊餅擋開了，氣哼哼地坐到格桑旺堆身邊去了。

格桑旺堆笑了，說：「又生氣了。」

「我生什麼氣，看她犯賤，我心裡難過。」

那邊，卻有那幫工人又跟央金調笑開了。央金銀鈴般的笑聲又響了起來。

「丟人！」索波恨恨地說。

「年輕人，打打鬧鬧一下有什麼嘛。」

索波轉了話頭：「我們機村人往家裡偷了那麼多東西，你不管？」

「不是偷，是公開搬的。東西拉來了，工人們都不想卸車，我們的人不惜力氣，只是每一回都要帶點東西回家。」

索波還是氣呼呼的，但他自己知道，自己心裡並沒有人家看上去那麼氣。就像這些天來，跟這些工人混在一起，他才發現自己並沒有過去工作隊說得那麼重要一樣。這時，山下又有急促的哨聲一路響上來。人們都站起身來。下面喊話說，請機村的民兵排長趕緊下山，到指揮部報到。索波復又揚眉吐氣了，挺胸昂首地下山去了。

山外的世界真是太大了，已經來了那麼多的人，還有人源源不斷地開來，拉來了那麼東西，還有東西整卡車整卡車地拉來。

對於驚奇不已的機村人，有人出來做了通俗的解釋，說：「你們不是不知道什麼是國家嗎？這就是國家！」

但機村人又有了不夠明白的地方，既然國家已經有了這麼多的東西，為什麼一定還要人來宣布說機村這片除了保佑一些飛禽走獸，除了佑護一個村子風調雨順之外，並無特別用處的林子是自己的呢？

想不明白這些道理的機村人，卸車時，把整箱整箱的罐頭扛回家裡也沒有人理會。國家的東西真是太多了。地上到處都是人們沒吃完扔掉的東西。機村那些獵狗吃飽了這些剩飯剩菜，肚子脹得溜圓，一動不動躺在路上。被人踢了也只是很愜意一樣哼哼幾聲，動也不動一下。後來，連羊群都不肯上山了，只是遊蕩在村裡村外，從這片帳篷到那片帳篷，從這個食堂到那個食堂，學習嘗試新鮮的食物。和狗比起來，羊們總是小心翼翼的樣子，先翕動粉紅色的鼻翼，噓噓地嗅上一陣，才慢慢下口。所以，沒有被辣椒一類刺激的東西嗆得淒淒哀叫的事情發生。羊也很文雅，也就是說，牠們不像人跟狗那麼貪婪，知道食物愈多，愈要適可而止。所以，牠們總是行為餘力，吃得飽飽得，還三五結伴，在景觀大變的機村散步。從這個會場到那個會場，把一些剛用新鮮漿糊貼上牆的標語，大字報撕扯下來，一點點舔噬紙背上那些漿糊來消磨因為無事可幹而顯得漫長的時間。人們並不把這些羊趕走。因為這樣，可以很方便地隨時把牠們抓進廚房。

吃食不但從山外運來，幾天下來，機村的牛羊，也被殺掉好幾十隻了。每次殺了牛羊，救火指揮部都會通知村裡去領錢。領錢的時候，總是有兩個人在，他們坐在格桑旺堆和村會計面前，空著手那個人掏出毛主席的小紅書搖晃一下，說：「偉大領袖教導我們，不拿群眾一針一線，買東西要付錢。」另一個捂著一個小書包的人，才從裡面拿出錢來。三頭牛，兩隻羊，還有打壞了誰家的一只水桶，點點，簽字，不會？小書包裡又拿出了印泥盒子，那就按個印吧。

每回，都讓格桑旺堆感嘆：「呀，毛主席真是了不起，這麼多人都這麼聽他的話。」

走出指揮部後勤部的帳篷，格桑旺堆再次感嘆：「唉，要是這火不燒過來，機村人又開了眼，那可真是福氣了。」

一個熟悉的聲音在身後響說：「天下沒有這樣的福氣。」

格桑旺堆像遇見了鬼：「老魏！」

「是我。」

「你不是被，被……」

「被打倒了？我是被打倒了。但我還要來救火。」老魏臉上顯出了一點得意的神情，「他們把我打倒了，但這種事情，他們不懂，還得我來出點主意。」

格桑旺堆笑了：「你的主意就是天天開會？要不這兩天風壓住了火頭，火早就燒過來了。」

老魏看看頭上晴朗的，卻有風疾速掠過的天空，憂慮的表情來到了臉上：「風並不總是給你幫忙的。打防火道的工作推進得太慢了。」

「那你們還老是開會，開會。」

老魏長嘆一聲：「馬上又要開會了。」說著，老魏臉上浮現出神祕的表情，把格桑旺堆拉到一邊，壓低了聲音，「告訴我一句老實話，多吉是不是跑回來了？」

沉默半晌，格桑旺堆搖了搖頭。

老魏著急地說：「如果你知道，就把他交出來。這對機村有好處。」

「什麼好處？」

「這樣就可以不開會，不然整個工地都要停下來了。」

格桑旺堆怕冷一樣袖了手，說：「我真不知道。」

「那江村貢布往林子裡是給誰送飯？」

格桑旺堆身子一震：「老魏，都什麼時候了，你還用那一套東西對付我們？」

格桑旺堆這麼說是有來由的，以前，寺院關閉後，老魏就用跟蹤的辦法，搗毀了機村百姓悄悄設立在山洞裡的一處神殿。並把喇嘛江村貢布連鬥了三天。也是用這個辦法，在大躍進的時候，機村曾經瞞藏了一些應該交公糧的麥子，結果也被他找到了。為此，機村付出了一條人命。如果不是那個負責看管糧食的人上吊自殺，讓老魏臨事手軟，才沒有讓更多的人遭殃。格桑旺堆也是更多的人中的一個，而且是非常重要的一個。

老魏苦笑：「以前做得對不對，我現在也想不清楚了。但這次我是真想救下這片林子。」

格桑旺堆卻來了情緒：「今天燒光，跟明天叫人砍光，有什麼區別嗎？」

「有。可我說不明白。我只要知道，多吉到底回來了沒有？」

「我不知道。」

「告訴你吧，江村貢布已經給抓起來了。」他指指另外那個帳篷，「裡面正在審著呢。索波也在，因為是你們機村的人，指揮部請他也來參加。」

太陽明光光地照著，一陣涼意卻爬到了格桑旺堆的背上：「為什麼我不參加？我是大隊長。」

「你是嫌疑人。」

格桑旺堆舔舔嘴唇：「那就把我也抓起來好了。」

老魏耐著性子，說：「我來你告訴事情的首尾吧。」

老魏說，這兩天逆向的風把火頭壓住了，本來，這是一個自然現象。火燒到這個程度，抽空了下面的空氣，峽谷盡頭的雪山上的空氣就會流下來，這就是風，就是這個風把火頭壓住了。但這只是局部的小氣候。如果更大的範圍內，有不同方向的風起來，這個作用就沒有了。現在是春天，正是起東南風的時候，說不定哪天，東南風一起，順著峽谷往上吹，火就得了風的幫助了，就會撲向這片林子了。但是，這幾天，村子裡就有傳言起來，把這自然之力說成是巫師多吉的功勞。說他跳河沒死，而是逃回村子裡來了。是他不斷作法，喚來北風神，把火頭壓倒了。

格桑旺堆知道，這幾天，在那個隱祕的山洞裡，多吉肯定在日夜作法。但有誰會把這話傳出來呢？他一個逃犯，不可能跑到大庭廣眾中來宣揚吧。正像格桑旺堆想得一樣，這個人就是江村貢布喇嘛。這個人還俗後便破了酒戒。這個平常持身謹嚴的人，酒一多，嘴上就沒人站崗了。

那天，江村貢布去山洞裡給多吉療傷。那人手持金鋼杵用功作法，一刻也不肯停下。他說，要讓風連吹十天。讓火回身，燒盡了燒過的林子，就再也不能為害四方了。這個人逃走的時候帶了內傷。江村貢布帶了些自配的止血散，讓他服下。他知道，受了內傷的人需要靜養，但這個人拚了大力斂氣作功，內腔裡的流血再服什麼藥也止它不住。

江村貢布就請他靜養。

多吉說：「你沒有看見風已經轉向，壓住火頭了嗎？」

「你不靜養，我止不住你裡面的血。」

「止不止得住是你喇嘛的本事。至於我，」多吉淒然一笑，「橫豎都是個死。活著出去，死在牢裡，作法累死掙死，要是保住了機村，那對金鴨子不是飛走了嗎？那我以後，就是機村森林的保護神。」

多吉還說，他孤身一人，死了，沒有人哭。要是大火燒過來，那就是滅頂之災。一個沒人哭的人死，換家家不哭，值。喇嘛江村貢布心裡一直是瞧不起這個巫師的。這並不因為兩個人之間有什麼過節，而是廟裡的僧侶總是以正宗自居，這一類人都被看作邪門外教。但眼下他如此的表現，卻讓喇嘛心生敬重之情。

多吉說這些話時，已經喘不上氣來了。他緊抓住江村貢布的胸襟，眼睛裡閃爍著狂亂的光芒，說：「我只求你，用你的醫術，讓我再活五天！我想看到風把那火全部壓滅。是我喚來的風啊！」

江村貢布只好點頭，走出山洞時，他想，這個人最多還能堅持兩天。

回到村裡，正碰上一幫上山送了飯回來的人，開了花生和燻魚罐頭在溪邊林前喝酒。江村貢布也加入進去了。格拉死後，村裡人都有些怪罪他們家，與大家的關係都有些生分了。而他外甥心裡苦，又不肯低頭。只有他來放低了身段，與大家往還。希望大家早點忘了兩個死去的孩子，鄉鄰之間回到過去那種狀態。所以，這種場合，不要人邀請他也會加入進去。何況人家遠遠地就招呼了他。

一路走來的時候，他一直都在長吁短嘆，為了心裡那很深的感動。再說，他受了大隊長的重託，心裡頭還揣著一個天大的祕密。有感動有祕密的人，是很容易喝醉的。他一副心事重重的樣子，酒碗轉到面前，他都喝得很深。這種樣子喝酒的人，總是想告訴人們點什麼。這一點，全機村會喝點酒的人都知道。大家並不問他什麼。只是愈來愈頻繁地把酒碗遞到他手上。

然後，江村貢布就嗚嗚地哭了。

還是沒有人問話。

然後，他就直著舌頭說話了。他說：「我太感動了。」

「其實你不用這麼感動的。」

「我們家兔子死了，格拉也死了。大家還對我這麼好。」

這個話題勾起了很多人的嘆息：「其實，大家都有錯，我們都可以對那個孩子好一點。」

這話讓江村貢布哭得更傷心了。他說：「好，好，你們對我們家這麼好，我也不瞞你們了。」說出這句話，他立即就收了哭聲，臉上浮現出神祕的表情，「但是，你們誰也不能告訴。」

大家都看著他不作聲。

他說：「你們也不要害怕。」

大家都齊刷刷地搖頭，意思是我們幹麼要害怕。

「那我就說了？」

大家一齊點頭。

「好，我說了。」

然後，他就把多吉如何藏在山洞，如何作法都說出來了。他還說，這些天壓住了火頭的風，可能正是多吉作法的結果。他說著這一切的時候，那麼多身子傾過來，那麼多雙眼睛瞪著他的眼睛，使他感到特別暢快。最後，他說：「要是多吉累死了，我們要封他為神。」

說完這一切，那種暢快使他渾身睏乏，便一歪身子睡過去了。

醒來時已是黃昏，他步履踉蹌回家時，關於多吉作法的事，已經在村子裡流傳了。第二天，這話便到了村子之外的人的耳朵裡。很多祕密，本來在機村都是公開的事情，但外界的人，卻不得與聞。這次這件事情，要不是老魏的出現，仍然會只是機村的一個祕密。但有老魏在，情形就大不一樣了。

老魏做過些招機村的恨的事，即便如此，機村人仍然認為老魏是一個好人。這次，老魏下來，又沒有了過去的威風，整天價憂心忡忡的樣子，看了讓人可憐。過去，機村人不肯幹上面布置的事情，就派老魏下來。老魏不下命令，老魏說：「你們想犯錯誤，那我也來跟你們一起犯。」

機村人不肯上交公糧，老魏來是這麼說的。

機村人放火燒了荒，每次來帶人去拘留，帶不到人的時候，老魏也是這麼說的。

機村人最初不肯砍樹，老魏來動員，也是這麼說的。

這回，老魏顯得怨氣沖天，說：「叫你們不燒荒，你們燒了。讓多吉老老實實，他不幹，要跑，這下把我害慘了，我再也幫不上你們的忙了。」

他這麼說話，足以叫機村人感到憂心忡忡。上面的意思千變萬化，機村人難於應付與理解，老魏一個派出所長，官不大，卻是機村與上面的一個橋梁。老魏對機村很熟悉。他很快就感到了有祕密的存在。他也不打聽，最後那傳言終於還是落在了他的耳朵裡。告訴他的人說：「這事，你千萬不要告訴別人，在我們村裡，索波和他手下的那些民兵我們都不敢告訴。」

老魏是忠於組織的，很快就把這件事情報告了。

這才有了當下這一幕。

老魏對格桑旺堆說：「明人不做暗事，這件事我一聽說，立馬就報告了。」

「為什麼？」

「謠言止於智者。不能再讓謠言流傳了。」

「真的怎麼是謠言？」

老魏笑起來：「看，你已經招認了。」

「我沒有招認。」

「我的大隊長，你不是說這事是真的嗎？你不就等於是招認嗎？行，我要的就是你這句話。」

說完，他拉著格桑旺堆鑽進了帳篷。江村貢布垂首坐在一圈人中央。格桑旺堆對他一跺腳：「你壞了我的大事！」

索波則對著他冷笑。

格桑旺堆說：「好吧。人是我藏起來的。」

領導馬上發話：「馬上發通知，階級鬥爭新動向，有人趁國家森林遭受巨大火災之機，宣揚封建迷信，破壞史無前例的無產階級文化大革命！」

老魏叫起來：「不行啊，防火道工程千萬不能再停啊。壞人已經挖出來了，交給專政機關來處理吧。」

領導陰陰地笑道：「專政機關，老魏你就是專政機關的吧？過去你就是管著這些地方的吧？看看，搞封建迷信的壞人猖獗到如此程度，就是過去的專政機關執行劉少奇修正主義路線的結果！你還什麼專政機關！」

老魏爭辯道：「過去我有錯誤，可現在專政機關不是都換人了嗎？」

上面一拍桌子：「你話裡話外，是對文化大革命心存不滿！」

老魏從來沒有在機村人面前如此失過尊嚴，他梗著脖子還要爭辯，格桑旺堆悄悄拉拉他的袖口。雖然他聽不太明白他們那些文件上的大道理，但他看出來，老魏在這種時候還是向著機村的。

不想平常慈眉善目的老魏脹紅了臉，衝著格桑旺堆，還有索波跟江村貢布三個機村人爆發了：

「我這是何苦呢？我這是何苦呢？你們機村人總恨我出賣了你們，現在你們看看，領導又是怎麼對待我的。」

老魏反常的舉動使大家都有些吃驚。好半天，大家都看著他一言不發，沒有任何反應。要是有人反駁，老魏的怨憤就會繼續高漲。但大家都只是一言不發地看著他。三個機村人是因為震驚，而那些和老魏一樣的幹部們，大多都用譏誚的神情瞧著他。這種安靜，把老魏自己也弄得手腳無措，他的臉由紅轉黑，抱著頭，慢慢蹲到了地上。大家還聽見他低聲咕噥：「對不起，我又犯錯誤了。」

又是一聲拍桌子的脆響，「大火當前，你還要認識這是什麼性質的錯誤！」

「我同情落後勢力。」

「不是同情，你的立場早就站歪了！」

老魏又昂起了頭，再次開始申辯：「沒有那麼嚴重，我只是不該同情這些人！」這回，他用手指著這幾個機村人的時候，眼裡的確噴出了仇恨的火星。

「那你說鬥爭會該不該開？」

「該！該！」

突然有人大笑。大家一看，卻是剛才還縮在牆角裡索索發抖的喇嘛江村貢布。然後，他口舌伶俐地吐出了一大串藏話。說完，他再次放聲大笑。

領導發話了，問這個人瘋了嗎？

格桑旺堆說：「瘋了。」

但索波他說：「這個人沒瘋。」

「那他念經一樣，說些什麼？又在這裡公然搞封建迷信活動嗎？你，把他的話翻過來給我們聽聽。」

索波說：「領導不該相信他的胡言亂語。」

「叫你翻過來聽聽。」

這時，老魏感到周身關節痠痛，就舉手說：「報告領導，我身上的天氣預報準得很，天要轉陰，要下雨了。」

領導只想聽索波翻譯江村貢布的話。

江村貢布大笑說，你們在這裡為一些虛無的道理爭來爭去有什麼勁呢？多吉已經死了！不管是不是封建迷信，也不管他的作法是不是有效果，但他的確是為了保住機村的林子，發功加重內傷而死的。這樣的人你們都要鬥爭嗎？如果需要，我馬上去揹負他的屍體回來。或者，你們不想鬥爭死人，那就把我當成那個死人來鬥爭吧。我們只是迷信，你們卻陷入了瘋狂。

等索波翻譯完了，江村貢布再次大笑，這回是用漢話一字一頓地說：「我看，你們全都瘋了！」

然後，背著手仰臉出門去了。

領導一拍桌子說：「給我抓回來！」

這時，有三個影子一樣的人現身了，這正是追蹤多吉的專案組的那三個人。這些日子裡，他們悄無聲息，但又好像無處不在。其中一個，跑到領導耳邊壓低聲音說了句什麼。領導便揮了揮手打消了剛才的念頭。

三個人便影子一樣飄出去，在喇嘛身後跟蹤而去了。

十二

這件事，火災過去好多年後，機村人一直都還在津津有味地傳說。

傳說，多吉就是江村貢布發話時，心肺破裂而死的。傳說江村貢布出門就直奔山洞而去。見了多吉的屍體依然大笑。而且，這個總是腦瓜錚亮的喇嘛，從這一天起開始蓄髮，直到滿頭長髮巫師一般隨風飄灑。

傳說，被這些亂七八糟的事情弄糊塗的指揮部領導一拍桌子，大吼道：「都給我滾開！」大家正好趁機脫離險境。老魏走出帳篷時，揉頭痠痛的肩，有些討好地對緊鎖眉頭的格桑旺堆說：「天要下雨了，只要雨下下來就好了。」

格桑旺堆卻只覺得嘴裡發苦，心中悲涼。他不想理會老魏。他也沒有抬頭看天。卻聽見索波說：「咦，老魏你的天氣預報挺準的，天真的陰了。」

格桑旺堆這才抬頭看天，看見藍中帶灰的晴空已經烏雲密布，而且，大火起後，一直十分乾燥的空氣裡，帶上了淡淡的濕潤之氣。

傳說，這時天空滾過了隆隆的雷聲。索波高興地說：「這下機村的林子有救了！」

格桑旺堆這回卻變得咄咄逼人了：「你什麼時候覺得這些林子是機村的林子？只要對你有好處，你可以把整個機村都賣了。」

的事情了。

索波梗起了脖子，但終於把到嘴邊的話嚥回去了。對這個野心勃勃的年輕人來說，這也是很難得的事情了。

這一年春天第一次的雷聲再次響起來，從頭頂的天空隆隆滾過。大家只注意到雷聲，而沒有發覺風向已經變了。這個只要看看樹木的搖動就可以知道。樹枝和樹梢，都指出了風的方向。

格桑旺堆連雷聲也不在意，他說：「我相信江村貢布的話，多吉已經死了。我要去看他。你，還有你，可以去告發。可以讓他們開那個沒有開成的鬥爭會，來鬥我。我告訴你們，多吉是我藏在山洞裡的，是我讓江村貢布給他送飯療傷，但他不想活了，他作法把自己累死了。我現在要去看他。」

老魏拉住了他：「你不能去。鬥爭會也不能再開，再開會，防火道耽擱下來，大火過來，這些樹林就保不住了。」

格桑旺堆說：「沒有人肯為機村死，索波不肯，我也不肯，多吉什麼都不是，但他肯。我要去送他。」

格桑旺堆走到村口，就被員警攔回去了：「你不能走。」

於是，他又重新給人帶到了一個帳篷裡。而且，老魏與江村貢布已經先一步給帶到這裡給人看起來了。

老魏問自己過去的手下，會把自己怎麼辦。

他的手下懶洋洋在回答：「明天先開你們的鬥爭會，以後會怎麼樣，我就不知道了。」

老魏把頭深深地埋在褲襠裡頭不說話了。

雷聲還在震響，變了向的風也愈來愈強勁了。看來盼望已久的季雨終於就要來了。

每年這個季節，強勁的東南風把豐沛的雨水從遠方的海洋上吹送過來。風浩浩蕩蕩，推動濕潤的雲團，一路向西向北，掠過河流密布的平原，帶上了更多的水分，掠過一些山地時，這些水分損耗了一些，但風經過另外的平原時又把水分補充足了。然後，東南風順著大渡河寬廣的峽谷橫吹進來。大渡河的主流與支流，儘管在崇山峻嶺間顯得百迴千轉，但最終都向著東南方敞開。風吹送進山谷時，雨水就降落下來。

正是有了這些濕潤的風，才有這西部山地中茂盛的原始山林綿延千里，才有眾水向著東南的萬里沃野四季奔流。正是有了這些森林，這些奔流東去的眾水，每年，東南方吹送而來的風才會如此滋潤而多情。

但是，大火起來的這一年，不要說是一個小小的機村，而是天下所有地方都氣候反常。一個老人，坐在深宮裡盤算。那個深宮太深了。算著算著，他自己就算出了很多危險。傳說，有時候，他也會偶爾從宮裡出來一下，對著廣場上大群的人揮動帽子。廣場上的人是整個國家人民的代表。與機村相鄰的村子有個農婦也稀裡糊塗地被上面送到過那個有十萬個機村廣場那麼大的廣場上。她親眼見到，到處都掛著他相片那個老人從深宮裡出來，站在他們家的門樓上，對著下面的人山人海揮動那頂帽子。他喊一聲，下面的人就山呼海嘯。農婦聽不大懂漢語，特別是從喇叭裡喊出來的漢語。但她猜出來了。那個老頭說，誰要我的帽子。下面人都想當帝王，都想住到深宮裡去日夜盤算。所以，都跳起來，山呼海嘯地喊：「我要！我要！」

那麼多人都同時想要一種東西的時候，那情景真是非常可怕。本來就水土不服的農婦都給嚇出病了。要不是回來的早，她就客死異鄉了。她去得那麼遠，死了遊魂都找不到路回家。

農婦對來和他談心的幹部說：「我還會好好勞動，但我不要當積極分子了。」

農婦還說，結果誰也沒有得到那頂帽子，人家把帽子戴回自己頭頂，下樓，走了。而好多沒有得到帽子的人，都哭得傷心死了。

多少年後，機村人還在傳說，多吉一死，風就轉向了。

這當然是一種迷信。其實只是這一年氣候大異常中的一個小異常。往年，東南風起時，雨水會同時到達。但這一次，事情有了例外。風先起，而雨水後到。其實，雨也就晚來了不到兩個小時，但東邊的大火早就藉著風勢掉過頭來，浩浩蕩蕩在向著機村這邊推進了。大火被壓抑了這麼久，一起來就十分猛烈，好像這期間真是聚集了許多的能量，在這一刻，都劇烈地釋放出來了。不一會兒，就在東邊天際堆起了一道高高的火牆。機村的空氣好像都被那道高高的火牆抽空了。

所以，當雨水終於落下來時，已經無濟於事了。大部分的雨水未及落地就被蒸發。少量的雨水落到地面，已經被大火的灰燼染黑。這些稀疏溫熱的雨點落在地面，只是把乾燥的浮塵砸得四處飛揚。

整個機村，叫聲一片。

燭天的火牆慢慢矮下身子，不是為了憐憫蒼生而準備就此熄滅，而是深深地運氣，來一次更加輝煌的爆發！

大火與天相接。

夜晚一到，模糊了天地的界限，那情形就彷彿天降大火一般。

天火說，一切都早已兆示過了，而汝等毫不在心。

天火說，汝等不要害怕，這景象不過是你們內心的外現罷了。

天火還對機村人說，一切該當毀滅的，無論生命，無論倫常，無論心律，無論一切歌哭悲歡，無論一切恩癡仇怨，都自當毀滅。

天火說，機村人聽好，如此天地大劫，無論榮辱貴賤，都要坦然承受，死猶生，生猶死，腐惡盡除的劫後餘輝，照著生光日月，或者可以於潔淨心田中再創世界。

機村人明白了？或許，可能。但無人可以回答。他們只曉得驚恐地喊叫。他們仍然是凡塵中的人，因驚恐而興奮，因自然神力所展現的奇景而感到莫名的快感。野獸在奔逃。飛禽們尖叫著衝上夜空，因為無枝可倚，復又落回到巢穴裡，然後，驚恐使牠們再次尖叫著向著夜空高高竄起。

那火輝煌地爆發了，火牆傾倒下來，整個夜空裡放滿了慶典禮花一般火星飛濺。火頭貼向地面，在幾座山崗和谷地間拉開一個長長的幅面，洪水一樣，向著機村這邊從容不迫地席捲而來。

現在，大家好像才真正明白過來，大火是真正要燒過來了。

已經變成了個巨大營地的機村像一個炸了營的蜂巢。所有的喇叭都在叫喊，所有的燈光都已打開，所有的機器都在轟鳴，所有人都在跑動。隊伍又集合起來。廣播裡傳出來指揮部領導的叫喊。

而在帳篷裡，幾個員警還在看守著老魏他們。

格桑旺堆聽著那種叫喊有些耳熟，就說：「我好像聽見過人這樣講話。」

江村貢布翻翻眼，說：「電影裡面，最後時刻，當官的人就這麼講話。」

幾個表情嚴肅的員警忍不住笑了。這一笑帳篷裡的空氣才稍稍鬆動了一些。老魏說：「你們還守在這裡幹什麼？還不上山救火！」

他曾經的部下，收起了笑容，一動不動。

「你們放心，我保證不跑，請報告領導，請組織上在這危機時刻考驗我。我也要上山救火！」

這些人還是不為所動。

老魏說：「這樣吧，我去救火你們不放心，那把這兩個人交給我看守，你們趕快上山去吧，多一個人多一份力量。」

江村貢布又長笑一聲，自己站起身來，往帳篷外走去。一個員警就從腰上抽出槍來。江村貢布回過頭來，笑笑，嘶啞著聲音說：「年輕人，我活夠了，想開槍你就開吧。」

「站住，回來。」

「我不會回來，我不能讓多吉一個人悲涼地躺在山洞裡，我不能讓一個一心要救機村的人，死去之後，靈魂都無人超度。」江村貢布掀開門簾，彤紅的火光把他照亮了，他帶著挑釁的口吻說，「告訴你們吧，我要去給那人念些度亡的經文。」

舉槍的人擦了把沁上額頭的汗，把槍插回了腰間，說：「這個人瘋了。」

沒想到江村貢布又一掀門簾走了回來：「我還有句話沒有對大隊長說。」

江村貢布對格桑旺堆說：「多吉的事你放心，你把他交給我是算是找對人，你當上大隊長以來，很少做過這麼對頭的事情。多吉的後事，你一個俗人不懂得他，也幫不了什麼忙。」

江村貢布這一回是真的走了，員警也沒有再掏槍。一直沉默的格桑旺堆突然像一頭野獸一樣咆哮起來：「放我出去！」

員警都拔槍在手，格桑旺堆說：「我要救我的村子，你們想為這個打死我嗎？」

幾個員警撲上來，有人鎖他脖子，有人擰他的胳膊，但他怒吼著，像一頭拚命的野獸一樣掙扎了一陣，幾個員警便都躺在了地上。老魏示意那幾個員警不要動，自己想上前來安撫這個狂怒的人。他吧嗒著嘴唇，模仿著機村人安撫騷動的家畜的聲音，但他剛剛湊近身子，就被格桑旺堆重重的摜在了地上。這回，格桑旺堆拉著一個員警，直接衝進了正在作最後部署的指揮部的帳篷。他替那個員警把槍掏出來，拍在了領導的桌上，他說：「如果我有罪，你就叫他槍斃了我。如果沒有，就放了我！我不能眼看著大火燒向我的村子，而坐在那裡什麼也不幹！」

「猖狂！我以縣革命委員會的名義，以救火指揮部的名義，撤了你的職！」

「我不要當什麼大隊長，我只要你們准我救火。」

「把這個人拉出去，我們在開會！」

格桑旺堆發了蠻力，把前來拉他的索波和另一個都摔倒在地上了，他嘶聲喊道：「開會！開會！少開幾個會，就輪不到現在這麼緊張了！」

「把這個人給我綁了！」

差不多是所有人同時發力，把野獸一樣狂怒的格桑旺堆撲到在地上，綁了起來。格桑旺堆還在大叫，一張毛巾把他的嘴給結結實實地堵了起來。這時，遠處的火牆又升起來，每一次火焰的抽動，都在抽動帳篷裡本來就緊張的空氣，所有人的感覺都是快要喘不上氣來了。在這個會上，索波被宣布為機村的大隊長。上任的大隊長第一件事情，仍是派人帶隊伍上山。

黑夜裡，機村的嚮導就真是嚮導了。走錯一步，可能整支隊伍一整夜都會在老林子裡走不出來。這麼些年來，索波都覺得格桑旺堆是一個無能的人，都覺得自己應該取而代之，但他從來沒有想過會是在這樣一個時刻。這個時刻到來的時候，他對好多事情的看法都有了一些改變。但這個時刻卻在他最沒有準備的時候降臨了。他明白，這個時刻，把一支支隊伍派往夜晚幽深的山林，很可能大火逼近時，一個人也逃不出來。

看來指揮長自己也明白這個道理，但他更不敢冒眼看大火推近無所作為的風險。他走下鋪著地圖的桌子後面的那個位置，手重重地拍在索波的肩上：「隊伍能不能安全地拉出去，又安全地撤回來，就全看你手下的嚮導們了。」

除了格桑旺堆，這裡面只有索波最清楚現在開隊伍上山所包含的巨大風險，但他不能，也不會反對指揮部的命令。指揮長說了，你這個年輕人前途未可限量，只是一定要在關鍵時刻經受住考驗。

帳篷外面，就像電影裡的場景一樣，一支支隊伍正在集合。這些人都穿著一樣的服裝。工人戴著頭盔，腰裡都掛著一隻搪瓷缸子。手裡拿著一樣工具的人站在一組，顯得軍人一樣整齊雄壯。然後，是幹部與學生的隊伍，他們都穿著一樣的草綠色服裝，戴著紅袖章，揹著軍挎包，排隊看齊時，挺胸昂首，碎碎移動的腳步濺起了很多的塵土。倒是剛剛從救火現場撤下來的解放軍隊伍顯得衣衫不整，疲憊不堪。再沒有人手了，連老魏也作為嚮導派給了解放軍的隊伍。

說時遲那時快，轉眼之間，一支支隊伍都消失在夜晚的樹林中，隊伍開出村時，手電筒光晃得人眼花。但當他們進入森林時，那些光芒，就顯得稀落而黯淡了。

整個機村只剩下那些空空蕩蕩的帳篷，一些餘燼未消的空灶，和一些老弱婦幼了。火光時而明亮，時而黯淡，空蕩蕩的機村的輪廓一會兒模糊，一會兒清晰，就像某種奇異荒唐的夢境一樣。

山下，稍微平緩一些的地方，都被機器施展了神力。陡峭的高處，它們是無論如何也上不去了。

剩下那些地方，樹又大又高又密，只好人用雙手來幹了。夜晚的森林顯得無邊無際，伐倒一棵樹，至多也是透進一點天光。何況樹還不能只是伐倒了事，還要堆積起來，放火燒掉。時間緊迫起來時，才知道放倒一棵大樹，需要太多的時間，而把這些樹燒掉，需要更多的時間。要在這樣茂密的森林裡，砍出一道防火線來，不可能是今晚，也不可能是明天。大火只要以眼下的速度推進，要救下這片森林幾乎是不可能的了。從指揮長到普通工人，任何人都明白這一點，但都沒有人把這一點說出來。整個救火行動開始以來，機村就被視為關鍵部位。絕大部分的人力物力都投放在了這裡。誰要是把這話說出來，就可能成為整個行動失敗的替罪羊。經過這麼多一次比一次更加殘酷的運動，每一個都可能是一個告發者，每一個人也都可能被別人告發。所以，整條防火線上人人都在拚命幹活，整個夜晚，滿山遍野都是刀斧聲一片。就這樣一直幹到天亮，看看一整夜的勞動成果只是在無邊的森林中開出一個個小小的豁口，沒有一個人感到勝利在望。

開了那麼多的會，並未從芸芸眾生身上激發出來傳說中能夠拯救世界的英雄的力量。

每一次開會，會場上都會拉起一道標語：「人定勝天！」

每一次開會結束的時候，都要山呼三遍：「人定勝天，人定勝天！人定勝天！」

但現在，每一個人都明白，再多的人，再多的人山呼海嘯一般的呼喊，那大火也會像一點都沒聽到一般。天人相隔，天行天道，人，卻一次一次在顛狂中自我欺騙。

天仍然陰沉著，太陽升起來，只是陰雲之後，煙霧之後，一個黯然模糊的亮點。高天之上，被大火沖亂的氣流裡，或許有些紛亂的雨腳，但是，未及降落到地面，就被蒸發乾淨了。除了剛剛到達那一陣子，東南風不是太大，卻一口長氣勻勻地吹著。它趕了成千上萬里的路，飛掠過了那麼寬廣的大地，沒有個三天五天，是收不住腳步的。濕潤的東南風，在掠過了大火寬大的區域後，水分被蒸發得乾乾淨淨，自己也變得萬分焦渴，就帶著一身嗆人的煙火氣降到下雲頭，貼地而行。這個季節，每一棵樹都拚命吮吸了一點水分，輸送到每一杈枝頭，輸送到每一個葉苞處，準備返青，準備舒展開新綠，但這點水分被帶著一身煙火氣的東南風劫掠了。那些開始生動與柔軟的枝條又重新變得僵直了，所有因萌動著新葉與花朵而顯得飽滿滋潤的芽苞與蓓蕾，也在這本應濕潤，本應催生新葉與春花的東南風過處，迅速枯萎了。只有剛剛從厚積的枯黃中泛出新綠的草地，卻在一夜之間被那熱風吹綠了。而且，過去要在接下來的大半個月中才會漸次開放的白色的野草莓花和黃色的浦公英都在一夜之間同時開放了。

以前，機村人解夢，花開總是吉兆，但大火過後，誰要是夢見一夜花開，這個人自己就會擔驚受怕。大火過後，連機村人詳夢的說法都有了變化。不過，那已是後話了。

且說，一隊隊開上山的人馬，在森林中各包一段，拚命幹了一個晚上，天亮了一看，就明白要搶在大火前面開出一條防火道來，幾乎沒有任何可能。又累又餓的人們，一下就癱坐在地上。掠過火頭的風暖烘烘的，好多人背一沾軟和的草地，很快就沉入了夢鄉。本來就焦急狂燥的索波急火攻心，嘴唇都起泡開裂了。他說：「你們不能停下，你們不能停下。」

但每一雙快要閉上的眼睛，都只漠然地橫他一下，就顧自闔上了。每一個閉上雙眼的人，都會非常愜意地吐出一聲歎息。而那些野草莓，那些蒲公英細碎精巧的花朵，就從那些躺上的身體的四周探出頭來，無聲無息，迅速綻開花蕾，展開花瓣，只是輕輕地在乾熱的風中晃動一陣嬌媚的容顏，便迅速枯萎了。而在那些加速生命衝刺，在開放的同時便告凋零的花朵之間，是一些攤開的肢體，是一張張形態各異的臉。這種情形，怎麼看都像是一個可怕的夢魘。

索波看著這景象，嘴裡不斷地說：「不能停下，不能停下！」然後，他衝到隊長面前，說：「告訴他們不能停下！」

隊長看看他，笑了：「誰告訴他們都沒有用。不過，你要幹，我就跟你一起幹吧。」

隊長和索波開始合力砍一棵大樹。

沉悶的斧聲在清晨的森林中顯得空曠而孤單。

一些人起身加入進來。這些加入的人要麼是先進的人物，要麼是在運動中總是不清不楚的人物。他們加入進來，不是為了保住森林，而是在森林毀滅後，保護好自己。而大多數人躺在地上睡著了。索波看到有人沒有老實睡覺。這些天，機村的胖姑娘央金迷上一個白淨臉的藍工裝。這個藍工裝雪白的襯衫領口圍著一個頎長的脖子，說話時，喉結很靈動地上下滑動。這個人總是一副什麼事情都讓他打不起精神的懶洋洋的派頭。就是他這派頭把胖姑娘央金迷住了。

大火沒來的時候，央金一看到索波就目光虛幻。現在，一個有著特別派頭的年輕人出現在她的面前。於是，央金的目光開始為另一個男人虛幻了。

那個人滑動著喉結說了句什麼，央金都要拍著胖手說：「呀，真的呀！」

索波就說：「呸！」

但胖姑娘被迷得不輕，連一向敬畏的索波的話也聽不進去了。

索波咬牙切齒對她說：「你喜歡什麼人是你自己的事，但你不要在這麼多人面前犯賤，你這是給機村人丟人現眼！」

央金哭了。

但央金是那種太容易認錯因此也太容易重複犯錯的那種人。轉過身，只要那個人對她火爆的身材看上一眼，她就像一身胖肉裡裹著的骨頭發癢一樣，扭動著身子湊上去了。

這天早上，索波看到，睡了一地的人當中，也睡著央金和她那個藍工裝。別人的臉都暴露在陽光下，但這兩個並躺在一起的傢伙，臉上卻都扣著安全帽。但只從安全帽沒有遮住的下巴與耳根，都看得出來，兩個人正暗自竊喜。因為什麼？因為兩個人的手都沒有安生，都伸到對方身上去了，在敏感處遊走。

看到此情景，索波嘴上燒出的泡有兩個裂開了，血水慢慢地滲了出來。那邊還在悄無聲息地暗自歡喜，這邊這個人卻又做出了副受難者的表情。

受難者把嘴唇上滲出的血水吐掉：「呸！」

但是除了他自己，沒有人聽到。

這時，有些地方響起了爆炸聲。之後，幽深的林子還有煙霧騰起。大家正在納悶之時，老魏還有格桑旺堆領著一支這次救火行動中，人員最為雜亂，著裝最不整齊的隊伍出現了。老魏說，解放軍用炸藥開防火道，速度比人工砍伐快多了。老魏向指揮部建議推廣這個方法。指揮部還往每個分隊工地傳達這個命令，同時輸送炸藥的任務交給了他。是他建議指揮部放了格桑旺堆將功折罪。因為這支隊伍，基本上是前些天送飯隊伍的班底，只是還加上了指揮部機關的臨時精簡出來的工作人員，甚至，連炊事員都抽了十多個人補充到這支隊伍裡來了。

央金的藍工裝就脫口而出：「那就沒有人送飯了！」

被打斷了話頭的老魏，灼人的目光亮起來：「誰？誰說這話？」

下面沒有人應聲。

老魏說：「大敵，不，大火當前，就想著自己的肚子，覺得有道理就站出來說話。」

於是，包括剛剛小睡醒來的那些人，都做出同仇敵愾的樣子。藍工裝一吐舌頭，掩嘴後退，三兩步，就消失在合抱的大樹後面了，央金也學樣，吐一下舌頭，相跟著掩身到大樹背後，從人們視線裡消失了。

前些年修公路的時候，索波就學會了爆破。現在，這個本事又用上了。他扯根藤條把兩管炸藥綁上樹身，給雷管插上導火索，拔出腰刀，在炸藥管上扎出一個小孔，插進雷管。對老魏揮揮手，說：「大家散開。」

大家就都循入林中，只留下老魏跟這個分隊的隊長還在身邊，索波又伸出手，說：「給我點根菸。」

一根點燃的菸就遞到他跟前。索波接過來，猛吸一口，點燃了導火索，一陣藍煙騰起，導火索冒出了火星，他才說：「快走！」

三個人急急循入林中，轉過七八棵大樹，剛在樹後蹲下，轟然一聲爆炸，頭頂上樹掛，枯葉簌簌地震落下來，那邊，被炸的大樹才轟然倒下。這一次演示，也是爆破速成。這個時代的人，對建造什麼鮮有信心，但對毀壞的方式卻學得很快。

下一次砲聲響起，就是好些人同時操作，同時點火，連珠炮響過後，倒下了起碼一個排的大樹。

老魏滿意地點頭，對格桑旺堆說：「年輕人真是能幹。」

格桑旺堆平淡地說：「我耽誤了機村這麼多年，機村總算有一個能幹的領頭人了。」

索波對格桑旺堆說：「我把央金也派到你的隊伍裡來。」

「好，該年輕人來負責。」

索波就恨恨地說：「我不能留她在這兒給機村人丟臉，派給你送炸藥去！」

但沒有人看見央金，她跟那個藍工裝不知在什麼時候，一起消失不見了。

索波臉陰沉下來，啞著嗓子說：「你們走吧，幸好山那邊不是台灣，不然她就跑到敵人那裡去了。」

老魏說：「你不要生氣。」

索波說：「我生氣？我為什麼要生氣？我為她生氣？」

「但你確實生氣了。」

格桑旺堆說：「男歡女愛，我們機村的風俗，你是知道的。」

索波說：「那是落後，要移風易俗，再說，這是男歡女愛的時候嗎？」

格桑旺堆笑了：「不是男歡女愛不是時候，而是天災來得不是時候！」他把炸藥揹上身，又說，「如今，你是機村的領頭人了，央金的事交給我，但還有好多事你得管，江村貢布又去找多吉了，你也得知道一下。」

「為什麼不早告訴我！」索波憤怒得要大叫了。

格桑旺堆搖搖頭，揹上炸藥，往另一個分隊去了。

十三

央金和那個藍工裝潛入了樹林。現在，她的身體也像眼下的森林一樣，被烤得冒煙了。唯一不同的是，把森林烤得冒煙的是大火，而把她身子烤得冒煙的，卻是藍工裝那好像漫不經心，同時又充滿欲望的眼光。

更不要說，相互的撫摸已經使她總是被衣服緊緊捆縛著的身體馬上就要爆炸了。

那人離開人群轉過了一棵大樹。她也昏昏然相跟著轉過一株大樹。腳下，是厚厚的鬆軟苔蘚。每一腳上去，都有一點微微的下陷，然後，又有一點微微的反彈。這增加了他們林間追逐時夢境一般的感覺。有意無意間，他們一會兒把對方弄丟，一會兒又把對方找到。要是換一個男人，她早就被撲倒在地上了。這個男人卻不慌不忙。她轉著一棵大樹繞圈時，一小方天空就在頭頂上圍著樹冠旋轉。

有兩次，他們抱在了一起，央金呼吸急促，頭上沁出細細的熱汗，但那個美男子，懶洋洋的眼神只是間或閃亮一下，那種閃亮裡有欲望的表達，同時，還對自己的欲望含有一種譏誚的鋒芒。這樣的兩次擁抱後，央金的上身已經沒有了衣裳。她的上身很短，兩條手臂也很短促，就像做工稚拙的陶俑。但是，那對那麼豐碩那麼沉甸甸地突出而不下垂的乳房，以及有著緞子一樣質感的暗褐色的健康皮膚使這個女性軀體閃現出奪目的光芒。

藍工裝撫摸那緞子一樣的皮膚，親吻那對乳房，這時，央金像一隻母獸一樣被快意挾持，喘息就像野獸發怒時低低的咆哮。

就在這時，爆破聲此起彼伏地響了起來。

在他們周圍，不時有被逼近的大火弄得十分警覺的動物奔逃而去。藍工裝受到驚嚇，央金緊緊把他摟住，他的臉就深埋在了她渾圓的雙乳之間。先是幾隻猴，從頭頂的樹冠上飛越而過，接著是慌張的野兔和林麝，然後，是一隻猞猁，和一頭臨產的母鹿。林子裡應該還有更多的動物在慌張奔逃，但央金只看到了這一些。

央金的手鬆開了男人的腦袋，伸到了男人的褲子裡，握在手裡的東西，是那樣的堅挺，滾燙。央金愜意地歎息一聲。但隨即，她手裡握著的東西，一下就軟了。她睜開眼，看見一頭熊正從他們上方，從容地緩緩而行。男人一直都懶洋洋的眼神這時是真正緊張起來了，但下面卻濕乎乎地鬆軟了。

熊走幾步，看看這對男女，再走幾步，又懶洋洋地打量一下這對男女。這隻熊一隻耳缺了一塊。兩人相交以來，一直都是那男人居高臨下，但現在，這個城裡來的男人卻被熊嚇壞了。這時，央金輕鬆地笑了：「你不要害怕，這是格桑旺堆的熊。」

這頭熊已經數度與村裡數一數二的獵人格桑旺堆交手，缺掉的半拉耳朵就是牠們交手的紀念。就憑這個，機村每一個人都可以認出牠來。機村人都相信，當這樣一頭熊，與一個獵人數度交手後，就會像英雄相惜一樣念念在心，對別的人就沒有任何興趣了。

央金拍著藍工裝的腦袋說：「不害怕，這是格桑旺堆的熊。」

「我們還是離開吧，這裡不安全。」

他眼裡令央金著迷的懶洋洋的神情被緊張所代替，顫動的喉結傳達出他內心的恐懼。央金把手從褲子裡縮回來。她把手舉到兩個人的眼前，上面黏呼呼的液體，說明他的雄雞在嚇縮了脖子的同時，把那點使他無故激越的東西吐出來了。

這個自感優越的白面男人，臉一下紅到了耳根，低下頭說：「走吧，走吧，這裡不安全。」

但接下來的問題是，他引領這個笨拙天真的異族姑娘，把前戲玩得如醉如癡，即便央金這時已經清醒過來，在這暗無天日的森林裡也不辨東西了。所以，他們走出樹林，看見大片天光的時候，卻沒有見到他們分隊的人。砍伐的聲音，爆破的聲音在遠處激蕩。

當直瀉無礙的天光籠罩住他們的時候，跟林子裡不一樣的寂靜同時將他們籠罩住了。這巨大的寂靜讓他們一下止住了腳步！一大片湖水，就在他們眼前微微動盪，不要照耀，也能在自身夢一般的漾動中微微發光！

央金沒有來過這個地方，但這個地方已經在機村人一代又一代的描摹中，使每一個剛聽懂話不久的孩子都已爛熟於心了。

是的，這就是那個傳說棲止著一對金野鴨的色嫫措。

帶著妖魅氣的色嫫措是機村的神湖。

太陽模糊的輪廓落在湖裡，湖水閃著一點點金光。央金捂住了自己的嘴巴。她以為自己真的看見了傳說中的金野鴨。過去，他們這些反對封建迷信年輕人曾經拿這對傳說中的鴨子與老年人說事。

央金自己就挺胸出來問過：「你們說金野鴨，金野鴨，請問是指金色的野鴨還是還是金子的野鴨？」

她知道自己這個問題問得非常機智，所以，在她傾慕的機村先進青年領袖索波面前，興奮得兩腮緋紅，眼動星光。

人家的回答是：「當然是金子的野鴨。」

央金大笑著繼續發問，眼睛卻急切地朝向索波：「金子那麼重的東西會飛起來嗎？那不是鴨子，是飛機！」

但她到底還是一個機村人，一旦置身於這種自然環境中，一旦置身於這種不是靠別人灌輸的思想，而是靠自然啟示說話的時候，不要任何理由，她就已經相信金野鴨是真的存在了。她緊緊地抓住了藍工裝青年的手：「噓，小聲！看，保佑我們村的金野鴨！」

「哪裡？」

她短促多肉的胖手指向了湖中黯淡太陽的影子。

藍工裝笑了：「你們是把太陽叫做野鴨嗎？」

一旦脫離開了依靠本能的情景，回到需要智性對某件事物進行判斷的狀態下，這個男人的自信與優越感立即就恢復了，他說，「你的漢話不行，我又不懂你們的語言，所以，我要問你，你們是把太陽的倒影叫做野鴨嗎？」

央金搖頭。

「對，你們的語言雖然單調，也不至於把這不相干的事物拉扯到一起。那麼，你們真的認為它就是……就是……」藍工裝臉上的表情變得生動豐富，他伸開雙手，做出拍打翅膀的動作，從雪白衣領裡伸長了頸子，模仿鴨子的聲音，「這個東西，鴨子。」

央金又被這個恢復了生氣的人迷得目光虛幻了，只剩下拚命點頭的份了。

藍工裝指指天空陰雲與煙霧後面的太陽隱約的影子，又指指湖裡的倒影，說：「明白了嗎？」

央金明白了，而且，立即就為自己那片刻的不先進，片刻間就被封建迷信迷住心竅而慚愧了。兩個人圍著湖邊走了一圈。湖水靜悄悄地斂息不動，只有湖中太陽模糊的倒影，相跟著，也在湖裡繞了一圈。

他們來到了湖的出口，溢出的湖水越過自然生成的堤岸，從腳下的山崖上飛垂而下，綠玉般的水一路落下去，落下去，在崖壁的巨石與孤樹身上碰成白霧一片。站在湖水出口處的崖頂，鋪展在群山間的機村谷地盡顯眼前。從這裡，還可以見到正在逼近的大火。白天，不像夜晚看得見那麼多的火光，火頭推進處，只見煙霧迷漫。風一會兒把煙幕高高堆起，一會又將其一下推倒，吹拂著四處飄散。而在懸崖下面，撞得粉身碎骨的水重新匯聚起來，穿過山林，順著溝谷向著山下流淌。溪流所經之處，正在設計出來的防火道上。從湖邊望下去，防火道基本成形，而往上，從這湖泊以上，還有好幾百米才到雪線，這裡，還一棵樹木都沒有動過。這一段，林子雖然稀疏了一些，但都是樹皮樹幹中包含了更多松脂的冷杉，想必大火過來，燒起來更加快速便當。

藍工裝突然一拍腦袋，說：「有了！」

他從懸崖邊往湖邊走，一邊走，一邊數著自己的腳步。走到水邊，他用命令的口吻對央金說：「你走過來，不對，太快了，回去，慢一點，一步一步走過來，好！開始！」

這個人懶洋洋的時候，身上有一股魔力，讓女人不能自已。現在，他顯得緊張而決斷，煥發的魔力同樣不可抗拒。央金昏昏然依令而行。走到湖邊時，她差點就靠在了這個男人的懷裡。但他把她扶住了，說：「好，你的步子是八步，我的步子是七步！有辦法了！」

他從工裝口袋裡掏出筆，同時掏出一封皺巴巴的信，他抽掉信紙，把信封拆了，翻出來，很快寫下一篇字交給央金：「現在，我要交給你一件任務，趕快下去，找到老魏，他明白該怎麼做。」

「那你呢？」

「我餓了，再說，走山路，你快。我在這裡等，見了我的信，那些大人物他們都會乖乖地上這裡來！」

央金領命上路，回頭看時，這傢伙已經倚著一棵巨大的樺樹，躺在鬆軟的草地上了。

十四

一離開那個藍工裝，央金就清醒多了。

對於清醒過來的央金來說，在林子裡行走，就像是自己在自己心裡行走一樣。一進入林子，光線就黯淡下來。那些若隱若顯的小徑在她眼中都清晰無比。這條小徑與那條小徑匯合之處，或者說，是腳下的小徑又分出新的小徑的地方，她只稍稍停留一下，就做出了正確的選擇。老輩人說過，在這樣的時候，可以問草，也可以問停在樹上的鳥。她確實看見了草，也在停留的時候，看到了很端莊地停在樹枝上等她發問的鳥。但她什麼都沒有問，就做出了正確的選擇。這一路上，她奔跑不停，額頭上，身上都沁出了細細的汗水。這些汗水把她肌膚的味道帶出來，連她自已都覺得，這裡山林裡頭野獸身上才有的那種生動的味道。她呼哧呼哧大喘著氣奔跑，跳躍，渾身發熱的時候，就脫下了外衣。她忘記了，裡面的小衣已經在剛才的遊戲中被藍工裝剝掉了。她把外衣提在手上，赤裸著上身，飽滿的乳房在身上跳蕩不已。

她覺得內心輕盈，像一個林中的精靈。但她那麼肉感的身子，看上去更像一個剛剛成年的小母獸。

她都沒有想到那麼快就遇到了老魏。那是在一片林中草地上，她什麼都沒有覺得，就衝進了林中草地，奔跑的人關注的只是腳下若斷若連的蜿蜒小徑，而不是兩邊的風景。她只覺得一下就闖進了一片炫目的光亮中間。然後，是很多人一聲驚歎，像一堵透明的牆陡然而起，立在她面前。

她看見了草地中央那些身背重負的人，看見了一張汗涔涔的臉，看見了他們驚異的表情。這種表情，讓她一低頭就看見自己飽滿的乳房。她自己驚叫一聲，雙手捂在了自己雙眼之上。

央金就這樣驚叫著衝進了人群才收住了腳步。

老魏和他的人都轉過身子，把眼睛望向天空。

機村的人們卻開心大笑，然後，央金自己也大笑起來。直到格桑旺堆說：「笑夠了，就穿上衣裳。」

央金才把衣裳穿上。

格桑旺堆說：「好久都沒有聽到這麼開心的笑聲了。好姑娘為何而奔忙。」話說到一半，格桑旺堆用得已經是機村人十多年沒有再聽過的藏戲裡帶韻的文雅腔調了。

但央金不懂得這個，她又喘息了一陣，喘勻了氣又吃吃地暗笑了一回，才說：「那個人派我給老魏送信。」

老魏表情本來就一本正經，讀那信時，臉上的神情變得更加嚴肅。看完，他揮動著信紙，在草地上蹉了幾步，又把信看了一遍，臉上的表情更加陰沉，說：「央金，格桑，你們陪我趕快下山。其餘人原地待命。」

下了山，老魏又說：「央金，你原地不動，待命，等我叫你。」然後，就和格桑旺堆鑽進帳篷裡去了。

央金說：「我要喝水去。我口渴。」

「你，還有汪邦全工程師，幹了一件大事，所以，你不能動，等著。聽見沒有，等著。」

她說：「我們是兩個人，不是三個人。」

老魏不耐煩地說：「什麼兩個人三個人，傻姑娘，等著吧。」轉身就拉著格桑旺堆鑽進指揮部帳篷裡去了。

央金掐著指頭又算了一遍，汪邦全工程師，六個字，漢人名都是三個字，六個字不就是兩個人嗎？她想想也就明白了。因為看來這件事是好事，所以，老魏把他自己的名字也算上了。但想想又糊塗了。老魏，老魏，他的名字是兩個字，那麼那個人是誰呢？

不一會兒，裡面果然出來人傳她進去。進去還沒有站定，鋪著地圖，放著電話的大桌子後面，那個領導抬起頭來，親切地笑了一下：「你就是那個送信的女民兵嗎？」

格桑旺堆一臉笑容說：「是，她叫央金。」

領導說：「哦，央金，是你送的信嗎？」

央金拚命點頭。

「這信是誰寫的？」

央金臉紅了，有些扭捏地說：「他。」

「他？」

老魏趕緊站出來：「就是汪邦全工程師。」

央金趕緊說：「不是兩個人，是一個人。」

領導想想，明白過來，哈哈大笑，說：「好，好，小姑娘很單純很可愛嘛。」然後，就把臉轉向了格桑旺堆，問：「那個地方真有一個湖嗎？」

「有。」

「好，那就依汪工程師的建議，炸了它！兵來將擋，火來水淹！好計！咦，工程師怎麼在伐木隊裡？」

「反動權威，打倒了。」

領導揮揮手：「這個人我知道，新中國自己的大學生，有什麼錯誤也是人民內矛盾，現在，我宣布，這個人火線解放！」

老魏抓住機會：「我也是人民內部矛盾。」

領導背著手沉吟了一陣，話卻很有分寸：「我們注意到你這一段工作主動，表現不錯。」領導又指著格桑旺堆說，「對你的處理可能重了一些，但你要想得通，要總結經驗教訓。」

格桑旺堆囁嚅半晌：「你們是說，要把那湖炸了？」

領導用指關節敲著地圖，沒有回答。

「不能炸啊，那是機村的風水湖，是所有森林的命湖。這湖沒有了，這些森林的生命也就沒有了。」

領導一拍桌子：「什麼鬼話！下去！」

格桑旺堆不動，老魏去拉，他還是不動，好幾個人一齊動手，把他推到帳篷外面去了。

老魏小心說：「機村人就是這樣認為的，消息傳出去，他們可能會……」

「可能會，可能會，可能會什麼？專政工具是幹什麼的?!你還是派出所長，說出這種話來的人，能當派出所長嗎？」老魏低下頭，不再多嘴了。接下來，領導宣布，依照汪工程師的建議，所有打防火道的隊伍，上移到湖泊以上的地段，馬上成立前線指揮所，地點就在爆破實施點。領導自己親任前線指揮所的指揮長，央金的藍工裝是前線指揮部的副指揮長，老魏任聯絡員，領導說，「等等，還有本地那個民兵排長，也是聯絡員，機村人再神啊鬼的，出了問題，我就找你們兩個是問！」

格桑旺堆出了帳篷，卻不敢離開。但人們風風火火行動起來的時候，早把他忘記了。只有央金走到他身邊，說：「我看見你的熊了。」

格桑旺堆嘆了口氣，說：「看來，我跟牠，我們這些老東西的日子都到頭了。」然後，他頭的汗水慢慢滲了下來。肚子裡，什麼東西又糾結夾纏在一起，疼痛是愈來愈頻繁了。他說，「我估摸著，牠該來找我了。」

肚裡的那陣絞痛又過去了，格桑旺堆這時卻很想說話，而央金恰好又在身邊，於是他說：「知道嗎？多吉死了。」

「多吉不是抓走了嗎？」

「他回來了，可是他死了。」

「你看見他了？」

「我看見他回來，那時他還活著，他說他要救機村，後來就沒有再看見他了。」

「你沒看見他死？」

「沒有，但我知道。」

「你沒有看見，就是不知道。」

格桑旺堆說：「是啊，也許他還沒有死，只是要是死了呢？」然後，他就神情恍然地走開了，央金待在原地不動，所以接下來，他咕咕噥噥說些什麼，她都沒有聽見。他說：「也許他還留著最後一口氣，等著機村有人去看他一眼，也許，他睜著眼睛沒有閉上，等著機村的鄉親去替他和闔上。那個人就是我了。也許，我的熊還等在那裡，牠會說，老夥計，林子一燒光，我就沒有存身之地了，只好提前找你了結舊帳。」

格桑旺堆就這麼一個人咕咕噥噥地念叨著，恍恍惚惚地迎著大火燒來的方向出村去了。

與此同時，從指揮部裡分出一千人，結成大隊，帶上電台，地圖，軍用帳篷，馬燈，手電筒，信號槍，步槍，衝鋒槍，手提喇叭，行軍鍋，糧食，罐頭，往色嫫措去了。同時，口哨瞿瞿吹響，紅紅綠綠的三角旗拚命搖晃，一支支隊伍也接到了最新命令往湖泊上方轉移。片刻之間，除了指揮部裡的電報機還在嘀嘀嗒嗒響，幾個大灶頭上，還爐火熊熊，平底鍋裡翻出一張張烙餅外，鬧熱了好多天的機村，機器轟鳴，人滿為患的機村立即變得空空蕩蕩。風，旋起一股股塵土，吹動著五顏六色廢棄的紙張，在帳篷間穿行。有時，風還在帳篷裡出來進去，進去出來，使帳篷不斷鼓動，發出的聲音，好像一個巨人在艱難喘息，或者是一群巨人同時此起彼伏地艱難喘息。

央金跟著大隊上山時，還回過頭，往村口那邊看了看。她沒有看見格桑旺堆的身影，心裡掠過一點隱隱的不安。但隊伍裡激越的氣氛，很快就感染到她。她的心興奮地咚咚跳動起來。更何況，領導還把她叫到身旁，問她關於湖泊的情況。

領導說：「那個湖裡應該有很多水吧。」

她說：「很多很多。」

領導問：「湖裡有魚嗎？」

她搖搖頭，說：「我不知道。」

「那你聽人說過裡面有魚嗎？」

她還是搖搖頭：「都說裡面有一對金野鴨，保佑機村和森林的金野鴨。」

老魏扯一扯她的袖口：「這是封建迷信！」

領導說：「對，這是封建迷信，新時代的青年不能相信這個。」

央金挺挺胸膛，說：「我向毛主席保證，破除封建迷信！」

山路愈來愈陡峭，領導只能呼哧呼哧地喘氣，不再說話了。領導一不說話，央金就想起傳說中湖裡的金野鴨，心裡就覺得有些害怕。剛剛提高了一下的覺悟，立馬又降低了。

半路上，遇到索波帶了村裡一幫行動利索的年輕人來接應，把所有人大包小包都放在了自己的背上。領導喘得說不出話來，用力拍拍索波的肩頭。索波就雄糾糾地走到隊伍前面去了。

央金追上了他，問：「湖裡真的沒有金野鴨嗎？」

索波翻了她一眼，沒有回答。

央金再問，索波說：「你見過嗎？我沒有見過。」央金覺得索波講出了一個很大的道理，被另一個男人引走的柔情又回來了，她放低了聲音說：「要是真有野鴨，全村的人就恨死我了。」

索波從牙縫裡逼出嗞嗞的冷氣：「你害怕了？你要是害怕，就母狗一樣撅起屁股讓他幹就是了，帶那個雜種到湖邊去幹什麼？」

央金都要哭出來了。

但索波還不肯放過她：「那個人那麼乾淨，你是不是覺得要把自己洗乾淨了才配得上他？」央金的淚水立即就湧出來眼眶，但索波依然窮追猛打：「大火一過，這些人都會離開，那個人答應了帶你離開嗎？要是沒有，你這樣的下賤貨，在機村是沒有人要了。」

央金就這麼一路哭著，到了湖邊。這時，她都要罵自己是一個賤貨了。她一看到藍工裝，就趕緊給他鋪排吃的。這個男人一看就是不經餓的，她怕這個白淨臉的男人已經餓壞了。

她這麼忙活的同時，也感到背心發涼，不用回頭，也知道索波用怎樣的眼光看著自己。更讓她心裡發涼的是，從始至終，藍工裝都沒有正眼看他一下。吃完東西，他一拍雙手，把食物的碎屑，還有一個姑娘美好的情意都拍掉了。他看看她，對索波說：「這裡的事情她也插不上手，還是派她到原先的隊裡去吧。」

央金離開的時候，眼裡旋轉著淚水。索波要過她，但沒有喜歡過她。從前她跟村裡別的年輕人相好的時候，甚至她跟一個給萬歲宮拉樺木的卡車司機相好時，索波都毫不在意。所以，她永遠也不明白，為什麼他對眼下的事情卻這麼在乎。她更不明白，藍工裝對她變臉，只是在這轉眼之間。她回過頭來，不知道想再看一眼的是這兩個男人中間的哪一個，但淚水迷離，她連一個都沒有看見。

如果湖水裡的金野鴨是一種美好想往，那她心裡的金野鴨不知怎麼也已經遠走高飛了。

現在，她相信湖水裡曾經有過一對金野鴨，也相信，這對金野鴨，也在機村人最需要牠們佑護的時候，真的悄然飛走了。

十五

一路走去，格桑旺堆遇見了很多逃命的動物。

他這才想起，自己沒有帶上獵槍。但再想想，他自己就笑了。大火正逼近過來。灼熱的空氣熏得森林好像自己就要冒煙燃燒了。鹿、麂子、野豬、兔子、熊、狼、豺、豹，還有山貓和成群的松鼠，都在匆匆奔逃。牠們都成群結隊地從他身邊過去了。過去，一個獵人出現在林中，所有動物都會有所警覺，但在滅頂的洪水一樣逼近過來的大火面前，一個獵人就不算什麼了。更何況，這個獵人神情恍惚，而且沒有帶槍。種類更多的飛禽們，卻不像走獸那樣沉著，牠們只是驚慌地叫著，四處奔竄。剛剛離開危險的樹林，來到空曠地帶，又急急地竄回林中去了。因為，無遮無攔的曠野，給牠們一種更深重的不安全感。

格桑旺堆想，也許會碰見自己那頭熊。但那頭熊沒有出現。他這才想起胖姑娘央金告訴過他，那熊已經走到防火道的那一邊去了。格桑旺堆笑了，說：「真是一個聰明的傢伙。」他下意識摸了摸那熊在他身上留下的抓痕，眼前浮現出那半拉耳朵的老朋友，在林中從容不迫行走的樣子。

他又說：「你還在，但多吉不在了。」

這麼說的時候，他已經離多吉隱身做法的山洞很近了，所以，他真的感到多吉已經死了。

他的感覺沒錯，多吉在更多死亡降臨機村之前死去了。

就在山洞口上的那點平地上，江村貢布喇嘛架起了一個方正而巨大的柴堆，被盤成坐姿的巫師高坐在上面，臉上蓋著浸濕的白紙。白紙下面，巫師眉眼的輪廓隱隱約約顯現出來。從這樣的輪廓看不出死人最後的表情，所以，格桑旺堆等於是沒有聽到他發表對這個世界的最後看法。當然，只要揭去這張白紙，他就可以看到多吉最後是懷著怎樣的心情和這個世界告別的。但這張白紙是一個禁忌。這是一個破除禁忌的時代。不能砍伐的林子可以砍伐，神聖的寺院可以摧毀。甚至，全體機村人都相信可以佑護一方的色嫫措，他們都可以炸毀。所以這些禁忌都破除完畢的時候，舊時代或許就真的結束了，落後迷信的思想也許真的就消失了。

格桑旺堆對江村貢布說：「謝謝你。」

「謝謝我什麼？」

機村沒有人不知道，江村貢布喇嘛一貫自詡出身於正宗的格魯巴教派，從來都把巫師一類人物視為旁門左道，水火不容。

「謝謝你肯屈尊為他超度。」

「不存在什麼屈不屈尊了，現今的世道，我與他一樣，早已失了正派身分，墮入了旁門左道。唉，今天，他走，還有我惺惺相惜，前來相送，我走的時候，可是連護度中陰，早入輪迴的經文都聽不到一句了。」

「我沒有來得及看多吉最後一眼……」

「我也沒有聽到他最後一句話，但我相信他的臉，他去的很是平安吉祥。」

而在格桑旺堆想來，這個名字就叫金剛的人，如果真是一個金剛，那也是個憤怒金剛。他看著他在這個小村莊走過一生，想起他的任何時刻，都聯想不出這個人臉上一派平和吉祥是個什麼模樣。

江村貢布這時換上了喇嘛莊嚴的派頭，用訓喻的口吻說：「這便是變化之規，一切紛亂向著秩序，一切喧嚷向著靜默，一切愛恨情仇，向著寂滅的莊嚴。再說，你看，他的頭。」多吉果然是一個和尚頭。格桑旺堆知道，他一頭紛披的長髮是在監獄裡按照牢規剃掉的。

江村貢布笑了，說：「既然有人幫我把他剃度了，我就不怕麻煩再替他好好收拾了一番。」

格桑旺堆這才注意到，他真的把淨頭的銅盆和剃刀都搬來了。事情不止如此，這個江村貢布，把當喇嘛時的全套行頭都搬來了。全本的《度亡經》，全套的法器，質感厚重的紫紅袈裟。

想起巫師這樣一個藏族人中少有的敢於公開蔑視佛門的人，就這樣被剃度了，格桑旺堆不禁身上發冷。剛才江村貢布那一番話和那套久已不見的行頭讓他生起的敬畏之心沒有了。他有些憤怒，說：「他們在監獄裡剃他的頭，那是他們的事，但你不該對多吉這樣！」

江村貢布畢竟不是真的喇嘛了，格桑旺堆一生氣，他還真的有些害怕了：「我讓他光光鮮鮮上路，不好嗎？」

格桑旺堆真的感到心裡發冷。說到底，這些喇嘛和工作隊，和老魏這樣一些人又有什麼分別呢？他們都是自己相信了一種看不見摸不著的東西，就要天下眾生都來相信。他們從不相信，天下眾生也許會有自己想要相信的東西，天可憐見，他們相信自己心裡的東西時，還會生出一點小小的喜悅。

一前一後，這些人，都是要把這個世界變得一模一樣。所以，他們都說毀滅即是新生。而不是真實世界讓人們看到和相信的生中有死，死中有生。所以，當大火燒過來的時候，江村貢布內心其實是高興的。看他有些瘋狂的眼神就知道，他那其實有毒的心靈在歌唱：「毀滅了！毀滅了！」

他在不同的人，比如索波的眼中，還有一些天真的孩子的眼中，也看到了這種歌唱般的神情。只不過大災當前，他們只是拚命壓抑著這心中的歌唱罷了。想到這裡，格桑旺堆提高了聲音：「你們為什麼盼望把什麼東西都弄得一模一樣！這樣的想法讓你連一個死人的腦袋都不肯放過！你們高興罷，大火來了，把什麼都燒光，樹林再生長出來，是不是都要像經文裡說的，軀幹像珊瑚，枝葉像祥雲，除此之外，連樹也不會再有別的模樣！」

在這瞬息之間，格桑旺堆感到緊閉的腦子上一道門打開了，透進了天光。他這麼一思想，至少明白了自己。這麼多年，他都在做人家要求他做的先進人物，就像是要他長成一棵軀幹像珊瑚，枝葉像祥雲的樹一樣。而早在此之前，他在機村的水土中，已經長成自己的模樣了。他最終被逐出了先進人物的行列。沐浴著新時代風雨成長起來的年輕人才能真正成為時代需要的人物。他還以為，前進不了的人，被時代淘汰下來的人，就只好回去，回到以前，把身軀重新匍匐在菩薩面前。剛才，江村貢布喇嘛用宣喻的口吻說話的時候，他就差點匍匐在地上了。但現在他明白，他也不會再變回一個虔敬的佛教徒了。

這一天，這一個時刻，格桑旺堆差一點就成為了機村歷史上機村級別的思想家。

但這個時代，怎麼會在一個蒙昧的偏僻鄉村裡造就這樣一個人物呢？

所以，當江村貢布說：「格桑老弟你不要生這麼大的氣，我把多吉剃度了，同時，我也發了誓，活著一天，就要替他蓄起長髮！」

這一來，淚水一下沖上格桑旺堆的眼眶，滾燙地轉動，他頭頂上透進一點天光那門就悄然關閉，世界又是千頭萬緒的一片混沌了。

格桑旺堆又看了看柴堆上高高盤坐的人一眼，說：「什麼時候舉火？」

「這時舉火，你想當縱火犯嗎？你想成為另一個多吉？」

格桑旺堆搖搖頭，江村貢布說：「那大火必然要燒過來，那樣，整個森林都算是為他火葬了。你見過這麼壯觀的死法嗎？」

格桑旺堆忽然心生羨慕，想到這個人的軀體端直莊嚴地坐著，整個森林都在他四周歡笑一般呼呼燃燒。他肯定在天上的某一處，看著留在世間的皮囊矮下去，矮下去，而燭天的火焰歡呼一般升起來，升起來。然後，月起灰冷，風一陣陣吹過，一個人在這個世界上從此無蹤無跡。

兩個人，又繞著柴堆轉了幾圈，然後，雙手合十，舉到胸前，與他作別。

回村的路上，好些年來都步履蹣跚的江村貢布走得十分輕鬆，他說：「你馬上去找老魏，報告，找到他們的逃犯了。」

格桑旺堆也覺得步履輕快：「但是他已經死了。」

江村貢布停下腳步，嚴肅了表情，說：「這樣，你或許可以官復原職。」

格桑旺堆笑了：「你們不是都討厭我嗎？」

「有些時候，你的確十分討厭，但我相信，大家都會說，這個壞人領導我們，比索波那個壞人領導我們要稍稍好上那麼一點點！」

一路上，他們都看到，溪流渾濁了，所有渾濁的溪流都在上漲。還是春天，溪流已經是夏天的模樣了。大火正在迅速融化山頂的積雪。這時，兩個人都感到從背後推著他們往前走的熱風消失了。倒是一股清涼之氣撲而來。風又轉了一方向，從雪山上撲下來，再次遲滯了步步進逼的火頭。

十六

色嫫措以上的冷杉林長得相對稀疏，木質也不如下半部山林裡的雲杉，鐵杉以及闊葉的樺樹，櫟樹，和鵝掌楸，山麻柳那麼粗壯，間雜其中高山杜鵑木質更加鬆脆，粗不過碗口，砍伐起來，十分容易。

雖然那風只回頭了多半天，湖泊以上的防火道在大火到來之前，如期完成了。指揮部並不擔心下面。色嫫措到山坡邊那七八步寬的堤岸底下，斜著打進去了一個洞子，整箱整箱的炸藥直接填了進去，電線從裡面牽出來，真接連到了一台小小的機器上面。只等大火一到，機器上的機關一動，湖裡的水就會決堤而下，一切就大功告成了。

轉了向的風，吹開了天上的烏雲與煙霧，暖洋洋的陽光重新降臨到大地上。

前線指揮部一派輕鬆的氣氛。大家都心情愉快，坐在陽光下，吃乾糧，喝茶聊天。還不時有人起身眺望遠處的大火。大家都長吐一口氣，巴不得那大火早點燒過來，然後，就可以離開這個鬼地方了。

藍工裝更加輕鬆自如，他居然只穿著一條褲衩，拿著塊香皂下到了湖裡。雖然冰冷的湖水不斷讓他從湖水裡跳起身來，但他只在太陽下稍稍暖和一下，就又下到湖水裡去了。

與這輕鬆氣氛不相容的只有兩個人。一個是索波。他早已習慣了時時處處使自己顯得重要。但是，大火的危險一消除，他就因為沒有用處了，他在這些人的眼裡就顯得不重要了。領導再來拍他的肩膀的時候，下達的是這樣一個任務，說：「有些事情，你還要是管一管，不要對你的村民放任自流。」

村民們吃飽了東西，正在光天化日之下大肆偷竊。什麼時候起，機村的百姓就變得如此貪婪了呢？他們已經偷偷地搬回家了很多吃的東西，即便如此，他們還在繼續把可以入口的東西揣進寬大的藏袍裡。一般人很難想像，這些藏民，能在袍子裡藏進那麼多的東西。除了吃的東西，他們揣進懷裡的還有短把的斧頭，手鋸，銼刀，手電筒，馬燈，半導體收音機。好多人把寬大的袍子裡都塞滿東西後，差不多一動也不能動了。就坐在原地，看著每一個呵呵地傻笑。

有一個傢伙，居然趁人不備，鑽進帳篷把電話機也揣在了懷裡。他剛剛鑽出帳篷，電話機便響了。所有的人都捧腹大笑。這個人把電話機從懷裡掏出來，放在地上，細細端詳，直到有人過來，把他推開拿起了電話，他才遺憾地搖搖頭，十分不捨地走開了。

更為喜劇的是，藍工裝下到湖裡洗澡，把一個白白的身子搓得通紅，嘴裡愜意地哼哼著從水裡出來時，發現脫在岸上的衣服不見了。

人們再次大笑。

但索波卻氣得渾身哆嗦，他說：「丟臉，丟臉，太丟臉了。」他說，貧下中農在工人階級面前把臉都丟盡了。

胖姑娘央金一直都跟在基本原諒了她的索波屁股後面，心裡不無委屈地應聲說：「真是丟臉，真是太丟臉了。」

但看見藍工裝身體通紅站在湖邊找不到衣裳，她的臉一下就白了。那些人只是大笑，沒有一個人送件衣服給他。這時，藍工裝的身體就由紅轉紫了。雖然藍工裝出了那麼大的一個主意，但央金看得出來，包括老魏在內的那些人，並不真正喜歡他。人們很高興他從一個足智多謀的英雄變成一個笑料。而且，藍工裝因為怕冷而在湖邊蹦跳的時候，腳又被一塊鋒利的礫石扎出了一道長長的口子。藍工裝從腳上摸到了血，舉著沾血的手，大叫起來。

這個轉眼之間就驕傲起來，冷若冰霜的男人，現在，只是一個受到驚叫的膽小的大男孩了。央金飽滿的胸膛下，一陣暖意衝撞，淚水立即嘩嘩流出了眼眶。她從一個人身上搶下一件軍大衣就跑過去，張開大衣，緊緊地把這個受了凍，更受了驚嚇的男人緊緊抱在懷裡。她自己緊閉著雙眼睛，沉醉了一般，說：「不要害怕，不要害怕。」感覺是這個男人就像一個嬰兒一樣，在她的懷抱裡了。

耳邊傳來一陣更厲害的轟笑。

她睜開眼睛，就知道自己再次錯了。無端衝動的愛意讓她做出了令自己更加難堪的事情。睜開眼睛，她就明白，這個世界，除了無可救藥的自己，沒有一個人需要拯救。她的身體也遠沒有她心中的愛意那麼高大寬廣。她張開大衣衝過去，只是到藍工裝腰部以上一點點，大衣也只圍住了頎長的雙腿，倒是她矮胖的身子難看地吊在那人身上。

藍工裝清醒過來，一把就把央金推開了。他穿好大衣，走到帳篷門前，又恢復了自信的神情，大叫一聲：「衛生員！」

衛生員拿出藥水與雪白的繃帶為他包紮傷口。他端坐在那裡，微微皺起眉頭，目光越過所有的頭頂，游移在遠處的什麼的地方。羞愧難當的央金，無論如何也沒有勇氣從湖岸邊站起身子，走到人們視線底下來了。

索波抖索著嘴唇，氣得說不出話來。

還是張洛桑懷裡揣著沉重的贓物，慢慢挪過身來，對他說：「隊長，叫女人們回去吧，潔淨的神湖邊上，女人不能久待。」

索波伸出手指：「你，你還在，還在胡說什麼神湖！」

「他們眼中，這個湖不是神湖，所以，他們可以炸它。但在我們眼中，它還是神湖，不能讓不潔的女人玷污了，還是讓他們走開吧。」

索波咬著牙說：「好吧，叫她們走，免得在這兒幫不上忙還添亂！」

隊伍裡女人不多，只等他這句話，便撲到湖邊，拉起央金，小跑著離開了湖邊。轉眼之間，身影就循入林中看不見了。這時，大家都聽到了央金搖曳而起的哭聲。

這母獸咆哮一樣的哭聲裡，藍工裝剛剛恢復正常的臉色立即就白了。

索波也像被錐子扎破了氣囊，咝咝漏完了氣，慢慢蹲下洩了氣的身子。

所有的人都被這傷心絕望的哭聲震住了。而在哭聲止住的時候，遠去的女人的美麗而悲情的歌聲在林中響起：

我把深情歌聲獻上的時候，
你的耳朵卻聽見詛咒：
我把美酒獻上的時候，
你的嘴巴嘗不出瓊漿：
我的心房為你開出鮮花的時候，
你卻用荊棘將我刺傷。

下午的陽光，落在湖上，轉了向的風吹動了湖水，所有人都滿眼金光。

聽著這歌聲，老魏深深歎息。索波站起身來，一步步走到藍工裝面前，手就緊壓在腰間的刀上。藍工裝囁嚅著說：「我怎麼會想到她這麼認真呢？要是早知道她這麼認真，我就不會去招惹他了。」

老魏把索波攔腰緊緊抱住，嘴巴卻在他耳邊輕輕說：「這麼關鍵的時候，你怎麼可以這樣，不要前途了嗎？」這樣的話真是管用，索波的身子立即軟了下來。

老魏又對領導說：「這樣作法，嚴重影響藏漢關係，工農關係。」

領導厲聲說：「隨意冒犯少數民族兄弟的風俗習慣，你要深刻檢討！」

事情提到這個層面，藍工裝心裡的愧疚便消失了，只覺得一身輕鬆，有些油腔滑調地說：「是，我檢討，深刻檢討。」

下午的山風吹在身上很有些涼意了，領導等得不耐煩，說：「既然我們都做好了準備，大火最好在天黑前過來。」

這時，離天黑最多還有三個小時，看看遠處的大火，反倒不像往常那樣咄咄逼人了，這時，正從容地爬上對面的山崗。看那樣子，一定是要磨蹭到半夜才肯到達。

老魏說：「你怕的時候，它急，你真做好了準備，它倒慢下來了。」

藍工裝又檢查了一遍裝上炸藥的洞，和從炸藥上引出來的線，說：「其實，它就是晚上過來，也沒有什麼。只是半夜裡就看不見大水決堤，飛瀉而下的奇觀了。」

這段時間，本來比較沉默寡言的他，一直喋喋不休的說個不停。這麼高的山上，本來就有些缺氧，他再這麼不停頓地說啊說啊，自己都有些喘上氣來了。他知道自己不想停下來。他要從內心深處把對那個胖姑娘的愧疚之心趕走，忘掉。他聽不懂那歌詞唱得是什麼，但他聽得懂那妙曼歌聲中的悲傷與絕望。他聽不懂那詞：

> 我的心房為你開出鮮花的時候，
> 你卻用荊棘將我刺傷。

他聽不懂那歌詞，那歌聲照樣荊棘一樣將他刺傷了。他一個勁說啊說啊，終於弄得所有的人都逃離了，只有一個大好人老魏還留在他身旁。他說：「不是說這些人他們都是隨隨便便睡覺的嗎？我只是跟她開開玩笑，摸了她幾下。」

老魏是這些人中間的山裡通：「問題是她不是只想跟你睡覺，她對你動感情了。這些人我也弄不懂。他們真的可以嘻嘻哈哈亂玩笑亂睡覺，但一動情，那真不得了，殺人放火的事情都幹得出來！」

「明明是她在勾引我嘛。」

「可是汪工你自己也沒有經得起考驗嘛。你這樣的人是要幹大事情的，可是你們知識分子就是不容易經得起考驗。」

這時，專案組那三條灰色的影子現形了。

在機村人多年後的傳說中，這三個人是突然之間就獲得了隱身術的。但在當時，他們只是十分堅定地投入到自己扮演的角色之中，所以，身上的光亮與色彩都一點點消褪。人所以引人注目，靠得就是那種生命亮光與色彩。他們好像找到了身體內部的某個神祕閥門，輕輕一擰，生命的熱力便低下去低下去，然後，就把自己變成了三個時濃時淡的陰影。執行跟蹤與竊聽任務時，那灰影幾乎淡到看不見。到了某個時段，那種灰色就凝聚起來，變成人形，準時出現在領導身邊，開始匯報工作進展。

現在，這三個人又現形了。

和往常一樣，沒有人注意到他們是從地上，還是從天上來的。總之，就像他們平時出現時一樣，就那樣一下就在人們眼前了。心裡有鬼的人，一看到他們總會感到身上發冷，手腳發麻。但這一回，他們顯形顯得很鮮明實在。好像從此以後，就不再需要隱身潛行了。

這回，他們不是貼到領導身邊悄聲耳語，而是雙腳併攏，舉手敬禮，聲音洪亮地說：「報告！我們追蹤到那個逃犯了！」

領導就喊：「把這個反革命縱火犯帶上來！」

他們臉上身上鮮明的色彩又開始往灰色過渡：「報告，他已經死了！」

「活要見人，死要見屍，死人也要帶來！」

「可是，可是，那個地方已經燒起來了。」

確實，大火早已點燃了那片林子，著火的林子又把江村貢布喇嘛布下的火葬柴堆點燃了。機村歷史上，還沒有人有整片林子都來為一個人火葬。這時，大火已經把那片林子燒成了一片焦炭。巫師多吉和那個燒得很透的柴堆變成的灰燼正在慢慢變冷。風打著旋，一撮撮地把灰吹散開來，又揚到天上。火從多吉盤坐著的身體下部往上燒，所以，他下面的部分被燒得乾乾淨淨，但頭蓋骨卻完完整整的陷落在灰燼中，風把那些灰燼輕輕拂開，那曾被燒得滾燙的頭蓋骨就慢慢浮現出來。骨頭遇風冷卻，錚錚響著，開出一條條裂紋。像多吉那樣的巫師，可以從這頭骨的裂紋上，占卜未來的休咎。但他自己就是最後一個巫師了。不但那裂紋再無人來猜詳，就是這裂紋起處，那金屬般的錚錚鳴響，也只有空山聽見。甚至空山也不能聽見。因為滿山火焰走過後，那麼多的岩石都在遇風冷裂，都發出錚錚琮琮比小溪奔流還要好聽的聲響。

領導說：「這個人就這樣逃過無產階級專政的鐵拳了嗎？」

三個灰影貼上了領導的耳朵，四周的人只聽見他們最後一句，「他們居然還給他送葬！」

「這兩個壞人就交給你們了！」

「是。」

三個人又變成影子，隱入黃昏，消失不見了。

十七

然後，大火就燃過來了。

大火將到的時候，一直陰著的天幕上，竟然一顆一顆跳上來些疏落的星星。星星是種奇怪的東西，它們一出現在天空裡，就引得那麼多人都抬頭去張望。在人們張望的時候，更多的星星好像受到鼓勵，又一齊跳上了天幕。星星一出來，四野好像就安靜下來了。

所以，一點點推進過來的大火終於抵達防火道的時候，就像巨浪撞到堅硬的石壁一樣，轟然的聲音，直搗人們的耳鼓與心臟。整條防火道上，人們都發出了歡呼。

就在那轟然一聲中，大火翻過了最後一道低矮的山梁。有一陣子，高高的火焰只是狂舞著沖天而起，發出巨浪一般轟轟的聲響。大火爬坡爬累了，這會兒要好好地舒展一下腰身。所以，才在山梁上狂舞了一陣，然後，一彎身子，向著順著溪谷裡的防火道撲了下來。

山頂的距離相對窄小，所以，大火先是撲向色嫫措以上的冷杉林。燒到防火道邊上，火焰焰的浪頭一次次想衝過防火道去，卻都搆不到對面的樹木。一棵大樹燃燒一陣就轟然倒下，濺起更明亮的火焰。偶爾，有風把火星吹到防火道對面，引燃一點枯枝與苔蘚，也被在防火道這邊嚴陣以待的人們就地撲滅。大火燒到湖邊的時候，一棵棵燃燒的大樹就從山崖上倒下來，落進湖裡。不一會兒，湖裡就像是開鍋一樣沸騰起來。許多無鱗魚翻著肚子浮上了水面。在嗆人的煙火味中，一股濃重的腥氣瀰漫開來。大火也把林子裡最後一些野獸驅趕出來，滿山亂跑，平常那些對人警覺萬分的動物差點就把跑到人群裡來了。野獸奔跑出來，人們立即齊聲發出恐嚇的吼聲，嚇得野獸又返身往火海那邊跑去。但那帶著熱力的風，又驅使著牠們跑回來。人是聰明的，他們用水打濕了毛巾捂在口上，一有動物跑過來求一條生路時，他們就拿掉捂嘴的毛巾大聲吼叫。終於，火舌伸過來，伸到了那些動物的身上，輕輕一舔，這些動物自己也就變成了一個旋動不已，哀叫不已的火團。

也有膽子更小的動物，在人與火之間來往幾下，自己倒在地上，一命嗚呼了。也有凶猛動物，真就橫衝直撞，硬生生從人群中衝過去，逃往生天裡去了。

這一階段的幾個傷患，都不是被火燒傷，而是被野獸衝撞所致。

大火到來的時候，防火道上會有如此具有娛樂性的一幕上演是誰都沒有料想到的。提供這種娛樂性還有林中的各種飛禽。林中的很多飛禽，有很多種類其實都不善飛翔。這時都驚慌地聒噪著，上升，上升，爬到了最高的樹上，火頭撲過來時，牠們都展翅起飛了。火頭帶過來的氣浪，讓牠們飛得比平常更高更輕盈。但牠們沒有本事一直往上直達天堂。在降落的過程中，火焰已經惡龍一樣騰身而起，一下，就舔去了牠們藉以飛翔的羽毛，變成一團肉，直直地落到火海中去了。

湖泊下方茂密的針闊葉混交，喬林與灌木還有竹林混交的林帶中，更大的火勢逼到了防火道上。那是整個森林更富於生命力的地帶，那裡，有更多的走獸在哀號，更多的飛禽拚死一搏，做出此生中最後一次最高的飛翔。

領導的手揮了下去：「起爆！」

轟然一聲。泥土，石塊，湖水，還有湖水裡的魚都飛上了天空。有一陣子，人們的耳朵什麼都聽不見。只看見被火焰照得通紅的湖水中央，起了一個漩渦。這個漩渦由小到大，由快到慢，把水面上密密的死魚，甚至還有通明的火光都一下吸到了深處。這時，人們的耳朵才恢復了聽力。聽見漩渦深深吮吸的聲音而感到毛骨悚然。但水並沒有像人們希望的那樣，以比大火更為猛烈的氣勢奔下山崗。

那個漩渦轉動的同時，整個湖泊的水面都向下陷落了。

更多的水，十分神祕地消失在地下了。

而決壩而出的水流量並不太大。雖然臨時又胡亂扔了些炸藥包到缺口上，但也沒有起到多大的作用。從以後的情形看，就是湖裡的水全部都下去，恐怕也不能阻斷大火。道理其實很簡單，下面防火道上還有許多樹高高地站著，而水下去，只會貼地奔湧，即便山勢再陡峭，也不可能掀起幾十米的樹一樣高的浪頭。水決堤而出，轟轟然跌下山崖，像一條猛龍奔下山去了。大火遇到火頭的時候，不是一下把火燒滅，而是把火頭帶著枯枝敗葉一些高高拋起，火依然貪婪地大口吞噬，但再想落地生根時，就落在水上，灰飛煙滅了。更為壯觀的是，大水的鋒頭不是咆哮的巨浪，而是浪頭推動著，高舉著大堆燃燒著的雜樹，以比火還快的速度向著山下奔跑。

這個景象也進入了機村關於大火的傳說。說是水神怕看不清道路，就強使了火神自己舉著火把在前面領路奔跑。水神為什麼能夠驅使火神呢？機村人是不問這樣的問題的。因為對他們來說，這個太理所當然了，因為這水是從色嫫措裡奔瀉而出的，雖然說，那對金野鴨已經不知所蹤了。

可以肯定的是，面對水火相搏的壯麗景象，人們都瞠目結舌，整座山上幾千人都張開了口，就是沒有發出一點聲音。至少沒有人記得自己或別人在那一時刻發出過一點聲音。可惜的是，因為湖面神祕下降，狂瀉的大水馬上就要後繼乏力了。但大火好像害怕以後人們說，它是等水勢過去才重新得勢的。所以，它在大水帶著最初爆發的力量，威風凜凜地在樹林下部沖刷滌蕩時，還欲退還迎地掙扎著，幫著把大水滅火的場景上演威武雄壯，如夢如幻。與此同時，卻分出身來，歡躍而上。當地面上火焰的根基被大水滌盡時，大火的身子已經騰挪到了樹林高處，輕輕巧巧地渡到防火線對面去了。大水還在林子下面奔湧，吞沒掉一片片火焰時候，卻有很多火苗攀到了林子的上面，腳踩一個個華美的樹冠，漫步雲間。招搖的火焰過身之處，把一個一個莊嚴的樹冠，變成了一枝枝巨大的火炬，步態輕盈，身形飄忽。

就是這樣，大火以人們未曾預見的方式，輕易穿越了人們構築的防線。

所有人都變呆變傻了。

機村人從來沒有想到過神湖會消失，但眨眼之間，轟然一聲爆炸之後，神湖真的就消失了。他們當然也就想通了，為什麼那對久居神湖的金野鴨會在一個早上無緣無故地突然飛走。

指揮部的人是因為沒有預見到大火會如此這般輕易衝破大水的封鎖。更加出人意外的是，沒人想到湖底會出現那麼巨大一個漏斗。

汪工程師臉色慘白，拉住身邊的每一個人辯解：「要是沒有那個漏斗，火頭是過不去的。」

湖裡更多的水，捲成一個巨大的漩渦，在尚未破堤而出之前，就神祕消失了。而且沒有人知道這些水去了哪裡。汪工程師知道是石灰岩的湖底塌陷了，水面也跟著塌陷下去了。但他需要一個更神奇的答案。也許，一個更神奇的說法才可能使他得到拯救。所以他緊緊拉住了索波：「告訴我，湖裡的水去了哪裡？」

索波是不懂得一點科學道理的。看到湖中出現那神奇的一幕，機村所有關於這個湖泊的神祕傳說都在這個夜晚來到心頭。他是先進青年，他不願意相信那些離奇的傳說。但他也面臨這樣一個問題，這些湖水到哪裡去了呢？現在，湖水差不多流光了，只剩下一個黑洞洞的深陷的湖盆，燭天的火光落進去，也被悄無聲息地吞沒了，那幽深的黑暗好多魚，或者是一些看不見的神祕生物垂死撲騰的聲音聽上去讓人心悸。

索波抖抖索索地說：「我也想問你同樣的話，我想你這樣的人才會明白這其中的道理。」

汪工程師搖搖頭，說：「我不明白，我怎麼就會明白偏偏這湖底會有一個大漏斗呢？」

指揮部的領導鐵青著臉，看著越過防火線的火又從點到面，很快就拉開了浩大的陣勢，向著比夜色更為幽深的原始森林漫捲而去，咬著牙說：「你是真不明白不是假不明白？」

「我真不明白。」

「你明白！」領導高聲叫道。

「我不明白。」汪工程師呻吟一般說。

「明白！」

「我真的不明白。」

然後，汪工程師就昏過去了。

「同志們，我們中了階級敵人的緩兵之計。現在，他還想繼續矇騙我們！大家說，我們應該怎麼辦？」

照例，那個年代最常用的兩個字從一些人的口裡吐了出來。他們眼裡張望著愈燒愈高的火頭，握得並不太緊的拳頭舉起又落下，喊：打倒！打倒！

那個已經嚇壞了的人早就倒在地上了。

稀稀落落的口號聲喊起來時，專案組的隱身人又恢復了實在的形狀。他們身上挎著硬邦邦的手槍，從褲帶上拉下來一副亮鋥鋥的手銬，咔嚓一聲，把昏倒在地的工程師銬上了。手銬一響，汪工程師就醒來了。他想自己爬起來，但銬住的手，不能幫他尋找支撐，結果，他被人拎著領口提了起來。他看看手上的銬子，反倒很快就鎮定下來了。他甚至對著大家笑了一笑，說：「走吧。」說完，就逕自向著下山的路上跌跌撞撞地去了。專案組的人從槍套裡拔出槍，端在手裡，跟了上去。這一刻，大家都看到，這幾個的身影再也沒有變灰變淺，以至你稍不注意就突然隱身一般消失不見。這會兒，他們徹底顯形了，眼裡射出洞悉一切的光，走動起來的時候，身體放出熱氣，每一道衣服皺褶都發出清晰的聲音。他們押著汪工程師走出了一段，其中一個又返身回來，對領導意味深長地說：「這裡發生的一切，我們都會如實向上匯報。」

領導連連點頭，說：「當然，當然。」

等那人一轉身，他就一屁股坐在了地上。領導脫下頭上的綠軍帽。大家都看到，一股霧氣，從他頭上蒸騰而起。

老魏嘆口氣說：「這下完了。」

索波也嘆口氣說：「是完了，這把火一過去，機村的林子，就徹底完蛋了。」

老魏笑了：「我說的不是林子，我說的是人，你還看不明白嗎？」

索波想了想，說：「那個工程師他是罪有應得！」

「唉！看來你還是沒有明白。」

索波再問，老魏卻說：「我不想對你說什麼，我信不過你。我可不想惹禍上身，你是機村的聰明人，你自己看吧，你會看明白的。」

在這彤紅的火光把四野照得比月夜還要明亮的夜晚，索波感到自己的腦子裡也有霧氣縈繞而起，本來清晰的想法，也慢慢模糊了。

他愈來愈覺得老魏這個人真不簡單，正想同他再談點什麼，卻見指揮部領導抬招手叫老魏過去，神情萎靡地說：「我想聽聽你的意見。」

「下撤吧，接下來如何，只有明天看看形勢再說。」

領導就揮揮手，說：「好，下撤！」然後，就自己拄一根棍子，胸前吊著望遠鏡走著，下山去了。大家也迅速收拾了東西，隨後緊緊跟上。路一轉入山溝，黑暗便掩殺過來了。在上面，在高處，熊熊地火光耀如白晝，但那只是在高處的軒敞之地。而在這低窪的山溝裡，依然是深重夜色的統領之地。而且，路都被決堤的湖水沖刷得一片泥濘，濕滑難當。更可惡的是，大水還把許多枯枝朽木沖到了路上，雖然，隊伍裡很多人都帶著手電筒，但下山比上山還要艱難。當終於看到機村大片的燈火時，大家都長出了一口氣。這裡，是直瀉而下的山溝裡的又一處台地。大水在這裡已經失去了力量，把從山上帶下來的東西：石頭，從地下翻掘起來的盤曲的樹根，燃燒過又熄滅的樹木的枝幹，焦炭，甚至還有動物的屍體，通通都遺棄在了這裡。而在這些堆積物的旁邊，是一片被火光照得若隱若顯的草地。

領導說：「老魏，在這裡休息一下吧？」

老魏就說：「那就休息一下。」

沒有人發布正式的命令，但大家都坐下來休息了。

這時，有夜風吹過，掠過溝裡少許沒有過火的樹木枝頭的時候，發出瑟瑟的低語。風颳過去，到了正在推進的火線那裡，風猛然發力，火焰轟一聲升騰而起，像一道閃電一樣，明亮的光芒從各懷心事的人臉上掠過。火光一閃而過，把一個人的臉顯現出來，又迅即地掩入了黑暗，使每一張臉都來不及清晰顯現，就像每個人都看不清別人的心事一樣。

這些天，步步進逼的大火使人們鬥志高昂，人人都準備要與火魔大戰一場，但是，現在大火就這樣十分輕易地越過了他們構築防線。轉眼之間，他們就已經在不斷推進火線背後了。這時，就像聽見自己內心的呻吟一樣，有人聽到痛苦的哼哼聲。

然後，所有人都聽見了低沉的哼哼聲。

好幾道強烈的手電筒光交織起來，投射到那個聲音所來的方向。

然後，有人發出了低低的驚叫。在大火遺棄的堆積物中，恍然蜷曲著人的軀體！大家一齊動手，從枯枝敗葉中扒出來一個，那身體已經僵硬了。再扒，又出來一個，也是死的！不一會兒，就扒出來五具屍體。三個是機村的婦女，還有兩個，是穿著藍工裝工人。然而，那微弱的哼哼聲還在繼續。最後，從一大堆腐葉與爛泥中間，胖姑娘央金被救了出來。索波從她嘴裡，鼻孔裡摳出一些污泥。胖姑娘甚至還擠出了一點笑容，輕聲說：「不要害怕，我不是鬼，我還活著。」

索波也笑了一下：「放心，我會救你的。」

說完，便把手電筒銜在嘴裡，揹起她，向著山下奔跑而去。

剩下的人們沉默著，機村的人認出了那三個喪命的婦人，而那兩個藍工裝的工人一時還沒有人認得出來。五具屍體都擺在草地上，每人臉上扣上一頂安全頭盔，隊伍就靜靜下山去了。而山下的村子此時靜悄悄的，被山火暈染出一層緋紅的光芒，看上去是那麼恬靜安詳，一點也就沒有顯出像是要準備迎接噩耗的樣子。

大火剛起的時候，整個村子都曾激動地久久眺望，孩子們甚至爬到高崗上，不斷通報大火推進的消息。現在，大火真正抵達的時候，這個激動了許久的村莊卻安安靜靜地沉入了睡鄉。

十八

大火一旦越過耗費了那麼大人力物力開出的防火線，它自己也像是因為失去敵手，而失去了吞沒一切的洶湧勢頭。

其實，這也只是大多數的人看法，更準確的說，是大多數人同意的看法。大多數人的看法常常是少數人提出來的。

還有更少數人認為，大家覺得大火失去了勢頭，只是因為它輕而易舉就把我們拋在了身後，使人不能再看到了殺氣騰騰的，氣焰囂張的正面罷了。

機村是這個滿覆森林的峽谷裡最後一個村莊。從此以後，大火便真正深入無人之境了。除了那些沉默無語的參天古樹，除了那些四散奔逃的飛禽走獸，再沒有誰等在前頭，準備與之決一死戰了。

這是一個容易激情澎湃，但也更容易虛脫的時代，這不，大火剛剛到達機村，我們認為故事剛剛到達高潮的時候，那高潮其實已經過去了。峽谷裡鋪滿了因空氣污濁而顯得懶洋洋的昏黃的陽光。

那是虛脫的陽光。

虛脫的陽光照著因失去目的而虛脫的人群。

虛脫的人們看著劫灰覆蓋的山崗，田野，牧場與村莊。

雄健的風替大火充任先鋒，剩下一點散兵游勇，這裡吹起一點塵土，那裡捲起幾片廢紙與枯葉，也彷彿虛脫了一樣。

只有卡車還在不斷到來，拉來麵粉，大米，豬肉，牛肉，雞肉，糖，和五花八門的罐頭。只有供應幾千人吃飯的那麼多鍋灶還顯得熱氣騰騰。機村人從來沒有吃得這麼飽過，也從來沒有像現在這樣，吃飽了，還往嘴裡塞著各種東西。藍工裝與綠軍裝們也是一樣。而所有吃飽了的人，更加目光縹緲迷茫，虛脫得好像馬上就要昏迷過去了一樣。

吃剩的東西丟得四處都是，雞，豬，羊，牛吃得撐住了，呆呆地站在村道中央一動不動。連機村那些細腰長腿，機警靈敏的獵犬，也無法抗拒這些吃食的誘惑，肚子撐得像一個大肚婆一樣，睡在大路中央，難過地哼哼著，毫無一隻獵犬應有尊嚴，而任無數雙陌生的腿在牠們身上跨來跨去。

這也算是天降異相，這麼多吃食把平常勤快的人跟狗都變懶了，倒是最為懶惰的桑丹一刻也不休息。她專門撿拾丟棄的饅頭與燒餅，切成片，在太陽下曬乾，又用討來的麵粉口袋一袋袋整整齊齊地封起來，碼在屋裡，據說，幾天下來，屋裡的饅頭乾已經快碼成一堵牆了。

物質如此豐富的時刻在人們沒有任何準備的時候一下就到來了，村代銷店門前就沒有一個人影了。楊麻子的老婆是被火燒死的三個機村女人中的一個。即便如此，這天早晨他還是來把代銷店門打開，坐在太陽底下，嘆息一聲，說：「簡直就是共產主義了嘛。」

休息一會兒，他又關上門，依然嘆息一聲，說：「簡直就是共產主義了嘛。」

然後，他背著手，駝著背走到擺著五具屍體的帳篷裡，還沒有走到他老婆的屍體跟前，他的清鼻涕就流出來了。他走到自己女人的跟前，說：「看嘛，剛剛趕上好時候，你就走了。」

有人問他好時候是什麼意思，他說：「想吃什麼有什麼，而且不用掏一分錢，簡直就是共產主義了嘛。可是，我的女人命苦，只差一腳，沒有邁過好日子的門檻。」

然後，他的淚水就流下來了。他的淚流很細，流到每個麻子窩裡都停留一下，好半天，也沒有流到下巴底下。

楊麻子因為這句話被人警告了。

楊麻子一哭起來，就像是跑在下山路上，老是收不住腳。所以，警告他的人才向索波發出了不滿的責問：「你們村的人怎麼這麼反動？」

索波把楊麻子拉到一邊：「不要再哭了，要不是看在犧牲的孀子面子上，你都當反革命給抓起來了！」

楊麻子的淚水立即就止住了。

因為抓人的事即使不是經常發生，也的的確確是發生過的。大火沒有起來的時候，巫師多吉被抓走了。昨天晚上，大隊長格桑旺堆跟江村貢布喇嘛也被抓走了。正在說話的當口，又有吉普車拉著警報呼嘯而至，直衝指揮部的帳篷，把指揮部領導和一直被看在那裡的汪工程師抓走了。本來，不管是有人死去，還是有人被抓起來，都是最能讓人興奮的事情，但現在，人們卻像是什麼事情都沒有發生一樣。人們無聲地聚集起來，看著兩輛吉普車嗚嗚哇哇地開過來，停下，車後的塵土散盡後，幾個臂戴紅袖章，腰別小手槍的人面無表情從車裡鑽出來，站在帳篷門口，裡面，指揮部領導和汪工程師被專案組的人帶出來，塞進吉普車裡。警報器又嗚嗚哇哇地響起來，屁股後又吹起一片塵土，風一般開走了。

人群還沒有散開，指揮部帳篷的門簾掀起來，使大家都看到了神祕的內部，電報機閃著紅燈嘀嘀作響，同時吐出一張長長的紙條。幾個人圍著那長紙條嘰咕一陣，描畫一陣，一張文告就出來了。

這張文告宣布，暗藏在工人階級隊伍中，貧下中農隊伍中，革命幹部隊伍中的反革命分子暴露了。這些跳梁小丑，自絕於人民，飛蛾撲火，自取滅亡！同時，文告宣布滅火抗災指揮部的權力全部移交給當初清查火災起因的專案小組。專案小組那三個在機村傳說擁有隱身術的灰色人，這時穿上了沒有帽徽領章的新軍裝，嶄新的面料在陽光下閃爍著金屬般的光芒。機村至今有人嘆息，說，奇怪，他們的法術一下就消失了。專案組來了一個年輕的新領導。新領導走到大家跟前，脫下軍帽，一頭乾淨順滑的黑髮一瀉而下，人們才發現，這人不但年輕，還是個女領導。她決定，專案組擴大，老魏，甚至索波都擴大到這個新班子裡去了。

新領導看都不看正在慢慢離機村遠去，正在深入原始森林的大火一眼。她只是督促人們一張張抄寫這篇文告，貼滿了機村所有可以張貼東西的地方。她還走進廣播站，親自宣讀這份文告。她親自念了三遍，才讓專門的播音員來播報。索波的名字在這份文告正文的最後。當今機村還有好幾個人，能夠惟妙惟肖地模仿高音喇叭念出最後一個名字，在樹林中，在山岩上，在河谷裡激起的不同迴響。

「索—波—波—波波波——」

「索—波—波—波波波——」

「索—波—波—波波波——」

過火後的樹林回聲瘖啞，山崖的回聲響亮，河谷的回聲深遠悠長。

有史以來，機村好像都沒有出過什麼了不起的人物。即便有過什麼了不起的人物，他的名字也一定沒有被奇妙的機器，被山，被水，被樹木這麼歌唱一般念叨過。

所有人都以為，索波會被這個自命偉大的時代造就成機村歷史上一個空前偉大的人物。又是很多年後，當索波老了，當年那幫小孩正當壯年，還能吹口哨一般噘起嘴唇，惟妙惟肖地模仿出四野對高音喇叭裡念出的那個名字的回聲。索波也只是淡然一笑，不置可否了。

夜幕降臨後，專案組的新成員們反倒忙碌起來，四散開去完成各自的調查工作。調查方向有兩個：一、大火起因，必是有反革命分子破壞，要把罪魁禍首挖出來；二、救火期間，又發生了一系列的反革命活動，必須深挖細查，務必要把一切新老反革命分子暴露在光天化日之下。

一切布署完畢，女領導由索波和老魏陪著去充作靈堂的帳篷裡看望烈士家屬。本來，那些人只是無聲地沉默。領導一露面，兩個工人的家屬就痛哭出聲了。但機村的人依然只是沉默著。楊麻子算是見過世面，他拉著新領導的手說：「她也值得了，機村人世世代代都沒有見過這麼鬧熱的場面，她見到了，值得了，值得了。」

新領導強忍著才沒有笑出聲來。

接下來，是艱苦談判。工人家屬提出的問題都跟錢相關。在機村人這邊，這個問題輕輕巧巧地就過去了。但困難卻還是出來了。就是三具遺體的處理問題。領導的意思是，舉行一個隆重的追悼大會，然後，幾具屍體一起土葬。這在機村歷史上是從來沒有過的葬法。依舊俗，這種不得善終的橫死之人也不能天葬，而要火葬，一把火燒個乾乾淨淨。一個漢族人會把這樣的場景看得十分野蠻殘忍，更不可能把這個過程放在一個鄭重其事的公共儀式上去完成。但在一個藏族人看來，死亡不過是靈魂離開了肉身。對於遠去的靈魂來說，這個肉身最好徹底消失。所以，他們同樣不能理解漢族人為什麼還要把一具軀殼封閉在厚厚的木頭棺材裡，再深埋地下，慢慢腐爛，變成蛆蟲，變成爛泥，在冰冷與黑暗中，背棄了天光。正常死亡的藏族天葬是把肉體奉獻給高飛的鷹鷲，但這些暴死的人軀殼，只能讓火來化解，讓風雨來揚棄了。

談判艱難地進行著。

領導不能在停著屍體的靈堂久留，索波只好在兩個帳篷間來回傳話。

直到夜深人靜，新領導紅潤光潔的臉變得憔悴而蒼白。談判在不知不覺間，已經導入到藏漢兩族對肉身最後區處的不同理解。

死人家屬那邊傳過話來說：「靈魂知道曾經寄居的肉身埋到地下，見不到天光，還餵給了蛆蟲，會一路哭泣！」

女領導在燈下梳理長髮，說：「告訴這些人，沒有靈魂，反封建迷信這麼多年，他們還相信這個。」

楊麻子總是像影子一樣跟在索波後面，這時，他小聲說：「報告領導，平時，大家都說，這一世的靈魂交給了共產黨，現在，靈魂要去下一世了，最後就只好相信一下了。」

索波說：「你這是什麼意思？誰讓你打胡亂說了。」

領導梳理好頭髮，整個人都煥發出新的光彩，轉過身來時，把好多人的眼睛都看直了。她舉起手，微微一笑，說：「慢——，這位老鄉的意思是說，這些靈魂是要去黨管不著的地方？」

這句話一出，當然是暗伏殺機的，連索波都鬆了一口氣，埋在土裡，就埋在土裡吧，他並不確切知道人到底是有靈魂還是沒有靈魂，而且，他也不想知道。他只知道，這種爭執早點停止，他就可以不在兩個帳篷之間來回奔波傳話了。

好個楊麻子，他躬下身子，說：「這靈魂也不是都變人，他們命賤，也許變豬變狗，往生到哪裡，就真是說不清楚了。」

領導被這句話給噎住了：「你，誰叫你進來的，嗯，誰允許你進來的？」

楊麻子就給趕了出去。

老魏上去附耳對領導說：「請領導當機立斷，不然，繞來繞去，就繞到他們的話裡去了！」

女領導便揮手讓大家下去，只留老魏在帳篷裡：「我想聽聽你的建議。」

老魏便一二三四五六七要言不煩地講了。

領導聽後，沉吟一陣，眼睛生光，提筆在本子上唰唰寫了。然後把專案組成員，以及死者家屬都召集起來，領導便宣布了最後的決定。一、執行黨的少數民族政策，尊重少數民族的內俗習慣，遺體可以火化，但是；二、同時也要反對封建迷信，移風易俗，火化也要用先進方式，遺體拉到縣城火葬場火化；三、骨灰盒運回來，跟兩個犧牲的工人同志一起土葬；四、把格桑旺堆，江村貢布喇嘛，走資派總指揮和汪工程師拉回來，在追悼會後，在救火前線現場召開批鬥大會；五、那個麻子，雖然是烈士家屬，骨子裡頗為反動，聽說是解放前夕才潛入藏區的漢人，卻扮演成當地土著為民請命，用心惡毒，來歷神祕，要控制，要查，弄不好是潛藏的國民黨特務；七、那個倖存的女民兵，要樹為紅色標兵。

女領導鋒利的目光掃視一眼下面，說：「這是最後的決定。不同意者，可視為存心與人民為敵！」

楊麻子當即雙腿發軟，汗如雨下。

索波當即就把生產隊倉庫與代銷店的鑰匙從他腰上扯了下來。

有人拿出毛主席的小紅書，念了一段，最後一句是：「掃帚不到，灰塵照例不會自己跑掉。」這句話，也讓愚昧的機村人給曲解了。他們說：「毛主席也說人要變成灰塵嘛，不燒把火，肉身怎麼變成灰塵呢？」但那也是之後好久的事了。當時，誰也沒有再說什麼，就默默地退出去了。漂亮女人嚴厲起來的時候，自有一種難以抗拒的威嚴。那些本來就威力強大的詞語從她漂亮的嘴裡，用好聽的聲音吐出來，更加充滿了力量。

死者家屬們退出帳篷外，馬上淒悽楚楚地哭起來。這回，三個機村死者的親人也加入進去了。哭聲起來的時候，風也慢慢起來了。哭泣者漸漸遠去，風把他們的哭聲拉長了，裊裊娜娜彷彿無字的歌唱。

風稍大一點，哭聲就消失了。

風再大一點，帳篷就被鼓起來，風換氣的時候，帳篷又癟下去，這一起一落之間，發出呼哧呼哧的聲音，彷彿一個巨獸正費力地吞嚥吐納。這聲音給人的感覺，就好像帳篷裡的這些人，都是這隻巨獸的口裡，他們所以安然無事，只是這個巨獸現在還不想吞嚥，或者說只是這隻巨獸一時間忘記了吞嘶而已。人人心裡都有些惶恐不安，但人人都在強自鎮定。帳篷頂上晃來晃去的電燈更增加了這莫名的不安。

那三個隱身人回來了。

三個人悄無聲息地鑽進帳篷，整個身子隱在暗影中，幾條影子迅速爬到大家身上時，所有人都感到一股冷冰冰的東西，從背脊中央直竄到腳底。

好在三個人迅速脫去了隱身衣，把身子的輪廓，興奮閃爍的眼睛顯現出來，大家都有些尷尬地笑了。其實，機村人傳說中的隱身衣不過是帶帽子的雨衣。雨衣面子是細密的帆布，裡子刷上了一層暗黑的防水材料。幾個人只是把這雨衣反穿，立即就與夜色渾然一體了。這跟索波帶領民兵抓盜羊賊時，反穿了皮袍，把自己裝成一隻羊的手法是一模一樣的。只不過，這些年不斷有從未見過的新東西出來，讓人有些應接不暇而已。

他們把一個包裹放在了搖晃不定的燈光下，說：「我們終於把那個逃犯緝拿歸案了。」說完，他們都退到了一邊。

「逃犯？帶進來！」

「已經進來了，就在這個包裹裡面。」

好像有一陣寒氣在帳篷裡瀰漫開來。

女領導畢竟太年輕了，她的聲音都有些哆嗦，說：「一個人？在包裹裡面？」

「是，這就是那個逃犯。」包裹打開了，露出了一塊灰白色的淺碗一樣的東西。這是大火過後，巫師多吉留在這個世上的最後一點物質。

「這是他沒有燒光的頭蓋骨。」

「他被火燒死了？」

「不，有人把他當一個了不得的人火葬了！」

「誰？」

「就是已經被我們抓起來的兩個人，一個喇嘛，一個是機村的大隊長。這兩個人反動透頂，還放出話來，說是讓整片森林毀滅，來為這個反革命分子舉行最大的火葬！」

這個說法對索波來說也是聞所未聞，但江村貢布喇嘛確實傳了這樣的話，聽到這話的兩個機村民兵，立即就報告了。三個隱身人也是兩個民兵帶到那個隱祕火葬地去的。大火早在一天多以前就已經從那裡掠過了。森林和江村貢布喇嘛精心布置的火葬的巨大柴堆，都變成了一片正在漸漸冷卻的灰燼。他們找到那裡的時候，一股股的小旋風正把那些塵土捲起來，想往別處揮灑。

以往一個人被烈火化成了灰燼，風一到來，把這些塵埃四處播撒，在樹叢，在草上，在花間。片刻之間，就只有潤鳴與鳥唱了。可是，現在滿眼都是劫後的餘灰，漆黑的流水上覆滿了焦炭。風能做的，只是把這裡的塵埃和那裡的塵埃混合起來。把樹，把草，把人劫後的餘燼攪和在一起罷了。大樹的所有枝葉都燒光了，只剩下高大焦黑的樹幹，散發著嗆人的焦糊味，有些太老的樹，中心早已腐爛，於是，還有火鑽進了樹的裡面，慢慢燃燒，這種燃燒看不到火焰，也聽不到聲音，只是不斷吐出濃濃的黑煙。當火焰終於從大樹的某一處猛然一下噴射而出時，這棵不得善終的老樹也就轟然倒下了。而更多青年的壯年的樹卻只面目焦黑地站立在那裡，默然不語。它們的內部的木質還堅實緊密，唯其如此，那種靜穆中有一種特別悲傷的味道。

多吉剩下的那塊骨頭，就躺在這些樹下，半掩在灰燼中，餘溫尚存。

當這塊骨頭暴露在指揮部燈光下時，已經徹底冷卻了。起先大家或多或少的有些害怕，但過了一陣，看它在那裡，的的確確也就是一塊了無生氣的骨頭罷了。大家都漸漸靠近了，要看個仔細。女領導拿起地圖前閃閃發光的金屬小棍，撥弄一下那塊碗狀的頭骨，仰放著的頭骨就輕輕搖晃起來，骨頭與桌面磨擦處，還發出了輕輕的磕磕聲。大家都不約而同退後一步，又迅即用笑聲掩飾住了尷尬。金屬棍愈來愈頻繁地撥弄，骨頭就搖晃得更厲害了，同時，那磕磕聲也大了起來。

這回，大家是由衷地笑了。

這印證了一個真理，一個人死去也就死去了。不存在什麼神神怪怪的東西。這個時代，是一個人人似乎都可能掌握真理的時代。所以，通過一件事情印證一個真理，是一件非常莊嚴神聖的事情。如果人死去真有靈魂在，多吉知道自己未被燒盡的骨頭還能派上這樣的用場，給人這樣的開示，想必也會感到有些許的得意吧。

但多吉好像不願意這樣，當大家沉緬於印證了真理的喜悅之中時，骨頭在搖晃的同時，慢慢挪動，最後，便從桌子上跌落下去了。和地面相觸的時候，發出一聲沉悶的聲音。就像一個重物擊打在柔軟的人體上發出的聲音一樣。

骨頭自己把自己粉碎了。

骨頭每一個碎塊都比人們想像得要小很多，每一個有稜有角的碎塊都在燈光下反射出一種灰色的，不是要放出來，而是想收進去的奇異光芒。

每個人都暗抽著冷氣，但又不敢明顯地表現出來，發現真理的喜悅與自豪頃刻間就無影無蹤了。

索波與兩個立功的民兵更是嚇得退後了好幾步。還是老魏蹲下聲來，口裡低低地念念有詞，把那些碎塊都歸攏來，重新包裹起來，說：「拿走，拿得遠遠的，扔掉！」

兩個民兵問扔到哪裡？

從來都不嘆息的索波這回卻嘆息了一聲，說：「風吹不走，就扔到河裡去吧。」

兩個民兵在前，三個隱身人在後，迅速消失了。大家走出帳篷，看著黎明的鉛灰色的沉重光芒正慢慢照亮大地。風又起來了。頭頂的天空中突然滾過了隆降的雷聲。天幕還低低地壓在頭頂，不知是陰雲還是大火引起的煙霧。風吹過，雷滾過，那低沉的天幕依然一動不動。只有間或，上面閃過一陣紅光，那是正在燒向遠處的大火，被風鼓動騰身而起時發出的光焰。

眼下已是四月了，雷聲響過之後，春雨下來，春天才算真正到來了。

春天已經遲來許久，春天實在是該到來了。

大家仰起臉來，張望，同時傾聽，雷聲卻消失了。只有風一陣鬆一陣緊，煽動起來的火焰的光輝，一陣陣把低沉的雲腳照亮，像是閃電一樣，只不過，是一種很慢很慢的閃電罷了。

十九

聽到雷聲，對大火幾近麻木的機村人都離開了床鋪與房子，跑出來，向著天上張望。甚至昏昏沉沉地睡在臨時醫院裡的胖姑娘央金也了出來。

這短短的幾天裡，她的世界真是天旋地轉，先是因為莫名的愛情而激情難抑，繼而又被拋入深淵，這還不夠，從色嫫措湧出來的湖水差點奪去她的性命，當她從死神手中掙扎回來，躺在臨時醫院的雪白被單中，從那一生也沒有睡過的那麼乾淨的床上醒來的時候，已經是救火戰場上湧現的女英雄了。她母親來看她的時候，一路哀哀地哭泣不已，回去時高高興興地走得腳底生風了。這女人還順手把病床前的搪瓷痰盂塞進了寬大的袍襟下，日後，這東西成為她們家盛放優酪乳的專用器皿。

胖姑娘央金死而復生，第一次出現在鄉親們面前。她手上纏著繃帶，額頭上也纏著繃帶，加上架著的枴杖，真正就是電影裡那些英雄的樣子了。她的身後，還有兩個護士，一個高舉著輸液架，一個高舉著藥水瓶子。

機村人慢慢圍攏過來，這個總是顯得天真無邪，總容易因一個男人而雙眼現出興奮而迷離光彩的胖姑娘央金臉上現出的，卻是一種大家都感到陌生的表情。她神情莊重，目光堅定，望向遠方。也是這個時代的電影，報紙和宣傳畫上先進人物的標準姿勢。

一個時代，有很多很難領會與把握的東西，但是，一個時代也有著好多就是一個笨蛋也都容易學會的東西。誰要想使一個新時代顯得與眾不同，就要有更多的這種容易從外在模仿的程式。女領導出現了，做出電影裡那種首長深情愛惜自己無畏戰士那種似嗔還怨的樣子：「央金同志，你現在的責任就是好好休息！」

女領導還說：「愈早把傷治好，就愈早到省裡幹部學校去學習！」

這句話使人群騷動起來，人人都知道這就意味著，胖姑娘這一去，回來就是國家幹部，就是領導了。

兩個新湧現出來的先進民兵，帶著後進要追趕先進的欣羨神情，把央金扶回病房裡去了。更多的人把複雜的眼光投向了索波。

索波臉上的神情便有些落寞，心裡充滿一種從未有過的酸澀感覺。這感覺讓他這些年一直緊繃著的心情有些鬆懈了，身心的疲憊立即把他充滿。這些年，都是他在後面追趕，並超進一個又一個人，現在，他在剛剛越過了最後一關，從格桑旺堆手裡奪過了機村的最高權力，卻突然一下，有人跑到他前面去了。當大隊長並不是他最終的目標，也不是每一個機村年輕人力爭先進的根本目標。他們的目標，就是因此被上面選調，送去學習，從此走出機村。此前，每一批的年輕人中都有人這樣走出去了。索波一直是當下這批年輕人中最接近這一目標的那一個。不止是他自己，所有機村人也是這麼認為的。但這場大火一來，事情就不再是在原來的框架中演進與變化了。後面的人，差不多一點力氣沒有使，就把他超過了。

這天早晨，陰雲與煙霧遮掩著天空，他卻突然看到了自己的前程已經到此為止。他對領導說：「我也想學更多的東西，為人民服務。」

索波是個瘦高個，女領導比他矮很多，但還是居高臨下地拍拍他的肩膀，說：「實際工作也一樣鍛鍊人，何況，一場大火，暴露出機村的階級鬥爭的形勢還很複雜，這個崗位也很重要啊！」

這一天，雷聲一陣陣滾過，但雨水一直沒有下來。

大火依然在往遠處推進，但所有人都好像將那場大火忘記了。即便這天晚上，風使大火燃燒得那麼猛烈，而且，風還把過火之後的山林的餘火重新吹旺，四野裡都是餘火閃爍，但沒有誰再因此焦慮，也沒有人因此而激動。晚上，電影照例在好幾個地方同時上映。但已經沒有什麼觀眾了。所有人都早早躺在了床上，很快進了入夢鄉。

人人都在傳說，人工已經不可能撲滅這場大火了。上面的上面，已經決定要派飛機來轟炸。機村人從這個傳說中還知道了一個科學道理。這個道理說，火的燃燒就像人的呼吸，靠的是空氣。如果沒有這個東西，人會死去，火也會自己熄滅。許多炸彈從天上丟下來，爆炸的時候會搶著把火需要的空氣吃光。火就窒息而死了。對這傳說，所有人也就在將信將疑之間。機村人將信將疑，是因為，這道理遠遠超出了他們的經驗世界。另外那好幾千救火者，大部分都是伐木工人。從他們的眼光來看，這些林子早晚都是要伐掉的。從這個角度看，這場大火，國家並沒有損失什麼。大火也是形式主義，搞運動一樣其勢洶湧，氣焰囂張，只顧往前瘋跑，結果只是把灌木，雜草，和森林繁蕪的樹葉燒光了。真正需要採集的樹幹，大部分都還好好地站立在那裡。如果森林還想活下去，那麼這場大火是致命的。但在此之前，這些森林的命運早已決定，不是寂滅於大火，就是毀棄於刀斧。一個工程師閒著無事，在紙上演算出來，大火只讓森林損失了不到百分之十的好木材，與此同時，大火卻預做了清理場地的工作，使今後的採伐工效提高兩倍以上。

從這個意義上說，大火的撲與不撲，都是無所謂的。所以，這場大火與轟轟烈烈地救火行動，都像是為我寫下這篇機村故事而進行的。因為這些過火的樹林在接下來的十來年裡，真得砍了個一乾二淨。

大雨是第二天下來的。

頭天晚上，機村死去的三個人的骨灰已經裝在石頭盒子裡運回來了。另外那兩個死去的工人也裝殮到了新做的松木棺材裡。天剛濛濛亮，送葬的隊伍就出發了。死者親屬的哭聲響起來，但很快就被從高音喇叭裡傳出來的哀樂聲所淹沒了。哀樂聲裡，還不時穿插進朗誦毛主席語錄，歡呼革命英雄主義的口號聲。天大亮時，幾個新鮮的墳頭，就出現在平緩峽谷中唯一有著一段險竣崖壁的河岸上。岩縫中間，有一片虬曲的青松，和更多的杜鵑。大火當然沒有燒到這些樹木。墓地就在這片向河壁立的崖頂的草地上。這幾個墳頭，也是機村從未出現過的新生事物。

當然，還有墳頭前面那麼多的花圈與墨汗淋漓的挽聯。

送葬的隊伍回到村裡的時候，村口的公路上傳來了警車嗚哩哇啦的聲音。警報聲立即沖淡了悲傷的氣氛。警車在前開道，後面兩輛卡車上綁著四個罪犯：格桑旺堆、江村貢布喇嘛、汪工程師和三天以前還是救火總指揮的那個領導。卡車開到機村廣場上，人群裡立即響起了口號聲。

就在把四個罪犯押往露天會場的路上，有碩大的雨水從天上稀稀落落地砸落下來。

雨水重重落下，落在地上，濺起了一片塵煙。

雷聲隆隆地在低壓的雲層後滾過。

雨水也暫時停止了一下。好像是在等待更大的雷聲。這時，閃電撕開了雲層，蜿蜒著越過天頂。巨大的，比所有人的憤怒加在一起還要憤怒十倍的雷聲轟然炸開。碩大的沉重的雨水就密密麻麻地砸下來。

雨水污黑骯髒，而且帶著一點溫暖。把大火期間升到天上的所有塵埃灰燼又帶回到地上。雨腳強勁猛烈，傾盆而下。人們只在夏天才見過這麼猛烈的雨水，但這雨水就這樣在傾盆而下。集會的人群四散奔逃。牆上的標語被沖刷下來，人們手裡搖晃著的彩色紙旗扔得滿地都是。

大會自然是開不成了。

就這樣一直到下午，大雨才下得不再那麼猛烈了。但緩下來的雨水，卻給人一種從容不迫的感覺，擺出來就是一副一直要持續下去的樣子。天上降下來的雨水慢慢變得清潔冰涼了。但落在機村四面山坡上的雨水，慢慢匯聚起來，把山上大火過後的灰燼，焦炭，殘枝斷木都沖刷下來。每一條小溪都在暴漲。過去，再大的雨水落下來，都被森林，森林下面深厚的苔蘚化於無形，慢慢吸收了。但是，現在，這些雨水毫無遮攔，帶著大火製造的垃圾奔流而下。滿山都是水聲在暴烈地轟響。

運動是暴烈的，大火是暴烈的，連滋潤森林與大地的雨水也變得暴烈無比了。

指揮部部署的批鬥與公捕大會終於沒有開成。下午，高音喇叭裡播放了這四個人的逮捕決定，又播放了一陣口號，警車又嗚嗚哇哇的響著，押著那四個罪犯帶回城裡的監獄裡去了。

大雨繼續下著。

天氣放晴，是在三天後的下午。雨腳慢慢收住，天空出雲層升高，從裂開的縫隙裡露出明亮奪目的陽光。一道一道的陽光從雲層的縫隙中懸垂下來，彷彿一疋疋明亮的綢緞。當這陽光使走出屋子與帳篷的人們目眩神迷的時候，天頂的雲層已經散盡了。

明亮的太陽當頂照耀。劫後餘生的鳥們囀喉鳴唱。狂燒掉那麼多森林的大火也熄滅了。大雨把大火的餘燼與味道都蕩滌乾淨了。只是那些只剩下粗幹樹幹的大樹，被陽光照亮時，那烏黑的樹身上泛出一點淺淺的金屬光芒。

這天下午，防火指揮部宣布撤銷，女領導還有很多隨從，都登上了吉普車，頭上還纏著繃帶的央金也登上了吉普車，坐在指揮部領導的身邊。她的母親為即將遠行的女兒哭泣。吉普車發動了，雨後新鮮的空氣中立即就有刺激的汽油味瀰漫開來。

最後，央金又從吉普車上下來，跑到索波跟著，她燦爛地笑著，用頭碰了碰他的胸口，說：「你要繼續努力啊！」

這時，大隊的汽車開動了。一個機村人永遠都會念想的，最為熱鬧輝煌的日子就結束了。雖然，救火隊伍中有上千的伐木工人沒有撤離，他們都要留下來，就地組建一個新的伐工廠。車隊很快就消失在人們視線的盡頭。現在的機村是一個機村人也要慢慢適應的陌生的村莊了。

跟到村外的人群慢慢散去。只有索波一個人慢慢走向村外。他看見，溪流邊，草地上，杜鵑、野草莓、迎春，蒲公英，太陽菊，都爭先恐後地開放了。在這片劫後的大地上，這些花朵甚至比陽光還要耀眼明亮。他摸摸眼睛，感覺眼睛有些濕潤。然後，他聽到一聲嗚嗚的牲口叫喚，是巫師多吉的那頭毛驢正在草地上吃草。村裡人叫那驢的時候，也叫他主人的名字。於是，他聽到自己叫了一聲多吉，那驢就慢慢踱過來，抬起水汪汪的眼睛看他，掀動著鼻翼來嗅他，熱哄哄的鼻息一下碰著他心裡一個很柔軟的地方，他的淚水一下子就悄無聲息地流出來了。

第三卷　達瑟與達戈

序篇

達瑟，我將寫一個故事來想念你。

達瑟，你曾經居住在樹上。

達瑟，你曾經和你的書——那些你半懂不懂的書居住在樹上。

達瑟，你曾經是所有獵人的朋友，然後，你又背叛了他們。

我決定寫你的時候，在一個叫做印第安那的地方。你的那些書裡或許講過這裡的荒野，你的書裡可能有過這地方的樹木和野獸的圖片，但我肯定，你從來就不曾知道這個地方。一個叫做謝里的美國人。一個講著比我們當年所講的漢語還要好的中文的美國人，陪我來到這個地方。清晨，我們坐飛機從東方的大海邊出發。那裡，李樹正在開花。中午，我們降落在這片大平原的中央。這裡的李樹也正在開花。這些李花樹，比我們機村的那些野桃樹還要高大，還要亭亭如蓋。就是這個時候，就在有人提醒我好好「看看美國」的時候，我卻突然想起了已在傳說中遠去的你，達瑟。還想起你的獵人朋友。那個到了機村就被叫做達戈的獵人。那時，你們在我這樣的小男孩心目中是多麼神奇呀！在這個遙遠而又陌生的地方，在一個租車行空曠的停車場上，我突然想起你。你的名字像是箭簇一樣還在閃閃發光。那時候，我不知道你名字的意思。現在我知道了，達瑟的意思就是一枝利箭。而你的朋友，那個精幹厲害的傢伙，我們機村人偏偏把他叫做達戈——也就是傻瓜。看看，我們那些得過且鄉親啊，怎麼就把這樣的人看成了傻瓜？

我們租了一輛車，從六七號公路再到三七號。一路掠過很多綠樹環繞的農場。一些土地正在播種，而一些土地輪到休息。休息的地開出了這年最早的野花。是的，總是有些花開得早，有些葉落得晚，這應該和我們的機村一模一樣。汽車不斷飛馳，我望著不斷湧來的天邊，不斷湧來的雲團與雲團之間耀眼的光芒，一個名字突然就撞進了心裡，達瑟，你的名字，和機村有著大片廢棄建築的那塊遙遠的谷地的名字一樣！

這些日子，你的名字真的就像鋒利的箭簇一樣，突然之間就射進了心房。

那時，在機村沒有人知道那兩個字的意思，就像沒有人太懂你那膚淺而又意味深長的笑容一樣！就像沒有人知道那塊與你同名那塊遙遠谷地中的廢墟的由來一樣！

達瑟，你曾經那麼憂傷絕望。

達瑟，然後你找到那麼多的書，和它們住在一起。

達瑟，和那麼多的書住在一起，讓那些書裡機村人從來不想的意思，鑽進了你的心房。

達瑟，我就在這個地方想起了你。心裡被深深的懷想充盈，就像眼裡一棵異國巨大的李樹開滿了潔白繁盛的花朵一樣！

我開始寫你，在剛剛住進大學的旅館。一樓到二樓，很多不同國家不同種族的學生在走廊裡看書，他們散坐在樓層的各個地方，捧著不同文字的書本，皺著眉頭思考，微笑，親吻。我穿過他們，住在三樓二二一號房。租來的汽車停在樓下一棵巨大的楓樹下面。剛剛還是滿目耀眼的陽光，現在風吹來了大堆的烏雲，也搖動著那棵楓樹上剛剛展開的翠綠新葉。而我的心中，是你的樹屋旁邊，那株同樣開滿潔白花朵的櫻桃樹，所有的葉片都在風中翻拂，輝耀著陽光嘩嘩歌唱。

我吃了好大一塊噴噴香的麵包，沒有菜肴，只是就著一杯茶。達瑟，我走得這麼遠，可這個世界竟然有一樣的麥子的香味，麥麩的香味，達瑟，想起了我見過的尋常的你，想像著傳說中奇異的你。

達瑟，在為機村書寫歷史的時候，我想起了你，想起住在樹上，住在樹上屋子裡的平常而又奇異的你！

達瑟，我在遙遠國家一個一個的大學，一個又一個圖書館，撫摸一本又一本書，和一些講英語或講別的什麼語的不同國家的人坐在一起，講著我們機村的故事。講那裡的人與事，季節與地理，但我的心裡卻不斷地撞進你的名字。我沒有講你。

因為，我還沒有寫下你。

以後，也許仍然不會講你，因為我已經從今天開始，一字一句，要來寫下你。之前，我把旅館房間的百葉窗打開，讓風搖動樹葉的聲音充滿了房間。我要把心打開，讓牆壁消失，就像這個城市一樣，高坐在曠野的中央。

我住得跟一條川流不息的高速公路不遠，那裡，道路上汽車呼嘯著來來去去，好像跑得比時間還快。而我停留下來了，跟慢下來的時間待在一起，看見那麼多車載著那麼多人，一輛接著一輛，一個緊跟著一個，都想跑到時間的前面。而我停留下來，在一間大學旅館裡，院子裡有一株大樹，正在長葉，正要落花。

然後，我在電腦上寫下你的名字，然後，在我心裡對自己發出命令，說：現在開始……

就像我要在圖書館裡，在討論會上對著不同國家的人說話時候，翻譯謝里問我，可以開始了嗎？

我點點頭，說，好吧，現在開始。

一

隊上的拖拉機從公社帶回來一個牛皮紙信封。

那個年頭，誰要是收到一個這樣子底下印著一排紅字的牛皮紙信封，多半就是好運臨頭了。信還沒到呢，一個電話又從公社打來了。電話裡說，叫達瑟等著從公社送來的這封信。一封信從上面寄下來，又加上這麼個鄭重其事的電話通知，肯定是天大的好事要降臨到一個人身上了。

機村人都知道，一封信叫雲彩托著從天而降，意味著這個人從此就是幹部、工人、解放軍了。總之，以後就是拿著國家薪水，不用胼手胝足日日從土裡刨食的上等人了。在這個年代，對一個機村人來說，最大的好事就是永遠離開機村，就是一個農民往後不再是農民。

所以，大隊部電話一響，有嚮往的年輕人都會激動而緊張。這天是索波接的電話，說：「是我，是我，到村口等信?!哦，我是誰？我是……，哦，不是找我，叫……誰？達瑟?!錯了吧？沒錯！好，哦……好，好。」

那時，文化大革命還沒有開始，那場大火還沒有光臨機村，民兵排長索波正在天天向上。他捂住話筒氣急敗壞地叫起來：「達瑟！」

沒有人回答。

這個達瑟恰好和索波相反，從不盼望遇上這種好運。機村的大多數年輕人都並不盼望好運會如一朵祥雲一般飄飛到自己頭頂之上。他上過學，就上了三年小學，書也念得懂，家裡也不反對他上學。但他早就不上學了。和很多不想上學的人一樣，一個生來種地的人上那麼多學幹什麼呢？為什麼要用那些並不需要弄懂的東西來難為自己的腦子，為學校裡教授的空洞的跟自己生活沒有什麼關係的漢語來為難自己的舌頭。另外還有一個原因是屬於他個人的，這傢伙個子偏高。不知為什麼，他的個子就是一個勁地往上竄，坐在教室裡還好一點，做廣播體操的時候，戳在一大群矮小瘦弱營養不良的小孩中間，他身材高大而動作笨拙遲緩。這也是他最引人注目的時候，就因為這個，他也不想再上學了。高興了，跟著大人下地勞動幾天。大多數時候，就什麼也不幹，一個人在林裡水邊四處轉悠。他有一個特別的功夫，能在樹上睡覺。不管樺樹杉樹，只要有撐得住人體重量的樹枝，他就可以安睡在上面。問他這樣睡覺是什麼感覺，他只是嘿嘿一笑。他睡在樹上，不是要玩引人注目的驚險動作。他真能在晃晃悠悠的樹枝上睡著。有時，風颳進林子，使整株樹都搖晃起來，這時，他就會從樹上掉下來，摔疼摔傷，他也不聲張，一瘸一拐地自己回家去了。但要不了幾天，女人到林子裡採幾朵蘑菇，男人到林子裡下一個套索什麼，聽見一個人在樹上咕咕噥噥，抬頭見他又躺在搖搖晃晃的樹枝上了。

還有人看見他呆呆地跟著樹，跟著樹上棲息的鳥，跟著樹蔭下睡覺的狐狸，唧唧噥噥地說話。

有時，他也懶得走遠，太陽一好，又有點小風，就爬到村子裡晾著乾草的樹上，躺在一綑綑乾草中間，那可就舒服多了。

好運氣來的那天，索波捂著電話聽筒沒好氣地喊：「達瑟！」

大家就一迭聲地朝著樹上喊：「達瑟！」

他卻從廣場上聚集的人群中慢慢站起身來。人們才發現，這個人就在大家中間。咦！今天他怎麼沒到樹上去呢？他慢慢站起來，拍拍袍子上的塵土，好像早就做好了準備，不慌不忙地說：「來了。」

在眾人好奇的目光中，他舉著聽筒，聽著，一言不發，放下了電話。然後，臉上遲緩地綻開笑容：「我的叔叔，讓我去上州裡的民族幹部學校。」

二十多年前，土司還統治著機村，共產黨還沒有來解放這個地方，達瑟的叔叔就已經出走了。一個鐵匠來到村子裡，他叔叔迷上了鐵匠的手藝，每天都蹲在鐵匠忽忽悠悠地抽動著藍色火苗的煉鐵爐前。鐵匠重鑄了鐵鏵，新打了鐮刀，收拾好家什離開的時候，達瑟的叔叔也跟著鐵匠浪遊四方去了。一去就再沒有回來。十年後傳回消息。這個人參加解放軍，立了戰功，現在已經是一個領導了。但他還是沒有回來。這個人只是在每一個新年，給家裡寄一封信，一個包裹，裡面是給家裡那些他在時就有的人，和他走後才有的人，每人一件新衣裳。

奇怪的是，這些衣裳單看起來漂亮，穿在別人身上也很漂亮，但穿到他們家人身上，卻總是有種滑稽的效果。這弄得村子裡那些追逐時髦的青年人憤憤不平。有人說，那個遠走的人，想讓機村人看見這些漂亮衣裳就想起他來，可惜，他們家的人穿上什麼都形象模糊，所以，他的願望並不能真正實現。達瑟的叔叔出走已經很久很久了，現在，機村人偶爾想起「達瑟的叔叔」，也是面目模糊。

但這個面目的模糊的人，隔著很遠的時間，隔著很遠的空間，往機村打來了那個電話。

達瑟，你就這樣離開了我們的村莊。

都說命運真不公平，那些年輕人那麼奮力向上，好運卻奇怪地落在了渾渾噩噩的達瑟頭上。他搖晃著與他年紀不相稱的瘦長身子，不慌不忙往村口走去，等待手扶拖拉機從公社把那個牛皮紙信封帶來。這件事情讓上進青年心生怨氣。但看到達瑟像平常一樣不悲不喜，就盡量不去想這樣的好運氣該不該自己得到，不徒然地埋怨命運不公了。

達瑟枯坐在村口。

沒多久，那封神奇的信就到了。

他又喜又悲的母親，哭了又笑，笑了又哭，他只是輕吻一下她的額頭，就使母親安靜下來了。

他又往樹林裡去了，陽光很好，給所有東西跟心情都鑲上了一道明亮的金邊，他就懷著這樣一種邊緣閃著暖烘烘金色光芒的好心情高睡在樹上。風颳過茂密森林的邊緣，那些努力伸到林子外面來的樹枝便晃動起來。勤快的樹醫生啄木鳥在這些搖晃的樹枝間起起落落。風升高了一些，去搖晃那些高大的樹冠。下面的樹枝便靜止下來。啄木鳥還在樹枝間起起落落。這些樹的醫生，翅膀上的花紋很特別，使他們飛行的時候，翅膀看上去不是在搧動，而像是兩隻小風車，在身子兩邊輕巧地旋轉。

他是拿到通知的第三天走的。這是他第二次離開機村，第一次，是去二十多公里外的公社。坐的是生產隊的膠輪馬車。那時還沒有拖拉機，拖拉機是後來才有的。那次坐馬車去到公社，到了，也沒看清楚這些房子與人，每個人把袖子高高挽起來，排隊走到醫生面前種牛痘。種完也不走開，擠在一邊看醫生給別的人種牛痘。然後一窩蜂跟著幾個醫生從衛生院來到公路邊，看他們上了救護車，關上車門，隔著窗戶對大家揮一揮手。汽車揚起的塵土散盡後，流動醫療站已經轉過山彎消失不見了。他又坐著馬車昏昏欲睡地回來了。

這回，他第二次出門，一走就要到幾百公里開外的自治州州府去了。

達瑟是一個人走的。天還沒有亮，家裡人都沒有醒來，他就揹著一個大褡褳悄然出門了。只有鄰家警覺的獵狗叫了幾聲。但他輕輕拍了拍自己的嘴唇，說：「噓。」狗就乖乖地收聲了。然後，就只有月亮一路跟隨著他。他穿過村中小方場時，那輪彎月跟隨著他。他踩著了深重的夜露，經過村頭柏樹叢中的井泉時，月亮消失了。當他走出那些老柏樹的暗影，月亮又跟了上來。月亮就這樣一直伴隨著他，直到天透出曙色，林子裡的鳥們此起彼落地叫起來，月亮才慢慢從天空中隱去了。

達瑟停下腳步，若有所思地望了一陣天空，確信送行的月亮也只到此為止，便甩開長腿，搖晃著身子向遠方去了。他的腳，他甩動的手臂，碰到了草與樹，上面清涼的露水就滾落下來。

二

在鎮上，達瑟拿著牛皮紙信封，走進公社寬敞的院子時，正碰到一個人從裡面出來。兩人在並不寬大的院門裡錯身而過，他們的肩膀撞在了一起。那個人一身舊軍裝，個子不高，眼睛炯炯有神。達瑟一臉木然，沒有反應。那個人很燦爛地對他笑了一下。

在文書那裡辦了戶口遷移，又拿了一張印著大紅公章的介紹信，文書伸出手來，說：「祝賀你，以後我們都是同志了。」

達瑟就跟他握了握手。這是達瑟第一次跟人握手。機村的人天天見面，用不著這麼鄭重的禮儀。好久不見的人，才互相碰一碰額頭。但達瑟握手時那漫不經心的樣子，就像他是一個天天跟人握手的領導一樣。

憑著這張介紹信，達瑟住進了鎮上的旅館。旅館的房間在樓上。樓下，泥地上擺著十幾張油漆過的飯桌。下午時分，陽光斜射進來，把一個空間分成陰陽兩半，不大的飯館顯得空空蕩蕩。達瑟坐下來，給自己要了兩種牛肉，他不能要米飯。他還處在從農民到國家幹部的過渡階段，手上沒有可以在飯館隨便吃飯的糧票。

他要了兩種牛肉：一份粉蒸的，一份紅燒。端著牛肉往刺眼陽光照射不到的桌子那裡去。走到蔭涼處，被陽光刺得發花的眼睛暫時什麼都看不見了。暗影裡一個人笑了，說：「呵，沒有糧票，就撿有糧的菜買。」

鄉下的農民進城，進飯館都點這兩樣菜。因為蒸的牛肉裡拌了麵粉，紅燒的牛肉裡有多半的土豆。

達瑟的眼睛適應了光線的變化，先看到暗影裡的桌子，然後看到桌子對面的人。那人面前擺得菜是菜，酒是酒，飯是飯。

那人說：「我們已經見過面了。」

兩個人剛在公社只開了半扇的院門前撞了一下肩膀。

那人拍了拍桌子，聲音在空蕩蕩地飯堂裡顯得很響亮。他又要了一大碗飯，和二兩燒酒：「你自己有菜，我就請你酒和飯吧。」

這人舉起了酒杯，說：「來，認識一下。我叫華爾丹，我的老家在惹覺。你就叫我惹覺・華爾丹吧。」

達瑟差點給酒嗆住了。好在他手快，把一塊熱菜很快送進嘴裡，嚥下去，才把正要猛烈噴發出來的咳嗽壓下去了。達瑟拍拍胸膛，長舒了一口氣，這才對著這個把自己介紹得這麼鄭重其事的傢伙笑了。

他說：「惹覺？」

對方點頭，說：「對。」

「華爾丹？」

「惹覺．華爾丹。」

達瑟又喝了一口酒，酒勁那麼猛烈地上沖，他的頭就有些大，說：「你的老家在惹覺，到這裡來幹什麼？來當幹部嗎？」

那人炯炯有神的眼睛裡閃過一絲迷茫，說：「不，不。」

達瑟又喝了一口酒。這是他平生一次三口就喝完了二兩燒酒，酒勁上到腦袋裡，有東西很歡快地在腦袋裡旋轉起來。達瑟笑了：「你騙我。我們村裡的年輕人，都想當解放軍呢，當過解放軍就不用再當連糧票都沒資格有的鄉下人了。」

這是達瑟說得最清楚的一句話，然後，他趴在桌子上，看華爾丹坐在桌子對面滔滔不絕地說話，看他把一條精瘦的黑狗喚起來，對著達瑟把狗嘴掰開。達瑟腦袋嗡嗡作響。隱約知道這是叫他相一相這條獵狗。相馬看牙，相狗看的是舌頭。但他沒有看清楚舌頭。黑狗剛把舌頭伸出來，他就什麼都不知道了。

公社文書把他從旅館床上搖醒，已經是第二天早上了。公社所在地沒有班車。很多運木頭的卡車來來去去，大家出門總上搭乘這些卡車。文書幫他找到了一輛順風車。他起來，昏昏沉沉下樓，文書跟在後面喋喋不休：「你這個小同志，高興了喝一點是可以的，這事也確實值得高興，但喝這麼多，我就要進行同志式的批評了。」

達瑟還有些噁心，嘔了一下：「呃。」

卡車搖晃出去十多公里了，司機說：「喂，沒有哪人搭車的不討好老子的，你這人是傻的嗎？一句好聽的話都沒有。」

達瑟卻在自己出神，說：「那條獵犬叫，叫追風嗎？」

「你他媽的說什麼？」

「我想起來了，那條獵犬是叫追風。」

「誰？」

「那個把我灌醉的人，他叫惹覺·華爾丹。」車窗外，一些美麗風景飛掠而過，一些更闊大的風景又迎面撲來。達瑟一下變得神清氣爽，笑著說：「我想起來了，我想起來了。」

本來沒好氣的司機也跟著笑起來，自己掏出一枝香菸來點上。

達瑟有些貪婪地聞了聞菸草散發出來的芳香，說：「我也想抽一枝。」

司機認真看了看他：「我他媽看你不像是開玩笑，搭順風車還要抽老子的菸？知道嗎，該你給老子敬菸！」司機把一枝菸戳到他嘴裡，「不過，這你小蠻子他媽的看起來有點好玩。」司機用力拍著他的肩膀，笑著說，「真的，你小子他媽的有點意思！」

達瑟笑笑，要過火柴，把菸點上，很快就陷入到自己心事裡去了。

這是一九六三年。從機村歷史上說來，私生子格拉已經死了。那場大火還沒有起來。大火之後的伐木場還沒有建立。就是這一年，達瑟發達了的叔叔一個電話就把達瑟從機村召走了。換句話說，一個叫達瑟的人就從機村消失了。機村人再說起這個人，也就是一個叫做達瑟的名字了。解放後，差不多每一年都有人離開機村，去學習，去當幹部，當工人，當解放軍，但他們不管去到多遠的地方，就是去了北京，住在離毛主席最近的地方，都要回來看看，一來了卻自己思鄉的心願，二來這也是光耀門庭的事情啊。

但是，達瑟一去就不再回來了，這就像他的叔叔一樣，只是在偶爾有人提起時，他家裡人才會說起一點他的消息。

「達瑟跟他叔叔一樣走了就不再回家了。」

「他在學校裡讀書。」

「別人家讀書的孩子不是都回來了嗎？」

「他不是跟老師讀書，他叔叔來信說，學校裡有一個大房子裡，裡面全是書，他老是讀不完那些書。」

他的母親流淚了：「我可憐的孩子，他想讀完那些書，可他的腦子不好使，他怎麼讀得完那麼多書啊！」

「沒準這孩子，將來比他叔叔當的官還要大呢？」

「我的孩子我知道，他那樣子能有什麼出息？我怕那些書把他弄傻了。」

「那他叔叔呢？那時人們都小看他，現在不是當上大官了！」

三

啊，一九六三年！

在機村人記憶中，可是黃金般的歲月！

解放！

推翻土司統治！民主改革！窮苦人翻身！

合作社！人民公社！大躍進，打著火把深翻土地，所謂三年自然災害時還算風調雨順。只是上面老叫多報產量，結果，打下來的糧食大都交了公糧。分到家的糧食就少多了。好在每家都有些過去的存糧，加上林子裡的野東西，兩三個年頭也比較容易就對付過來了。達瑟媽媽病後將息，還有肉熬成養分豐富的肉汁，聽說漢人地方有好多人餓死。達瑟媽媽一邊喝著肉汁，一邊落淚嘆息。

一九六二年，那些催交公糧的幹部下來檢討了錯誤，機村史上的黃金歲月就來到了！一九六三年，達瑟離開時，村裡的水電站已經動工了。平整的曬場上挖了一個大坑，縣裡來的工程隊要給脫粒機打下一個牢固的水泥基座。好多年後，機村人嘴巴裡還會發出嘖嘖的感嘆聲，說，啊，一九六四年，一九六五年，要一直那麼過下去，肯定早就走進那個叫共產主義的天堂了。每種神佛都有自己命名的天堂，共產黨的神是長著大鬍子的馬克思，是沒有長鬍子的毛主席，馬克思和毛主席把他的天堂叫做共產主義。一九六三，一九六四，一九六五，要就這麼消消停停地一路這麼過下去，差點都要走到天堂門檻跟前了啊。大家都相信共產主義這個天堂比喇嘛們那個天堂好，因為那個天堂要你死了才可能去到。而這個共產主義天堂，在活著的這一世就可以走到了。

人們不知道，但凡是天堂，都不肯那麼容易就讓人走到。

於是，運勢一轉，劫難就到來了。到一九六七年，機村這樣的僻遠之地也像傳說中的北京和省城一樣陷入了瘋狂。輪迴之中的世界立即就陷入魔障之中了。大火燒掉森林。巫師多吉死去。機村的老共產黨員格桑旺堆和還俗喇嘛江村貢布坐了監牢。後來，回想起那些年頭的日子，大家的眼光都悲傷而迷茫，說：「奇怪，我們還是像過去一樣天天勞動，但地裡為什麼長不出莊稼，卻要長出那麼多扯不完鋤不盡的雜草？」

大家都搖頭嘆息。

也有人解說：「為什麼，心田都荒蕪了，哪裡不是長滿了亂草？」

就機村歷史來說，是文革的瘋狂引來了那場大火。但從純粹物質的角度來看，接下來，機村因為這場大火，還有兩年好日子過。大火一過，夏天就來到了。而這時，達瑟正搖晃著瘦長的身子，走在回機村的路上。以後的日子裡，總有人來問他，達瑟，那些年你在城裡幹些什麼呀？

達瑟懶洋洋的回答：「念書呀！」

「天哪，一個人好不容易到了城裡，就不會幹點別的，你就整天念書呀！」

達瑟的眼睛垂下來：「叔叔就是讓我念書去的嘛。」

「念完書幹什麼呢？」

「吃飯。睡覺。」

「然後呢？」

「念書。」

「你不去看漂亮女人？」

他不說話。

「你不去酒館喝酒？不打架？不看電影？不在百貨公司裡閒逛？」

他還是不說話。

「後來你當官的叔叔……」

他立即抬起低垂的眼睛，堅決地說：「請你不要提我的叔叔，讓我獨自在心裡想念他，尊重他。」

還是說大火剛過的那個夏天了。大火剛剛過去，久盼不來的雨水就下來了。大雨一直下了十幾天。開初，雨水把大火的餘燼從山坡上沖下來，堆積在山谷裡，空氣裡浮滿了焦糊的味道。但雨水一直下，一直下，就把空氣與山野，把這個燒焦的世界都清洗乾淨了。

太陽就在這樣一個下午突然露出臉來了。

那天下午，雨水突然停了。大片的烏雲山崩一樣翻滾著，突然，就像神話傳說裡世界誕生時的情景一樣，烏漆漆的天頂突然現出了一個巨大的縫隙。強烈明淨的光，瀑布一般從裂隙中傾瀉下來。光明照臨了大地，四野沉默了一陣。突然之間，眾鳥就亮開嗓子歡唱起來。

達瑟，我願意這個情景出現時，你已經回到了機村。但這時你還和你雇來的那輛馬車，拉著你滿滿的一車書走在回家的路上。那個時候啊，光明突然降臨，眾鳥突然開始歡唱。所有人都湧到了村中廣場上，看見天頂的裂隙愈來愈寬，愈來愈多的光瀑布一樣傾瀉而下，劫後的大地一片片被重新照亮。感謝那不止息的大雨，把蒙在大地上的劫灰沖洗乾淨了。轉眼之間，卑微而又頑強的野草使劫後的大地四處都泛出了淺淺的綠意。水面閃閃發光，岩石閃閃發光。大樹被燒盡了枝葉，剩下粗壯的樹幹默默矗立，陽光落下來，它們沉默著閃爍著金屬般瘖啞的光芒。

是啊，大地沒有死去，世界還存有生機，綠意還在頑強滋蔓，眾鳥的嗓子還會歌唱！

有人喊一聲：「上天保佑啊！」

所有人的聲音都響成了一片：「上天保佑我們！」

立即，所有人都齊刷刷跪下去了。老人、婦女、小孩、壯年人、青年人，都一個個跪了下來。達瑟，你離開機村時碰到的若覺．華爾丹也跪下了。他不是最後一個跪下的。但他是最後幾個跪下去的人之一。有女人感動地哭了起來。但馬上有人喊：

「鄉親們，不要哭，讓我們的美嗓子色嫫唱一個吧！」

色嫫跪在泥水裡，早已淚流滿面。她任淚水歡暢地流著，她打開了金嗓子曼聲歌唱。她的歌聲讓那些被久違陽光照亮的事物閃爍出別樣的光芒！

高的風吹開了天頂，
低的風吹動了心房。
世上有妖魔在嗎？在，他來了，又走了。
心裡有神靈在嗎？在，他在過，可他離開了。

這是關於機村所屬的部族起源故事中的一段詠歎。一場血腥的部族大戰後，部族的英雄首領面對血淋淋的戰場這樣悲情而憐憫地歌唱。大家都快把這樣的歌忘記了。這些年，外面傳來的新歌裡只有歡樂或仇恨。有點小來由的歡樂與仇恨，和更多什麼來由沒有的歡樂與仇恨。沒有悲傷，更沒有憐憫。在機村久遠的歌唱傳統中，憐憫是很重要的。憐憫自己，憐憫自己的同時，也憐憫別人，憐憫所有同類的時候，也憐憫了自己。

所有人都跟著那明亮的歌聲唱了起來：

心頭有妖魔在嗎？在，他走了，又來了。
天下有神靈在嗎？在，他曾經不在，現在又在了。
世上還有人在嗎？在，花曾經謝過，卻又再次開放了。

歌聲彷彿雨水，彷彿那明亮的天光，和著每個人眼裡奔湧而出的淚水，把蒙塵的心靈也清洗乾淨了。這時，開啟的天頂又闔上了。隆隆的雷聲再次滾過天頂。雨水再一次淅淅瀝瀝地落下來了。人群慢慢散開。又過了好些天，雨水慢慢收住了勢頭。太陽出來的時間愈來愈多。每天，太陽一出來，大家就自發地來到廣場上歌唱。那些天裡，大家唱了那麼多的歌。唱得都是那些古老的充滿美麗悲情，意韻深長的歌謠。每一次，美嗓子色嫫都站出來領唱。色嫫會唱的老歌不多。所以，每個夜晚，都有那些老去的過去時代的歌手，把那些老歌教給她。第二天，她又把這些老歌帶到廣場上，帶到燦爛的陽光下面。

色嫫歌唱的時候，眼光卻停留在惹覺．華爾丹身上，熱情萬分而又萬分幽怨。惹覺．華爾丹眼裡浮現出讓很多人看了都有些害怕的狂熱眼神，嘴裡禱告一般說：「我的女神，等著吧，再有一年，我就可以堂堂正正讓你做我的新娘了！」

色嫫猜都能猜出他的說詞，捂著臉，哀哀地哭了。

色嫫哭著說：「你知道你在說謊！你知道你是在騙自己！你知道你是一個想害我一輩子的妖怪！」

惹覺．華爾丹眼神狂亂迷離：「我的妙音天女，你最終會是我的女人！」

有年輕人過來把他的妙音天女拉走了。所有人熱烈鼓掌，讓色嫫唱一首新歌，歌頌毛主席共產黨的歌，歌頌新生活的歌。色嫫就唱了起來。唱著唱著，裡面幽怨低徊的情愫就消失了。她明亮的歌聲裡，有老歌裡對造物的感恩也有老歌裡少有的新生的激情與歡欣。色嫫參加過公社和縣裡的群眾文藝演出，她把這些混合著新歌與老歌唱法的歌帶到了舞台之上。她站在耀眼的燈光下，歌喉一亮開，下面的觀眾便覺得有一川浩蕩的清冽河水迎面漫開。

而下面瀑布轟鳴般的掌聲響起時，色嫫的渾身震顫，那種新鮮刺激的感覺，比惹覺．華爾丹給她的初吻還要強烈，還要持久。那時，色嫫就知道，與愛情相比，自己更加難以抗拒的是舞台上的這種誘惑。所以，每當看見對這一切渾然不覺的惹覺．華爾丹她就悲從中來，她這一輩子能夠遇上的最好的男人就是他了。但是，她想要站在更大的舞台上，在更炫目的燈光下，去對著千萬如癡如醉的人歌唱。不止是她自己心裡這麼想，每出去演出一次，耳朵裡就裝滿許多人這樣的預言。更有那些有權勢的男人向她保證，一定能將她送上她夢想的舞台，成為一個誰都知道名字的歌唱家，像那些在電影裡的歌唱家一樣。

所以，她每次見到惹覺・華爾丹那副癡心模樣，就每每悲從中來。但只要有人要她唱歌，唱著唱著，她就把這種憂傷忘記了。

這樣的歌唱持續了差不多一個星期，直到天完全放晴了。那天早晨，所有人推開門窗都看見了霞光滿天。在這樣的歌唱中，人們的眼睛明亮了，混濁的溪流清澈了，蓬勃萌發的野草把整個山野也都綠遍了。

這個時候，達瑟正坐著馬車搖搖晃晃，走在他回鄉的路上。

也是這個時候，當年請他在旅館裡喝酒那個惹覺・華爾丹正在漸漸遠離他前來機村投奔的美麗愛情。

這是一個一切都變得粗礪的時代，浪漫愛情也是這個時代遭到損毀的事物之一。

當年，達瑟還沒有離開機村，解放軍野戰拉練曾在機村停留過一個晚上。惹覺・華爾丹正是那支部隊的一員。就是那個晚上，他愛上了機村的美嗓子色嫫姑娘。軍民聯歡會後，他吻了那個在他懷中拚命掙扎的姑娘。第三個吻後，機村的美嗓子姑娘就不再掙扎了。她的雙手緊緊地纏繞在了他的脖子上。那是夏天，任何一片草地都柔軟無比，都有鮮花芬芳。但是，他沒有得到這個姑娘。因為，從部隊的宿營地傳來了悠長的熄燈號聲。

他喘著氣說：「等著我，等著我，我只要你等我一年。我就到機村來娶你，你要做我的新娘。我是一個好獵手，我要讓你做這個村子裡最幸福的女人！」

第二天一清早，部隊就踩著草地上晶瑩的露水出發了。色嫫揹著水桶等在水泉邊上，長長的行軍行列從她面前蜿蜒而過。當她看到昨晚吻她的那個軍人的時候，臉上浮起了羞怯的紅雲，像每個意亂情迷的姑娘一樣，癡癡地把手指含在嘴裡。那個吻她的傢伙，那個用吻使她嘴唇、乳房、大腿、心房都燃燒起來的傢伙卻揹著自動步槍目不斜視從她面前走過去了。

淚水浮上了色嫫的眼眶。

但是！那個人繃著臉走過去一段後，把槍塞到一個夥伴的手頭，離開隊列跑了回來。這雙有著魔鬼般力量的手，輕輕捧起了她嬌羞的臉。他輕輕擦去她湧到眼眶邊上的淚水，臉上露出痛惜的表情。他咬破了一根指頭，把一大滴鮮血摁在她的額頭中央，輕輕地說：「好姑娘，這是你未來丈夫終生之愛的誓言。」

他就說了這麼一句話，跑步攆上隊伍走了。

色嫫被這咒語般的誓言施了魔法，腳步一動也不能動，身子卻像迎風的樹葉顫動不已，灼熱的淚水像斷了串線的珠子滾下臉頰。長長的行軍隊列轉入了深深的藍色峽谷。隊伍還沒有走到峽谷盡頭，太陽就升起來了。早晨，斜射的光瀑加上輕舞的山嵐，像一道藍色的幕布把她的視線阻斷。

色嫫把揹水的桶都忘在了水泉邊上，飄飄然走回家中時，面容蒼白，眼光迷離，見到家人時，她就伏在母親肩頭痛哭起來。三天後，他的父親帶著許多禮物和沉重的表情，去鄰村退掉了訂下多年的婚約。

但是，這個有著吉祥天女一樣美麗嗓子的女子，有幸生在這樣一個時代，怎麼可能永遠屬於一個獵人呢？即便這個人是機村最好的獵人。只是這個美嗓子姑娘自己不知道，這個好獵手也不知道罷了。

惹覺·華爾丹遇到美嗓子色嫫時，已經當上班長了。他的槍法很好，比這更重要的是，這個人有個大多數藏族士兵沒有的靈動腦瓜。團長下部隊視察，聽說了這個人，晚上便帶著他去查哨。他走到團長前頭，不出一點聲息，半個小時就摸掉了三個游動哨。團長剛剛離開，那三個身高馬大的傢伙，就把他狠狠地揍了一頓。他們把馬蹄鐵包在棉手套裡，一下一下打他的肚子，打得他連哼哼聲都發不出來。

他對達瑟說過這事：「媽的，那些傢伙下手真狠，把那些哼哼聲都揍成了烏血塊，三天後我才在廁所裡吐了出來。」

他還告訴達瑟說，事後，排長把那三個傢伙告到了連長那裡。連長是打過狠仗的老英雄。他把打人的人和被打的人都叫去了。連長背著手，拉著漢族的外省腔說：「說說吧，你們鄉裡鄉親的，怎麼就幹上架了？」

惹覺·華爾丹挺挺胸脯說：「我們沒有幹架！」

「好，有種！不過，這就等於是說你們排長撒謊了？」

那三個也挺著胸脯上來，說：「不是幹架，是教訓他！」

惹覺·華爾丹也挺著胸脯說：「他們只打了我吃飯的肚子，沒打我的腦袋，所以，不算。」

「那我倒要聽聽你的說道。」

「肚子只保證吃了東西長身體，反正我的身體也長不過他們，我就是腦袋好使，他們不打我的腦袋，就還是我的好鄉親。」

那三個不服氣，大喊：「打了！」

連長大笑，說：「你們都能成好軍人，回頭我告訴你們排長，這事就不再提了，好，立正！解散！」

團長還對連長說，說，這傢伙才是個班長的料？就準備提他當幹部了。這是當兵第三年的事。第四年，「他媽的那一年，就遇到這個要命的女人了。」

他講到結束他大有前程的軍人生涯時，還是幾句對話。

團長派人把他叫到團部，說：「我就要轉業到地方搞建設了。但和平年代也需要好軍人。你是一個好軍人的苗子，留在部隊，好好磨練吧。」

因為慚愧，他的頭深深埋了下去：「我愛上了一個女人。」

「愛上了一個女人，誰說一個好軍人就不能愛上一個女人，但願她是一個好女人，一個有福的女人。」

「她是一個仙女。」

「哈，仙女，」團長哈哈大笑，「看來你這個聰明腦子裡還有迷信。」團長走近這個他期望甚多的好軍人，放低了聲音，說，「不過，我這個人腦子裡也有些迷信，你要不要聽聽。」

惹覺・華爾丹深深點頭。

「仙女不一定是好女人，好女人是有旺夫命的女人！這個你不懂。」

「我們藏人的說法是，仙女就是定你命運的女人。」

「我告訴你了，你的命運就是作一個好軍人！」

他抬起頭來，直視團長的眼睛，搖搖頭：「要是打仗，我會是一個好軍人，我做不來不打仗的好軍人。」

「那我就帶你去地方吧。我喜歡你這種機靈鬼。」

「不，我要去她的村莊娶她，我從小就夢見自己是一個好獵人。參軍後，我就不做那個夢了，可見到她的那個晚上，我就又做那個夢了。」

「夢？」

「我的仙女說，我是一個好獵手，只一槍，我就把她的心房洞穿了。」

團長拍拍大腿說：「唉！立正！解散！不，你給老子回來，不是解散，你給老子滾蛋！」

就這樣，達瑟去上學的時候，才在旅館裡碰到一身舊軍裝的惹覺·華爾丹。當時，他正一腔熱血要去機村兌現他的愛情諾言呢。現在，離開幾年的達瑟要回來了，惹覺·華爾丹的愛情卻愈來愈像個虛無縹緲的夢幻。

話說當年惹覺·華爾丹穿著一身舊軍裝出現在機村時，美嗓子色嫫不在村裡。她參加縣裡組織的宣傳隊演出去了。村裡人都說，美嗓子姑娘這一走，也許就不會回來了。惹覺·華爾丹並不理會這些話，只管在自己選定的地方造他的房子。過了兩個月，色嫫果然從宣傳隊回來了。惹覺·華爾丹已營造好了暫時的棲身之所。華爾丹設想了一千種和她重逢的情形，兩人相見的情形卻是他未曾想到的第一千零一種。這個女人穿著有點舞台風味的豔麗長裙施施然走來時，華爾丹就迎著她衝了上去。但是，還沒等他近身，色嫫臉上那種惶然的表情使他停住了腳步。

他站住了，指著杉樹皮苫頂，柳樹條編成四壁的棚屋說：「這是真正的獵人房子。」

色嫫不明所以地笑了一下，沒說什麼。

他有些氣餒了。

「這是臨時的，等著吧，我要蓋一所機村最漂亮的房子給你！」

色嫫像是在自言自語：「你真的來了。」

他想不出什麼話說，默默地把她帶到了門前。

是她推開了房門。然後，她聞了聞推過門的手，說：「真香啊！」

華爾丹眼裡燃燒著火苗：「進去，進去，你就會陷到整座房子的香氣裡。」

色嫫就進去了。果然，整個人就沉陷到造就這座新屋的柳條與杉樹皮混合的清香裡了。

華爾丹還喃喃地說：「姑娘，聽說你要回來，整座房子我都用新鮮的柏枝煙熏過了。」

色嫫的淚水下來了，呻吟一樣哼了一聲：「達戈啊！」

達戈就是傻子的意思。她這一叫，這個機靈人確實就有些變傻了。有什麼東西把他聰明靈動的腦子給蒙住了。這一來，他的腦子就有些發木，就真是一個傻瓜的腦子了。

她走進這狹小整潔的屋子，芬芳從四面襲來，又嘆息了一聲：「達戈啊！」熱淚便盈盈地浮上了她的眼眶。

「你怎麼不好好起步，當個軍官，就在部隊上等我啊！」

「傻姑娘，那樣的話就太久了，你看，我不是馬上就能得到你了嗎？」說著，達戈張開雙臂要把她攬入懷中，她卻淺淺一笑，退到了門口。

華爾丹再往前來，她伸出手，用齊腰的柵門將兩個人隔開了。

「為什麼？」門裡邊的男人問。

她倚在門框上，定了定神，說：「你說收音機裡那些歌聲好聽嗎？」

「好聽。」

「比我唱得好聽？」

「沒你唱得好聽。」

「那為什麼她們可以在收音機裡唱，在舞台上唱，而我要一輩子都住在鄉下？」

「你想離開？」

「我為什麼不該離開這個死氣沉沉的村莊？」

「我愛你！」

姑娘把門打開，自己投到了男人的懷裡：「既然你要我，那個晚上你就不該離開！那個晚上，你就應該要了我！」

華爾丹用雙手捧起了姑娘的臉，叉開雙腿把身子緊緊貼了上去。姑娘呻吟了一聲，身子就軟了下來。兩個人的嘴唇貼到一起的時候，華爾丹的手已經探進了她的懷裡，摁住了她結實小巧的乳房。他陶醉了，嘴巴貼在姑娘耳邊悄聲說：「好像一隻乖乖的兔子啊。」他的手壓緊了一些，這下，他把乳房後面砰砰跳動的心也摸到了。

他又說：「天哪，這小兔子的心跳動這麼快。」

姑娘只是面色潮紅，呼吸急促，臉上浮現出來卻是痛苦的表情。

他的身子更緊地貼向了色嫫姑娘說：「好姑娘，你的獵人要出槍了。」

說著，他把姑娘的手，拉向他那個地方。那個地方堅硬，而且滾燙。色嫫姑娘真像是被一根燒紅的鐵棍燙著了一樣甩開手，低低地尖叫一聲，從他懷裡掙出去了。

他還想再撲上去，但姑娘慢慢蹲下身子哭了起來。華爾丹站在原地呆住了。剛才她叫他傻子時那種腦子被什麼東西蒙住的感覺又回來了。兩隻耳朵也在嗡嗡作響。一個乾澀的聲音問：「為什麼？」他曉得這個沒有得到回答的聲音應該是從自己嘴裡吐出來的。但那聲音卻隔得有些遠，從身後的什麼地方傳過來，還帶著一些空洞的回聲。

「為什麼？難道你不相信我是個真正的神槍手，你不相信我是最好的獵人？」

色嫫淚眼迷濛：「我相信，我相信。」

華爾丹的聲音提高了：「那又是為什麼？」他提高的聲音像一把鋒利的刀子，把蒙住他腦子，使他感覺遲鈍的東西挑開了，周圍的世界又是原來的樣子了。於是，他提高了聲音，問：「那你是為了什麼？」

「達戈啊，世道變了。一個好獵人能夠幫助我成為歌唱家嗎？」

歌唱家這個詞，色嫫是用漢語說出來的。想想，機村的藏語方言中真還沒有這樣一個詞。這種方言裡只有「歌」，「唱歌」，「那個人在歌唱」，「那個唱歌的人」，那是描述人在某種時候的一種狀態，那是人人都可能具有的狀態，而不是指一種光耀的職業。

現在，這個特指一種光耀職業的專用詞以漢語的方式從美嗓子色嫫嘴裡蹦了出來，這個詞好像有著咒語般的魔力，她因悲傷而晦暗的臉泛出奇異的光亮。

華爾丹本是個天資聰穎的年輕人，在部隊已經學得一口很好的漢語了。他當然懂得這個詞是什麼意思。

他說：「色嫫啊，我在部隊聽過歌唱家的演唱，你不會唱那些歌，他們那樣的歌你怎麼會唱?!」

「我學得會，我已經學了好多了。」她說這話時，臉上泛出了更明亮的光彩，並且立即就唱了起來：

「毛主席的光輝，嘎啦央西若若，照啊到了雪山上，依啦穹巴若若！」

這歌中的藏語也是遠方的藏語，而不是機村的當地方言。

華爾丹捧著腦袋蹲在了地上：「求求你，停下來，不要唱了。」

色嫫一唱歌，人就興奮起來，她又唱了一首才煞住了興頭。然後，兩眼放著晶晶的亮光問：「我唱得比收音機好聽吧？」

她看到蹲在地上捧著腦袋，痛苦萬狀的男人，才回到當下的現實情境中，雙眼重又黯淡下來。

這回，是她痛惜地捧住了那個傻瓜男人的腦袋，哭了。

然後，她突然站起身來跑開了。

華爾丹跟著她跑了幾步，突然又停下來，好像是突然忘記了這樣跑動到底是要追索什麼。他站在門前的草地，呆呆地望著虛空，臉上浮現出痛苦而又茫然的神情。

色嫫提著豔麗的長裙，跑過草地，跑過了草地中央那株鵝掌楸巨大的蔭涼，翻過房子前面的小山丘，從他眼裡消失了。

機村的人都說，其實，那個機靈的若覺．華爾丹在那一天就死去了。之後，是腦子不開竅的叫達戈的那個人從同一個身子裡長出來了。

全機村的人都聽見過美嗓子色嫫美妙的聲音在不同的情境下叫著這個拋棄了美好前程來投奔愛情的傻瓜男人：「達戈啊！」

心情愉快的時候，她叫：「達戈！」

愁緒難譴的時候，她叫：「達——戈！」

更多的時候，她的心情在這兩極之間徘徊不定：「達戈啊！」

村裡人也跟著叫起他這個名字，人們慢慢地就把那個曾經屬於一個英武軍人的名字忘記了。達戈天天上山打獵，機村山林中的獵物也太多了。他從來沒有空手而歸的時候，人們嘆息，說：「這個人身上殺氣太重了。」

「唉！當今之世，非但人逃不過劫難，林子裡的獵物也與人一樣，同有一劫啊！」

有一個小孩子，混在大人堆裡，每每看到達戈肩扛著獵物從山林裡出來，那隻蛇一樣滑溜，鷹一樣機警的獵犬跟在他後面，見大人們都這麼長吁短嘆，就說：「那你們為什麼不把他殺了？」

引得人們吃驚地看他。

「你們不是心疼林子裡的野物嗎？殺了他，那些野獸就不會遭殃了！」

大人們臉上現出奇怪的神情，說，從古到今怕還沒有一個孩子這麼說話，然後便嘆著世風日下，搖著頭慢慢散開了。

留著這個小孩獨自立在廣場中央，喊道：「要是不敢殺人，至少可以把狗給他幹掉啊！」

但是，這個小孩連這隻狗也無法幹掉，他的年紀太小了，連上小學的年紀都還沒有到嘛。

那個時不時總要語出驚人的孩子就是我。

四

後來，達瑟自己算過日子。

他對達戈說，自己離開民族幹部學校的那個日子，正是機村大火燒起來的時候。

他說，早兩個月，就傳來了叔叔被批鬥關押的消息。

當時他正走大街上的遊行隊伍裡，他從喇叭裡那一大串打倒的人裡聽到了叔叔的名字。達瑟那一遇事就要慢下來的腦子立即就慢了，而且比平常慢得更多。他自己都還沒太明白是怎麼回事呢，就被同學們從隊伍裡揪了出來，紅衛兵袖套也被扯走了。他覺得心，還有身上別的地方很痛，等到他喘過氣，從地上爬起來，遊行的隊伍已經走遠了。幾個灰頭土臉的閒人看著他，他才明白，自己的好運氣到頭了。

他在學校宿舍的那張床上躺了幾天。

風在屋外的樹梢上嘩嘩吹動，不時把焚燒書籍文件的焦糊味吹送過來。高音喇叭一天到晚哇喇哇喇響。他想就這麼一直睡下去了，一直睡到不再醒來。他不怎麼餓，卻渴得實在受不了，只好從床上起來了。

達戈說：「你還不是真想死嘛。」

「我就那麼躺著，也沒想到死。就想那麼一直躺下去，但後來確實是太渴了，」達瑟有些不好意思地笑了，「真的，餓都不怕，就是渴讓人受不了。書上說了，一個人的身體三斤裡頭兩斤都是水，所以，我怕渴不是沒有道理的。」

達戈趕緊說：「朋友，我還有事，回來再聽你說吧。」

但已經晚了。達瑟從騎座著的樹杈上翻身下來，扶著他的肩膀說：「你坐下。」

達戈就乖乖地坐下了。

達瑟說：「書上說了，不單是人，而是天下的一切動物，植物，微生物身上一多半都是水。」

「什麼是微生物？」

「微生物就是看不見的生命。」他皺著眉頭想了一陣，補充說，「就是些蟲子一樣的生命。」

達戈笑了：「去你媽的，達瑟，看不見又存在的東西是鬼，不是生命。」

「微生物是微生物，鬼是鬼。微生物用顯微鏡看得見，鬼用再大的顯微鏡也看不見。」

「鬼也跟我們一樣，身上一多半都是水嗎？」

達瑟答不上來了。但他說：「我回去查查書上是怎麼說的。」問題是，他那十幾箱子的書，每本他都看過三遍，從中再也榨不出什麼新鮮的東西來了。

達瑟回鄉的時候，帶回來了十幾箱子書：學校發的課本和參考資料，中國小說和蘇聯小說——後來，這些書對他愈來愈沒有什麼用處。他真正覺得有用的書是硬皮封面的，大開本的辭典，是百科全書。在他眼中，這些書才是真正有學問的書。現在想來，就是為了得到更多真正有學問的書，他也該在城裡多堅持一些時候。但在當時，他覺得到手的書已經夠多了，要是可以用一輩子來看書，這些書也看它不完了。像他這樣常常腦袋發木的人，就是兩輩子也看不完了。

得到那些書，是他從床上起來後的第三天。

打從被趕出遊行隊伍那天起，轟轟烈烈的革命運動就與他無關了。無所事事的他袖著手在校園裡閒逛。這天他看見幾輛卡車停在圖書館門前。那些人把圖書館裡的書像垃圾一樣，亂七八糟的扔上卡車，拉走了。搬運過程中掉在地上幾本書，沒人肯費力將它們撿起來，躺在圖書館寬大冷清的台階上，上面印著一隻半隻的腳印，一頁頁，一沓沓被風掀開，又兀自被風闔上。

達瑟把它們撿起來，帶回了宿舍，隨手放在床頭。早上醒來，他眼皮突然猛跳不止，心裡想起了叔叔。在別人眼中，達瑟是個特別沒心沒肺的木頭腦殼。即便在同一個城裡，幾年中他也只去看過位高權重的叔叔兩次。這天，他卻想叔叔想得厲害。以前，他也並不愛看書，但這天，純粹是為了不再想叔叔，便慢慢把最厚的那本書打開了。讀了這麼多年書，他也只是多識了一些字而已，對書裡的內容並不能真正能領悟多少。

但是，從這一刻起，這個人真正愛上書了。

那是本多半黑白小半彩色的植物圖譜。打開書，他看到畫在黑白圖片上的松樹、杉樹。接下來，是一株巨大的楊樹。一株頂冠巨大的楊樹。他的眼睛在這株楊樹身上停留下來。在純自然的條件下，楊樹總是竄得很高，以至於楊樹總是容易被風吹倒。因為它們一個勁地往上竄，卻忘了往下面把根子扎得盡量牢靠。只有村子中間的楊樹，一次次被人砍去頂梢，向上的勁頭往四周蔓延開去，才形成圖片中這種巨大的樹冠。

他抬眼去看窗外的楊樹，春天已經來了。這株楊樹就站在窗戶跟圍牆之間逼仄的空間裡，上面新鮮的葉片被陽光照著，那麼翠綠，寶石一般晶瑩有光，頓時使人神情氣爽。

就在這一刻，這個木訥的傢伙中了書本的魔法。

書對自己的命運是有感知的，當它們知道大難將臨時，為了延續他們的生命，就會迫不及待把魔法降臨在一些人的身上。有些時候，它們來得及挑選接受這個魔法的人，但是有些時候，它們真的就顧不上了。這個年代，燒書的劫火來得多麼猛烈啊。燒書的人正是那些讀書的人。如此一來，遭遇大劫的書降下魔法時，都來不及選擇對象了。

就是在這樣的時候，只有達瑟出現在了圖書館門前。那時，造紙廠的卡車剛剛開走。這些卡車還會再次開來。把一本本藏著思想與知識的書運走，倒進化漿池裡，用鹼水、用化學藥品泡軟，用機器攪爛。本來每本書裡都藏著一個悄聲細語冥思苦想的聰明人，但從那池子裡一出來，那些紙漿除了水，除了紙漿自己和一些鹼就什麼都沒有了。

就是在這個時候，達瑟出現在圖書館門前。

那本磚頭一樣厚的書，布面精裝的書，上面燙著金字的書，就在他腳前，橫躺在圖書館門前的台階上。他把書撿起來，用袖子擦去了封面上大半個腳印，這時，書的魔力還只在空中飄蕩，不能降下。但當他把這本書打開，看著熟悉的圖片有所思索的時候，書的魔力嘆口氣，只好降臨在他身上了。

不然，這魔力本身在空中飄蕩太久，也要魂銷魄散了。

著了魔力的達瑟，隱隱感覺情形有些不一樣了。看了一會兒楊樹，他就又袖著手來到了圖書館門前。

卡車又開來了。

達瑟就袖著手站在那裡，看著那些人從伙房拿來裝白菜土豆的筐子，裝滿了書，一筐筐倒在車廂裡。有人叫他幫忙，他笑笑，身子卻一動不動，人家也就不再理會他了。好像是他的笑容很特別，一笑，就像張開了一件隱身衣，把自己藏起來了。裝滿書的卡車開走了。五級寬大台階上圖書館雙扇玻璃門還在那裡開開闔闔好一陣子才消停下來。達瑟把臉貼著玻璃往門裡看，裡面沒有燈，高窗上透進的一點光，照著狹長的巷道，顯得神祕而幽深。書們已經倒楣到這個地步了，但留下的那點氣味，仍然能造成一種很是幽遠神祕的氣氛。書們留下的隱約氣息，讓他止住了冒失的步子。他把裝車時散落在地上的書撿了回去。

卡車在圖書館拉了幾天，他就在那裡收撿了幾天。撿回去就躺在床上看，看餓了就拿飯票去伙房吃飯。

卡車一次次來，圖書館裡的書終於給清空了。這天，他還是袖著手在旁邊閒觀，又有人喊他幫忙。他就拿著裝白菜的筐子進了書庫。一個個厚重高大的木頭架子變得空空蕩蕩。這跟他此時心裡那空落落的感覺非常相像。他用手摸摸一束束從高窗上照進來的光，但那光摸到了也沒有什麼感覺，就跟什麼都沒摸到一樣。

他把手伸進光束裡，猛撈一把，收回手來，伸開，手掌上依然空空蕩蕩，沒有一點點光，把他墮入陰影裡的心情照亮。

多年後，他在樹屋下對達戈講起這些往事時，那傢伙哈哈大笑，說：「我還以為你小子是現在才變傻的，原來那時就已經變成傻瓜了。」

達瑟也是在好多年後，才想對一個人說說這往事，至於人家作何反應，他並不關心。達瑟不認為自己是聰明人，也不在乎自己是不是個傻子。他只是中了書的魔力罷了。如果不是如此的話，他就不會爬上卡車，和圖書館裡最後那半車書一起，給拉到造紙廠去了。

卡車開到紙廠，自動升降的車廂升起來，把他跟那些將要化漿的書一起倒進了倉庫。他還從來沒有跟那麼多書在一起過。夜色降臨下來，廠區裡稀疏的燈光使夜色顯得稀薄。開始的時候，他有些害怕，好像每一本書裡都有一個靈魂在悄然絮語一樣。風把高音喇叭裡的激昂的聲音吹送過來。他慢慢從書堆裡掙出身來。這座房子所有的窗戶都向著廠區。他只好把倉庫背牆上的木板撬開。第一天，他空手從這裡出來。第二天晚上，他從這個口子進去，搬回來一大綑書。他是晚上去的，回到寢室，一看，全是劉少奇寫的同一本書。這個人已經被打倒了。這本書是寫給共產黨員看的，他不是共產黨員，就把這綑書扔掉了。下次再去，他把時間提早了一些，當他看到一些書的名字時，心就別別地跳起來。他從老師和同學的口中聽到過這些書的名字。運動當中，很多人說起這些書的名字時，都有些興奮，也有些心驚膽顫。他就挑了幾本這樣的書。這些書使他晚上的夢境也有些不安。下次再去，他就不挑這種書了。他只挑有圖片的書。特別是關於樹的圖片，山的圖片和動物圖片的書。當然，他不知道這樣的書叫百科全書。百科全書裡面不但有動物與樹的圖片，甚於還有大海裡鯨魚和星球的圖片。最後一次去的時候，他還沒有鑽進倉庫，就曉得裡面什麼都沒有了。但他還是鑽進去看了一下，裡面確實是什麼都沒有剩下。

他就躺在宿舍裡看書，看到熟悉的動物與植物的圖片，就想起機村來了。恰好是這個時候，他的飯票與菜票都用完了。本來，飯菜票每個月都會發放一次。但這次，發飯菜票的人也跟他的同學們一起，參加革命大串連，到北京見毛主席去了。於是，達瑟嘆口氣，想該是自己回家的時候了。

他在城裡四處搜羅箱子。

這在平時可不是件容易的事情。那個年代，人們沒有多少個人財物，財富的象徵就是幾只箱子。商店裡空出來的包裝紙箱，也被隨時收撿，成為個人財富的一種象徵。造反開始後，不但公家的房子可以隨便打開，私人的房子也可以隨便闖入。這樣，很多空空如也的箱子就來到了房子外面。他很容易就找到了差不多一般大小的十幾口結實箱子。裡面裝滿書，用繩子捆得結結實實。他上街等好半天，才等到了一輛馬車。他雇下這輛馬車，把那些箱子運到汽車站。但是，汽車站上的人不接受這些貨物。人們都瘋了一樣四處走動，去往任何一個方向上的汽車都擠滿了人，根本沒有地方來裝這些沉重的箱子。

達瑟坐在馬車上發呆，趕馬車的師傅說：「發什麼呆啊，給人家說說好話嘛。」

「……」

「雖然看起來希望不大，但你還是該去試試。」

「……」

「呵！夥計，你還是個挺愛面子的傢伙。」

達瑟覺得眼睛有些發潮。

馬車師傅發了會兒呆，說：「你要去的地方不會在幾千里外吧？」

達瑟說：「五百公里。」

「不遠，可也不近，人和馬，都是要吃東西的啊，還有運費，這個運輸合作社有標準。」

達瑟收了淚，臉上立即綻開出開心的笑容，他打開一口箱子，打開一本厚書，那些彩色的圖片中間，夾著紅紅綠綠的錢。他一到這個學校念書，國家就管吃飯穿衣，臨了，還要發一些現金作為補助。這麼幾年的補助都被他攢下來放在一起，現在居然就派上了用場。

馬車立即就上路了。

達瑟坐著一輛運輸合作社的膠輪馬車，馬車上拉著他的十幾箱子的書回到機村了。

他回來的時候，大火過後的山林已經被大雨清洗過好多次了，草地和灌木林正在返青。空氣中仍瀰漫著淡淡的焦糊味。這在城裡是燒書的味道。在這偏僻的鄉村裡燒的是什麼呢？他這麼想著的時候，道路兩邊大片大片燒焦的松林就出現了。直到胸腔裡堵滿令人窒息的焦糊味，他才注意到被洪水一樣的大火洗劫過後的森林。大樹都還筆直地站立著，卻通體焦黑，再也不會生長出新的葉片了。他也看到那些不與整個森林連成一氣的獨立的林子沒有被火燒，這其中，包括了村子井泉上方，那片仍然寬廣無邊的樹林，這片林子的下方是村莊，上方是並肩而立叫做色嫫與達戈的晶瑩雪峰，林子的兩邊，是美麗的山地草場。看到那片混生著白樺、紅樺、椴樹、楸樹、松樹、杜鵑、柏樹和杉樹的林子，達瑟鬆了口氣。只要這片林子在，機村還是他達瑟念想的機村。

馬車離村子還遠著呢，一群孩子就飛奔而至，他們看到馬車上坐著一個似曾相識的陌生人。達瑟離開村子其實也沒多少年，但讀書生活已經使他神情與眼光都發生了很大的變化，這樣，一張熟悉的臉也變成了陌生的臉。

馬車駛進了村中廣場，所有人都看著這個熟悉而又陌生的人，沒有人迎上來，所有人都呆住了。

倒是達戈從人群中衝出來，搖晃他的肩膀：「你走的時候，我請你喝酒，記得嗎？」

達瑟臉上木木地沒有表情，他跳下車，拉開蒙在車上防雨的帆布：「一路上老是下雨，這些書都潮了，要好好曬曬。」

「嗨！你這個傢伙，認不得我了？」

達瑟說：「這些書要好好地曬一曬。」

幾乎所有的機村人都認為，腦子本來就不清不楚，小時候就喜歡整天待在樹上，而不是人群裡的達瑟已經瘋掉了。雖然，他除了愛那些書，除了像沒有離開村子前一樣，喜歡待在樹上，也看不出有什麼不正常的地方。再說春天已經到來了，樹枝一天天伸展，樹葉一片片展開，經過了那麼大一場火災過後，人人都能覺出春天裡綠蔭一日日深重的樹的美麗了。

一個人喜歡待在這樣美麗的樹上，也就不是件太不可理喻的事情了。

五

達瑟也不是每時每刻都待在樹上，要是村裡人不好奇地打聽他怎麼會回到村子裡來？問他運這麼多書回來幹什麼？問他叔叔怎麼還不回來？他也喜歡到人群裡四處走走。但總有人喜歡提起這些話題，有人還特別喜歡在人多的時候提起這樣的話題。

「達瑟，為什麼放著好好的幹部不當，拉一馬車書回來？」

這樣的問題，達瑟從不回答，離開人群，出了村子，到大樹之上跟他的書待在一起了。他不得不待在家裡吃飯睡覺，但他堅決把書放在樹屋之上。

他們還問：「達瑟，不是你叔叔把你弄走的嗎？你叔叔不管你了嗎？」

達瑟還是不回答，被問得不高興了，他就不下地幹活，而是跑到樹上睡著，跟他的書待在一起。

他可以不吃不喝待在樹上很長時間，這時，他年邁的母親就會到樹下來哀哀哭泣，求他從樹上下來，求他回家吃飯。

達瑟才快快地從樹上下來。

還有人會這樣問：「達瑟啊，能告訴我們書上都說了些什麼嗎？」

這時，達瑟的眼光便變得縹緲起來，穿過那些人的身體，看向遠方。

這樣的眼光叫問話的人有點害怕，一害怕就不再言語了。也有脾氣大的人，會為這沒來由的害怕而生自己的氣，就會說：「你也不知道那些書裡說了什麼吧？」

沒有人會想到達瑟會開口，但他開口了。僅僅是他開口這一點，他可以把人嚇上一跳，更何況他說的那些話了。他誠誠懇懇地說：「有些我不懂，有些我能看懂。」

「你看懂了什麼？」

「書上說天作孽，猶可活，自作孽不可活，你這就是自作孽了。」

「你是在詛咒我嗎？」

「書上說，別人不能詛咒你，是你自己詛咒了自己。」

然後，他的眼睛把你從頭看到腳底，被看的人，就像被宣判了一樣，一股冷氣從頭頂貫通到腳底。這樣，慢慢就沒有人有事沒事來招惹他，拿他開心了。

他下地幹活，回家吃飯，睡覺。說不定什麼時候，他就從幹活的人群中消失了。大家都明白，這傢伙到樹上去，看那些他並不真正懂得的書，去想那些他並不真正懂得的事情去了。

那個時代，不參加集體勞動的行為是很難被原諒的，但他偏偏就可以。因為每一個人想起他捧著厚厚的一本百科全書，卻木著一張長條臉，眼睛也黯淡無光的樣子就忍不住要笑出聲來，因此也就原諒了他。

卻有一個人，覺得他的行為裡有深意存在。

他說：「你們不懂，一個人並不會白白像這樣子，一個人這樣做事是道理的，只是我們不懂罷了。」

這人就是獵人達戈。

達戈來到在這個村子已經好些年了。他和美嗓子色嫫的愛情起起伏伏，愈來愈像是見不到結局的樣子。他這麼一說，馬上就有人回應：「有很多事情我們都不懂得。我們就不懂得一個人好好的軍官不當，要跑到這個村子裡來幹什麼？不僅我們不懂，就是美嗓子色嫫怕也不能懂得。」

美嗓子色嫫豈止是不懂得，簡直就恨死這個人了。

色嫫被抽調到宣傳隊幾次了。就是去宣傳隊，讓她生出了成為一個歌唱家的美好希望。但是每一次，短則一、兩個月，最長也不過半年時間，宣傳隊就會解散。

當這個傢伙真的脫下軍裝，來到這鄉下，她簡直都恨死他了。要是他還是一個軍官，早一點娶了她，這眼下的一切起起落落都不會發生了。

在這件事情上，機村人的同情都在色嫫一邊，而覺得達戈是個奇怪的人。達瑟從民幹校回來後，機村又多了一個奇怪的人。機村人大多不喜歡這兩個奇怪的人。不是因為這兩個人幹了多少令人討厭的事情，而是他們的行為有違常理。

有人會跑去問達戈：「也只有你這種奇怪的人才會懂得他吧。」

還有人問：「達瑟，你懂得他嗎？」

大多數時候，達瑟都不說話。但每次，達戈替他辯護的時候，人家都要拿這話去問他。每每在大家都以為他不會說話的時候，達瑟卻開口了，雖然有點答非所問：「我喜歡他這個人，我不喜歡他做的事。」

「什麼事？你不喜歡他死皮賴臉想娶美嗓子色嫫？」

「他殺死的動物太多了。」

眾人大笑，說：「一個獵人不殺動物，你叫他去殺人嗎？」

「可是他殺得太多了。」

「因為他是一個好獵人。」

「殺光了動物，他就做不成好獵人了。」

達瑟一說這種從書上看來的話，就惹得人們哈哈大笑。達戈卻從來不這樣對待他。達戈的這種表現，也是機村人所不能懂得的。這個驕傲的傢伙，卻像條忠實的獵犬一樣苦苦地愛著美嗓子色嫫，就像一個賤民匍匐在女王的腳前。色嫫天生一副美麗的嗓子，在不同的舞台上上下下，在有權勢使她在不同舞台上上下下的男人身邊來來去去。這樣複雜的經歷，使她身上煥發出一種特別的魅力。高興的時候，她是美麗的，哀傷的時候，她更顯得分外美麗。這個女人，無論是什麼樣的東西，好像都不能把她的美麗殺傷。

文化大革命到來後，一個承諾要給她一紙音樂學院通知書的領導被打倒了，在她的感覺中，成為音樂家的夢想，可能就此永遠破滅了。還有好些給過她不同承諾的男人，比如一個文工團的男高音、一個部長、一個政委的兒子，這些人都奇怪地消失了。只有那個為她放棄了前程的達戈，還不時在她視線裡出現。

她不恨那些男人，她恨的是身邊這個人。

每一次，當她獨自走在村裡某個地方，這傢伙就悄無聲息地出現了。他說：「我昨天晚上夢見你了。」

「那你就夢吧。」

「我愛你。」

「我恨你！」

「我想，你已經沒有那麼恨我了。」

「我一輩子都恨你。」這時的色嫫，淚光充滿了眼眶，深重的哀怨使她雙腿發軟，「下一輩子還是會恨你。」

達戈卻不正面回應，他的聲音嘶啞，眼裡卻燃燒著欲望的火焰：「跟我來吧。」

姑娘站著不動。

達戈伸出了他有力的手。

他出手很快，不要說是一個身子發軟，心房發顫的姑娘了，就是快如閃電的狐狸，也會被他牢牢抓到手上。

他等著姑娘掙扎。要是姑娘掙扎不已，他就會嘆口氣鬆開了手：「要是有別的男人要你，幫你，幫你走上唱歌的舞台，那你就去吧。」這樣的情形，已經重複上演過很多很多次了。

但是，這一回，姑娘沒有掙扎，而是身子一癱，溫溫軟軟地靠在了他身上。色嫫嘆了口氣，淚水潸然而下，她說：「要是我就是做一個獵人老婆的命，那你就把我帶走吧。」

「獵人真的就這麼低賤?!」

色嫫搖著頭，說：「我不知道，這樣的問題你去問你的新朋友達瑟吧。天生我一副美妙的嗓子，我想當一個歌唱家。一個獵人不能讓我成為一個歌唱家。」

「誰能使你成為一個歌唱家。」

「那個英俊的有前途的軍官。」

「你在這裡也能歌唱。」

「你是說，不是在收音機裡，不是在唱片上，也不是在舞台上？而是對著山裡的猴群歌唱？」

姑娘身不由已跟著他往前走。

在村莊與村莊後面的大片樹林之間那座小山崗後面，座落著這個傢伙自建的新房。這已經不是他剛來的時候，帶姑娘去過的那座散發著新鮮樹木香氣的那一座了。這些年來，他一直都在侍弄他那座房子。他對人說過，色嫫就是傳說故事裡高貴的公主，公主需要一個宮殿。有人壯著膽子批評他，說公主啊宮殿都是封建的東西。他說：「閉嘴吧，我當過解放軍，比你懂得所有這些雞巴說詞。」他從槍管下抽出探條，把那柔軟冰涼的鋼條頂在那多嘴小子的下巴上，「閉嘴吧，小子，我會這些雞巴詞的時候，你的雞巴上還沒有生出毛來呢。」

沒人想到這個熱情的傢伙會這麼冷冷地說話，沒人想到他這麼說話時，那眼光，比槍口泛出的冷光還要冰涼。

這樣如是兩三次後，真就沒有人招惹他了。

這一來，他就能一心一意為他的公主修築宮殿了。色嫫每次從解散的宣傳隊回來，達戈都會謙恭地請她去參觀正在進行的漫長工程。色嫫每次都緊咬嘴唇拒絕了他。但色嫫也沒少聽人有意無意地在她耳邊說起那座好像永遠都不會完工的房子。

這一次，在這個人已經來到這個村子五年以後，她終於沒有力量拒絕他了。但她腦袋發暈，身子發軟，路也走得跌跌撞撞。當那座房子的鐵皮頂子亮閃閃地出現在面前時，她實在邁不開步子了。

「達戈，我……」

這個獵人的手腳真是利索，她還等著他說點什麼，卻發現自己已經伏在他背上了。這時，他才說：「好的，好的，我揹你回家。」

姑娘感到心裡發冷，但渴望男人的身子卻陣陣發燙。

他一口氣衝上一片長長的緩坡，穿過緩坡上稀疏的林子，直到那株冠蓋巨大的鵝掌楸下。達戈一鬆手，色嫫從他背上滑下來，跌坐在柔軟的草地上。那座蓋了五年，還在不斷修改的房子就出現在她面前了。

達戈看了她一眼，她明白那意思：「公主，請看獻給你的宮殿。」

她仔細看眼前的奇特建築。這座房子全是一根根圓木壘起來的，不像機村這種兩層三層的寨子都是用石頭壘起來的。房子樣式既不是機村寨子這種方正高聳的樣子，也不是城裡磚牆瓦頂的一長條的平房。這座木頭房子像傳說中的堡壘。下面像是一朵蘑菇，從墮圓建築的中央的部分，升起了一座塔樓。塔樓頂上，是亮閃閃的鐵皮。從村子裡可以望到的亮閃閃的部分，正是這塔樓的屋頂。塔樓的下麵，窗戶小得像一個個碉堡上的槍眼。但在塔樓上，卻大開著軒敞的玻璃窗。

達戈說：「樓上，就是你的房間。樓上窗戶對著機村最漂亮的風景。」

色嫫一言不發，只覺得腦子嗡嗡作響，這個人動著嘴，她卻什麼都沒有聽見。

達戈又說了些什麼，她還是沒有聽見。只是用無助的眼神呆呆地看著他。

達戈嘆了口氣，說：「求你別用這樣的眼神看我，我受不了。」

這回她聽見了。

她的耳朵裡不再有一大群蚊子嗡嗡地叫個不停了。她突然聽見了鵝掌楸巨大的樹冠上，那麼多的鳥兒發出清脆的鳴叫。這些好聽的鳥叫甚至使她臉上顯現出淺淺的笑意，她說：「達戈，你說什麼啊？」

達戈說：「這就是我為心上姑娘所造的房子。我知道你並不想進去，但我還是要讓你看上一眼。現在，你已經看到了……我曉得，這不是你想要的。我以為你會喜歡，但你並不喜歡。我並不懂得你這樣的女人，現在，色嫫啊，你可以走了。」

「我想成為歌唱家。」

「我知道，我不怪你。」

色嫫站起身來，整了整衣裳：「可是，歌唱家都倒楣了，沒有人想當歌唱家了。我……我也不想了！」

說完這句話，她就自己往那座房子走去了。走到草地中間，她回過頭來，臉上已然掛上了明媚的笑容，她說：「怎麼，這座宮殿的男主人他不來嗎？」

達戈這才跟上去了。

「那個時候我就知道自己又一次犯下大錯了。」達戈後來對達瑟這樣說。

但這都是後話。當時，一聽這話，他就激動得心血沸騰，卻忙不迭地跟了上去，雖然，他心裡的感覺卻並不如預想的那樣熱烈與美妙。

他無數次地預想過此時的情境，他的公主進入這個城堡的時候，他要把軟和珍貴的獸皮地毯一樣從門口一路鋪到樓上的臥榻之前。他還問過達瑟，公主進了屋子後該不該還穿著靴子。達瑟卻語焉不詳。這個想法在達瑟還沒回來的時候，就在他腦子裡無數次預演過了。所以，靴子的穿與不穿並不能改變他的這個決定。唯一沒有考慮到的是，色嫫會在他的前頭走進這座房子。

他跟在後面說：「不。」

色嫫聽見了，想，自己讓這個男人害怕了。這個男人在關鍵的時候害怕了。她在宣傳隊跟那麼多急色的男人打過交道，已經非常懂得男人的心思了。

他還在後面說：「請你等一等。」

她回首，嫣然一笑，咿呀一聲，推開了沉重的木門走進這個人為她所造的宮殿裡去了。達戈剛從陽光裡走進房子的蔭涼中，脖子便被她柔軟的手臂纏繞住了。他也不知道為什麼還掙扎了一下，但身子馬上就軟了下來。他還不無悲戚地想到了一個比方。這樣的掙扎就像是一隻跌進陷阱，還想掙扎脫身的獵物一樣。這種方法是達瑟教給他的。他說，對想不清楚的事情，你就去想一個比方。

他的身子在燃燒，腦子裡卻在想著那個比方。色嫫她口中溫暖芳香的氣息就在他耳邊吹拂：「我知道你是真想要我的。」

他拚命點頭，並覺得眼睛發熱。

那氣息繼續在他耳邊吹拂：「那就帶你的公主到宮殿上面去吧。」

他當過兵，還在草原上與叛匪打過仗。這個建築的下面一層，曲裡拐彎的有些易守難攻的掩蔽部那種味道，他的手裡緊握著那隻溫軟的手，走上了一道陰暗的樓梯，進到塔樓，那裡可就是另一種景像了。寬大的玻璃窗戶上，瀑布一樣瀉進來明亮的陽光。整個屋子就是一個各種柔軟的長毛獸皮做成的窩。

地上是獸皮，臥榻上是更加柔軟幼滑的獸皮。

他希望這個女人一走進這個安樂窩就發出由衷的讚歎。但她只是蹬掉了腳上的靴子，溫軟的氣息又一次吹拂著他的耳朵：「那你今天就要了我吧。」

說話間，她已經解開了腰間長裙，當她走到床邊時，已經是一絲不掛了。

達戈這時真的變傻了。

對這一刻，他有過無數次的想像。而在所有的想像中，所有的美妙過程都是由他這個男子漢來主導的。但眼下的情形卻反過來了。他就呆呆地站在門邊，看著這個仙女一件件脫光了衣裳。這個脫去衣裳的仙女，比他想像中還要美麗百倍。她的頭髮披散在渾圓的肩上，當她抬起兩隻手臂，從背後，從她的兩脅間望過去，可以看到兩個乳房微微向外突出的一點邊緣，然後，是收束的腰，是腰以下猛然一下的寬大與渾圓……然後，她轉過身來，小腹之下，那神祕之地，鬈曲而油亮的黑色陰毛，像是一隻小獸蹲伏在一片懸崖的陰影之下……

達戈聽見自己喉嚨裡咕咕嚕嚕地發出了野獸的聲音。

他覺得自己像是林中的熊一樣威猛高大。有時，熊在秋天吃多了山麻柳的果子，這些果子在胃裡發酵成酒，把熊醉倒。現在，他就是那頭迷醉的熊了。他撲向了床上獸皮中間那個閃閃發光的軀體。那個軀體也迎向了他，她手纏繞在他腰間的手臂，她伸進他口中的舌頭，像林子中的長藤纏住了他！而整個鋪滿獸皮的柔軟臥榻像一個深淵就要吞沒了他。

他感覺臨近那個深淵了，看到那深處，有那麼多的光透射進來，不具任何確切的形象，卻又搖曳多姿，令人目眩神迷。

他想，我要進去了。他想，我要掉到深淵裡去了。

色嫫流著眼淚，把整個身子都向著這個男人打開了。

她從來就相信，這個世界上，沒有一個男人會這樣地愛著自己。要是自己沒有生就一個美妙的嗓子，就真是這個世界最最幸福的女人了。為了不辜負自己的美嗓子，這個身子已經給過好幾個許諾能夠讓她成為歌唱家的人了。她並不恨這些男人。這幾個男人也不等她來恨，就被文化大革命給打倒了。此情此境中，色嫫所哭的僅僅只是，自己為什麼不在這些男人之前把乾淨的身子給他。

「你要我吧，要了我吧。」她用她最美妙的聲音說。

但這個時候，達戈卻從她光溜溜的身子上滑下去，躺在一邊抖索不止。

「達戈啊，你不想要我？」

他不說話。

「你肯定知道別的男人已經要過我了。但是你要吧，我不要你娶我。」

在她身邊達戈抖得那麼厲害，讓整張床都顫動起來了。

淚水大顆大顆地從色嫫眼裡流淌下來，她把他抖索不止的手抓在手裡：「老天爺，看我把一個真正男子漢的心傷成什麼樣子了。」

達戈這時其實是想喊的，但他喊不出來了。突如其來的猛烈的顫抖像一個魔鬼把他控制住了。他想說，你救救我，救我。但是，嘴裡發出了動物般哀叫的聲音。他是一個傑出的獵人。他知道自己嘴裡發出的聲音，是那些最沒有反抗能力的動物，像是鹿啊、獐子啊、麂子啊這些羊一樣柔弱的動物發出的哀叫聲。

直到這時，色嫫才發現情形不對。翻身起來一看，這個男人像是被什麼看不見的東西緊緊扼住了喉嚨。他的眼睛翻白，牙關緊咬，口裡不斷湧出白色的泡沫。他的身子緊緊蜷曲起來，四肢抽動不止。按機村人的眼光看，這個人是讓他殺死的那些動物的冤魂糾纏住了。她抓起一張獸皮遮住身子就往外衝，失去約束的乳房在胸前跳蕩，撞得她心中生痛。

「老天爺，救救他，救救他吧。」

她剛剛把房門打開，就看見達瑟隔著青碧的草地站在那株鵝掌楸下。她還記得，那巨大的樹冠在微風中葉片翻動，落在上面的陽光動蕩成一片水光，而樹下的那個人身上也就披上了一種特別的光彩。

她雙腿一軟，跪在了陽光下的草地上，淒聲叫道：「來救救你的朋友吧！」

這聲叫喊使樹上停著的好幾隻鳥驚飛起來。

達瑟不慌不忙地走過來，說：「這麼漂亮，真像是林中仙女啊！」

「求你救救你的朋友！」

達瑟木然的臉上肌肉動了一下，但他臉上終於還是沒有做出來一種生動的表情：「可是，可是……他只是看起來有點傷心罷了。」

達瑟還抬手指了指她的身後，色嫫回頭看見達戈已經走到門口來了。他身子軟軟地倚靠在門框上，平時炯炯有神的眼睛這時卻黯淡無光。

他想笑一笑，卻終於未能笑出來。他扶著門框的手還在輕輕顫抖。

達瑟先開了口：「這株樹愈來愈漂亮了，比我書裡那些圖片還要漂亮。」他嚥了一口唾沫，費了好大勁，才又加了一句，「色嫫也很漂亮，比所有漂亮的樹木還要漂亮。」

他對色嫫說：「你不要哭，這個人看上去是有些不對勁，也許看看書，會知道是怎麼回事情。」說完，就轉身慢吞吞地走開了。

色嫫手裡遮羞的獸皮掉在地上，渾身赤裸著扎進了達戈懷裡。費了好大的勁，虛弱至極的達戈才穩住了身子，沒有被她撞倒。她把他扶到床上。達戈慢慢喘息均勻了，說：「好了，這下，我不會再幻想一個仙女的愛情了。你可以放心地當你的歌唱家了。我知道自己再也配不上你了。」

「我不是仙女，我也當不成歌唱家。」

「但是，我病了。告訴你吧，我爸爸就有這種病。他發病的時候，從馬車上掉下去，被壓死了。」

「但你沒有……」

「我並不想當兵，我從小就害怕得上父親的病，得上我們家祖傳的病。我不想當兵，只是想不花錢檢查一下身體，可他們說我身體很好，是當兵的材料，我不想當兵，只想當一個好獵手。」

「那你也不該到我們機村來啊！不，我不該這麼說，你是為我到機村來的。」

「就是不遇見你，我也不會回自己的村子裡，那裡的樹林早就砍光了，野獸沒有了存身之地，早就絕種了。過去林中的好多泉水都乾涸了。」

色嫫緊緊地把達戈抱在懷裡，心房滾燙。

「但我不想你把我得病的事告訴別人。」

「我不告訴別人，你的病會好起來的。我要嫁給你。」

六

沒過幾天，達戈又犯病了。

就在大庭廣眾之中，他嘴裡吐著白沫，口裡發出羊一樣咩咩的哀叫聲，身體劇烈地痙攣著，非常丟臉地倒在了一地塵土中間。

大家都避開了，害怕附著在他身上的鬼魂跑到了自己的身上。只有從衛校停課回家的學生巴桑一個人不害怕。她把一根小木棍插在他嘴中，還說了一個誰也不懂的詞：「癲癇。」

這是個誰也沒有聽到過的字眼。大家只知道，這是殺了太多獵物的人必遭的報應。山神允諾了要給山裡人一些獵物。但總有人因為貪心取得太多。這一來，山神就要不高興了。不高興的山神什麼都不用幹，只須放出一些野獸的鬼魂出來，不時附在這個人身上來折磨折磨他就是了。

現在，這傢伙那麼難看地倒在地上，嘴裡發出他所殺死的那些動物哀叫的聲音，這就是山神嚴厲的警告。以前的人上山打獵，無非是為了取得一點充飢的肉，一點禦寒的皮，如果賣了一點錢，也是為了換一點生活必需品，比如不可或缺的茶與鹽。但是，這個傢伙居然靠打獵來為自己心愛的女人建造公主才配的宮殿一樣的房子。

達戈倒在地上抽搐的時候，大家都在喃喃地說報應，報應啊！偏偏衛校的女學生巴桑鎮定自若地吐出了陌生的字眼：「癲癇。」她說，「不要再說那些封建迷信的話了，這是一種病，癲癇。」

達瑟，你認識這個姑娘，她是我的親愛的表姐。

達瑟，後來，這個姑娘短暫地愛上過你。她剛愛上你的那些日子，臉肥總是紅撲撲的。她把我攬在懷中，有些羞怯的問：「告訴表姐，你又跟他看書去了？他讓你到他的書屋上去了？」

我說不是的時候，她會嘆息，臉上會顯出很誇張的失望的表情。於是，我總是說：「是的，表姐，是的。達瑟讓我到他的書屋上去了。他讓我摸他的書了。」

「那些書很好吧？」

我想，這是一個很蠢的問題，對一個五歲多的孩子來說，怎麼會懂得判斷一本書的好壞。

但我知道，表姐不想我說那些書的壞話。我就說：「它們很好，靜靜地躺在箱子裡，看起來，它們過得很好。」

這時，她就會把我更緊地攬在懷中，用親吻弄濕我的臉：「我愛你！你是個好孩子，我愛你！」

這時，乾乾淨淨的表姐身上散發出成年女人們身上常常散發的某種曖昧的味道。

那天，表姐一本正經地吐出了那兩個很有分量的漢字。聽到這兩個字，達戈就像一個等待宣判的罪人，挺直緊繃的身軀一下就鬆弛了。好像他體內的病魔聽人叫出了名字，就像一個打輸了架的傢伙羞愧地走開了。達戈長嘆了一口氣，鼓得溜圓的眼睛慢慢閉上了。

表姐伸手扒開他的眼皮，看了看他碌碌亂轉的眼球說：「好了，過去了。」

達戈吃力地坐起來了。他的臉上沾滿了塵土，這正好遮住了他羞愧的神情。但他額頭上的汗水卻涔涔而下。

他跌跌撞撞地走開了，望著他的背影，表姐喊道：「哎，你回來！」

達戈站住了，但沒有轉過身來。

表姐說：「以後發病，拿根木棍塞到嘴裡，免得你把自己的舌頭咬掉。」

達戈恨恨地看了她一眼，沒有說話。

表姐得意地環顧四周，不想卻有人說：「巴桑姑娘，你還是回到城裡上學去吧。」

「你們這些離開的人就不該回來！你們既然已經離開了機村，偶爾回來待上些日子就該離開了，可為什麼偏要待下來不走！是你們想幹什麼，還是老天爺真想幹點什麼不一樣的事情啊，看看這個傢伙，還有他的朋友達瑟吧，你要再不離開，也要變成跟他們一樣的人了。」

「機村已經有了兩個有史以來最奇怪的人了，可不要再添個瘋瘋癲癲的姑娘！」

其實巴桑和這兩個人不一樣，她是多麼想回城裡去上學啊。上完學，她就是一個胸前掛著聽診器的神氣活現的醫生了。但是，學校無限期停了課，她就只好回到村裡來了。

七

這一年，是機村歷史上少有的豐收年。

大火過後，過去由森林覆蓋的腐殖土都裸露出來。厚厚的土層那麼疏鬆透氣，連翻耕都不用，只消直接把種子播下就可以了。村裡人把能找到的所有種子：蔓青的種子、油菜的種子、土豆的種子和豌豆的種子都播進肥沃的黑土中了。夏天，在一片枯焦的大樹中間，盛開了金燦燦的油菜花。黃色的菜花剛剛開過，茁壯茂盛的土豆苗中，又開放出了白色與紫色的鈴鐺般的花朵。豌豆花就更漂亮了，微風吹來，豆苗起伏，那些精巧的花朵，彷彿大群迎風飛舞的蝴蝶一般！

只恨種子太少，更多的鬆軟的黑土裸露在天空下面。一場大雨下來，漫山遍野都往山下流淌著泥漿。要不是看到這麼多的泥石流，機村人都要改口說，那場大火是千載難逢的好事了。

其實，機村已經有人在這麼說了。

大火過後，大隊長被專了政。外面的世界正陷入瘋狂的運動中，機村被人遺忘了。緊張的氣氛一下就鬆弛下來了。陽光靜靜傾瀉，河水嘩嘩流淌，尋常的寂靜裡有一種懶洋洋的味道。人的眼神都如夢境一般有點恍然，有點不明所以，又有點欣喜。日子真得就這麼鬆弛下來了。連村子西頭新建伐木場蓋房子的工地上，咚咚的打夯聲，也像是一下下打在人們鬆弛的關節上，是要讓人更加鬆弛一樣。輕風送來緩緩的的打夯聲，四野襲來的花香攤在陽光下，發悶發軟。沒有幹部管理，集體的莊稼反而侍弄得很好。集體化這麼多年了，大家都知道，只有弄好了集體的莊稼，才能騰出手去侍弄私播在過火地裡的莊稼。

索波從失意中慢慢振作起來，當人們從那些盛開油菜花、土豆花和豌豆花上，看到一個豐收年景的來臨，他卻突然醒悟過來了：「媽的，老子還是機村的民兵排長嘛。」

他要出頭管管一些該管的事了。

說幹就幹，他發通知要開一次社員大會，議題是討論如何把那些私種的過火地收歸集體的問題。本來，人們都聚在村中小廣場上。到了開會的時間，人們都四散走開了。只有達瑟和達戈還留在那裡。達瑟看書。達戈用鋼銼打磨獸夾上鋒利的尖齒。

達瑟說：「得了，達戈你停手吧，那銼子像是銼在我牙齒上一樣。」

達戈說：「豌豆花那麼漂亮，你專寫花的書上怎麼沒有這樣的花呢？」

索波發布命令了：「我說你們兩個，去通知開會！」

達戈放下銼子，手裡把尖齒鋒利的鋼環，咔咔地一開一闔，笑笑說：「你這樣做就把全體人民都當成敵人了。」

他蹲下身來，咔嚓一下，把那個鋼環套在了索波的腳脖子上，轉身拍拍達瑟肩膀：「書呆子，我們走。」

達戈還沒忘了回頭告訴索波：「不能動，千萬不能動，這個東西，你一動，它就用鋼牙咬你。」

索波不信，一動，那鋒利的鋼牙咔咔響著往肉上逼去。他真的就一動也不動了。

達戈說：「夥計，我曉得你是排長，我也差點當上排長。你是民兵，我是正規軍。你要好好想想，夥計，地裡長出這麼好的莊稼，是為了讓老百姓高興，而你一開會，鄉親們就要不高興了。你要想找事做，就跟我上山打獵去吧。」

說完，達戈就扶著達瑟的肩膀，兩個人一起往他放書的樹屋裡去了。身後，傳來索波的怒罵：「你這個羊癲瘋！」

達戈轉過身，陰沉的臉上慢慢綻開了笑容，眼裡卻露出比鐵還冷還硬的光芒：「我一發病，咬傷自己舌頭的時候，這個東西也會把你的腿咬斷！」

達瑟回來，圍著索波轉了一圈，又停下來，端詳一陣咬在他腳上的鋼環，搖搖頭，說：「不怕，他嚇你的，這個捕獸夾上沒有遙控機關。」

達瑟跟達戈走開後，散開的村民們都走回來，有膽子大的，還圍著臉色蒼白的索波走了一圈。

「嘖嘖，捕獸夾怎麼把個大活人套上了。」

「達戈的捕熊夾子怎麼把我們機村的大人物套上了。」

大火過後，林子裡少了吃的東西，常有餓慌了的野獸突到村子裡來。吃草的傢伙禍害莊稼，吃肉的傢伙禍害牛羊。現在，連家家戶戶的雞，都能很警覺地聞到潛行的狐狸與狼的味道，吱吱嘎嘎地撲搧著翅膀，跑到稍稍安全一點的房頂之上。每一次，野獸進村，都會有一陣驚慌與狂喜。村裡有十多枝獵槍，很少有野獸能吃飽肚子再走在回山的路上。達戈的夾子，專門用來對付晚上進村的大傢伙。黃昏的時候，他把這些獸夾分布出去，天一大早，又收拾乾淨了。獸夾上都有特別的機關，開啟與關閉，達戈都不容別人插手。這是他的獨門絕技。

今天，他用這個東西來對付這個野心重新萌發的傢伙了。

索波見過被這夾子捕到的熊和野豬。每次，捕到大獵物，達戈都會請人按村裡的戶數平均分好。這些肉也進過索波的口，他當然也該曉得這夾子的厲害。

「我要到上面去告你。」索波一個人自言自語。

但是，只有他一個人站在太陽地裡，孤立無援。

到後來，太陽曬得他身子開始搖晃，他聲嘶力竭地大叫：「達戈！」

可是人群已經散開了，小廣場上一個人影也不見。

「達戈！」

廣場四周那些堅固沉默的石頭房子把他的聲音擋了回來。他聽見自己氣急敗壞的聲音：

「達——戈！戈！戈！戈！」

他抬起頭來看天，深藍的天空中浮動著幾縷淺淡的雲彩，額頭上的汗水順勢流進了他的眼睛：

「天哪！老天爺啊！」

他突然把自己的嘴巴捂住了，革命進步這麼久，一到關鍵時候，封建的東西怎麼就脫口而出了。

但是已經遲了，一個人正笑笑地看著他。

「你幹什麼？你怎麼在這裡？」

這個人是生產隊的保管員兼代銷店主任楊麻子：「啊，我好像聽見革命青年叫天老爺了。」

他揩掉了迷住眼睛的汗水，看清他瘦臉上每個坑裡都泛出了興奮的紅光：「你，你胡說！」

楊麻子嘿嘿一笑，說：「你不要怕嘛，革命青年的老天爺不是封建迷信，革命青年喊老天爺就是喊共產黨毛主席。」

「對，對，共產黨毛主席就是我們的老天爺！」

得到解脫的人差點就蹦了起來，但是，就在要蹦起來的那一瞬間，他想起了腳脖子上的捕獸夾，人馬上又萎頓下來了。

「但是，舊的老天爺沒人見過，新的老天爺我想你也看他不見，眼下，還是把腳上的東西弄下來才是啊！」

索波又仰起頭來看天。

索波的老娘也來了：「大家就想肚子裡多一點東西，你的肚子就跟大家不一樣嗎？」

楊麻子說：「一樣的，一樣的，就是腦子不一樣罷了。可他的腳跟尋常人卻是一樣，看看，已經被鐵牙齒咬出血來了。」

索波一動，鋼齒真的咔嚓一聲咬進去一扣，血慢慢從鋼齒間滲出來了。他忍不住大叫起來：「快，去給老子叫那個傢伙！」

「村子裡能叫得動他的，就只有美嗓子色嫫了。」

索波的老母親親自出馬，央求到色嫫頭上，才在天黑前解開了索波腳上的捕獸夾。

從此，達戈在機村就是一個受歡迎受尊敬的人了。甚至有人動議，要讓他頂替坐牢的格桑旺堆的大隊長位置。但他只是對前來說項的人說：「再說，我的羊癲瘋又要犯了。」

結果惹得大家為他又嘆息一回。

消失許久的老魏騎著他的摩托車，又出現了。他帶來了公社革命委員會的決定。索波同志出任機村第二任大隊長。宣布了這個任命以後，出乎大家意料的是，索波並沒有打主意把大家私種在火燒地上的莊稼歸分。

他知道，但凡要做什麼事情，都要先想出一個名目。如果想要消滅一種東西，那就要給這東西安上一個不好的名字。他想到了一個詞：「無政府」，但心裡又拿不太準。想來想去，就去找看書很多的達瑟。

達瑟正高坐在樹上看書。

索波招手讓他下來。

達瑟就下來了。

索波說：「媽的，看你從樹上下來的笨樣子，就不是個機靈的人。」

達瑟說：「我沒假裝自己是個機靈鬼。」

「不過，你的書裡肯定有些新鮮的說法。」

「對我們這樣的笨腦子來說，這些書裡全是新鮮的說法。」

「那……書上說沒說，私種莊稼叫個什麼名堂？」

達瑟鄭重其事地說：「我的書上不說這樣的事情。」

索波罵了一句。

達瑟已經轉身往樹上爬了。爬到半途，他回身對樹下提了這樣一個問題：「你原來想毀掉那些莊稼，是為了當大隊長。現在你是大隊長了，為什麼還一定要毀掉這些莊稼？」

索波當時就站在樹下，猛拍一下腦袋，立即就明白過來了。

當然，既然當了大隊長，他總還是要做一些事情。他做的第一件事情就是帶著拖拉機到公社去了一趟，拉回來許多電線與喇叭。從此，機村廣場邊豎起了一根高高的旗桿，上面飄揚著紅旗，紅旗下面，是三只分別朝著不同方向的高音喇叭。每戶人家裡，也裝上了一只四方的木頭盒子，盒子上開著一個圓孔，圓孔上蒙著黑色的紗布。這也是一種喇叭，只是嗓門沒有那麼大，但裡面說著與高音喇叭同樣的話。

秋天，生產隊還沒有開動員秋收的會，社員們自己已經私下已經開過一次了。會議一致決定，要等人民公社地裡的莊稼全部收割後，才能去收拾自已私種的東西。

新上任的大隊長不知道這些，他興沖沖跑到廣播站，通知大家開會動員秋收。他剛關掉機器轉身從廣播站出來，人們已經把廣場站得滿滿當當了。所有人手裡都拿著剛開了齒的鐮刀，腰裡都紮著一圈背糧食的繩子，每個人臉上開心的笑顏使得那一天的陽光顯得分外燦爛。

這種情形使總是陰沉著臉的新任大隊長也受到感染，笑容在他臉上慢慢綻開了。

有人喊一聲：「他笑了！」

隨著這一聲喊，所有的笑臉都朝他轉了過來，那麼多閃爍著笑意的臉真能把一個人的裡裡外外都照得亮堂堂暖烘烘的。

索波的臉笑得更開了：「鄉親們，今年，是我們機村的豐收年！」

「不用講話了！你也比我們多講不出什麼道理來，就發一聲話，下地開鐮吧！」

索波舉起手中的鐮刀，想喊句什麼，但他剛張開口，人們就發聲喊，呼呼啦啦湧過他的身邊，奔向成熟的麥地開鐮了！

廣場上就剩下幾個人了。

達戈說：「怎麼，你以為自己是工作組的脫產幹部？」

楊麻子腰裡掛著大串嘩啦啦亂響的鑰匙，笑著說：「你還不下地，領導落在群眾後面了。」

「那你怎麼不下地。」

楊麻子晃晃手中的掃帚：「倉庫裡那麼多耗子屎，我要好好打掃一番！」

「我們機村人怎麼一下子這麼積極了？」

「哪有農民見了莊稼豐收不高興的道理？」

達戈倒是直截了當：「收了集體的，才好忙自家的嘛。」

「我說嘛，這些人的覺悟一下子提得這麼高了？」

「難道大隊長還要把這點積極性打下去？」

索波那張青臉上擠出了一點點笑容：「眼下我腳上可沒有什麼捕獸夾，我也不害怕你。要是需要，我倒可以讓你害怕我，我是大隊長不是嗎？」

他這幾句話，倒把達戈給嗆住了。他就那麼呆呆地立地那裡，好半晌才回來神來，相跟著下地去了。

達瑟笑了，說：「有意思，有意思啊。」

「有什麼意思呢。」

達瑟說：「其實我也不曉得，就是覺得有意思罷了。」

「書呆子！」我跑到離他遠一點的地方，像村裡別的孩子一樣嘲罵他，「你這個呆子！」

他一點也不惱火，村裡沒什麼事能讓他感到惱火，他有些茫然的看看我，說：「有意思，這個從來不罵人的孩子也開始罵人了。」

那個收穫季的機村陽光燦爛明亮，充滿了歡聲笑語。

成熟的麥子與青稞低垂著碩大飽滿的穗子，沉甸甸地鋪展在明亮的陽光之中，波浪一樣起伏在和風下面。收割的人彎下腰去，一叢叢的麥子便齊刷刷被鐮刀割倒。他們直起腰，大把的麥子在手中旋舞，轉眼之間，就紮成了整齊的麥把。小學校老師跑到城裡搞運動，放了假的學生們都下到地裡，一群群候在大人們身後，把捆好的麥子收拾起來，擺成一個個整齊的麥垛。在人群背後，鳥群在風中起起落落，尖尖的長嘴叼起散落的麥穗。當衛山的夕陽剛把西邊天空的雲彩燃燒得一片彤紅，月亮已經升上東邊的天空了。等大家收工回家吃完晚飯，月光已經給大地鍍上了一層銀光。人們又下到地裡，忙著把白天割下的麥子運回曬場。

從地裡到曬場，看到的不是人，而是他們背上一垛垛的麥綑在移動。運回曬場的麥子還要晾上一段時間才能打場。高高的木頭晾架垛上了一綑綑的麥子。麥綑子一層層垛上去，都快垛到月亮上去了。

不要任何人動員，過去要一個多月才能幹完的活，這回只用了半個月時間，生產隊地裡的莊稼就收完了。即便是這樣，誰也不敢第一個先下到私種的過火地裡去收穫。全村人都集中在曬場上，所有人都帶著一個木槌。要打場了，經過一個春夏日曬雨淋的曬場，綿實的黃土早都疏鬆了。要用木槌細細捶打得嚴實就可以打場了。往年，這只是幾個老人的活。但現在，全村人都聚集在這裡了。而就在此時，播在那些過火地裡的油菜籽成熟了，一個個飽滿的籽夾正在啪啪爆裂，滿含油汁的細小菜籽四處飛濺，埋在地裡的土豆，正把一隻隻野豬餵得膘肥體壯。大家都忍住心裡的焦急，全部聚在這裡，就等著索波發一句話，或者，有哪個膽壯的傢伙率先開鐮。

但索波這個傢伙一連兩天，都陰沉著臉，一言不發。第三天一大早，全村能下地的人又都聚到曬場上來了。眼看著太陽慢慢升上來，把麥垛上的霜花全部曬化，把一張張臉慢慢曬出汗來，索波他才抬眼看了看大家，馬上就有人喊：「注意，大隊長要講話了！」

索波卻把掃視大家的眼睛垂向了地下，說：「我要走了，公社這麼長時間沒有開會，我想該開開會了。我去看看他們開會不開。」

我那上衛校的表姐是個傻帽，她說：「大隊長，這還用你親自去嗎，大隊部有電話，打個電話問問不就……」她的話還沒完，達瑟狠狠踩了她一腳，這姑娘抱著腳跳了起來。人群裡因此爆發出一陣轟笑，索波也很難看地笑了一下，招呼了拖拉機手，跟他一起走了。

表姐衝到達瑟面前：「你是真踩啊！你以為我像你一樣是個不知冷熱的呆子啊！」

拖拉機聲音還沒有消失，人群就已經四散開去了。片刻之間，集體就消失了，分成一家一戶的人群迫不及待地奔向了私種地裡急待著收穫的莊稼。拖拉機沒有開到公社，大概是開到一半光景的時候吧，索波叫拖拉機手停下車來，他抬頭看看太陽：「時間還早，我想慢慢走一段，你還是快點回去吧。」

拖拉機手心裡雖然焦急，卻也不好意思把大隊長就這樣丟到半道上：「我還是把你送到公社吧。」

索波說：「放心吧，沒有人等著我去。」

「那我們就一起回去吧。」

索波一臉的落寞：「你這是真話嗎？全村能找出一個盼我回去的人嗎？」

拖拉機手調轉車頭，索波舉起手，說：「等等，我想你是有酒的。」

八

村裡只有三個人沒有下地。

一個是達瑟，一個是達戈。達戈看不上從地裡刨出來那點東西。達瑟回村不久，學校居然還給他寄來了每個月的津貼，既然幹部身分還在，村裡跟家裡就都不肯安排他幹活了。

還有一個人是我的表姐。表姐不下地的原因也跟達瑟一樣。

三個人在村頭上閒坐，表姐一眼一眼地看著達瑟的時候，拖拉機開回來了。

達戈就問拖拉手是怎麼回事。拖拉機手就把路上的事情說了。

「你真的就把酒給他了？」

拖拉機手說：「奇怪，他舉手的時候，真有點大官的架式。」

「你就乖乖地把酒給他了？」

「給了。」

拖拉機手的酒其實來路不正。供銷社每月定量配給的酒，都是他拉回來的。每一回，他都會在半路上打開酒桶，給自己灌上一水壺，鎖在拖拉機的工具箱裡。起先，這事情他一個人運酒時才幹。習慣了以後，就是拖拉機上有搭車的人，甚至代銷員楊麻子親自押車，他也會停下車來，灌上一壺。

「原來你偷大家的酒是為了討好領導？」

其實，索波以這種方式默許大家把私種地裡的東西收回家裡，好多人心裡已經有些不忍了。

達瑟慢悠悠地說：「達戈啊，你算了吧。就讓全村人把一個月的配給全部給他，大家都願意。」

達戈也覺得自己有些過分了，但還是梗著脖子：「看看你的書，看書上說沒說一個人的心腸一下子就會變好了？」

達瑟搖搖頭，說：「我的書上不說這種事情。」

「那你的書說些什麼屁事？」

「我的書告訴我漫山遍野花的名字、草的名字、還有飛禽與走獸的名字，不談心裡看不見的事情。」

他這麼一說，真把達戈給唬住了，他還真以為書上不會說這樣的事情。

在大家眼中，達戈其實是比達瑟能幹百倍的人。大家常常看到達瑟像個影子一樣跟在達戈身後，而對這樣的情形最不高興的就是我的表姐。所以，看到達瑟把他那自以為是的朋友鎮住，就特別高興，第二天，這個消息就在全村傳開了。

索波收斂了自己的威風，大家是高興的。

達戈自以為是的氣焰被達瑟打壓了一下，大家也同樣高興。但有願意動腦子的細細一想，就馬上想起來從學習會上聽來的東西：「放屁，工作組讀的書上，毛主席說，身邊躺著一個什麼曉夫，他睡不著，這不是說心裡的事情嗎？」

對達瑟這種說法，喇嘛江村貢布也大搖其頭，他說：「要是書都無關人心，那還有什麼有處呢？」

達瑟反駁：「這是科學，而不是……不是……形而上學！」

大家又都嘆氣，這個人真是讀書讀傻了，專揀自己不懂的話說。

達瑟更加認真了：「我讀我的書，發我的呆，關別人什麼事！」

說完，他便離開人群往樹林子裡走。

我也悄悄地跟在他身後。

走了一段，他回過頭來，臉上現出很煩亂的神情，對我狠狠地揮手：「去！去！」

我只是咧著嘴，現出潔白的牙床，對他一個勁地傻笑。我想，我是在盡力模仿他平常那呆頭呆臉的傻笑。但他只是漠然看著我，看了一陣，就轉身走開了。

等他走出一段，那些矮樹叢就要遮住他的身影時，我又跟了上去。當那些矮樹完全把他瘦長的身影遮沒時，我就完全直起腰來，快步跟了上去。

我想：「這傢伙真是一個呆子。」

就在我這麼想著的時候，我卻從一叢矮樹旁栽進了另一叢灌木中間。掙扎的結果，是使我的腦袋，連帶著整個上半身，更深地陷入到密集的樹叢，一隻腳連帶著下半身卻讓一個繩套吊在了半空。

我不敢睜開眼睛，不然，不等斷氣，雙眼就要叫那些亂七八糟的樹枝給刺瞎了。

「哈！」

我聽見了一個得意的聲音。

「哈，哈哈！」

達瑟一把就把我從灌木叢裡拉出來。我仰面躺在草地上，看見他俯身向我，說：「這個繩套最多只能對付野雞與兔子，想不到套住了這麼一個大傢伙！」

他把套在我腿上的活扣解開，但我被灌木劃傷的臉，火辣辣地痛。即使這樣，我也不想哭，但淚水卻一點也不爭氣，嘩嘩地流出了眼眶。這使我更加羞愧難當。

於是，我乾脆放聲哭了起來。

達瑟，看一個孩子這麼傷心地哭泣，他馬上就手腳無措了，他說：「哭什麼呢？哭什麼呢？我又不是婆娘，你一哭我就可以掏出奶子來哄你。」

我一個筋斗就從地上翻了起來，擦去淚水，鄭重宣布自己是大孩子，不是還要扎在女人懷裡吃奶的小東西了。

「是的，是的，要是你是一個小東西，」達瑟蹲在了我的面前，把掛著繩套的樹枝拉下來，又一鬆手，野薔薇強勁的枝條「呼」一聲就彈回去了，「看看，你要真還是一個小東西，套子就把你高高掛在樹上了。」

他拍拍我的屁股，「好了，你不是小東西，但還是一個小傢伙！起來吧。」

我就從地上爬起來了。

這時，達戈也出現了。

達瑟說：「你不是說要下地去幫忙嗎？」

「我眼皮子跳，想是套子裡上東西了。這不，」達戈拍了拍我的屁股，「真有東西上我的套子了。」

天哪，屁股被這人拍打的感覺是多麼愜意啊！在機村，這個傢伙是所有孩子心目中最神氣的男人。潛行在林子裡的所有動物，只要他願意，就能手到擒來。更何況，胸脯高高的美嗓子色嫫還是他的女友。現在，他那麼親熱地拍打著我的屁股。一股熱氣從他的掌心，竄到我的屁股上，又從那裡直竄到心窩，之後，還要一路向上，差點把我的天靈蓋都頂開了！

這股熱氣，差點又把我的眼淚給頂了出來。

等我再睜開眼睛時，達瑟已經不在了。這就像是傳說中林子中一些神奇的野獸一樣。牠們想在的時候，就在那裡。想不在那裡，只要腦子裡動一下念頭，就消失得無影無蹤了。

「達瑟？」

達戈笑著說：「走了。」

我還想再問，但他臉上的神情變得嚴肅了：「小傢伙，你跑到這裡幹什麼來了？」

「我想看看達瑟的書。」既然他那麼親暱地拍過我的屁股，我就用不著那麼敬畏他了。

達戈就喊：「達瑟。」

達瑟從他的樹屋上下來，又站在了我的眼前。

達戈說：「又來了一個想看書的呆子。」

「我想看看你的書。」

一提到書，這個跟屁蟲臉上現出的可不是蟲子的表情，他的眼睛閃過一道亮光，臉上的神情也莊重起來，我有點害怕了：「要是你不想……」

「媽的，你的臉劃成這個樣子，我們來治一治你的臉吧。」

他牽著我的手，在草叢裡尋摸一陣，就找到一種草藥。灌木叢裡到處都有機村人從來沒有命名過的這種草。這種草莖幹柔軟透明，採下來輕輕一擠，便有乳白稠釅的漿汁從指縫間冒出來。達瑟嘴裡輕輕地噓著氣，把這些乳漿塗在了我的傷口上，臉上火辣辣的感覺立即消失，一股清涼之氣在臉上舒服地瀰漫開來。

我知道，我已經是他的朋友了。我臉上沁涼，心裡卻暖洋洋的，這就是有了一個大朋友的感覺吧。這種感覺弄得我像是要暈過去了一樣。我傻笑著，轉動著身子，周圍的樹林，頭上的天空就在四周旋轉起來了。

然後，我聽見他對我說：「來。」

他伸出手來了嗎？

就在那個村邊渾圓的小山丘，那個靠近村子背後白樺與椴樹和楓樹的混交林邊那個小山丘頂行走的時候，我還摔了好幾跤。每次摔倒，我都沒有感到疼痛，都只感到身子下面的草地的柔軟與陽光的熱量，都努力把臉仰起來向達瑟傻笑。

我最後的一跤摔在翻過小丘頂部，山腳下的村子從視線裡消失的時候。

這次，達瑟真的伸出手來了。他站在一株大樹下，仰起臉來，看著巨大的樹冠，說：「到了。」

他把我揹在背上，爬上了他的樹屋。

在離地十多米高的地方，他在大樹粗大的枝椏上搭上了厚實的地板。上面，是杉樹皮蓋的頂。地板和頂棚之間，是編織緊密的樹籬。樹籬後面，是油布蒙著的木箱。我的眼睛看著那些木箱，再看看他，分明是問：「書？」

他點點頭，說：「對，書。」

使我深深失望的是，他沒有慷慨地打開那十幾只木箱中的任何一只，他只是從一塊油布下面抽出一本又厚又大的書來。

「百科全書。」他說。

我撫摸著那本書細布蒙出來的棕色封面，和上面黯淡的金字：「百科全書。」顯得這樣神聖的事物名字必得用我還不熟練的漢語來念，所以，我學舌學得相當拗口。這樣的拗口更增加了我第一次面對一本百科全書時新奇與神祕的感覺。

用了好大的力氣我才把那本厚書搬起來，如果不是趕快抱在懷裡，這本神聖的書就掉在地板上了。幾隻野畫眉在頭頂的樹冠裡叫出了醒人心脾的聲音，使周圍的世界顯得無邊無沿。

「好重啊！」我說。

「這個世界那麼多事物都在裡邊，怎麼不重？」

「我可以打開嗎？」

達瑟看著我。我的眼裡閃著星星點點的光。

他在蒙著棕黃的油布的木箱上面，鋪開一張柔軟暖和的狐皮。這才把書放在狐皮上面。他又用衣襟擦擦我的手，然後才輕聲說：「打開吧。」

我就把書打開了。

書上，那麼多的字密密麻麻整整齊齊，一下子就把我的眼睛漲滿了。他說：「找找你認識的字。」

我找了一陣，找到了一個「一」，兩個「木」，一個「花」，還有很多個「的」。還有幾個字似曾相識，但我不敢肯定自己真的認得。我還傻乎乎地說了一句：「沒有毛主席，沒有共產黨，也沒有萬歲。」

他笑了。

我說：「也沒有打倒。」

達瑟先是無聲地笑，然後就笑出聲來了。笑夠了，他才伸手翻動書頁，說：「我們來看看這個。」書頁攤開在眼前時，是一幅差不多與整張書頁同樣大小的彩色圖片。圖中是一棵巨大而孤立的樹。

「認識嗎？」

「就像一個見過很多面，又沒有說過話的人。」也就是說，我叫不出這種似曾相識的大樹的名字。

「媽的，也許你真是個聰明的小傢伙。」

風一陣陣吹來，吹得頭頂的樹冠嘩嘩作響。幾隻停在樹上的鳥飛出去，迎風懸停在空中一陣，又落在了搖晃的枝頭上。牠們懸停在空中的時候，奮力地舞動翅膀甚至爪子以便在風中穩住身子。

達瑟張開嘴，被一股灌進嘴裡的風給噎住了。他轉過身子，把背朝向風，把被風吹起的書頁用手摁住，大聲說：「我們就在書裡的這種樹上！」

是的，我們就坐在這種樹半腰搭出來的小屋裡。表皮粗糙的巨大樹幹在地板下面，從我們和這些書箱置身的地方大樹開始層層分杈，層層往上，在廣大的空間裡盡情伸展，形成了頭頂上這個巨大的樹冠。風一陣陣吹來，周圍的樹都在搖晃，但這株樹不動，只有我們頭頂上的樹冠發出瀑布一般的聲響。

機村的山野裡植物眾多，但全村所有人叫得出名字的種類不會到五十種以上。而且，好些名字還是非常土氣的。比如，非常美麗的勺蘭，叫作「咕嘟」，只因這花開放時，一種應季而鳴的鳥就開始啼叫了。這種鳥其實就是布穀鳥。五月，滿山滿谷都迴盪著牠們悠長的啼聲，但人們也沒有給牠們一個雅致的命名，只是像其鳴聲叫做「咕嘟」，然後又把勺蘭這種應聲而開的花也叫了同樣土氣的名字。現在，一本百科全書在我面前打開了。我置身其上而看不到全貌的樹在我面前，顯示出了它完整的全貌。同時，還有一些環繞著大圖的小圖呈現出了這樹不同部位的細節，和它在不同季節的情狀。書本真是一種神奇的東西，它輕易地使一件事物的整體與局部，以及流逝於時間深處的狀貌同時呈現出來了。

我問：「書上把這種樹叫什麼名字？」

達瑟握著我的右手，讓我伸出食指，一一地摁向畫幅左上方的三個大字：「鵝、掌、楸！」

這三個字不是我的舌頭所習慣的偏僻鄉村的藏語方言，而是我們在小學校剛剛開始學習的漢語。我嘴裡發出的含混而奇怪的音節讓他哈哈大笑。

他又念了一遍。

這回我學得好了一些。而且，念完以後還感到最後那個音節在腦門四周留下好聽的餘音，像一隻蜜蜂在左右盤旋。風吹過我置身其間的這株樹，而我正在用另外一種語言，鄭重其事地念出它的名字。尾巴上帶著好聽餘音的名字。我念得有點過分莊重，好像是我首次為它進行命名一樣。雖然，在機村，是達瑟首先念出了它的名字，然後才是我。而且，我念它的名字的時候，還帶著機村人那種濃重的使一切音節聽進來都有些含糊的口音。

但是，最最重要的是，我叫出了一株樹的名字。

我從一種事物命名知道這個世界上所有的事物都有著他們莊重的名字。特別是當他們有了一個書上來的名字的時候。特別是這種事物的名字是由另一種語言念叨出來的時候，這個世界好像呈現出來一種全新的面貌。

我把這種感覺告訴了達瑟：「為什麼樹有了名字就跟沒名字時不一樣了？」

達瑟用他那寬大的手掌重重的拍打著我的腦袋，說：「對呀！對呀！這個道理我想了很久，你怎麼一下子就明白了。」

我哪裡知道這是為什麼，只是一個勁地衝他傻笑不止。

「那麼，書上會把所有這些樹啊草啊的名字，」我的短短的手臂使勁伸出去，好像想把整個山野，整個山野裡的全部事物都攬進懷裡一樣，「都告訴我嗎？」

達瑟使勁點頭。

「那麼，這些名字都在你的這些書裡嗎？」

達瑟臉上浮現出憂傷的神情，他慢慢地搖頭，說：「我的書太少了。我想多讀書，我想自己有很多很多書，但是，已經不能夠了。」

「為什麼？」

他笑了一下：「你不要問我這個問題，我腦子不好，我不知道。」

我還想問點什麼，但對一個機村的小屁孩來說，你還能對這個複雜的世界提出什麼樣的問題呢？達瑟臉上已露出了大人臉上慣有的對小孩子那種不耐煩的神情：「你該回你媽媽那裡去了。」

「我還可以來看你的書嗎？」

他堅決地搖頭。

好獵手達戈爬上樹來，他看見了我，看著他的朋友達瑟驚奇地說：「咦？」

達瑟說：「你上來幹什麼，還是回家去吧。」

達戈把手指向樹屋外面：「噓……噓！」

那神情，好像樹下有什麼獵物出現了。

順著他的手望去，卻見美嗓子色嫫嘴裡哼著歌，濕漉漉的頭髮上別著一把紅色的塑膠梳子正穿過樹下的草地。在那條小路盡頭，一片野生的櫻桃樹旁邊，便是那座獵人的房子。從樹上看下去，這座房子比平常看見的要矮小多了。這座有些奇怪的房子，從一層到二層再到三層，由一些曲折的樓梯和並不必要那麼複雜的迴廊所連接。特別是最高的那一層，完全像是一個堡壘。堡壘的鐵皮尖頂亮光閃閃。這個閃著得意洋洋亮光的鐵皮屋頂新換上不久。鐵皮的來源據說是村子旁邊正在新建的伐木場物資倉庫。達戈為了每一塊鐵皮都付出了比之大幾倍面積的珍貴皮草。可以做背心與帽子的狐皮。可以做褥子的熊皮。可以做靴子與手套的鹿皮。但對於機村差不多是史無前例的好獵手達戈來說，這些皮子又算得了什麼呢？

不止是這座房子，把美嗓子色嫫打扮得漂漂亮亮的那些衣服，那些五顏六色的頭巾與靴子，也都是達戈用獵物交換來的。

很多人估計，這個只穿著兩身舊軍衣，帶著一條獵狗來到機村的傢伙，現在可能比過去的地主還要富裕很多了。

達瑟說：「回去吧，人家看你來了。」

達戈臉上浮現出痛苦的神情，捧著頭慢慢蹲了下來。

色嫫走到了屋子跟前，她沒有拍門，熟練地弄開了一些複雜的獵人機關，進到屋裡去了。我們幾個待在樹屋裡，呆看著太陽落向天邊，看著黃昏降臨到山谷中間。風停了。淡藍的炊煙從樹下的屋頂上冒出來，升到樹林上面的煙嵐中，便消失不見了。

我身上有些冷。他們用一根繩子把我墜到地下。我站在草地上解開腰間的繩子，抬眼再看，獵人屋子已然隱去，只在那些野櫻桃樹叢後面，透出來溫暖的燈光。抬頭看看上面，樹上黑黝黝的，只有一個巨大樹冠的輪廓，籠罩在閃著點點晶瑩星光的夜空下面。

剛走到村頭，就遇見了表姐。她已經串了好幾戶人家，找我回家。她當然要問我上哪裡去了。

我沒有說話。從今天起，我心裡也有一點祕密了。我多麼想把今天的經歷說出來啊。但是，一說出來，我的心裡就沒有祕密了。我不知道祕密有什麼用處。但有一個祕密藏在心頭，感覺是手裡攥著好多糖果。只要願意，隨時都可以打開手掌，伸出舌頭，品嘗一下那透心的甜蜜。

我還在想，為什麼達戈建了那麼漂亮的房子，房子裡亮著那麼溫暖的燈光，他卻要與達瑟一起待在黑燈瞎火的樹上？

九

在公社，索波讓一群工人造反派打了。

這些伐木工人臂箍紅袖章，頭戴藤條盔，卡車頂上裝著吵翻天的高音喇叭，從一個鎮子竄向另一個鎮子。他們在小學校操場上燒書，在一個又一個鎮子上把公社書記、衛生院長和林業派出所長之類的人物拉出來批鬥或毒打，他們竄到鎮子附近的村寨裡，把廟裡金面泥胎的菩薩掀翻。當然，他們最重要的革命目標，是在每個小鎮都叫做「人民食堂」的飯館。飯館裡的酒、肉和大米飯。他們腰裡插著鋸短了木把的斧頭與鐵錘，氣度不凡地一路走州過縣。他們在飯館裡呼嘯不止的時候，卡車幫子上常常還銬著一個血肉模糊的人，氣息奄奄。

這景象讓索波大為不服。

他對老魏說了些很生氣的話。他說，毛主席不是說工人階級和貧下中農都是革命的主力軍嗎？他們怎麼就可以這樣？

老魏問他是不是也想吃飯不給錢？老魏說，現在社會主義革命不是還沒有成功嗎？三大差別還存在嗎？這些傢伙，就這樣白吃白喝撐死了，國家還要給安葬費和撫恤金呢！「所以啊，」老魏說，「夥計，村裡人在過火地裡種點東西，就讓人家收回家算了。」老魏雖然也戴著紅袖章，穿著舊軍裝，但一邊說著話，一邊拍他肩頭，一點沒有一個革命幹部的樣子。

說完，老魏騎上他那輛飄著一面紅色的三角小旗，掛著一個空斗的摩托，突突地開走了。

索波在公社鎮子上無所事事地晃蕩累了，抬頭看看不論人世間發生什麼驚天動地的事情，都一樣瓦藍瓦藍地靜默的天，想村裡人該把私種的莊稼收完了吧。他一個人沒有力量阻止全村人的意志，但他作為代理大隊長也不能看見他們把莊稼收回家。他想，他們肯定覺得自己害怕了。等著吧，我索波有讓你們害怕我的時候。心裡這麼想著，他的雙腳已經帶著他往沒有糧票吃不到米飯的「人民食堂」去了。

食堂經理一臉驚惶垂手站在門外，裡面吃免費餐的工人造反派鬧翻了天。

看見索波，食堂經理臉上諂媚的笑容立即就消失了：「不行，本食堂在接待革命造反派！」

索波心頭有地下陰火一樣的東西在竄動，他沒有說話，一掌就把這個把一張臉吃得油膩膩的傢伙推到一邊。他猛一下推開門，食堂裡一下子安靜下來。那些手裡把著酒把著肉的人，都把臉轉了過來。眼裡立刻射出了凶光。從這一刻起，索波知道了自己其實不是一個膽壯的人。在這些凶狠眼光的交叉注視下，他整個身子變得僵硬而冰涼。但他退不回去了。他試著往前走了一點。那些人沒有動彈。他再往前走一步，那些人卻又回過頭去，對付酒肉去了。

他長吐了一口氣，轉動腦袋，搖動肩膀，使緊張的身體與神經一起鬆弛下來。他把身上僅有的幾塊錢全部掏出來，要了酒菜。很快，他就喝醉了。

酒一醉，他的膽子就大了。他走到那夥人跟前：「你們這些傢伙實在是太吵了。」

他的臉上立即落上了重重的一拳，但他笑了，他說：「毛主席不是說工農一家嗎？為什麼你們吃飯不給錢，我們農民光給錢還只能喝酒，吃不要糧票的飯？為什麼國家給你們糧票，不給我們？」

那夥人都笑了。

索波自己給他們提供了酒足飯飽後的餘興節目。他們一邊笑一邊拳腳相加，把他從這張桌子底下打到那張桌子底下。

那夥人散去之後，他自己爬到食堂樓上的旅館床上，睡了整整兩天。他羞愧地回想自己縮在桌子底下大喊：「我是貧下中農！我是機村的大隊長！」

他的喊聲只是招來了更多的哄笑與拳腳。

現在，他酒已經醒了，一個人躺在床上，感到孤獨的同時，也深深感到後悔與羞愧。為什麼要那樣喊叫，難道就不能一聲不吭忍受下來？

在機村以外的世界，亮出在機村並不一般的身分，不過是自取其侮罷了。也許再這麼想下去，他都要流淚了。這時，房間的門被人咿呀一聲推開了，一個腦袋從門縫裡伸進來，小心冀冀地說：「我找大隊長。」

「哪個大隊長？」

「機村大隊的大隊長，老魏叫我來的。」

「你是什麼人？」

那人這才閃身進門，站在了他的床前：「我是木匠。我還會榨油。老魏說在你的地盤能找到活幹。」

兩個人這就一起上路了。路上，他問這個手藝人叫什麼名字。他說：「我姓駱。」

他連說了幾次「駱」，但是，索波還是無法發出這個漢語的奇怪音節來。索波說：「有些漢人的名字真是奇怪。」

姓駱的傢伙笑了：「漢人聽藏人的名字也一樣啊。」

索波起了身，說：「走吧。」

這個姓駱的傢伙就兩手空空地跟著他上路了。

兩個人只是埋頭趕路，走長路時人腳下很快，都顧不上說話。走到半途，休息的時候，索波才問：「你就這麼空著雙手？」

駱木匠攤攤手，說：「我帶著我的手藝。」

兩個人再次上路，直到機村出現在眼前，看見伐木場新建的一大片鐵皮頂的房子，在太陽下閃閃發光，索波才又開口：「老魏是你親戚？」

駱木匠莫測高深地笑笑，說：「就算是吧。」

「那他怎麼不給你找個好工作？」

駱木匠還是那樣莫測高深地微笑：「這就是他給我找的工作。」

這個傢伙，看起來謙恭的笑容背後，有種倨傲的味道，讓人感覺不是十分舒服。

索波沒有想到的是，他人還沒有回來，但在鎮上挨了毒打的消息早就傳開了。當著那麼多人，老母親哭著扎進他的懷裡，拉開藏袍的前襟，亮出了他胸口上青紫的傷痕。這叫他把臉面丟盡了。

我表姐一副熱心腸總放不對地方，她居然挎來紅十字藥箱要給大隊長治傷。她竟然學著人家母親的樣，舉著一瓶紫藥水去拉大隊長的衣襟，卻被索波一掌推倒在地上。

一些人發出哄笑，另一些本就看不慣他作派的人則罵了起來。

那些精力旺盛的小伙子們，嚷嚷說，我們的人讓砍樹的漢人打了，要衝到伐木場從另一批砍樹的漢人身上打回來。

索波提高了嗓門，卻還是沒有辦法把那喧嚷的聲音壓下去。他只好掏出了過去召集他的民兵排集合的哨子。哨聲一起，人群立即就安靜了，準備聆聽他發表長篇大論。

但他只是說：「我帶回來一個木匠，誰家有活，就領他回去吧。」

大家的注意力就轉移到了這個匠人身上。

這可是個機靈的傢伙，他未曾說話就露出滿口白牙笑了：「謝謝各位鄉親，我姓駱，駱木匠。以後，就靠大家賞飯了。」

木匠這個詞，一聽就懂，一念就會，可前面那個奇怪的「駱」，只有上過學的達瑟之類的傢伙才念得出來。但念出來，意思還不明白。

「駱？什麼意思。」

「就是姓嘛？」

「這麼怪？沒聽說過。」

木匠是多麼機靈的人啊：「哎呀，就是駱駝的那個駱嘛！駱駝，一種牲口嘛，一種比犛牛還大的牲口嘛。」

他這一說，達瑟就拍拍腦門，慢吞吞地說：「對，我的書上有這種動物。」

「那你就說說呀！」好奇心馬上就都轉到他身上來了。

總是不溫不火的達瑟這時也激動得面孔潮紅，拍著腦袋想怎麼向鄉親們描述這種動物。

「對，這種動物，有點像馬跟騾子，但馱東西不要鞍子！」

人群發出失望的聲音：「呵——」

達瑟急得腦門上的青筋都鼓起來了：「這東西生下來身上就有一副肉鞍子！」

「呵——」

「不信你們問他自己！」

大家的眼光齊刷刷轉向了新來的木匠。

木匠說：「嗨！你們曉得駝背吧？」

大家笑了，怎麼連駝背都不曉得呢？不就是生下來就讓一個大肉球壓得腰都直不起來的苦命人嘛。

「對了，對了，」把自己的名字比作一種牲口的木匠拍掌叫道，「這就對了嘛，這種畜牲生下來就背著兩個駝背，一個，下來一點，又是一個！這就成了一副肉做的鞍子嘛！」

媽的，這傢伙這麼一比一劃，大家都看出來，他比機村這些倔頭倔腦的年輕人可都機靈多了。意識到這點的人包括木匠自己，都有些不大自在了。

索波說：「這麼說來，你就是那種畜牲囉？」

木匠陪著笑臉：「是，大隊長說我是什麼，我就是什麼！我一個手藝人，能找口飯吃，就心滿意足了。」

就在他這麼笑著的時候，索波又感覺到那笑容背後藏著一個倨傲的傢伙。

接下來的幾天，駱木匠都沒有等到雇他幹活的人家。但一到吃飯的時候，他就大大方方地走進隨便一戶人家，坐在火塘邊的客座上面。在每一個人家，他都會說這樣一句話：「不用對我太客氣，就把我當成機村人一樣。」

他在村子裡轉悠好多天，好像沒有發現什麼有意思的東西。最後，他跑到溪邊的磨坊跟前，看中了兩扇正待開齒的沉重石磨。

他對索波說：「我要造一個機器。派幾個年輕勞力給我幫忙。但他還是給他派去了幾個幫手。

索波感到這個人是在支使他，而不是在求他幫忙。但他還是給他派去了幾個幫手。

這個人也還真是能幹。他把一扇石磨架起來作為底座，然後，用粗壯的松木搭起兩個三角形的架子。三根木頭相交處，榫口緊緊咬合在一起。他只說了一句還要一點鐵絲。村裡的野孩子們就從建築伐木場的工地上拿來了大盤的鐵絲。這些鐵絲，又被他用一根鐵棒撬著，緊緊箍在了三角架相交的部位上。就是這兩個三角架，把另一扇磨子吊起來，扣在下面的石磨上。加上一個好幾根麻繩合成的絞盤，他製造機器的工程就宣告結束了。

大家都問達瑟，這算是一台機器嗎？

達瑟說：「運用了槓桿原理。」

達瑟從來沒有在榨油作坊的現場出現過。於是，當大家都想起要讓達瑟來評判這是不是一台真的機器。我就帶著大家的疑問飛奔而去。從溪邊跑到他的樹屋底下，仰起臉來喊：「他們想知道，那個東西算不算台機器。」

達瑟想了半天，才說：「運用了槓桿原理。」

這句話太拗口了。一句話有多半是漢語。我連學了三遍。才開始從樹屋下面向著溪邊的磨坊那裡飛奔。一邊飛奔還一邊念叨：「槓桿原理，槓桿原理。」

然後，我大叫：「達瑟說，運用了槓桿原理！」

沒人能聽懂這句話，但都明白這句話多半是肯定的意思。

駱木匠坐在太陽底下，滿腦門都是汗水，滿臉都是笑容，對著圍觀的人們說：「好啦，鄉親們，把你們的油菜籽揹來吧。讓我來替你們榨出香油吧。」

人們遲遲疑疑地把剛從過火地收穫的油菜籽揹來了。

他就通過那個幾根麻繩和幾根木棍組成的絞盤，自如輕巧地操縱著那扇沉重的石磨，很快，清亮黏稠的菜油就從石磨之間一個小孔中不斷線地流出來了。很快，一口袋一口袋的菜籽就把磨坊前的空地堆滿了。

這些天，機村臨時的榨油作坊成了最熱鬧的地方。達瑟待在他的樹屋之上，關心的還是榨油作坊。駱木匠動工的那一天，他從樹屋的門口伸出腦袋，對樹下的我喊：「你現在是我的偵察兵，去看看那個自作聰明的傢伙在幹些什麼？」

從那一天，我就來來回回不斷向他通報情況。直到土機器初具雛形，他才垂下一根繩子來，把我吊到了樹上。我還沒有站穩，他就說：「媽的，你真是一個笨嘴娃娃，你說了半天，我還是不懂他造了一個什麼東西？」那神情，好像他是一個多麼伶牙利齒的傢伙一樣。

他搬出一本厚書來：「來，指指，像這些機器中的哪一個。」

我們把這本書從頭翻到尾，也沒有看到一個與駱木匠裝置大致相同的機器。但我卻猜出來了一些東西。比如火車頭和抽水機。想不到，我們在一本專門講刑具的書裡發現了相同的東西。那是一種用來夾斷人的四肢的裝置，小的可以夾斷手指，大的可以擠碎大腿。於是，達瑟笑了：「媽的，槓桿原理。」

從此，達瑟也就不再給我布置偵察任務了。但我還是把一件事情向達瑟報告了。

木匠會畫畫！

這對於因為擁有那些書，顯得神祕又權威的達瑟來說，好像是個嚴重的挑戰。連達戈也感到了這一點，他說：「會榨油是一種手藝，就像我會打獵，可是，會畫畫就不一般了。」

榨油坊工作了幾天後，就只有一些孩子和老太太在那裡守候了。在生產隊被稱作全勞力和半勞力的人都去幹活了。集體的麥子要早點打完，曬乾，進倉。過火地裡私種油菜收上來了，土豆還大多埋在地裡。深秋時節，天氣一天比一天晴朗，早晨的霜凍也一天重過一天。地裡的洋芋要不趕快挖回來，誰都不知道深秋裡最後的晴天是哪一個晴天，之後一場大雪下來，所有東西就都凍在地下了。

這時，木匠畫了好些電影裡的人物在他榨油機器的結實的木頭橫架上。

我再次受命前去偵察，駱木匠到底在榨油的木頭架子上畫了些什麼。

這件事情所以這麼鄭重其事，是因為駱木匠這手藝已經使村子裡的漂亮的和自認為漂亮的姑娘們都激動起來了。她們商量著要請這傢伙畫像。木匠當然不敢造次，一個也沒有答應。但他愈是拒絕，姑娘們愈是顯出迫不及待的樣子。達戈說：「媽的，母猴子發情時就是這副嘰嘰喳喳莫名其妙的樣子。」

更讓達戈憤怒的是，曾經四處演出，見過大場面，還被好多大官緊握過小手的美嗓子色嫫也在混在這群發情的母猴子裡頭。色嫫甚至擺出十分嬌豔的樣子，問他：「達戈，我叫木匠畫我這個樣子好不好看。」

達戈不予理睬。

我白天去偵察。看見木頭橫架上一字排開，畫著電影裡我們已經見過十遍八遍的那些英雄人物。《南征北戰》裡的人，《平原遊擊隊》裡的人，《打擊侵略者》裡的人。這些人從電影裡走出來，整整齊齊地站在了一起，好像他們是同一個班的戰友一樣。

而且，都像連環畫上的人一樣大小。

我帶回情報，達戈皺起了眉頭，他問達瑟：「為什麼都是這麼一般大小呢？」

達瑟想了半天，說：「他就喜歡整齊，就畫成一般大小了唄。」

「那麼，為什麼又只有一種顏色呢？在部隊上，就是畫個黑板報，也是五顏六色的。」

達戈說：「我想是他沒帶顏料吧。」

從這一問一答就看出來，達瑟喜歡思考，但腦子來得慢。倒是達戈，這個被人叫做傻瓜的傢伙，腦子轉得快，一下就覺出了駱木匠畫中那麼多的蹊蹺。

甚至連我都提出了一個問題：「誰都不知道他是怎麼畫上去的。」

達戈猛拍大腿：「達瑟老弟，聽見這個聰明的問題了嗎。你的腦子嘛，老想問題卻提不出問題。」

達瑟很深沉地搖頭：「我想的不是你們這樣的問題。」

每天，木頭橫架上的英雄人物都在增加，但沒有人看見他是怎麼畫上去的。晚上，駱木匠就一個人住在磨坊裡。已經有姑娘晚上跑到磨坊外，坐在星光下對他唱歌了。

這個消息，是色嫫專門跑去告訴達戈的。

達戈沒有吭氣。

色嫫說：「要是我去一唱，這個傢伙肯定就出來了。」

達戈正把從伐木場撿來的空牙膏管融化，在小小的生鐵勺子裡，牙膏皮慢慢變軟，斑駁的漆皮下金屬融化了，錫汁流到勺底輕輕動盪。同時，漆皮焦糊時發出一股刺激的氣息在這個四壁張滿獸皮的屋子裡瀰漫開來。

色嫫說：「你的手在發抖，其實你喜歡我。其實你現在就想要我。」

「我有病，配不上你了。」

「你不要我，卻還要管著我。」

「……」

「你愛我！」

「……」

「你還愛我！」

達戈眼裡露出了凶光，他扔下手裡的勺子，融化的鉛淌在鋪在地上的熊皮上，熊皮上馬上冒出了青煙，焦糊味升起來，壓過了融化牙膏的時陌生的化學物的味道。他一把就把姑娘攬到了懷裡：「這還用你告訴我嗎？我怎麼到這個村子來的，難道這世上還有誰不知道嗎？要不是這樣，我堂堂的惹覺・華爾丹都被人叫成達戈了，你說，老子真是一個傻瓜嗎？」

色嫫叫了一聲，說：「你弄疼我了！」但她馬上又咯咯地笑著，躺在了達戈懷裡。她的身子微微發燙，聲音也含著一種迷迷糊糊的味道：「我也愛你！」

達戈的怒氣上來了，把勾在他脖子上的雙手猛一下拉開：「我不相信！」

色嫫還是咯咯地笑著：「我知道以前的錯了，我傷了你的心，人家就是想當一個歌唱演員嘛！再說，我不是沒有當上嘛！」

「你對那些當官的擺出那副下賤樣子，我連想都不願意想。」

那雙蛇一樣的手又環到達戈脖子上了，她的眼睛裡閃爍著迷離的光芒：「那麼多男人都想占我的便宜，你卻不想要我？」

她胸口的衣襟已經敞開了，達戈在雙眼落在了她露出多半的渾圓的乳房之上。色嫫把他的手輕輕放在了自己的乳房之上。色嫫呻吟了一聲。不想，達戈發出了更大的一聲呻吟。色嫫從他懷裡抬起身子，把嘴附在了他的耳邊，呼呼的熱氣立即使他整個腦袋都膨脹起來了：「你真的不想要我？」

達戈為自己難聽的呻吟感到難為情了，他繃緊了肩背，緊咬著牙關，不使自己再發出聲來。色嫫伸出手，輕輕掠過他的髮際，喃喃地說：「看，你都出汗水了，色嫫姑娘不好，色嫫姑娘讓我們的好獵手受委屈了，把我們堂堂的惹覺．華爾丹先生變成達戈了。」

她的手指，從他的額際滑向耳輪，再從鼻梁向上，一直遊走到眼窩裡，正好遇到大滴的淚水從達戈的眼裡流出來了。眼淚無聲地源源湧出，為了忍住不哭出聲音，達戈整個身子都在顫抖。這時，色嫫卻輕輕地啜泣起來。她是天生美嗓子，所以，啜泣的聲音也嚶嚶然像一隻蜜蜂在盤旋飛翔。

「我知道沒有男人會對我這樣，我知道沒有男人會對我這樣。」

不知什麼時候，已經不是達戈攬著他，而是男人被她攬在懷裡，熱烈地愛撫著了。

她把他輕輕推倒。他倒下的身子正好躺在整張熊皮的中央。他的腦袋下面是熊的腦袋，熊的四肢是他四肢的延長。火塘裡的火靜靜燃燒，散發著乾透的木柴上淡淡的松脂香。

達戈還在哭泣：「我不能讓你當上歌唱家。」

「我當不上歌唱家了。」

「我有病，我配不上你了。」

她的手在他溫暖的下腹那裡遊走一陣，毅然而然深入下去，把他堅挺著的男人的東西握在了手裡。達戈挺著身子又是一陣顫抖。

「你不要閉著眼睛，睜開眼睛看著我。」

達戈睜開了眼睛，對著俯向他的那張面孔說：「色嫫，你的眼睛比寶石還亮堂。」

色嫫再次咯咯地笑了：「你看，這回你就沒有發病。我問過老年人，他們都說，你只要少殺生，少殺一些獵物，山神不生氣，你的病就會好起來。」

說話的時候，色嫫把他的袍子解開，他結實的胸膛起伏得非常厲害。然後，他的褲子也被褪下去了。她俯身下去，看著他的眼睛，柔軟的雙手卻一直在下邊溫柔的撫摸。

她喃喃地說：「我愛你，達戈，我愛你。你對我笑一個吧，你好久都沒有對我笑過了。」

達戈咧開嘴了，但不是笑，而像前次犯病一樣，雙眼緊緊閉上，嘴巴咧開，身子像瀕死的動物一樣顫抖不已。接著一股鮮血一樣黏稠而滾燙的東西一下一下噴到了她撫摸的手上。然後，這個男人，像走了一千里路終於得到休息機會的人一樣，發出一聲長長的歎息，整個身子也鬆弛下來了。這時，他的眼角，他的眼睛裡才露出了溫柔的笑意。色嫫也側著身子，緊靠著他躺在了熊皮上。這時，整個世界都消失了，只有這張熊皮懸浮著，飄浮在消失的世界上面。

「達戈。」

「嗯。色嫫。」

「達戈。」

「色嫫。」

她的手指畫過他結實的胸膛：「我要過你了，你可是還沒有要過我。」

達戈剛要張口說點什麼，但她滾燙的雙唇一下貼上來，他只能發出點咿咿唔唔的聲音了。

可是，達瑟來了。

「達瑟，該死的達瑟啊！」

從那天晚上開始，色嫫就常常這麼叫他了。

十

色嫫這麼叫他時，往往都有達戈在場。她說：「達瑟，該死的達瑟啊！」眼睛卻盯緊了達戈眼睛。

因為，那天晚上，達戈把心裡的什麼事都忘記了，就要要她了。可是，就在這個時候，達瑟來敲門了。

「誰？」

「我。」

「誰？」

「達瑟！」

「哎，這個該死的書呆子達瑟！」

他在外面卻把門敲得更急了：「達戈，我知道，那小子是怎麼畫上去的了！」

達戈在火塘邊的熊皮上清醒過來，那些令他不快的事，又絲絲縷縷充塞到心頭。他動作起來真是麻利，色嫫還沒有把披散的頭髮攏好，他已經周身整齊前去開門了。色嫫只好敞著懷躲到了另外的房間。這時天已經快半夜了，剛剛升上天際的月亮，薄薄地鋪在地上，彷彿若有若無的清霜。就在月亮升起之前，駱木匠爬到橫架上，提著一隻馬燈，開始作畫。他從懷裡藏著的小人書上撕下來一頁，背後襯上一張複寫紙，照著小人書上的圖形描上一陣，一個新的人物就從小人書上走下來，到了吊著沉重石磨的橫架之上。

這回，他被人看見了。

駱木匠的魔法一旦被拆穿，立即就失去了對姑娘們的吸引力。

人們曾經譏諷過他一陣子。小孩子們模仿他的作畫方法，把小人書上的人畫得到處都是。但很快，也就興味索然了。

這個秋天特別地天朗氣清，機村完全沉浸在好多年未曾經歷過的豐收喜悅中了。

那些過火地的黑土真是肥沃極了。打下來的油菜籽顆粒碩大飽滿，裡面包含的油汁也特別豐富。

機村人把空置了多少年的罎罎罐罐都搬出來，裝滿了香噴噴的菜油。白天，曬場上連枷聲陣陣，新鮮的麥香四處飄蕩。黃昏時分，空氣裡便飄滿了用菜油烹炸食物的芬香。有人家剛剛磨出了幾十斤新麥麵，立即用新鮮菜油炸成了饊子，用木盤托著，給每家送去嘗鮮。過了這麼多年匱乏的集體生活，這樣的方式在機村差不多都絕跡了。見消失多年的舊禮復甦，感動不已的喇嘛江村貢布引經據典：「倉廩充實，而禮儀具足啊！」

機村的好運氣還沒有用完。伐木場的後勤科長到正在開挖的洋芋地裡轉了一圈。然後宣布：挖出來的洋芋和沒有挖出來的洋芋，他統統收購了。村裡人只當是他說的大話。那些從外面來到機村的人說了多少從不兌現的大話呀。不要說這些手裡有權有勢的傢伙。就是來個木匠不也裝神弄鬼的顯自己本事大嘛。但第二天，就有卡車開來，一袋袋的洋芋現場過稱，現場付錢，裝滿一卡車拉走一卡車。後勤科長說，要不是機村這些洋芋下來，這片大山裡，十幾個伐木場全部都斷菜了。他說，文化大革命好是好，就是吃飯沒有蔬菜，洗衣服沒有肥皂。這樣的話，是那些年頭最刺激的笑料。大家轟然一笑，就等著後勤科長給大家數錢了。票子拿到手裡，是厚厚的一沓子，所有的機村人裡，除了達戈之外，從來沒有一個人摸過這麼多屬於自己的票子。當最後一輛拉著洋芋的卡車開走，榨油坊的工作也宣告結束了。沉浸在豐收喜悅裡的機村人開始請木匠打造家具了。山裡有的是木頭，這家要打一個櫃子，那家要打一張伐木場的人睡的，鎮上人民旅館裡放的那種床，還有像我表姐那樣的年輕人，要打一口木箱，安上金屬的鎖扣，刷上棕紅的油漆。應接不暇的工作使駱木匠整天身陷在一大堆鋸末與刨花中間。

這人剛來時，面黃肌瘦，過不久，就面現紅潤了。這個外鄉的可憐人真是趕上機村的好時候了。

收穫季一完，一直顯得相當激越的機村一下子就安靜下來了。

燦爛的陽光落在原野上，正變得草枯水寒的原野拚命吸吮著熱量，不再像夏天一樣，把多餘的熱量的返射給天空。大火過後被燒盡枝葉的杉樹與松樹，經過一個春夏風雨的洗刷，深重沉默的焦黑中泛出金屬的光澤，站滿了山坡。村子東南面是敞開的河口，只是在西南面，村子背後的山坡上，還覆蓋著連綿不絕的森林。

大火以後，獵人的活就輕鬆多了。過去，獵物都四散在村子四面的森林裡，大火過後，只剩一面山坡上連綿的樹林可以存身，劫後餘生的野獸都擠到那裡去了。機村迎來久違的豐收，林子裡卻鬧起了饑荒。常常有餓慌了的野物竄到村子裡來。村子裡常常響起的槍聲，那就是獵人們在迎接這些可憐的畜牲了。

收穫季一結束，整個機村就都靜下來了。

大家都在等待那一天。等待每一年裡都會有的那麼一天。

這一天，是冬天與秋天之間一個明確的界限。

這一天，天空在一年四季中最為碧藍，空氣在一年四季中最為透明；光，不止是陽光，而是所有的光線，明處的光線，暗處的光線，都最為明亮。

是的，每年，老天爺總要給萎頓在塵世裡的機村這麼亮光閃閃的一天。

這一天，每一樣事物被從天上下來的光線照亮的同時，也被自身內部煥發出來的光芒所照亮。都像是新擦拭過的銅器與銀器，每一樣東西都帶著喜悅在悄然絮語，好像在說：

「瞧，多麼明亮，這一天多麼明亮，我們自己也多麼明亮啊。」

老天爺在每一年，都要給機村人這麼一天，所有事物都亮光閃閃，所有光閃閃的事物都發出聲音，都可以讓他們用心聽見。讓他們的心情也跟他們的眼睛，他們的面孔一樣閃閃發光，也一樣喜悅而感恩地說：「天啊，這個世界是多麼明亮啊。」

就這樣，風輕輕地吹過來，掠過收割後的田野，攪動了莊稼地裡暖洋洋的麥茬的芬芳。風吹過草坡，攪動了更多芬芳的同時搖落了野草飽滿的籽實。風吹過樹林，搖動了那些落葉的喬木與灌叢，攪動了鍍在上面的金黃陽光。

這一天，所有糧食都已收回穀倉。它們深藏在一幢幢房子幽暗的深處，卻向外面悄然散發著內心喜悅一樣的芬芳。

是的，這一天，秋風在村外的樹林和收割後的莊稼地裡來來去去，明亮的河流蜿蜒穿行，向東向南。村民們沉靜安詳，每家的院子都明亮安詳。女人們在銅盆裡濯洗長髮。男人們呢，狩獵季轉眼就到了，正在收拾刀槍與索具。

刀本來就很快，再磨，只是為了讓它發出更耀眼的光亮。槍，好長時間不用，有些機關都鏽住了。把它們拆開，卸下來在油裡浸泡一陣，再裝上去，又像一個年輕人的關節一樣，輕巧靈便，扳動一下，又咔吧吧脆響了。從地裡收上來的麻，剝下皮，在水裡慢慢浸泡，又細細地搗過，梳掉雜質，製成了黃燦燦的纖維。這些纖維一綹綹捋好，分成三股五股，攤在腿上，往寬大的手掌上吐口唾沫，一掌搓下去，麻纖維旋轉蜿蜒，轉眼就變成了結實勻稱的繩索。這是為皮毛金黃的狐狸備下的。皮毛漂亮的動物不能讓槍彈留下難看的孔洞。

一年四季，只有深秋裡這短暫一段日子，林子裡的野物最是膘肥體壯，連骨頭縫裡，都攢滿了豐厚的油脂，秋天的動物啊，皮毛被光梳理，漾動水一樣，寶石一樣的光芒。這段時間，機村的每個男人都從農人變成獵人。

這一天，家裡的每一個成員都有權向獵人提出一個願望。患關節炎的老人，希望有一塊熊油，這樣就可以在嚴寒的冬天裡，在火塘邊把僵冷的關節揉熱揉燙。女人希望正在縫製的袍子上，有一道漂亮的獺皮鑲邊。而獵手自己，可能需要一頂用整隻狐皮做成的威風凜凜的帽子。達戈問色嫫想要什麼。達戈已經給過色嫫很多東西了，她都不知道再要什麼好了。所以，她搖頭，眼睛卻熱辣辣地說：「我要你！」

達戈說：「山上出了一隻白狐，我打來給你做頂帽子吧。」

「白狐是狐狸裡頭的妖怪，你可千萬打不得啊！」狐狸都是在灰色上泛著金黃，白狐可是難得的意外。傳說，白狐是可以隨時變身成一個漂亮女人，四處作祟的。

達戈使勁擦槍，說：「那些傳說都是封建迷信。」

「那為什麼你生病的時候，呻吟聲會像你打死的那些鹿子一樣？」

達戈笑笑，說：「你戴上那樣雪白的帽子，站在舞台上會很好看的。」

「我們說好不說這個了。」

達瑟出現了，走到她跟前，說：「事情總是變化的。你從舞台上下來了，還會走到舞台上去的。他們還是需要人去唱歌的。」

「該死的達瑟，回到你的樹上去吧。」

達戈卻示意他坐下來。

達瑟慢吞吞地坐下，嘆口氣，說：「等他們四處開槍，到處都在給可憐的動物開膛破肚的時候，我就只好回到樹上去了。」他一派老氣橫秋的樣子，說，「哎，血腥的場景，我不想看見。」

他對色嫫說：「會有人來叫你去唱歌的，就是坐在雲端裡頭的神老聽不到歌聲也會不高興。我在城裡上學的時候，就有專門學習寫歌的。他們寫啊寫啊，被開了鬥爭會還要寫，寫那麼多幹什麼？就是為了跑到北京獻給毛主席嘛。誰去獻呢？你見過寫歌的人自己去獻嗎？都是你這樣的美嗓子的漂亮姑娘去獻嘛！」

低頭擦槍的達戈，不時偷覷著色嫫的表情。

色嫫咬咬嘴唇，立場很不堅定：「我才不相信你的這些鬼話呢，你這個該死的達瑟。」

達瑟卻轉了話題：「看著吧，林子燒了，伐木場一蓋好，他們就要對山上的林子動斧頭了。再看我們整個村子，哪個男人不在磨刀擦槍，等到林子砍光，獵物打光，」他做了一個自己用刀抹脖子的動作，「嚓，接著就該機村的人完蛋了。」

色嫫說：「你就像個不吉利的巫師一樣。」

大家都不說話了。靜默了好一陣，色嫫突然開口說：「我還真想要一樣的東西。」

「什麼東西？」

色嫫說：「電唱機。」

「什麼電唱機？」

達瑟說：「我曉得她想要的那東西。放一張唱片上去，它就自己唱歌。」

「有這樣的東西？我在部隊裡怎麼沒有見過。」
「你以為什麼好東西都全在部隊裡？」
達戈不理達瑟，把臉轉向了色嫫：「你要這個東西幹什麼？」
「學唱歌。」
達戈笑得有些難看：「看，你還是想離開啊！」
色嫫想分辯幾句，但達戈眼裡那失望淒涼的神情，任心裡有什麼話，也給逼回去了。
難堪的沉默降臨了，一種很痛楚的東西，迴盪在這兩個人中間。
就在這時，整個村子都躁動起來了。先是村子裡的獵狗們開始興奮的吠叫，然後，人們奔跑的聲音從四面八方響了起來。
達戈端坐不動，抬頭看了看天。深藍的天空中只浮著淡淡的幾縷白雲。他說：「是這一天了。」
「這一天是哪一天？」

十一

這一天，猴群下山來了。
每年這一天，猴群都會下山。猴子跟熊啊野豬啊不一樣，牠們是林子裡最聰明的傢伙。牠們知道下山太早，機村人會擔心還沒有收回去的莊稼，會用獵狗和槍來驅趕牠們。獵犬威猛靈巧，很難對付。獵槍就更是威力無比了。但莊稼收穫後，還會有許多麥穗散落在麥茬子中間，猴子靈活修長的前臂，撿拾這些麥穗，比人手還靈巧。

猴群這個時候扶老攜幼下山，還能讓剛出生的小猴們熟悉人類這個偉大的鄰居。機村的存在據說有一千多年了，那麼，猴子與人作鄰居也有一千多年了。

猴群歡騰著，聚集在那些五彩斑斕的樹冠上。牠們呼朋引伴，從一棵樹擺蕩向另一個棵樹。順著山坡連綿而下。機村的田野和房舍在望的時候，猴群在森林邊緣停留了一會兒。老猴子們蹲坐在高大的樹冠上。嘰嘰喳喳的小猴們追逐嬉鬧。猴群還派出了精幹的前哨。本來，每年有一天到機村的田野裡去是不用前哨的。這是一個慣例。關於這一天，機村人與猴群之間，有一個長達千年的的默契。

但猴群去到哪裡，都要派出幾個前哨，這也是一個習慣。

從半山坡上的林子邊緣望下去，機村的田野顯得空曠寬廣，田野環抱的村莊寧靜安詳。

猴群的出現驚動了機村。睡著了一樣的機村清醒過來。人群開始在村莊裡跑動起來。喜歡熱鬧的年輕人和孩子們都跑到了村口。大人們慢慢走上了石頭寨子的屋頂。

人和猴群互相觀望了好長時間，然後，猴王從居中的樹冠上直起了上身。整個猴群便跳踉騰挪，直奔山下而去了。將近晌午時分了，當頂的陽光直射下來，猴群過處，紅的樹，黃的樹，綠的樹都動盪起來。而猴子光滑的皮毛，這時更顯得一片金黃。

狗吠聲大作。

猴群再次停下來，停在了樹林中斷的地方。也就是達瑟樹屋所在的那個小山丘邊上。從村子裡望上去。所有樹上都停滿了猴子。猴子每年都來，從村子周圍不同的方向，但今年，猴群只能來自這個方向了。過火後的森林，除了一些臭烘烘的黃鼠狼，一些飛快爬行的蜥蜴，差不多沒有別的動物存身了。所以，今年的猴群比任何一年都要巨大。牠們足足有三、四百隻。過去，一群猴子數量過百就是超大的猴群了。

猴子蹲滿了樹頂，被狗叫和人聲驚擾的小猴子們都緊緊的趴在了母猴的背後。這些紅臉青臉的鬍鬚飄飄的傢伙，這會兒都屏息靜氣，風來了，搖晃了樹，牠們也就隨著樹悠然地搖晃。

而在村子這邊，每一家屋頂上，人們靜靜觀望著，還是村口那些群聚的孩子發出了不耐煩的聲音。那些吠叫不止的獵狗，被主人緊緊地牽在手裡。而且，男人們手裡都沒有帶槍。

猴王放心了，機村還是過去那個機村，雖然，在村莊的另一頭，增添了那麼多簇新的房子，房子旁邊，站著那麼多藍色的人。但總體來說，機村仍然是原來的機村。

猴王一聲呼哨，皮毛金黃的猴群就齊刷刷地從樹上下來，到了莊稼地裡。機村人都笑著說：「猴子會發現，今年地裡的麥穗太多了。」

往年，收割過後，老人和小孩都會下到地裡，把散落的麥穗撿拾一遍。今年，機村人忙了集體的收成，又忙私人的收成，再加上這麼個豐收的年景，地裡的麥穗就懶得收拾了。大火燒去了那麼多林子，多給鳥雀們多留點食物也是理所當然。

現在看來，要是地裡沒有留下那麼多的麥穗倒好了。

沒有人會想到，機村人對動物鄰居毫無節制的屠殺就是從這一年的這一天開始的。

沒有一個人打算過要破壞人與動物間長達千年的默契，但屠殺就在毫無預謀的情形下發生了。

猴群下到地裡，忘乎所以地喧鬧開來。對於猴群這種囂張的行為，村子裡的獵犬們都非常憤怒。

但鏈子緊緊攥在主人手中，牠們也就是聲嘶力竭地狂吠不已罷了。伐木場那些穿著藍工裝的人群也出現在地頭。工人們沒有槍，但他們有開山的炸藥。幾個傢伙爬行到猴群的前方，點燃了一個炸藥包。猴群靠近時，他們點燃了導火索。導火索冒出縷縷青煙，大多數猴子都避開了，兩隻好奇的小猴子不知深淺，一下就撲了上去。噴火的導火索把小猴的爪子燙著了。兩隻小猴子發出誇張的驚叫，遠遠地跳開了。就在這個時候，炸藥包轟然一聲爆炸了。麥茬、土坷垃，煙霧，升上天空，又劈劈啪啪掉下來。敏捷的猴子早就跳到了爆炸圈外。當爆炸的煙霧散開，驚散的猴群慢慢聚攏了。爆炸在莊稼地裡炸出了一個淺坑，淺坑的浮土硝煙的味道是猴子們從來沒有聞到過的。差不多每隻猴子，都抓起一點土，放在鼻子邊上，使勁地聞著。這種刺激的味道使好多猴子臉上露出了傻乎乎的興奮的表情。

只有幾隻老猴子抓耳撓腮，不安地在遠處徘徊。最後，猴王半直起身子，嘴裡發出了淒厲的警告聲。猴群才慢慢聚集起來，走在回山的路上了。大部分的猴子，都不斷回頭，流露出一股戀戀不捨的勁頭。

索波看了這情景，說：「看，老猴王的話不大管用了。」

達戈馬上接過話頭：「那麼，你認為自己就是新猴王嗎？」

達瑟說：「大隊長你要去告訴伐木場的人，猴群再下來，他們不能放炸藥包了。」

索波這裡正沒有好氣呢，見達瑟這種古怪人也對他指手畫腳，火氣就上來了：「我去告訴？還是你去吧！他們是工人階級，你去對工人階級下命令吧！你也配給老子下命令，你他媽的這個大傻瓜！你愛下命令，就該留在城裡當幹部，跑回來裝神弄鬼，你以為你是誰啊。」

達瑟皺起了眉頭，但很快又舒展開了。他等索波咆哮完了，只是淡淡地說了一句：「你是一個聰明人，但是聰明人就一定不是傻瓜嗎？」

索波冷笑：「他媽的，你整天裝模作樣地看些破書，就是為了說這種自己都不懂的話嗎？」

這句話使達瑟臉上露出了難過的表情，也許，他整天看那些書，整天想書上寫的那些話，也許，他自己也不大弄得清楚，這些書裡說的到底是什麼意思吧？

「好吧，好吧，老鄉們！菸是和氣草，大家都來抽枝菸吧。」

伐木場的後勤科長滿面笑容鑽進了人群裡，手裡拿著一包剛啟封的香菸，給每一個男人都敬上一枝。機村沒有人不喜歡看他那張笑臉。就是他把機村的洋芋都收購了。機村每一家人都有了自人民幣流通以來最大的一筆現錢。他還說，看啊，看啊，每張票子上都有天安門的相片，毛主席就住在天安門裡面。拿著這樣的票子，就像把他老人家請到家裡來了一樣。

「科長又有什麼好消息啊？」

王科長說：「有啊！有啊！」

很多人都圍了上來：「請你快說啊！」

王科長只把話說了一半：「那些猴子……」

「猴子？」

「對，猴子！牠們還會下山來吧？」

「會的，不過，如果不放那個炸藥包的話……」

王科長笑了：「猴子可一身是寶啊。皮子那麼漂亮……」

大家就都點頭，那金黃的顏色確實漂亮。

「肉那麼好吃……」

大家都露出吃驚的神情，齊齊搖頭。吃跟人差不多的猴子的肉，那人不是都變成魔鬼了嘛。

「骨頭泡酒……」

「咦——」

所有人都縮攏肩膀，倒吸涼氣。

王科長說：「那是最好的補藥！」

王科長說：「猴子再下山，你們就開槍，我收購，現錢！」

所有人都走開了，沒有人想駁他的面子。這個人可是為機村做了大好事的人哪！但是，他居然要讓人向猴子開槍。吃猴子的肉，穿猴子的皮，還要把猴子的骨頭泡在酒裡。照老的說法，這樣的人簡直就是魔王轉世了。好多人都驚詫地吐出了舌頭，睜大了眼睛躲開了。只有達戈端然不動。他沒有打過猴子，但他在部隊的時候，看到過戰友向猴子開槍。他也知道這些人打下猴子來派什麼用場。要是有人塑造一個財神的形象，王科長就是最合適的模特。他稀疏的眉毛裡永遠含著和藹的笑容。他的藍色中山裝口袋裡永遠裝有東西，見到孩子，他有透明塑膠紙包著的水果糖。見到姑娘們，他包裡有五彩的橡皮筋。見到男人，他的口袋裡有香菸。一個人一個人散過去，散完一包又掏出一包。最後，自己叼上一枝，啪一聲打火機點燃。隨著一口煙，嘴裡吐出叫人高興的話來。

這回，這一招一點用處也沒有了。所有人都躲開了，只有達戈一個人臉色鐵青站在那裡，一雙眼睛卻不知在看什麼地方。

王科長掏出菸，送到達戈面前：「莫非機村最好的獵手，還看得見林子裡的獵物？」

達戈不說話煙。

「那些猴子居然連人都不怕，要是你打，還不一槍一個。」

達戈轉頭看了他一眼。那眼光陰沉堅定。

達瑟對我說：「咦，我擔心達戈會揍這個傢伙。」

我有點想看兩個男人幹上一架。

達瑟走上前去，說：「達戈，王科長開玩笑，他怎麼會想到殺這些猴子呢？大家都走了，我們也回去吧。」

達戈把伸出去拉他的手拂開來，陰沉的臉上露出了笑容，對王科長說：「你過來。」

王科長走近了一點。

「你知道什麼是電唱機嗎？」

王科長哈哈大笑：「你不知道什麼是電唱機嗎？」

達戈說：「我想要一個電唱機。」

「你打猴子，我給你換！」

「我馬上就要！」

王科長笑了，他搖搖頭，說：「要是那些猴子不再下山了怎麼辦？」

「牠們還會下山來的。」

「那好，明天，我就把電唱機搬到這裡來等著你。」

聽了兩個人的對話，達瑟好像給魔鬼嚇蒙了一樣，看看王科長，看看我，最後把眼光定定地落在了達戈身上。他說：「達戈，你知道自己在說什麼嗎？」

達戈臉色鐵青，口氣像在下午的冷風中的槍管一樣冰涼：「我知道自己在說什麼。」

王科長跟達戈握手：「一言為定。」

「菸。」

王科長掏出菸來，達戈劈手把整包香菸奪了過來。然後，他轉過身來，快步離開了。

達瑟腿長，很快就趕上了他。

我們一直走到達瑟的樹屋下面，背靠著粗大的樹幹默默地坐在那裡。達戈一枝接一枝抽那包香菸。黃昏慢慢降落下來。菸頭上明滅的火光不時把達戈陰沉的臉照亮。這個黃昏，周圍的樹林裡充滿了不安的聲響。冰冷明亮的星星一顆顆跳上天幕的時候，達戈終於把自己抽醉了。他傴僂著腰嘔吐不止。吐出的東西難聞之極。

達瑟冷冷地開口了：「你最好吐遠一點，臭味升上樹，把我的書薰髒了。」

達戈撲過來想打一直守著他的朋友，但達瑟坐著不動，一伸手掌就把他推了個踉蹌。他就搖搖晃晃地回自己那堆滿了獸皮的屋子裡去了。達瑟和我又坐了一陣。我看到他臉上流下了淚水。

我問他：「你為什麼要哭？」

他沒有說話，臉上掛下了更多映射著星光的淚水。他站起來，一抬手，我就騎坐在他的肩膀上了，他說：「小孩子該回家了。」

回到家裡，所有人都在興奮地議論猴子的話題。每年這個時候，猴子都會下山。村裡的人們很少議論牠們。即便有議論，也是在遇見猴群的現場。驚訝牠們多毛的臉，臉上生動的神情與我們這些人是如此相像。有些多愁善感的人，甚至為人有這樣的親戚一輩子風餐露宿於樹上而唏噓不已。這些傢伙，牠們和我們是同一個祖先啊！關於我們族群起源的傳說中說，人與猴子是同一個母親。因為父親不同，我們才從樹上下到了地上。但是，要是明天猴子再下山來，就會發現，遠房的表親們要對牠們弄刀動槍了。

那天晚上，達瑟留下來和我們一起晚餐。在機村，達瑟是一個孤獨的遊魂，從來不在別人家裡吃飯。但是，因為我的關係，這已經是他第二次坐在我家火塘邊喝著熱茶與大家一起閒話了。

他的坐姿看上去有些奇怪：腰板那麼挺直，但背部接近肩頭的地方卻傴僂下去，所以，他支撐著腦袋的頸項看起來就非常吃力。他就那樣端著一碗茶，臉上浮現出心不在焉的笑意，端坐在那裡。而我表姐的嘴巴閒不下來：「達瑟，以後你還回學校去嗎？」

達瑟搖頭，說：「我不知道。」

表姐笑了，說：「看啊，他說我不知道時就像個傻瓜一樣！」

但大家都知道表姐不是這個意思。

表姐說：「我是要回去的，我走的時候，老師就說了，等形勢好轉，就叫我們回去。」

「那你就回去吧。我就不回去了。我讀書不行，讀不過人家。我不想回去讀書了。」

他這話讓大家都吃了一驚，這個從城裡拉了一馬車書回來的人，這個整天在樹屋上守著那一箱箱書的人，居然不想讀書！

「那你為什麼整天還在看書?!」

達瑟像是狗才從水裡鑽出來那樣晃動著腦袋，狗這樣做是為了把皮毛裡的水甩掉，他這樣是想把腦袋上的什麼東西甩掉呢？

「你還沒有回答我們的問題呢？」

「我就是喜歡書嘛。」

「那你又不喜歡上學?!」

達瑟有些羞澀地笑了。好像是為自己成為了一個困擾別人的難題而感到抱歉。

「明天你會去打猴子嗎？」

「不會。」

「你的朋友呢？」

「他會。」

「你不勸阻他？」

「勸不住。真正要做什麼事的人都是勸不住的。」

有一陣子，大家都在對付嘴裡的食物，沒人說話。還是達瑟先開口了：「不止是達戈，猴子再來，大家都會動手的。」

「那是為什麼？」

「全世界的人，到處都會對猴子動手。這些對猴子動手的人，曾經跟我們一樣，也不打猴子的。可是後來，他們都動手了。」

「也許他們不像我們，不認為猴子是人的親戚。」

「愈是對猴子動手的人，他們愈是知道。他們乾脆就認為，猴子就是人的祖先。」

「就是這樣他們也動手？」

達瑟點了點頭。

「你是從什麼地方知道這些的？」

達瑟臉上浮現出滿足的夢幻般的神情，說：「書上。我的那些書上。」然後，他站起身來，也不向大家告辭，就是走到樓梯口那裡，也沒有轉身向大家示意一下，就下樓離開了。表姐起身追到樓梯口，往下面喊道：「喂，告訴你的朋友，不能再打獵了，不然，他的癲癇病會要了他的命！」下面沒有回應，院門咿呀響過以後，我父親感嘆說：「這個人，要是在以前，在寺院裡讀經，可是能得道的人啊！」

表姐卻說：「神經病！」她說出各種病的名稱的時候，聲音總是乾脆而響亮。那種斬釘截鐵的味道裡，有著過去要活到七、八十歲的老人才有的那種權威感。

「猴子要是真像我們人一樣聰明，明天就不要下山來了。」父親說。

但是母親不同意這一點：「猴子不聰明卻不幹什麼傻事，人這麼聰明，卻怎麼老幹傻事呢？」

一個女人怎麼可以這樣冒犯男人的尊嚴呢？所以，父親馬上梗著脖子，鼓起了眼睛。

但是爺爺發話了：「她說得對，說得對啊！」

十二

天氣晴朗。

晴朗的天空下，第一聲槍響是那麼清脆，電光一樣掠過田野，掠過守護著田野的這個孤獨的村莊。

槍聲把嬉戲的猴群震呆了。牠們都收起前肢，半直起身子，呆立在田野中央。接著，是第二聲，第三聲槍響。槍聲立即就響成一片了。好在機村人手裡拿的都是原始的獵槍。第一排槍響過。他們必須停下來裝火藥、鉛彈、扣上引信，然後，才能再次舉槍擊發。沒有中槍的猴子，一下子就炸窩了。但牠們不是立即向山上奔逃，而是在驚懼中尋找同類。牠們在田野中央擠在一起。

於是，引來了第二陣排槍。

猴子又倒下了一批。

這時，猴群才從最初的震驚中清醒過來，在猴王的帶領下向著山上奔逃。身後，是祖祖輩輩就與之和平相處的人群，與之訂立了沉默契約的人群。這些人這時都在莫名的鼓譟。因為興奮、因為緊張，也許還因為羞愧。他們發出的聲音，比起驚恐萬分的猴群還要瘋狂。而在牠們的回望中，好幾十隻夥伴，已經躺在收割後的麥地裡，汩汩流淌著腥紅的鮮血。這時，早就在猴子逃命的路上選好居高臨下位置的達戈迎著猴群開槍了。

他開的第一槍，好像比剛才不知是誰對著猴群開出的第一槍還要響亮。

槍聲響起的同時，揮動著長臂憤怒咆哮的猴王便蜷縮起身子，慢慢倒下了。

因為失去了領袖，聚攏的猴群再次炸開了。

這就給了那個老練的獵手充足的時間。他手上裝藥填彈，眼睛同時搜尋目標。等他再次舉槍時，目標早已鎖定了。

又是一槍。

又是一槍。

又是一槍！

每一響從容的槍聲過後，就有一隻皮毛顏色漂亮的公猴重重地從樹上摔落下來。達戈一個人就變成了猴群退回森林的鬼門關！猴群瘋狂地穿越他一個人的狙擊線。而他就那樣從容不迫地一槍又一槍擊發著。槍聲一下比一下更沉悶，就像重重的擂木撞在人心上。喇嘛江村貢布喊道：「天哪，如果他不是妖魔下界，如果他是一個真正的獵手，那他就該住手了。」

大家只聽得見槍聲，卻看不到他的人影，於是，人人都看著美嗓子色嫫：「請他住手，請他住手吧！」連那些剛才還對猴子開槍的人也圍了上來，對著色嫫乞求。

達瑟臉色慘白，卻對這些人說：「他犯的是他的罪過，他的罪過你們也同樣犯過了。」

色嫫跑過來，拚命地搖晃著達瑟肩膀：「求求你，只有你能讓他住手！求求你，讓他住手吧！」

達戈搖搖頭，說：「你知道，誰也不能讓他住手。」

槍聲仍然響著。每當經過足夠的間歇，大家以為再不會有槍聲響起的時候，槍聲偏偏又響了。每一聲槍響都使人心頭打顫！每一聲槍響都引發出嘆息與詛咒。

他一共開了一十六槍！

一十六槍，一十六隻猴子！

人們都陷入了一種絕望的情緒之中，好像這槍聲再也停不下來了。這時，最後一隻猴子的身影循入樹林，消失了。達戈的身影從田野與森林之間走了出來。所有人都中了咒語一樣呆立著，看他慢慢走近。他把槍口朝下的槍夾在腋下，手指仍然扣在扳機上面。下午的太陽迎面照著他。他半眯著眼睛，拖著長長的身影向我們走來。他臉上沒有一點表情。只是在走過我身邊的時候，嘴角輕輕地抽動了一下。當他迎著村人們譴責的目光走去的時候，眼睛眯縫得更厲害了。他細細的眼縫裡透出輕蔑的冷光。

就這樣，他走到了伐木場那些興奮地觀看著這場屠戮的藍工裝中間，走到了王科長的面前。王科長帶頭鼓掌，藍工裝們興奮地起鬨叫好。但他只是冷冷地說：「我來拿電唱機。」

「你不是還沒把猴子弄到我跟前來嗎？」

達戈拿著槍的手有些發抖：「你說什麼？」

「我看到你打倒了那些猴子，但是，你得把皮剝下來，把內臟掏乾淨，這才算完，而我馬上就把電唱機給你。這才是我們全部的交易。」

達戈夾在腋下的槍一下抬起來，槍口剛好頂在王科長的下巴上，槍口還散發著火藥爆發後的餘溫，但他的口氣卻冰一樣地冷硬：「那些猴子你自己去收拾！馬上把電唱機給我！」

「我馬上去拿！」

「不，你就在這裡，叫人送來。」

等待電唱機到來的時候，那槍就一直頂在王科長的下巴上。電唱機來了。達戈才把槍口垂下。達戈把槍大揹在背上。端起電唱機，讓人安好唱片，上足了發條，把傳出了咿呀歌聲的喇叭衝著前面，朝美嗓子色嫫去了。人們以為，面對這情景，色嫫肯定會逃之夭夭。她好像也準備逃跑了。但是當電唱機在達戈懷裡發出了聲音，一個女人曼聲歌唱起來的時候，她就再也邁不開步子了。

達戈懷抱那個歌唱著的機器，一步一步向她走來。她眼裡的淚水像簷口上的雨水一樣，大顆大顆地淅瀝而下，她身子顫抖著，向著走來的達戈張開了雙臂。達戈把歌唱著的機器塞在了她的懷裡，然後，一言不發地走開了。

在這個揹著槍的沉默的男人身後，人們的議論聲嗡嗡地起來了。電唱機的發條走完了。這個世界上就只剩下了滿耳的蒼蠅一樣的嗡嗡聲。色嫫緊抱著她的機器，大叫了一聲：「不要臉啊！你們！」

很多張臉凶狠地逼向了她。

「你們，你們比他還先開槍，你們殺死的猴子比他還多！只不過，那些猴子是你們共同殺死的罷了！」色嫫聲嘶力竭地叫喊著。

人們轉移到達戈身上的憤怒與不安又回到了他們自己心間。推諉良心不安的企圖被簡單的事實無情粉碎！

所有人都沉默下來了，慢慢走向躺在地裡的那些猴子。風吹動的時候，死猴子身上金黃的毛翻動起來，好像那些猴子已經活了過來。風一停，濃烈的血腥味就瀰漫開來了。很多人轉身離開了。那些開槍的人卻不能離開，有一個強大的力量使他們站立在原地，一動也不動。王科長聞到空氣中緊張的氣味，早就躲開了。索波拿著槍，但他並沒有開槍。不知道他是不願意向猴子開槍，還是因為覺悟高，不貪圖小利，反正他沒有開槍。但這時，他卻開了一槍。對一隻還在眨巴著眼睛的猴子。猴子腦袋一歪死去了。然後，他開始把那些四散在田野中的死猴子拖到一起。拖了兩、三隻之後，他罵了起來：「他媽的你們這些傢伙，真以為自己有多了不起，幹了什麼捅破天的大事了？他媽的，給老子把這些死東西拖回去，剝皮剔骨，該幹麼幹麼，老子就看不慣敢做不敢當的人！」就從這一天，大家在心裡把索波真正當成大隊長了。他說得對，不管做得對與不對，但要敢做敢當！

不就是殺了幾隻過去不殺的猴子嗎？猴子跟過去殺掉的鹿、熊、狐狸和獐子又有什麼兩樣呢？過去殺獵物是為了吃肉，是為了穿上保暖的皮毛，現在是為了換錢，這有什麼兩樣呢？

索波輕而易舉地就把大家的想法扭轉過來了。

大家開始動手去收拾那些死猴子時，他長長吁了口氣，身子一鬆，差點跌坐在地上了。自從大火過後，他對過去相信的東西也有懷疑了。他也清楚，自己差不多就是機村人的敵人。即便是當上了生產大隊的代理大隊，他不能揚眉吐氣已經很久了。直到這些軟骨頭的傢伙自己把自己嚇壞了。想不到現在他一聲斷喝，就使他們乖乖就範了。

偏偏在此時，大半年來，憋在心頭的那麼多委屈都翻湧上來，難以扼止了。

為了掩飾內心的波動，他在死猴子身上狠狠跺了兩腳：「不就是幾頭野物嗎？打死的又不是人！」然後，背起手來離開了那些傢伙。

而他滿意地知道，那些人正從後面，以崇敬的眼光注視著他。他帶到機村來的駱木匠在旁邊探頭探腦，他叫道：「駱木匠！」

木匠就屁顛顛地跑過來了：「大隊長！」

「聽說你的生意很好啊！」

「報告大隊長，油已經榨完了。我現在給大家做床，做櫃子。」

「好。」他背起了手，模仿著老魏對自己說話的口氣，說，「好，好好幹！」

「謝謝大隊長關心！」

他發現，木匠比自己會說話。每到領導拍自己肩膀時候，舌頭就打結，湧到嘴邊的話也講不出來了。他揮揮手，木匠說：「那我就幫他們收拾猴子去了。」

索波又對我勾勾手指，我想，這是叫我過去。我過去了。我的腦袋只到他屁股上面一點點地方。他說：「你一個小傢伙到處竄來竄去幹什麼？」

我的表姐討厭他，所以我也不想理他。

「小崽子，我在問你話呢？」

我說：「不幹什麼，到處看看。」

索波今天心情不錯：「讓我猜猜，你一定是在找你的朋友。」

「你猜不到我的朋友！」

他哈哈一笑，說出了達瑟名字。我覺得這個人真是了不得，他的眼睛都看到我心裡去了。我說：「我才不去看達瑟呢？」

他顯出從未有過的豁達：「小子，我知道你要去幹什麼。去吧，去看望你的大朋友吧，他肯定要莫名其妙地為死猴子們傷心，為他的好朋友達戈傷心了。」

我就到樹屋去看達瑟。

在我背後，斂氣屏息了這麼久的獵狗們突然吠叫起來，加重了這個下午不安的氣氛。我經過一些人，他們看著我一言不發。當他們落在我背後的時候，我聽到他們在議論我的背影：「看，還是一個屁大的娃娃，走起路來就像揹了多重的東西。」

「不是背上，是腦殼裡，像那個達瑟一樣。」

「喔，本來往腦子裡裝東西是為了讓自己聰明，達瑟卻是為了讓自己變得像個傻瓜。」

「夥計，說得對，可這個娃娃還要學他的樣子。」

「讓他學唄，讓他整天去琢磨那些狗屁事情吧。」

我走遠了，他們的聲音聽不見了。這些話讓我心裡生出一種奇異的感覺。從此，我走起路來，腦子裡，一些諸如「聰明」、「傻瓜」之類的詞就開始浮現。有時，我也學著這些人的腔調罵這些詞是屁，臭屁，是黃鼠狼打的最臭的屁。但更多的時候，我就任憑這些詞像達瑟樹屋上的鳥雀們一樣停在腦子裡，有些時候，牠們安靜地停在樹枝間，只隨著風的擺動而擺動。有時，牠們突然驚飛起來，興奮地嘰嘰喳喳地叫個不停。

達瑟，以至於到了現在，我想像自己的腦子裡面成堆的東西時，它就是一株大樹的樣子，是你修建了樹屋的那種大樹的樣子。只是裡面嘰嘰喳喳的雀鳥愈停愈多，而且，為了能停下更多雀鳥般的詞語，這棵樹也越發地枝繁葉茂了。

達瑟，現在，我又看到了那個深秋裡豔陽高照的下午，遭到機村人血腥屠戮的猴群循入了深山，卻把濃重的血腥味和一種從未有過的驚恐不安的氣氛留在了村子裡。

一個存在了千年的契約被解除了。

達瑟，這時的天空好像裂開了一條口子，只是沒有人看見那個口子罷了。你是看到那個口子了？或者，你曾經感到那個口子，就像閃電一樣穿過身體的痛楚一樣？

達瑟，我又看見了機村人悔約後的那一天，童年的我，正裝出一副大人的樣子，穿過村子，到你的樹屋去。我的背後，那些中槍的猴子，那些該死的自己跑下山來引誘人犯下罪行的猴子，被高高地倒掛在樹椿上。本來，牠們從槍傷處流出的血已經在風中凝固了。現在，被一刀又一刀地剝皮開膛之後，牠們身上，又淅淅瀝瀝流淌出無盡控訴一樣的鮮血。血腥味再次在村子裡瀰漫開來。

我來到那棵大樹下面。每一陣風吹來，都有許多經霜的黃葉脫離枝頭，旋舞而下。

繩子從空中降下。我已經學會了怎樣把繩子繫在腰間，怎樣打成一個易解的活扣。從飛旋的落葉中間，我的身體懸空，上升，我的腦袋有些輕微的暈眩。我睜開眼睛時，達瑟的雙手已經卡在了我的腰間。

他說：「嗨！」

我什麼都沒有說。西斜的太陽把樹屋照得一片透亮。

「他們不害怕了？」

我點點頭。

「他們說什麼？」

「他們說，這些猴子雖然長得像人，卻是假裝的人類親戚，其實，牠們也就是一些畜牲，和野豬狗熊一樣的獵物。所以，人不應該害怕殺死猴子。」

他的嗓音變啞了：「可是書上說，這些猴子真的都是我們的親戚。」他打開一本書，氣沖沖地一頁頁翻動，每一個頁面上，都有站立在不同種類樹上的猴子。翻到後來，不要說那些猴子的樣子我沒有見過。就是牠們棲止其上的樹也成了夢都沒有夢到過的奇形怪狀的樣子。但那麼多不同的猴子從書裡看著我，那眼光，卻與剛被殺死在田野中的猴子一模一樣。我坐在那本厚書面前。心裡有些害怕，不敢伸手去動那些書頁。好在有風。嘩啦嘩啦把書翻過去，又嘩啦啦地翻將回來。猴子們就像電影裡一樣動了起來。然後，有一家猴子，有的手裡拿著果子，有的拿著棍子和石頭，齊刷刷地站立起來。達瑟伸手把那一頁摁住：「這就是我們的祖先，從猴子裡面變過來的。」

停了一下的風又起來了。整棵樹，以及包括了這棵樹的整個森林都發出激流般的嘩嘩聲響。

我問他：「你想什麼？」

達瑟說：「算了，不想了，其實我這腦袋也想不清楚什麼。反正人都可以殺人，為什麼就不能殺像人的猴子呢？猴子是什麼？很遠很遠的親戚罷了。」

我趴在樹屋的欄杆邊上，從這裡，可以看到達戈堡壘一樣的漂亮房子。夕陽下面，鐵皮屋頂閃爍著刺眼的光芒。但整個屋子卻靜悄悄的。屋子的迴廊上，好幾隻豎立著漂亮大尾巴的松鼠竄上跳下，好像那屋子的主人不是一個滿身殺氣的兇手。

「我表姐說，他殺了那麼多猴子，肯定會再犯病。」

「你不要再對我提這個人的名字。」

「也許，他已經犯病了。」

「還好，你沒有說出他可惡的名字。」

「也許，達戈已經死了。」

「他是自己要死的，你就讓他死吧！」達瑟對我喊起來，他騰一下站起來，臉上露出凶狠的神情，他飛快地把繩子纏在我的腰間，「你提了這個該死的名字，你走！」

很快，我就被從半空裡降到了地上。

我走到那幢安靜而孤立的房子跟前，我拍門，然後側耳靜聽，屋子裡安靜極了，沒有一點聲響。我再拍門時，門輕輕地開了。我沒有看到人。火塘裡也沒有火。只有鋪在地上掛在牆上的獸皮閃爍著幽微的光。一種很多東西在竊竊私語一樣的光。光走過那些獸皮上的毛尖時，發出了陽光走過秋草一樣的細密聲響。

我竊竊地叫了一聲：「達戈。」

本來，我對達戈和達瑟，都該叫叔叔或者哥哥，但我從來都只叫他們的名字。他們都爽快地答應。村裡人卻把這個也當成了這是兩個怪人的有力證據。當然，我至少也就成了機村怪人隊伍的後備力量。

我再叫一聲：「達戈。」

獸皮上的光都驚散，絮語聲也隨之消失了。

我穿過屋子，在後門那裡發現了躺在地上的達戈。他用那些躺在田野裡的死猴子那種驚懼而不甘的眼神定定地看著我。他照表姐教他的那樣，把一根什麼動物的光滑脛骨緊咬在嘴裡。而且，雙腳與雙手，都用繩子緊緊綁起來了。他就那樣靜靜地躺在地板上，一副聽天由命的樣子。他的癲癇已經發作過了。我替他取下嘴裡的棍子。他長吁了一口氣，一臉的疲憊中浮起淺淺的笑意：「達瑟。」

我轉身，看到達瑟眼裡滿含淚水，站在我身後。

達戈說：「我把自己綁起來了。」

達瑟依然站立在那裡，像段木樁一樣一動不動，我可是懂得達戈獵人這一套東西。他用繩子先把雙腳縛緊，然後，蜷起雙腳，再在雙手上打一個活扣。閃電一樣抽打他的癲癇一來，他一伸腿，繩子一抽，他的雙手就被緊緊捆起來了。他把在林子裡下套子對付獵物的方法用來對付自己了。我們沒有看到病魔襲來時，他被繩子捆著痛苦掙扎的樣子。但是，天可憐見，這傢伙蒼白虛弱地躺在地上，冷汗淋漓的樣子竟然比他剛剛殺死不久的那些猴子還要無助，還要孤獨。

他伸出手來，對達瑟說：「我想起來，請你拉我一把。」

達瑟說：「我可以拉你，我是拉一個病人，但我要鄭重宣布，不再跟那個殘忍殺手說話！」

「但你已經說話了。」

達瑟對我說：「你扶著他的那邊，我們把這個活屍首弄到屋子裡去。」

這個人整個身子就像沒有骨頭一樣沉沉下墜，我們費了很大勁，才把他弄到火塘邊的獸皮上躺下。有一陣子，他的臉陷在陰影中看不見了。當火苗從火塘中央升起來，他的臉又從陰影深處浮現出來了。

他躺了一會兒，有力氣替自己辯解了：「牠們不過就是一些猴子。」

達瑟不說話。

「我知道你想說什麼。你想說我又不穿牠們的皮，不吃牠們的肉，也不能取鹿茸麝香一樣治病救人的藥。」

達瑟一直把臉朝向別處，卻忍不住看了他一眼。

「我說得對吧？」達戈是個容易得意的人，就因為說出了達瑟心裡想說的話，他就得意起來了，他的臉上露出了我也常常會討厭的無賴的神情，「是啊，我就是想用牠們的皮、肉、骨頭還有血，換錢，換東西！我有最好的獵人才有的槍法，但我不守獵人起碼的規矩，我沒有好獵人該有的慈悲心腸！」

達瑟對我說：「也許你該去拿一塊猴子肉，給這個病人熬一鍋滋補的湯。」

我知道他的意思。很多獸肉就掛在火塘上方。但我坐著不動。我竭力裝出大人的老成模樣，學著達瑟的腔調說：「這是女人的活，該去請個姑娘來熬湯。」

達戈扭過頭去，把臉埋在獸皮裡哭了。他說：「朋友們，你們知道的呀，色嫫她把我這輩子都毀掉了。要是你們再說女人，就請你們殺了我吧。」

我趕緊說：「我不是說她，我是想去請我的表姐。」

「住嘴！你這個沒良心的小崽子！你表姐他媽的算什麼？」

我表姐算什麼？我的表姐懂得醫術，知道他所害的病的名字，知道他發病的時候嘴裡要插上一根棍子，這樣，他的舌頭還好好的長在嘴裡，使他可以毫無良心地胡言亂語。

我說：「那我去叫你的美嗓子色嫫。」

他把手伸向了天空：「我愛這個姑娘！而在過去，她也是愛我的。所以，我才來到了這個村子。」

這時，房門被推開了，色嫫手捧著那部電唱機淚流滿面出現在門口，她喃喃地說：「達戈，我愛你。達戈，我也知道你有多麼愛我。」

「我不想你再到這裡來了。」達戈從地上坐起來，支撐著虛弱的身子做出一副剛強的姿態。姑娘哭了起來。

達戈臉上卻露出了笑容，他說：「不要哭，為什麼要哭呢？請你用機器放一首歌給我聽聽吧。」

色嫫在火塘的下首坐下來，一張唱片映射著暗淡的火光，在機器上旋轉，然後歌唱。這是一個藏族女歌唱家的聲音。藏族的人嗓子，藏族人講漢語時那種含糊的口音。歌頌解放軍、歌頌毛主席、歌頌共產黨，歌聲彷彿大地一樣廣袤無邊。很長時間以來，美嗓子色嫫不再唱流傳於機村的民歌了。她總是拚了命的唱著這位歌唱家的歌。

第一首歌響起來：

「喜瑪拉雅山呀，再高也有頂喲，雅魯藏布江啊，再長也有源啊，藏族人民的生活，啊啊啊啊啊，再苦也有邊啊——共產黨來了苦變甜啦，苦變甜啦——」兩個女人的聲音交替著扶搖而上，哀怨的時候也能那麼高亢，真是出人意外。歌唱變成了一種攀越聲音險峰的比賽。唱到高處，美嗓子色嫫的聲音變得尖利了，像是要把我們的腦袋從中間，從裡面劈開。

唱到第二首，色嫫已經完全沉溺到音樂裡去了。她因內疚而低垂的眼睛抬起來，目光越過我們的頭頂，盯著某處虛空，彷彿看見天堂一樣閃閃發光。她一扭脖子，像電影裡那些革命青年一樣把搭在胸前的粗黑辮子甩到背上，和著唱機裡的歌聲開始新的歌唱了：

唱支山歌給黨聽，
我把黨來比母親，
母親只生下我的身，
黨的光輝照我心！
舊社會，鞭子抽我身，

母親只會淚淋淋，
共產黨號召我鬧革命，
奪過鞭子抽敵人。
奪過鞭子，奪過鞭子，抽敵人！

歌曲到了後半部，歡欣的，仇恨的情緒糾纏交織，再也沒有前一首歌那種與她當下心境有些契合的自愛自憐了。很顯然，她從歌聲裡去了一個我們所不知道的世界。那個世界的景象才能使她兩腮緋紅，眼睛與額頭閃爍玉石一樣的光芒，使她出了汗的身體散發出原野上花草的芳香。要不是電唱機先停下來，她是不會自己停下來的。一個人要是能夠擁有這樣一個如此美妙的世界，那她確實沒有必要停頓下來。

達戈早在她歌唱的時候就坐直了身子。他蒼白的臉上泛出了血色，黯淡的雙眼漾動著灼人的光芒。

色嫫擦去額頭上的汗水，還有些遺憾：「我覺得才剛剛開始呢。」

達戈啞著嗓子說：「那你就唱下去，一刻不停地唱下去吧。」

「可是……」

「可是什麼？好姑娘，沒什麼可是！這麼好聽的嗓子，你會一直唱到舞台上去的！」他臉上出現了夢遊般的神情，伸出手來搖晃著達瑟的肩膀，說，「夥計，她的歌聲是那麼好聽！不是有人說她是一個妖精嗎？也許世上只有妖精才能這樣動人地歌唱！」

「可是，等我唱到舞台上，我就回不來了。」

「你出名了？成歌唱家了？還回這個該死的地方來幹什麼？姑娘，這個地方已經失去神靈的佑護了。」

「人家會不准我回來看你。」

「人家？人家是誰？」他剛把話問出口，就已經明白了色嫫的意思。「我不該問這樣愚蠢的問題。雖然人們叫我達戈，但我並不是真正的傻瓜。好姑娘，這個電唱機是我對你的最後的幫助了。你想穿著拖地的長裙，站在耀眼的燈光下，對著成千上萬的人歌唱，我就幫不上忙了。讓那些手握重權高高在上的男人，比我當年的團長還大的首長幫助你吧！」他有些哀怨地嘆息了一聲，「你那麼想當歌唱家，只有那樣的人才能幫你。」

「可是……」

「不要可是了，我已經做了一個獵人從來沒有做過的事情，一槍一個，我打死了那麼多隻猴子，天要罰我了！」他又虛弱地躺在了地上的獸皮中間，「達戈和色嫫，一個妖精，一個仙女怎麼會和一個傻瓜在一起呢？」

色嫫這個詞，本來就包含著妖精與仙女兩個意思。

色嫫低下頭坐了半晌，然後，突然抱著電唱機站起身來，說：「要是有來世，我就做一隻皮毛美麗的狐狸，那時，請你毫不猶豫地開槍殺死我吧！」

後來我想，其實當時的所有人，我，達瑟，還有達戈，都暗暗希望她鄭重宣布，她只要做機村的美嗓子姑娘，因為世世代代，機村一定也有過跟她一樣的嗓子姑娘，猶如野花一般，自開自落。但她抱著電唱機走了。走到門口，她停了一下。但她並沒有如我們期望的那樣回過身來。她堅定地捋了捋頭髮，扭了扭脖子，便從我們眼前消失了。

那個晚上，村子背後，達戈和色嫫的雪峰默然相對，矗立在鋼藍色的天空下，沉默不語。也許，連它們都厭倦那個幾百年來一成不變的愛情故事了。這個故事說，一個住在天上的叫色嫫的寂寞仙女，看上了下界密林深處的獵人達戈，看中了他的勤勞與善良。於是，仙女偷渡到下界來與獵人共過人間生活。這引起了某個天神的憤怒，最後，把這對誓死不肯分開的堅貞男女化成了永遠遙相對望的兩座雪山。

這兩座分別叫做色嫫與達戈的雪峰在機村人的眼界中聳立了千年，這個故事也流傳了千年。也許，那個爛熟的故事從此要有一種新鮮但有些殘酷的講法了。

那個夜晚，整個村莊都籠罩在屠殺者們的不安中間。

那個夜晚，美嗓子姑娘一直在歌唱，美妙的歌聲並未使內疚的人們受到安撫，反而使人感到深深的絕望。

十三

大雪下來了。

早起的人發現一行深深的腳印，穿過村子，走向了村外。

這行腳印是達戈留下的。達戈在這天早上悄悄離開了機村。機村沒有人太在意他的去留。他才走沒有幾天，人們說起他的時候，已經當成是一個遙遠的故事了。他的故事正慢慢與那兩座叫做達戈與色嫫的山峰的愛情故事重疊起來。只有我跟達瑟常常去看看他的房子。他在房門和窗戶上都釘上木板。風吹在窗洞裡，嗚嗚作響。

達瑟蹲下身子，讓我騎在他的肩膀上。他說：「我起來了。」

我說：「你起來幹什麼？」

達瑟笑起來，猛一下站起身子，達戈這堡壘般建築上高高的窗戶就在我眼前了。從窗戶縫裡望進去，被那些獵獲物塞得滿滿當當的屋子已經空空蕩蕩。

我問達瑟：「他真不回來了？」

他說：「告訴我你看見什麼了？」

「房子裡沒有東西了。」

達瑟慢慢蹲下身子，把我放下來。他說：「真的什麼都沒有了？」

我問他：「他不想回來了嗎？」

達瑟卻問我：「他回來幹什麼呢？」

我當然答不上來。於是，我學著達瑟的派頭，聳動一下肩膀。

他笑罵道：「媽的，這個傢伙。」

這是一句沒有什麼意思的話。離開那座房子的時候，沒有熱量的陽光落在我們背上，腳下的積雪咕咕作響。我們抬眼去看達瑟的樹屋。樹屋頂上壓著雪，欄杆邊掛著晶亮的冰凌。屋子前那些曾經滿樹繁花的野櫻桃只剩下光禿禿的黝黑枝杈。

經過樹屋下面的時候，我又說：「要不要上去看看。」

「那些書也像熊一樣冬眠了。」達瑟輕聲笑著，把嘴湊到我的耳邊，說，「我用達戈的皮子把那些書緊緊包裹起來，它們暖和著呢。那個傻瓜，他走時都忘了向我討他的皮子了。」

「他是想送給你吧。」

「你認為除了色嫫姑娘，他會送給別人東西嗎？」

他又問了我一個難以回答的問題。這個傢伙，他讀了那麼多的書，卻從來不能像別的讀書人那樣解答別人的問題，他的本事是問出誰也無法回答的沒頭沒腦的問題。

我說：「你讀的書跟別的人不一樣嗎？」

他伸出雙手，搖晃一下我的肩膀，說：「嗯，你在考慮有意思的問題了。」

達瑟依然沒有給我一個明確的回答。

這個冬天，一場又一場的雪下得鋪天蓋地。山峰、溝谷、河流和田野，都被厚厚的積雪覆蓋了。晴天，大風從山峰之間那些豁口上直撲下來，打著旋，把落地的積雪重新揚起，天地間蒼茫一片。過去風被四野的森林遮擋，冬天的記憶，就是落在雪野上沒有熱力的明亮陽光。現在，大部分森林都被大火吞噬了，大風就直撲向谷底的村莊，靜謐的冬天變得無比狂暴。

變化的還不止是天氣，對猴群的屠殺使機村人突破了最後一點禁忌，人心也變得更加狂暴了。失去森林蔽護的動物們只好下到村莊附近來搜尋失物。大人們對付大的傢伙。我們這些小孩子歡天喜地去對付那些成群結隊的松雞。飢餓驅使著牠們急急忙忙地下山來了。我們只要在早已設計好的地方，扔上一些脫粒乾淨的麥秸，牠們就急不可耐地撲上來了。這時，孩子們大呼小叫地傾巢而出，撲向被包圍的松雞。這些松雞退化的翅膀，只能往下飛行。要向山坡上逃命，就只能靠那兩隻纖細的雙腿了。而這兩隻腿，怎麼能跟我們修長結實的雙腿賽跑？

何況這一年，充足的食物使我們的雙腿充滿了力量。沒有任何來由，我們都在滿地奔跑，更不要說眼前奔跑著這麼多驚惶失措的獵物了。我和所有的孩子一樣瘋狂地奔跑。撲面的冷風灌進嘴裡，灌進胸口，嗆得人喘不過氣來。眼前，雪地中間，松雞尖叫著，伸出沒有實際用處的翅膀拚命逃竄。我緊跑幾步，騰身撲了下去。雪塵和著雞毛飛濺而起。松雞卻嘎嘎驚叫著竄了出去。這是我們這些野蠻的孩子所喜歡的刺激的遊戲。聽著自己粗重的喘息聲，奔跑、撲騰，看著松雞絕望地奔竄，心裡充溢著強烈的快感。最後，松雞終於被撲在身子底下了。我的手指穿過茸茸的羽毛，抓住了松雞瘦骨伶仃卻又十分溫暖的身子。

緊抓著撲騰不已的松雞站起身來，看見青碧的天空在牠凸出的大眼中旋轉，手掌心中，是那顆驚恐的小心臟在飛快跳動。這跳動從手心傳到心房，自己的心臟也跟著加快了跳動。然後，你就聽到自己瘋狂的叫聲響起來，然後，不知是聲音，還是寒氣玻璃一樣破碎了，落在雪地上。再叫一聲。依然是一些看不見的東西在碎裂。最後，大家玩累了，就把松雞脖子像擰一段繩子一樣擰上兩圈。那東西就在你手裡劇烈掙扎，痙攣，顫慄，最後一切都靜止下來。松雞大眼睛上粉紅色的眼皮垂掛下來，遮住了倒映在眼球上的天空與凍雲。自己的心跳聲一下一下大了起來，雙手卻顫抖不止。

這個時候，如果達瑟在場的話，他就會抓住我顫抖不已的雙手，說：「你是想吃牠的肉嗎？」

至少這個冬天，我並不想吃自己親手殺死的這隻瘦骨伶仃的野雞的肉。

「那麼，你是想把牠們的羽毛織成衣裳？」

雄松雞的羽毛確實漂亮，但用羽毛織成的七彩大氅只有傳說裡的神仙才穿過。所以，我依然搖頭。

這個只提出問題的傢伙說：「那你殺死牠們就只是為了好玩？」

我不想回答他的問題，而且也有點像其他人一樣，覺得這傢伙真是一個討厭的傢伙。我手裡提著身子迅速僵冷的野雞離開了他。他仍然站在雪地中間，緊皺著眉頭，思索自己提出的那該死的問題。使他顯得更為可笑的是，他自己好像也想不出來這些問題的答案。

要是我們共同的朋友達戈沒有離開，我就可以提著剛剛殺死的野雞，向他炫耀一番了。可他連告別的話都沒有說上一聲，就離開了我們，也沒人知道他去了什麼地方。

該死的達瑟，使我對夥伴們烤食的野味失去了胃口，他該死的問題常常使人失去快樂。

母親縫補我破爛的衣服時，一邊穿針引線，一邊狠狠地說：「孽債。」

打完補丁，縫完最後一針，用牙把線咬斷，吐出嘴裡的線頭，她又狠狠地說：「呸！孽債！」

母親不開心時，總是用這兩個字來形容我與她之間的關係。當然，她也知道，這個債務關係是因為前一世的因果構成的，而不是現在我硬從她那裡拿走了什麼東西。所以，她也有愛我的時候。這時候，她就把我摁在懷裡，不斷的親吻弄得我腮幫子濕漉漉的：「可憐的孩子，可憐的孩子。老天啊，你看，你讓他長這麼大個腦袋，一雙眼睛轉個不停，我孩子的腦袋一刻不得休息，真是可憐！」

她說：「告訴我，孩子在腦袋裡想些什麼？」

「你不再把我的臉弄濕我就告訴你。」

又一個濕濕的吻貼到臉上：「快告訴我！」

我坐直了身子，把臉上的唾沫擦掉：「阿媽你說，我跟達瑟也有孽債嗎？」

母親柔軟的眼光一下子變得凶狠了：「他欺負你了？」

我笑了，驕傲地說：「他是我的朋友！」

母親又緊緊把我抱在懷裡：「可憐的孩子，他做的事情我們不懂，是不是天降慈悲，讓你可以懂得啊！」

我就在這個時候提出了我的問題：「阿媽你老說孽債，我是不是也跟他也有孽債啊？」

這次，母親的親吻弄濕了我的額頭：「這個可憐人他讓你想他那些誰都不懂的事情了？」

我咯咯地笑起來：「他假裝考我，可我知道，他自己也不懂得那些問題！」

「你就好好跟他玩，那些問題讓他自己去瞎琢磨好了！」

母親並不知道，我不能做到的正是這一點。我不太快樂的原因也在這裡。達瑟提出的那些問題，總像小獸一樣蹲在我腦海裡。我睜開眼睛，能夠感到它們沉重的分量，閉上眼睛，見到它們得意地眨巴著明亮的眼睛，一副得意的神情。達瑟有一個問題是這樣的：「為什麼大家都知道不該殺死那些猴子，卻偏偏要對牠們痛下殺手。」

當時他責問達戈：「你為什麼要殺那麼多的猴子？難道你不知道……」

達戈陰沉著臉：「你給我閉嘴！你以為就你聰明？你以為我不知道不該殺死猴子？告訴你，我們知道！每一個動手的人都明明白白地知道！」

於是，問題就定型了：「為什麼大家都知道不該殺死那些猴子，卻偏偏要對牠們痛下殺手。」

面對這個問題，達戈氣得面孔紫脹，手腳哆嗦：「閉嘴，你這個故作高深的愚蠢傢伙！」達瑟對達戈的過激反應顯露出吃驚的表情，口氣依然不緊不慢：「那為什麼聰明的人盡幹愚蠢的事情，愚蠢的人卻問出了聰明的問題？」

這樣的問題當然也沒有人回答。沒人願意回答的問題都成了一些小獸鑽到我的腦海裡蹲伏下來了，使我行走的時候，越發顯出惹人恥笑的老成樣子了。想想看吧，一個不滿十歲的小孩，背著手，腦袋向前深深地低垂著，一步一陷，在雪地裡行走是怎樣的情景吧。

我下過很多次決心，不再理會達瑟了。我不理他，他是絕對不會來找我的。這個冬天，大人們用槍，用獵狗，用各種套子與陷阱對付飢餓的野獸，孩子們都在雪地裡玩追逐、屠戮松雞的遊戲。經過這個冬天，每個人的心腸都變硬了。每個人的眼神裡都多了幾絲刀鋒一樣冷冰冰的凶狠。所以，我還要去找他，因為他的眼睛裡沒有凶光。他的眼光迷茫，惆悵，若有所思。他的目光並不直接呈現溫暖，卻又讓人感到絲絲的溫暖。

玩了一個冬天追殺松雞的遊戲。再去找他的時候，冬天已經快過去了。中午時分，升到天頂的太陽已經有了相當的熱度。地上的積雪開始往下塌陷，雪的下面，是融化的雪水涓涓流淌。凍僵的原野與樹木開始散發出生命存在的氣息。我打了一個嗝，然後我聞到自己體內噴射出來野獸屍體的味道。一個冬天，機村人殺了那麼多野獸，吃了那麼多野獸，以至於自己都像是變成了野獸。好在此時我正行走在太陽底下，強烈的太陽光芒正一點點把身上這種可怕的味道驅散。

這一天，我沒有找到達瑟。

我蹚過積雪，一直找到了他的樹屋底下。四野裡靜悄悄的，樹下的雪地裡，只有我自己留下的一串腳印。樹屋簷口上掛著的長長冰凌往下嘀嗒著碩大的水滴。樹屋下橫斜的大樹枝上，蹲著兩隻烏鴉。牠們的眼睛骨碌碌地轉動著，莫測高深地看著樹下的我。

我說：「我找達瑟。」

牠們並排蹲坐在那裡，一言不發。

我說：「看見我的好朋友達瑟了嗎？」

牠們伸開翅膀，叫了兩聲：「哇！哇！」

烏鴉喚來了風，風搖動樹上的積雪，紛紛飛揚起來的雪被陽光照得透亮。我望望樹屋對面堡壘般的房子，依然了無生氣，房頂上有一塊地方，被厚厚的積雪壓得塌陷下去了。有句諺語說：「沒人住的房子好比沒人愛的姑娘。」達戈離開僅僅一個冬天，這房子就顯出一副被遺棄多年的破敗相了。

回家路上，我遇見了美嗓子色嫫。她包著一塊鮮紅的頭巾。頭巾的一角，不時被風輕輕地掀起。在機村，只有她，每一天都精心梳洗，把自己打扮得整整齊齊。她站在那裡，注視著我慢慢走近。我想，她肯定希望我跟她打聲招呼。當我走到她的跟前，就垂下了眼皮。我聞到白雀羚濃重的香味。

她說：「你站住。」

我就站住了。

她蹲下身來，拍打拍打我身上的碎雪與塵土：「小崽子你也不想理我。」她還用她溫暖的手揪一下我通紅的鼻子，「是不是啊？」

她的氣息那麼溫暖芬芳，她的聲音那麼柔婉動聽，她妖女般的味道使我倍感傷心：「達戈的房子就要塌了。」

紅頭巾的妖女跪在雪地上，把我緊緊地抱在懷裡：「我對不起他，天哪，你說我跟他前世結下了什麼樣的孽債啊！」

我聽到又一個人把當下無從解決的事情推給了前世的什麼緣故，這個緣故就叫做孽債。

我依然說：「雪把他的屋頂壓垮了。」

「上輩子他欠過我，這輩子我又欠了他。」她扳起我的腦袋，讓我的眼睛對著她的眼睛，「記住我說的這句話，要是他還回來，把我這句話告訴他。」

這時，達瑟的聲音在背後響起：「這些話你該自己告訴他。」

「不！也許等他回來時，我已經走了。告訴他我這一走，就再不會回來了。既然天生我一副好嗓子，就讓我活在舞台上吧。這個道理，你們，還有整個機村人都沒人懂得，但他是懂得的。這個男人他是懂得的！」她搖晃著我的肩頭，「我的話你記住了嗎？」

我使勁點頭。

但她美麗的臉上露出了輕蔑的神情：「看你恍恍惚惚的樣子，我可不敢指望你能記住。但是當你們從廣播喇叭裡聽到我的歌聲，就會記起我的話，那時，你們就會把我的話告訴他！」她的表情變化真是太快了。她自己話音未落，就像聽到自己的歌聲從喇叭裡響起一樣，馬上精神抖擻地站起身來，沉醉於自己想像的歌唱中了。

達瑟說：「也許，你還沒有走，他就回來了也說不定。」

「不！」她自信滿滿，「不會，我等不到他回來了！」說完，她就提起裙襬，扔下我們揚長而去了。

我問達瑟：「她為什麼要這樣走路？」我不明白走路為什麼要把裙襬高高提起來。

達瑟說：「哦，唱歌的女人都是這樣上台和下台的。」

不一會兒，機村傍晚的天空下，就響起了歌聲。先是電唱機裡的歌聲響起來，然是，美嗓子色嫫的聲音就響起來了：

阿哥，你何須說，何須說——

且聽我為你唱歌——

我只能，唱支無字的歌——

為了我的歌，你也要在人世上生活——

十四

春天來得好快啊！

融雪水使村裡村外的道路變得一片泥濘。走不出幾步，鞋上就裹滿了黏稠的泥漿，使腳步變得沉重緩慢。但只要待著不動，馬上又感覺到初春天氣的美好了。陽光帶來愈來愈多的暖意，積雪飛快地融化，所有地方，都有潺潺水流的聲音，空氣裡充滿了濕潤清爽的水氣。

代理大隊長索波開了一個會。在會上他講，今年春天來得快，正好趁這出不了門的時間收拾收拾家具，雪一化完，地裡乾爽一點，就該春耕播種了。

下面有人笑罵：「媽的，這麼多老莊稼把式坐在下面，這種事情用得著你個毛頭小子來吩咐。」

索波也不像過去那樣容易氣惱了，他笑著說：「要是大家都知道，那就更好了。」然後，他喊了一聲，「散會！」

等他立起了身，下面卻坐著不動。

他又喊了一嗓子：「散會了！散會！」

「大隊長你不講點什麼？」

「我不是講過了嗎？收拾好農具，準備春耕！」

「就是以前開會講的那些！工作隊也講過！就是報紙上廣播裡也在講的那些！你是大隊長，你不也給我們講一講嗎？」

索波揮了揮手，說：「今年雪這麼大，工作隊下不來，沒有新文件新精神，讓我給你講什麼！」

大家轟一聲笑了。有人故意說：「這個傢伙，只要不中邪，還是一個好當家人呢！」

索波聽了，很受用地一笑，拍打拍打屁股上的灰塵，戴上帽子，起身走開了。

達瑟從來不參加這樣的會議。散了會，我急忙趕去向他通報會議內容。他說：「把你小耳朵裡聽到的都從嘴裡倒出來了吧。」

這時，他正在樹下造一架梯子。

一根修長的杉木被剝去了皮。樹幹的一面已經用錛子修削平整了。他正用斧子在樹幹的另一面，開出一個個間距相等的下平上斜的缺口。砍好缺口的樹幹豎起來，就是一架可以登上樹屋的梯子了。

這是他每年春天裡例行的工作。冬天，他精心藏好書本，用很多的樹皮與藤條封閉好樹屋後，就把楔在樹身上的腳蹬一一毀掉。開春了，要想重新上到樹屋，就必須先造一架梯子，才能重新在樹身上楔上腳蹬。他的梯子只用一次。然後，他會親手把這架梯子劈成一堆木柴，揹回家裡。這也是他在一年裡主動為家裡做的唯一一件事情。

他示意我幫他把地上四散的木屑收拾到一起。他終於說：「他又講那些誰都不懂的道理了？」「其實你的道理才誰都不懂。」

是那個女人她突然就在我們背後發話了。這麼泥濘的時候，她的腳上卻套著一雙紅色的小羊皮靴子。色嫫現在天天藏在屋子裡唱歌。演員需要雪白的臉蛋，所以，她已經不肯輕易出門，在太陽地裡隨意行走了。如果出門，身上總有一些鮮豔的紅色。頭巾、披肩、腰帶，總有一樣紅色的東西。今天她身上的紅色卻是一雙小羊皮靴。

她擺出一種姿勢，像電影裡的美人一樣向著我們微笑。

「呃……」達瑟舌頭有些發僵，「我在造一架梯子。」

色嫫笑了，跟著電唱機練習那麼久唱歌，連笑聲也變得那麼迷人動聽了：「誰都知道你在造一架梯子，而且又會馬上把它毀掉。」

這句話裡包含的譏笑的意味使達瑟清醒過來，不再被她的美色所迷惑了。他說：「你來這裡幹什麼？那個人為你造的房子都要塌掉了。」

的確，對面房子四壁木頭上溫暖的棕色開始褪去，泛出一種帶著寒意的慘白。屋頂也塌陷進去好大的一角。門廊那裡，被旋來旋去的風堆積起了好多的枯枝敗葉。

那個中午，達瑟一斧一斧造他的梯子。色嫫坐在枯草地上，呆呆地看著那所曾經無比漂亮的房子。曾經，這所房子的鐵皮屋頂在太陽下閃閃發光，而在房子的裡面，鋪滿了柔軟而溫暖的獸皮。坐了一會兒，色嫫一下子站起身來，大聲說：「你們不懂，他就是要讓我走上舞台！」

達瑟說：「我給你講個舞台的故事吧。」

色嫫說：「真的。我看你不像會講故事的樣子。」

「我不會編故事，但見過的事情總還講得清楚。」

「那你就快講吧。」

「不要催我，你又不是下一刻鐘就要上台表演。」

達瑟的故事就發生在他曾經就讀的民族幹部學校的禮堂裡。舞台是在禮堂的前部憑空架起來的。學校裡常常舉行晚會。都是有文娛愛好的學生換了漂亮的舞台裝上去表演。舞跳到高潮時，姑娘們飛快地擺動裙子，小夥們使勁跺著雙腳，這時，舞台的地板便有了空洞的迴響，像是大鼓的聲音，而架空的舞台下面，就有激起的灰塵，從地板縫裡升上來，以比舞台上沉醉的人更為輕盈的姿態飛舞著，被強烈的燈光照亮。

達瑟說：「我聞不得那些塵土，它們一飛起來，我就忍不住咳嗽。」

色嫫十分不滿：「這算什麼故事。」

「我不是還沒有講完嗎？」他說，不是舞台上的人而是那個舞台地板下空洞的部分引起了一些同學強烈的興趣。每有晚會，便有人預先潛入，直到晚會結束時，才從裡面灰頭土臉地出來。

「他們看見了什麼？」

「有人說，從地板縫裡往上看到跳舞的姑娘裙子底下什麼都沒穿。」

「達瑟你去過嗎？」

達瑟說，他也去過。第一次，上面剛剛開始跳舞，下面的灰塵就嗆得他喘不過氣來。下一次進去，他戴上了兩隻口罩。這次，灰塵沒有再嗆住他。他從地板縫裡往上看，只看到一些飛快挪動的鞋底和一刻不停晃動著的腿，除此以外，就沒有什麼好看的了。達瑟承認，在下面不但直不起腰來，還得小心橫七豎八的支架碰著了腦袋。色嫫說，她以後上台要在裙子底下穿三條褲子，看那些傢伙能看見什麼。

達瑟說：「要是人家自己願意脫下來呢？」

色嫫雙手捂在胸前，做出一副吃驚的表情，說：「那怎麼可能？」

達瑟笑笑說：「反正我是親眼看見過。」

他說，當他貓腰在舞台底下的時候，曾經苦苦思索一個問題，如果下面看到的就是這麼一些東西，那些同學為什麼一而再再而三地要到地板下來呢？最後，他在舞台深處找到了答案。貓著腰穿過舞台下面，音樂聲小下去，地板縫裡漏下來的燈光也不那麼明亮了。他還聽到了姑娘們壓得很低但仍然掩不住興奮的吃吃笑聲。他從地板縫裡看上去，是姑娘們氣喘吁吁的替換衣裳。腿、腿間的幽暗、晃動的乳房、赤裸片刻又被衣服遮掩的肌膚，他的心咚咚跳動，就像有人用拳頭猛砸地板。他移向舞台的左邊。這裡是男子們的更衣室。漏到地板下來的是菸頭上的火星，是粗話與口痰。他們脫去衣服，那軟軟懸垂著的男人的傢伙從下面看上去更加碩大也更加難看。講到這些的時候，達瑟沒有加以一點掩飾，但色嫫卻沒有一點詫異的表情。

達瑟清清嗓子，說，他又往右移，回到女生的更衣室下面，再往右移，卻發現了一個更小的房間。

「那就是獨唱演員化妝的地方！」色嫫驕傲地宣布。

「我可沒有看見什麼獨唱演員。」達瑟依然不緊不慢地說，「我看見兩個領導坐在裡面抽菸。學校領導和一個更大的領導。更大的那個領導就是我叔叔。」達瑟在那裡停留下來，兩個領導就那樣坐著慢慢吸菸。舞台上一個什麼節目演完了，舞台下響一片掌聲。掌聲還在劈哩啪啦響著的時候，最漂亮的那個女演員進來了。學校的領導卻消失了。

舞台上面，鼓聲，男子齊舞時的雄健的吼聲一陣高過一陣。上面，叔叔跟女演員談話的聲卻斷斷續續。只有零零星星隻言片語從地板縫裡掉下來，被他撿拾在記憶深處。漂亮。好漂亮。不要嘛。摸摸。不嘛。推薦。歌舞團。出名。要。不要。不要。好了。好了。不要哭。好消息。等等，等等。他親眼看到叔叔撫弄姑娘的乳房。看到他像牲口交配那樣，趴在姑娘背上。然後，那個姑娘真的就是離開學校，成了文工團員。

聽著這個故事，色嫫的臉紅了，又白了。然後，她就傷心地哭了起來。達瑟很笨拙地想去擦掉姑娘臉上的淚水，但她卻起身給了達瑟一個重重的耳光：「你叔叔該死！」

達瑟漠然笑笑：「他不是被打倒了嗎？」

「你也該死！」

達瑟更加漠然地說：「那就來打倒吧？」

色嫫哭著慢慢從我們身邊走開。達瑟對著她的背影搖了搖頭，轉過身來對我說：「就是那個到了文工團的姑娘，後來在批判會上，把我叔叔打得好狠啊！吱哇亂叫像個發情的母貓！」

聽到這話，已經走開的她回過身來，說：「活該！」這時的她已經破涕為笑了。然後，她的身影便轉過小山丘消失了。

達瑟繼續做他的梯子。木茬大片大片地從斧子下飛濺而起，把新鮮的松香氣布滿四周。這時，色嫫又跑回來了。她喊道：「來人了！」

達瑟拉著我扔掉斧子跑到小丘頂上。我們先看見的不是汽車，而是安靜的村子騷動起來。整個冬天，機村都像被外界遺忘了一樣，沒有一個人來。過去，一到冬天，工作隊就進村來了。幾個月時間，村民們無事可幹。正好集中學習、鬥爭和批判。但恰恰是在文化大革命的高潮中，機村渡過了一個安靜無比的冬天。連旁邊正在修建伐木場的人大部分都撤走了。剩下幾個留守人員也安安靜靜的，什麼都不幹。

看看下面村子裡一下子就騷動起來的人群，就知道，機村人被這麼長久的安靜早就弄得不耐煩了，機村人已經不習慣這種亙古而來的寧靜了。有一個古老的故事說，幾百年前，機村曾經遭到其他部落的圍攻。這些圍攻的部落人數眾多，占據了機村四周的山野。但機村人當時的頭領非常富於智慧。他讓人數有限的機村人一刻不停地在村子裡四處奔走，交替著不斷出現在不同的地方，這樣就造成了一種士氣高昂人多勢眾的印象。然後，再通過和談解除了圍困。現在，從村外的小山丘頂上看下去，村子裡的情景正像是這個故事在重演。差不多所有的人都在奔跑，聚集又散開，散開又聚集，跑到高處張望，又從高處下來向下面的人傳遞消息。

但是，遠處的道路上，還是沒有人影的出現。

達瑟問色嫫：「你看見鬼了吧？」

「我聽見下面有人喊山外來人了！」

「你在等接你去歌舞團的人吧？」

色嫫沒有說話，但她眼裡焦渴的目光，要是一直投射在一個地方，比如一株樹上，一定會使那株樹都燃燒起來。

而從山上看下去，我們的機村像一個受到驚擾的蜂巢。

終於，在斑駁蕭瑟的雪野盡頭出現了一個人踽踽獨行的身影。當那個身影出現在大家視野裡的時候，整個村子都安靜下來了。而這個人影也在望得見村子的地方停留下來了。他站在公路接近村子最後一個彎道弧度最大的那個地方。有些西斜的陽光從他背後照射過來，使他的身影顯出一種特別孤單的味道。陽光的勾勒使人可以看出他肩上掛著一副搭褳，右手拄著一隻細長的棍子。他站立了好一會兒，又邁開步子往前走動了。他的身影，他的步態，看起來都太熟悉了。

達瑟一副鄭重其事的樣子：「是惹覺．華爾丹回來了？」

色嫫問：「誰？」

「就是那個愛你愛成了傻瓜的達戈啊！」

色嫫一下子臉色發白，坐在了地上。她說：「不。不。他這樣的男子漢做了事情就不會回頭。」一說話間，那個蹣跚的身影已經走近了村口。在那裡，他再次停留下來。這時，村子裡的人突然向村外湧去。他們喊叫了出了一個人的名字。

「格桑旺堆！」

「大隊長回來了！」

大隊長回來了！格桑旺堆回來了！達瑟一屁股跌坐在地上。他說：「好人好報，好人好報，格桑旺堆大叔回來了。」然後，這個平時對任何事情都一副事不關己模樣的傢伙兩隻手緊攥著被融雪水浸潤的枯草，通紅的眼裡慢慢溢滿了淚水。他說：「媽的，他們也知道他是好人，把他從牢裡放出來了。」

色嬤的眼睛也泛起了淚光。她說：「達瑟，你說，達戈也會這樣子走回來了嗎？」

達瑟的心情突然就好起來，他說：「你不能問我這樣的問題。在民幹校的時候，哲學課老師說，哲學就是提出問題而不是解決問題，曉得嗎？我就是那個哲學。」

說到這個他自己也似是而非的話題，達瑟自己是很得意的。

這天晚上，冷落許久的格桑旺堆家門庭若市。但是，除了少數幾個人，沒有人能走進格桑旺堆的家門。他剛剛走到村口，望見那麼多人向他奔跑而來的時候，就搖晃著身子倒在地上，昏過去了。從那個時候，差不多全村的人都聚在了他家的庭院裡，等候屋子裡傳出這個人的消息。但屋子裡除了他家裡女人又悲又喜的哭聲不時響起外，還沒有傳出任何消息。黑夜降臨了。屋子裡亮起了燈光。屋子外面寒氣四起，白天融化的冰雪又重新上凍了。黑壓壓的人群也像被凍住了一樣沉默不語。終於，索波和幾個老人走出了屋子，他袖著手，對著大家說：「都放心吧，大隊長醒過來了。」

大家還是一動不動。

和他們一起出來的，還有我的表姐。

我對達瑟說：「看，表姐。」

達瑟哼哼了一聲，我不太明白他是什麼意思。

我又叫了一聲：「表姐。」

我叫得太膽怯了，她沒有聽見，她大聲對大家說：「他就是太餓，太累，現在緩過勁來了。」

接下來，機村人川流不息，帶來各種禮物，堆滿了格桑旺堆家的門廊。傳統的禮物是茶、鹽、豬膘，還有酒，而在這個豐收年裡，更是多了成罐的菜油、用土豆從伐木場換回來的大米與白麵，甚至有人家把去年大火時偷藏起來的成箱的罐頭都搬出來了。每個人都放上了自己的一片心意。

這時，格桑旺堆下樓來了，看著站滿自己家院子的鄉親，看著堆滿門廊的禮物，他把頭緊抵在牆上，帶著哭腔說：「我恨過你們，怨過你們，鄉親們，你們這樣對我，我覺得我不該怨恨哪！」

這種情形下，有女人馬上就哭出聲來了。

但有人馬上高聲制止：「鄉親們，這個時候，該高興才是啊！大家應該喝酒歌舞啊！」

這時，表姐眼睛看著達瑟，嘴裡悄悄告訴我：「達戈！達戈也回來了！」

「你怎麼知道？」

「格桑旺堆說的。他們兩個一路回來的。」

我把這個消息告訴了達瑟。

達瑟正在為自己拿不出禮物而羞愧，聽了我的話，便在人叢裡尋找：「達戈，達戈在哪裡？」

沒有人告訴他在哪裡可以找到達戈。

這時，美嗓子色嫫唱起來了，她唱的還是那首最愛的那一首：

阿哥，你何須說，
何須說，
且聽我為你唱歌。
我只能唱支無字的歌，
為了我的歌，
你也要在人世上生活。

歌聲裡，人們手拉手，繞成了一個圈子，跳起了舞蹈。色嫫歌唱，人們舞蹈。直到月亮從東山邊上的薄雲後升上天頂。人們好久沒有這樣歡舞過了。現在，大家都手拉著手，節奏悠緩的時候，所有人的身體像被風吹拂的樹那樣輕輕搖晃，吟詠一般的歌聲像朦朧的月光行走在樹梢之上。然後，腳步愈來愈快，心跳也跟著快起來，所有相互牽引著的手心裡都沁出了汗水，都傳導著溫暖，舞蹈的人們時不時憋不住發一聲喊，這時，映在井泉裡的月亮會顫抖一下，真的月亮卻依然一動不動高掛在明淨的天上。

剛才監獄裡釋放出來的格桑旺堆身體虛弱，面前擺著一碗熱酒，倚在門廊上，一臉微笑地看著歡舞的人們。

達瑟離開歡舞的人群，踏著月光去找他的朋友。他說：「我曉得你這個傢伙去了哪裡。」

達瑟趕到時，見達戈正動作利索地撬掉釘在門上的木板。

門打開了，稀薄的月光先於兩個人進到了屋裡。月光只是進去了一點點，走到火塘下方就停住，不再往裡面去了。達瑟往月光那邊的黑暗裡伸了伸腳，但很快就縮了回來。他轉過臉來看著達戈。達戈一伸腳就走進去了。

在黑暗裡邊，他說：「進來吧。」

達瑟伸出腳，在空洞的黑暗中試探一下，也進去了。

「坐吧。」

「我沒地方坐。」

「將就一點，直接坐在地板上吧。」

「連塊墊屁股的皮子都不給我？」

「這屋子裡連半塊皮子都沒有了。」

「你把它們弄到哪裡去了？」

「全都賣了。」

「換錢了？」

「換錢了。」

「你他媽的要那麼多錢幹什麼？」

「你他媽連一無所用的書都要那麼多，錢這麼有用的東西為什麼不該愈多愈好。」

兩個待在黑暗中的人都不開口。屋裡太安靜了。靜到可以聽到屋子外面的曠野重新上凍的聲音。白天，在陽光下融化的雪與冰重新凝結時發出嚓嚓嚓嚓的聲音。好像有很多人或動物正輕手輕腳從四面八方朝這個屋子走來。屋子裡，只有達瑟粗重的呼吸聲。而達戈只要願意，連呼吸都可以屏住很久，像一個沒有生命的木頭樁子一樣。

「奇怪，我怎麼有些害怕呢？快把火生起來吧。」達瑟說，「媽的，你像一根冰柱一樣散發著冷氣！」

火苗從火塘裡升起來，達戈側過被火照亮大半的臉：「你說我是個死人？那我就算是個死人吧。哎，夥計，你的書上談過這些事情沒有。」

達瑟伸出手來，籠在火苗上：「春天來了，我明天就上樹打開書屋，我給你翻翻看。」

達戈笑了：「拉倒吧。你那些書只把世上有的東西畫在上面，一點也沒有人不知該怎麼辦時想要的道理！」達戈笑著，把被火光照亮的臉又轉向黑暗，「夥計，我走的時候，以為自己不會再回來了，結果我又跑回來了。」

「回來就好，你的房頂都塌了。」

「回來就好，你以為一個人還能回到原來的樣子嗎？」他猛然一下轉過臉來，火光再次把他的臉照亮。達瑟看見了他凶惡的眼光，扭曲的臉孔。

「你的臉？」

「這麼有學問的人連這個都看不出來嗎？」

他的左臉頰上，一道刀疤從鼻梁旁一直斜向耳垂下面。達戈舉起右手，右手背上交錯著幾條刀疤。他張開手，兩根指頭沒有了。

達瑟聲音沙啞：「誰幹的？」

「你是想要幫我報仇嗎？你沒有這個本事，還是不問這種沒用的話吧。」達戈的臉變得冰冷僵硬了，他的語氣裡充滿了嘲諷，「好夥計，要不要脫下衣服看看我身上其他地方的傷？」

「在這裡好好的，你跑出去幹什麼？我們不是都從外面回來的嗎？」

「我是來找我的愛情！你拿他媽些破書躲回來，能跟我比？你拿著幾本破書，這個不能，那個不能。不能打獵，不能砍樹，不能殺那些該死的猴子！告訴你，我惹覺．華爾丹都幹了！老子什麼都敢幹！」

達瑟只感到背上發冷：「你幹了什麼？」

那張被刀疤扭歪了的臉朝他逼過來：「你真的想知道？」

達瑟眼睛一眨也不眨，點了點頭。

「我弄不懂你他媽是個什麼人，該害怕時你又不害怕了。你不害怕也就用不著告訴你了。」

「你幹什麼了?!」

達戈笑了，伸手抱住了他朋友的肩頭，使勁搖晃：「好夥計，老子什麼都沒幹，告訴我，你想念我嗎？」

「我以為你不會回來了。」

達戈語含悲涼：「要是我沒有死，不來這裡又能去什麼地方呢？」

「那你為什麼要離開？」

「哦，要是色嫫不離開我，我就一直待在這裡。但她想在舞台上，想在收音機裡，想在電影的新聞簡報裡唱歌，我就沒有辦法了。我只好把別的事情了結了。要是這個世界不把最好的東西給我，那我就至少該把最壞的事情做個了結。」

「你肯定幹了什麼。」

「反正你的木頭疙瘩腦袋喜歡琢磨事情，那就慢慢琢磨吧。」達戈的心情轉眼間又好起來了，他說，「看來，這個屋子需要好好收拾一番了。問題是，現在我們有什麼好吃好喝的。」

這個屋子空空蕩蕩，風在屋頂上呼呼地來來去去。顯然沒有他所說的那些東西。達瑟想起，樹屋上不僅藏有書，而且還有一些肉乾，甚至還可能有一瓶酒。肉是達戈送給他的。酒是在城裡上學的時候，叔叔送給他的。叔叔說：「外國酒，你看看這是外國的白蘭地酒！」

達瑟說：「可是我的梯子還沒有造好。」

達戈說：「不是每個人上樹都要一架梯子。」

但達瑟堅持要把梯子豎起來。這並不難辦。但他上到一半，上面，就沒有踏腳的梯級了。他停在半空中，看著達戈直接盤著腿，從樹幹上直接上去了。他扒拉開封住樹屋的樹皮與枝條，冰雪劈哩叭啦掉下來，打得達瑟站在梯子半腰吱哇亂叫。已經站到樹屋上的達戈把繩子垂了下來，讓達瑟吊了上去。

達瑟不要達戈動一指頭自己的東西。肉乾就在書堆中間。但找出那瓶白蘭地酒，卻是頗費功夫。直到打開最後一只箱子，才把那瓶酒從書堆底下扒了出來。

回到屋子裡，兩個人差不多都凍僵了。但這帶著陌生而奇怪味道的酒，加上火塘裡的火很快就使兩個人的眉眼重新生動起來。烤肉乾的香氣更增添了兩個人的愉快心情。

「達瑟，我給你帶來了兩個好消息。」

達瑟把一口酒含在嘴裡，反覆品味，臉上的表情卻懶懶的：「對我來說，無所謂好消息，也無所謂壞消息。」

「不想聽?」

「你叔叔又當官了?」

「他就是當官的人，不當官他能幹什麼?」

達戈把一口酒嚥下肚子裡去，說:「嚯!還有一個消息你肯定愛聽!我發現一個地方有書!」

「什麼地方!」

「鎮上。他們開了一個書店!」

「我沒有錢。」

「誰說要錢了，你這個木頭腦殼。」

達戈回到村子前一天，在鎮上閒逛，正無處可去，發現書店背後一間房子窗戶上沒有玻璃，洞開的窗戶中有野貓出入。他鑽進去，發現是書店的庫房。裡面堆的全是書。他把這事跟書店的人講，一個女人坐在櫃檯後面，眼皮也不抬，說:「裡面要是吃的穿的，你來報告就對了。書，在這個鬼地方，誰稀罕!」

「裡面堆了好多嶄新的書!」達戈強調說。

不想，達瑟卻淡淡地說:「你以為什麼東西都是新的好?你沒看過我的藏書嗎?我可是沒有帶回來一本嶄新的書。」

「什麼東西都是新的好，難道書偏偏要舊的?」

達瑟露出了有些狡猾的笑容:「夥計，這話可是你自己說的。這句話很反動，要是有人鬥爭你，可不要揭發是我教你的。」

達戈的臉陰沉下來，像是一塊沉重的鉛，話鋒像門外屋簷上掛著的冰凌一樣閃著寒光：「鬥爭？你想鬥爭我嗎？」他左手一抬揪住了達瑟的領口，同時，右手已然從腰間拔出佩刀，涼浸浸的刀尖頂在了他的下巴上，他嘴裡呼出的氣息卻如火苗拂過他的臉頰，「鬥爭？鬥爭？誰要鬥爭我。你們不鬥爭人就不能活嗎？你們就是為了鬥爭人才降生到這個世上的嗎？」

他的眼裡閃爍著前所未見的陌生而瘋狂的神情，好像眼前這些人，這些事，都屬於一個他從未涉足的陌生世界。而在達瑟看來，他的眼睛一旦換上了這樣仇恨而瘋狂的光芒，他整張熟悉的臉，連同他嘴裡呼出的氣息，都變得無比陌生了。達瑟很奇怪自己並不害怕，他的口氣也變得冰冷：「你想殺死我嗎？」

他恍然覺得，自己是在用某本書裡一個人的口吻在說話。在那個故事裡，他是一個有很多學問的人。而那些擁有刀劍的人總是害怕他。所以，這個人需要常常用超常冷靜的口吻問這些人：「你想殺死我嗎？」在這本書的故事裡，這個人的問話常常是連著的兩句，下一句是：「你們以為能把我跟我心裡的想法一起殺死嗎？」

但是達瑟腦子不好，喜歡書，又不能讀懂太多，所以，他記不起這個故事是從哪本書裡看來的。更記不起，這樣的問話一共有兩句。但他覺得自己像是一個故事裡的智慧人物那樣問出那一句話時，達戈的身子輕輕顫顫抖了一下，顫抖使刀尖輕輕扎破了他的皮膚。那種涼爽的，又有些灼熱的感覺非常奇妙。然後，一條細細的血流便順著刀上的血槽，慢慢淌出來了。

達瑟感到自己流血了。

流血使達瑟感到非常快意。而在他的腦子裡，一本一本的書頁在自己翻動，尋找與眼前情形相對應的場景。最後，他嘆了口氣，腦海裡一本本翻過的書中沒有相關的描寫。血還在慢慢順著刀身流淌，他背上有些發涼。

血流過刀身，流到達戈手上。他的手像是被燙著了一樣，刀子咣啷一聲掉在了地上。

他清醒過來了。看到達瑟脖子上的血跡，他害怕了：「我知道是我幹的。」

本該鮮紅的血在燈光下卻那麼烏黑，血流慢慢蟲子般蠕動，但達瑟並不去管。他顯然找到了書中那些賢哲一般的感覺，他說：「是啊，我看見了，就是你幹的，可是現在你害怕了。」

達戈拿起刀子來，用衣袖擦去了上面的血跡，他說：「我不是害怕殺人，但如果殺了兄弟你，我才會害怕。」

「那你是為了什麼？」

「因為我只殺該殺的人，你這個書呆子腦子糊塗但心地善良，我殺你幹什麼？」

說完，達戈撕了件衣服替他紮住了傷口。

包紮傷口時，達瑟手上沾上了一些自己的血。他把沾血的手舉在自己眼前，有些虛弱地說：「我好像要昏過去了。」

達戈說：「那你就昏過去吧，反正我擔保你死不了。」

達瑟說：「我有點喘不上氣來。」

達戈笑了，說：「你去死吧。」

達瑟用一隻手拉著纏在脖子上的布條，確實覺得喘不上氣來。他放在樹屋上，裝在四角包有鐵皮的結實木箱裡的那些書，在腦海深處又劈劈啪啪翻動起來。他在裡面找到了一句話。這句話是一些了不起的人在臨終前常說的一句話：我寬恕你。他看到了那一行字。甚至看到自己蘸著口水翻書裡，髒指頭在這行字上留下的印跡，但到他口中一說，卻變成了：「我不怪你。」然後，就一歪腦袋昏在了達戈的懷裡。

達戈坐在火塘邊，四野裡靜悄悄的，再仔細傾聽，四處正在傳來白天融化的冰雪重新上凍的細密聲響。

十五

達戈出現在舞會上時，人群中起了一陣輕微的騷動。

他改變了的臉讓人們害怕。最害怕的是正沉醉於歌唱的色嫫。但是達戈只是逕直走到了格桑旺堆的面前。

格桑旺堆問：「是牠嗎？」

「我跟了牠好長一段時間，直到牠回過身來，讓我看清楚了，是牠。」

「你沒有傷牠吧？」

達戈笑了：「我手癢啊，但牠是你的，你的事情我不會去了結。」

格桑旺堆說：「謝謝。」

索波已經聽出個大概了，但還是問：「誰？」

格桑旺堆說：「你們不知道我要回來，牠倒知道，在半路上等我呢。」

好多人聽不明白格桑旺堆這句沒有頭尾的話，但索波知道，格桑旺堆的那頭熊又出現了。那頭在大火起來之前，曾經與牠的老對手照過面的熊又出現了。

格桑旺堆笑笑，說：「牠應該是知道我又餓又沒有力氣才沒有動手，不過，我跟牠決鬥的日子快了。其實，牠不來我也要去找牠了，再拖下去，我的身子就要完全垮掉了。」

要是在平常，這可是達戈最有興趣的話題，但今天不同，他逕直走向舞圈中央，不知他要幹什麼的色嫫的歌聲開始顫抖，但是，達戈逕直從她身邊過去了，拉起了我表姐的手就走。

表姐在掙扎。

達戈說：「我請你給人看病。」

「我還沒有畢業，我要畢了業才能給人看病。」表姐都揹上了藥箱，嘴上還在說：「要是我犯了錯誤，就是你逼的！」這樣的話，她過去可從沒說過。她以為不可能再回去上學了。可是，前些日子，她又接到了回學校去「復課鬧革命」的通知。她已經收拾好了所有的東西，隨時都可以回城上學去了。所以，才在乎起自己是否具備行醫資格這樣的問題了。看到倒在地上的達瑟，表姐立即就像個真正的醫生了。她手腳利索地把紮在達瑟脖子上的髒布條解下來。

她用酒精給傷口消毒時，達瑟輕輕地哼哼起來。當傷口敷上藥，脖子上紮了圈雪白的繃帶，達瑟甚至有些容光煥發了。

達戈罵道：「又在裝電影裡的樣子了。」

達瑟認真地說：「不是電影裡，而是書裡的人的樣子。」

達戈輕蔑地吐了口唾沫：「呸！」

表姐用別樣的眼光久久看著達瑟，她說：「我接到通知，就要回學校上課了。」

達瑟鳥一樣轉動著脖子，說：「唔。」

「你沒有接到通知嗎？」

「接到了。」

「那你什麼時候回城去，你回去的時候要來看我啊。」

「我不回去了。」

「不回去了?!」

達瑟平和地笑了，說：「不回去了。」他這句話使我的表姐眼含淚花。但這個沒肝沒肺的傢伙說：「你要多留一點綳帶給我。」

表姐生起氣來，說：「你這個愚蠢的傢伙，你去死吧！」但臨別，還是把藥箱裡一大捲綳帶都留給了他。表姐離開的時候，表情憤怒而又悲傷。但是過了這個晚上，第二天，表姐就又興高采烈了。畢竟，再次離開她以為一旦回來就再也不會離開的機村，該是多麼叫人高興的一件事情啊！然後，表姐就走了！

大家都想，哪一天達瑟也要離開了。但他自己卻一點沒有這樣的意思。他脖子上紮著一圈雪白的綳帶，得意洋洋地用他認為是某本書中的某個了不起的人物的姿態在村中行走。

村裡人都不讀書，不曉得他在是模仿書中某個不確定的角色。但大家都見過林子裡的野鳥，把脖子伸得長長的尋找食物，或者為了求偶而不停鳴叫的樣子。所以，從這個時候起，他又有了一個外號：鳥脖子達瑟。有一天伐木場放一場露天電影。新聞簡報裡突然出現了機村沒有的一種叫做鴕鳥的大鳥的時候，很多人同時叫起來：鳥脖子達瑟！

有時，人們會追在他後面問：「達瑟，你的叔叔官復原職了？」

「你什麼時候動身呢？」

他先轉過身子，再轉動脖子和脖子上的腦袋，看那人一眼，然後，又把脖子、腦袋和整個身子轉回去，一言不發，背著雙手，先把脖子伸出去，然後，才邁步慢慢走開。

他真是懶得跟這些人理論，他正在往公社所在地的鎮上去。無論如何，他想要去看看達戈所說的那個新開的書店，他還要在飯館裡去吃一次飯，在那裡豎起耳朵，聽聽外面近些日子發生了些什麼稀奇古怪的事情。而其中的一件兩件，說不定正跟樣子大變的達戈有關。

還有人攔在他面前說：「你喜歡看書，城裡不是有更多書嗎？」

他撇撇嘴，繞過這個人，什麼也沒說。他想，這個從沒去過城裡的人怎麼知道城裡的圖書館都搬空了，燒光了？怎麼知道樹屋上的藏書有多麼豐富呢？想到此，他已經行走在村外的公路上了。回頭望望村子背後小丘背面那棵大樹。樹把大半個身子連同他的那些書，藏在小丘背後，只有巨大的樹冠伸展在陽光底下。

自從回到機村，他還從來沒有去過鎮上。二十多公里的路，他走了很長時間。汗水浸到傷口上，有針刺一樣的痛感。太陽暖洋洋地照著，使他腦袋發暈，倒是傷口的刺痛讓他保持了清醒。終於，風送來高音喇叭裡高亢的歌唱聲，他抬眼看到了鎮子上錯落房頂上那些灰色瓦片，和飄在這一片灰色上的幾桿紅旗。

他直接就去了書店。

書店門口上方豎著四個鐵皮鑲成的紅色大字：新華書店。每個字都有半個人的身量，幾個字互相又站得很開。他曉得，這幾個大字是毛主席寫的。所以，下面的店面也就不能窄於這幾個大字所占的寬度。但是店裡很多架子都空著。架子上的書大概也有四、五十種。主席的紅色的書。馬恩列史燙著金字的棕色的書。他從這個門進去，沒有稍停一下腳步，就從另一個門口出去了。踩著泥濘的街道，他繞到了書店的後面，果然看到了達戈所說的洞開的窗戶。他個子高，只是稍稍踮了踮腳，就把腦袋伸了進去。他看到了很多的嶄新的書。窗戶下面那方陽光裡，那些書面上的金字閃閃發光。那些書和擺在店裡的那些書一模一樣，他縮回腦袋，嘴裡不明所以地哼了一聲。這麼多一模一樣的書，在這樣一個地方三百年也不會賣光。

他說：「呸！」他這裡在罵替他帶來關於書本消息的達戈是個傻瓜。

然後，他按事先的計畫到飯館裡去喝上一杯。

當年他離開的時候，在那裡被達戈灌得爛醉。如今，他也多少有些酒量了。再說他也不全是為了喝酒，而是為了像那些酒鬼們開脫自己時常說的那樣，「支起耳朵，聽點消息」。食堂中央燒了一個大鐵爐子，整個人還是像掉進了冰窖一樣。但他還是坐了下來。他甚至自顧自地哼哼著：「聽點消息，聽點消息」。每哼哼一聲，他的口裡就冒出一團白煙。有一個圍著一張僵硬而髒污的圍裙的傢伙過來了：「快說，要點什麼？」

達瑟還在搖頭晃腦：「聽點消息，聽點消息。」

「什麼什麼？」

「哦，酒，有肉的菜。」

「有錢嗎？」

「有。」他掏出兩張五元面值的鈔票。

「還有米飯。」他又掏出了糧票。迄今為止，他還算是國家的人。還有人從學校給他寄來每月的津貼與糧票。

酒菜上來了，酒精使血液在暖和過來的身體裡暢快地奔跑起來。他的心情與身上的器官都變得輕盈而敏銳了。他端坐在那裡，耳朵卻在捕捉來自別處的聲音。飯堂裡除他之外，只有兩張桌子上有人。一張桌子上是十多個伐木場的造反派，他們興高采烈，話題都是鬥人、燒書的經歷。這夥人不時的轟然一聲，爆發出一陣狂暴的大笑。

再一桌只有三個人，牛毛織成的褡褳放在旁邊，三個來自附近村寨的鄉下人，沉默不語，他們喝酒，只是想使心頭與身子都變得暖和一點。

達瑟自己喝了一口酒，笑笑，想：「看來沒有他的消息。」這個他就是達戈。他相信達戈在離開機村的這段日子裡，肯定幹下了什麼驚天動地的大事情。他可一直為朋友懸著心呢。

門又被推開了。幾個卡車司機闖了進來。看那幾個傢伙被店堂裡的冷氣弄得身體猛然顫抖，同時臉上現出猝不及防的吃驚的神情，達瑟忍不住哈哈地笑了。

冰冷的空氣加強了笑聲裡的突兀感。所有人都把目光朝向了他。

他看到自己的笑聲並沒有飛到那些人跟前，飛到半路，就結成冰跌落下來，碎了一地。

他坐下來，臉上浮上了他招牌似的漠然表情。

那些人齊齊地看了他一陣，自己也看得木然無趣，回頭又忙著鼓搗自己嘴巴上的事情去了。那幾個卡車司機也要了酒菜，開始交換各自在長路上的見聞。他們換了一個又一個話題。他們說得很熱鬧，但沒有什麼是他感到興趣的，於是，他的耳朵差不多都關閉起來了。就像一隻獵犬準備睡覺時，那支楞著的耳朵就軟軟地垂下來，半掩住了敞開的耳洞。但就在這時，他半睡的耳朵敏銳地捕捉到了一個村子的名字：惹覺！

他一下就警醒了。他恍然回到幾年前，就在這個飯館裡，那個一身舊軍裝的生氣勃勃的傢伙對他伸出手來，熱烈地說：「認識一下，我叫惹覺・華爾丹。」

聽那個故事的時候，他又處在那種漠然的，跟這個世界的什麼都隔著層什麼東西的狀態中了。聽完故事，他出了飯館就往回程的路上走。只是來時的那種勁頭沒有了，他的腳步慢了下來。好像不是他的腦袋而是他的雙腳在思考。太陽下山了，群山濃重的陰影投射下來，他也沒有加快腳步。風嗖嗖地吹起來，林濤聲轟轟然湧動著，他想把伸長的脖子縮短一點，但脖子被那圈繃帶托住了。

他好像聽到有人問他為什麼不走快一點。他大聲地說：「走那麼快幹什麼？」話剛到嘴邊，就給強勁的風吹走了。

他又大聲喊起來：「你們要那麼快幹什麼？」

這一聲，他沒有喊完，一股風灌進嘴裡，和那些聲音一起倒灌進肚子裡去了。

當星星一顆顆跳上天幕的時候，風停了下來。安靜的夜降臨了。四野裡聲音四起。鳥在巢中挪動身子的聲音、流水的聲音、解了凍的樹拚命向地下吮吸水分的聲音、樹木正在膨脹的身體撐裂樹皮的聲音，河邊的柳樹芽苞破裂的聲音。在這些細密的聲音中，他的腳步加快了。不知不覺間，他就走進了村口。甚至沒有看到一個人站在他面前。那個人說：「多好聽的聲音啊。」

「是，好聽的聲音。」他口裡下意識地應和著，腳步卻沒有停下。

那個聲音又說：「好小子，真還有點派頭啊！」

這個聲音聽起來有些陌生，正是這份陌生讓他停下了腳步。他站在原地，轉了轉纏在繃帶裡的脖子。那人打亮了手電筒，光圈從他頭頂滑下，最後停在他的繃帶上。那人笑起來：「年輕人，這東西該換換了，再髒，你就神氣不起來了。」

他認這個人是誰了：「格桑旺堆。」

「很好，你是唯一一個直接叫出了我名字的人。他們都不知道該叫我大隊長還是叫我名字。就連索波這個過去那麼厲害的年輕人也是一樣。」

達瑟說：「你明明就當不成大隊長了嘛。」

格桑旺堆笑了：「說得是啊！」

接下來，至少達瑟就覺得沒話要說了。要是這時候非要沒話找話，他就會腦門子發緊，口裡發乾。他拔腳準備離開了。但格桑旺堆一把攥住了他：「年輕人，等等，我聽說你不打算回去復課上學了？」

達瑟說：「是，我不想回去了。」

「你不是喜歡讀書嗎？」

「我喜歡讀書，我在學校裡已經學會自己讀書了。」有一句話，他覺得不值得說出來。那就是回到學校也沒有什麼真正的書好念。但他想，格桑旺堆又沒念過書，怎麼對他說得清在學校還沒書可念是什麼道理呢。於是，他帶著一種頗為驕傲的心理緘口不言。

格桑旺堆說：「你該放心回去，你的叔叔已經解放了。」

叔叔這個字眼，讓他想起一個穿幹部服的胖子，這個人就是他的叔叔，但無論如何，這個人都是一個無法熟稔起來的形象。他剛進民幹校的時候，星期天，叔叔派勤務員開著吉普車把他接到家裡。叔叔燦爛地笑著，把他推到一個又一個人跟前：嬸嬸、姐姐、哥哥、妹妹。嬸嬸好一點，姐姐哥哥妹妹擺著高傲的表情，只等介紹完畢，就一哄而散，竄到別的房間裡去了。剩下他冷冷看著尷尬地微笑著的叔叔。

叔叔曾經說：「媽的，管一家子人，比管十個縣還麻煩！」

接下來的記憶，就是叔叔站在台上，滿頭汗水一臉惶惑接受批鬥的樣子了。達瑟照照鏡子，發現自己臉上常常也是那樣一種茫然空洞的神情。他說：「媽的，真是一家人啊！」

他的腦海裡浮現出這些場景的時候，格桑旺堆又對他說：「你不知道你的叔叔已經被解放了。」

「解放？我們不是早就被解放了嗎？他自己也是解放軍，解放軍還要別人解放嗎？」

格桑旺堆嘆息一聲：「他又當官了！我能放出來，多虧他說了好話！你什麼都不用怕，可以放心回城裡讀書去了！」

達瑟沒說什麼，呵呵笑笑，說聲晚安，就要離開了。這時，山上的林子裡隱約傳來野獸的咆哮聲。兩個人都側耳傾聽。先是聽到四野寬廣無邊的寂靜，然後，那個蒼涼而憤懣的咆哮聲再次響了起來。這回，兩人都聽清楚了，這是一頭熊的聲音。

格桑旺堆身子顫抖了一下：「我聽出來了，那是我的冤家熊。」

機村人都知道格桑旺堆和那頭熊的故事，他曾經打過這個熊兩槍，但這兩槍只是把熊變成了一個瘸子，而沒能取得牠的性命。從此以後，這頭熊多次跟格桑旺堆在林子裡照面，他也都沒能取得牠的性命。這樣，一頭獵物與一個獵手之間，一種奇特的關係就形成了。這種奇特的關係，機村人名之為冤家。在這種關係中，獵物成為英雄，而獵人從此把這獵物看成自己宿命的一個象徵，永遠背負的一種不祥之感。

格桑旺堆說：「媽的，老子剛剛回來，牠就出來了。」確實，這頭熊的冬眠結束得太早了一點。「你那頭熊總端著那麼大的架子，不會急急忙忙第一個跑出洞來。」

格桑旺堆嘆息一聲，說：「牠老了，身子骨不行，熬不住了。」他那口氣，像是在說一位老朋友一樣。熊又叫了兩聲。達瑟注意到，熊每叫一聲，格桑旺堆的身子都要跟著顫抖一下。

達瑟剛張開嘴，就覺得自己說了錯話，但他還是讓自己把這句話說完了。他說：「大隊長不要害怕。」

格桑旺堆嘆口氣：「我不害怕，只是我知道，我的日子近了。我在監獄裡就想，這位冤家不知要等我多長時間，我都怕牠熬不到我回來。看來，牠確實熬不了多少時間了。」

然後，格桑旺堆衝著被星光勾勒出隱約輪廓的山坡與樹林，嘴裡發出了熊的咆哮聲。那聲音，同樣顯得蒼涼而憤懣。但林子裡沒有傳來那頭瘸腿的熊回應的聲音。

格桑旺堆說：「年輕人，晚安。」

「我想跟你說說達戈……」

格桑旺堆揮了揮手，「哦，有些人有些事，就是天神下降也不能幫他。」然後，他就轉身消失在黑暗中了。

達瑟呆立在冷風中，覺得臉上有滾燙的東西流下來。他想，幹什麼要流淚呢？這麼一想，更多的淚水流了下來。哭什麼呢？他真不知道。他就這樣流著淚水，逕直穿過村子，爬上了樹屋。他端坐著一動不動，滿耳都是土地與樹林從漫長的冬天的冰凍中甦醒過來的聲音。那是緊密的東西鬆弛開來的聲音。是萬事萬物共同發出的細微卻普遍的聲音。他沒有打開那些緊鎖了一個冬天的箱子。這時，他做出了決定，要去城裡看看。他下了樹屋，推開了達戈的房門。他告訴了達戈自己準備回城的消息。達戈眼裡燃起了特別的亮光。

「那就是說，你再也不會回來了？」

達瑟搖頭，說：「我不知道。」

達戈有些激憤地說：「你知道，你怎麼不知道？你這個傢伙，裝出一副老實巴交的樣子，說是回來了，回來了，結果還是要離開了！」

達瑟還是不說話。本來，他想對達戈說：「你回家的時候，殺了人了！」但是，他沒有把這話說出口來，他只是說，「我說不定也會回來。跟你一樣，你不是也回來了嗎？」

達戈的眼裡露出了凶惡的光芒，聲音變得鐵一樣堅硬而冰涼：「你是說我不該回來？」

達瑟笑笑，走了出去。

走出一段，達戈追了上來：「夥計，都說你叔叔官復原職了，求你讓他幫忙，把色嫫招到文工團去吧！」

「好吧，」達瑟沒有轉身，他說，「反正你也得不到她了。」他的意思是說，你這個夥計的日子長不了了。想到這裡，他攀住了扶在他肩膀上的手，說，「好，你等著吧。」

「我等著！」

達瑟想，這個傢伙還沒有懂得他的意思。

「你真的要等著我從城裡回來？」

「我等著你的好消息！」

「我怕你等不到啊！」達瑟覺得自己都要哭出來了。

他肩膀上的手抖了一下，隨即，那手很重很重地在他的肩膀上按了一下，他曉得朋友懂得了自己的意思：「只要你還回來，我無論如何都等！」

達瑟再說話時，已經帶著了哭腔：「媽的，你這個傢伙！那我現在就出發了！」

說完，他轉身就往村口那邊在星光下，有點發白的大路上去了。

達戈追上來，說：「夥計，有件事情，我該讓你曉得。」

達瑟轉過身來，伸出手指豎在嘴上，說：「等我回來吧。」

「那你要快點！」達戈這麼說時，感到滾燙的熱淚就要衝出眼眶了，達瑟卻頭也不回，很快就從他眼前消失了。迷濛的星光像一疋輕紗悄然無聲地懸垂下來，輕紗後面，才是夜那無邊的黑暗。

十六

達瑟走在星光下的腳步愈來愈輕快了。

剛離開村莊的時候，他的腳步是沉重的。走到下半夜，腳步卻變得輕盈了。有時，銀河在頭頂上和峽谷保持著相同的走向。當峽谷轉過一個大彎，銀河就變短，橫切在峽谷上面。達瑟覺得自己的腳下，像是充滿了氣一樣，愈來愈輕盈，他感到再這樣下去，整個身子都要飄起來了。

這種好玩的感覺，讓他忍不住嘿嘿笑了兩聲。只是，他覺得這笑聲有些傻氣，就屏住氣不笑了。這一來，雙腳就好像真是離開地面了。但他整個人還像平常一樣，前傾著身子，兩條長腿不停甩動，行走在虛空之中了。他走得愈來愈高愈來愈高，後來，就差不多直走入銀河的燦爛星光中去了。

行走在天上的人是多麼地神情氣爽啊！

他剛覺得一個人有些孤獨，於是，他身邊立即就出現了一些人。他想，這些人可能就是神仙。但是，當這些人超過他走向前面，他發現這些人不是神仙，還是機村的人。是達戈、格桑旺堆、索波、我的表姐，當然還有美嗓子色嫫。他想，也許是這些人都變成神仙了。這個想法讓他吃了一驚。他感覺身子往下沉了一下。他想莫非自己也成了神仙。這個想法，把他自己結結實實嚇了一跳。

結果是自己狠狠地跌了一跤。

原來，他走著走著，就走到夢境裡去了。現在，在夢境中摔倒的他躺在地上，明亮的銀河高懸在天上。達瑟笑了。他沒有聽到自己的笑聲，但他知道自己的確是開心地笑了。他又起身繼續往前走，直到銀河從背後沉落下去，直到太陽從面前的天空冉冉升起。

他搭上了一輛卡車，在熱烘烘的駕駛台一坐下來，身子就變得沉重起來。他睡了一覺。他想自己會再做那個夢。但他醒來的時候，司機笑罵道：「你他媽的是頭豬，流了那麼多口水。」

他說：「我餓了。」

「搭老子車的人都是拚命討好我，你他媽的卻像個大人物一樣，可是大人物又不坐這樣的車！」

司機扔給他一包餅乾，「說說你他媽是個什麼人物吧！」

「什麼人物？」

「你是幹什麼的？」

「我什麼都不幹。」

「一個人總要幹點什麼？」

「我看書。」

司機大笑：「你他媽這個傻樣，看書?! 你笑死我了。」

他很認真地說：「我有好多書，我有一個圖書館。」

司機繼續大笑。

達瑟不說話了，埋頭把餅乾吃完，然後說：「我再陪你一段吧。」

他這麼大的口氣真的把司機給激怒了。結果，達瑟給趕下了車。看著正在西沉的夕陽，聽著黃昏裡正在晚風裡激盪起來的轟轟林濤聲，達瑟又一次領略到那種神情氣爽的境界了。他用了一個晚上走路，但這次，他只是望著頭頂上的銀河，而沒有能夠再走入到銀河裡去。因為這個緣故，快要天亮的時候，他的腳步已經非常沉重了。但他繼續往前走，當東方天際被一片霞光染紅的時候，他的頭腦有些昏沉了。恍然之中，他看見達戈了。那是達戈拿著鋒利的刀子緊抵在自己脖子上的凶狠的樣子。他知道，達戈在老家，肯定是殺了人了。

太陽升起來的時候，他走進了縣城的汽車站。買了票，等待發車的時間，他在一個早點鋪子裡坐了下來。高音喇叭裡激昂的歌聲從四面八方向他逼來。這讓他十分心煩。更讓他心煩的是，喇叭裡的歌聲讓他聽不清鄰桌上幾個長途汽車司機交談。好在等車的時間比較長。使他第二次聽到了那個故事。

這個故事的主角就是達戈。

他回到那個叫做惹覺的村子時，真的殺人了。而且殺的不是一個人。他殺了三個人。他家成分不好，在村裡一直受欺負。文化大革命一來，這種欺負更是變本加厲了。他在機村打獵掙了不少錢，這些錢大多寄回了老家。他要給留在老家的父母和妹妹蓋一座好房子。但是，村子裡幾個新掌權的人，居然把這些錢都抄走了。事情還遠遠不止這些。他的妹妹長得漂亮。這樣事情就更惡劣了。總之，達戈回了家。當天，村裡的掌權人就惡狠狠上門來了。結果，達戈就把這三個人都放倒了。當然，這三個人也不是好對付的，他們也把他傷得不輕。殺掉了惡人，整個村子都肅靜了。這個殺手很猖狂，他對全村宣布，他還會回來對付村裡新出的惡人。

他還殺死了一條狗。

據說，這是一條名聲很大的獵狗。

他聽見自己問：「你殺一條狗幹什麼呢？」

如果他還能對自己的好朋友提出疑問，就要問他這個問題。長途班車啟動的時候，他說：「達戈，我一回來，肯定馬上就要問你這個問題。」然後，他就歪著腦袋睡過去了。清醒過來的時候，他已經站在曾經就讀的民族幹部學校門口了。高音喇叭仍然聒噪不止。盯著空蕩蕩的校園，他想，電真是個不怕累的東西。風把糊滿牆壁的標語跟大字報撕扯下來，滿世界飄飛。本來，這些紙片是可以乘風高飛的。但塗在上面的墨汁和漿糊，使這些紙片不再輕盈，只是被風推動著從這個牆角翻動著跑到那個牆角。他到圖書館去看了看。那雙扇門上的玻璃碎了一地，走廊裡落滿了灰塵。他放輕了腳步走進了圖書館。過去，走進這個地方，他都是這樣屏住了呼吸，放輕了腳步。但腳步聲還是在四壁間激起了迴響，因為腳下的地毯和整架整架的書都沒有了。東倒西歪的書架上結滿了蛛網。達瑟生氣了：「媽的，復課鬧革命，一本書都沒有，怎麼上課？」

達瑟不生氣則已，一旦生起氣來，就無法自控了。

他不停地罵道：「媽的，媽的！」

他在靠近廁所的地方滑倒了。廁所漫出來的水，在走廊裡結成了大片的冰凌。他就仰面滑倒在了這片堅硬的冰凌上面。後腦勺重重地磕在冰上，他覺得腦袋裡那些腦漿全都晃蕩了一下，在兩個耳朵深處激起了嗡嗡的回聲。他躺在那裡，一動不動，整個身子都被疼痛和寒意浸透了。

他看到了一面有好多裂紋的鏡子。

他看見一個臉色灰白的倒楣傢伙出現在鏡子裡。每一塊破碎的鏡面裡都有一個人。所有這些人都是那個倒楣的傢伙。然後那個傢伙在鏡子裡哭了。他躺在冰上咧著大嘴哭泣的樣子，像是一個任性的孩子。這個傢伙咧著嘴，就像是大放悲聲的樣子，嘴裡卻沒有發出一點聲音。就這樣哭了好一陣子，他才意識到，鏡子裡啞然悲泣那個人正是自己。

於是，他的嘴裡發出了聲音，那是他在咒罵自己。

圖書館是學校裡最高大軒敞的房子。過去，那麼軒敞高大的房子卻叫一本本一架架的書塞得滿滿當當。可惜，那些書都消失了，只剩下一些東倒西歪的木頭架子。過去，一旦有人走進這地方，書的魔力馬上就令人斂手屏息了。而眼下，一個又一個骯髒的字眼從自己嘴裡滾滾而出，卻激不起一點迴響。空曠房子深處的陰影把他吐出的聲音立即吞沒了。

這個過去他非常熱愛的地方現在卻因為無聲的啞寂讓他感到害怕。

他從地上爬起來，慢慢走到門外。

剛才咒罵自己時那些消失的聲音開始在腦袋裡迴響：「你這個狗東西！騙子！反革命！你到處告訴別人，什麼事情都會好起來。牛奶會有的，麵包也會有的。土豆會有的，牛肉也會多起來的。日子一定會一天一天好地起來，一點一點地好起來。就像鄉親們犁地，一塊一塊地好起來！雖然革命不是請客吃飯，但日子會像吃飯，就像這一口比那一口好吃一樣地好起來！可是，你說的是一堆狗屁，難怪別人看你像個傻瓜。因為什麼事情是一天比一天糟糕了！」

他下定了決心，要把自己這個新的認識告訴給別人。他下定了決心，馬上回去把自己的這些想法告訴給大家。

達瑟又上路了。

他的長腿不斷甩動，很快，滿城正在一一亮起的燈火就都在他的背後了。當他甩動著長腿登上了一個小山崗時，終於停下了腳步。風吹來，振動著他身上略顯單薄的衣衫。曾經也有一個這樣的黃昏時分，叔叔跟他一起散步來到了這個小山崗上，那時，這個城市還沒有這麼大。那是一個夏日的黃昏，是他剛剛進城的第一年，叔叔從小汽車上下來，說，我們一起散散步吧。

灰色的小汽車無聲無息地跟著並肩散步的叔侄兩個，一路從學校大門出來，經過百貨公司，經過長途車站，經過負責鄉間運輸的騾馬運輸社，經過一片高大的楊樹林，就上到了這個山崗上面。兩個人坐在小山崗上，看著下面的小城燈火一點點亮起來，叔叔說：「我們剛來的時候，這裡就是一個荒草灘，現在，嘖嘖！你看看，多麼漂亮的燈火啊！」

達瑟覺得一股熱流直沖腦門。

他想說點什麼，但是在這個叔叔面前，他又說不出來。叔叔是領導。像個比他本身擔任的職務還要大一些的領導。就是他的這個作派讓他說不出話來。叔叔伸出手來，拍了拍他的肩頭：「好好念書，以後，當這個城市變得更大更美的時候，你就是她的主人了！」

那一次，叔叔說了好多話，但他一句也沒問機村，沒問機村的人，沒問家裡的人。他只是描繪未來。他的這些話，達瑟從書裡念過，從報上看過，從廣播裡聽過，從這個端著大人物架子的叔叔嘴裡吐出來，卻有了令人特別感動的力量。

他說：「我記住了。」

叔叔站起身來，拍拍沾在手上的草屑，說：「光記住可不行啊，要相信啊！只要你相信，就會努力幹出樣子來！」

他站在寒風中，眼前閃現那個溫暖的夏日黃昏裡，把叔叔載走的小汽車滑行在下坡路上，屁股上紅燈不斷閃爍的情景。眼下，那條凍得灰白的路空空蕩蕩。叔叔重新出山，作了革命委員會的副主任，現在，也許正在某一盞燈下看他永遠看不完的文件吧。

叔叔對這一點很得意，說：「老子一天學沒上過，也會念文件。」

大家都說叔叔是個了不起的人，但他說：「你會認那麼多字，為什麼不看書？」

容易生氣的叔叔卻不以為忤：「你倒是說說，我又不是學生，看書幹什麼？」

「書裡有那麼多道理。」

叔叔哈哈大笑，拿起桌上的一沓子紅頭文件搖晃著：「道理？天下的道理，書裡的道理，都寫在文件裡。我的好侄子，告訴你，書裡的道理都是按文件上寫的！」

他搖頭表示不能同意。

叔叔友善的表情中含著一點威脅的意思：「你腦瓜子裡的想法不好，要是你在書裡念出跟文件裡不一樣的意思，你就犯錯誤了！曉得嗎？那些右派那些臭老九就是這樣子犯錯誤的！」

「那毛主席的書呢？」

「毛主席的書不一樣，那是文件的文件！」

過去，他不敢質疑叔叔的大道理，現在，他明白叔叔所說是個巨大的謊言。他對著城裡某一盞叔叔正坐在下面的燈光，對著一顆顆跳出來綴滿了夜空的寒星說：「文件上說，形勢大好，但老天知道，形勢不好。叔叔，我不想回來念跟文件一樣的書了！」

說完這句話，他對著燈火閃爍的小城轉過身去，走在回機村的路了。風從背後吹來，他把衣服的領子豎了起來。可惜的是，這時的衣服，領子都很矮，翻起來，也起不了什麼作用。但他還是把那領子豎起來，甩開長腿，往樹上有許多箱子書的那個方向去了。

走了很長時間，他想起達戈要他求叔叔給美嗓子色嫫求情的事，但他這個時候已經非常灑脫了。他說：「朋友，我不能替你做這個事。這個女人，想頂著最亮的燈光在台子唱歌，就讓她自己折騰去吧！」

這個晚上他一路走去，真是走得痛快淋漓啊！他說：「唱歌？唱吧，唱吧。」然後，他就唱了起來：

「無產階級文化大革命就是好，就是好來就是好來就是好！」

「天上布滿星，月牙兒亮晶晶，生產隊裡開大會，訴苦把冤伸！」

「雪山啊閃銀光，雅魯藏布江翻波浪……」

他唱了一首又一首，都是憋著嗓子，學著色嬷的嗓音，直到憋得嗓子發乾，彎著腰猛烈地咳嗽起來。然後，他笑了。他看到那個妖女這麼猛烈地咳嗽著從台上下來了。如果自己在場，他一定會問：「你不是說唱歌很舒服嗎？」

她累得氣都快喘不過來了，卻還是不明白：「達瑟啊，這些歌唱得怎麼這麼累人呢？」

達瑟哈哈大笑。

美嗓子色嬷渾身亮光閃爍，她說：「我想問問你……達戈他好吧？」

達瑟說：「死了！」

這句話一出口，眼前的明亮燈光，明亮燈光中的色嬷都消失不見了。只有冰冷的星星綴滿了天幕。死了。兩個字像凍得硬邦邦的石頭梗在心頭，口中真切地湧上了苦澀的味道。這種味道似曾相識。但他腦子又遇上轉不開的時候了。他又走了很久，腦子這才慢慢轉開，讓他想起這味道就是機村人對下山的猴群大開殺戒時空氣中充滿的那種味道。

他的腳步愈來愈快了，心中充滿了不祥的預感。

十七

日後，美嗓子色嫫真成了一名歌唱家，只是，她學唱的那些歌很快就不時興了。她就只是自治州文工團的一位歌唱家罷了。當她隨文工團下鄉演唱時，人們已經不喜歡她的歌了。她永遠在學唱別人的歌，而忘了早年間她自己唱得最好的那些歌。

達瑟，就在去年吧，我曾經在一個政府的招待會上看見了色嫫。她跟在自治州領導後面，一桌一桌敬酒，領導喝酒，她就唱歌，唱老的祝酒歌，唱新的祝酒歌。她不在舞台上演唱已經很多年了。領導把酒杯舉起來，她就開始歌唱。她臉上掛著職業性的笑容，眼神卻空洞而渙散。她不認識我。我看見了她，我就想起當時的人與事。這些人，這些事，在機村，早都成了故事，成了遙遠而虛幻的傳奇。

人們說，多虧了美嗓子色嫫，達戈才沒有被人忘記。

這個世界，一個人被忘記，不再被身後人記起，是多麼容易的一件事情啊。我想，事情並不盡如此。

但是，達瑟啊，至少在我的心裡，就從來沒有把你和你的好朋友達戈忘記。我總是在一些與機村毫不相干的地方，毫不相干的時候，突然就想起了你們。我總是先想起你，然後，馬上就想到了你的朋友。你們這兩個人突然出現在心頭，沒來由地出現在心頭，那就是我想起家鄉的時候了。

這個世界，好像人人都有思鄉病。

這個世界，人人懷思鄉病的時候，都把家鄉描繪成天堂。如果事實真是如此，那麼我們這個國度就是天堂。鳥語花香，韻致悠長。可事實並非如此。中國人懷鄉的時候，習慣把對天堂的夢想，轉移到對家鄉的描繪上。叔叔從位置上退下來，口述了一本回憶錄，裡面也不談真實的東西。但我想起家鄉的時候，心裡卻總是飽含著痛苦。我希望像所有那些撒謊的人說的一樣，我的家鄉就是天堂。但在這個世界上，有誰的家鄉就是天堂？

達瑟，你說我們共同的家鄉就是天堂嗎？

我想，你會搖搖頭，說：「現在不是，但他會一天一天變成天堂，共產主義的天堂。」

那是你剛從外面回到機村來的時候反覆告訴大家的。

大家都說：「這個人說得跟工作隊一模一樣。」

他們還說：「嘿，什麼人出去一下，回來就都變成工作隊了。」

「那達戈不是也出去過嗎？他還當過解放軍！」

「他是我們機村人嗎？他不算，他不是機村人，他不是叫做惹覺．華爾丹嗎？他是從惹覺地方來的！」

也有人說：「咦！達瑟還是跟工作隊不一樣吧？」

當然不一樣了！達瑟，你拿著那些書，說：「世界要變成天堂，就必須遵守書裡的規矩。」

而書裡很多道理與工作隊照文件宣講的話，卻是完全不一樣的。書上說，為了綠水長流風調雨順，樹木不能砍伐，但是文件下來卻說，為了支持社會主義建設，每一個地方都要奉獻出每一匹瓦，每一塊磚，如果是英雄，還要流盡身上的最後一滴血。達瑟，你從圖書館救出來的書上說，不要殺那麼多動物，因為動物也是天地創造的生命，生命之間要互相懷著慈愛之心。但是，高音喇叭和報紙上都在喊：鬥爭，鬥爭！都在提醒記住階級仇，民族恨。

達瑟，你把本來就糊塗的機村人，弄得更加糊塗了。有時，他們會說：「奇怪，這個傢伙腦子裡怎麼有那麼多不一樣的想法？」

「嗤！他能有什麼想法，還不是從書上背下來的。」

「總還虧得他背了那麼多書。機村有過背下這麼多書的人嗎？」

「過去的和尚喇嘛，不也就是整天背書嗎？」

「他叔叔當那麼大的官，這家人出人物啊。」

「那他也沒有必要這麼鳥一樣住在樹上，他以為自己是個神仙啊！」

「也許，這樣的人，真是什麼下凡的神仙啊！」

「那就找喇嘛江村貢布來問問，沒有達瑟以前，他可是機村最有學問的人哪！」

老喇嘛來了，聽了鄉親們的問題，臉上掛出了莫測高深的笑容。這笑容吊足了大家的味口。他終於開口了：「這種人嘛……」

「什麼人？」

「這樣的人嘛……是要幾百年才出一個啊！」

這句話把大家嚇了一跳，工作隊照著文件宣講時，也常說誰誰是幾百年才出一個，那可說的是偉大領袖毛主席和他親密的戰友林副主席。「你想犯錯誤了？這樣的話是隨便說的嗎？」

喇嘛江村貢布做起身狀，說：「是你們一定要讓我說的。我得說真話呀。」

「……那你說吧。」

「邪見，邪見！」喇嘛江村貢布跌足說，「那些稀奇古怪的想法，把一個年輕的好腦子毀掉了！」

大家都為他這話大感吃驚。因為在大家混沌的意識中，都隱約覺得達瑟的道理可能是正確的。但在這個時代，唯一正確的，只能是文件上的話。但在大家混沌的意識中，對此也有著隱約的懷疑。所以，大家才請來喇嘛江村貢布，請他給予明斷。

喇嘛預料大家應該露出被震懾而歎服的神情，但他失望了，看到這些無知的人露出吃驚的神情，他的面容一變而顯得孤憤。他說：「要是你們心裡本來就向著他，那就向著他好了。我曉得你們這些愚昧的傢伙是讓他那種架勢唬住了。你們以為凡是學問都是好的嗎？」

這時，天色暗了下來，而呼呼吹著的風停了。冷冽乾燥的空氣變得有些濕潤，有點溫暖。

大家都抬頭看看天，說：「要下雪了。」

是的，是該下大雪的時候了。

後來，這些傢伙常常對人說，那天他們的話音剛落，如絮的雪花就從天空深處遮天蔽日地降落下來了。

但在當時，大家只是看了看天空，又繼續等待喇嘛的宣示。

喇嘛心裡很生氣，他的臉上又轉換成悲天憫人的表情：「正確的聲音已經進不了你們的耳朵了，你們這些可憐的人。」

大家都受到了這句話的打擊，他們臉上都顯出無可奈何的表情：「喇嘛息怒，我們是想聽你的話，可是所有能說上話的人，都說自己說的話是唯一正確的，你、工作隊、還有達瑟……」

「他的道理不都是從書上來的嗎？他看了那麼多書。」

這時，喇嘛突然覺得情形不好，這些人正引誘著他把藏在內心深處的話說出來。他們先是叫他說達瑟，現在，卻突然一下子就把工作隊啦，文件啦什麼的都說出來了。大火過後，他和格桑旺堆一起給抓起來，送進了監獄。他有文化，識得出人家要他談認識，談改造心得時話裡有沒有陷阱，所以，只關了兩年就出來了。但格桑旺堆是死腦筋，總是把心裡想的話老老實實地講出來，所以在牢房比自己多待了好多年。他說：「我不想跟你們這些傢伙討論這些問題了，我只告訴你們，像達瑟這樣腦子裡總有邪見的人，要是在過去，就會像魔鬼一樣被放逐！」

喇嘛背著手氣哼哼地走了。

這時，雪花就像天空突然塌陷一樣，鋪天蓋地飄落下來了。

稠密的雪花中，隱隱傳來美嗓子色嫫跟著電唱機練習歌唱的裊裊聲音。和著這聲音，還有村子裡的狗們奔突著汪汪狂吠的聲音。這樣的聲音交織在一起，渲染出一種非常不安的氣氛。

大雪鋪天蓋地下著，達瑟正走在回村的路上。他很高興。經過鎮上的時候，風颳得正緊，很硬的風頭裹挾著嗆人的塵沙。他打算到書店裡避一下，等這猖狂的風頭過去。但是，他只站了不到十分鐘，就被服務員趕出來了：「要買書就買，不買就出去！」

他出去的時候，那女人還對同伴說：「看樣子也不是個會買書的人！」

達瑟很得意。這個無知的女人這樣說話，激起了他心中很高傲的感情。這種感情給了他勇氣，使他很大度地回過頭去對那女人笑了一下。

女人臉上露出了被強姦一樣的表情，但達瑟已經出門去了。

他想大笑，笑這個世上的人其實都是睜眼瞎，笑這個女人那麼明亮的一雙眼睛，其實也是一個睜眼瞎。他想大笑，但一張開嘴，就被風給噎住了。他繞到書店後面，書庫那個破窗口還沒有封上，他就騰身鑽了進去。當他倒在成綑的書本中間時，才把風灌進嘴裡的沙子吐了出來。

然後，他放鬆了身子，背倚著一大垛書躲了下來。他閉上眼睛長長舒了一口氣，說：「媽的，書。媽的，誰知道老子睡在這麼多書中間。」

「呸！呸呸！」

他不知道自己是不是在書堆中間睡著了一會兒。這些天來，他在路上走得實在是太累了。但他很快就睜開的眼睛一一從那些書上掠過。那些精裝的書都碼放得整整齊齊，而隨意堆放的這些書卻顯得粗糙簡陋，都在白色的封皮上印上單調的紅字。都是那種按文件裡意思說話的書。但是，他那雙與書有緣的眼睛捕捉到了一點異常的東西。他看到了一些白色封皮上出現了黑字。這些字不像紅色的字那麼大，那麼耀眼。這些黑色的字有種鬼鬼祟祟的味道。

那些字落在眼裡的時候，他身上有種過電的感覺。這是接觸到某種不能接觸的祕密的人通常會有的感覺。那些黑字小小的，一個個自己往他眼睛裡跳：「內部資料，僅供大批判使用，禁止外洩！」

禁止外洩！

禁止外洩！

他在叔叔的文件櫃裡，看到過這樣的書。叔叔說，那不是書，是機密文件。他說，是書，他想借去看看。

叔叔說這樣的書，看了會中毒。

但他叔叔卻沒有顯現一點中毒的症狀。他把這個疑問說了出來。叔叔說，我是領導。他明白了，領導除了擁有很大權力，再就是看了有毒的書也不會中毒。這些書有好多綑。是蘇修反對中國共產黨的反動言論集。一本，是劉少奇的反黨罪證。過去在學校的時候，他們學過劉少奇的書，那時就覺得，這個人說得話，也跟文件裡說得差不太多。但蘇聯那些人罵中國的話，看上去可真是嚇人啊。他打開書，看了兩句，心臟就跳個不停。他只好把書闔上了。

蘇修帝國主義罵中國共產黨的話，真是惡毒啊！

他闔上書，想，媽的，這是共產黨罵共產黨啊。我們這個共產黨說他們不是真正的共產黨。他們卻說自己才是真正的共產黨，而中國的那個不是真正的共產黨。

共產黨吵架，共產黨罵共產黨。

他不敢看這本書了。

這時，風停下來。他把書揣進懷裡上路了。一路上，懷裡的書使他興奮而緊張。當他忍不住從懷裡取出書來想再偷看一眼裡面的內容時，雪卻紛紛揚揚地下來了，天色也變得晦暗無比。他把書掖到了懷抱的更深處。

雪無聲地從天空中飛墜而下，在他腳下咕咕作響。

快到村子的時候，雪慢慢停了。雲層散開，天空中的星星顯露出來。星光與地上的雪光交相輝映，就像瀰散著的稀薄月光。達瑟看到遠處有一個高大的黑影在行走。即便是在這樣的夜晚，也不止他一個在路上行走。愈走得近，那黑影愈顯得體積龐大。懷裡那本書弄得他像個高燒病人一樣腦子迷迷糊糊。他根本沒去想這可能不是一個人，而是想，媽的，這個人這麼高還這麼胖，行走起來還這麼大派頭地搖搖晃晃。

咦！這個人！他想。

這個傢伙搖晃著碩大的腦袋和屁股，逕直向他走來。黑臉白眼的傢伙伸出手來，按往了他的肩頭。這手掌很沉，剛按下來，他就有些站不住了。但這傢伙沒有再使勁，使他終於撐住了，沒有一屁股跌坐在雪地裡。

他覺得有些不對勁，說：「夥計，你怎麼是這副模樣。」

那個傢伙咧開嘴來：「唔。唔唔。」達瑟想笑，因為這聲音聽上去就像是牛反芻時磨痛了牙床。但是一股濃重的熱呼呼的血腥之氣撲面而來。他打了一個冷戰，清醒過來：「熊！」

「嘿。」那邊咧開嘴，露出一口森森的白牙。

「你……攔住我幹什麼？」

熊仍把毛茸茸的手掌按在他的肩上，他一矮身子，想從牠腋下鑽出去跑掉。但熊的手掌跟著降落下來，仍然沉沉地按著他的肩膀。這下，他半屈著腿連身子都挺不直了。汗水一沁出額頭，立即變得一片冰涼。

一人一熊就僵持在雪地裡了。

達瑟從懷裡掏出書來：「我不該拿禁書？」

熊不吭氣。

他把書揣進懷裡時，突然恍然大悟：「我知道你是誰了！」

熊鬆開手掌，退開一步好像是為了讓他能看清自己到底是誰。

達瑟倒吸了一口冷氣，說：「你真的是頭熊啊。」

熊有些不耐煩了，用手掌重重地拍擊著胸口。

但他還是不能明白熊的意思。於是，他就看到熊的眼睛裡有嚇人的綠火幽幽地閃爍起來。他說：「老兄，老子看過書，你不是吃人的那種熊，你是黑熊。黑熊不吃我，老子不，不……害怕你！」

熊不吭氣。

達瑟笑了：「哈哈，這麼大的雪，熊正在冬眠呢，你該不是達戈裹著張熊皮來嚇我吧？」

熊一掌摑過來，把他搧倒在雪地上。他來不及想書上說得是否正確，就昏過去了。熊抬腿從他身子上邁過去。搖擺著龐大的身子從谷底攀上小山崗，對著山谷裡沉睡的村莊發出了低沉而憤懣的吼聲。村莊裡聞到了血腥氣狂吠不止的狗們，都被這一聲怒吼給震住了。這個漫天皆白的世界立即沉靜下來。熊回身鑽進一個小小的岩洞。牠躺下來，顯出很厭倦很厭倦的樣子，什麼都不想再看見一樣閉上了雙眼。

熊睡過去的時候，達瑟醒了過來。他睜開眼睛，看到天空正從墨藍轉成天亮前的灰白色，身下的雪滋潤溫軟，村子裡的狗狂吠不已。

達瑟爬起身來，熊已經不在了。

但地上巨大的腳印告訴他這頭熊真正來過。而且，熊的腳印是從村子裡來的。一頭熊沒到冬眠結束就出來活動，而且半夜去到村子裡轉悠，這樣的事他的書裡沒有說過，但是，他的獵人朋友達戈肯定知道。格桑旺堆也肯定知道。在達戈沒有來到機村以前，他就是機村最好的獵手。

這場鋪天蓋地的大雪過後，春天就要來了。

書上說，這時太陽，已經從南方返身回來，太陽返身回來的時候，能使風轉向。一個冬天，都從陸地吹向海洋的風也掉轉身來，從溫暖濕潤的海洋，吹向乾燥寒冷的陸地。暖風過處，降下淅瀝不止的春雨。只是機村身處高原，淅瀝的雨水都變成了紛紛揚揚的雪花。

十八

在他離開的這段時間，達戈的房子大變樣了。

過去，這座房子只是看起來像一個堡壘，但在這段時間裡，他把這座房子變成了一座真正的堡壘。

達瑟在黎明時分，從自己的樹屋下穿過時，踩在了一條絆索上。絆索牽動了一些鈴鐺。他看到達戈窗戶上有光晃了一下，隨即就熄滅了。

達瑟踩著腳下咕咕作響的深雪往前走的時候，額頭上有蟲子爬著一樣的灼熱而酥麻的感覺。達戈告訴過他，這就是一個獵物被槍瞄著，將被奪命時的感覺。那個時候，你的身子其他地方一片冰涼，但那個即將被子彈鑽通的地方，卻又熱又癢。

他從懷裡掏出書來，在黎明的光線裡對著朋友搖晃。那座屋子裡燈光亮起來。達戈喊道：「是達瑟回來了？」

達瑟懶得回答這種愚蠢的問題，只是搖晃著手裡的書。

達戈又喊：「你是來看我嗎？」

他依然搖晃著手裡的書：「我回來了，我再也不走了！」

「那你慢一點，慢慢走過來。」

達瑟明白了，這個傢伙在從機村消失的那段時間，真的是殺了人。他回到老家的村莊去殺了人了。那些路上聽來的傳說都是真的了。這傢伙下手真狠，一次就幹掉了三個。達瑟把雙手舉起來：「我過來了，你不要害怕。」

達戈提著槍出現在門廊上：「不要直接過來，往左邊，再靠左一點，繞回來，對了，這下可以照直過來了。不要踏那兩級樓梯，把手給我，對了，一、二，上來！」

他一使勁，把達瑟拉上門前低矮的台階。

然後，兩個分別有一陣子的朋友就口吐著白霧，面對面地在黎明的光色中站在門廊上了。

達瑟笑了：「你看我拿來的書！」

「去你媽的書，」達戈把達瑟緊緊擁在懷裡，「好朋友，我以為再也不會見到你了！」

「我想知道……」

達戈立即制止：「好朋友，什麼都不要問，真的什麼都不要問。要是你聽說了什麼。我就告訴你那件事是真的。你在外面行走，那麼大的事，不可能一點都沒有聽說。如果你聽到了，那我告訴你，那件事是真的。但我不會再多說什麼了。」

達瑟就閉口不問。

「我惹覺．華爾丹行不改名，坐不改姓，做下了那麼痛快的事情，就等著他們來抓我！看看我怎麼收拾他們！」

房子的一些要害地方，他用粗大的木頭加固了。光是門口就機關重重。院子裡有陷阱，門廊的樓梯變成了牽動弩機發射的機關。窗戶旁安著鉸鏈，控制著門廊上方吊著的擂木。他還往酒瓶裡裝進了汽油或炸藥，製成了燃燒彈與手雷。他讓達瑟看完了他所做的這些殺氣騰騰的準備，他說：「現在你可以走了。」

「我遇見了一頭熊，牠打了我一巴掌。」

「熊？還打了你一巴掌？」

達瑟嘿嘿地笑了。一笑，才覺得半邊臉生生地痛，一摸才發覺已經腫得老高老高了。

「熊一巴掌才把你打成這樣？」

「嘿！看我在書店倉庫裡找到的書！」

「書？你已經有很多書了。」達戈眼裡依然燃著凶光，「我讓你找你叔叔說說色嫫的事情，他怎麼說？」

「我沒有去找他。」達瑟靜靜等了一會兒，見他沒什麼動作，才接著說，「有什麼用處呢？過去我老是說，一切都會慢慢變好，什麼事情都會一天天好起來，可是，現在我所以急著趕回來，就是來告訴你，我錯了。」

達戈哈哈大笑：「你以為有誰真正相信了你的話嗎？還要急著趕回來告訴！」

「我知道你不相信，可書上說過，人要對自己說過的話負責任。別的人我可以慢慢告訴，但我怕回來晚一點，他們把你抓走，就來不及了。」

「我不會讓他們把我抓走的。」

達瑟笑笑，覺得這沒什麼好說的。

「你不怕我？」

達瑟搖搖頭，笑了。

達戈突然緊緊地抱住了他。然後，他覺得兩張貼在一起的男人臉之間，有熱熱的淚水柔軟地穿過。

之後，兩個人分開了一下，達戈再次伸手把達瑟擁進了懷中：「好兄弟！好兄弟！」

達瑟架不住這樣親熱，從他懷裡掙出來，嗚嗚地哭了。

達戈說話時也帶上了哭腔：「好兄弟，連你都說世界真是一天天變壞了，那就真是沒有救了。可是，這到底是為了什麼呀？好兄弟你能告訴我嗎？」

「我不知道。」

「你不是說書上什麼道理都有嗎？」

「可是，人都不按書上的道理行事了。」

「那你還傻乎乎站在外面衝我搖晃一本書幹什麼？」

這麼一問，看到這個共產黨罵那個共產黨時那種無端接觸到巨大祕密的興奮感立即就消失了。

那本書立即就變得一錢不值了。知道這種祕密又能對眼下的情形有什麼幫助呢？達瑟把那本書掏出來，扔到了地下。

達戈流淚了，他把書從地上撿起來，塞到朋友手中：「我不要你像我一樣什麼都不相信。人一這樣，就什麼都完了。你不像我相信的是女人，你信的是書。」

達瑟把這本書扔進了火塘，片刻之間，兩個人的臉就被騰騰的火苗照亮了。

「我說的話你不信？」

「我想信，才把它燒了。這樣的書看了，就真是什麼書都不相信了。」

「還有這樣的書？裡面說了什麼。」

「兩個人吵架。」

「吵什麼，要真過不去，就真正的動刀動槍，像我一樣。」

說話間，外面的天已經大亮了。兩個人坐下來吃了早飯。達瑟說：「我該上樹去掃掃雪，這麼厚的雪要是把樹枝壓斷，樹屋就要塌下來了。」

達戈走到窗前，往外張望一陣，才把門打開。

「我還會回來看你。」

達戈臉上卻一派孤寂，彷彿已經被整個世界所遺棄，他的聲音有些嘶啞了：「他們就要來了，我知道，他們就要來了。」

達瑟不忍離開，覺得自己是在沒話找話，並為此而恨著自己：「下雪了，路不好走。」

「你真是一個好心人，我真想永遠記住你，但是，」達戈用指頭頂住自己的額頭，笑了，「只要有一顆子彈穿過這裡，我就什麼都記不住了。」

達瑟繞過那些暗設的機關，快走到樹屋下面的時候，達戈喊道：「你該給你的書找一個新的地方。以後，這裡就是一個鬧鬼的地方了！」

達瑟回望著朋友重設上為他而解除的機關，回到屋裡關上大門，感覺就像是這個人就此已經從這個世界上消失了一樣，淚水滾滾而下。他就這麼踩著雪一路往村子裡走去的時候，淚水依然泉水一樣湧流不已。

他碰到了一個人，淚水使他辨不出那個人是誰，但是，他說：「對不起，我以前說的話是錯的。」

他碰到站在井泉邊咿咿呀呀練聲的美嗓子色嫫。他想告訴她，她自己的美妙嗓子不是這樣的。這樣咿咿呀呀的唱法，妙音天女賜她的天生美嗓就白搭了。但是，至少是今天，他不想費這樣的口舌。何況她還是一個執迷不悟的傢伙。他說：「色嫫，我要告訴你，我以前說世間的一切都會愈變愈好，現在我要收回這句話。」

色嫫說：「你瘋了？大清早跑來說這種話。」

「我收回那句話了。」

「你瘋了！」

他笑笑，走開了。

他又碰到了一個人，又說了同樣的話。

他又碰到了一個人，又說了同樣的話。

見一個人，他重複一遍同樣的話。直到淚水慢慢乾了。但是，這時太陽出來了，強烈的反光使他打開了閘門的淚腺又熱流湧動了。

與此同時，一個消息在這個早晨閃電一樣傳遍了全村：「達瑟瘋了。」

達瑟的母親哭泣著在村子裡四處找他。

他看到了駱木匠，他想，對這個人說說那句話，但想到，自己並沒有對這個人傳達過書上那些美好的話，就把吐到嘴邊的話嚥回去了。

倒是駱木匠說：「你去看你的朋友去了？」

達瑟說：「是的，我看我的朋友去了。」

「你連家都不回，就看你的朋友去了。」達瑟覺得，駱木匠說話的時候，不再像過去那麼小心翼翼了，他說，「跟我來，有人找你。」

他把他帶進小學校裡去了。小學校沒有開學，老師回了他很遠的老家。屋子的火爐裡生著旺旺的炭火，火爐旁邊丟滿了菸屁股。這些菸屁股使幾個幹部模樣的人嘴唇乾裂，臉色焦黃。平時，這間房子是老師批改作業和找學生談話的地方。達瑟認識的就是老魏、索波和格桑旺堆。

索波的口氣居高臨下：「說說吧，你上哪兒去了。」

達瑟還沒有明白過來，他的腦子還停留在原來的思緒裡，他對索波說：「我從沒有跟你說過認真的話，我也就不用收回那句話了。」

格桑旺堆卻口氣和緩：「大家都知道，你半夜就回來了，你是看你的朋友達戈去了嗎？」

「說話要準確，我是黎明時分進村的。」

那些黃面孔中的一個扔掉手裡燃著的菸屁股，斜著身子抖抖披在肩上的衣服：「我們就不繞彎子了，你朋友他在幹什麼？」

達瑟看看那個人，在他騰出的板凳上坐下來，眼睛又轉回到格桑旺堆的身上，說：「我在村口遇見了一頭熊。牠抓住我的肩頭，讓我看牠的臉，牠還像是想跟我說話，我不明白，牠一生氣，一巴掌把我打倒了。」

達瑟把被熊打腫的臉轉向了格桑旺堆。

格桑旺堆把他拉到門口，摸他的臉，然後，從他肩頭上撿起了一根棕裡帶灰的毛。他的手裡慢慢地撚著那柔軟的毛，臉色卻慢慢變得蒼白了。

「是牠，我的老夥計。」

現在，達瑟的腦子慢慢轉開，記起機村人人知道的格桑旺堆與那頭冤家熊的故事了。

他說：「我想，牠就是你那頭熊。」

屋子裡靜下來，雪地上反射的陽光把屋子照亮。

老魏扔掉了手裡的菸屁股：「除了那些不著四六的話，你沒有正經話要告訴我們了？」

達瑟眨巴著眼睛：「我不會回民幹校去了。」

「說！你那個朋友藏在屋裡幹什麼！」

「他在自己屋裡，怎麼是『藏』？」

「他是罪犯！」

罪犯這兩個字在這樣的年代終究還是很嚴重的字眼，連達瑟這樣沒心沒肺的人聽了也有些害怕，他低下頭去，不再說話了。

「那麼……」

「可是這個人有槍，而且窮凶極惡，為一條狗就殺人，他絕不會坐以待斃。」

達瑟吃驚了，問道：「他殺人是為了一條狗？」

「對，一隻狗。」

「我不相信。」

格桑旺堆說：「是一隻狗，但那不是普通的狗。他一家人在當地因為上輩子的事忍聲吞氣，他才來到了我們村子。」

「他不光是為了色嫫？」

「你等我把話說完行不行，我不是個多嘴的人，我跟惹覺·華爾丹一樣，再不說就沒有機會了。他來機村當然也是為了色嫫，也是出於獵人的天性。在他的村子裡，山上早就沒有了林子，也就沒有獵物可打了。那裡的人，就靠世代相傳培養獵犬的本事維生。他的父親培養出來一個絕世的獵犬，只要一個獵物出現過，不管牠過了三道河，還是過了一個星期，留下那點氣味都逃不過牠的鼻子。」

「媽的，這個時候還有閒心說故事！」抽菸人中有一個人惡狠狠地把菸屁股扔在了地上。

格桑旺堆一下變得慘白的臉上現出凶狠的表情，汗水從他髮際間一顆一顆地滲出來，他的手緊緊握住了斜插在腰帶上的刀子。

扔菸屁股的傢伙避開了他憤怒的目光，重新點燃一枝菸，坐了下來。

格桑旺堆仰起臉來，長吐了一口氣，說：「我跟你們要去逮捕的那個人一樣，我的大限也快到了。請不要威脅一個大限將到的人，我對人客氣了一輩子，現在請你們對一個大限將到的人也客氣一點。」

然後，他慢慢地轉過身，對著達瑟艱難地笑了一下：「孩子，你看到的我的那頭熊。你知道我跟那頭熊的故事嗎？」

達瑟深深點頭。

「這個時候，熊都在冬眠，但牠提前出來，是要跟我做該做的了結了。」

達瑟眼睛中天生就天神一樣的悲憫神情又浮現出來了。

格桑旺堆說：「老天爺，你是通過這孩子的眼睛看著下界嗎？老天爺，當一個連樹都不長的偏僻鄉村的老農終於培養出一條絕世獵狗，捎信讓他兒子去帶回那條獵狗的時候，出於嫉妒的鄰居，把那天賜神物殺死了！達戈走進家門就是去領回這隻獵犬！」

說完，他就逕直出門去了。

老魏在他背後喊：「你回來！」

格桑旺堆回過身來，慢慢搖了搖頭。這時，他的臉色恢復了平靜。他失去血色的臉上浮現出淡淡的笑意，說：「老魏，這次我不聽你的話了。我的老朋友來了。」

達瑟也跟著邁開了腳步，但背後傳來一個聲音：「你不准走！」

十九

這個暗含著某種不安的早晨村莊是多麼寂靜啊！

雪深厚的覆蓋，蒙塵世界變得清新潔淨。陽光輝映在四野滋潤的積雪上，使這新的一天，像是剛剛擦拭過的銀器耀眼地明亮。

照例，厚厚的積雪把在山林裡找不到希望的野雞們壓迫到山下來了。但這個早晨真是奇怪。沒有一個孩子帶著瘋狂而快意的表情興奮地尖叫著去捕殺那些脆弱美麗的生靈。野雞們愈來愈大膽，愈來愈歡快，四處尋食的時候，脖子伸得愈來愈長，膽怯小心的咕咕低鳴變成了歡快的鳴叫。

如果機村一些人認為的深藏於達瑟那種悲憫眼神中的天神真的存在，那麼，這時高居天上的祂，應該看到，這種景象正是對天下眾生浩蕩洶湧的悲歡的一種蕩滌。那祂就應該讓這樣的時刻延長一點。

也許有天神，但天神沒有看見，也許天神看見了，卻沒有這樣做。天神為什麼不這麼做呢？有人說，因為我們沒有信仰天神供奉天神了。如此說來，天神祂老人家這就生氣了。真正的天神應該是人幹什麼都不生氣的呀！天下的草民，真是誰都得罪不起啊！

天神不再眷顧，日子裡美好時刻雖然時時出現，卻總是那麼短暫！

就在這個平靜安詳的早上，這個因四野晶瑩的積雪而顯得潔淨明亮的早上，機村人最最難忘的一天開始了。

瘸子羊倌穿過村子，去村口的羊圈，臉上因為多睡了一會兒而顯出心滿意足的神情。

但他剛剛從大家眼前消失，又大呼小叫地出現了。這時，格桑旺堆正拿了火槍，身上披掛了火藥袋與鉛彈袋從家裡走出來。

「羊！羊！」瘸子拉住了格桑旺堆。

格桑旺堆就跟著他去了，一個力量巨大的傢伙把羊圈的木板門拍得粉碎。這個傢伙，還摔死了好幾隻羊。這些死羊毫無聲息地四散在牆根下，牆上的石頭上濺開了大片的血跡。牆根下一共有五隻死羊。這個致羊於死命的東西，還從窗口上把牆扒開了，從扒開的牆頭上看出去，雪地上一行歪歪斜斜的腳印一直往村外去了。

格桑旺堆鐵青著臉，分開聚攏的人群，走到達瑟跟著，摸摸他被熊打腫的臉：「我那老冤家是叫你給我報信啊！」

格桑旺堆把他扯進羊圈，看到牆根下的死羊，達瑟的臉立即就白了：「孩子，你平常說的不是書上的話，你說的是天神要說的話，熊都不對付你，你不要害怕。」

達瑟笑笑說：「我不害怕。」

從熊掌下逃得餘生的緊擠在羊圈深處的羊們這時才騷動起來，發出顫抖不已的咩咩叫聲。

「看來，我不用上山去尋找我的老夥計了。」

達瑟說：「看來是用不著了。」

兩個人幫著瘸子羊倌把羊趕出了羊圈。嚇壞了的羊群怎麼也不肯上山，雖然頭羊仍然走在上山的路上，但嚇破了膽的羊們再也不聽從引領了，牠們很快就四散在田野裡啃食冒出雪被的麥茬。白色的羊散落在潔淨的雪野上，顯得骯髒灰暗，有種特別的悲情。而村子裡的積雪，在莫名躁動的人群的踐踏下，已經化為了一片泥濘。格桑旺堆帶槍爬到羊圈的高屋頂上，告訴跟在身後的達瑟說：「我就在這兒等牠。也許牠一會兒就會出現，也許要等到晚上，但牠肯定曉得我在這裡等牠。」

「這麼居高臨下，你還不一槍就把牠解決了。」

「我跟牠的事情，沒那麼容易了結的。」

說完這句話，格桑旺堆抬頭看天，早上晴朗無雲的天空中這時被風吹來了大片的雲彩。陽光一變得稀薄，冷風就嗖嗖地吹起來了。

格桑旺堆說：「要是你朋友想走，我這裡一響槍，他就可以走掉了。」

達瑟說：「我可以去把你的話告訴他嗎？」

格桑旺堆說：「我只是說假如，但他不會走開的。再說，從這裡走開，他又能去哪裡呢？」

達瑟想了想，一個人其實真的沒有什麼地方可去。

兩人分手時候，達瑟走到樓梯口又走回來，說：「我還有一句話。」

格桑旺堆笑了：「大家都說你這個人要麼不說話，一說就說很多聽了讓人糊塗的話。」

「我只收回一句話。」

「全世界的人都知道你要收回那句話了。你到處講那句話時，我還在坐牢。不過，我看你還是不要收回，就算這句話眼前不能實現，也是我們大家共有的一個善願吧。」

「可是我知道我說錯了。」

「你沒有錯，請相信我，也許我活不過今天了，我真看不到這個世界變得美好了，但我還是要祝願你們這些年輕人啊！」

「那我又要收回那句已經收回的話了嗎？」

格桑旺堆大笑：「快去辦我要你辦的事情吧。」

達瑟下了樓，人群中正在轟傳，格桑旺堆的熊來收他老命來了。但等了好久，熊還是沒有出現，陽光卻愈來愈稀薄，風也愈來愈強勁。泥濘的地重新上凍，變得堅硬了。達瑟轉了身往樹屋的方向走。他想再去看看達戈，把格桑旺堆的話帶給他。

就在這時，一聲槍響打破了寂靜。

鳥群驚飛起來。槍聲在雪後清新冷冽的空氣中顯得清脆而尖利。

所有人都往羊圈那邊奔跑。達瑟知道槍聲不是從他們去的方向打響的。他甩開一雙長腿向著響槍的地方奔跑。跑到樹屋下面的時候，他摔倒了。是趴在地上持著長槍短槍的幹部與民兵中的某一個把他絆倒了。他剛站起身來，就清楚地看見了一切。他看見索波貼地趴在距離陷阱不遠的雪地上。達瑟想，他肯定被達戈打死了。

屋子裡傳出了達戈的喊聲：「不要再往前了，再往前，掉到捕獸陷阱裡你就沒命了！」

於是，臉貼地趴在地上的索波才敢抬頭並支起了身子。

看他一動，身後的人卻喊起來：「往前衝！衝啊！」索波站起身來，剛邁開一條腿，屋子裡又響了一槍，子彈鑽進他腳下的地裡，濺起了一些雪沫與碎土。索波搖晃一陣身子，險起沒有倒下。

「我已經警告過你們了！我不想殺跟我沒有冤仇的人，你們不要逼我！」從達瑟樹屋底下，好幾枝槍同時響了，對著傳出達戈喊聲的那個窗戶。打得窗框上的碎木屑四處飛濺。

這邊槍聲剛停，對面房子裡立即就射來了一槍：一個傢伙有些吃驚地看著自己手中的槍落地上，看著自己手臂上很快就冒出大股的血來。這時，那個傢伙才大叫一聲，嚇暈過去了。

「哈哈！剛才我不朝人打，有人以為是我槍法不好吧！」

接下來，兩邊就在無聲的靜默中僵持住了。

這時，格桑旺堆那邊的槍聲才響了。在融雪正在上凍的清冷的下午，槍聲傳出一段後，反而顯得更加清脆與尖利。槍響了一聲。靜默了一會兒，槍聲又響了起來。尾隨著槍聲，還傳來了人們發出的一聲歡呼。達瑟這個閒人，又拔腳往格桑旺堆那邊跑。這時，堡壘般的屋子裡響起了他朋友的聲音。這個人死到臨頭了，還是那麼鎮定：「達瑟，我看見你了！你是來幫這些傢伙抓我的嗎？」

達瑟跑回來，一直衝到屋子前面那個雪被下面的陷阱跟前，說：「那條狗真是一條那麼了不起的狗嗎？」

「是！」

「那些人為什麼要殺了牠？」

「我也想拿這個問你呢？」

「好吧，我來，是格桑旺堆說，看在你也是一個好獵手的份上，讓我給你捎一句話。」

「他說什麼？」

達瑟環顧四周，看到四周的林子裡都伸出冰冷的槍口，看來，他們早把這兒變成了一個巨大的陷阱，自己今天早上誤闖了陷阱還不知道。他哭了：「告訴你有什麼用呢？沒有什麼用處了。你出不去了。」

他哭了幾聲，仔細傾聽，屋子裡再也沒有了任何聲息。

而在村子的那一邊，又一聲清脆的槍聲撕裂了清冽的空氣，傳到了他的耳邊。傳到他耳邊的，照例又是眾人的歡呼。

他朝靜悄悄的屋子喊了一嗓子：「格桑旺堆的熊來找他了！」

身後響起了拉動槍栓的冷冰冰的聲音：「想站在那裡擋槍子嗎？滾開！」他感到背上有好幾隻螞蟻在爬動。這感覺讓他止住了淚水，他轉過身來，那幾隻螞蟻又爬到他胸口上來了。他笑了。背對著那房子喊道：「你等著，等那邊有了結果，我會來告訴你的。」

喊這一嗓子時，他已走出了包圍圈，於是，他向著羊圈那邊奔跑起來。平常，他走路總是慢吞吞的，奔跑起來的樣子顯得特別吃力難看。當他攀上羊圈的屋頂時，格桑旺堆正在念念有詞地往槍管裡灌裝火藥。

「聽槍聲，我想是他們試著衝了一下？」

「你的熊呢？讓我看看！」

「我的話你帶到了嗎？」

「他們有那麼多人，他跑不掉的。但他會堅持住，等我把你這裡的結果告訴他。你的熊呢？」

「我看不見牠，這個陰險的傢伙，牠正躲在什麼地方看熱鬧呢。不過，我的老朋友既然不好好睡在洞裡，這麼早出來，一定又冷又餓吧。」

「那你在對誰開槍！」

好像是為了回答他的問題，人們一起發出了驚呼。這時，他才發現，這窄窄的樓頂上也擠上來了十多個人。

格桑旺堆端著槍衝到牆邊，槍口隨著眼光轉動。達瑟知道，要發現獵物，最好的辦法就是眼睛隨著獵人的槍口移動。槍口橫著掃過去，他看到那些瑟縮在冷風與恐懼中的毛色髒污的綿羊。槍口定了定，往上抬了一點，再橫著往回掃。這時，出現在眼界中的是地邊歪斜的樹籬與柵欄，羊順著柵欄散開，啃食柵欄腳下比別處旺盛的枯草。槍口對著一叢枝條光禿的柳樹定住了。咔嗒一聲，獵手扳起了槍機。這時，彷彿閃電一般，一個動物從柳樹後面飛射而出。這生靈的動作真是優美而敏捷。牠緊團著身子從柳樹後面飛快地躍出，然後，在空中修長地舒展開了。腰身、四肢、筆直的尾巴都是那麼剛勁而修長。當牠停止在空中的飛行，後肢剛剛著地，張開的大口，準確地咬在了一隻羊的頸上。

豹子！多麼漂亮而威風的生靈啊！

槍響了，但子彈只在牠剛剛躍過的地方濺起了一片雪沫與凍土。

豹子一甩腦袋，叼在嘴裡的羊就拋飛起來到了牠背上。又是一眨眼間的事，豹子揹負著那隻羊子潛入一片灌木叢中。人聲再起，一半是為豹子敏捷漂亮的動作歡呼，一半是為格桑旺堆失手感到惋惜。

豹子收緊了舒展開的身子，潛入灌叢，從人們眼界裡消失了。

這隻豹子在眾目睽睽之下，用同樣乾淨俐落的動作，殺死三隻羊了。牠是動物裡的高級殺手。牠不吃肉，因為這樣身手的豹子不可能餓著肚子，跑到槍口下犯險不是只為了一口果腹的肉。牠只是冷了，要痛飲一翻熱血使身子變暖。

有人喊：「格桑旺堆老了，不行了，還叫達戈來幹吧！」

格桑旺堆正忙著往槍裡裝填彈藥，他的手腳還是那麼利索，但他自己嘆了一口氣，他嘆氣的時候，剛才裝填彈藥時那自信而鎮定的神情消失了。他的臉上現出了疲憊的神情，這神情使他頓顯無力和蒼老。

「豹子那麼漂亮，你是不想殺死牠吧？」

「誰說一個知道安慰人的達瑟是一根筋，你說得對，要是我身心都年輕的時候，真還捨不得打死牠。」他掃了一眼下面雪野中那些在冷風與恐懼中顫抖不已的羊子，「可現在我真想一槍就把牠斃了。可我怎麼也快不過牠。」

達瑟的眼神又開始變化了。

格桑旺堆說：「求你不要看我，是的，我們都很可憐，天神看我們，就像我們從這裡居高臨下地看著那些可憐的羊一樣。是的，我、你的朋友達戈、還有美嗓子色嫫、甚至所有機村你喜歡和不喜歡的人，要是用你眼中那樣特別的眼神去看的話，就都是那群可憐的羊。所以，你那樣眼光去看羊吧，不要看人，你再看，我們這些人就更可憐了！」

但是，那豹子也太張狂了。在人們一片驚呼聲中，牠又威風凜凜地現身了。也許肚子裡喝下的那麼多熱血沖上了頭頂。也許是牠太驕傲了。牠的動作依然那麼威風，但明顯有些遲緩了。

牠又一次淩空飛躍，並在空中伸展開身子，再一次在落地的同時，把鋒利的牙齒刺進了羊的頸項。也許，是熱血噴湧進嘴中的情形太讓噬血的牠沉迷了。牠再次躍起的時候，稍稍遲緩了一點。樓頂上的槍響了。雖然曠野中的空氣還是那麼冷冽，但槍聲卻顯得有些沉悶，有經驗的人都知道，只有放空了的槍，聲音才會那麼清脆響亮。而擊中了活物的槍聲總是沉悶甚至是瘖啞的。

槍彈的力量加上豹子本身的力量，牠便在空中停留了更長的時間。但落地的時候，動作中那輕盈感消失了。牠沉重的身子重重地摔在了地上，再也起不來了。

人群中竟全然是一片惋惜之聲。

人群奔向了那隻中彈的豹子。但人們只是拉開了一個大圈，沒有人敢走近那隻漂亮而威猛的豹子。即便是一股輕風吹來，豹子身上的皮毛漾動一下，人群都要發出一聲驚呼，驚驚乍乍地退出去好遠。直到格桑旺堆穿過人群，提著槍走到豹子跟著，人們才跟了上去。精幹的小伙子們都被索波帶去包圍達戈的房子了。那些半大的小子們興奮地把死去的豹子舉起來，帶動著激動的人群，向著村子裡去了。

格桑旺堆累了，把身子倚靠在柵欄上。

他把槍豎在身邊，長吐了一口氣，說：「好威猛的一隻豹子！死在我的槍下，可惜了。」

「你的熊呢？」

「回去吧，牠自己會出現的。如果我能對付得了這頭豹子，我就對付得了牠！牠已經老了。」

格桑旺堆回到他的守望點上去，達瑟卻往另外一個方向走。

一陣猛烈的槍聲突然爆響。看來，那些包圍房子的人終於等得不耐煩了，向房子發起了進攻。達瑟一路跑一路哭了起來：「達戈啊，你又要殺人了，你不能殺人了。」

槍聲就像突然響起時一樣，又突然停了。

寂靜從天空中像一個巨大的罩子一樣降落下來。歡呼的人群，驚恐無助的羊，聒噪的鳥，甚至是搖動著樹與草的風都一下子失去了聲音。這樣的寂靜，總是預示著更嚴重的事情發生。

濃煙從那個小山丘旁升了起來。剛才，幹部帶領著民兵對著房子突然一齊開槍，趁這機會，有人悄悄地上去，把房子點著了。房子從外面燃起來，火焰抖動著，從牆根往上爬。達瑟上氣不接下氣地跑到那裡，正看到爬到牆上的火舌一條條地從窗戶，從木頭牆壁的縫隙往屋子裡鑽。

達戈大罵：「有本事我們比試槍法，這算什麼本事，你們這些人太卑鄙了！」

老魏大笑：「到這時你還嘴硬，還是乖乖出來投降吧！你當過兵，曉得黨的政策！」

達戈衝著這邊胡亂放了一槍：「老子幹了那麼痛快的事，你們以為我還會想活嗎？」

整個屋子差不多都被火舌包圍嚴實了。火舌蛇一樣，從每一個縫隙往屋子裡鑽。很快，屋子頂上就有很濃重的煙冒了出來。看那架式，好像鑽進屋子裡的火都變成了煙。屋頂上的煙愈來愈濃重，倒捲下來，把屋子外面明晃晃的火焰都壓下去了。

房子周圍有很多人，但只有達瑟一個人站在明處。火焰抽動時發出流水一樣很歡勢的嚯嚯聲，他臉上的肌肉也隨之抽動。他的笨腦子要冒出點想法，本來就慢，被這嚯嚯的火焰聲抽動一下，徹底變成一片空白。他只是呆呆站在那裡，被煙嗆得有些喘不過氣來。而潛伏在他四周，潛伏在他房子四周的人，正把槍舉在面前，像平時訓練一樣，慢慢向前爬行。前面一批人往前爬行的時候，後一批人舉槍向房子瞄準。前面的人停下來，舉槍瞄向房子的窗戶和門，後面那些人又開始爬行了。

達瑟在學校裡參加軍訓時，做過同樣的課目。但此時，他只是呆呆地看著這一切，而想不起來這些人到底在幹什麼。他的耳朵嗡嗡作響。而且，那響聲還帶著力量，在腦子裡不斷膨脹，不斷膨脹的力量好像隨時會轟然一聲從他兩隻耳朵深處砰然而出。

他捂著像要炸開的腦袋，大叫了一聲他朋友的名字。

「達戈！」

就在他這一聲喊裡，充斥著濃煙的房子，轟然一聲從屋頂迸出了旺盛的火苗。火苗同時從門，從窗戶，從每一道縫隙中，噴射出來。

連潛伏在屋子裡的殺手達戈，也跟著那火焰一起，讓那巨大的力量帶到了屋外。達戈手裡舉著槍，頭上冒著煙，從掀開的門裡，隨著一團噴湧的火焰跌跌撞撞地跑了出來。

達戈大張著口，慢慢跪倒在地上，臉貼地喘了一陣，這才猛烈地咳嗽起來。當他稍稍喘息過來，想要舉槍的時候，幾枝冰涼的槍管頂住了他的腦袋。他頹然看了達瑟一眼，手裡的槍掉在了地上。他的身子軟下去，躺倒在地上，張大了嘴拚命呼吸。

一枝槍托重重砸在他身上：「起來！」

但他仍然只是張大了嘴，把臉貼在雪地上，拚命呼吸。

還是老魏說：「讓他緩過氣來。」

於是，幹部和民兵圍成一圈，十多枝槍齊齊地指著蜷縮在雪地上的艱難喘息的達戈。在距他們很近的地方，那座曾經那麼漂亮的堡壘般的房子正在熊熊燃燒。大火輻射出來的熱力使他們腳下的積雪飛快融化。剛才還煙霧騰騰的達戈就一身泥水了。

他對老魏說：「我跟你沒有仇。」

老魏說：「緩過勁了就起來！」

「你開槍吧，我跟你沒有仇，你打死我，我也不記你的仇。」

「起來！」

達戈起身的時候，很多枝槍的槍口又頂在了他身上。

他慢慢站起身來，看到了站在人圈外一臉木然的達瑟。達戈對他笑了笑：「我就想死得漂亮一點，你看，臨死了，他們還要叫我這麼難看。」

這個人，他不怕死，只是想選擇一個體面的死法。

但現在，他真的是非常難看。頭髮與眉毛，都被火灼焦了。身上的衣服被撕扯成碎片。剛才趴在地上，使他煙火味濃重的身上和臉上，都沾滿了泥水。他站起來，又彎腰猛咳了一陣，再直起腰來時，血從他的鼻孔和嘴角流了出來。他說：「我真的不想死得這麼難看。」

他對達瑟這麼說。

他對老魏這麼說。

他對民兵排長索波也這麼說：「只要一槍，我就解脫了。我不想在人前這麼難看。」

索波把臉轉開了。

他的形象，他的說法，在圍觀的村民和那些伐木場工人中，引起了一片唏噓之聲，甚至引起了一片讚歎。

一個嘴上總是叼著一根香菸的傢伙喊一聲：「綁起來！」

達戈的手，就被扭到身後，被結結實實地綁起來。繩子在他身上纏了一道又一道。最後一道，勒在他的脖子上。繩子往後一拉，他的臉就向著了天上。他的頭不能動了，但他的眼珠還在拚命轉動，在人群裡尋找什麼。他的眼光最後還是和達瑟定在了一處。他說：「叫她不要來，不要叫她看見我這個樣子。」

「死到臨頭了，還這麼多話，走！」槍托重重在他身上搗了幾下，他被押著往前走了。

達瑟曉得他還記掛著他的舊情人，但達瑟並沒有在人群裡發現這個美嗓子姑娘。

達瑟喊道：「你就忘了她吧！」

達戈被繩子勒著脖子，所以只好仰臉看天。這個不信天的人，這時卻是一副陷入絕境後，徒然呼喚蒼天的樣子。聽見好朋友達瑟的喊聲，他微微側過臉來，說了句什麼。

達瑟以為自己懂得了，他是在說：「夥計，我忘不了她！」

他腦子裡終於明明白白浮現出來一句話。他覺得這是一句重要的話。達瑟腦子雖然慢，但任何一句話，只要經過他的腦子想清楚了，就會覺得十分重要。他衝上去拉住了老魏：「我有一句話對他講！」

老魏舉起手，大家就都停下了腳步。老魏看了他半晌，笑笑：「依我看，你說的也不全是瘋話，有什麼話你就說吧。」

達瑟這才近身到朋友的跟前：「達戈。」

達戈低不下頭來，就垂著眼睛看他。

他又叫了一聲：「達戈。」淚水便湧出了眼眶。

達戈就跪在了地上的泥水裡，仰臉看著他。達戈啞聲說：「朋友，親我一下。」

達瑟彎下腰下來，嘴唇在他額頭上碰了一下。他放低了聲音說：「你不要恨她，她也是個苦命的人。」

「可憐。」達戈喃喃地說。

後來，大家都說，這樣一種情景，放在過去，達瑟就是一個使人解脫的活佛，而達戈則是一個需要懺悔與開悟的罪人。達瑟說：「是啊，大家都是苦命的可憐人啊！」

達戈讓朋友扶他起來，站直了身子，他笑著說：「媽的，你又在說書上的話了。」

他又被押著往前走了。

有人問達瑟，兩個人悄悄說了什麼話，是不是那傢伙把他藏錢的地方告訴他了。

達瑟整整零亂而骯髒的衣衫，臉上現出莊重的神情：「我要他相信書上說的話！」

這時，在人群前往的那個方向，在村子的那一頭，靠近通向公社那個鎮子，通向縣城，通向自治州首府的那條公路旁邊的莊稼地裡，山谷向著東南方向漸次敞開的地方，清脆的槍聲再次響起來。聽到槍聲，押解著達戈的那些拿槍的人，有好幾個動作麻利地趴在了地上。

人群中發出了一陣轟笑。

這幾個人，直到前面又響了一槍，判明了槍響不是衝著他們才站起身來。人群開始向著響槍的地方奔跑起來。在那個地方格桑旺堆剛剛幹掉了一隻動作敏捷的，身姿漂亮的豹子。人群奔跑著向著槍聲重起的地方跑去。把押著達戈的這些人還有達瑟拋在了後面。

「不是說格桑旺堆打死了豹子嗎？」老魏問道。

「他等的是他的熊，不是豹子。」

「他又在打槍，真是他那頭熊來了嗎？」老魏自己常常聲稱，他早已是半個機村人了，他知道格桑旺堆跟那頭熊的故事。

有跑到前面去的人跑回來，叫道：「熊！來了，熊！格桑旺堆的熊！」

於是，落在後面這群人也向著響槍的地方奔跑起來。直到看到了在羊群中像個巨人一樣緩緩地順坡而下的熊，才停下了腳步。那熊只用後腳著地，站起身來，就像是一個披著熊皮的巨人。這個巨人動作相當遲緩。而提著槍與牠決鬥的那個人，卻動作靈敏利索。這時，黃昏已經降臨到山間。化雪的大地重新上凍。熊與人的身影都有些模糊了。

格桑旺堆對著正順坡而下的熊又開了一槍。熊搖晃一下，重重地倒在地上。格桑旺堆丟下槍，抽出腰間的長刀。這些帶槍押解罪犯的人，也向著那個地方跑去，都要去看獵人與他宿命中的那頭獵物的最後一搏。

格桑旺堆挺著長刀衝上去，熊躺在地上不動。

格桑旺堆圍著這傢伙轉了一圈。牠躺在地上一動不動，被槍彈洞穿的傷口，正汩汩地湧出緋紅的鮮血。傷口上除了鮮血之外，還翻湧著一串串氣泡。只有擊穿了胸膛的傷口，才會冒出這麼多的氣泡。看來，這傢伙這次是死定了。

但是，格桑旺堆不敢掉以輕心，他被這傢伙裝死欺騙過一次。這次欺騙，不僅讓自己差點丟了性命，還讓這個畜牲升級為一個獵人的宿命級的獵物。

他用刀背拍擊熊的腦袋，熊一動不動。只有風吹來，使牠身上的毛微微翻鬈。格桑旺堆看看圍攏過來的人們，說：「這就是我的那頭熊。」

他說的十分平靜，沒有決鬥獲勝該有的狂喜。

他離開了熊，走到了被五花大綁的達戈面前，作為一個好獵人，只有另一個好獵人才懂得這勝利的所有意味：「我的熊，我本來想用刀跟牠搏鬥一番，但只挨了一槍，牠就倒下了。看來，林子一燒，找不到吃的，牠一下就變得很老了。」

達戈笑了一下，但他的眼睛，卻越過他的肩頭，一直停留在熊的身上：「牠沒死。」

格桑旺堆猛地轉過身去。

熊已經站起來了，牠低沉地嗥叫了一聲，拖著沉重的身軀蹣跚向前，向著舉刀向他衝來的人張開了雙臂。格桑旺堆也沒有一點迴避的意思，他舉刀正面向上，迎向正從山坡上順勢而下比他高大粗壯許多的熊。

人群發出了一陣驚呼。

格桑旺堆依然挺刀向上。有點經驗的人都知道，對一個獵人來說，這是一種最為驕傲的方式。這也是一種玉石俱焚的方式。當獵人的刀從正面刺向獵物心臟的同時，獵物粗壯的手臂也會緊緊擁抱住他的身體。熊最後奮力的一抱，足以使一個人粉身碎骨。

過去，有過這樣的獵人故事，但都沒有觀眾，在高山密林中孤獨地完成。今天，多少年來的獵人故事中最動人的傳奇，就要在所有人面前，電影一樣上演！

這時，一聲怒吼在格桑旺堆身後響起。

只有雙腳沒有被繩子捆住的達戈奔跑起來。身後那些回過神來的人，一個個咔咔地拉開槍栓時，他的身影已經和格桑旺堆的身影重疊到一起，如果他們開槍，就會把格桑旺堆也打倒在地上。

達戈又狂吼了一聲，從斜刺裡插過去，站在了格桑旺堆和那頭身軀巨大的老熊之間。熊繼續往下，他往上，把身子撞進了熊張開的懷抱。然後，熊低吼一聲，有力的雙臂合攏來。他聽到自己骨頭碎裂的聲音。頭，軟軟地靠在了熊湧流著鮮血的溫暖胸口上。熊的身軀旋轉著倒下，達戈看到了黃昏光線中，他的房子燃燒到最後，瀰漫在小山丘和達瑟樹屋後面的一抹紅光，他還看到，格桑旺堆手裡冰涼而鋒利的長刀，飛快地插入熊的後背。熊抱著他倒下。

他看見天空在頭頂旋轉。

他對著天空笑了，自己總算沒有死得過於難看。

笑容很快就被冷風凍結在了他的臉上。

不是終篇

達戈，你是機村最後一個與獵物同歸於盡的獵人。

從此之後，獵人的武器愈來愈好。槍是可以連發的步槍，沒有什麼野獸能夠連挨五槍還能衝到獵人的面前。下在獸徑上的套子，是韌勁十足的鋼絲，沒有什麼野獸能夠被套住了脖子還能掙脫性命逃回林中。伐木場的工人大動刀斧，伐掉了那些被火燒過的林子，然後，刀鋒一轉，沒被大火燒死的林子也一片片倒伏在刀斧之下。林子裡的飛禽與走獸都被驅趕出來，而機村，所有的男人，都參與了對這些獵物無節制的獵殺。

那些年，捕獵也成了我們這些野孩子最尋常的遊戲。鹿、熊、羚牛、野羊、麂子、林麝、野豬、狐狸、猴子、猞狸、豹子、狼，那是大人們對付的東西。我們這些小孩也呼喝著獵狗四處追逐，野兔、松鼠、刺蝟、總是慌忙逃入洞中的旱獺，甚至還有那些個頭稍大的蜥蜴，我們手裡沒有槍，但我們有鋒利的長刀、結實的棍棒和無情的繩索。我們喜歡獵物無處可去時潛入洞中，這樣，我們就可以在洞口堆上許多木柴，爭搶著去把柴堆點燃。我們不要火燃出歡快的火苗，而是讓火「生悶氣」。生悶氣的火冒出很多嗆人的煙。

我們吹著口哨呼喚風，脫下衣服把煙煽進洞裡。裡面那些獵物發出慘叫時，我們這些野孩子，會發出歡聲一片。

老師說：「你們這種樣子，哪裡像正在念書識字的人啊！」

老師還說：「你們本來就是野蠻人，想不到你們願意愈來愈野蠻！」

但我們為此驕傲得不行。我們把薰死在洞中的獵物掏出來，在牠脖子上套上繩子，拖著牠在村子裡奔跑，鼓譟。

達戈，沒有獵人喜歡我們這樣的作派。

但是，機村已經沒有真正的獵人了。你死了。格桑旺堆的熊一個緊緊的擁抱，你的身子雖然還完完整整，但裡面的骨頭，全部都碎裂了。

達戈，你死後不久，格桑旺堆的一隻腿就壞掉了。他成了羊倌之外的第二個瘸子。當我們拖著獵物屍體在村子裡莫名鼓譟，他就追上來，想用柺杖敲打我們。但是，我們像小獸一樣麻利而靈敏。我們跑得多快啊，一頭骯髒糾結的頭髮被風吹起來的時候，扯得頭皮生痛。但我們喜歡的就是這樣的感覺。

格桑旺堆遠遠地站在我們後面跌足嘆息。

我很久不去達瑟的樹屋了。有一天，我在路上碰到了他。達瑟說：「格桑旺堆死了。」

我說：「人總是要死的。」

我說的是學校裡背誦過的偉人語錄中的一句。

這樣的話，從我的嘴裡吐出來，使達瑟非常吃驚，他問我：「你們一定要這樣冒犯生命嗎？」

這時，跟我一道的幾個孩子轉過身子，對他拍打著自己的屁股。他們一齊喊道：「傻瓜！傻瓜！」

達戈，在那一刻，我看見，達瑟總是沒有表情的臉慢慢由白變紅，又由紅變白。

他說：「他一死，達戈才算是真正死了。」

達戈，我大聲對他喊叫。真的是大聲喊叫，喊叫的時候，連鼻涕都飛濺起來了：「達戈早就死了。」

於是，達戈，我又看見了你死去的樣子。那時，你的臉色也像是達瑟站在我面前時那樣愈來愈青的臉色一樣。那天，格桑旺堆的熊抱著你倒在地上。你的嘴角上浮出了一點淺淺的笑容。然後，臉很快就變青了。我不記得你的眼睛是睜開還是閉上的。但格桑旺堆還是用雙手在你額頭上做了一個為你闔上雙眼的動作。

那天晚上，我在夢中看見熊揹負著你在山林中行走，而你不斷在牠背上指點著路徑。

我還夢見格桑旺堆大叔在哭泣。

我從不認為這些夢有什麼深意，現世中人心與世事的祕密都不能窮盡，何談來關心夢境意味著什麼。但我的確夢見了你。

第二天早上，我們再去那個地方，只有那頭熊還躺地那個地方。達戈，你的身體被扔在卡車上運走了。從此，沒有再回到機村來。達戈，你倒下的時候，最後看了一眼機村嗎？那時，黃昏的光線中，一切都模糊不清了，這樣的景象進入眼中，只能使眼光更加渾濁。第二天早上，格桑旺堆帶著人，把那頭死熊弄到河邊。他們在一叢柳樹和一叢杜鵑之間的空地上挖了一個坑。把熊沉重的身體推到坑裡。從此，那個小地方，有了一個名字：「熊的墳地」。

春天裡滋潤潮濕的新土掩住了熊的屍體，這時有人問：「達戈呢？」

沒有人回答。

大家繼續堆土，新土堆積起來，有了一個墳墓的形狀。格桑旺堆揮揮手，說：「你們回去吧。」說著，他就在新鮮的土堆前坐了下來，他說：「你們走吧，我跟達戈說會兒話。」

但是，土堆裡面是那頭熊啊！

所有人都悄悄地走開了。格桑旺堆就坐在那裡，太陽從背後升起來，他坐在那裡。太陽升到頭頂，他坐在那裡。太陽到了他面前，一點點西斜的時候，他還是坐在那裡。

黃昏時分，他該回家了，但他再也站不起來了。從那一天，他的腿就癱掉了。這個癱子，每年，你跟熊同歸於盡的那一天，他都會在那個土堆前坐上半天。每一年，風和雨都把那個土堆削低一些。格桑旺堆死去後，那個土堆終於消失了。

我問過達瑟：「達戈呢？」

達瑟說：「以後有機會，你可以去查找檔案。」

達戈，我現在當然知道怎麼查找檔案，但我知道，我永遠不會去查找那些檔案。

這時，我好像聽見你在發問：「達瑟呢？」

達戈，到此為止，達瑟的故事還沒有完結。只是在你和格桑旺堆離開我們以後，機村就再也沒有真正的獵人了。

達戈，又是一個春天了。我在離家鄉很遠的一個城市裡寫你。又是春天了。這個城市春天的郊外山崗上，白的李花和粉紅的桃花正在次第開放。每年這個時候，我們都會到郊區的山上去栽下一些樹木。我們把山坡上的紅土刨出一個個大坑，栽下高齊胸部的小樹。樟樹、楊樹、水杉和松樹。其中，只有松樹是機村已經消失的森林中有過的樹木。達戈，機村也有人栽樹，不過，不是機村的人。那些人四處收集杉樹的種子，把這些種子像麥子一樣播種在地裡。這些種子長得多麼緩慢哪，三年四年的頭上，才長到可以移栽的程度。春天，這些人就揹著樹苗上山了，他們用鐮刀割開荒草與荊刺，用鋤頭挖開深坑，栽上這麼一棵棵小小的樹苗。這些栽樹的人都是伐木場那些砍樹人的後代。

寫完這個故事的時候，我回到機村。從我居住的這個城市，車子要跑整整兩天。每次從省城回家，我都要在自治州的首府，達瑟曾經讀書的那個城市住一個晚上。第二天再繼續出發。我繼續上路，回到機村。沒有跟人談論你和達瑟。也沒有人想跟我談起你們。我去了那個曾經有過一個堡壘般的房子和一個神奇樹屋的地方。那裡，當年的一切都已渺無蹤跡。機村人把這裡開闢成了新的良田。那些栽樹人，他們也在那裡把杉樹的種子，松樹的種子播進黑土。這些種子長成的幼苗是那麼青翠，微風過處，發出輕輕的絮語。

一個正給樹苗鬆土的姑娘向我微笑。這個姑娘是當年那些伐木者的後代，但她臉頰上被高原陽光灼出的紅暈，已然跟一個土著的機村姑娘一模一樣。

這時，一架飛機嗡嗡作響，飛臨到了峽谷的上空。

飛機順著峽谷飛行，屁股上噴出一條長長的白色煙霧。我知道，那些煙霧也是更多的樹的種子：松樹的種子，樺樹的種子，各種高大樹木的種子。這些種子紛紛揚揚從開而降，散播在一個更為廣大的範圍。達戈，飛機就這樣慢慢橫過天頂，恍然之間，我覺得你，還有達瑟，與我並肩而立，我們的情思，漸漸升到了天上。

國家圖書館出版品預行編目資料

空山(上) / 阿來作. -- 初版. -- 台北市 : 麥田出版 : 家庭傳媒城邦分公司發行, 2011.5
面 ; 公分. -- (麥田文學 ; 245)

ISBN 978-986-120-697-4(平裝)

857.7　　100004397

麥田文學 245

空山（上）

作　　者　阿　來
責任編輯　林秀梅　莊文松　洪楨璐

副總編輯　林秀梅
編輯總監　劉麗真
總 經 理　陳逸瑛
發 行 人　涂玉雲
出　　版　麥田出版
104台北市中山區民生東路二段141號5樓
電話：（886）2-2500-7696 傳真：（886）2-2500-1966
E-mail：bwps.service@cite.com.tw
發　　行　英屬蓋曼群島商家庭傳媒股份有限公司城邦分公司
104台北市中山區民生東路二段141號2樓
書虫客服服務專線：(886)2-2500-7718；2500-7719
24小時傳真專線：(886)2-2500-1990；2500-1991
服務時間：週一至週五上午09:30-12:00；下午13:30-17:00
劃撥帳號：19863813；戶名：書虫股份有限公司
讀者服務信箱：service@readingclub.com.tw
歡迎光臨城邦讀書花園 網址：www.cite.com.tw

香港發行所　城邦（香港）出版集團有限公司
香港灣仔駱克道193號東超商業中心1樓
電話：(852)25086231 傳真：(852)25789337
E-mail：hkcite@biznetvigator.com

馬新發行所　城邦（馬新）出版集團【Cite (M) Sdn. Bhd. (458372U)】
11, Jalan 30D / 146, Desa Tasik, Sungai Besi,
57000 Kuala Lumpur, Malaysia.
電話：(60)3-9056-3833 傳真：(60)3-9056-2833

封面設計　蔡南昇
印　　刷　前進彩藝有限公司

2011年4月28日初版一刷　　Printed in Taiwan

上下冊不分售，特價NT$599

ISBN：978-986-120-697-4